LES SOIXANTE-SEIZE JOURS DE MARIE-ANTOINETTE A LA CONCIERGERIE

DU MÊME AUTEUR

Les Soixante-Seize Jours de Marie-Antoinette à la Conciergerie
– T. 1 : *La Conjuration de l'Œillet*, Actes Sud, 2006 (Prix Jacques de Fouchier de l'Académie française).
– T. 2 : *Un procès en infamie*, Actes Sud, 2006.

ISBN 978-2-7427-6779-3

Illustration de couverture :
Gervais Simon, *La Reine dans son cachot* (détail), 1817

PAUL BELAICHE-DANINOS

Les Soixante-Seize Jours de Marie-Antoinette à la Conciergerie

TOME 1

LA CONJURATION DE L'ŒILLET

roman

BABEL

A Michèle, ma femme, qui sut si bien me soutenir quand l'eau fut trop profonde…

A la mémoire de mon père, Roger Belaiche, et à celle de ma mère, Elsa Daninos, j'ai choisi d'associer leurs deux noms dans la signature de ce livre…

A tous les abolitionnistes qui combattent la peine de mort, cette insupportable prétention humaine. "J'appartiens à un parti d'opposition qui s'appelle la vie"…

AVERTISSEMENT

Ils ont décapité son mari, ils lui ont retiré ses enfants, ils l'ont enterrée vivante dans un cachot fétide... Elle vécut dans l'adversité avec la même constance, et le même recul, que dans le bonheur. Elle assuma dans le malheur ses devoirs de fille, de femme, de mère, sans jamais déroger à l'amour, à l'honneur et à la dignité. Comme elle était Reine, la tâche fut encore plus rude. Pour toutes ces raisons, et pour d'autres, j'ai choisi de rapporter sous une forme fictive mais fidèle à l'Histoire, l'aventure d'une telle femme.

Si tant d'ouvrages lui sont actuellement consacrés, nous le devons à son étonnante modernité mais surtout à son courage. Nous sommes à la fois touchés par la cruauté de sa destinée et surpris par les multiples facettes de sa personnalité. Elle sera insouciante à Versailles, pugnace aux Tuileries, sublime à la Conciergerie.

J'ai donc voulu conter les soixante-seize jours qu'elle vécut dans son cachot. Mais il s'agit d'un roman et non d'une biographie. Dans un roman les personnages sont décrits par l'imagination de l'auteur. Les bons sont plutôt beaux, les méchants plutôt laids. J'ai tenté d'éviter de tomber dans ce manichéisme quand je l'ai pu, mais qu'y puis-je si Fouquier-Tinville et Marie Harel, deux méchants, étaient vraiment laids ? En revanche, Saint-Just, Hérault de Séchelles et Herman qui étaient beaux dans l'Histoire le sont restés dans le roman. Je n'ai pas montré Robespierre comme un monstre sanguinaire mais au contraire comme un homme extrêmement raffiné (ce qu'il était d'ailleurs), habillé avec recherche, sans omettre toutefois de souligner son ambition démesurée et son utilisation effrénée de la guillotine. Quant à Rosalie Lamorlière, elle était une beauté dans la vie, Fersen le plus bel homme de Suède, Elisabeth Lemille une superbe athlète, et le baron de Batz un être doué d'un charme irrésistible.

Les dialogues et les situations sont imaginaires mais certains sont historiques. En revanche, les soixante-douze personnages et les décors demeurent dans la plupart des cas aussi véridiques que possible. J'ai retrouvé, archivées, de nombreuses phrases prononcées par la Reine, je les ai, bien entendu, reproduites scrupuleusement.

Bien qu'il s'agisse d'une fiction, j'ai voulu que la nature et le comportement des héros de ce livre ne soient pas trop éloignés de ce qu'ils ont été réellement dans l'Histoire. Durant cette époque terrible, les uns furent admirables, les autres monstrueux. Bons ou mauvais, en les décrivant, j'ai veillé à rester nuancé.

La narration commence le 1er août 1793 et file jour après jour. Quand j'ai eu la chance de découvrir la date exacte des principaux événements qui jalonnent le récit, je l'ai conservée scrupuleusement, et même jusqu'à l'heure précise où ils se sont déroulés. Quand j'écris que Marie-Antoinette est arrivée à la Conciergerie le 2 août à trois heures du matin, elle est réellement arrivée le 2 août à trois heures du matin !...

Si j'ai parfois donné libre cours à l'imagination, j'ai toujours pris le plus grand soin de maintenir l'action et les dialogues dans une vérité relative. Quatre années de relecture aux Archives nationales ainsi que l'analyse de très nombreux ouvrages consacrés à la Reine m'ont fourni une foule d'éléments qui étayent la vraisemblance du récit.

Un élément est à souligner pour comprendre le développement de l'action : elle est bâtie comme un cercle dont le centre est occupé par la prisonnière, tandis que tout autour les faits convergent vers elle. Les personnages qui gravitent à la périphérie vont s'affronter, les uns pour la perdre, les autres pour la sauver. Hors de la Conciergerie, que les héros soient à Vienne, à Schönbrunn, à Bruxelles, à Paris ou dans la forêt de Meaux, toutes les opérations sont concentrées sur elle.

Je me suis attaché à rendre la rédaction très visuelle, comme elle apparaît dans un scénario, en privilégiant le dialogue. Nous vivons au siècle de l'image.

Comme l'histoire de cette incarcération s'inscrit dans une suite logique, pour mieux la comprendre, j'ai rédigé un prologue, condensé de l'histoire événementielle de cette période. De même, à la fin du récit, j'ai tenu à cerner historiquement, un à un, les acteurs de cette tragédie. Comme dans un générique de fin d'un film, le lecteur passe une dernière fois en revue les personnages qu'il a rencontrés.

Ménerbes, août 2001-janvier 2006.

Il y a deux histoires, l'histoire officielle, menteuse, qu'on enseigne ; puis l'histoire secrète, où sont les véritables causes des événements, une histoire honteuse…

HONORÉ DE BALZAC

PROLOGUE

En pleine nuit, à trois heures du matin, la Reine Marie-Antoinette est transférée à la Conciergerie, la plus cruelle prison du régime.

Elle est enregistrée sous le numéro d'écrou 280, comme c'est l'usage pour les voleurs et les prostituées.

Après l'avoir séparée de son fils, elle a été arrachée de la prison du Temple, où elle vivait avec sa fille Marie-Thérèse Charlotte et sa belle-sœur Elisabeth, pour être jetée dans un cachot fétide.

On a guillotiné son époux, le Roi Louis XVI, on lui a enlevé un fils de huit ans, le petit Louis XVII, et on l'a séparée de sa fille. Pourtant elle endurera des conditions de détention inhumaines avec un courage, un silence et une dignité qui suscitent depuis deux siècles la compassion des historiens.

Adulée à son arrivée en France, elle n'est jamais grisée par l'enthousiasme qu'elle suscite. Dauphine, elle ne transige pas avec l'honneur, et refuse de voir dans la favorite de Louis XV l'égale d'une Reine. Ignorée pendant sept années par son époux, l'adolescente frustrée tente de trouver des compensations à ses sens exacerbés dans le jeu, la danse et le théâtre sans jamais enfreindre sa fidélité au Roi.

Elevée selon les préceptes surannés de la monarchie de droit divin, elle tentera maladroitement de la maintenir sans en ignorer toutefois les limites (elle se rapprochera trop tard de Mirabeau). Elle ne fera jamais couler la moindre goutte de sang.

Lors de la convocation des Etats généraux, elle soutient la proposition de Necker de doubler le nombre de députés du Tiers, pour rendre plus équitable le poids de leur représentation face à la noblesse et au clergé. Elle crut naïvement qu'ils lui en seraient reconnaissants et qu'ils s'accommoderaient de réformes limitées, mais six mois à peine après la naissance du nouveau régime, elle est aux prises avec la fureur populaire. Quand elle voit la tête de ses gardes du corps se promener au bout d'une pique, le traumatisme est irréversible. Elle se sent définitivement otage et ne croit plus, hélas, en la monarchie constitutionnelle. Cet esprit d'assiégée, entretenu par la démagogie révolutionnaire, ne la quittera plus et lui fera commettre des erreurs poignantes. Quand on les lui reprochera, elle répondra : "C'étaient des fautes, pas des crimes."

Quelle que soit l'opinion que d'aucuns ont d'elle, rien, absolument rien, ne justifie la barbarie de son régime carcéral. Quant à ses faiblesses, elle en eut comme tout être humain, mais avec tant d'excuses ! Et quelles erreurs ne sauraient être pardonnées après une séquestration comme la sienne, si cruelle, si disproportionnée ? Une séquestration où Marie-Antoinette fut si seule, si courageuse, si digne, si désespérée. De nos jours, au vu des lois qui régissent le droit des prisonniers, Robespierre et ses acolytes seraient condamnés pour crime contre l'humanité. Les excès dans les prisons de Louis XVI furent sans commune mesure avec les atrocités commises dans celles des révolutionnaires. Il faut remonter à la Saint-Barthélemy pour trouver des massacres semblables à ceux commis en 1792, si tristement célèbres sous le nom de "massacres de septembre", ou découvrir des fosses communes de mille deux cents victimes comme celles des jardins de Picpus.

Bien sûr, on peut épiloguer sur ses dépenses excessives, ses faveurs dispensées à des amitiés intéressées qui lui aliénèrent la noblesse et le peuple, et sur ces retraites à Trianon qui la couperont de la réalité. Et pourtant cette femme qui fut insouciante dans le bonheur deviendra un lutteur acharné dans l'adversité. Louis XVI ayant baissé les bras, elle sera pathétiquement seule pour sauver la monarchie. Mirabeau dira : “Le Roi n'a qu'un seul homme autour de lui, c'est la Reine.”

En revanche, on ne peut passer sous silence ses qualités humaines et notamment cette grande bonté qui reste le trait dominant de son caractère, cette compassion qu'elle affiche à la Conciergerie face à la cruauté de ses bourreaux. On n'entendra jamais d'elle la moindre plainte, ni la moindre récrimination contre quiconque, elle s'isolera seulement pour se réfugier dans ses larmes.

Le drame de Marie-Antoinette à Versailles, c'est qu'elle fut plus femme que Reine et qu'elle voulut vivre loin des contraintes de l'étiquette. C'est là un trait de sa modernité.

Elle aurait eu un amant, Hans Axel de Fersen. C'est fort probable, bien que cette liaison n'ait jamais été historiquement prouvée. Si elle vécut un grand amour, comme on lui eût souhaité, il a été apparemment bien peu consommé. Dans tous les cas, elle demeurera une épouse soucieuse de préserver la dignité du Roi et refusera de s'enfuir en l'abandonnant.

A toutes les étapes de sa vie, elle restera également une mère exemplaire et montrera le même courage, lorsque la barbarie de ses geôliers la séparera de ses enfants pour l'enterrer vivante.

Pour comprendre cette tragédie, il faut analyser l'enchaînement des faits qui ont enfanté cette France de 1793, devenue folle, dont l'histoire dramatique s'étend de la chute de la royauté à la mort de Robespierre…

Retournons un an en arrière, à ce 20 juin 1792, où par une belle matinée de printemps, Louis Bourbon, seizième du nom, “Roi de France et de Navarre par la grâce de Dieu”, devenu depuis “Roi des Français”, est assiégé dans son palais des Tuileries par une insurrection populaire d'une violence inouïe. Le Roi refuse de signer des décrets qui portent atteinte à ses convictions chrétiennes en spoliant l'Eglise catholique. La fureur populaire se déchaîne alors. Louis XVI est menacé et insulté, les portes du palais défoncées, mais le Roi qui coiffe le bonnet rouge et boit à la santé de la Nation, tient bon. La Reine s'est réfugiée dans la chambre du Conseil. Devant elle défile, comme le rappela Napoléon à Sainte-Hélène, "la lie du peuple". Elle endure durant des heures invectives et insultes. Elle n'est séparée de la foule en furie que par une table où elle a fait asseoir le jeune Dauphin coiffé lui aussi du bonnet rouge. Mais la Reine et son fils sont protégés par le dernier carré des fidèles, les chevaliers du Poignard, qui font un rempart de leurs corps.

La famille royale est sauvée. Mais le répit sera de courte durée.

Le 10 août 1792, soit quarante-cinq jours plus tard, les sections de Paris et la garde nationale, renforcées des fédérés marseillais et brestois, organisent une nouvelle émeute armée. Après un sanglant affrontement et le massacre des gardes suisses, les émeutiers envahissent et vandalisent le château des Tuileries. Une heure avant l'assaut, la famille royale s'est enfuie pour se réfugier à l'Assemblée.

La monarchie est suspendue.

Louis XVI, son épouse la Reine Marie-Antoinette, sa sœur Madame Elisabeth, son fils Louis Charles et sa fille Marie-Thérèse Charlotte, appelée aussi Madame Royale, sont arrêtés et enfermés dans la prison du Temple.

L'ennemi de cette famille, le maître de la France d'alors, s'appelle Maximilien de Robespierre.

Cet homme ancré dans des convictions extrémistes, est le plus illuminé mais aussi, dit-on, le plus vertueux des êtres. Il va s'emparer du pouvoir et devenir à trente-cinq ans le proconsul de la France. Deux hommes partageront avec lui le projet de doter le pays d'un régime utopique. L'un se nomme Louis Saint-Just, quasi-adolescent de vingt-cinq ans, doté d'une réelle beauté, l'autre est Georges Couthon, un paralytique de trente-huit ans qui a perdu l'usage de ses jambes lors d'une équipée sentimentale. Avec leur concours, Robespierre régnera en dictateur absolu durant douze mois, accaparant méthodiquement les pouvoirs législatif et exécutif.

Sa dictature : un torrent de sang. Par le charisme tyrannique qu'il exerce sur la nouvelle Assemblée, la Convention, Robespierre obtient des députés terrorisés la promulgation de toutes les lois qu'il propose, même les plus sanguinaires. Quant au pouvoir exécutif, il l'exerce sans partage grâce au Comité de salut public, pseudo-gouvernement révolutionnaire dont les membres se haïssent cordialement mais entérinent sans rechigner les décisions du maître.

Ainsi Robespierre parvient à ses fins : ayant obtenu de la Convention la condamnation puis la mort du Roi, la nouvelle Assemblée proclame la République. Mais cela ne suffit pas à cet esprit tatillon, qui s'invente des ennemis partout et souffre d'une susceptibilité maladive. Il éliminera sans état d'âme quiconque se mettra en travers de sa route ou risquerait de lui faire de l'ombre.

Pour éliminer physiquement ses ennemis, Robespierre a besoin d'une hache. Il la trouve grâce à Danton qui crée le Tribunal révolutionnaire, cette indispensable machine de mort qui fut fatale à tous. Comme Saturne dévorait ses enfants, le monstre juridique, sitôt créé, échappera au contrôle de ses maîtres et les broiera les uns après les autres en moins d'un an. Danton, qui en sera lui-même la victime, "demandera alors pardon à Dieu et aux hommes d'en avoir été l'instigateur".

En attendant, avec un soin méticuleux, Robespierre place ses proches aux postes de jurés et de juges de son tribunal de sang. Au sommet de cette impitoyable corporation, il installe au poste de président un homme de trente-deux ans, son compatriote d'Arras, le sensible et terrible Martial Herman. Ce jeune magistrat enverra, avec une grande douceur et la conscience pure, des centaines d'innocents à la guillotine.

Robespierre trouvera encore dans l'accusateur public Fouquier-Tinville, surnommé "le boucher", un exécutant fidèle pour expédier ses ennemis à l'échafaud.

Le Tribunal révolutionnaire siégera à la Conciergerie, dans cet ancien palais de saint Louis, truffé de cachots et de cellules obscures. Cette prétendue institution juridique recrutera ses victimes grâce à la délation, désormais sacralisée, à la famine universalisée, à l'émeute officialisée, à la terreur généralisée, à la vilenie et à la lâcheté banalisées, et enfin à l'impuissance propagée à tous les niveaux.

Les hommes qui conduiront cette machine de mort sont ceux qui ont permis, encouragé ou même effectué les inqualifiables "massacres de septembre".

Et pourtant, malgré tous les pouvoirs dont il dispose, Robespierre doit faire face à une situation des plus préoccupantes.

L'exécution du Roi a entraîné la formation d'une coalition militaire de toutes les monarchies d'Europe et la France est menacée d'invasion. En cet été 1793, les armées françaises précédemment victorieuses sont battues sur tous les fronts.

Sur le plan intérieur, la situation n'est guère plus brillante. Une importante faction, composée de députés du Sud-Ouest, appelés girondins, parce que élus pour la plupart du département de la Gironde, va s'opposer au dictateur. Ces hommes qui incarnent la révolution bourgeoise s'opposent au projet utopique de Robespierre de transformer la France catholique et traditionaliste en une république, déiste, populaire, égalitaire et prolétarienne.

Un combat à mort s'engage alors entre son parti, appelé parti des montagnards, et les girondins. Un an et demi à peine après la chute de la royauté, le 2 juin 1793, les sections de Paris à la solde de Robespierre assiègent de nouveau la Convention. Les députés de la Gironde sont arrêtés en pleine séance.

C'est la fin de la jeune démocratie parlementaire.

Les girondins, ces représentants du peuple démocratiquement élus, qui représentaient la fine fleur républicaine, sont incarcérés comme des criminels à la Conciergerie.

En réponse à ce coup de force, quinze jours plus tard, Jean-Paul Marat, un des chefs sanguinaires des montagnards, est assassiné dans sa baignoire par Charlotte Corday, une jolie républicaine de vingt-cinq ans qui montera sereine à l'échafaud. Elle déclarera pour justifier son acte : "J'ai tué un homme pour en sauver cent mille !"

Après la chute de la monarchie constitutionnelle, celle de la Gironde sonne donc le glas de la démocratie parlementaire, mais de cela Robespierre se soucie peu, puisqu'il a enfin le champ libre pour exercer un pouvoir sans limite.

En France tout le monde ne l'entend pas de cette oreille… A l'annonce de l'arrestation des girondins, la province se soulève avec Bordeaux, Toulouse, Marseille et Nîmes, et plusieurs villes comme Lyon, Orléans et Nantes entrent même en dissidence. Soixante départements sont en rébellion contre le coup de force de Paris.

La conscription forcée imposée par la Convention fait exploser la colère latente des Vendéens qui se retournent contre l'Assemblée. La dernière levée en masse provoque le formidable soulèvement de Vendée qui se transforme rapidement en une ardente armée royaliste dont les chefs militaires enregistrent les premières victoires. La guerre civile fait rage. L'armée républicaine capitule devant les Vendéens à Saint-Florent, Tiffauges, Saint-Fulgent, Cholet, Montaigu, Les Aubiers, Beaupréau, Bonchamps, Fontenay, Saumur, Angers…

La Bretagne entre à son tour en rébellion et Noirmoutier tombe aux mains des dissidents.

Sur le plan intérieur, la situation s'aggrave, la famine menace.

Pour éviter la spéculation, la Convention avait promulgué une loi tatillonne qui affamera le peuple : cette loi inadaptée, dite du Maximum, fixe un prix plafond pour la farine et autres subsistances et bloque même les salaires. La limitation autoritaire du prix de la farine a un effet immédiat : les paysans stockent leur blé dans les granges afin de le ressortir plus tard quand les cours seront plus favorables. Résultat : on ne trouve plus de pain dans Paris !

La colère que suscita le Maximum fut déterminante dans l'abandon du soutien populaire au régime dictatorial de Robespierre. Le peuple le tiendra pour responsable de la famine : “A bas le Maximum !” crieront les ouvriers à sa mort.

En réalité, comme nous le verrons, cette loi désastreuse ne fut pas de son fait, mais lui fut soufflée par son pire ennemi, dit-on, pour l'isoler de ses assises populaires.

En attendant, les boulangeries ferment les unes après les autres et devant celles qui survivent encore, on assiste à des queues gigantesques. “On a passé la nuit devant les boutiques des boulangers”, entend-on de toutes parts. De nombreuses épiceries sont même pillées en plein Paris.

La situation financière n'est guère meilleure. Pour faire face aux dépenses croissantes de la guerre, on émet des assignats, ces billets si faciles à imprimer… et on en émet beaucoup trop ! Le résultat de cette production abusive de papier ne tarde pas à se faire sentir : une dévaluation monumentale par rapport à l'or et aux monnaies européennes. Quant à l'inflation, elle est galopante. Comme la monnaie de la France est devenue une monnaie de singe dont on se détourne, la Convention décrète le cours forcé des assignats. La France est désormais un navire qui prend l'eau de toutes parts tandis que l'ennemi est à ses portes. Devant la menace d'une invasion, Saint-Just procède à une nouvelle levée en masse de plus de trois cent mille hom-mes, qui sera à l'origine du soulèvement de Vendée.

Les royalistes relèvent la tête, les finances sont exsangues, les cent mille hommes de l'armée autrichienne sous les ordres du prince de Cobourg sont maintenant à quarante lieues de Paris. Lafayette et Dumouriez sont passés à l'ennemi. La Vendée menace d'envahir tout l'Ouest de la France. Les Anglais sont à Toulon, le général Custine abandonne Mayence, et Valenciennes a capitulé. Le territoire national est menacé d'invasion.

C'est alors que l'émissaire du Comité de salut public, l'aristocrate converti aux idées révolutionnaires Hérault de Séchelles, propose aux Autrichiens d'échanger la paix contre la Reine Marie-Antoinette, surnommée, après la mort du Roi, “la veuve Capet”. L'idée de cet échange devient obsessionnelle chez Robespierre. Il veut à tout prix un armistice avec la maison d'Autriche. Devant les exigences d'Hérault de Séchelles, les Autrichiens bloquent la négociation et font traîner les pourparlers.

Robespierre décide alors d'augmenter la pression sur l'Autriche en séparant la Reine de son fils, “son chou d'amour”, qu'elle ne reverra plus. Contre toute attente, l'Autriche ne répond pas à cette première provocation.

La garde de l'enfant est confiée au sinistre cordonnier Simon. Celui-ci représente tout ce que le genre humain peut réunir à la fois d'ignoble, de sale, de grossier, d'alcoolique, d'analphabète et de brutal. Il poussera l'enfant à boire de l'alcool et plus tard à prononcer des horreurs sur sa mère.

La Reine commence alors son ascension vers le calvaire. Après la mort de son époux, on lui ôte maintenant son fils. Elle vit au secret dans la tour du Temple avec sa belle-sœur, Madame Elisabeth, et sa fille, Madame Royale. Toutes les tentatives pour la libérer de cette prison échouent.

La France, assaillie de toutes parts, tant par la révolte intérieure que par la menace d'une invasion, semble précipitée dans une voie sans issue. Quant à l'Autriche, elle ne se prononce toujours pas sur un éventuel armistice.

Pour faire face à ce double péril, Robespierre va utiliser une arme qui, pense-t-il, doit glacer d'effroi ses ennemis : il décrète la Terreur et avec elle la fin des libertés fondamentales obtenues sous la jeune démocratie parlementaire. Il faut frapper les esprits. Puisque les Autrichiens ne veulent pas d'un armistice, on va exercer à nouveau un chantage sur l'Empereur lui-même en s'en prenant à la sœur de son père.

Robespierre transfère Marie-Antoinette de la prison du Temple aux cachots de la Conciergerie. Il agite ainsi à la face de l'Empereur François II la menace d'une comparution de sa tante devant le Tribunal révolutionnaire, comparution qui équivaut à une condamnation à mort. Il ne fait aucun doute que François II réagira devant une telle insulte faite au sang des Habsbourg et Robespierre estime qu'il ne pourra abandonner la Reine sans se déshonorer. C'est sans compter avec la couardise de l'Empereur.

Robespierre espère toujours obtenir cette insaisissable paix avec les Autrichiens, mais au fil des jours, ses espoirs s'amenuisent. Que faire de cette encombrante Reine ? Pratiquer un second régicide ? L'Europe des rois fera à la France une guerre sans fin ! Robespierre estime malgré tout que seule la Terreur lui permettra de surmonter ses ennemis. C'est alors qu'une idée germe dans son esprit : puisque la Reine ne peut être échangée contre la paix, un procès public servira d'exemple pour inaugurer sa politique. Robespierre veut d'abord aviser ses ennemis de ses intentions : on va inventer de toutes pièces un procès qui doit montrer au peuple qu'elle est bien coupable des crimes qu'on lui reproche. L'ennui, c'est que le dossier d'accusation est vide. Eh bien, on l'inventera…

Mais une force occulte, celle d'un autre acteur, est là, qui veille à contrer tous ces projets. Un homme mystérieux, royaliste convaincu, sera responsable de tous les échecs en semant la zizanie et la haine parmi les révolutionnaires. C'est lui qui fut l'instigateur de cette loi du Maximum si funeste au régime. Ce terrible vengeur de l'ombre s'appelle le baron Jean de Batz.

C'est probablement lui qui avait organisé, huit mois plus tôt, l'assassinat de Le Peletier de Saint-Fargeau, cet ancien noble qui avait voté la mort de Louis XVI. Par cet acte le baron de Batz envoyait un signal clair à tous les nobles qui avaient agi de même.

On donnera à ses interventions la dénomination vague de “conjuration de l'étranger”, parce que nul ne pouvait deviner d'où venaient les coups. En réalité il fallait cacher aux sans-culottes l'importance qu'avait prise cet homme en soudoyant d'authentiques révolutionnaires. Ils n'auraient pas admis que leurs idoles fussent achetées par un royaliste.

On avait la sensation qu'une main mystérieuse cachée dans l'obscurité tenait les fils.

Ce justicier de l'ombre allait se poser en vengeur impitoyable de la famille royale. Utilisant les mêmes armes que ses ennemis, cet homme invisible va mener un combat acharné, cruel et sans faille contre Robespierre et la Convention. On se demande encore aujourd'hui comment un personnage investi d'un tel pouvoir de nuisance a pu demeurer une ombre dans l'histoire de la Terreur. Il fut l'impresario occulte de la Révolution. Sous les coups de butoir qu'il assénera indirectement et par personnes interposées, en un an, tous les “géants de la Révolution” vont disparaître.

Détenteur de sommes d'argent considérables, le baron de Batz va monter une étonnante organisation antirévolutionnaire où collaboreront des nobles, des ecclésiastiques et surtout des hommes du peuple.

Deux de ses affidés exécuteront ses plans. L'un est un grand seigneur de nationalité suédoise, le comte Hans Axel de Fersen, amoureux de la Reine depuis toujours ; l'autre, vraisemblablement tout autant amoureux d'elle, le chevalier Alexandre de Rougeville. Le premier sera trop loin pour être efficace, mais le deuxième, doté d'un courage physique hors du commun, mènera au sein même de ce Paris de la Terreur une action qui le fera entrer dans la légende et dont Alexandre Dumas s'inspirera pour en faire un héros de roman.

Le baron de Batz, toujours insaisissable, dresse alors un projet machiavélique : n'ayant pu sauver le Roi Louis XVI sur le chemin de l'échafaud, il sait désormais qu'il ne peut combattre les révolutionnaires de front. Grâce à ses millions il deviendra le pivot de la Révolution en achetant à prix d'or les principaux responsables des factions de l'Assemblée. Il va déstabiliser l'ensemble de la Convention. En attendant, il ordonne à Rougeville de sortir la Reine de la Conciergerie. L'entreprise paraît utopique. Qu'à cela ne tienne, on les achètera tous : administrateurs de police, membres du Comité de sûreté générale et du Comité de salut public, gardiens, concierges, gendarmes même. Rougeville ne sera aidé dans son entreprise, "ni par des comtes, ni par des ducs, ni par des généraux, mais par quatre perruquiers, deux épiciers, deux charcutiers, deux convoyeurs, deux serruriers, trois pâtissiers, deux marchands de vin, deux maçons, un limonadier, un fripier, un peintre en bâtiment, un jardinier et un râpeur de tabac..."

Mais n'anticipons pas et revenons trois mois en arrière...

Perdant patience, Robespierre, après avoir séparé la Reine de son fils, met sa seconde menace à exécution. Il demande à Barère de faire voter par la Convention, dans la séance du 1er août 1793, le transfert de la Reine de la prison du Temple à la Conciergerie.

Sans attendre une journée supplémentaire, dans la nuit du 1er au 2, à trois heures du matin, l'infortunée souveraine est précipitée dans un des cachots de la plus sombre et de la plus terrible des prisons de la République.

C'est au cours de cette nuit que commence notre récit…

Première partie

VEUVE CAPET
ÉCROU 280

Douze premiers jours de détention :
du vendredi 2 août au mardi 13 août 1793

JEUDI 1er AOÛT 1793, LA CONCIERGERIE,
ONZE HEURES DU SOIR

1

En attendant la Reine

Dans leur logement, situé à l'entresol de la Conciergerie, Toussaint et Marie Richard, installés autour d'une table mal desservie, terminent leur souper en compagnie de leur jeune et jolie servante Rosalie Lamorlière.

Richard est le concierge de cette prison. En réalité ses fonctions sont plutôt celles d'un gouverneur. C'est un personnage très important, que les parents et amis des prisonniers saluent profondément pour obtenir une autorisation de visite. Mieux vaut toutefois le solliciter lorsqu'il est de bonne humeur. C'est un homme d'une cinquantaine d'années, caractériel en diable mais doté d'une certaine compassion pour ses prisonniers.

Les Richard vivent à la Conciergerie avec leurs enfants. Fanfan est l'enfant chéri mais c'est surtout leur petite-fille qui tient compagnie à son grand-père chaque matin dans son bureau.

La vraie gérante de la prison, c'est son épouse Marie Richard. Elle supervise toute l'organisation, c'est toujours à elle qu'on fait appel pour résoudre les problèmes délicats.

Seulement voilà, cette soirée n'est pas comme les autres…

Les concierges ont reçu l'ordre de se tenir prêts à assumer une tâche importante durant la nuit. Aussi préfèrent-ils garder auprès d'eux leur jeune servante pour parer à toute éventualité.

Marie Richard tend à son époux la lettre qu'elle a reçue l'après-midi même du Comité de sûreté générale :

— Tiens, lis ceci, c'est édifiant !

— De quoi s'agit-il ?

— Quand je leur ai demandé : Où doit-on la loger ?", ils m'ont répondu : "Vous la placerez dans le cachot le plus infect, quelques bottes de paille pour lit, voilà tout ce qu'il lui faut !"

— Qu'on ne compte pas sur moi pour exécuter ce genre de besogne ! J'ai sollicité un poste de gouverneur de prison, pas de tortionnaire !

— Quel acharnement cruel sur cette pauvre famille ! dit Marie Richard en soupirant. Je t'informe que j'ai fait prendre par un porte-clefs une literie neuve chez Bertaud.

— Qui est Bertaud ?

— Le tapissier, cour de la Sainte-Chapelle.

— Où penses-tu la loger ?

— Mais de qui parlez-vous ? intervient Rosalie Lamorlière.

— Rosalie, dit Marie Richard, cette nuit, nous ne nous coucherons pas, vous dormirez sur une chaise ; la Reine va être transférée du Temple dans cette prison-ci.

Rosalie ouvre de grands yeux étonnés :

— La Reine à la Conciergerie ?

— Où as-tu prévu de l'établir ? insiste Richard.

— Dans l'ancienne chambre du Conseil.

— Mais Custine y est déjà !

— Je l'ai déménagé cet après-midi dans un cachot situé en face… Rosalie, avez-vous fait nettoyer par

Deshouilles l'ancienne prison du général Custine comme je vous l'ai demandé ?

— Bien sûr, madame ! Nous ne sommes pas parvenus à extraire cette odeur de moisi et de tabac froid, j'ai pourtant fait brûler à plusieurs reprises du genièvre et du vinaigre, sans résultat !

— Je sais, je sais, cette espèce de rouille qui suinte du sol souille le plancher au fur et à mesure qu'on le nettoie, c'est décourageant !

— Madame, il est impossible de rendre cet endroit convenable. Pourtant je vous promets que Deshouilles a frotté fort !

— Je sais, Rosalie, ne vous tracassez pas ! Quand la Seine est haute, l'eau suinte de tous côtés ! Vous n'y pouvez rien !

— Merci, madame, mais je le répète, Deshouilles n'est pas en cause, il a fait tout ce qu'il a pu !

— Je sais, je sais, Rosalie. A propos, saviez-vous, Rosalie, que Deshouilles est mon frère ? Il s'appelle Barrassaint comme moi !

— Je ne le savais pas votre frère, madame !

— Hélas oui, Rosalie ! C'est un forçat qui exécute sa peine à la Conciergerie dans des travaux pénibles et humiliants

— Un forçat, madame ?

— Oui, Rosalie, c'est un forçat !... Bien qu'il soit mon frère, je me méfie de lui : c'est un mouton de Fouquier-Tinville, il est ici pour nous espionner ! Prenez garde de jamais lui confier quoi que ce soit !

— Seigneur ! Je...

Marie Richard l'interrompt :

— ... Rosalie, je suis d'accord pour que nous fassions tout ce qui est possible pour atténuer les souffrances de cette pauvre Reine mais sans jamais prendre le moindre risque !

— Bien sûr, madame…

— L'accusateur public ne descend jamais à la Conciergerie, il a trop peur d'être assassiné, en revanche il envoie des espions à l'improviste, nous devons être extrêmement prudents.

— Je le sais, madame, soyez sans crainte… Oh ! madame, j'y pense : comme je sais maintenant qu'il s'agit du cachot de la Reine, m'autoriseriez-vous à descendre mon petit tabouret recouvert d'étoffe ? Vous savez, madame, il n'y a aucun siège convenable pour elle dans cette prison !

— Vous avez un grand cœur, Rosalie, évidemment je vous autorise… Avez-vous disposé les deux matelas l'un sur l'autre pour atténuer la dureté des sangles ?

— Oui, madame, j'ai mis à son lit la paire de draps fins et l'oreiller de plumes que vous m'aviez donnés.

— C'est parfait.

— Madame, dit Rosalie les yeux brillants, je m'interrogeais pour connaître l'utilité de cette literie, je ne me doutais pas qu'elle était destinée à Sa Majesté !

Marie Richard l'interrompt durement :

— Ne l'appelez jamais ainsi, Rosalie ! Cela pourrait nous occasionner de grands torts, appelez-la Madame, avez-vous compris Rosalie ? Madame ! Pas autrement !

— Pardonnez-moi, Madame !

— Maintenant allez dormir dans l'entrée, je vous réveillerai quand la Reine arrivera. Seul M. Richard la recevra, nous attendrons ici que l'administrateur nous convoque.

Rosalie s'installe dans l'unique fauteuil de l'entrée. Elle a aidé Deshouilles tout l'après-midi à extraire cette horrible rouille rouge qui suinte du sol. Elle a vingt-quatre ans, le sommeil ne met qu'une minute pour l'envahir.

Au même moment, à l'angle de la rue de la Barillerie, qui longe la Conciergerie, et du quai de l'Horloge, trois hommes et une femme sont embusqués au fond d'un porche. Par le lourd portail entrouvert, ils observent les soldats en faction dans cette cour tristement célèbre que l'on nomme la "cour du Mai." Ils guettent avec attention cette esplanade qui dessert la plus terrible des prisons de la République. C'est par elle qu'on accède à l'entrée principale de l'immense cachot où sont enfermées les victimes du régime.

Les deux charrettes du bourreau Sanson sont là, attelées jour et nuit, qui attendent les condamnés pour les conduire à l'échafaud…

Ces trois hommes et cette femme qui veillent de l'autre côté de la rue sont des conspirateurs acharnés qui veulent en découdre avec la dictature de Robespierre.

L'un d'eux est noble, enfin il le prétend, c'est un infatigable et insaisissable comploteur : le chevalier Alexandre de Rougeville. Agé de trente-deux ans, il a pour mission d'organiser la libération de la Reine de France. Les trois autres – Jean-Baptiste Basset, vingt-deux ans, Guillaume Lemille, quarante-trois ans, et son épouse Elisabeth, vingt-quatre ans – sont des perruquiers qui ont vu leur emploi péricliter avec la Révolution.

Rougeville observe les soldats à la longue-vue, il demande à Basset :

— Jean-Baptiste, as-tu bien noté que la garde dans cette cour change à minuit ?

— Elle change aussi à midi, monsieur !

— Ils ne sont que six avec deux canons à garder l'entrée de la prison ? s'étonne Elisabeth Lemille. C'est à peine croyable !

— Tout le monde sait que la plus féroce des prisons est la plus mal gardée, dit Basset, des prêtres réfractaires comme l'abbé Montaigu entrent et sortent de la Conciergerie comme bon leur semble !

— Il y a une heure, quand je suis arrivé ici, dit Rougeville, un quidam m'a dévisagé, j'ai bien peur d'avoir croisé ce regard quelque part. Voyez-vous, mes amis, le danger c'est cette lumière émise par les lampadaires. Ils éclairent beaucoup trop les abords de la prison ; Jean-Baptiste, mon ami, il faudra trouver, avec tes amis perruquiers, le moyen de les éteindre la nuit où nous passerons à l'acte.

— J'ai ma petite idée, monsieur, quand nous opérerons, je vous promets une nuit d'encre autour de la Conciergerie !

On entend soudain des bruits de sabots résonner sur les pavés.

— Botot Du Mesnil ! s'écrie Elisabeth.

— Qui est-ce ? demande Rougeville.

— Il commande les deux compagnies de gendarmerie qui gardent la Conciergerie. C'est notre pire ennemi !

Un groupe de cavaliers se dirige vers l'entrée de la prison avec à sa tête un colonel doté de fortes moustaches. La troupe s'arrête à hauteur du 37 de la rue de la Barillerie où sont embusqués nos quatre comploteurs. Les cavaliers descendent de leur monture mais se dirigent heureusement à l'opposé vers la cour du Mai.

— Que vont-ils faire là-bas ? demande Rougeville en retenant son souffle.

— Botot Du Mesnil inspecte d'abord les factionnaires qui stationnent dans la cour, dit Basset, il passe ensuite sous l'arcade, descend dans l'autre cour en contrebas pour contrôler ceux qui gardent la porte d'entrée de la prison. Il effectue cette surveillance cinq ou six fois dans la nuit !

— Lequel est Botot Du Mesnil ? demande Rougeville en observant les soldats à la longue-vue.

— Celui qui a de longues moustaches, dit Elisabeth, il ressemble au gendarme d'un théâtre de marionnettes.

— Ah oui ! Je vois ! J'ai déjà vu cette tête aux Tuileries... Attention, parlez à voix basse, il y a un gendarme près de la porte, qui garde les chevaux. Que disais-tu, Elisabeth, à propos de ce Du Mesnil ?

— Derrière cette tête de polichinelle se cache le pire des terroristes !

— Je le croise tous les jours, dit Basset, nous habitons tous deux rue de la Calandre, lui au 14 et moi au 44 !

— En quoi consiste son inspection ? demande Rougeville.

— Il tourne toute la nuit avec ses cavaliers autour du quartier ! dit Basset. Il a l'ordre d'arrêter, la nuit, toute personne qu'il rencontre dans un périmètre de cent mètres autour de la Conciergerie et de l'emmener au Comité de sûreté générale.

— Repasse-t-il à heure fixe ?

Basset tend un petit calepin à Rougeville.

— J'ai passé quinze nuits ici et voici les heures que j'ai notées.

— Je ne distingue pas très bien dans cette obscurité... dix heures trente, minuit trente, deux heures trente, quatre heures, six heures trente ?

— Oui, monsieur, ce sont les heures qui reviennent le plus souvent !

— Connais-tu l'itinéraire exact de ses rondes ?

— Je l'ai suivi, monsieur, dit Elisabeth, comme un âne bien dressé, il fait toujours le même trajet !

— Lequel ? demande Rougeville.

— Il arrive par la rue de la Barillerie, prend le quai de l'Horloge et descend dans les cours pour effectuer son inspection. Il repart en traversant le pont Saint-Michel, passe de l'autre côté de la Seine et revient par le pont au Change et la rue de la Barillerie. Il met environ deux heures pour faire un trajet qui ne varie jamais !

— Une fois qu'il est passé, dit Rougeville, nous avons donc deux heures pour agir en toute tranquillité ?

— Quelquefois c'est plus, quelquefois c'est moins ! dit Elisabeth.

— C'est déjà une excellente approximation ! Ne demandons pas l'impossible ! Il ne faudra pas plus de douze minutes pour libérer la Reine. Guillaume, quelle heure est-il ?

— Onze heures dix ! Monsieur, attention, les voilà qui reviennent !

— Instructif… Du Mesnil met huit minutes pour faire son inspection, et deux heures pour faire sa ronde, dit Rougeville en consultant sa montre.

La troupe se rapproche, les conjurés entendent le colonel ordonner :

— Sergent, inspecte toutes les entrées d'immeubles qui font face à la cour, je ne voudrais pas avoir la mauvaise surprise de voir sortir quelques bougres dans mon dos !

— Nom de Dieu ! s'exclame Guillaume Lemille, ils vont nous tomber dessus !

Rougeville sort son poignard.

— Ne vous manifestez surtout pas, monsieur, chuchote Basset en ébouriffant ses cheveux et en étalant des brindilles de paille sur ses habits, je vais leur faire le coup de l'adultère, cachez-vous derrière ces fagots…

Les deux hommes disparaissent derrière le tas de bois. Basset frotte les cheveux d'Elisabeth avec la paille. Elle repousse sa main avec humeur :

— Mais Jean-Baptiste qu'est-ce qui te prend ?

— Tais-toi et reste cachée derrière la porte, je te dis que nous allons lui faire le coup de l'adultère…

— Je ne comprends rien ! Quel adultère ?

— Je n'ai pas le temps de t'expliquer… Imagine seulement que nous sommes amants… ne sors que si je t'appelle… écoute ce que je vais lui dire, tu comprendras !

Il sort en faisant semblant de rajuster sa culotte, Du Mesnil l'aperçoit :

— Basset ? Que fais-tu ici à cette heure ? Tu sais qu'il est interdit de circuler ici la nuit !

Basset a un petit sourire entendu :

— Devinez, mon colonel !

— Deviner ? Que dois-je deviner ?

L'autre met un doigt sur sa bouche :

— Chut ! Je ne suis pas seul, mon colonel.

— Avec qui es-tu ?

— Chut ! Chut ! Il vaudrait mieux qu'on ne le sache pas, son mari me tuerait !

Les gendarmes rient. Le regard de Botot Du Mesnil devient lubrique :

— Peut-on savoir qui tu fais cornard, petit bougre ?

— Mon colonel, enfin voyons ! Je suis un homme d'honneur !

Il fait signe avec le pouce orienté derrière lui, pour signaler qu'on écoute à l'intérieur du porche.

— Est-elle douée au moins ?

— Ah ! Mon colonel, si vous saviez… Je retourne près d'elle. Bonsoir, mon colonel !

— Bonsoir, petit voyou ! Allez, vous autres, vérifiez-moi toutes ces entrées !

La troupe s'éloigne.

— Mes compliments, Jean-Baptiste, tu m'as ébloui ! dit Rougeville.

— Je n'ai aucun mérite, monsieur, Du Mesnil est connu pour sa balourdise.

— Heureusement qu'il ne m'a pas vue ! dit Elisabeth à son époux, tu aurais été ridicule, mon pauvre chéri !

— Tout le quartier aurait appris que tu étais cocu ! dit Basset en riant.

— Maintenant quelle heure est-il ? demande Rougeville.

— Onze heures vingt, dit Lemille.

— C'est l'heure d'aller vous reposer derrière ces fagots et d'essayer de dormir !

Le peloton de cavalerie s'éloigne vers le pont Saint-Michel.

Il faut très peu de temps à Jean-Baptiste, Guillaume et Elisabeth pour sommeiller à poings fermés.

Alexandre de Rougeville, allongé à même le sol, fume tranquillement sa pipe en observant à travers le portail entrouvert les soldats qui stationnent dans la cour du Mai.

Dans un mois au plus tard, pense-t-il, j'aurai libéré la Reine de France.

VENDREDI 2 AOÛT, PREMIER JOUR DE DÉTENTION,
LA CONCIERGERIE, TROIS HEURES DU MATIN

2

La Reine arrive

Un bruit de cavalcade résonne sur les pavés tandis que trois coups sonnent au carillon de la Sainte-Chapelle.

Rougeville secoue les perruquiers.

— Allez, debout, la Reine arrive !

A l'entresol de la prison, Rosalie Lamorlière dort profondément dans son fauteuil, Marie Richard est penchée sur elle, un quinquet à la main :

— Rosalie, allons, allons, réveillons-nous ! Prenez ce flambeau, les voilà qui arrivent !

Deux voitures accompagnées de gendarmes à cheval entrent au même instant dans la cour du Mai.

Rougeville observe la scène à la longue-vue :

— Elle est gardée par vingt factionnaires armés jusqu'aux dents, nous avons bien fait de ne rien entreprendre ce soir ! dit-il.

De la première voiture descend une grande femme coiffée d'un large bonnet de veuve et vêtue d'un long vêtement noir qui donne encore plus d'éclat à sa blancheur extraordinaire. Elle est suivie par deux officiers et deux agents municipaux. Le dernier à descendre de voiture remarque sur la banquette où elle était assise une tache sombre. Intrigué, il la tâte, puis il observe sa main à la lueur des lanternes de la berline. C'est du sang !

— Seigneur, comme elle a changé, comme elle est pâle ! dit Rougeville

De l'autre voiture descend un homme de petite taille, en civil, âgé de la soixantaine, c'est le limonadier Jean-Baptiste Michonis. Il est administrateur des prisons, chargé de la police. Plusieurs officiers et administrateurs l'accompagnent.

La femme à l'allure imposante, c'est Marie-Antoinette, la veuve du Roi de France. Elle se tient droite, le port est altier, elle est suivie par un petit carlin, mais le modeste balluchon qu'elle porte comme une vagabonde détonne avec cette noblesse. Ses chaussures sont éculées, sa robe élimée.

— Regardez, mes amis, comme ils traitent notre Reine bien-aimée, dit Rougeville en passant la longue-vue à Guillaume Lemille. Il va falloir leur faire payer cher toutes ces infamies !

— Qui est le petit homme qui semble être le chef de la bande ? demande Lemille.

— C'est Michonis, je suis en rapport avec lui. L'année dernière, c'est lui qui a participé avec le baron de Batz à une tentative d'évasion de la Reine de la prison du Temple.

— Comment avez-vous connu Michonis, monsieur ? demande Elisabeth étonnée.

— Chez Fontaine, l'ancien négociant en bois.

— Je connais bien Michonis, ce n'est pas un mauvais bougre ! ajoute Basset.

— On prétend même qu'il a du cœur, renchérit Elisabeth, est-ce vrai ?

— C'est vrai, dit Rougeville, bien que je ne me fasse aucune illusion sur son compte, il adore l'argent, en outre c'est un fat très fier d'être le geôlier de la Reine de France ! Ne nous plaignons pas, il est notre principal allié.

Rougeville observe la Reine, entourée de la troupe, traversant la cour du Mai. Les factionnaires ouvrent la grille sous l'arcade qui partage les deux esplanades. Marie-Antoinette descend les cinq marches et parvient en contrebas dans une petite cour qui donne accès à la prison. Avec la crosse de leur fusil les soldats frappent à coups redoublés sur la porte.

— Larivière ! Larivière ! Ouvre, c'est Michonis ! hurle l'administrateur.

— Voilà, voilà ! répond une voix.

Un jeune homme à moitié endormi ouvre, c'est le jeune Louis Larivière, l'un des huit porte-clefs de la prison. Il tient en laisse un énorme molosse portant muselière, au nom prédestiné de Ravage.

— Enfin, grogne Michonis, tu dormais, je présume. Tu étais pourtant de garde !

— Brave Larivière ! dit Rougeville qui suit la scène, on peut vraiment compter sur sa grand-mère et lui ! La Reine s'engage dans les profondeurs de la prison et disparaît. On s'en va ! Je retrouverai Michonis cette nuit chez Fontaine, j'ai quelques problèmes à régler avec lui avant notre rendez-vous de demain avec l'abbé Emery.

— A quelle heure pensez-vous prendre la route de Meaux, monsieur ? demande Elisabeth.

— L'abbé Magnin m'attendra chez moi à quatre heures du matin avec la berline, je vous prendrai ensuite tous les deux rue de la Calandre, et de là nous rejoindrons Elisabeth avec les chevaux et les faux gardes nationaux à la barrière de Saint-Mandé. Repliant sa longue-vue il ajoute : Il nous reste très peu de temps pour dormir… Allez, à tout à l'heure, mes amis !

Basset et les époux Lemille s'éloignent en direction de Saint-Michel en longeant la Conciergerie par le quai de l'Horloge puis le quai des Morfondus.

— Il y a bien trop de lumière sur ces quais, dit Basset en riant, il va falloir que j'y remédie très sérieusement.

Rougeville retrouve sa berline, les lanternes éteintes, dans une rue adjacente.

— Lefebvre ! Chez Fontaine rue de la Grange-aux-Marais ! Dis donc, rajoute de l'huile dans tes lanternes, si nous tombions sur une patrouille de gardes nationaux, ils trouveraient insolites qu'elles soient éteintes !

VENDREDI 2 AOÛT, PREMIER JOUR DE DÉTENTION,
AU MÊME MOMENT, A LA CONCIERGERIE

3

Ecrou 280

Poussée par ses geôliers, la Reine Marie-Antoinette pénètre dans les profondeurs de la Conciergerie. Louis Larivière le guichetier ouvre devant elle une lourde grille de fer qui donne accès à une première salle appelée "avant-greffe".

L'avant-greffe est le passage obligé pour tout visiteur qui entre ou qui sort de la Conciergerie. C'est le vestibule de la prison. On lui a donné le nom d'"avant-greffe" parce qu'il précède une autre salle appelée "chambre du greffe", véritable antichambre de la mort où les condamnés attendent le bourreau pour être conduits à l'échafaud.

A la Conciergerie, chaque issue est barrée par une grille que garde un factionnaire en armes escorté d'un molosse. Ces grilles s'appellent "guichets" et leurs gardiens "guichetiers" ou "porte-clefs". La grille en fer disposée à l'intérieur même d'une porte ajourée est limitée dans sa partie inférieure par une haute dalle de pierre contraignant le visiteur à lever le pied, et dans sa partie supérieure par une poutre basse l'obligeant à se courber profondément. Cette disposition a été conçue pour ralentir la fuite éventuelle d'un prisonnier.

La Reine, en franchissant ce premier carrefour de la mort, entend la lourde porte métallique se refermer derrière elle. C'est habituellement là, dans l'avant-greffe, que Richard se tient derrière une grande table, bien installé dans un grand fauteuil de cuir noir à oreilles. Derrière lui, des casiers contiennent les dossiers des prisonniers. C'est à ce fauteuil que les victimes du régime s'adressent pour solliciter l'appui du maître, dont l'humeur changeante peut être un regard foudroyant ou une attitude bienveillante. Quand le groupe atteint l'avant-greffe, le concierge se précipite aussitôt au-devant de Michonis :

— Bonsoir, citoyen administrateur ! Tout est prêt !

Dans cette salle fortement éclairée par des flambeaux, le porte-clefs Larivière, qui a été jadis pâtissier à la bouche du Roi à Versailles, reconnaît alors la Reine. On lit la stupeur sur son visage.

La Reine remarque l'aspect avachi d'un vieil homme qui occupe le bureau du concierge. C'est Amédée, un ancien porte-clefs devenu alcoolique qui, entre deux verres d'eau de vie, surveille les entrées et les sorties. Amédée est le chien de garde du concierge Richard quand ce dernier s'absente. Son travail consiste à "allumer le miston", c'est-à-dire à contrôler tout individu qui entre ou sort de la Conciergerie.

— Salut et fraternité, citoyens ! lance Amédée d'une voix pâteuse.

— Salut, Amédée ! répond Michonis en riant, surtout "allume bien le miston" !

— Tu peux me faire confiance, citoyen administrateur, aucun miston ne passe sans que je l'allume !

C'est le premier contact de la Reine de France avec sa future prison. Elle détaille l'homme aplati dans son fauteuil : un faciès d'ivrogne. Son bonnet rouge est empesé par la crasse, son teint rougeaud a envahi un nez énorme et bourgeonnant, la bouche est édentée. Une vraie tête de septembriseur.

Une porte s'ouvre brusquement. Apparaît un officier de gendarmerie au regard clair :

— Bonsoir de Bûne, dit Michonis.

— Bonsoir, citoyen administrateur, le greffe est prêt à enregistrer la détenue.

La Reine est introduite dans une autre salle plus vaste, la chambre du greffe.

On y trouve le fameux registre d'écrou où sont consignées les entrées des prisonniers. En réalité, cette salle est elle-même partagée transversalement en deux par un grillage en bois. C'est dans l'autre partie, appelée "arrière-greffe", que les condamnés à mort sont parqués avant d'être amenés à l'échafaud.

La Reine aperçoit à travers le grillage une femme allongée à même le sol, les yeux hagards et le regard figé d'épouvante. Elle attend le bourreau Sanson pour monter à l'échafaud. A ses côtés, un gendarme assis sur un banc tire sur sa bouffarde en somnolant. Des cris aigus s'élèvent soudain derrière une énorme porte sur la gauche. Le chien Ravage gronde en fixant la porte.

— C'est quoi ces cris ? demande Michonis.

— Probablement un prisonnier de la souricière qui a peur des rats, citoyen administrateur, répond Richard.

— Pourquoi ne dératisez-vous pas cette sacrée souricière ?

— On a mis des œufs empoisonnés à l'antimoine mais deux prisonniers se sont suicidés avec !

Les cris redoublent derrière la porte.

— C'est insupportable, dit Michonis, nous effectuerons l'entrée d'écrou dans sa cellule ! Apportez des torches, des chandelles, et suivez-moi !

— Excusez-moi, citoyen administrateur, et l'inscription de la prisonnière sur mon registre ? réplique Richard. Je dois reconnaître et inscrire l'identité de la prisonnière !

— Que voulez-vous dire, Richard ? Reconnaître l'identité de qui ? Nous savons tous que la prisonnière est une illustre inconnue, n'est-ce pas ? Puis, changeant de ton : Allez, dépêchons ! Emportez votre registre d'écrou avec vous !

L'autre s'exécute aussitôt en s'emparant de l'énorme livre.

La Reine quitte la chambre du greffe, et retourne dans l'avant-greffe sous l'œil goguenard d'Amédée. On la pousse vers une autre porte située sur le mur de droite, entre deux boiseries en pans coupés. Elle franchit le "second guichet" et accède au couloir principal de la prison, un long corridor appelé le "couloir des prisonniers".

La puanteur qui y règne l'agresse aussitôt. Les murs, ruisselants d'humidité sont éclairés par des torches fumantes fixées à la paroi. D'épouvantables émanations de mauvais tabac et de fumet humain ont envahi cet espace clos… La Reine, prise de nausées, ressent un picotement interne aux yeux. Elle remarque tous ces gendarmes qui somnolent sur des chaises échelonnées d'un bout à l'autre du long couloir. Cette nuit, compte tenu de l'importance de la nouvelle détenue, la consigne est de maintenir tous les factionnaires. La plupart fument tant et plus.

Elle parvient, saoule de fatigue, à l'extrémité du couloir et tombe sur un troisième guichet. Le porte-clefs Louis Larivière actionne la grille qui pivote en grinçant. La Reine s'y engage mais doit se courber pour éviter de heurter la poutre et elle perd l'équilibre lorsqu'elle doit lever la jambe pour franchir la haute dalle fixée au sol. Le lieutenant de Bûne la soutient puis la propulse à gauche dans un autre corridor, totalement obscur, où la lumière du jour ne pénètre jamais. C'est "le corridor noir". La Reine manque défaillir. Une odeur d'ammoniac la prend à la gorge : ce cloaque est utilisé comme urinoir par les factionnaires et les prisonniers. Elle sent ses pieds mouillés à travers ses chaussures déchirées et a l'impression de marcher sur une chaussée boueuse. Larivière approche le quinquet de l'extrémité du corridor. La Reine découvre une lourde porte barrée par deux énormes serrures. Elle comprend que derrière ce vantail se trouve le cachot où elle sera ensevelie.

Le jeune guichetier ouvre les deux loquets géants. En y pénétrant, elle est assaillie cette fois-ci par une chaleur moite et une intense odeur de fosse d'aisance mêlée à celle du tabac froid.

La Reine découvre une pièce voûtée de trois mètres de côté. C'est une salle carrée pratiquement enterrée, éclairée par deux croisées en demi-lune qui donnent au ras du sol d'une cour intérieure. Cette cour appelée “cour des femmes” possède une fontaine où les prisonnières lavent leur linge et une table en pierre où elles prennent leurs repas. C'est sous l'une de ces fenêtres que la Reine passera le plus clair de son temps à lire, assise sur une chaise en paille. La plupart des prisonnières qui errent dans cette cour lui sont favorables. Elles parleront fort pour l'informer des derniers événements, d'autres, exceptionnellement, lui lanceront des insultes à travers la grille. Les prisonnières de la cour des femmes qui sont des condamnées politiques du même bord lui adresseront des paroles de soutien.

Par la fenêtre grillagée, la Reine aperçoit la lueur pâle d'un réverbère situé dans la cour. Elle observe le sol de son cachot et constate qu'il suinte d'une boue rouge. Ses chaussures en sont rapidement couvertes. A travers ses chausses éculées, ses pieds sont de plus en plus mouillés. Elle remarque que l'eau boueuse de la Seine suinte à travers les briques rouges du sol posées sur chant. Le vieux tapis sale et nauséabond, placé au milieu du cachot, est tout aussi mouillé. Des lambeaux d'un ancien papier bleu à fleurs de lys probablement lacéré par quelque révolutionnaire retiennent son attention.

Dans un angle elle découvre un lit de sangles, anormalement bas, malgré l'épaisseur des deux matelas neufs de Marie Richard. Une consolation toutefois devant tant de désolation : un traversin neuf, des draps fins, une couverture neuve et un oreiller de plumes. Un paravent dérisoire percé de trous isole symboliquement le lit du reste du cachot. La Reine distingue un fauteuil en canne qui doit servir à l'occasion de chaise percée, un bidet de basane rouge tout neuf avec sa seringue, une table, une deuxième chaise en paille et le joli tabouret tapissé de Rosalie. Voilà le mobilier de la Reine de France.

Son regard se pose sur les hommes qui l'entourent : ils sont une dizaine, officiers et administrateurs qui parlent à voix basse, tandis que les gendarmes stationnent à la porte.

Très vite, la chaleur humide du cachot devient insupportable.

— Ça pue ici ! Ouvrez les fenêtres ! Qui nettoie ces locaux ? s'écrie Michonis en s'adressant à Richard.

— C'est Rosalie, citoyen administrateur !

— Qui est Rosalie ?

— La nouvelle servante de la prison, citoyen administrateur.

— Va donc la chercher !

— Ramène Rosalie, dit Richard à l'un des gendarmes, c'est la fille qui loge chez moi… dépêche-toi ! Et dis à ma femme de descendre avec elle !

La Reine, traitée comme une fille publique, subit impassible cette situation avilissante. Comme il y a plus de dix personnes dans cet espace réduit et que la chaleur devient insoutenable, la Reine, en nage, est prise de vertiges. Elle éponge son visage à plusieurs reprises puis s'assoit, épuisée, sur le bord du lit, son petit chien dans les bras.

Autour d'elle, les officiers et les administrateurs chuchotent en s'épongeant le front.

— Dépêchez-vous de faire votre entrée d'écrou, on étouffe ici ! dit Michonis à Richard en s'essuyant aussi le visage, puis il demande à la Reine : Citoyenne, veuillez donner votre balluchon au concierge, il doit en faire l'inventaire.

Richard en défait promptement les liens tandis que la Reine, les yeux humides, contemple la scène avec émotion.

Ce balluchon contient les derniers souvenirs qui la rattachent au reste du monde : des cheveux du Roi et de ses enfants, de ses amies d'enfance, les princesses de Hesse et de Mecklembourg, et surtout une boucle de cheveux de l'infortunée princesse de Lamballe… On lui arrache un à un tous ses souvenirs.

Richard énumère à haute voix chacun des objets qu'il inscrit sur le registre d'écrou : Un paquet de cheveux de diverses couleurs, encore un paquet de cheveux, un papier sur lequel sont des chiffres, un petit portefeuille garni de ciseaux, soies et fils, un petit miroir, une bague en or sur laquelle sont des cheveux, un papier sur lequel sont deux cœurs en or avec des initiales, un autre papier sur lequel est écrit : prière au sacré-cœur de Jésus et prière à l'Immaculée Conception, un portrait de femme, deux autres portraits de femmes, un petit morceau de toile sur lequel se trouve un cœur enflammé traversé d'une flèche. C'est tout !

Puis il se tourne vers la Reine :

— En êtes-vous d'accord, citoyenne ?

— Oui, dit-elle simplement d'une voix éteinte.

— Alors signez ici, s'il vous plaît !...

La Reine se lève, Richard désigne de son gros index un emplacement bien précis où est inscrit : "ÉCROU 280". Ignorant la désignation, elle signe : "Marie-Antoinette de Lorraine d'Autriche"...

Voilà la Reine de France "écrouée". Son nom côtoie désormais ceux des criminels, des voleurs et des prostituées...

Richard regroupe tous ces souvenirs en un paquetage rudimentaire et le scelle grossièrement à la cire à cacheter.

On frappe à la porte :

— Entrez ! crie Michonis.

La porte s'ouvre sur une petite femme d'une quarantaine d'années, au visage rond et souriant agrémenté d'un nez en trompette : c'est la concierge Marie Richard. Elle est suivie de la servante de la prison, une jeune fille d'une rare beauté. Les deux femmes attendent debout sur le seuil qu'on leur adresse la parole. La Reine est alors frappée de l'extraordinaire propreté de leur mise, détail inattendu qui contraste tellement avec la saleté des lieux.

La jeune fille est blond châtain, ses cheveux sont bouclés et ses yeux noisette. Son regard très doux est bordé de grands cils blonds. Elle est élancée et sa taille est fine. Elle a beaucoup d'allure et n'a pas le physique de son emploi. Elle porte une robe bleu de France avec un tablier blanc immaculé rayé bleu et rouge. On note sur ses épaules le traditionnel fichu blanc croisé sur une poitrine avantageuse. Tous les hommes sont surpris par tant de beauté !

— Voici Rosalie, citoyen administrateur, dit Richard, c'est notre servante qui aide ma femme au ménage et à la cuisine.

— Comment t'appelles-tu ? demande Michonis également troublé par la beauté de la jeune fille.

— Rosalie Lamorlière, citoyen administrateur, dit-elle, fascinée par la présence de la Reine qu'elle ne quitte pas des yeux.

— Quel âge as-tu ? demande Michonis.

— Vingt-quatre ans, citoyen administrateur.

— Ne serais-tu pas un peu jeune pour travailler dans cette prison ? D'où viens-tu ?

— De Breteuil en Picardie, citoyen administrateur !

— Rosalie, cette cellule sent mauvais ! Elle doit être mieux entretenue, Tu as pourtant lu quand tu as été engagée le règlement des prisons ? Non ?

— Je ne sais pas lire, citoyen administrateur ! – Ses yeux se remplissent de larmes. – J'essaye de faire de mon mieux, il y avait ici le général Custine avant qu'on le déménage en face. Il fumait beaucoup, citoyen administrateur, et la rouille suinte sans cesse à travers le sol !

— Je peux témoigner, citoyen administrateur, dit la femme Richard, que Rosalie a tout tenté pour rendre cette pièce convenable. En cette saison, citoyen administrateur, la Seine est très haute, et cette partie de la Conciergerie se trouve à son niveau, l'humidité envahit tout, l'eau remonte par les sols et ruisselle des murs… On ne peut faire mieux, citoyen administrateur !

— Bon allez, ça va ! C'est fini, on s'en va ! dit Michonis excédé. Puis s'adressant à la Reine : Je reviendrais demain matin, bonsoir citoyenne !

La Reine répond par un discret mouvement de tête. Ils sortent tous. Elle est désormais seule avec les deux femmes.

— Madame, dit la femme Richard à mi-voix, j'ai fait installer en cachette des draps fins et un oreiller moelleux, j'espère que vous dormirez bien.

— Merci, madame, dit simplement la Reine d'une voix éteinte.

La Reine a remarqué les larmes de Rosalie. Très intimidée, cette dernière s'est éloignée discrètement.

La Reine monte alors sur le tabouret recouvert de tissu et fixe sa montre en or, soutenue par une belle chaîne, à un vieux clou rouillé.

La moiteur du cachot la pousse à passer derrière le paravent et à se dévêtir.

— Puis-je vous aider, Madame ? demande timidement Rosalie Lamorlière, les joues empourprées.

Surprise par ce geste de déférence auquel elle n'est plus habituée, la Reine répond sans dureté ni hauteur :

— Je vous remercie, ma fille, mais depuis que je n'ai plus personne, je me sers moi-même.

Tandis qu'elle se déshabille, les deux femmes attendent discrètement de l'autre côté du paravent. Quand la Reine s'apprête à se coucher, la femme Richard lui dit à voix basse :

— Madame, si vous n'avez plus besoin de rien, alors nous allons vous laisser, je vous apporterai demain votre déjeuner à neuf heures ! Le règlement veut que nous emportions la lumière avec nous.

— Je comprends ! dit simplement la Reine.

Les deux femmes la saluent par une sorte de révérence. Elle leur répond par un mouvement de tête accompagné d'un pâle sourire. Les deux femmes se retirent en emportant l'unique source de lumière.

La Reine est désormais seule dans son cachot, écrasée par cette chaleur moite qui baigne la Conciergerie. Epuisée, elle s'allonge sur son lit en serrant son petit chien contre elle. Elle observe la semi-clarté qui franchit la fenêtre à travers les barreaux… Même la lumière, ici, est prisonnière, songe-t-elle. Elle s'endort sur cette vision.

Deux heures plus tard, le carillon de la Sainte-Chapelle qui égrène les coups de six heures la réveille. Elle ouvre les yeux… Où suis-je ? Ce plafond voûté au-dessus de ma tête, ces pierres grises au mur ? Cette odeur ? Elle regarde autour d'elle. Est-ce un cauchemar ? Elle tente de chasser de sa conscience la réalité. Son regard tombe sur la fenêtre : elle se souvient. Ce n'est pas un cauchemar. Il lui revient en mémoire la dernière image de la naissance du jour prisonnier derrière les barreaux, c'était la dernière qu'elle avait contemplée avant de s'endormir… Donc tout cela est bien réel ! Elle s'est bien réveillée dans un cachot…

Le carillon sonne maintenant le quart. Ces sons lui rappellent d'horribles souvenirs. Ce funeste 10 août ! Un an déjà… Quand cet horrible tocsin sonnait la fin de son règne et la fuite des Tuileries. Le 10 août ! Une épreuve terrible parmi toutes celles endurées… Elle songe à ceux qui ont tenté de la sauver. Elle se souvient des chevaliers du Poignard. Depuis l'invasion des Tuileries ils n'ont cessé de la protéger. Elle espère qu'ils parviendront à la libérer. Elle n'arrive pas à détourner son esprit de ce 10 août fatidique où la monarchie fut irrémédiablement perdue.

Elle se souvient que le marquis de Villequier était rentré précipitamment au château pour l'avertir que l'attaque était imminente.

Villequier était effectivement très inquiet en cette chaude soirée d'août. Il était presque minuit, et pourtant la moiteur était encore intense…

… 10 août ! Une foule anormalement dense s'active en tous sens dans le quartier Saint-Honoré et autour du Carrousel et des Tuileries. Des détachements de la garde nationale sont présents à chaque croisement de rues. Il remarque la présence insolite de nombreux groupes d'hommes et de femmes, porteurs de piques, de sabres et de haches, qui stationnent aux carrefours en regardant dans la même direction. Ils semblent attendre quelque chose, la haine aux yeux. Les habituels marchands de la rue Saint-Honoré ont tous disparu.

Villequier est pressé de rentrer aux Tuileries. Soudain il perçoit un premier son de cloches, grave, lent, lugubre… Comme c'est étrange ! Il est inhabituel que les cloches de la Sainte-Chapelle sonnent à cette heure. A moins qu'elles ne sonnent le glas pour quelque terroriste ? Non ! Ce n'est pas le glas ! Il pressent soudain pourquoi sonnent ces cloches… Bien sûr, elles sonnent le tocsin, cette complainte de tourments et de mort. Pour les avoir déjà entendus annoncer la mort du Roi, il sait qu'on n'oublie jamais ces sons lugubres aux rythmes lents et réguliers, véritables métronomes de la mort. Quelques secondes plus tard, les cloches du Châtelet sonnent à leur tour, de leur tonalité sinistre et grave, puis celles de Saint-Sulpice, stridentes comme des cris, puis c'est au tour de celles de Notre-Dame, plus cristallines, enfin celles de Saint-Roch, solennelles, désespérantes de lenteur. Villequier accélère encore le pas, il a hâte de retourner au château où il est attendu. Il sait qu'on a besoin de lui. Il doit rejoindre ses amis, les chevaliers du Poignard qui tentent de protéger une fois encore la famille royale des menaces qui s'annoncent.

L'horrible tocsin couvre maintenant tout Paris. Il presse encore le pas. Au moment où il s'apprête à franchir les grilles du château, il s'arrête. Il écoute… Mais que se passe-t-il ? Toutes les cloches se sont tues en même temps ! Il règne tout à coup sur Paris un silence formidable. Puis il perçoit, loin derrière lui, une clameur mêlée aux accents d'un chant. Le roulement, d'abord faible, croît de minute en minute. Il a compris : c'est le bruit terrible que fait un peuple en marchant ! Le grondement sourd qui provient de la rue Saint-Honoré et qui se rapproche lui rappelle le roulement des canons… ils atteindront sûrement le château dans quelques instants !

Le grondement grandit, devient de plus en plus distinct : il perçoit alors les cris d'un chant, poussés par des centaines de poitrines. Il se demande ce que signifie ce chant qui reprend sans cesse : “Aux armes citoyens ! Aux armes citoyens !” La clameur est proche… Il se retourne et aperçoit avec stupeur une mer humaine qui vient vers lui comme une coulée de lave. Il distingue maintenant une troupe compacte surmontée d'une mer de baïonnettes scintillantes et précédée par de lourds canons noirs tirés par des chevaux de trait.

Il reconnaît les uniformes bleu et rouge avec leurs buffleteries blanches, que portent habituellement les terroristes. Cette troupe qu'il exècre, c'est la garde nationale ! Il n'a plus une seconde à perdre, il pénètre précipitamment dans le château…

La Reine se souvient… Il était une heure du matin et elle guettait de sa fenêtre l'arrivée de ces soldats. Ce jour serait le dernier du triste règne de son époux, l'infortuné Roi de France, Louis, seizième du nom, et d'elle-même, Maria Antonia, Josepha, Johanna, de Lorraine d'Autriche…

Ce jour-là, les sections de Paris de la garde nationale, renforcées des fédérés marseillais et brestois sont commandées par le brasseur Santerre, un révolutionnaire bon teint, nommé pour la circonstance commandant en chef de la garde nationale. Cette troupe, joyeuse mais déterminée, marche en chantant vers le château des Tuileries.

Comme à son habitude, le peuple des faubourgs répond aux traditionnels appels antimonarchiques monnayés par la Commune de Paris. Cette marche insurrectionnelle a un but : les révolutionnaires ont reçu l'ordre de s'emparer des Tuileries pour en finir avec la royauté. Et pourtant, cette monarchie constitutionnelle fut établie à grand-peine par un suffrage quasi universel.

Une foule nombreuse est venue apporter son soutien à la troupe, et selon la règle, la bourgeoisie, toujours frileuse, crie plus fort que les sans-culottes. La foule brandit des milliers de petits drapeaux tricolores en chiffon et en papier. Elle se presse autour de la troupe, marche parallèlement à elle, envahit même les rues adjacentes et les balcons. On voit une mère qui court en tête des colonnes pour présenter son jeune enfant à Santerre qui ne manque surtout pas de l'embrasser. On reconnaît dans cette foule bigarrée les terribles tricoteuses avec leur tablier blanc, les ouvriers du faubourg Saint-Antoine, en carmagnole et pantalons rayés, armés de piques, de haches et de bâtons, qui marchent en sabots bourrés de paille ou même pieds nus. La plupart sont débraillés et sales. Des adolescents coiffés du bonnet rouge courent pieds nus devant les colonnes et n'hésitent pas à narguer par des gestes obscènes la troupe qui leur fait face.

On croise même des bourgeois accompagnés de leurs épouses en capeline. Riches et pauvres, bourgeois en culottes de fil et sans-culottes fraternisent joyeusement.

En réalité, cette foule en liesse qui acclame la troupe et l'ovationne sur son passage va bientôt déchanter. La plupart de ces hommes, poussés par un beau rêve égalitaire, perdront ce jour-là inutilement leur vie. Cette journée sera en fin de compte pour la plupart une journée de dupes. Tous ces sacrifices seront bien inutiles. Ceux qui rêvaient d'en finir avec la monarchie vont subir la dictature sanguinaire d'un certain Robespierre qui les privera de tous leurs droits. Dix ans plus tard, une autre monarchie sera de retour, plus dure et plus absolue que l'autre !

Un jeune militaire maigre, aux cheveux longs et au teint olivâtre, se tient debout sur un balcon, les bras croisés sur la poitrine. Il semble attendre quelque chose, mais quoi ? Bien qu'il soit un peu trop sanglé dans son uniforme de lieutenant d'artillerie, il se dégage de cet homme une vigueur indéfinissable. Son regard sombre dans un visage fermé manifeste sa désapprobation d'une joie populaire dont il pressent probablement les excès... mais peut être aussi serait-il très contrarié que cette foule détruise ce beau château qu'il convoite déjà ? Si tel est son désir, celui-ci se réalisera sûrement, car ce château des Tuileries sera un jour le sien ! Ce jeune lieutenant n'est autre que Napoléon Bonaparte, le futur Empereur des Français qui sera le témoin de la boucherie qui s'annonce.

La troupe insurrectionnelle est maintenant parvenue à une centaine de mètres des grilles du château.

Santerre, les mains appuyées sur le pommeau de sa selle, se retourne pour évaluer sa troupe. Sa garde nationale est rangée en ordre de bataille. Parvenu au carrefour, il lève son sabre à la verticale : la troupe, tout en chantant, s'arrête en maintenant sur place le pas cadencé. D'une rue adjacente font irruption des chars à bancs traînant derrière eux de lourds canons qui sont mis aussitôt en position les uns après les autres autour du carrefour. La foule qui s'est amassée autour des soldats applaudit frénétiquement quand Santerre crie :

— Canonniers, à vos pièces !

Face à la garde nationale, dans un alignement serré et parallèle aux grilles du château, a pris position le fameux régiment des gardes suisses aux impeccables uniformes rouge et blanc.

L'atmosphère pesante qui plane sur ce régiment contraste avec la bonne humeur des fédérés. Les officiers semblent ne pas comprendre le comportement des Français. Deux d'entre eux échangent des regards contrits :

— Stupides Français ! dit l'un d'eux.

— *Oh yawhol !* répond l'autre.

Alignés comme à la parade, ces soldats font partie d'une troupe d'élite. C'est le fameux régiment suisse des gardes du corps du Roi de France, dont le stupide honneur consiste à mourir pour une cause étrangère !

Les visages sont fermés et graves. Les canonniers ont la mèche à la main. Ces hommes qui sont payés pour faire la guerre ont bien l'intention de remplir leur contrat : protéger le Roi. On pressent un affrontement sanglant et meurtrier.

Un des officiers a perçu le bruit d'une fenêtre qui s'ouvre au premier étage. En suivant son regard, on constate que tous les membres de la famille royale sont là, serrés les uns contre les autres. L'anxiété se lit sur leurs visages.

Au centre de ce petit groupe, l'éternelle victime : la Reine Marie-Antoinette. Elle tient ses deux enfants par les épaules et les presse contre elle comme pour les protéger. D'un côté, c'est sa fille Marie-Thérèse Charlotte, Madame Royale. De l'autre, c'est son jeune fils, le jeune Louis XVII, qui laissera dans l'histoire le souvenir d'un pauvre roi virtuel. Derrière la Reine, par-dessus son épaule gauche, on reconnaît l'infortuné Roi Louis XVI ou plutôt ce qu'il en reste, et par-dessus son épaule droite, c'est la sœur du Roi, Madame Elisabeth, délicate princesse de vingt-sept ans, belle, pieuse et prude, qui mourra vierge sur l'échafaud. Quant à notre malheureuse Reine de France, elle n'a que trente-six ans mais en paraît le double. Ses cheveux sont pratiquement blancs, des cernes violets ourlent ses yeux rougis et des paupières flétries entourent ces yeux bleus, au regard naguère si doux, mais qui se sont éteints sous les larmes…

Un an à peine, songe la Reine dans son cachot, et pourtant tout cela semble si loin…

Aux sept coups du carillon de la Sainte-Chapelle répond la cloche d'airain de la cour des femmes, immédiatement suivie des aboiements des molosses. C'est le signal qui ordonne aux prisonnières de quitter leurs cachots. Elles doivent déambuler jusqu'au coucher du soleil dans cette cour qui deviendra le lieu des ultimes rencontres.

Le bruit métallique des bidons d'eau qui s'entrechoquent provoque un vacarme incessant. L'unique fontaine de la prison se trouve aussi dans cette cour où les femmes se précipitent en criant afin de se ménager une place pour se laver ou pour blanchir leur linge. Un brouhaha assourdissant s'installe dans cet espace clos, qui va durer sans faiblir jusqu'au coucher du soleil. On pourrait bien fermer les fenêtres pour se protéger du bruit, mais la chaleur et l'odeur qui règnent dans le cachot l'empêchent.

Chaque jour, de sept heures du matin à huit heures du soir, la Reine va endurer ces aboiements, ces hurlements, ces disputes, ces rires, ces chants ininterrompus, ces portes métalliques qui claquent et les vociférations des guichetiers.

Un faciès grimaçant apparaît à la fenêtre, qui lance à la Reine à travers les barreaux :

— Dis donc, madame Veto, ça te change de ton Trianon ! Pas vrai ?

Une autre au contraire lui dit à voix basse :

— Courage, Madame, votre libération est proche !

Une nonne apparaît. Son regard cherche la Reine dans l'obscurité du cachot, elle la distingue enfin, tombe à genoux, se signe et prie contre le grillage de la fenêtre.

Le grincement des verrous la fait soudain sursauter. Neuf coups sonnent au carillon de la Sainte-Chapelle, trois personnes viennent de pénétrer dans son cachot.

VENDREDI 2 AOÛT, PREMIER JOUR DE DÉTENTION,
CINQ HEURES DU MATIN, SUR LA ROUTE DE MEAUX

4

A la recherche de l'abbé Emery

Tandis que le jour commence à poindre, une berline cahote sur la route de Meaux. A son bord, cinq conspirateurs, couverts de poussière, ont rendez-vous dans une auberge avec le chef emblématique des prêtres réfractaires. Ils ont à résoudre avec lui un problème qui leur tient à cœur : comment secourir religieusement la Reine de France dans son cachot ? Bien que ces hommes viennent d'horizons très différents, ils sont étroitement unis dans leur haine du régime.

L'homme qu'ils doivent rencontrer est recherché par toutes les polices de Robespierre. C'est une grande figure de la chrétienté romaine. Avant d'entrer en rébellion ouverte contre la nouvelle religion imposée par les révolutionnaires, cet ecclésiastique était le supérieur du grand séminaire de Saint-Sulpice. Il s'appelle l'abbé Emery. S'il est traqué par le pouvoir, c'est qu'il a refusé de prêter serment à la Constitution civile du clergé entraînant dans la clandestinité une foule innombrable de prêtres réfractaires. Il envoie secrètement dans toutes les prisons de Paris des prêtres non jureurs assister les condamnés à mort, au péril de leur vie. Ce saint homme a décidé de braver tous les dangers pour réaliser sa mission.

Ces conspirateurs nous sont familiers. L'un d'eux est noble, du moins le proclame-t-il, c'est Alexandre de

Rougeville, les trois autres sont des perruquiers, Jean-Baptiste Basset, Guillaume Lemille et son épouse Elisabeth. Quant au dernier, c'est un prêtre, l'abbé Magnin, qui accomplira pour la Reine, en pleine Terreur et au cœur de la Conciergerie, un acte d'un rare sang-froid.

Guillaume et Elisabeth Lemille vivent dans le culte de la royauté. Ils ont une vue simpliste de la Révolution. Puisque des parasites se sont emparés du pouvoir royal, ils estiment qu'il suffira de les détruire pour que le Roi reprenne son rang. Ils se sont donné pour mission de "dératiser" le royaume de France et sont persuadés que cette tâche accomplie, tout redeviendra comme avant. Elisabeth a en outre une vengeance personnelle à assouvir.

Guillaume Lemille a un beau visage de condottiere. Sa haute taille, son teint mat et hâlé, sa peau burinée, ses grands yeux bleus, ses longs cheveux blonds retenus en queue de cheval, ses épais sourcils, tout évoque un archange évadé d'une icône. Il a quarante-trois ans, sa femme Elisabeth n'en a que vingt-quatre. Ils sont aussi grands et imposants l'un que l'autre. On jurerait que ces deux athlètes sont le père et la fille. Sous son abondante chevelure dorée, presque blanche, Elisabeth paraît encore plus blonde que lui. Elle a agencé cette crinière platine en deux lourdes nattes qui descendent sur sa poitrine, encadrant au passage un profil de Minerve. Ce qui domine dans ses traits, ce sont d'immenses yeux bleus, toujours graves même quand ils sont accompagnés d'un sourire ou d'une larme. On peut chercher en vain une expression de peur ou de compassion, on n'en trouvera jamais. Voilà le portrait d'une fille du peuple, analphabète, qui va devenir par sa détermination et son courage une héroïne sous la Terreur.

Elle est grande cavalière, Rougeville lui a confié l'arrière-garde de sa troupe. Elle suit sa berline à une distance respectable en tenant à la longe trois chevaux dépourvus de selle. A une centaine de mètres derrière elle, dix-huit cavaliers déguisés en gardes nationaux, assurent la protection de la colonne.

— Nous couvrirons par les armes toute action qui apporte à la Reine le secours de la chrétienté, dit Rougeville à l'abbé Magnin, mais notre but ultime est d'extraire au plus tôt Sa Majesté des griffes des terroristes.

— Disons que nos projets se complètent, monsieur le chevalier, répond l'abbé Magnin en riant, nous la libérerons spirituellement, vous, vous la libérerez physiquement.

— Toujours votre éternelle dualité, dit Rougeville en riant.

— Bien sûr ! Mais revenons à la Reine : qui sont vos alliés à la Conciergerie ?

— Le guichetier Louis Larivière et sa mère qui sert auprès de Sa Majesté.

— Et les Richard ?

— Je pense qu'ils sont tout acquis à l'idée de secourir la Reine chrétiennement, mais je ne crois pas qu'ils iraient jusqu'à cautionner son évasion. En revanche, nous avons un solide allié en Michonis, il a été nommé administrateur de police, c'est un appui inestimable !

— Je suis vraiment surpris de son comportement, dit l'abbé Magnin. Qu'est-ce qui pousse ce révolutionnaire avéré à vous aider ainsi ?

— J'avoue qu'à ce jour je ne le sais toujours pas, répond Rougeville.

— L'argent ?

— Peut-être, mais ce n'est pas sa seule motivation.

— Alors pourquoi pas la charité chrétienne ? ironise Basset.

— Je crois que c'est plutôt un mélange de vanité et de compassion, dit Rougeville. Vous rendez-vous compte que cet homme, qui est un simple limonadier, est devenu du jour au lendemain le geôlier de la Reine de France ? Il en est si fier qu'il la montre déjà à tout le monde… comme un oiseau rare dans sa cage !

— Simple vanité, dit l'abbé Magnin.

— Simple vanité ? Mais le mot est trop faible, mon père, c'est un crime de lèse-majesté qui devrait être puni de mort !

— Allons, allons, mon fils, Michonis n'est pas si mauvais, vous savez bien qu'il a déjà tenté de faire évader la famille royale du Temple.

— De qui tenez-vous cette information ? demande Rougeville.

— De l'âme même du complot : le baron de Batz !

— Vous avez déjà rencontré le baron de Batz avant notre entrevue de demain ?

— Oui, et il m'a tout raconté. Le complot du Temple a échoué au tout dernier moment. Ce soir-là, Michonis s'était arrangé pour être de garde dans la chambre de la Reine tandis que les autres municipaux festoyaient et jouaient aux cartes en bas dans la chambre du Conseil. Jean de Batz et ses conspirateurs occupaient toutes les marches de la tour et une patrouille de faux gardes nationaux se tenait prête à escorter Sa Majesté et ses enfants vers la sortie.

— La famille royale était-elle tenue informée ? demande Guillaume Lemille.

— Bien sûr, au signal donné par Michonis, la Reine et sa famille devaient revêtir des uniformes de la garde nationale.

— Et alors ?

— A l'heure prévue, onze heures du soir, on frappa à la porte de la tour : c'était Simon le cordonnier !

— Simon ?... Quelle horreur ! s'exclame Rougeville.

— Une lettre anonyme l'avait prévenu que Michonis trahissait. Il lui ordonna de lui remettre immédiatement ses fonctions et de se rendre au Comité de sûreté générale. Il tenta d'arrêter le baron de Batz mais ce dernier s'était une fois de plus envolé !

La tête du cocher apparaît à la lucarne :

— Nous arrivons, monsieur le chevalier !

— Jean-Baptiste, dit Rougeville en s'adressant à Basset, inspecte l'auberge, sait-on jamais, des terroristes nous ont peut-être précédés !

Le jeune Basset descend de la berline tandis qu'Elisabeth et les faux gardes restent loin en arrière, prêts à intervenir.

— Etes-vous sûr de votre aubergiste ? demande l'abbé Magnin en retenant Basset par le bras.

— Je le connais bien, c'est Ducattois. Son frère fait partie de notre groupe de perruquiers.

— C'est exact, dit Rougeville, son frère est Pierre Hilaire Ducattois. Bien qu'il n'ait que de dix-neuf ans, c'est un des éléments les plus valeureux parmi nos jeunes recrues. Va sans crainte, Jean-Baptiste.

Il fait jour. Tout paraît calme autour de l'auberge. Basset se dirige lentement vers l'entrée où un homme d'une vingtaine d'années l'attend. C'est l'autre Ducattois. Il est petit, frisé, porte besicles. Le regard est inexpressif.

— Dieu protége la Reine ! dit l'hôtelier en guise de salut et sans un sourire, vous nous avez fait drôlement peur avec vos faux gardes nationaux ! Il crie à la cantonade : Vous pouvez sortir, ce sont de faux terroristes !

On voit alors émerger, une centaine d'hommes armés. Il en sort de partout, des toits, des soupiraux, des arbres, des haies…

— Dieu protège la Reine ! dit à son tour Basset en souriant. Pardonne-moi, j'ai oublié de t'avertir que nous serions ainsi travestis. Est-ce que tout se passe normalement ?

— Pour le moment tout est calme, mais je ne suis pas rassuré.

— Pourquoi ? N'aurais-tu pas assez d'hommes ?

— Pas du tout ! Je dispose d'une bonne centaine de cavaliers et les Vendéens nous ont fourni deux cents fusils !

— Où sont les chevaux ?

— Nous les avons parqués à la lisière de la forêt, tu peux dire à tes amis de descendre de voiture, pour le moment, l'auberge est protégée !

Basset fait un signe à Rougeville qui attendait à la fenêtre de la berline. Ils descendent tous de voiture et se regroupent sur le pas de la porte. Elisabeth descend de cheval et les rejoint.

— Salut ami, Dieu protège la Reine ! dit Rougeville à Ducattois qui s'incline devant lui.

— Dieu protège la Reine, monsieur le chevalier, mon nom est Ducattois, je suis à vos ordres.

Rougeville admire la présence silencieuse de ces hommes en armes qui l'observent avec respect. Il pose sa main sur l'épaule du jeune homme :

— Ducattois, tu es aussi valeureux que Pierre Hilaire, je vous félicite, ton frère et toi, vous faites du bon travail ! Mais je ne vois pas l'abbé Emery ?

— Il est en lieu sûr, monsieur le chevalier.

— Où l'as-tu caché ? demande Rougeville amusé, il n'était donc pas en sécurité ici avec tous ces hommes ?

— Non, monsieur le chevalier, les terroristes de la garde nationale sont sortis de Meaux très tôt ce matin. Un de mes indicateurs m'a prévenu qu'ils se dirigeaient vers nous.

— Peux-tu te fier à lui ?

— Oui, monsieur, c'est un ancien garde de la maison du Roi.

— Sais-tu combien ils sont ?

— Ils seraient une vingtaine ! Ils auraient reçu l'ordre de s'emparer de l'abbé Emery.

— Tu penses qu'ils seront ici dans combien de temps ?

— Dans trois heures.

— Comment ont-ils pu savoir que l'abbé était ici ? s'étonne Rougeville.

— Je ne sais pas, monsieur.

— On ne peut remettre cette réunion à plus tard, la Reine est en danger. J'ai des décisions urgentes à prendre avec l'abbé. Où l'as tu caché ?

— En pleine forêt, monsieur, dans une église anglicane abandonnée où il vous attend avec son équipe.

— A quelle distance ?

— Une heure de marche à cheval.

— Combien d'hommes assurent sa protection ? demande Basset.

— Une dizaine, ils ont une arquebuse et dix mousquets.

— C'est insuffisant, dit Rougeville, il est donc en danger. Il nous faut partir sur-le-champ. Puis s'adressant à Lemille : Guillaume, nous ne devons laisser aucune trace de notre passage ici, demande à Elisabeth de ramener les montures qui sont encore en forêt. Range la berline dans la grange et dételle les chevaux, nous les emmenons avec nous !

— Nous abandonnons la berline, monsieur le chevalier ? demande Basset.

— Elle est trop lente pour ce que nous devons faire, dit Rougeville, et après quelques secondes de réflexion, il ajoute : Qui a bien pu prévenir les terroristes de notre visite ici ? Cette réunion était absolument secrète !

— Nous avons probablement été trahis par l'un des nôtres, dit Ducattois, je ne vois pas d'autre explication, maintenant, monsieur, il faut partir au plus vite.

— Si nous avons été trahis par l'un d'entre nous, les terroristes savent donc que je suis ici, dit Rougeville. Je pensais être libre de mes mouvements, l'abbé et moi sommes maintenant deux a être recherchés !

— Mes hommes vont vous conduire auprès de l'abbé, vous allez traverser une forêt très dense, j'espère que vous serez en sécurité.

— Ne viens-tu pas avec nous ? s'étonne Guillaume Lemille.

— Je dois rester ici, si les terroristes venaient, mon absence leur paraîtrait suspecte, et je dois coordonner mes hommes en cas de combat. Laissez-moi seulement sept à huit chevaux pour couvrir éventuellement votre retraite.

Après quelques secondes de réflexion silencieuse, Rougeville pointe son index vers Ducattois :

— Mon ami, les terroristes sont maintenant informés que toi aussi tu fais partie du complot. Il réfléchit encore silencieusement, puis il dit brusquement en riant : Suis-je bête, mes amis ! Nous allions commettre la plus grande faute en fuyant. Au contraire, il nous faut aller au-devant d'eux et les exterminer le plus loin possible d'ici, ils croiront qu'ils sont tombés dans une embuscade tendue par des Vendéens.

— Et nous abandonnons l'abbé Emery en pleine forêt ? dit Jean-Baptiste Basset.

— En aucun cas ! Nous allons nous répartir en deux groupes : Jean-Baptiste et Guillaume prennent soixante hommes et les faux gardes nationaux, et ils se portent immédiatement au-devant des terroristes. Moi je vais rejoindre l'abbé Emery avec une vingtaine d'hommes. Ducattois, qui est désormais mouillé, se cachera par ici avec une vingtaine de cavaliers pour assurer une retraite éventuelle sur Paris. Allez, dépêchons, nous n'avons pas une seconde à perdre. Ah, j'oubliais, Jean-Baptiste et Guillaume, vous irez sur Meaux à marche forcée pour exterminer les terroristes le plus loin possible d'ici ! On ne doit pas endosser la paternité de cette embuscade. Se tournant vers l'abbé Magnin : Maintenant c'est à vous, mon père !

Rougeville crie à la troupe :

— Allez, tous à genoux !

Les hommes se découvrent, s'agenouillent et se signent. Rougeville fait de même, sort son épée, la lève à la verticale tout en gardant un genou à terre, et il crie :

— Pour la Reine !

Tous les hommes agenouillés tirent leur épée et crient trois fois :

— Pour la Reine !

L'abbé Magnin bénit la petite armée. Les hommes se séparent, Rougeville monte à cheval, une vingtaine de cavaliers l'accompagnent tandis que Basset et Lemille prennent la route de Meaux escortés par plus de quatre-vingts hommes armés. Elisabeth s'apprête à suivre son mari quand Rougeville l'arrête :

— Elisabeth, tu viens avec moi, mes deux meilleurs combattants dans la même opération c'est déjà trop risqué. Je n'en ajouterai pas un troisième. Tu viens avec moi, ma jolie, tu m'es aussi précieuse que Guillaume et Jean-Baptiste !

Elisabeth, ravie, se range aussitôt aux côtés de Rougeville.

Six heures trente. La troupe se met en route, Elisabeth chevauche, encadrée par Rougeville à sa droite et l'abbé Magnin à gauche. Ils trottent depuis un bon moment en silence quand Elisabeth se décide à dire :

— Je vous suis très reconnaissante, monsieur le chevalier. C'est un grand honneur que de servir la Reine sous vos ordres. Vous pouvez compter sur moi, je suis très forte dans les combats. J'ai été élevée dans les casernes de mon père.

— Ton père était donc général ? demande Rougeville.

Elisabeth Lemille sourit.

— Non, monsieur, nous étions pauvres, dit-elle en riant, il n'était que sergent-chef, mais il m'a tout appris, je ne sais ni lire ni écrire, mais je sais tirer au canon et même avec celui-là !

Elle désigne son arquebuse en la tapotant.

— Aujourd'hui ton père doit être sacrément fier de toi…

Le visage de la jeune femme se rembrunit.

— Hélas non, monsieur le chevalier.

— Et pourquoi donc ?

— Il a été arrêté à Nantes, Carrier l'a fait guillotiner !

L'abbé Magnin se signe.

— Pardon, Elisabeth. Comment s'appelait-il ?

— Le sergent-chef Lavigne.

— Il servait donc dans l'armée des terroristes ?

— Il n'avait pas le choix, monsieur ! Obéir était pour lui une seconde nature. Quand il fut envoyé à Nantes pour participer à la répression contre les royalistes, il a refusé de commander le feu. Il a été arrêté.

— Un jour nous réglerons le compte de tous ces bouchers, dit Rougeville.

— Carrier avait proposé à mon père un marché, il lui avait dit : “Lavigne, si tu craches sur la croix, je saurai que tu es un bon républicain et tu seras libre !” Mon père qui était un fervent catholique a refusé. Il a été transféré à la Conciergerie, traduit devant le Tribunal révolutionnaire où Fouquier-Tinville l’a fait guillotiner.

— Tu verras, Elisabeth, un jour les Lys leur feront payer par le sang tous ces crimes… Je te jure que la mémoire de ton père sera vengée !

— Mais je ne vis que pour cela, monsieur le chevalier.

— Ne sais-tu pas pardonner, ma fille ? demande l’abbé Magnin.

— Non, mon père, on ne me l’a pas appris.

— Pourtant, ma fille, tu devrais suivre les préceptes du roi que tu prétends servir !

— Y aurait-il, mon père, des préceptes qui m’auraient échappé ?

Oui, le plus chrétien de tous : le pardon. Avant de mourir sur l’échafaud, Louis XVI a dit qu’il pardonnait à ses assassins, il n’a fait qu’observer la parole du Christ.

Rougeville, qui était resté silencieux pendant toute cette conversation, intervient :

— Nous savons mon père que les terroristes ont abusé de la sainteté du Roi, ils ont assassiné un homme sans défense qui n’a opposé aucune résistance.

— Il est mort en chrétien, mon fils… Quelle gloire ! Songez-y, vous deux.

— Pardonnez-moi, mon père, dit Elisabeth, j’ai appris dans la Bible que si mon ennemi me crevait un œil, je devais lui crever les deux yeux !

— Bravo, ma fille ! Voilà le meilleur moyen de rendre le monde aveugle !

— Pardonnez-moi encore, mais quand on voit son père dans une boîte avec la tête coupée – des larmes coulent sur son visage figé –, seul un Dieu peut pardonner…

— Mon père, dit Rougeville, après avoir vécu une telle horreur, Elisabeth ne s'apaisera que lorsque les assassins de son père auront payé leur crime.

— Hélas ! répond simplement l'abbé.

Sept heures. La forêt de hêtres s'épaissit. La chaleur est accablante. Depuis son entrée dans la forêt de Meaux, une impression pesante d'insécurité s'est emparée de la troupe. Le chemin forestier qu'elle emprunte maintenant devient de plus en plus obscur.

— C'est un endroit idéal pour tendre une embuscade, dit Rougeville, cette forêt doit être le repaire de tous les terroristes.

— Les terroristes n'ont pas besoin de se cacher, dit Elisabeth, ce sont plutôt leurs victimes qui s'y réfugieraient. Si des terroristes s'y cachent, c'est pour dissimuler leurs crimes !

— Tu as raison, Elisabeth, Ducattois a peut-être eu tort d'y cacher l'abbé Emery, nous allons nous déployer. Elisabeth, prends cinq hommes avec toi, sabre au clair et mousquet armé, et déploie-les à cent mètres derrière moi !

— A cheval ou à pied, monsieur ?

— A pied ! Choisis deux hommes qui garderont les chevaux. Puis s'adressant à un homme qui semble être le chef des conjurés : Comment t'appelles-tu, mon ami ?

L'homme se découvre aussitôt :

— Colas, monsieur le chevalier !

— Quel est ton état, Colas ?

— Je suis râpeur de tabac, rue de la Calandre, monsieur le chevalier.

— Couvre-toi, Colas ! Désigne à Elisabeth deux gardes pour s'occuper des chevaux. Ils chemineront à une certaine distance, nous poursuivons à pied. Arme tous les hommes, épée à la main et percuteur en arrière, porte-toi à un quart d'heure de marche devant nous. Si tu constates quelque chose de suspect, laisse une trace sur un des arbres qui borde le sentier… compris ?

— Quel genre de trace, monsieur le chevalier ?

— Une croix à l'envers par exemple !

— Ah non, monsieur le chevalier, cela porte malheur !

— Ah bon ! Alors une croix à l'endroit ! dit Rougeville en riant.

Colas s'enfonce rapidement dans la forêt. Les six hommes disparaissent dans l'épaisseur des hautes futaies et des fougères. La lumière du jour perce à peine à travers les cimes des hêtres. Rougeville, l'épée à la main, chemine dans le sentier en tête de colonne. L'abbé Magnin, qui souffre de la chaleur, suit péniblement à cinq mètres derrière. Vingt minutes se passent. Soudain Rougeville lève le bras gauche : la colonne s'arrête. Il se tourne vers ses hommes et leur impose le silence en mettant son index sur les lèvres. L'abbé Magnin le rejoint avec précaution, il se penche à l'oreille de Rougeville et lui dit en chuchotant :

— Avez-vous remarqué quelque chose d'anormal, mon fils ?

— Regardez, mon père, au pied de cet arbre, dit l'autre à voix basse.

Un morceau de carton blanc de forme arrondie gît sur le sol. Rougeville s'en empare et le désigne à la troupe en levant son bras. Tous les hommes qui le suivent, même de loin, ont reconnu leur symbole. Ils sont émus.

— Regardez, mon père, chuchote Rougeville, le voilà le signal de Colas.

L'abbé l'examine puis jette un regard interrogateur :

— Je ne connais pas cet emblème, mon fils.

— Vous devriez le reconnaître, mon père : voyons, un rond avec un cœur rouge au milieu ! Lisez donc l'inscription qui y figure, elle vous fera sûrement plaisir.

L'abbé Magnin lit la cocarde ronde en la faisant tourner : "Vive Louis XVII Roi de France !"

— Mais comment est-ce possible, mon fils ?

— C'est l'insigne de ralliement des perruquiers, mon père. Ils ont tout de suite reconnu leur emblème.

— Pourquoi est-il jeté ainsi ?

— En jetant son insigne, Colas veut me dire quelque chose.

— Je croyais que vous étiez convenus qu'il tracerait une croix sur un arbre.

— Je pense que notre ami Colas est superstitieux, il ne veut pas tracer de croix, même à l'endroit. Il a choisi un autre moyen pour me prévenir.

Comme tous les hommes sont arrêtés dans leur progression, Elisabeth a fini par les rejoindre. Rougeville lui fait signe de se taire et montre l'emblème de loin. Elle n'a pas l'air surprise. Elle s'empare de la lourde arquebuse installée sur sa monture comme d'un simple fétu de paille, la met sur son épaule et rejoint Rougeville à pas feutrés. Elle murmure à son oreille :

— Vous aviez deviné que c'était l'insigne de Colas, n'est-ce pas monsieur ?

— Bien sûr, il désire me mettre en garde.

— Il n'est pas en danger mais il vous signale qu'il se passe quand même quelque chose d'anormal.

— Comment le sais-tu ?

— L’insigne n’est pas déchiré, monsieur le chevalier !

— Et alors ?

— C’est le code d’honneur des perruquiers, quand ils sont arrêtés, ils doivent déchirer leur insigne ; comme l’insigne est intact, il est donc libre ! Il l’a placé à votre intention afin de vous prévenir qu’il a découvert quelque chose.

— Il aurait découvert quelque chose sans être en danger, affirmes-tu ?

— Oui, monsieur, mais si nous tardons à le rejoindre, il va l’être !

— Alors, dépêchons-nous !…

Rougeville, qui s’apprête à repartir, fait deux pas puis s’arrête net. Il réalise alors ce qu’Elisabeth vient de lui dire ; intrigué, il revient vers elle :

— Dis donc ! Mais comment sais-tu tout cela ?

Elisabeth rougit jusqu’aux oreilles et après quelques secondes d’hésitation :

— Parce que je le vois, monsieur !

— Que dis tu ? Tu le vois ? Tu vois qui ?

— Je vois Colas, monsieur.

— Tu vois Colas ? Tu plaisantes, j’espère, Elisabeth !

— Non, monsieur, il vous attend à l’abri d’un fourré… Monsieur, ne tardons pas à le rejoindre.

Le visage de Rougeville se rembrunit :

— Ainsi, Colas m’attend à l’abri d’un fourré, dis-tu ?

— Oui, monsieur !

— Te moquerais-tu de moi, Elisabeth ?

Elle répond, les larmes aux yeux :

— Je ne me permettrais pas, monsieur, j’ai un don de voyance, je le tiens de ma mère !

— Vraiment ? De ta mère ?… Allez, cela suffit ! Nous avons perdu assez de temps avec ces sottises, déploie les hommes en éventail à gauche et à droite du sentier, je marcherai en tête, tu me couvriras en progressant sur ma gauche à trois mètres en arrière. Peux-tu tirer à l'arquebuse tout en marchant ?

— Bien sûr, monsieur !

— Sans être projetée en arrière ?

— Sans être projetée en arrière, monsieur !

— Alors en avant !…

Les perruquiers progressent dans un silence feutré comme des loups sur le chemin forestier. Toute la forêt est figée par une moiteur compacte. Pas le moindre souffle d'air pour combattre cette chaleur étouffante. Au bout d'une dizaine de minutes, Rougeville aperçoit un linge blanc au bout d'un bâton qui remue au sommet d'un boqueteau. La troupe s'arrête aussitôt. Rougeville fait signe à Elisabeth de s'avancer jusqu'à lui et dit à son oreille :

— C'est sûrement Colas, n'est-ce pas, madame la sorcière ?

— Oui, monsieur, c'est Colas ! Il prend ces précautions, ne faisons pas de bruit, monsieur, le danger est proche !

— Toujours ta voyance ? dit Rougeville ironique.

Il semble pourtant de plus en plus intrigué. Il observe attentivement Elisabeth qui garde les yeux baissés. Elle a l'air si sûre d'elle qu'il commence à douter… Et si tout cela était vrai ?

— Contourne ce bosquet par la gauche, on ne sait jamais, c'est peut-être un piège, et ne tire que sur mon ordre !

— Mais il n'y a aucun piège, monsieur le chevalier !

— Cela suffit, Elisabeth ! Maintenant je ne joue plus. C'est un ordre. Couvre-moi !

— A vos ordres, monsieur !

Rougeville s'avance vers le bosquet, couvert par Elisabeth qui pointe sans conviction son arquebuse dans sa direction. Quand il parvient à cinq mètres de distance, la tête de Colas émerge du feuillage. Son index est posé sur les lèvres pour ordonner le silence, et de l'autre main il désigne du bout du doigt un point précis dans la forêt. Il chuchote à l'oreille de Rougeville qui s'assoit tout contre lui :

— Ils sont là, monsieur le chevalier !

— Qui donc, Colas ?…

Rougeville déploie délicatement sa longue-vue.

— Les terroristes, là ! Dans cet axe, monsieur le chevalier.

Rougeville observe dans la direction indiquée. A cinquante mètres à peine devant, dans une clairière, trois hommes et une femme ont les mains liées dans le dos. Une troupe d'une vingtaine de gardes nationaux s'affaire autour d'eux. Un officier, les plumes tricolores au chapeau, s'agite en tous sens.

— Les lâches ! dit Rougeville, ils s'apprêtent à fusiller trois hommes et une femme, il y a même un prêtre. Il murmure à Elisabeth, qui s'est rapprochée de lui : Compliments pour ta voyance ! A Colas : Les voilà les terroristes que recherchent Basset et Lemille sur la route de Meaux ! Il rit en disant : Ils n'en avaient pas après nous, personne n'a trahi ! Ce sont ces pauvres bougres qu'ils poursuivaient ! Allez, mon brave Colas : ils sont à nous ! Déploie tes hommes, dix sur le flanc droit, dix à l'extrême droite. Elisabeth, toi, tu te positionnes à l'extrême gauche avec ton arquebuse, moi je chemine au centre, sur le sentier jusqu'à la clairière, faites attention de ne pas blesser les prisonniers. Nous avancerons tout doucement, nous allons les tirer à bout portant comme des canards, mes amis, vous attendrez mon signal avant d'ouvrir le feu.

Rougeville et sa troupe avancent sans bruit. Il s'arrête à la lisière de la forêt. Ils sont à portée de voix des gardes nationaux, ils entendent maintenant très distinctement l'officier qui hurle en lisant un ordre du jour : "En ce jour, 2 août 1793, an deux de la République Une et Indivisible, par décision du tribunal du peuple installé en la mairie de la bonne ville de Meaux, les citoyens André Sabatery, ci-devant maire, son épouse née Renard, le citoyen Marie-Pierre Mauvielle, premier adjoint, et le ci-devant prêtre réfractaire Guillaume Trioullier, suspects de fédéralisme, d'atteinte à l'Unité nationale et de traîtrise à la patrie, ont été jugés par contumace le 20 juillet 1793 et condamnés à mort…"

— Quelle infamie ! dit l'abbé Magnin, qui s'est emparé de la longue-vue. Seigneur ! Je connais ce jeune prêtre, il faisait partie de notre séminaire de Saint-Sulpice. Et se tournant vers Rougeville : Mon fils, laissez-moi leur parler, j'arriverai peut-être à éviter un bain de sang !

— Non, mon père, je ne peux vous le permettre. Ce sont des bêtes féroces.

— Mais non ! Ils sont simplement égarés, allons, monsieur le chevalier, laissez-moi essayer de sauver toutes ces vies…

L'officier poursuit : "Dès la découverte des fugitifs la sentence de mort devra être immédiatement exécutoire…"

L'abbé Magnin insiste :

— Laissez-moi y aller, mon fils ! Je suis sûr qu'ils entendront la parole de Dieu !

Rougeville semble fléchir, Elisabeth guette sa réponse avec attention : va-t-il céder ? se demande-t-elle. Le bleu de son regard devient plus profond. Elle qui n'attend qu'une chose : ouvrir le feu !

L'officier poursuit : "Les traîtres à la patrie se sont lâchement enfuis pour échapper à la justice du peuple. Par souci de préserver l'ordre public les condamnés seront poursuivis, si nécessaire, jusqu'en dehors de l'agglomération de Meaux."

— Mon père, dit Rougeville, nous serons deux à tenter cette conciliation ! Et tandis que le visage d'Elisabeth se rembrunit, il ajoute : Puisque vous y tenez, nous sortirons ensemble, mon père !

— Ah non ! Vous, ils vous tueront, mon fils, je refuse ! Nous devons penser d'abord à la Reine, que deviendrait-elle si vous disparaissiez ?

— Alors j'y vais seul, ainsi nous partageons les risques.

— Dans ce cas, vous ne m'empêcherez pas de vous accompagner.

L'officier des gardes nationaux poursuit : "Ils seront poursuivis, rattrapés et exécutés dans un lieu retiré au choix du capitaine Sylvain, qui exécutera aussitôt la sentence."

Colas et Elisabeth, dit Rougeville, vite ! Ecoutez-moi : je veux deux tirs croisés…

L'officier hurle : "Peloton garde à vous !"

— Le premier doit être orienté franchement à partir de la gauche, ce sera ton rôle, ma jolie, d'ouvrir le feu avec ton arquebuse de façon à les prendre en enfilade. Si tu tires selon le bon axe, pas un n'en réchappera et tu ne blesseras aucun prisonnier, le visage d'Elisabeth s'illumine, toi, Colas, tu ordonneras le feu à partir des flancs droits avec tous les mousquets disponibles. Je veux une mitraille d'enfer, je me réserve le centre gauche pour cheminer vers eux. Il ajoute en riant : Evitez autant que possible de me tirer dessus !

L'officier hurle : "Hausse à trois quarts de pouce !"

— Colas ! Que chaque homme choisisse bien sa cible, je veux sauver tous les prisonniers, pas un ne doit être blessé !

“Armes sur l’épaule droite !”

— Je donnerai le signal d’ouvrir le feu par un coup de pistolet. Afin d’éviter aux prisonniers d’être atteints par le peloton, nous devons tuer tous les gardes en même temps… Compris ? Je vais leur accorder une dernière chance en tentant de parlementer avec leur capitaine !

— Ce sera au risque de votre vie, monsieur, dit Elisabeth avec humeur.

— Ne te soucie pas de moi, ma jolie, au moindre doute je déchaîne l’enfer !

— Je vous suis, mon fils ! dit l’abbé Magnin.

— Puisque vous y tenez, mon père : surtout marchez bien derrière moi, ne déviez pas d’un pouce de mon axe de marche, sinon Elisabeth ou Colas vous tueront. Surtout, mon père, si je suis amené à tirer, plaquez-vous au sol. Puis à Colas et à Elisabeth : Vite ! Prenez vos marques !

“Armez les percuteurs !”

— Mon père, je vous préviens, vous allez entendre siffler les balles à vos oreilles. Attention, êtes-vous prêt ? Jetez-vous à terre dès que j’ai tiré. A trois nous sortons.

“Peloton en joue !”

— Un… deux… trois !

Rougeville, suivi de l’abbé Magnin, fait irruption dans la clairière en criant :

— Arrêtez ! Arrêtez ! Ordre du Comité de sûreté générale : on sursoit à l’exécution !

Le capitaine se retourne stupéfait :

— Qui êtes-vous et que faites-vous ici ? Dégagez la place immédiatement ! S’adressant à ses soldats : Peloton !… Reposeeeez… armes !

— Salut et fraternité, citoyen capitaine, dit Rougeville essoufflé, nous sommes envoyés par le Comité de sûreté générale, ces condamnés ont été dénoncés à tort. Ce sont de bons républicains, c'est un complot royaliste qui les a fait condamner.

— Un complot royaliste ? Foutre ! Qu'inventes-tu là ! Je connais tous les membres du tribunal qui les a condamnés, ce sont mes camarades, ils sont tous d'ardents patriotes ! Montrez-moi un peu vos cartes de sûreté !

— Cela tombe bien, je l'ai précisément sur moi, dit l'abbé Magnin.

— C'est merveilleux, et moi aussi ! dit Rougeville qui rentre la main dans son habit pour en sortir un pistolet… Tiens, la voilà ma carte de sûreté ! Pour la Reine, ordure !

En une fraction de seconde il tire à bout portant sur le front du capitaine qui s'écroule, la tête éclatée, tandis que Rougeville et l'abbé Magnin se jettent aussitôt à terre. On entend alors comme un coup de canon qui retentit sur la gauche, suivi d'une formidable fusillade à droite. Tout le peloton d'exécution s'écroule tel un jeu de dominos. Les gardes nationaux tombent les uns sur les autres. Elisabeth, la jambe avant à moitié fléchie, la jambe arrière rectiligne, tient toujours l'arquebuse fumante à bout de bras. Tous ses muscles sont également tendus, elle est impressionnante de force et de beauté, et l'action a rendu ses yeux bleus encore plus grands. L'expression grave et calme de son visage ne reflète aucune haine. Avec son arquebuse tenue à bout de bras et ses longues jambes, elle évoque une déesse antique tirant à l'arc.

Puis c'est le silence au milieu de l'odeur acre de la poudre, plus rien ne bouge. On entend simplement un long sanglot, c'est celui de la prisonnière. Rougeville se relève imité par l'abbé ; un pistolet dans chaque main, il examine les corps inanimés, prêt à les achever au moindre signe de vie, mais rien ne bouge.

— Que Dieu nous pardonne, dit l'abbé Magnin en se signant, c'est un massacre !

Rougeville hausse les épaules en s'époussetant :

— Qu'on libère d'abord les prisonniers ! Et s'adressant à l'un d'eux : Comment vous appelez-vous, monsieur ?

— André Sabatery, que Dieu vous bénisse citoyen, je suis le maire de Meaux, et voici mon premier adjoint Marie-Pierre Mauvielle. La ville s'est révoltée à l'annonce de l'arrestation des girondins. L'horrible Hattinguais, qui est commissaire national à Meaux, a répliqué par une terrible répression, plusieurs d'entre nous ont été fusillés, les femmes et les enfants se sont enfuis dans la forêt ! Nous avons décidé de les rejoindre pour les secourir, c'est alors que les gardes nationaux nous ont pris en chasse !... Mais comment saviez-vous que nous étions ici, citoyen ?

— Je ne suis pas "citoyen", monsieur, je suis le chevalier Alexandre de Rougeville et je me moque de vos girondins. Mais je me sens concerné par le sort réservé aux femmes et aux enfants, car nous sommes avant tout des chrétiens, pas des barbares. Où sont-ils à cettc heure ?

— Ils sont partis devant... Je ne sais pas !

— Sachez qu'ici, monsieur, on se bat pour la Reine !

— Ah bon ? Nous ne le savions pas !

— C'est la Reine de France qui vous a sauvé ! Vous lui devez la vie !

— Ah ! La Reine est donc avec nous ?... Ici ? demande le maire.

— Mais non ! dit Rougeville en levant les yeux au ciel, si nous sommes ici, c'est pour sauver la Reine de France des griffes de vos amis républicains. Sans elle vous seriez tous morts ! Souvenez-vous-en ! Je connais ce boucher d'Hattinguais, il est aussi juré du Tribunal révolutionnaire ! Il est inscrit sur notre liste noire, croyez-moi, il ne perd rien pour attendre. Puis s'adressant au prêtre : Et vous, monsieur, quelle sorte de Dieu priez-vous ?

— Mais je connais très bien le frère Guillaume Trioullier, c'est un grand chrétien, dit précipitamment l'abbé Magnin... Bonjour, mon frère !

— Bonjour, mon père, Dieu vous a guidé vers nous, que Dieu soit loué ! Que de victimes innocentes ! dit-il en désignant les cadavres des gardes.

— Les terroristes, des victimes innocentes ? dit Rougeville choqué. Mais alors vous faites partie de ces prêtres qui se sont parjurés, monsieur ?

— Pardonnez-moi, monsieur le chevalier, ai-je l'air d'avoir abandonné mon sacerdoce pour que vous m'appeliez “monsieur” ?

Rougeville hausse de nouveau les épaules et passe au suivant :

— Et vous, madame, qui pleurez si fort la mort des terroristes, qui êtes-vous ?

— Je suis la citoyenne Sabatery, je suis l'épouse du maire, mais, monsieur le chevalier, je ne pleure pas les terroristes, je pleure nerveusement, c'est tout !

— Vous êtes tous mes prisonniers, je vous emmène avec moi, je ne sais pas ce que nous ferons de vous. Il ajoute, à l'intention du maire de Meaux : Les girondins que vous pleurez se sont comportés stupidement, ils ont d'abord voté la mort du Roi, et ensuite tenté de le sauver. Puis s'adressant à l'abbé Magnin à voix basse et en riant : En réalité, mon père, nous nous sommes battus pour sauver des républicains, c'est un comble !

— Non, mon fils, c'était la volonté de Dieu que de les sauver d'une mort injuste !

— Eh bien, tant mieux pour eux ! Allez, ôtez leurs liens ! Maintenant au travail ! Colas, récupère les armes et les uniformes et que tes hommes les endossent immédiatement, aujourd'hui c'est carnaval ! On se déguise ! Réserve-moi le déguisement du capitaine, nous allons nous travestir pour tromper les gardes au cas où l'abbé serait leur prisonnier, j'ai bien peur que cette forêt ne soit envahie par ces rats… Elisabeth ! Que tes hommes les enterrent chrétiennement. Mon père, pouvez-vous dire une prière ?

— Je m'en occupe.

— Puis-je me joindre à vous, mon père ? demande le jeune abbé.

— Mais bien sûr, mon fils !

— Il vous faudra prier avec beaucoup de force et de conviction, dit Rougeville en riant, si vous voulez convaincre le Seigneur d'admettre en son sein tous ces criminels. Colas, donne-moi la gourde du défunt capitaine, j'ai soif ! Distribue aux hommes celles des terroristes.

Colas retourne le cadavre du capitaine pour s'emparer de sa gourde et la donne à Rougeville qui en boit une gorgée et la lui tend :

— Tiens, bois à la santé de la Reine !

— Merci bien, monsieur le chevalier, je préfère mourir de soif que de boire à la gourde d'un terroriste.

Rougeville boit de nouveau une bonne rasade :

— Tu as tort, mon ami, c'est de l'anisette de Bordeaux, elle est excellente ! Peut-être un peu trop chambrée par les fesses du capitaine…

Les hommes rient. Les perruquiers se précipitent sur les gourdes des gardes morts.

— Allez, mes amis, trinquons à la Reine, que Dieu la protège !

— A la Reine ! répètent en cœur les perruquiers.

— Donnez une gourde à ce pitoyable républicain ! dit Rougeville en s'approchant du maire de Meaux. Dites, monsieur, ce n'est pas moi qui vous ai sauvé la vie, c'est la Reine de France. Ne l'oubliez jamais ! Maintenant buvez à sa santé, s'il vous plaît, c'est la moindre des politesses que vous puissiez lui rendre.

Il lui tend la gourde, le maire la saisit et dit d'une voix faible :

— A la santé de la Reine !

— Plus fort, je n'ai rien entendu ! hurle Rougeville à ses oreilles.

— A la Reine ! crie le maire.

— C'est mieux ! Allez, on s'en va !

Huit heures trente. Les gardes nationaux sont enterrés dans le sous-bois, et les perruquiers sont transformés en gardes nationaux, seule Elisabeth a refusé de se travestir. Les cavaliers sont en selle. Rougeville est déguisé en capitaine de la garde nationale, mais son costume est trop étroit, il ne peut le boutonner. Colas, qui sait où se cache l'abbé Emery, marche en tête de la troupe, Elisabeth en assure l'arrière-garde. Après une demi-heure de marche, Rougeville demande :

— Colas, dans combien de temps serons-nous rendus ?

— Vingt minutes au plus tard, monsieur le chevalier, mais à pied il faut compter une heure

— Alors arrêtons-nous ! Il fait trop chaud, nos hommes vont s'épuiser. Colas, envoie deux éclaireurs, à pied et non travestis. Ils seront de retour dans deux heures si l'abbé Emery est libre. Dis-leur surtout de prévenir nos amis de ne pas nous tirer dessus quand ils verront nos uniformes de terroristes. Elisabeth, poste des sentinelles tout autour de nous, par groupe de deux, et mets ton arquebuse en batterie dans la direction du sentier, dis aux hommes de se reposer, nous attendrons ici le retour des éclaireurs. Je vais essayer de dormir. Elisabeth, je te confie la troupe !

— Vous pouvez dormir en toute tranquillité, monsieur, je vous réveillerai à la moindre alerte.

Il est bientôt midi et, malgré l'épais feuillage, la chaleur est accablante. Les hommes en profitent pour somnoler ou se désaltérer. Les deux prêtres parlent à voix basse. Le maire de Meaux, sa femme et son adjoint sont gardés par un perruquier armé. Le maire est pensif et abattu, son épouse dort à ses pieds. Elisabeth s'est installée, en hauteur, sur une volumineuse branche de hêtre. De son perchoir, où elle a mis son arquebuse en batterie, elle contrôle le sentier dans les deux sens. Elle attend…

Midi trente. Elisabeth entend soudain des branchages qui craquent, droit devant. Elle voit de hautes fougères remuer à cent mètres. Sans un bruit, elle fait signe aux sentinelles de mettre les hommes en position de défense autour du camp. Avec la souplesse d'un félin, elle descend de son poste d'observation, se précipite sur Rougeville endormi et lui dit à l'oreille :

— Monsieur, monsieur, on vient droit devant. Ils sont nombreux, les fougères bougent beaucoup.

— Mets immédiatement les hommes en position ! dit Rougeville qui émerge aussitôt. Et remonte à ton poste d'observation, c'est le mieux placé pour ouvrir le feu… A mon signal tu tireras un coup de semonce en l'air.

En moins d'une minute tous les perruquiers sont en état de défense.

— Qui va là ? hurle Rougeville.

Les fougères s'immobilisent, un silence complet retombe sur la forêt. Rougeville lève les yeux vers Elisabeth ; elle est debout sur une branche de hêtre, adossée au tronc, l'arquebuse sur l'épaule, la tête inclinée sur la mire de visée, elle attend.

— Feu ! crie Rougeville.

Un bruit terrible retentit dans toute la forêt… L'écho le répète. Le bruissement des ailes de centaines d'oiseaux se fait entendre. Les croassements des corbeaux affolés couvrent la forêt. Puis c'est le silence.

— Qui va là ? hurle de nouveau Rougeville.

— Ne tirez pas, dit une voix faible dans les fougères, c'est moi Colas !

— Et si c'était un piège ? lance Rougeville à Elisabeth qui se prépare à tirer.

— C'est possible, monsieur le chevalier, dit Elisabeth, la tête toujours inclinée sur sa mire.

— Ne bouge surtout pas, hurle Rougeville dans la direction de Colas, combien êtes-vous ?

— Nous sommes douze, répond la voix.

— Qui sont les autres ?

— Ce sont les dix hommes que Ducattois avait désignés pour protéger l'abbé Emery.

— Levez les mains en l'air avec vos fusils bien en évidence !

Douze fusils tenus horizontalement émergent des fougères.

— Colas ! hurle Rougeville.

— Oui, monsieur le chevalier ?

— Prouve-moi que tu es libre de tes mouvements et que tu n'es l'otage de personne.

— J'envoie vers vous les hommes de Ducattois un par un, je serai le dernier !

— Oui, mais sans leurs armes.

— Attention, monsieur le chevalier, ils sont déguisés en terroristes, que vos hommes ne tirent pas !

— Ils t'ont entendu, Colas, allez, envoie les hommes !

Les mains en l'air, dix gardes nationaux apparaissent les uns derrière les autres.

— Je reconnais nos hommes, monsieur le chevalier, dit Elisabeth, je les connais tous !

— C'est bon, Colas, tu peux venir ! s'écrie Rougeville.

Colas et ses perruquiers émergent des fougères, une douzaine de fusils sur le dos.

— Et l'abbé Emery ?

— Je ne l'ai pas vu, dit Colas, quand je suis arrivé, il n'était plus là.

— Comment est-ce possible ? demande Rougeville visiblement contrarié.

Un des hommes de Ducattois intervient :

— Quand il a entendu votre canonnade, monsieur, il a cru que c'était la garde nationale de Meaux qui le poursuivait. Il s'est enfui avec les femmes et les enfants

— Vous saviez très bien que nous venions en renfort !

— Non, monsieur le chevalier, nous ne le savions pas. Quand nous sommes partis très tôt ce matin avec l'abbé, vous n'étiez pas encore arrivé.

— Où est l'abbé à cette heure-ci ?

— Je ne sais pas, il a dit qu'il tenterait de regagner Paris à travers bois avec les femmes et les enfants.

— C'est bien normal, dit l'abbé Magnin qui s'est rapproché d'eux, il a voulu les protéger. Chacun de nous aurait fait de même.

— Pour quelles raisons ne l'avez-vous pas accompagné ?

— Il n'a pas voulu ! Il disait que nous risquions d'attirer l'attention des terroristes sur nous !

— Elisabeth, descends et donne-moi la carte de la région avec mon compas !

Elisabeth apporte un tube, elle ouvre une des extrémités, déroule une carte qu'elle étale à même le sol. Ils se mettent tous deux à quatre pattes et l'examinent.

— Nous sommes là. Colas, indique-moi la position de l'abbé Emery au moment de son départ.

Colas désigne du doigt un point précis. Rougeville mesure au compas la distance qui le sépare de ce point.

— Deux heures de marche pour douze lieues ! Colas, à quelle heure l'abbé Emery vous a-t-il quittés ?

— A six heures environ ce matin, monsieur le chevalier.

Rougeville consulte sa montre.

— Il marche depuis trois heures environ.

Il règle l'écartement de son compas et le pose sur la carte.

— Il doit être là à présent ! Il a dépassé Ozoir-la-Ferrière, il est aux portes de Paris. On peut le rattraper en galopant, dans une heure nous l'aurons rejoint... Allez, tous à cheval !

VENDREDI 2 AOÛT, PREMIER JOUR DE DÉTENTION,
LE CACHOT DE LA REINE, NEUF HEURES DU MATIN

5

La mère Larivière

Deux femmes et un homme viennent de pénétrer dans le cachot de la Reine. C'est le concierge Richard accompagné de Rosalie Lamorlière et d'une grande et vieille femme du nom de Jeanne Larivière. Ils attendent discrètement derrière le paravent que la Reine émerge de son sommeil, mais celle-ci se lève aussitôt et revêt son unique robe noire. Elle a reconnu Richard et Rosalie mais se demande qui est cette immense femme au visage souriant. Elle ressemble à une vieille jument percheronne encore alerte malgré son âge. Les séquelles laissées par ses quatre-vingts ans ont fait leurs ravages mais on devine qu'elle a dû être naguère une plantureuse matrone au caractère bien trempé.

Richard se rend rarement dans les cachots, principalement le matin. Il laisse ce soin à son épouse qui coordonne les problèmes domestiques. Et pourtant, ce jour-là il tenait à se rendre lui-même chez la Reine. Il s'approche d'elle avec discrétion, suivi par la géante, tandis que Rosalie, comme à l'accoutumée, reste près de la porte.

— Bonjour Madame, voici Mme Larivière, la grand-mère de notre porte-clefs qui vient prêter main forte à mon épouse. On la surnomme "la mère Larivière" !

La géante sourit en s'inclinant respectueusement. La Reine lui répond par un simple mouvement de tête.

— Madame, dit Richard, je reviendrai plus tard pour m'enquérir de vos besoins.

— Monsieur Richard, je me trouve démunie du moindre linge.

— Je le sais, Madame, malheureusement nous n'avons reçu aucune instruction à ce sujet. Mon épouse qui doit apporter votre déjeuner vous en parlera.

Situation inimaginable : pour son premier jour de réclusion, la Reine se retrouve seule, au fin fond de la Conciergerie, avec deux femmes de sensibilité royaliste.

La mère Larivière est toujours debout et fort embarrassée. La Reine, touchée par la gêne de la vieille femme, lui propose de s'asseoir :

— Tirez une chaise, madame, ne restez pas debout, et vous Rosalie ne craignez pas, approchez !

— Merci, Madame, dit la vieille en s'asseyant sur l'autre chaise qui gémit sous la charge. Et sans transition elle annonce qu'elle a été très longtemps au service de monseigneur le duc de Penthièvre.

La Reine tressaille en entendant ce nom.

— Oui, Madame, j'ai servi pendant trente ans monseigneur le grand amiral de France. C'était le meilleur des hommes, c'est lui qui avait aidé mon petit-fils Louis à obtenir le poste de pâtissier à Versailles.

— S'agirait-il du jeune homme qui détient les clefs des prisons ?

— Oui, Madame, c'est mon petit-fils. J'ai aussi une petite-fille, Julie… Louis fait ce métier de guichetier par nécessité, Madame, car ce n'est pas le sien. Il a été apprenti pâtissier au service de Votre Majesté dès l'âge de quatorze ans. Il est devenu, par la grâce de monseigneur, un grand pâtissier et un honnête cuisinier.

— C'est M. de Penthièvre qui l'a fait admettre à la bouche du Roi ?

— Oui, Madame, monseigneur l'a recommandé au chef d'office servant à Versailles !

— Pour quelles raisons a-t-il abandonné son beau métier ?

— La funeste journée du 6 octobre, Madame – le visage de la Reine s'assombrit aussitôt –, ce jour qui a vu le départ pour toujours de Votre Majesté lui a fait perdre son emploi au château et a consacré notre ruine.

— Ces horribles journées d'octobre ont fait le malheur de la plupart d'entre nous ! Mais comment ontelles pu vous ruiner ?

— Monseigneur le duc de Penthièvre nous avait octroyé le poste de concierges de l'amirauté du palais, mais après la suppression de l'amirauté de France, mon mari et moi nous avons perdu notre emploi.

— Où demeurez-vous pour l'instant ?

— Toujours au deuxième étage de l'amirauté, Madame. Comme le logement n'était ni commode ni agréable, ils nous l'ont laissé. Privés de notre emploi, nous vivions dans le besoin lorsque le concierge Richard, qui est pourvu de qualités de cœur, a engagé mon petit-fils comme porte-clefs et m'a proposé, à ma plus grande joie, de servir quelque temps Votre Majesté.

— La tâche ne va-t-elle pas s'avérer trop rude pour vous ?

— Non, Madame ! Monseigneur le duc de Penthièvre se souciait aussi de mon âge avancé mais je n'ai jamais consenti à arrêter mon activité.

— Auriez-vous par hasard connu l'épouse de son défunt fils ? demande la Reine dont le visage est soudain devenu grave.

La vieille hésite avant de répondre…

— S'agirait-il de Mme la princesse de Lamballe ? Et comme la Reine acquiesce d'un léger signe de tête, elle ajoute : Mais bien sûr, Madame ! En se signant, elle dit : Que Dieu leur pardonne ! Nous vivons, Madame, des moments bien cruels !

Les yeux de la Reine deviennent brillants. Après quelques secondes d'hésitation et la voix cassée par l'émotion, la vieille femme dit en baissant les yeux :

— Oui, Madame, j'ai également servi cette excellente femme que fut Mme la princesse de Lamballe…

— Croyez-vous, demande la Reine avec anxiété, qu'avant de mourir elle ait disposé du temps nécessaire pour recevoir les derniers sacrements ?

— Je le pense vraiment, Madame. Durant ces horribles massacres de septembre à la prison de la Force, l'abbé Emery avait disposé ses auxiliaires sur le trajet des victimes. Certains d'entre eux furent même mêlés aux prisonniers et partagèrent leur sort, mais avant de mourir en martyrs, ils officièrent secrètement à l'intérieur des prisons pour leur donner les derniers sacrements. Je pense que Votre Majesté peut être rassurée, je suis persuadée que Mme la princesse de Lamballe a reçu la sainte communion et qu'elle est morte en chrétienne et en martyre.

La Reine lutte pour cacher ses larmes.

— Si vous saviez, madame, de quel réconfort je vous suis redevable quand j'apprends que mon amie a bien reçu les derniers sacrements de Dieu avant de mourir ! Marie-Antoinette ne peut plus surmonter ses larmes. Après un silence : Qui est cet abbé Emery à qui nous devons tant ? dit-elle en s'essuyant les yeux.

— L'abbé Emery, Madame, était le directeur du grand séminaire de Saint-Sulpice. Il risque à tout instant sa vie pour secourir dans la clandestinité les condamnés à mort…

— Se pourrait-il qu'il ne soit pas jureur ? demande la Reine.

La question fait sourire la vieille femme :

— Assurément Madame ! Je peux certifier à Votre Majesté qu'il n'est pas le seul. Des prêtres réfractaires comme l'abbé Montaigu circulent la nuit dans la Conciergerie déguisés en agent municipal ou en garde national.

— Le saviez-vous, Rosalie ? demande la Reine qui désire sonder la servante.

— Oui, Madame, dit Rosalie rouge comme une pivoine. Aujourd'hui c'est l'abbé Magnin qui aide le jeune Basset à soutenir les condamnés.

— Comment savez-vous cela, Rosalie ? demande la vieille contrariée.

— Le jeune Basset m'a mise au courant.

— Rosalie, ma fille, dit la vieille avec humeur, vous ne devez pas être mêlée à tout cela !

— Madame Larivière, c'est une des raisons qui m'ont poussée à travailler ici !

— L'abbé Magnin ? Le jeune Basset ? Qui sont ces gens ? demande la Reine.

— Je ne les connais pas personnellement, Madame, dit la vieille, mais je sais que l'abbé Magnin et plusieurs de ses condisciples accompagnent religieusement les condamnés à mort au péril de leur vie. Quant à Jean-Baptiste Basset, il serait le chef de file avec son ami Guillaume Lemille d'anciens perruquiers qui agissent dans l'ombre.

— D'où sont originaires tous ces gens valeureux ? demande la Reine.

— Mais d'ici même ! Ces hommes habitent pour la plupart autour de la Conciergerie.

— Comment l'abbé Magnin et ses amis peuvent-ils secourir tous ces condamnés ?

— Ils sont parfaitement organisés, ils transportent sur eux la pyxide pleine d'hosties pour célébrer la sainte messe dans les cachots.

— Dans les cachots ? Madame Larivière, je ne mets pas en doute ce que vous dites, mais faire célébrer la messe par des prêtres non jureurs dans une prison comme la Conciergerie, cela paraît inimaginable !

— Votre Majesté a raison ! Comment concevoir que les yeux de Fouquier-Tinville et de sa troupe de barbares ne s'ouvrent pas devant ces pratiques chrétiennes si Dieu lui-même ne les eut fermés ? Le miracle de Dieu est ici permanent, Madame. La renommée de l'abbé Emery a franchi les barrières de toutes les prisons. Les guichetiers et les factionnaires, malgré leurs redoutables molosses, ont une peur mystique de lui !

— Une peur mystique ?

— Oui, Madame. L'abbé inspire à tous crainte et respect ! Jusqu'au concierge Richard. Crainte de Dieu et respect devant tant d'abnégation et de courage. Eux aussi pensent à la sauvegarde de leurs âmes. Il faut que vous sachiez, Madame, que ma petite-fille Julie a épousé un gendarme qui doit être affecté précisément à la surveillance de Votre Majesté, je veillerai personnellement à ce que son comportement soit correct… Et je dirai même…

La mère Larivière est interrompue par le grincement des verrous. Baps aboie. Les visages se figent. La porte s'ouvre. La vieille se lève aussitôt et passe derrière le paravent. Louis Larivière ouvre le passage et s'efface devant Marie Richard toute souriante, qui porte un plateau. Elle attend un signe de la Reine pour s'avancer.

— Approchez, madame. Quand Marie dépose le plateau sur la table en bois, la Reine continue : Madame Richard, lorsque j'ai quitté le Temple, il ne m'a pas été permis d'emporter ce qui m'était nécessaire. Pourriez-vous me procurer quelques linges ou au besoin m'en prêter ?

— Je suis au courant, Madame, mais il n'est pas dans mes attributions de prendre de telles initiatives, j'en informerai l'administrateur, il est le seul à pouvoir décider.

— Merci, madame, répond simplement la Reine, puis voyant que la vieille femme attend debout devant la porte elle s'adresse à elle avec un sourire : Madame Larivière, merci ! J'espère que nous reprendrons notre entretien.

La vieille femme s'incline et sort.

Marie Richard essuie soigneusement la petite table de bois, déploie un linge amidonné d'une blancheur immaculée qui fait office de nappe. Elle dresse le couvert avec deux cuillères, une assiette en étain bien poli et une serviette blanche pliée en quatre.

— Rosalie vous a préparé du chocolat, Madame, et un petit pain au lait, mais aussi du café au cas ou vous le préféreriez !

— Merci, madame, le chocolat fera l'affaire, dit la Reine.

Marie Richard verse le contenu d'un petit pot dans une tasse. La Reine observe son joli visage rond, ses ongles soignés, sa coiffe immaculée. Elle songe qu'il doit être bien difficile de se maintenir aussi propre parmi tant de souillure.

— Comment faites-vous, madame, pour traiter votre linge si blanc ?

— Mon ancien état, Madame, répond Marie Richard en riant. Avant d'être concierge j'étais marchande à la toilette, j'ai gardé mes bonnes habitudes et je ne peux m'en défaire !

— Je comprends maintenant… Approchez-vous Rosalie, ne craignez pas, dit-elle sur un ton affectueux.

Rosalie se rapproche timidement de la Reine, tout en gardant une distance respectueuse.

— Et vous Rosalie, travaillez-vous depuis longtemps à la Conciergerie ?

— Non, Madame, répond la jeune fille, le visage empourpré, je suis servante ici depuis octobre de l'année dernière !

— Où avez-vous exercé avant d'être ici ?

— Je servais en qualité de femme de chambre chez Mme Beaulieu, Madame, la mère du célèbre comédien.

— J'ai eu jadis l'occasion de voir M. Beaulieu jouer la comédie, dit la Reine avec un sourire attristé. Exerciez-vous auprès de sa mère ?

— Oui, Madame, dit Rosalie aussi rouge qu'une pivoine. La lèvre inférieure tremblante d'émotion et n'osant plus lever les yeux du sol, elle ajoute : Mme Beaulieu était infirme… Quand madame mourut, son fils me donna de confiance à Mme Richard.

— Ne seriez-vous pas trop jeune, Rosalie, pour travailler dans une prison ? s'inquiète la Reine.

— Si fait, Madame, dit Rosalie les yeux baissés, j'éprouvais beaucoup de répugnance à travailler dans une prison, mais comme M. Beaulieu, qui était aussi avocat, défendait gratuitement les honnêtes gens enfermés ici, il m'a dit que j'avais là l'occasion de me rendre utile.

Un grand silence s'installe. La Reine fixe Rosalie avec admiration. C'est Marie Richard qui le rompt :

— Madame Larivière, il faudra remettre la robe de Madame en l'état, notez bien ce qu'il y a lieu de faire. Il faudra que vous soyez rapide en besogne car c'est le seul vêtement de jour dont nous disposons. Vous devrez donc effectuer les réparations dès demain. Faites acheter aujourd'hui ce qui vous sera utile !

— Je reviendrai demain matin avec le nécessaire, répond la vieille.

Puis elle se dirige vers la sortie où son petit-fils l'attend derrière la porte. Elle s'incline à nouveau avant de sortir, la Reine lui répond par un sourire.

Marie Richard rejoint Rosalie derrière le paravent pendant que la Reine déjeune. Les deux femmes l'observent discrètement. Cette situation, ô combien dérisoire, évoque peut-être pour la Reine de France le temps des grands soupers à Versailles où la noblesse l'observait en silence.

6

L'accusateur public descend à la Conciergerie

Le guichetier Louis Larivière, tenant en laisse son chien Ravage, raccompagne sa grand-mère à travers le corridor noir puis tourne à droite dans le couloir des prisonniers. Il franchit avec elle le troisième guichet dont il a la garde en faisant pivoter dans un grincement aigu la grille de fer qui en condamne l'accès.

— Je te laisse ici, grand-mère, je ne suis pas autorisé à aller plus loin.

Le couloir des prisonniers est un espace hermétique à l'air et à la lumière. C'est un large et long corridor, presque aveugle, ruisselant d'humidité et éclairé de jour comme de nuit par des torches fumantes et nauséabondes.

Cette galerie est envahie par les geôliers et les guichetiers accompagnés de leurs molosses, mais aussi par les gendarmes affalés sur des sièges tout au long du couloir.

Ces factionnaires boivent force eau-de-vie et fument abondamment. Les odeurs acides des boissons alcoolisées, mêlées à la fumée acre du tabac et aux fumerolles des torches, forment un mélange écœurant. Ce méphitisme est amplifié par des relents de sudations corporelles et de transpiration des pieds. L'odeur, portée par le nuage grisâtre des flambeaux et la fumée du tabac, se répand partout dans cet espace dépourvu d'air et de lumière.

A cette heure-ci, une foule dense de prisonniers "en promenade" a envahi cet univers crépusculaire. Défile sans cesse un "tableau mouvant" de prêtres, nobles, sans-culottes, militaires, marchands, banquiers, artisans, hommes de lettres, hommes de science, cultivateurs… Tous ces malheureux sont condamnés à errer dans ces corridors pestilentiels et doivent attendre le coucher du soleil pour réintégrer leurs cachots.

A l'occasion du "journal du soir", véritable appel des condamnés à mort, certains recevront la terrible "feuille de route" les enjoignant à comparaître le lendemain devant le Tribunal révolutionnaire. D'autres vont s'agglutiner aux grilles du parloir pour retrouver un parent ou un être aimé.

— Le cachot de la Reine est une vraie tombe, dit la mère Larivière à son petit-fils.

— Il y a bien pire, tu sais !

— Oui, je sais, les pailleux ?

— Pire encore, grand-mère !

— Pire que les pailleux ? Seigneur, est-ce possible ?

— Oui, pire, insiste Louis, ce sont les cachots de la grande salle voûtée du sous-sol. C'est l'enfer absolu. Cette salle est entièrement aménagée en cellules obscures. On n'ouvre les portes que pour nourrir les détenus ! Ils sont entassés comme du bétail. Ils n'en sortent que pour monter d'abord au tribunal ensuite à l'échafaud ! Les rats sont si nombreux que les prisonniers doivent se protéger le nez et les oreilles pour leur éviter d'être dévorés.

— Je ne suis pas fière du travail que tu fais ici, mon garçon, dit la mère Larivière à voix basse, et elle ajoute : Heureusement que tu aides ces malheureux d'une autre façon !

— Chut, grand-mère ! Je ne m'occupe point des cachots. C'est Deshouilles qui s'en charge. L'odeur y est si effroyable que les prisonniers vont respirer à tour de rôle à la lucarne de la porte, beaucoup meurent asphyxiés.

— J'ai honte d'apprendre tout cela de la bouche de mon petit-fils. Et quand je pense que ma petite-fille a épousé un gendarme affecté ici et de surcroît qui va garder la Reine, quelle honte pour notre famille… Un petit-fils guichetier et une petite-fille mariée à un révolutionnaire ! Je suis désespérée…

— Je reprendrai un jour mon travail de pâtissier et nous partirons à la campagne pour ouvrir une petite boulangerie… Nous oublierons cet enfer.

La vieille femme a les yeux humides.

— Où vont tous ces pauvres gens qui marchent dans les corridors ? On dirait des fantômes.

— Mais grand-mère, ce sont des fantômes ! Ils se morfondent dans les cours et déambulent hiver ou été comme des âmes en peine. Quand il pleut, ils se réfugient sous le préau ou dans les galeries empoisonnées par les odeurs d'urine.

— Pourquoi ne restent-ils pas dans leurs cellules ?

— Parce que c'est interdit. Cela vaut peut-être mieux que de croupir sur leur paille pourrie, sans air, entassés jusqu'à soixante les uns sur les autres, le nez dans les excréments du voisin. Ils sont couverts de vermine et de poux et se communiquent toutes leurs maladies. Le cachot le plus terrible, grand-mère, c'est celui de la tour Bonbec !

— Pourquoi ?

— Le cachot est rond comme elle ! Les prisonniers sont disposés dans une fosse circulaire comme les rayons d'une roue, ils se rejoignent au centre par les pieds enchaînés les uns aux autres !

— Assez ! J'en ai assez entendu ! Veux-tu rendre ta grand-mère malade ? Quel malheur que tu sois mêlé à cette épouvante… J'en ai la nausée, l'odeur de ce corridor me soulève le cœur, fais-moi sortir d'ici !

— Dis-moi d'abord comment la Reine t'a reçue.

— Plus tard !

— Non ! Je dois savoir !

— Sa Majesté m'a traitée beaucoup mieux qu'il ne m'était dû, répond la vieille femme à voix basse. En outre, Marie Richard m'a demandé de restaurer son unique robe qui est en lambeaux. Il faut réparer le bas qui est usé et renforcer les aisselles… Apporte-moi demain une demi-aune d'étamine noire, du fil de soie noir, du fil ordinaire noir et des aiguilles. Je veux que Rosalie t'accompagne chez Charlotte la mercière pour que tes achats soient de bonne tenue. Les hommes n'entendent rien à ce genre de choses. Maintenant fais-moi sortir d'ici, je me sens défaillir !

Soudain, gendarmes et porte-clefs se lèvent dans un grincement assourdissant dû au frottement des chaises contre le sol en pierre. Les voix se taisent subitement. Un silence solennel s'installe d'un bout à l'autre du corridor.

— A vos rangs fixe ! hurle un petit sergent obèse.

Les factionnaires se mettent au garde-à-vous contre le mur. Les prisonniers qui croupissent là sont chassés vers l'extérieur.

— Vite ! vite ! dans les cours !… dans les cours ! hurlent les guichetiers soutenus par les aboiements des molosses.

Un groupe de visiteurs, comprenant des officiers municipaux coiffés du bonnet rouge, des gendarmes avec sabres et mousquets, et des juges du Tribunal révolutionnaire font irruption. Les magistrats sont coiffés de grands chapeaux à la Henri IV garnis de plumes noires. Ils ressemblent à des oiseaux de proie.

Le groupe, accompagné de Michonis et de Richard, marque un temps d'arrêt devant chaque cellule où retentissent de nombreux éclats de voix. Le plumage lugubre des chapeaux s'agitant en tous sens évoque une nuée de corbeaux participant à la curée.

Aujourd'hui un visiteur important, qui ne descend jamais à la Conciergerie, participe exceptionnellement à cette inspection de routine. L'homme domine tous les autres par sa haute taille. Les plumes noires de son chapeau virevoltent ; sa voix caverneuse résonne comme un grondement dans ce lieu clos. Il est entouré d'une garde de huit gendarmes sous les ordres du lieutenant Lebrasse.

— Qui est donc cet homme qui porte son timbre si haut ? demande la mère Larivière à son petit-fils qui répond en chuchotant :

— C'est l'accusateur public Fouquier-Tinville, grand-mère. Il ne vient jamais à la Conciergerie parce qu'il a peur d'être assassiné par un prisonnier… Aujourd'hui sa curiosité l'emporte sur sa peur. Il veut sûrement découvrir la Reine de France. Tu ne peux plus sortir maintenant, il faut attendre qu'il ait fini son inspection… Attention, ils approchent !

Tandis que le groupe s'avance vers eux, le jeune Larivière se met au garde-à-vous.

— Qui est le porte-clefs de ce guichet ? demande Fouquier-Tinville de sa voix rocailleuse.

— C'est Louis Larivière, citoyen accusateur, répond Richard, et voici sa grand-mère affectée au cachot de la veuve Capet !

Fouquier-Tinville dévisage la vieille femme d'un air étonné. Ils sont aussi grands l'un que l'autre.

— Est-ce bien ta petite-fille, citoyenne, qui est mariée avec un de nos gendarmes ?

— Oui, citoyen accusateur, Julie est mariée au gendarme Jean Gilbert.

— Comme nous sommes satisfaits de ton petit-fils, nous avons affecté ton gendre à la surveillance de la veuve Capet.

— Je le sais, citoyen accusateur, je t'en remercie.

— Au fait quel âge as-tu donc citoyenne ?

— Quatre-vingt-un ans, citoyen accusateur ! répond la vieille d'un ton assuré en levant le menton.

— Tu les portes bien. Qui t'a nommée ici ?

— C'est moi, citoyen accusateur, qui l'ai proposée pour ce poste, dit Richard, et les municipaux m'ont donné leur accord !

Fouquier-Tinville détaille la mère Larivière de pied en cap.

— Citoyenne tu n'es plus en âge de travailler ! La Nation a besoin de bras forts, tu dois te reposer maintenant, c'est à nous de travailler pour toi !

— Je te remercie pour ton obligeance, citoyen accusateur, mais je ne me sens pas le moins du monde fatiguée et je peux encore travailler par moi-même.

Fouquier-Tinville, qui n'aime pas qu'on lui tienne tête, se tourne vers Richard :

— Tu la remplaceras dès demain par la femme d'un employé de mairie. Elle se nomme Marie Harel, c'est une patriote.

— A vos ordres, citoyen accusateur !

— Tu permettras au moins, citoyen accusateur, de me laisser terminer la besogne que j'ai commencée ?

— Tu partiras aussitôt après ! Il s'adresse à Larivière : Ouvre-moi le cachot de la veuve Capet, je veux installer moi-même ses deux gardiens. Puis à Richard en ricanant : Où donc ta femme l'a-t-elle logée ?

— Dans l'ancienne chambre du Conseil, citoyen accusateur.

— Foutre ! La chambre du Conseil pour cette garce ? Tu n'as rien trouvé d'autre ?

— On ne sait plus où mettre les prisonniers, citoyen accusateur !

— Ne t'inquiète pas pour cela, je vais t'en débarrasser, dit Fouquier en riant, tu auras bientôt beaucoup de places libres ! Allez passe devant ! S'adressant aux gendarmes : Vous, entourez-moi !

Le groupe se dirige vers le corridor noir, la mère Larivière en profite pour s'enfuir vers la sortie.

La Reine est penchée sur son ouvrage, tandis que Rosalie débarrasse le déjeuner. Quant à la femme Richard, elle retourne les matelas et prépare le lit.

Soudain, grincement des verrous, Baps aboie : la Reine pose son ouvrage sur ses genoux et attend. Fouquier-Tinville entre suivi de têtes emplumées et de bonnet rouges. Personne ne se découvre en entrant. Fouquier, ravi de tenir enfin la Reine de France à sa merci, l'observe avec curiosité. Il n'est pas encore fixé sur son sort puisque aucune décision n'a été prise par le Comité de salut public.

Il se penche vers elle, sans prononcer un mot, les mains dans les poches en la fixant pendant un long moment avec un grand sourire de satisfaction.

Quel contraste que ces deux êtres ! L'un debout, penché en avant et menaçant, tel un prédateur qui guette sa proie, l'autre assise, soumise et douce. On pourrait penser en les voyant à la capture d'une colombe par un rapace.

La Reine se demande qui est cet homme dont les yeux noirs écartés dans ce visage large lui rappellent le faciès cruel et borné d'un poisson carnivore. Il porte au cou une plaque suspendue par un ruban tricolore, une inscription y figure mais sa myopie l'empêche de lire les deux mots gravés en rouge : "Accusateur public".

Comme cette situation s'éternise, la Reine baisse les yeux et reprend son ouvrage. Fouquier-Tinville blessé par cette attitude désinvolte l'interpelle sans oser toutefois la tutoyer :

— Bienvenue à la Conciergerie, veuve Capet ! Dites donc, ne trouvez-vous pas que vous êtes drôlement bien lotie pour quelqu'un qui a tyrannisé le peuple si longtemps ? Reconnaissez au moins que nous sommes généreux et peu rancuniers, vous avez de la chance, vous auriez pu être logée chez les pailleuses !

La Reine pose son tricot et soutient sans animosité, de ses yeux bleus de myope, le regard noir de cet homme haineux. Elle a pris le parti de ne pas répondre à ses provocations, mais elle cherche toujours à dé-couvrir son identité. Au bout de quelques secondes, elle reprend son ouvrage. Fouquier irrité de son indifférence se tourne vers Michonis :

— Installe donc les gendarmes préposés à sa surveillance !

Cette fois la Reine lève les yeux et arrête de tricoter. Deux soldats entrent dans le cachot avec sabres et mousquets. Fouquier s'adresse au premier qui se met aussitôt au garde-à-vous :

— Présente-toi !

— Maréchal des logis François Dufresne, citoyen accusateur !

— Et toi ?

— Gendarme national Jean Gilbert, à vos ordres, citoyen accusateur !

Ah, c'est donc lui l'accusateur public du tribunal révolutionnaire, pense la Reine, c'est lui Fouquier-Tinville, qu'on surnomme “le boucher” !

Fouquier semonce les deux gendarmes :

— Avez-vous réalisé la responsabilité qui vous incombe ?… Hein ?… Toi le maréchal des logis, as-tu bien réalisé ?

— Mais bien sûr, citoyen accusateur !

— Avez-vous réalisé que vous êtes les gardiens de notre pire ennemie ?

Lasse de ce discours, la Reine soupire, puis reprend son ouvrage. Fouquier la provoque à nouveau, en la montrant du doigt. Il répète en criant :

— C'est elle notre pire ennemie !… N'est-ce pas que vous souhaitez rétablir la monarchie absolue pour votre fils ?

— Je ne veux rien rétablir du tout, dit la Reine en haussant les épaules sans même lever les yeux de son ouvrage, je ne désire que le bonheur de la France.

— Et par la même occasion votre bonheur de tyran ? éructe Fouquier-Tinville en ricanant.

Cette fois la Reine pose son tricot sur ses genoux et dit calmement en fixant l'accusateur :

— Mon bonheur ?… Sans vous offenser, monsieur, connaissez-vous une mère à qui on a arraché ses enfants, qui puisse encore vivre une seconde de bonheur ?

Les visiteurs sont ébranlés. Rosalie Lamorlière baisse la tête, peut-être pour cacher ses larmes, la femme Richard garde les yeux baissés, et les hommes s'observent avec gêne. Fouquier-Tinville déstabilisé se dirige vers une fenêtre dont deux vitres sont brisées. Il feint une forte colère en s'adressant à Marie Richard :

— Bravo citoyenne ! C'est ainsi que tu veilles à la sécurité de la Nation ? Et voyant la femme Richard devenir livide, il ajoute : Il est très facile à la veuve

Capet de communiquer avec les criminels qui sont dans la cour et de comploter à son aise !

— J'ai convoqué le père Orens, le vitrier du palais pour demain, intervient Michonis.

— C'est aujourd'hui qu'il aurait dû venir ! Je veux qu'un porte-clefs aille lui-même se saisir de cet Orens demain matin à la première heure ! Puis s'adressant aux deux gendarmes : Surtout ouvrez bien l'œil tant que ces vitres ne seront pas remplacées et j'interdis qu'on ouvre désormais cette fenêtre.

Il fait mine d'évaluer la solidité des barreaux qu'il secoue fortement. Il se dirige ensuite vers la sortie qu'il franchit d'un air important sans un regard pour la Reine. Tout son groupe se précipite derrière lui dans le corridor noir.

La porte se referme, les trois femmes sont seules avec les deux gendarmes. La Reine a marqué un point contre l'accusateur public en présence de ses collègues, Fouquier-Tinville ne lui pardonnera jamais.

Tout en marchant, ce dernier glisse à l'oreille de Richard :

— N'oublie surtout pas de lui confisquer son tricot !

Richard sursaute :

— Son tricot ? Pourquoi lui prendre son tricot, citoyen accusateur ? Mes gens interpréteraient mon geste comme un acte de cruauté inutile. Si je ne parais pas équitable, je n'obtiendrai plus rien d'eux.

— Au contraire, imbécile, tu diras à tes bougres que tu lui as retiré son ouvrage parce que tu avais peur qu'elle se suicide avec ses aiguilles à tricoter. Il ricane : Ce sera au contraire très bien perçu, crois-moi ! Richard ne semblant pas convaincu, il ajoute d'un ton sec : As-tu bien entendu ce que je viens de te dire, Richard ?

— A vos ordres, citoyen accusateur !

Fouquier-Tinville, entouré de sa garde, remonte le corridor noir, tourne à gauche dans le couloir des prisonniers, en direction du parloir où stagne à nouveau une faune malodorante. Les prisonniers se poussent avec crainte au passage du tigre. On ouvre la grille qui donne accès au parloir.

Fouquier s'adresse au lieutenant Lebrasse qui marche derrière lui :

— Dites, Lebrasse, surtout soyez vigilant ! Je ne voudrais pas recevoir un mauvais coup ! Faites très attention dans le parloir et dans le préau, où ils sont très nombreux, certains sont même agressifs.

— Ne vous inquiétez pas, citoyen Accusateur, je suis très attentif à ceux qui vous entourent... Allez ! Serrez devant et derrière, ne laissez aucun espace entre vous et l'accusateur public ! Allons, serrez encore plus près... Serrez... serrez !

La petite troupe traverse le parloir comme une masse monolithique, une jeune femme interpelle Fouquier :

— Citoyen Accusateur ! S'il vous plaît, écoutez-moi ! Il doit y avoir une erreur... Je suis la femme du colonel Lavergne. Je ne comprends pas pourquoi mon mari a été arrêté !... Vous savez très bien que le colonel Lavergne est un héros de la patrie ! C'est un homme très âgé et très malade, il est grabataire !

Fouquier ne répond pas et tourne à droite dans le préau des hommes.

Dans cette vaste cour bordée par un préau, les prisonniers attendent d'être jugés. Ils sont deux cents à trois cents, pauvres hères, agglutinés comme du bétail à attendre l'appel des huissiers pour monter au tribunal. Ils ne recevront en haut qu'une "justice" distributive rendue par des criminels masqués en juges.

La plupart sont faméliques et haves, l'œil hagard, la barbe longue, le teint blafard, les ongles noirs, les cheveux chargés de brindilles, ils dorment depuis plus de trois mois sur des litières de paille pourrie. Ils sont couverts de vermine, ils errent sans but. D'autres, au contraire, restent assis en cercle à même le sol en chantant à tue-tête.

Certains ont perdu toute illusion, ils prient, adossés aux murs. Hagard et silencieux, un couple de vieillards assis par terre se tient simplement par la main. D'autres font cercle autour d'un prisonnier au regard allumé qui leur explique haut et fort comment il va se défendre devant ses juges.

Fouquier-Tinville et sa garde traversent promptement cette assemblée de morts vivants et s'engouffrent dans l'escalier à vis de la tour Bonbec située à l'extrémité du préau.

La lourde grille d'accès se referme violemment derrière lui. Il se sent enfin en sécurité et gagne au premier étage un corridor qui héberge toute l'administration de son tribunal de sang. Il traverse ensuite la galerie qui relie la tour Bonbec à la tour César. C'est là, au premier étage, qu'il a établi son bureau dont les portes restent ouvertes de nuit comme de jour. A peine entré, il appelle ses premiers secrétaires :

— Lelièvre ! Wolf ! crie-il en enlevant sa cape et son chapeau, dépêchez-vous, j'ai deux lettres à dicter !

Pendant ce temps, la mère Larivière de plus en plus incommodée s'enfuit vers la sortie. Au bord du malaise, elle franchit rapidement les huit guichets. La plupart des huit porte-clefs qui la voient passer apprécient cette robuste matrone qui est la grand-mère d'un des leurs.

Sur chaque seuil, sa grande taille l'oblige à s'incliner profondément pour éviter la poutre trop basse. Elle doit en même temps lever le pied, le nez dans les genoux, pour enjamber la haute dalle.

— Prenez garde, mère Larivière, gare aux bosses ! s'exclame en riant le factionnaire du dernier guichet, et surtout levez bien la jambe !

Guichetiers et gendarmes éclatent de rire.

— N'as-tu pas honte, vaurien, réplique la vieille en riant, de conseiller à une femme de mon âge de lever la jambe ?

En traversant l'avant-greffe, elle retrouve Amédée, avachi comme d'habitude derrière le bureau de Richard.

— Salut et fraternité, mère Larivière ! dit-il d'une voix pâteuse.

— Et pour toi santé et sobriété, père Amédée ! répond-elle en riant, n'oublie surtout pas d'allumer le miston !

L'ivrogne répond par une grimace qui voudrait être un sourire. La porte de communication avec la chambre du greffe étant ouverte, la géante aperçoit dans l'arrière-greffe, à travers la grille de bois, deux jeunes gens qui attendent le bourreau, ces heures éternelles qui séparent la condamnation de l'exécution.

Elle remarque deux matelas avachis sur lesquels ils ont probablement passé la nuit tandis que les restes de leur dernier repas jonchent encore le sol. Un verre de vin à moitié vide, un croûton, deux gamelles de bois contenant les os d'un poulet et des pelures d'orange. Leurs habits sont abandonnés çà et là dans la pièce, deux chandelles en fin de course brûlent à même le sol. Dans une boîte en bois on peut voir des cheveux emmêlés, ce sont ceux des condamnés, des cheveux blonds, des cheveux bruns, des cheveux blancs… La vieille femme sent des larmes monter mêlées à un sentiment de révolte.

— Dans l'horreur… pense-t-elle. Dans l'horreur absolue, voilà où baigne mon petit-fils ! Quelle honte de devoir s'abaisser à faire ce métier pour vivre !

A ce moment-là, les deux jeunes gens sortent de la chambre du greffe, les mains liées derrière le dos. Ils sont entourés par deux gendarmes et un huissier. Le col de leur chemise est découpé grossièrement à la base du cou et leurs cheveux sont raccourcis au niveau de la nuque. La vieille femme croise leur regard, elle est ébranlée. Aucun signe d'altération ou de frayeur dans leurs yeux, elle n'y voit que du mépris ! Et quel mépris ! Un mépris insoutenable qui la fait chanceler et suscite en elle un trouble dont elle ne perçoit pas immédiatement la cause… Ou plutôt si, elle comprend… C'est la honte ! La honte d'être si vieille devant des enfants qui vont mourir ! Elle s'arrête, baisse les yeux et recule pour les laisser passer.

L'huissier grogne :

— Passe la première citoyenne, tu ne vas pas t'effacer devant ces traîtres !

— Mais cela ne me gêne en aucun cas, bien au contraire, citoyen huissier ! dit la vieille bouleversée.

— Alors avancez, vous deux !

La mère Larivière observe leur pâleur transparente. Ils ont l'âge de son petit-fils. Elle est anéantie. Il faut maintenant faire un effort surhumain, il faut à tout prix leur sourire. Elle leur doit cette dernière marque d'humanité. Mais la vieille n'y parvient pas, elle détourne la tête pour cacher ses larmes. La voyant pleurer, c'est eux qui vont la réconforter.

Le premier la salue en s'inclinant respectueusement dans un merveilleux sourire :

— Baron François Etienne Joseph de Champfleury, madame, que Dieu vous préserve de ces loups assoiffés de sang !

— Merci, mon enfant, lui répond la vieille les yeux noyés et la voix cassée.

Elle a envie de lui dire tout à la fois pardon et merci ! Pardon pour l'âge indécent qu'elle porte, et merci de permettre à une très vieille femme de leur survivre.

Pour ne pas être en reste, l'autre se présente en s'inclinant :

— Comte Jean-Baptiste de Goursault-Merly, que Dieu protège la Reine, madame, notre dernière pensée sera pour elle.

— Maintenant cela suffit, hurle l'huissier, avancez !

— Veuillez pardonner le manque de raffinement de notre palefrenier, madame, dit le premier, mais par les temps qui courent le personnel de service n'est plus ce qu'il était ! Nous n'avons pu trouver pour nous conduire que ce brave garçon mal dégrossi ! Vivement le retour du Roi, n'est-ce pas, madame ?

— Si vous n'avancez pas, je vous mets les fers ! hurle l'huissier.

— Mais, brave palefrenier, conduis-nous donc à ton attelage, dit l'autre, nous n'attendons que cela !

— Madame, reprend le premier, observez bien le faciès de notre garçon d'écurie, vous en rencontrerez rarement un qui soit si ravagé par la sottise ; madame, je vous assure que nous avons beaucoup de chance d'avoir fait une pareille découverte : nous tenons là un spécimen de la bêtise qui est d'une très grande rareté !... Mais je vous en prie, madame, passez devant, nous ne sommes pas si pressés que notre domestique le prétend !... Il se tourne vers l'huissier : Quoi que tu fasses, valet, tu ne nous empêcheras jamais d'être aimables !

Le cœur meurtri, la mère Larivière traverse la petite cour qui fait suite à l'entrée principale. Elle atteint l'arcade qui surplombe les cinq marches pour se rendre dans la cour du Mai. L'un des deux gendarmes qui garde la grille lui demande :

— D'où viens-tu, citoyenne ?

Aujourd'hui elle n'est plus d'humeur à supporter une remarque aussi stupide :

— Tu me demandes cela deux fois par jour ! Abruti ! Alors regarde-moi bien une fois pour toutes, crétin : Je suis la grand-mère du guichetier Louis Larivière !

Un officier intervient, c'est le lieutenant François de Bûne. Il a vu les larmes de la vieille femme :

— Laisse passer, Baptiste... Excuse-nous, citoyenne, c'est la consigne, je suis désolé.

— C'est bon, François ! dit-elle simplement et elle franchit la grille.

Dans la cour du Mai, la charrette du bourreau attend. Henry Sanson, coiffé de son tricorne noir, se tient debout en compagnie de ses deux assistants. Un prêtre réfractaire, assis sur une banquette de la carriole, attend les condamnés. Le bourreau salue la vieille d'un franc sourire, Jeanne Larivière répond sèchement.

Dans la cour du Mai, elle tombe sur le lamentable spectacle qu'elle doit affronter tous les jours. Les marches du palais et le rebord de la cour sont envahis par des femmes assises comme dans un amphithéâtre. Accroupies par dizaines sur les marches, elles attendent en tricotant fébrilement qu'on leur serve leur charogne quotidienne. La mère Larivière constate avec horreur que certaines vieilles édentées portent des perruques blondes... Son petit-fils lui avait raconté qu'elles étaient faites avec les cheveux des adolescents guillotinés. Elle ne l'avait pas cru...

Les deux jeunes gens franchissent à leur tour la grille de séparation. Les furies se lèvent toutes en même temps en poussant des hurlements de joie. Elles applaudissent, tapent du pied, et sont secouées de rires hystériques. Une pluie d'ordures s'abat sur eux... "Bravo ! crient-elles. A la lanterne ! A la fenêtre nationale !"

La mère Larivière ivre de rage et de chagrin traverse promptement cette fosse d'aisance pour tourner à gauche par le quai des Morfondus en direction du pont Saint-Michel.

Elle remarque à un angle du bâtiment un homme de grande taille, en civil, pauvrement vêtu, accompagné d'un adolescent très blond qu'il lui semble connaître. Leurs regards se croisent : ils lui sourient, elle détourne aussitôt les yeux car elle n'est pas d'humeur à rire... et puis qui sont ces inconnus ? Elle accélère le pas. Elle sent qu'ils la suivent.

Arrivée au pont Saint-Michel, elle pénètre précipitamment dans la mercerie de Charlotte Le Bihan. L'échoppe est vide, elles peuvent donc parler en toute sécurité.

— Bonjour, madame Larivière, dit Charlotte. Elle remarque son visage bouleversé, s'en inquiète : N'êtes-vous pas bien, madame ?

— Bonjour, Charlotte. Si, si, je vais très bien ! Pardonne-moi, mais ce que j'ai vu chez le boucher m'a toute retournée !

— Voulez-vous un verre d'eau à la glace, madame ?

— Non, merci, mon enfant. Ecoute-moi, Charlotte. Mon petit-fils viendra prendre une demi-aune d'étamine noire et des fils de soie noirs pour la Reine. Choisis la meilleure qualité, peu importe le prix, c'est le boucher qui paye.

— Je les prépare à l'instant.

Tandis que Charlotte découpe un coupon d'étamine, la mère Larivière se retourne discrètement : l'homme et l'adolescent sont de l'autre côté de la rue. L'homme est âgé de la cinquantaine, vêtu d'un long manteau gris. Ses cheveux blancs contrastent avec ceux de l'adolescent blond comme les blés. Leur différence d'âge rend insolite leur évidente complicité. Les deux hommes ne quittent pas des yeux la mère Larivière et la gratifient de sourires furtifs.

— Dis-moi, Charlotte, connais-tu ce petit blond avec cet inconnu qui attendent de l'autre côté de la rue ?

Charlotte lève les yeux :

— Parbleu bien sûr ! C'est Jean-Baptiste Basset, le jeune perruquier, avec M. Charles.

— C'est Basset ce petit blond ? Figure-toi que ces deux crétins me suivent depuis la Conciergerie en me souriant comme des ahuris ! Tu as raison… Je reconnais maintenant le blondinet : c'est bien le fils Basset ! Il me semblait bien l'avoir déjà vu. Qui est M. Charles ?

— Je ne peux rien vous dire, mais n'ayez crainte. Elle regarde autour d'elle si personne n'écoute : M. Charles et le fils Basset sont de notre bord !

— Que me veulent-ils donc, d'après toi ?

— Vous servez auprès de la Reine, n'est-ce pas ?

— Bien sûr, je dois réparer sa robe qui est en lambeaux !

— Eh bien, voilà pourquoi vous les intéressez. Mais prenez garde. Les sbires du boucher sont partout. Je vous le répète, avec ces deux-là, vous n'avez rien à craindre !

— Seigneur, que peuvent-ils me vouloir ?

— Il suffit de leur demander, dit Charlotte en riant. Les voilà qui traversent pour venir ici. Allez vite au fond de la boutique, s'ils ont quelque chose à vous demander, on ne vous verra point.

Les deux visiteurs pénètrent dans l'échoppe.

— Bonjour, Jean-Baptiste, bonjour, monsieur Charles ! dit Charlotte.

— Bonjour, Charlotte, dit M. Charles.

— Bonjour, Charlotte, bonjour madame ! dit Basset en saluant la mère Larivière.

— Bonjour, petit ! répond la vieille.

A cet instant un groupe de cavaliers s'arrête devant la boutique. Ce sont les gendarmes à cheval du lieutenant-colonel Botot Du Mesnil.

— Du Mesnil et ses sbires… ils viennent chez moi ! dit Charlotte. Ils ont probablement remarqué votre manège, il faut vite trouver une excuse…

— Laissez-moi faire ! dit la mère Larivière.

Charlotte lance à M. Charles un coupon d'étamine :

— Faites semblant de vous intéresser à ce tissu, mon père !

Un officier de haute taille entre bruyamment dans un retentissement de ferraille. Il porte de grandes moustaches horizontales qui lui barrent les joues. Son sabre tinte contre les dalles et la plaque de gendarmerie qu'il porte autour du cou est étincelante. Il est coiffé à l'ancienne mode : les deux marteaux de sa perruque blanche émergent de son chapeau de gendarme aux trois plumets bleu blanc rouge. Il porte à la taille une large écharpe tricolore enrichie de deux superbes glands de soie blanche. Ses bottes noires brillent comme un miroir et ses éperons de cuivre étincelants cliquettent sur le sol. Les six gendarmes qui le suivent se disposent en éventail de part et d'autre de la porte… Le colosse fait les cent pas dans la boutique, les mains dans le dos, en dévisageant tout le monde.

— Eh bien, Charlotte, tes affaires marchent bien à ce que je vois !

— Je n'ai pas à me plaindre, citoyen colonel !

— J'espère que tu respectes la loi du Maximum ?

— Bien sûr, citoyen colonel ! Je suis une patriote.

— Je viendrai un jour vérifier tes cahiers de comptes !

Il s'adresse ensuite à la vieille qui est aussi grande que lui :

— Citoyenne, ne serais-tu par hasard celle que l'on nomme "la mère Larivière" ? Tu es bien la grand-mère du troisième guichetier, n'est-ce pas ?

— Non citoyen, je ne suis pas comme tu dis "la mère Larivière" !

— Te moquerais-tu de moi, citoyenne ? Je sais très bien que tu loges dans l'ancienne amirauté !

— Je ne suis pas "la mère Larivière", citoyen colonel, je suis "la citoyenne Jeanne Larivière", je ne me permettrais pas de t'appeler "le père Botot Du Mesnil", n'est-ce pas ?

L'autre éclate de rire.

— Parce que tu connais aussi mon nom ? Je te prie de m'excuser, citoyenne, en t'appelant la mère Larivière, mon esprit n'était pas à mal !

— C'est bon ! C'est bon ! Voilà qui va bien, citoyen colonel ! Elle s'adresse à Charlotte : As-tu préparé l'étamine et le fil noirs, Louis et Rosalie vont venir les chercher, moi, je rentre chez moi !

Du Mesnil l'arrête :

— Ne pars pas si vite, citoyenne, j'ai besoin d'éclaircissements. Avais-tu remarqué que ces deux particuliers te suivaient ?

— Des particuliers qui me suivent ? A mon âge ? Tu me flattes, citoyen colonel !

— Ne fais pas semblant de ne pas comprendre ce que je dis, je trouve étrange qu'ils t'aient suivie jusqu'ici. Avoue que cela paraît bien insolite ! Les connaîtrais-tu par hasard ?

— Mais bien sûr que nous les connaissons ! Au quartier Saint-Michel, qui ne connaît Jean-Baptiste Basset le jeune perruquier ? Veux-tu savoir pour quelles raisons ils étaient derrière moi ? C'est parce que je suis fâchée après lui. J'ai décidé de ne plus lui adresser la parole tant qu'il n'aura pas fait ce que j'exige de lui ! Comme il veut me persuader qu'il a quand même raison, il me suit partout comme un toutou et comme je maintiens mon refus, il a appelé Charles en renfort !

— Tiens donc ! dit Du Mesnil, en dévisageant l'abbé Magnin, parce que tu connais aussi l'autre particulier ?

— Mais enfin, citoyen colonel, insiste la vieille, tout le monde sait que je suis la marraine de Jean-Baptiste et que je m'intéresse à ce sale môme qui est très doué, tu sais !

Du Mesnil tourne son regard vers Basset qui lui sourit :

— Bonjour, colonel Du Mesnil, savez-vous que j'ai remplacé plusieurs fois mon ami Pigeot… vous savez, Pigeot le perruquier à la mode ?

— Pigeot, renchérit Charlotte, disait justement que Jean-Baptiste pourrait devenir un perruquier de talent !

— Comme tout cela est passionnant, et alors ? dit Botot Du Mesnil sur un ton ironique.

— Alors vous semblez ne pas connaître Pigeot, citoyen colonel ? dit Basset gravement.

— Pourquoi devrais-je le connaître ?

— Mais, colonel, c'est le perruquier de Robespierre !

— Et que veux-tu que cela me fasse ?

— C'est vrai, colonel, dit Charlotte, quand Pigeot est absent, c'est Jean-Baptiste qui devrait coiffer l'Incorruptible ! Or, il refuse, c'est la cause du conflit avec la citoyenne Larivière !

Du Mesnil scrute ses interlocuteurs les uns après les autres ; après quelques instants de silence, il demande au jeune Basset :

— Dis donc, le perruquier de talent, un bougre de la section des Arcis m'a signalé la présence avant-hier soir aux abords de la Conciergerie d'un individu qui pourrait bien être un chevalier du Poignard. Et c'est précisément là, rue de la Barillerie, que je t'ai rencontré ! Quelle drôle de coïncidence ne trouves-tu pas ? Le bougre qui a aperçu cet homme est en ce moment dans le bureau du greffe en train de rédiger son rapport. Au fait, qui était sous le porche ce soir-là avec toi ?

— Mais je vous ai déjà répondu, citoyen colonel, c'était une affaire sentimentale…

— Ça c'est ce que tu m'as dit ! Fais attention, Basset, un chevalier du Poignard rôdant autour de la Conciergerie ça sent le complot ! Nous tirerons bientôt cette affaire au clair devant la section des Arcis. Il se dirige vers l'homme aux cheveux blancs : Alors citoyen, tu aides charitablement la citoyenne Larivière ?

— Je fais de mon mieux, citoyen colonel !

— Tu es vraiment très charitable ! En attendant, peux-tu me présenter ta carte de sécurité ?

— Assurément, la voici.

L'autre la lit :

— Charles Ningam ! Quelle est l'origine de ce nom ?

— Mon père était d'origine finlandaise, citoyen colonel, mais installé en France depuis trois générations !

— Et tu habites Orléans !… Le fief de la calotte et de la réaction !

— A qui le dis-tu, citoyen ! Je mange du curé tout le long du jour.

— Qui t'a délivré cette carte ?

— La section des Petits-Jeûneurs. A l'hôtel de ville.

— Comment se nomme ton chef de section ? demande Du Mesnil en sortant de sa poche un gros agenda.

— Jules Bonnemaison, citoyen colonel.

L'autre parcourt son carnet :

— Bonnemaison… Bonnemaison. J'ai un Bonnemaison Gustave, section des Récollets à Metz, non, ce n'est pas lui ! Ah, voilà ! Bonnemaison Jules, section des Petits-Jeûneurs à Orléans. Bon ! Où loges-tu à Paris ?

— Chez Basset, rue de la Calandre !

— Quel est ton état, citoyen ?

— Je n'en ai pas, citoyen colonel, je vis des petites rentes que m'a léguées mon père.

— Que viens-tu faire à Paris ?

— Je viens deux fois par an dans la capitale, je suis là pour le bien conseiller et le réconcilier avec Jeanne. Il se retourne vers la mère Larivière : N'est-ce pas, Jeanne, si Jean-Baptiste accepte de coiffer l'Incorruptible, tu pardonneras ?

— C'est selon, Charles ! C'est selon !

Cette réponse fait ricaner Du Mesnil qui poursuit :

— Où étais-tu donc hier soir vers onze heures, citoyen ? demande-t-il ironiquement.

Un gendarme pénètre précipitamment dans la mercerie, se met au garde-à-vous et salue.

— Qu'est-cc que c'est ? aboie Du Mesnil.

— Un pli urgent du greffier Fabricius pour vous, mon colonel !

Il lui remet une lettre que l'autre ouvre aussitôt. Tout le monde retient son souffle. Le visage de Du Mesnil change d'expression. Il paraît à la fois dépité et détendu. Sur un ton désabusé, il dit à M. Charles :

— Sais-tu que tu as vraiment de la chance, citoyen ?

— Pour quelle raison, citoyen colonel ?

— Tu as la chance, homme charitable, de ne pas être petit de taille, de ne pas avoir dépassé la trentaine, et de ne pas avoir le visage vérolé ! C'est le signalement de celui qui rôdait autour de la Conciergerie ! On m'informe que cet homme est dangereux !

— De qui s'agit-il ? demande Charlotte.

— Il s'appellerait Rougeville, un royaliste fanatique ! Je dois diffuser d'urgence son signalement dans tout le secteur de Saint-Michel ! Il se tourne vers ses gendarmes : Allez, on s'en va ! S'adressant aux autres : Vous trois, le perruquier de talent, le citoyen charitable et la citoyenne Larivière, vous serez bientôt convoqués devant la section des Arcis, à la mairie de Saint-Michel, salle 17 !

— Quand, citoyen colonel ? demande la mère Larivière.

— En temps voulu !

— Allez, citoyen colonel, lance Charlotte, ne perdez pas votre temps. C'est moi qui étais avec Jean-Baptiste hier soir !

Du Mesnil s'arrête net sur le pas de la porte :

— Tiens, tiens ! Comme par hasard ? Tu sais, Charlotte, ce qu'il en coûte de faire un faux témoignage ? C'est à coup sûr le rasoir national !

— Pourtant c'est la stricte vérité, citoyen colonel !

La mère Larivière feint de s'indigner :

— Mais tu es mariée, Charlotte ! Elle ajoute faussement outrée : Comment peux-tu tromper un mari qui est à l'armée et qui risque sa vie pour défendre la Nation ?

Charlotte, jouant le jeu, garde en silence les yeux baissés.

— C'est du propre ! dit M. Charles, sur le même ton.

Du Mesnil observe incrédule l'un après l'autre les protagonistes de cette comédie et, la main sur la poignée de la porte, il lance en ricanant :

— Vous me prenez vraiment pour un imbécile, n'est-ce pas ? Je ne sais pas ce que vous trafiquez mais, pour l'instant, vous avez la chance qu'on m'ait fourni le signalement de ce Rougeville, oui, beaucoup de chance ! Pour le moment, je dis bien : pour le moment ! Toi aussi Charlotte, tu seras convoquée devant la section des

Arcis avec les autres ! Compris ? Surtout ne vous éloignez pas de Saint-Michel, je peux avoir en-core besoin de quelques éclaircissements !

Il sort suivi de sa troupe. Les autres restent quelques instants abasourdis et silencieux.

Basset se précipite dehors pour s'assurer qu'ils s'éloignent. Il revient apaisé et dit en riant :

— Mes compliments, madame Larivière quelle imagination ! Vous saviez qu'en vérité je coiffais de temps en temps le monstre ?

— C'est une sacrée couverture pour toi, mon petit !

— Donc vous saviez que je remplace de temps en temps son perruquier Pigeot ? Cet idiot qui est toujours malade !

— Ton Pigeot est une belle ordure ! s'écrie Charlotte, il est entièrement entre les mains du monstre.

— Tant mieux, dit Basset, il nous sera encore plus utile ! Quant à vous, mon père, vous m'avez épaté avec votre fausse carte de sécurité ! Il ajoute en riant : Ainsi vous mangez du curé tous les jours ?

— Nous avons un père au couvent Saint Roch à Orléans qui est un faussaire de génie, il imite les cartes de sécurité qui sont plus vraies que nature et la nuit un des nôtres les enregistre à la mairie, de telle sorte que nous sommes couverts si une enquête est ouverte.

— C'est vraiment habile. Pourquoi avoir choisi ce nom de Ningam dont la consonance étrangère est très mal vue par les temps qui courent ? demande Basset.

— Parce que c'est mon nom à l'envers, l'abbé Charles Magnin devient le citoyen Charles Ningam, je reste donc moi-même !

— Sachez, mon père, que je suis très honorée, de vous connaître enfin ! dit la mère Larivière.

— Et moi donc ! J'avais entendu parler de vous en termes élogieux. Avec votre petit-fils Louis, nous allons unir nos efforts pour sauver la Reine.

— Charlotte, demande Basset, pourquoi as-tu pris de tels risques en inventant cette histoire ?

— J'ai pris la place du chevalier de Rougeville, tu devrais être fier de moi !

— Mais je suis fier ! J'ai seulement peur pour ta vie.

— C'est vrai que cela est admirable, dit l'abbé Magnin, tu sais, s'ils découvrent par malheur que le chevalier de Rougeville était ce soir-là avec Jean-Baptiste, tu pourrais être condamnée pour faux témoignage !

— Tandis que vous, mon père, vous ne risquez pas tous les jours votre vie à secourir les victimes du boucher ?

— C'est le devoir de mon ministère, Charlotte.

— Maintenant soyons sérieux, dit la mère Larivière, Qu'aviez-vous donc à me demander pour m'avoir suivie jusqu'ici ?

— Accepteriez-vous de passer un message à Sa Majesté ? demande Basset. Mais si on le découvre, vous connaissez la sanction ? Aussi je comprendrais votre refus.

— Que dit ce message ?

— Il faut prévenir la Reine que l'abbé Emery lui donnera l'absolution derrière la porte de son cachot le 10 août autour de minuit. Qu'elle se tienne prête !

— Jean-Baptiste, te moquerais-tu de moi, mon garçon ? Je ne peux pas croire que Richard laisserait l'abbé Emery entrer à la Conciergerie.

— Ce ne sera pas la première fois. La veille de chaque exécution, il passe ses nuits avec les condamnés à mort !

— C'est à peine croyable ! s'étonne la vieille, comment expliquez-vous cela, mon père ?

— Je pense que Dieu nous donne chaque jour un petit coup de main, dit en riant l'abbé Magnin. Quant à la Reine, elle est sans aucun secours chrétien depuis plus d'un an et cela n'est pas acceptable. Nous devons lui venir en aide et lui donner l'absolution, quoi qu'il nous en coûte.

— Le message que vous transmettrez à Sa Majesté sera des plus simples, précise Basset, je vous le répète : l'abbé Emery se tiendra le 10 août à minuit derrière la porte de son cachot.

— Pour quoi faire ? demande Charlotte incrédule.

— On te l'a dit : pour lui donner l'absolution.

— Derrière une porte ?

— Bien sûr, ma fille ! ajoute la mère Larivière, l'abbé Emery lui sera d'un grand secours, en entendant les paroles de Dieu, la Reine saura qu'elle n'est plus seule.

— Que Dieu lui permette de le faire !

— En doutez-vous, mon père ? demande la vieille.

— Je ne doute pas de sa foi, mais à cette heure il demeure introuvable… Je suis inquiet.

— Je l'ai vu pour la dernière fois il y a bientôt huit jours… ajoute Basset. C'était le jour où il m'avait remis ce message pour la Reine, depuis personne ne l'a revu… Alors, madame Larivière, acceptez-vous de passer ce petit rouleau de papier à Sa Majesté ?

— Voyons, petit ! Comment peux-tu seulement me poser cette question ? Croyais-tu, vaurien, que j'allais refuser de secourir la Reine ?

— Bien sûr que non, madame Larivière ! Je vous préviens que le risque est gros pour tout le monde, y compris pour Richard et l'abbé Emery !

— Gardons Richard pour les choses graves, je n'ai besoin d'aucun intermédiaire pour donner ce papier à

Sa Majesté. Confie-moi ce message, mon garçon, je vais demain à la Conciergerie pour réparer sa robe, je me débrouillerai pour le lui remettre.

Basset lui donne un petit rouleau de papier, elle le déroule et lit à haute voix : “Préparez-vous à recevoir l’absolution, le 10 août à minuit, je serai devant votre porte et je prononcerai sur vous les paroles sacramentelles.”

— Pourquoi ne demanderions-nous pas à Rosalie Lamorlière de le lui donner ? remarque Charlotte. Ce serait tellement plus simple !

— J’interdis formellement qu’on exige quoi que ce soit de cette enfant ! s’exclame la mère Larivière, sinon j’abandonne tout. As-tu bien compris, Jean-Baptiste ?

— Bon ! Bon ! Ne vous fâchez pas, madame Larivière ! On ne lui demandera rien.

— Cette enfant se comporte comme un ange avec la Reine, nul besoin de la compromettre, et je refuse que nous l’exposions au moindre risque, je veux qu’elle reste en dehors de tout cela ! J’ai prévenu d’ailleurs mon petit-fils à ce sujet, à ce jour elle n’est au courant de rien de nos affaires et je veux qu’elle le reste !

— Madame Larivière, il y a un autre problème dont nous désirerions vous informer, dit l’abbé Magnin.

— Quoi encore ?

— Il faut que je parvienne à pénétrer dans le cachot de Sa Majesté.

— Quoi, vous aussi ? Et pour quoi faire ?

— Pour célébrer la sainte messe !

La vieille femme sursaute :

— Qu’est-ce que vous dites ?

— Je dois célébrer la messe en présence de la Reine.

— Enfin, mon père, vous ne me ferez jamais croire que vous pénétrerez à l’intérieur du cachot pour célébrer la messe ? Vous plaisantez !

— Si c'est la volonté de Dieu... Or je sais avec certitude que c'est la volonté de Dieu ! D'ailleurs, avec Jean-Baptiste, nous avons déjà tout prévu !

— Qu'avez-vous prévu ? Racontez-moi ! demande Charlotte.

— L'abbé Magnin va vous expliquer comment il compte s'y prendre, dit Basset qui s'interrompt brusquement... Silence, vous tous, il y a de la visite. Ah, Dieu merci, ce n'est que Rosalie et Louis !

— Attention ! Rosalie n'est au courant de rien ! insiste la mère Larivière.

— Oui, oui ! dit Basset.

Rosalie et Louis pénètrent dans la boutique.

— Bonjour ! dit Rosalie toute souriante. Charlotte, on vient chercher une demi-aune d'étamine noire avec...

Charlotte l'interrompt :

— C'est prêt ! Mme Larivière a passé la commande. Tiens, voilà la facture que tu remettras au greffe.

— Merci, Charlotte, pensez vous venir demain, madame Larivière ?

Bien sûr, mon enfant, je serai chez la Reine demain matin vers dix heures. Louis, s'il te plaît, raccompagne Rosalie à la Conciergerie !

— A demain, madame, au revoir, Charlotte ! Adieu Jean-Baptiste.

Rosalie ressort en compagnie de Louis.

— Il va falloir accorder nos violons pour la convocation de Du Mesnil, dit Basset à la mère Larivière. Avez-vous une excuse pour hier soir ?

— Ne t'inquiète pas, mon petit, j'étais chez mon voisin de palier qui m'accompagnait au clavecin.

— Parce que vous chantez, madame Larivière ? demande Charlotte.

— Mais oui, ma fille, je me suis mise au chant depuis peu. Hier soir les voisins se sont plaints, hurlant que c'était intenable. Te rends-tu compte, ma fille, que ces grossiers personnages m'accusaient de chanter faux ? Je leur ai reproché de ne pas aimer les mélodies de Méhul… Le ton est monté si haut que, j'en suis certaine, ils n'auront aucun mal à se souvenir de ma présence hier soir !

— Et vous, mon père ? demande Basset.

— Moi, mon fils, comme d'habitude, tu sais bien que j'ai passé la soirée à lire.

— C'est vrai ! Comment ai-je pu l'oublier ? dit Basset en riant.

— Vous, mon père, s'indigne Charlotte, vous commettez un péché ? Vous, un mensonge ?

— … Pieux, ma fille ! Pieux ! Un mensonge pieux !

— Charlotte, rappelle-nous quelle était ton excuse d'avant-hier à onze heures du soir ? demande la vieille en riant.

— Chacun sait que j'étais avec l'homme que j'aime ! Charlotte fixe droit dans les yeux le jeune Basset qui, gêné, baisse aussitôt les siens, car Charlotte aime Jean-Baptiste.

— N'as-tu pas honte de tromper ton mari ! Vilaine fille ! dit la vieille en jouant le jeu.

— Eh bien, nous voilà prêts à affronter ces singes, affirme Basset. Je vais maintenant m'occuper de ces sacrés lampadaires qui éclairent beaucoup trop les abords de la Conciergerie.

— Madame Larivière, qu'avez-vous décidé ? Pouvez-vous nous aider à célébrer la messe dans le cachot de la Reine ? demande l'abbé Magnin.

— Mon père, le boucher m'a congédiée. Aussitôt la robe de la Reine réparée, je suis tenue de déguerpir !

— Nous ne le savions pas, c'est regrettable pour nous et pour la Reine !

— Pour moi aussi, mon père. Malgré mon âge, j'étais si heureuse de la servir !

— Il nous faut trouver une solution de rechange, dit Basset.

— Je l'ai ! s'exclame l'abbé Magnin. C'est une très bonne amie : je connais sa famille depuis vingt ans. C'est une des sœurs Fouché ! Une brave femme toute au bon Dieu ! Elle nous aide déjà à secourir les condamnés.

— Au fait, mon père, vous ne m'avez toujours pas révélé comment vous comptiez pénétrer chez la Reine, dit la vieille.

— Le plus simplement du monde, madame Larivière, par la porte !

Samedi 3 août, deuxième jour de détention,
la Conciergerie, dix heures du matin

7

Il pleut, il pleut, bergère…

Le lendemain vers dix heures du matin, les deux gendarmes qui ont dormi sur des lits de camp jouent aux cartes en buvant un cidre dont l'odeur aigrelette a envahi le cachot. Le maréchal des logis Dufresne fume tranquillement sa pipe. Bien que la fumée du tabac lui occasionne migraine et irritation des yeux, la Reine se garde bien d'en faire la moindre remarque.

Son cachot est situé dans le secteur réservé aux détenus de droit commun tandis que les prisonniers politiques sont logés dans une autre aile de la prison. Dans le corridor noir, il avoisine ceux des voleurs et des assassins. Comme leurs portes s'ouvrent dès sept heures du matin pour se refermer à huit heures du soir, le va-et-vient continuel des visites se déroule sur le pas de sa porte. Ce ne sont que cris, rires, chansons grivoises, grossièretés, insultes, rixes même, obligeant les gendarmes à sortir dans le corridor pour imposer un calme précaire. Quelques instants plus tard, les cris reprennent de plus belle.

La Reine vit dans un bourdonnement permanent. De la fenêtre montent de la cour des femmes les cris ininterrompus des prisonnières, entrecoupés par les hurlements des guichetiers et les aboiements des molosses. A travers la porte elle endure les réflexions obscènes des prisonniers de droit commun.

Elle est la seule femme détenue dans ce secteur. Pour comble de malchance, le sort a voulu qu'un cachot voisin ait été aménagé en boutique par un marchand d'eau-de-vie que l'on appelle le bousinier. Sa boutique, le "bousin", est le rendez-vous de tous les ivrognes qui viennent chanter, jurer et uriner devant sa porte.

— Désirez-vous, Madame, que Gilbert fasse taire le bousinier ? demande Dufresne à la Reine.

— Qui désignez-vous par le bousinier, monsieur Dufresne ?

— Le vendeur d'eau-de-vie, il fait un bruit d'enfer !

— Pensez-vous, monsieur Dufresne, que cela soit efficace ? Ce marchand doit gagner sa vie et le silence que vous obtiendrez ne durera que quelques instants…

Soudain les verrous grincent, Baps aboie : c'est Marie Richard et son époux accompagnés de Rosalie Lamorlière et d'une nouvelle venue, laide et sèche : Marie Harel. C'est elle que Fouquier-Tinville a imposée en remplacement de la mère Larivière. La Reine sourit aux premiers, mais son sourire se fige à l'apparition de l'autre. En découvrant son teint mat, son visage chevalin, son nez osseux proéminent et sa démarche rigide, la Reine éprouve aussitôt de l'aversion pour cette femme. Marie Harel porte un bonnet d'un blanc douteux d'où dépassent des mèches raides de cheveux bruns. Ses petits yeux bordés de cernes expriment une suspicion permanente. Tout en elle respire méchanceté, méfiance et délation. Il n'émane de cette créature pas la moindre once d'humanité ni de compassion.

Tout au long de sa captivité la Reine n'échangera avec elle que les mots indispensables au service domestique.

Nous savons qu'elle a été engagée par Michonis sur les injonctions de Fouquier-Tinville mais il s'avérera qu'elle était l'indicateur présumé de l'accusateur public.

— Voici Marie Harel, Madame, dit Richard, elle aidera Rosalie et mon épouse aux travaux de votre chambre.

La Reine la salue d'un bref mouvement de tête, puis se replonge dans son ouvrage.

— Salut et fraternité, citoyenne ! lance la servante à la Reine de France.

Cette phrase fait sursauter Rosalie Lamorlière, tandis que Marie Richard, gênée, garde les yeux baissés. Elles ne peuvent s'opposer à la muflerie de cette femme haineuse qui, par ce geste, annonce d'emblée qu'elle n'aura aucun égard pour la prisonnière.

Indifférente, la Reine n'a même pas levé les yeux de son ouvrage. Elle s'adresse à Marie Richard, en lui présentant son grand bonnet de veuve :

— Madame, je désirerais, s'il était possible, avoir deux bonnets au lieu d'un, afin de pouvoir en changer. Auriez-vous la complaisance de confier cette coiffure à votre couturière ? Il s'y trouvera, je crois, assez de linon pour établir deux bonnets négligés à partir de celui-ci.

— Bien sûr, Madame, ce grand bonnet me semble avantageux.

— Voyez, il est articulé autour d'une tige de laiton et je pense que le linon batiste qui est autour est suffisamment abondant.

— Sûrement, Madame, je demanderai à la citoyenne Larivière de confectionner deux bonnets négligés.

La Reine la gratifie d'un sourire.

Le concierge Richard, avant de se retirer, s'adresse à Marie Harel avec humeur, en lui désignant une chaise près de la fenêtre :

— Toi tu attends ici qu'on ait besoin de toi !

Elle se retrouve alors de l'autre côté du paravent, éloignée à regret des deux gendarmes qu'elle abreuve de ces sourires qui rendent les femmes laides encore plus laides. Il semblerait qu'elle ait jeté son dévolu sur le maréchal des logis Dufresne, mais celui-ci préfère pour l'heure jouer aux cartes et boire du cidre avec son compagnon d'armes.

Nouveau grincement des verrous et aboiement de Baps.

C'est Orens le vitrier. Il croise Richard sur le seuil de la porte. Le vitrier est nu-tête. Comme il tenait à saluer la Reine, il a volontairement laissé son chapeau au greffe pour qu'on ne puisse lui reprocher de s'être découvert devant elle. Ce geste aurait pu lui coûter la vie. Il s'incline pourtant respectueusement en entrant. La Reine lui répond par un pâle sourire tandis que la femme Harel le foudroie du regard. Le brave vitrier entreprend sa besogne. Il a déjà restauré une des deux vitres brisées sous le regard inquisiteur de la servante, quand on entend soudain le son d'une harpe accompagné d'un chant de femme, qui semble provenir des étages supérieurs. Quel contraste entre la douceur de ce chant et la désolation des lieux !

Il pleut, il pleut bergère
Presse tes blancs moutons
Allons sous la chaumière
Bergère, vite, allons[1].

Cette comptine célèbre attire l'attention de la Reine. Elle pose son ouvrage et écoute la chanson de M. Fabre

1. Cette comptine de Fabre d'Eglantine date de 1780. Nous avons décidé, malgré l'anachronisme, de la conserver dans le texte.

d'Eglantine qu'elle chantait avec sa sœur Caroline lorsqu'elles étaient enfants.

Elle avait demandé à son horloger, à Versailles, que la pendule de sa chambre joue cet air toutes les heures.

Comme on chantait beaucoup à la cour, sa mère, l'Impératrice Marie-Thérèse, avait demandé à l'acteur français Sainville, en tournée à Vienne, de leur apprendre à sa sœur et elle des chansons françaises… "Il pleut, il pleut bergère…" Que de souvenirs ! Caroline, la sœur et l'amie ! Elles suivaient ensemble les leçons de l'abbé de Vermond. Quelle complicité dans ces moments de bonheur et d'incoercibles fous rires ! "Il pleut, il pleut bergère…" Qu'il était ennuyeux ce brave abbé avec ses indigestes leçons d'histoire qu'il fallait apprendre par cœur sous le prétexte que leurs futurs époux descendaient du grand Louis XIV ! "Il pleut, il pleut bergère…" Impossible non plus d'oublier ces belles journées de juin à Schönbrunn, dans cette salle qui donnait directement sur le parc, où elles se moquaient si cruellement du brave abbé… "Il pleut, il pleut bergère…" Impossible d'oublier surtout cc jour mémorable où elles faillirent récolter une sévère punition. Ce fut précisément le jour où leur mère reçut la demande en mariage tant attendue signée de la main du Roi de France.

Le parc au printemps ! Quellc merveille !… Elle se souvient des parterres de roses jaunes. C'était au mois de mai 1769. Peut-être même le 13 ? Oui, le 13. Pourtant ne dit-on pas que le chiffre 13 porte malheur ?…

… La leçon d'histoire avait commencé comme à l'ordinaire. L'abbé de Vermond, dont la laideur et l'érudition étaient proverbiales, avait comme à son habitude toutes les peines du monde à intéresser ses deux élèves, les archiduchesses Marie-Antoinette et Marie-Caroline. Ces deux écervelées étaient indifférentes à l'impénétrable dynastie des Bourbons. C'est pourtant à deux futures souveraines que notre brave abbé tente d'exposer la généalogie des Rois de France. Marie-Antoinette épousera dans un an Louis-Auguste, Dauphin de France, et Marie-Caroline se prépare à quitter Vienne pour rejoindre son très vieil époux, Ferdinand IV, le Roi de Naples et de Sicile.

La leçon du jour paraît encore plus indigeste que d'habitude.

— Quelles sont les raisons profondes qui ont poussé le Roi Louis XIV à ne jamais prendre de Premier ministre ? demande l'abbé à Marie-Antoinette.

Comme celle-ci ignore manifestement la réponse, elle lève les yeux de son petit cahier pour chercher dans le regard de sa sœur un secours.

Chaque princesse est assise derrière un petit secrétaire en marqueterie : toutes deux blondes à ravir et vêtues d'une robe de mousseline bleu pastel assorti à leurs yeux ! Marie-Antoinette est âgée de treize ans, Marie-Caroline a seize ans.

Tout autour d'elles, c'est un décor très autrichien, lourd et cossu. La marqueterie et les bronzes concèdent au mobilier allemand un vague style Louis XV. Les tentures sont en taffetas vert épinard, bordées de pompons. Au sol, une somptueuse savonnerie aux couleurs malheureusement trop soutenues. Le jaune or, couleur préférée de maman Impératrice, est partout dans le château, y compris dans les roses du parc.

Derrière un bureau monumental trône le précepteur des archiduchesses. Il ressemble à un médecin de Molière. Il porte un habit noir à la française en taffetas plissé, avec le petit rabat blanc qui distingue l'ordre ecclésiastique, une perruque à deux marteaux, des chaussures noires à grandes boucles d'argent.

L'abbé de Vermond souffre d'une contracture intermittente de la paupière supérieure droite qui s'abaisse et se relève sans cesse. Ce handicap produit chez son interlocuteur une irrépressible envie de rire, car l'abbé donne l'illusion de faire constamment des clins d'œil en parlant. Ce tic, qui s'aggrave avec l'émotion, déclenche chez nos princesses un fou rire incoercible. Notre brave abbé souffre d'une autre manie, verbale celle-là, qui consiste à finir ses phrases par des "n'est-ce pas" intempestifs. Les princesses, qui guettent sans vergogne la survenue de chaque "n'est-ce pas", explosent de rire dès qu'il les prononce. Ce matin la voix monocorde de l'abbé entrecoupée de nombreux "n'est-ce pas" aurait plutôt tendance à les endormir. Marie-Antoinette est penchée sur son petit cahier, tandis que Caroline, la tête entre les mains et les coudes sur la table, baye aux corneilles.

Un immense carton suspendu au mur leur fait face. Il illustre le rébarbatif arbre généalogique des Bourbons que l'abbé, une longue baguette à la main, commente ligne par ligne. Il revient à la charge en s'adressant à Marie-Antoinette qui ne peut réprimer un bâillement :

— Comment Votre Altesse peut-elle ignorer l'histoire des prestigieux ancêtres de son futur époux, n'est-ce pas ? Votre Altesse ne peut ignorer que la cour du Roi de France est la plus brillante et la plus cultivée d'Europe ! Pour son ignorance Votre Altesse serait incontinent montrée du doigt !

Il pointe l'index vers elle, Marie-Caroline le singe aussitôt en pointant également le sien sur sa sœur d'un air moqueur. Les deux princesses éclatent de rire. L'abbé qui commence à s'énerver devant tant de dissipation s'adresse sèchement à Marie-Caroline, la paupière battant :

— Cette remarque s'adresse aussi à Votre Altesse, n'est-ce pas ? Puisque Votre Altesse va rejoindre Sa Majesté le Roi de Naples, Votre Altesse ne peut ignorer que le grand Roi Louis XIV était son ancêtre.

Rejoindre le Roi de Naples ? Ce vieillard ? Là, Marie-Caroline ne rit plus. Son expression devient dure.

— Certes, monsieur l'abbé ! Hélas, mon futur époux est vieux et laid ! Il n'est même pas allemand ! Serait-il par bonheur italien ? Pas même ! Puis, elle ajoute, avec un air de dégoût : Nous avons le noir pressentiment qu'il doit être espagnol !… N'est-ce pas, monsieur l'abbé ?

C'est avec un sourire méchant qu'elle appuie sur ce "n'est-ce pas" qui déclenche un fou rire immédiat chez Marie-Antoinette.

Celle-ci a bien relevé la tête de son petit cahier pendant un court instant, mais elle y replonge aussitôt. D'ailleurs, elle ne prend pas de notes. Elle n'a cure des leçons de l'abbé et de la généalogie des Bourbons. Elle est occupée à comptabiliser chacun des "n'est-ce pas" par un petit bâton sur son cahier.

Marie-Caroline, curieuse, se penche vers sa sœur pour connaître le résultat de cette insolite comptabilité, tandis que l'abbé, leur tournant le dos, poursuit debout son interminable démonstration…

— J'attire votre attention sur le fait qu'à la mort du dernier des Valois, la couronne revient au Bourbon Henri de Navarre. Ce dernier monte sur le trône sous le nom de ?… Sous le nom de ?… Allons, allons, répondez, je vous l'ai dit cent fois !

Il attend la réponse sans se retourner. Marie-Caroline chuchote à l'oreille de sa sœur :

— Combien ?

— Soixante et un !

Toutes deux éclatent de rire tandis que l'abbé de Vermond, toujours de dos, poursuit :

— … Mais Henri IV, bien sûr ! Il perçoit alors les rires des deux princesses et se retourne brusquement : J'aimerais que Leurs Altesses me révèlent les raisons de cette persistante bonne humeur matinale, n'est-ce pas ? Je cherche en vain ce qu'il pourrait y avoir de drôle à devenir Reine de Naples ou Reine de France ?

— Je partage votre sentiment, monsieur l'abbé, rétorque Marie-Caroline, rien n'est moins drôle, n'est-ce pas ?

Marie-Antoinette a noté sur son petit cahier le dernier "n'est-ce pas", mais cette fois le geste n'a pas échappé à l'abbé qui se précipite sur elle :

— Je trouve Votre Altesse singulièrement appliquée ce matin, n'est-ce pas ? Me permettrais-je de solliciter de Votre Altesse l'autorisation de vérifier ses notes ?

Marie-Antoinette le toise, l'air hautain, et referme violemment son cahier. Si l'Impératrice avait eu connaissance de cette comptabilité, la punition eût été terrible.

Par bonheur, la porte s'ouvre. Un très, très vieux chambellan entre, tenant un parchemin d'une main tremblante. Il salue profondément les deux princesses, puis tente de lire le document, en l'approchant très près des yeux. Manifestement son tremblement l'en empêche. Il s'adresse alors à l'abbé de Vermond d'une voix solennelle et chevrotante :

— Monseigneur, Sa Majesté l'Impératrice-Reine convoque d'urgence Son Altesse sérénissime l'archiduchesse… euh !… Il approche le parchemin de ses yeux, mais peine perdue, sa main tremble trop : Marie… euh !… Marie… euh !… Je suis bien en peine, monseigneur, de déchiffrer… Marie… euh !…

Visiblement il n'arrive pas à lire le nom de la princesse convoquée chez l'Impératrice. Cette situation ne manque pas, bien sûr, de provoquer un nouvel accès d'hilarité chez les deux sœurs, tandis que l'abbé de Vermond tressaille en apprenant qu'il s'agit d'une injonction impériale :

— Enfin, Excellence ! L'affaire semble d'importance ! Dites vite laquelle des deux princesses est convoquée chez Sa Majesté.

Marie-Antoinette se lève et se dirige vers la sortie :

— Monsieur l'abbé, vous pouvez être assuré qu'il s'agit de moi ! N'est-ce pas, monsieur le chambellan ?

De nouveau Marie-Caroline pouffe de rire. Le vieux chambellan, enfin soulagé de son impossible lecture, s'incline profondément :

— Il s'agit effectivement de Votre Altesse…

L'abbé de Vermond toujours aussi obséquieux claque dans ses mains, comme un maître d'école :

— Dépêchons, dépêchons ! Ne faisons pas attendre Sa Majesté. Vite, vite ! Allons marchons, marchons !

Ils sortent. La préséance revenant à la future Reine de Naples, Marie-Caroline sort la première, suivie de Marie-Antoinette, puis de l'abbé. Le chambellan sort le dernier, et prend aussitôt la tête du cortège pour les guider vers l'Impératrice. Ils empruntent de nombreux couloirs. Marie-Antoinette salue avec gentillesse courtisans et domestiques, tandis que sa sœur les ignore.

L'abbé de Vermond brusque son petit monde :

— J'invite Leurs Altesses à presser le pas… Allons, allons, Sa Majesté attend !

Puis s'adressant au très vieux chambellan qui a bien du mal à marcher :

— Où donc vous dirigez-vous, Excellence ? Je ne reconnais pas le chemin qui conduit habituellement aux appartements de Sa Majesté.

— Non, monseigneur, nous rejoignons Sa Majesté dans la salle du Conseil !

— A cette heure-ci ? En êtes-vous bien assuré, Excellence ?

— Assurément, monseigneur ! J'ai même remarqué que le Conseil était réuni au grand complet !

— Diable ! L'affaire est donc d'importance.

Les deux princesses se regardent d'un air entendu. Marie-Caroline chuchote à l'oreille de sa sœur :

— Ton intuition était juste. Maman a certainement reçu ta demande officielle !

Marie-Antoinette lui répond à voix basse :

— On dit que monsieur le Dauphin est un sacré lourdaud ! On prétend qu'il passe le plus clair de son temps à gâcher du plâtre !

Marie-Caroline, tout en contenant un fou rire, dit d'une voix grave qui imite celle de l'abbé :

— Seigneur ! Votre Altesse ! Gâcher du plâtre ?... Espérons que lors de la nuit de noces de Votre Altesse, monsieur le Dauphin ne gâchera rien de plus !

Toutes deux éclatent de rire, ce qui provoque cette fois les foudres de l'abbé.

— Altesses, je pressens la colère de Sa Majesté quand elle apprendra votre conduite inqualifiable !

Les deux se reprennent face à cette menace. Mais une nouvelle tentation les guette, quand la petite troupe traverse le boudoir où le portrait du Roi de Naples est posé sur un chevalet. Ferdinand IV est de toute évidence un homme très laid.

A la grande joie des archiduchesses, l'abbé de Vermond ralentit le pas et prononce sur un ton emphatique :

— Saluons en passant Sa Majesté le Roi de Naples et de Sicile, qui aura bientôt le bonheur d'unir son sang à celui de la plus illustre famille d'Europe !

Les deux sœurs n'attendaient que cette occasion pour se déchaîner, Marie-Caroline chuchote à sa sœur :

— Es-tu prête ?

— Je suis prête !

— Alors attention ! Un, deux, trois !... Hummmmm !!!

A trois, les deux princesses tirent en même temps la langue au Roi de Naples, puis se tenant par les mains, exécutent une ronde endiablée autour du tableau en chantant :

Il pleut, il pleut bergère
Presse tes blancs moutons
Allons sous la chaumière
Bergère, vite allons.

... Ce soir, c'est une autre voix, venue des étages supérieurs, qui interprète cette comptine... La Reine s'extrait de ses souvenirs. Vingt-trois ans se sont écoulés et il lui semble pourtant que c'était hier. Elle demande au vitrier Orens :

— Monsieur le vitrier, croyez-vous que les sons de harpe que l'on entend viennent de quelque prisonnière ?

— Madame, répond le vitrier, la personne qui joue ne dépend pas de la prison, c'est la fille d'un des greffiers du...

A cet instant, par son seul regard, la femme Harel lui commande de se taire et sa phrase reste inachevée. Voyant sa mine déconcertée, la Reine comprend sans même se retourner que la servante l'a menacé, elle baisse les yeux et reprend son ouvrage...

Nouveau grincement des serrures et aboiement de Baps : la mère Larivière est de retour. La vieille femme salue respectueusement la Reine et remarque la présence des deux gendarmes et de la femme Harel qui la fixe avec attention. Elle échange un regard navré avec la souveraine qui répond par un sourire attristé. Elles savent qu'elles ne pourront plus communiquer librement.

— Madame, je suis revenue afin de réparer votre robe et vous apporter du linge en provenance du Temple. L'administrateur m'a chargé de vous le remettre.

La vieille femme dépose un sac en tissu sur le lit. La Reine l'ouvre avec fébrilité. Curieuses d'en découvrir le contenu, Rosalie Lamorlière et Marie Richard s'approchent discrètement. La femme Harel reste clouée sur sa chaise.

— Regardez ! dit la Reine, de belles chemises de batiste, des mouchoirs, des bas de soie et des bas de filoselle noire… Oh ! Un déshabillé de piqué blanc pour le matin, il y a même des bonnets de nuit et des pantoufles rabattues, et aussi une paire de souliers noirs de prunelle dont le talon est à la Saint-Huberty et tous ces rubans ! A la manière soignée de tout ceci, je reconnais les attentions et la main de ma pauvre sœur Elisabeth !

La femme Harel observe la scène d'un œil méprisant.

— Ce cachot est dépourvu d'armoire et de commode, dit la Reine, comment protéger ce linge ?

— Madame, dit Marie Richard, Rosalie vous prêtera demain une grande boîte en carton.

— L'absence de miroir se fait aussi cruellement sentir ! ajoute la Reine.

— Madame, le régime des prisons les interdit, mais je vais songer comment y remédier.

Grincement de serrures : c'est le jeune Larivière qui apporte le matériel nécessaire pour réparer l'unique robe noire. Il dépose l'étamine et les fils de soie sur la table. La Reine le gratifie d'un sourire. Il se retire aussitôt.

— Si vous le permettez, Madame, je vais réparer votre robe ! dit la mère Larivière.

La Reine se glisse derrière le paravent. La vieille femme, face à elle, fait écran de son immense corps au regard de la femme Harel. Elle fixe avec insistance son poing droit, la Reine suit son regard et comprend instantanément que la main cache quelque chose… En une fraction de seconde le petit rouleau de papier change de mains. La Reine enlève sa robe, enfile le déshabillé blanc et glisse le rouleau dans sa poche. La femme Harel et les deux gendarmes qui jouent aux cartes ne se sont rendu compte de rien, Marie Richard non plus, seule Rosalie Lamorlière a tout vu. La Reine observe Rosalie avec angoisse, va-t-elle la trahir ? Rosalie baisse les yeux avec un sourire complice. La Reine rassérénée lance aussitôt :

— Voilà une bonne occasion de mettre ce déshabillé de piqué blanc, mais je suis bien fâchée de vous mettre ainsi à contribution, madame Larivière, cette robe est dans un piteux état !

— J'ai suffisamment d'étamine pour la réparer, Madame, mais je pense que plusieurs jours seront nécessaires.

— Rosalie, il est temps de préparer le dîner, dit Marie Richard, Marie va vous accompagner en cuisine afin qu'il soit prêt pour quatorze heures trente.

Rosalie Lamorlière débarrasse sur un plateau le déjeuner du matin et sort accompagnée de la femme Harel.

Elles croisent dans le corridor noir le jeune Larivière qui revient les bras chargés de livres. Il porte l'uniforme des gardes nationaux, car il doit assurer son tour de garde dans l'après-midi.

Quand la Reine l'aperçoit, elle devient livide, laisse tomber son tricot et se cramponne aux bras de son fauteuil. Sa tête penche sur le côté, elle perd connaissance. Marie Richard et la vieille femme se précipitent pour la soutenir. Larivière se demande ce qui a pu provoquer une telle frayeur. La Reine entrouvre les yeux.

— Etes-vous mieux, Madame ? s'inquiète désolée la mère Larivière.

Très pâle, les lèvres décolorées, la Reine dit d'une voix éteinte :

— Cela n'est rien, madame, c'est cet uniforme. Il m'a rappelé ces horribles journées d'octobre où la tête de mes gardes du corps était plantée au bout d'une pique. Ceux qui se sont livrés à cette ignominie portaient précisément cet habit… Mais cela va passer.

— Seigneur ! dit la vieille, si nous avions su… Louis, sors vite, s'il te plaît !

Le brave porte-clefs décontenancé dépose son chargement de livres sur la petite table en bois et sort précipitamment.

Rosalie, son plateau à la main, parcourt le couloir des prisonniers en compagnie de la femme Harel. Elles sont l'objet des quolibets de la troupe. C'est l'heure de la promenade des prisonniers et la foule est dense. Un gendarme, qui se balance sur une chaise, aperçoit soudain Rosalie et sa compagne. Il donne un coup de coude à son voisin qui somnolait :

— Oh ! foutre, Albert ! Regarde les deux poulettes, on dirait une fable du père Florian, la Coquette et la Vilaine !

— Toi, le bouffon, tu ne perds rien pour attendre ! lui lance la femme Harel sur un ton haineux.

— Oh, qu'elle est vilaine, la Vilaine ! dit le gendarme hilare en pointant son index vers elle.

Un prisonnier d'allure insolite accompagné d'une femme infirme arrête les deux servantes. L'homme est grand, foncé de peau. Il porte un habit qui devait être jadis de belle qualité. Il arbore avec fière allure un tricorne orné de ce qui fut autrefois des plumes de cygne. L'homme a un franc sourire et ses dents éclatantes contrastent avec son teint ambré. Avec un fort accent des îles il dit à Rosalie :

— Veuillez m'excuser, mademoiselle !

La femme Harel intervient aussitôt :

— On ne parle pas aux prisonniers, c'est interdit !...

Le gendarme, toujours en équilibre sur sa chaise, a tout entendu. Il dit en riant :

— La Vilaine a raison : c'est interdit !

L'homme au tricorne revient à la charge :

— Ce que je désire savoir concerne la Reine Marie-Antoinette, mademoiselle !

Rosalie sursaute quand l'inconnu évoque le nom de la Reine, prudemment elle répond :

— Je ne comprends pas ce que vous voulez dire, citoyen.

— Il dit qu'il s'agit de la Reine, dit la vieille femme infirme sur un ton sec.

— Il n'y a ici ni Reine ni Roi ! rétorque la femme Harel.

— La Vilaine a raison ! répète le gendarme hilare, il n'y a ici ni Reine ni Roi !

— Excusez-moi, mademoiselle, je suis le commandant général Edmond de Saint-Léger, je suis originaire de Tobago ! Désignant la vieille infirme : Et voici mon amie mademoiselle Fouché !

— Que désirez-vous savoir, citoyen général, demande Rosalie.

— Tu es folle de parler aux prisonniers, dit la femme Harel, sais-tu ce que tu risques ?

— La Vilaine a raison : ça risque ! dit le gendarme.

— Mademoiselle, ce verre sur ce plateau appartient-il à la Reine ? demande l'homme en désignant un verre d'eau à moitié vide.

Rosalie est désorientée par cette question insolite, elle semble ne pas comprendre où il veut en venir. C'est la vieille qui revient à la charge :

— Mademoiselle, dit l'infirme avec impatience, le général de Saint-Léger vous demande si ce verre appartient à la Reine ?

— Oui, il est à la veuve Capet, et alors, en quoi cela te regarde-t-il, citoyenne ? jette avec véhémence la femme Harel.

Avant que Rosalie ait pu faire un geste, l'homme s'est emparé du verre. Il ôte son tricorne défraîchi, se met à genoux et boit avec délices le reste d'eau qu'il contient sous le regard émerveillé de Rosalie. Il repose le verre vide sur le plateau, se relève, s'incline en un profond salut de cour et lui dit en souriant :

— En hommage à votre grande beauté, mademoiselle !

L'homme s'éloigne vers le préau, tandis que l'infirme qui l'accompagne dit à Rosalie rouge comme une pivoine :

— Mademoiselle…

— Oui, citoyenne.

— Vous paraissez aussi bonne que belle, vous êtes sûrement Rosalie Lamorlière, n'est-ce pas ?

— Oui, citoyenne, pourquoi ?

— Pour rien… A bientôt, mademoiselle, souvenez-vous, je m'appelle Fouché.

L'infirme s'éloigne en se déhanchant.

Rosalie demande à la femme Harel :

— Dis, Marie ! Je n'ai pas très bien compris, es-tu sûre que les paroles de cet homme m'étaient destinées ?

— Mais oui, la Belle ! crie le gendarme en équilibre sur sa chaise, le nègre t'a bien dit : "En hommage à votre grande beauté, mademoiselle !"

— De quoi te mêles-tu, bouffon ! s'écrie la femme Harel.

— Oh ! toi, la Vilaine, surtout ne rêve pas ! Le compliment, il n'était pas pour toi, il était pour la Belle !

Les deux femmes reprennent leur parcours dans le couloir des prisonniers.

— Connais-tu cette pauvre infirme ? demande Rosalie, je la croise souvent.

— Oui, c'est la vieille Fouché, elle passe son temps à secourir les aristocrates, avec l'aide des prêtres réactionnaires comme Emery et Magnin.

— Comment le sais-tu ?

— Fouquier est au courant.

— Et il ne fait rien ?

— Il a l'ordre de Robespierre lui-même de ne pas les gêner ! Ça arrange les municipaux, grâce à elle et sa clique de curetons, les condamnés vont à la guillotine en silence ! Je sais que si Richard tolère toutes ces bondieuseries à la Conciergerie, c'est parce qu'il est couvert par les comités. Il doit en profiter pour toucher quelques louis d'or au passage.

— Tu ne m'as pas répondu, comment es-tu si bien informée ?

— Si on te le demande, tu diras que tu n'en sais rien !

— Merci du renseignement… Et ce Saint-Léger, qui peut-il être ?

— Un nègre des îles ! Sûrement un fou ! C'est dégoûtant de boire ainsi dans le verre de la veuve Capet !

— Moi, j'ai trouvé ce geste sublime, dit Rosalie rêveuse. As-tu remarqué comme cet homme était beau ?

SAMEDI 3 AOÛT, DEUXIÈME JOUR DE DÉTENTION, CHEZ LE BARON DE BATZ, TROIS HEURES DU MATIN

8

Les chevaliers du Poignard

La voiture d'Alexandre de Rougeville traverse Paris endormi. Quand elle parvient place de la Bastille, de nombreux ouvriers s'affairent à l'aménager en gradins.

— Lefebvre, demande Rougeville à son cocher, pourquoi un tel chantier ?

— Ils préparent l'anniversaire de la chute de la monarchie.

— Pas possible ! Ces cannibales veulent fêter le 10 août ? Attends, je vais leur souhaiter un joyeux anniversaire à ma façon ! Ralentis et arrête-toi à hauteur de cette tête de macaque !

Un sans-culotte coiffé du bonnet rouge apparaît à la portière :

— Salut et fraternité, citoyen ! dit-il, empestant l'ail.

Il tend à Rougeville une feuille de papier.

— Salut, citoyen ! répond Rougeville, c'est quoi ce papier ?

— Une invitation, citoyen ! Tu es invité à fêter avec nous l'anniversaire du 10 août. C'est l'anniversaire de la chute du tyran ! Tu es invité avec tous tes amis !

— Merci, mais qui es-tu, citoyen ?

— Mon nom est René Tanquerel, je suis cordonnier au faubourg. Je suis le responsable de la section Saint-Denis, c'est elle qui est chargée d'organiser la fête.

— Ah ! justement, Tanquerel, c'est toi qu'on m'a désigné, je suis Alexandre Tespéré, président du comité des fêtes au Comité de salut public – l'homme au bonnet rouge pâlit légèrement… Quelles sont les places que tu as retenues pour l'Incorruptible et les membres des comités ?

— On m'a demandé de réserver cent places au premier rang, dont trois places au centre pour Robespierre.

— Malheureux ! s'exclame Rougeville, Barère m'a affirmé qu'il y avait une menace d'attentat contre lui ! Tu veux exposer notre guide aux assassins ? Te rends-tu compte, René Tanquerel, de la responsabilité que tu endosserais s'il y avait un attentat contre notre guide bien-aimé ? Et les huit cents places pour les députés, comment les as-tu disposées ?

— Juste derrière, à partir du deuxième rang ! dit l'homme de plus en plus terrorisé.

— Ah, Tanquerel ! Tanquerel !… Si Barère lui-même ne m'avait désigné ton nom, j'aurais de sérieux doutes sur tes sentiments républicains – l'homme a le front moite. On pourrait croire que tu fais exprès d'exposer nos idoles aux couteaux des assassins ! Au deuxième rang, dis-tu ? Pour qu'on les tue plus aisément, n'est-ce pas ? Tu as bien vu ce qu'ils ont fait à notre cher Le Peletier de Saint-Fargeau, ils l'ont transpercé d'un coup de sabre. Et Marat, notre idole ? Un coup de poignard dans la poitrine… Ah, René Tanquerel, je suis vraiment inquiet pour toi ! Tu m'apparais de plus en plus suspect !

— Loin de là était mon intention, citoyen, se défend l'homme dont le teint vire au gris, et pardonne-moi, je n'ai pas retenu ton nom… tu es le citoyen comment déjà ?

— Appelle-moi citoyen-président tout simplement…

— Bien, citoyen-président, je voulais seulement te dire que…

— Mais tu n'as rien à dire, René Tanquerel ! Celui qui a quelque chose à dire ici c'est moi, et tu vas écouter et faire immédiatement ce que j'ordonne.

— A tes ordres, citoyen-président !

— Les représentants bien-aimés de notre Nation ne doivent en aucun cas être exposés aux couteaux des aristocrates. Les places du deuxième rang doivent être réservées aux ouvriers des faubourgs. Ils constitueront un rempart contre les assassins. Les deux mille places situées juste derrière seront réservées non aux députés mais aux sections de province. Quant aux officiels, tu les placeras tout à fait derrière, et surtout, surtout, installe Robespierre tout en haut au fond de l'estrade, bien caché derrière tes cyprès de décoration ! Il ne faut pas qu'on le voie ! As-tu compris, René Tanquerel ? Il doit rester invisible aux yeux du peuple ! Sa chère vie est en danger !

— Tu peux me faire confiance, citoyen-président, Robespierre sera invisible derrière un mur de verdure !

— Bon ! Maintenant, à quelle heure commence la cérémonie ?

— A six heures du matin, citoyen-président.

— Si tôt ?

— Eh oui, citoyen-président, il y a plusieurs manifestations dans Paris, celle-là doit se terminer à huit heures !

— C'est vrai, c'est vrai. Raison de plus, je veux que la totalité des places disponibles soient occupées dès cinq heures, afin d'ériger un rempart de protection, une heure avant l'arrivée des officiels !

— Ce sera fait, citoyen-président !

— Quand Robespierre arrivera à six heures, toutes les places devront être déjà prises ! Je ne veux pas en voir une seule de libre, entends-tu ? Attention, René

Tanquerel, cette disposition est un secret d'Etat, tu as compris pourquoi, j'espère ?

— Euh ! bafouille l'autre qui tremble, ce serait peut-être pour…

— Ce serait peut-être ?… Ce serait peut-être ?… Tu oses supposer que ce serait peut-être ? Crétin ! hurle Rougeville, ce n'est pas "ce serait" mais : "c'est sûrement !"… pour déjouer les tentatives d'attentat, abruti !

— Bien sûr, citoyen-président.

— Ecoute bien ce que je vais te dire si tu ne veux pas être guillotiné, René Tanquerel. Garde ces dispositions secrètes jusqu'au 10 août, n'écoute personne, marche ton pas. Si on te demande pourquoi tu as mis les officiels derrière les tribunes, tu répondras : Secret d'Etat, ordre de Barère et du Comité de salut public ! As-tu bien compris, René Tanquerel ?

— Vous pouvez compter sur moi, citoyen Tespéré…

— Appelle-moi citoyen-président, je te prie !

— Oh ! pardon. Citoyen-président !

— Je te préviens, René Tanquerel, je te surveillerai de loin. Allez, salut !

— Salut et fraternité, citoyen-président, et vive la Nation !

— C'est ça ! C'est ça ! A très bientôt, René Tanquerel !

Rougeville remonte dans sa voiture.

La berline s'engage dans l'interminable rue de Charonne qui mène à la barrière de la ville.

Rougeville ravi du mauvais tour fait aux révolutionnaires dit à son cocher à travers la lucarne :

— Lefebvre ! Il faut absolument que je voie la pagaille qui va régner ici le 10 août ! J'imagine déjà la tête de Robespierre quand on le placera derrière des cyprès !

Les deux hommes éclatent de rire. La voiture atteint la barrière de Charonne gardée par une section de la gendarmerie nationale.

— Lefebvre ! Attention, ici on ne rit plus, ralentis en passant la barrière. Méfie-toi. Une section de gendarmes stationne au bout de la rue. N'attire surtout pas leur attention !

Les factionnaires sont assis sur des tambours, mais un officier debout ordonne à la voiture de s'arrêter.

L'officier salue :

— Bonsoir, citoyens, dit-il, vos cartes de sûreté, s'il vous plaît.

Rougeville et Lefebvre les lui présentent. L'officier demande à Rougeville sans lever les yeux des cartes :

— Pourquoi franchis-tu la barrière en pleine nuit, citoyen ?

— Je vais à Charonne chez le maire, lieutenant.

— En pleine nuit ?

— Nous devons rédiger un rapport important pour le Comité de sûreté générale.

— Quelle est la section qui t'a fourni ces cartes ?

— Les Filles de Saint Thomas !

— Cette section ne s'appelle plus ainsi, citoyen, elle a pris le nom d'un héros de la nation. Tu devrais le savoir.

— Bien sûr, lieutenant. Elle est devenue la section Le Peletier.

— Ah, tu le savais ! C'est bien ! Tu peux passer, citoyen. Il salue à nouveau : Salut et fraternité, vive la Nation !

— Vive la Nation ! répète Rougeville.

Lorsque la voiture a franchi la barrière, ce dernier crache à plusieurs reprises par la fenêtre. Lefebvre s'en inquiète :

— Seriez-vous incommodé, monsieur le chevalier ?

— Mais non, idiot, j'ai prononcé des mots qui me laissent un mauvais goût dans la bouche ! Dis donc, au retour, pour ne pas être repérés, nous rentrerons par une autre barrière, celle de Montreuil ou celle d'Aunay.

La barrière de Charonne franchie, la voiture roule sur un long chemin de campagne bordé de vignes. Les chevaux peinent dans la côte qui mène au hameau de Charonne. Parvenu tout en haut, Rougeville constate que le village est quasiment désert. Trois heures sonnent au clocher de la vieille église quand il aperçoit un charroi sur lequel deux paysans chargent du bois pour l'hiver. Il demande à l'un d'eux :

— Dis-moi, citoyen, sais-tu où loge l'abbé d'Alençon ?

L'homme, après avoir déposé la bûche qu'il portait sur l'épaule, essuie ses mains sur son pantalon, bien décidé à prendre tout son temps dans l'espoir de tailler une petite bavette. Il sort sa tabatière à priser et enfourne une pincée de tabac dans ses narines. Rougeville commence à s'impatienter, c'est le cocher Lefebvre qui l'apostrophe :

— Dis donc, l'ami, ne pourrais-tu pas répondre un peu plus vite, on ne va pas passer la nuit à te regarder priser !

Le paysan vexé ne répond pas, crache dans ses mains et se remet à charger le bois. Lefebvre exaspéré descend de son perchoir prêt à en découdre, Rougeville l'arrête et tend au vieil homme un assignat de cinq sous.

— Citoyen, voilà pour boire à la santé de la Nation !

L'autre se précipite aussitôt vers la portière et s'empare du billet.

— Vous aussi vous cherchez l'abbé d'Alençon… Foutre alors ! Décidément vous êtes nombreux ce soir à le demander !

— Ah oui ?

— Eh oui. Vous êtes au moins le dixième bougre ! Le paysan rit d'un sourire édenté : Peut-être bien que vous allez écouter la messe chez l'abbé ? Il rit encore : Vous savez, c'est pas mes oignons, moi j'en ai rien à foutre de la calotte !

— Nous avons une réunion pour redistribuer les biens du clergé de Charonne aux paysans du secteur, dit Rougeville.

— Je m'en contrefous, c'est pas mes oignons ! Dites, vous voulez savoir où il loge le père Alençon ? Eh ben, je vais vous le dire : chez le père Grandmaison, un citoyen très important, vous savez, le directeur des postes de Beauvais ! Ah Grandmaison ! Voilà un bien brave homme… Et pas fier ! Vous savez que…

— Certainement, certainement ! dit Rougeville. Et où habite-t-il ?

— Ben, il faut dépasser la dernière maison du village en suivant la chaussée de Bagnolet et vous verrez une porte charretière surmontée d'un bien bel auvent de tuiles rouges. Ah, on peut dire que c'est une bien belle porte !

— Merci, citoyen ! Je vais…

— Vous verrez, c'est un ancien pavillon de chasse, en pleine forêt d'ormes, on l'a surnommé l'Hermitage ! Foutre ! A ce qu'on dit, c'est à cause des ermites qui sont peints sur les murs du salon ! Y aurait même Abraham !

— Merci ! Merci…

— Vous savez, avant, il appartenait à ce traître d'Orléans, mais il y a aussi…

— Merci, citoyen, salut et fraternité ! interrompt Rougeville.

La voiture repart sans laisser au paysan le temps de terminer sa phrase.

— Ah, ben m… alors ! En voilà un mal poli ! s'exclame l'autre vexé.

— Dis donc, dit son compagnon, crois-tu pas qu'il avait une gueule d'aristo ? Foutre ! On devrait peut-être prévenir la section, ils sont drôlement nombreux les bougres chez Alençon ce soir. Tu ne trouves pas que c'est bien louche tout ça ?

— T'as p't'être raison, mais la section de Charonne, mon gars, faut-il encore s'la farcir… Elle est à la barrière de Paris, on a au moins quatre heures de marche à l'aller et quatre au retour. On ne sera pas revenus avant midi !

— T'occupe, mon gars ! Il fait doux, allons-y en carriole.

Les deux paysans s'installent sur le charroi et prennent la route de Paris.

La voiture d'Alexandre de Rougeville s'arrête devant le portail à l'auvent de tuiles.

— Lefebvre ! Range-toi à cent mètres dans les bois, éteins les mèches des lanternes et surtout ne m'attends pas dans la voiture ! L'autre paysan m'a regardé d'une drôle de façon. Si une patrouille passe, abandonne la berline et disparais dans la forêt ! Il ne faut pas qu'elle puisse identifier le véhicule et remonter jusqu'à moi. J'en ai pour une petite heure. Si je ne suis pas de retour dans une heure, rentre chez toi, et reviens me chercher vers sept heures. Compris ?

— Oui, monsieur le chevalier, si dans une heure vous n'êtes pas revenu, je m'en vais ! Et je reviens dans trois heures. Mais… monsieur le chevalier, je n'aurai jamais le temps d'aller et de revenir ! Il est déjà trois heures du matin !

— Alors cache-toi dans la forêt et dors à la belle étoile. Avec cette chaleur, tu ne risques pas de prendre froid ! Allez, bonsoir ! Ou plutôt bonjour !

Rougeville pousse la grille rouillée qui grince sur ses gonds, il se trouve devant l'Hermitage[1]. Les volets sont fermés. En revanche, sur un long bâtiment mitoyen, plusieurs croisées du premier étage sont éclairées. Il s'y dirige, une ombre se profile derrière une des fenêtres adjacentes à l'entrée du bâtiment. Dès que Rougeville s'en approche, l'ombre se précipite vers la porte pour le recevoir. Il était manifestement attendu. C'est une jolie brunette aux yeux bleus d'une vingtaine d'années, toute souriante, qui l'attend sur le seuil.

— Bonsoir, citoyenne, dit Rougeville méfiant, j'ai rendez-vous avec M. l'abbé d'Alençon.

Elle lui répond sur un ton confidentiel :

— Nous vous attendions ! Bonsoir, monsieur le chevalier, je suis Marie Grandmaison, la compagne de Jean de Batz, il vous attend.

Ils traversent un grand vestibule qui donne par quatre portes-fenêtres sur un parc aux ormes centenaires. Sous l'un d'eux, un homme en chemise de nuit blanche est confortablement installé, les pieds nus, sur un grand lit de repos. C'est le baron Jean de Batz, qui se cache sous le pseudonyme d'Alençon. Il se lève, enfile ses mules et se dirige vers son visiteur. Ce qui frappe immédiatement c'est la beauté aristocratique de cet homme. Le baron, qui n'a que vingt-six ans, est élancé et il a fière allure malgré sa tenue insolite. Le visage est beau et ouvert.

1. Cet ancien pavillon de chasse du duc d'Orléans existe toujours au 148, rue de Bagnolet, dans le 20e arrondissement de Paris.

Un front haut dans un visage régulier, un nez fin et légèrement aquilin qui souligne la force de caractère. Des yeux couleur de miel, toujours rieurs, des lèvres pulpeuses et sensuelles, des dents régulières qui naissent avec un sourire enjôleur, de longs cheveux châtain foncé, noués sur la nuque, à l'ancienne mode, pour un catogan de velours noir. Voilà le portrait de celui auquel aucune femme ni homme n'ont su résister. Tout individu qui l'approche est subjugué et conquis. Il possède une puissance morale qui attire tous les dévouements. On prétend qu'il émane de lui un "fluide" qui transforme les plus indifférents en affidés jusqu'à la mort. De Batz s'avance vers Rougeville la main tendue :

— Bonsoir, monsieur le chevalier, comment allez-vous ?

L'autre s'incline :

— Bonsoir, ou plutôt bonjour, monsieur le baron, j'espère que je n'abuse pas de votre hospitalité à une heure si tardive !

— Pas le moins du monde, je vous attendais ! Il s'adresse à la jeune femme qui attend sur le seuil : Merci, mon ange, tu peux aller dormir maintenant.

— Bonne nuit, Jean, bonsoir, monsieur le chevalier.

Elle sort.

— Comme je vous l'avais dit lors de notre dernière entrevue, les chevaliers du Poignard vous ont désigné pour sortir la Reine de la Conciergerie… Mais tout d'abord j'espère que vous excuserez ma tenue, je ne supporte pas cette chaleur qui m'épuise ! J'ai décidé durant ce mois d'août de dormir à la belle étoile. Mais asseyez-vous, je vous prie, que boirez-vous ?

— Un jus de fruit quelconque, dit Rougeville un peu pris de court en s'exprimant à voix basse.

— Un jus de raisin avec du malaga ?

— C'est parfait, chuchote Rougeville.

Le baron de Batz se dirige vers une commode d'osier qui supporte de nombreuses carafes de cristal pleines de boissons colorées. Il s'adresse à son interlocuteur sans tourner la tête :

— Alors ils l'ont transférée ?

— Oui, la nuit dernière à trois heures du matin ! dit Rougeville à voix basse.

— Avez-vous pu apercevoir Sa Majesté ?

— Oui, à travers ma lunette.

— Comment l'avez-vous trouvée ?

— Très amaigrie et pâle, répond Rougeville toujours à voix basse.

Le baron de Batz repose aussitôt la carafe et se tourne vers lui, le regard dur :

— Je ne suis pas étonné, monsieur ! Saviez-vous que la Reine était gravement malade ?

— Je l'ignorais, monsieur, dit l'autre en marmonnant.

— Pardonnez-moi, monsieur le chevalier, mais pourquoi parlez-vous ainsi à voix basse ? dit de Batz en riant.

— Je pensais qu'il valait mieux…

— Mais je suis seul dans cette maison, et Marie a regagné son lit. Vous pouvez parler sans crainte et même haut et fort si vous le désirez. Ce n'est sûrement pas Marie qui nous livrera aux terroristes.

Les deux hommes éclatent de rire. De Batz se saisit à nouveau du carafon, finit de remplir un verre, le tend à Rougeville, en remplit un pour lui, et se rallonge sous l'orme, son verre à la main. Tout en buvant à petites gorgées, il chasse ses mules et remue nerveusement les orteils. Puis, sur le ton de la confidence, il dit à Rougeville visiblement mal à l'aise devant cette tenue.

— Maintenant, parlez-moi de l'expédition de Meaux. Avez-vous eu des pertes ?

— Pas une !

— Avez-vous vu l'abbé Emery ?

— Hélas non ! Il ne nous a pas attendus, il a préféré partir vers Paris sans aucune protection.

— Pourquoi ?

— Je suppose qu'il estimait que les femmes et les enfants dont il avait la charge seraient en danger s'ils étaient accompagnés d'une escorte militaire.

— Mais c'est absurde, comment a-t-il pu le croire ?

— Je pense qu'il a dû entendre le bruit de notre fusillade et croire qu'il s'agissait de terroristes. Il s'est enfui précipitamment. Dans l'ancienne église anglicane désaffectée où il se cachait avec les femmes et les enfants, mes éclaireurs n'ont trouvé qu'un vieillard. Celui-ci leur a affirmé que l'abbé était parti dans la direction d'Ozoir-la-Ferrière. Nous avons tenté de le rejoindre, en vain. Nous avons perdu sa trace.

— Savez-vous ce qu'il comptait entreprendre pour aider Sa Majesté ?

— Il désirait pénétrer dans son cachot pour dire la messe…

De Batz rit de bon cœur.

— Rien que cela ? Je ne suis pas étonné du courage de l'abbé Emery, nous en reparlerons avec lui à la réunion de demain. J'espère qu'il sera là ! Au fait, avez-vous eu des nouvelles de lui depuis ?

— Aucune ! Il sait toutefois que nous avons rendez-vous ici demain… enfin ce matin !

— Et toutes ces femmes et ces enfants ! Seigneur, que sont-ils devenus ?

— Je l'ignore !

— Quels étaient les disciples qui l'accompagnaient ?

— Ses anciens affidés de Saint-Sulpice.

— Je ne les connais pas, mais il faut dire que je ne m'occupe pas beaucoup du secours catholique aux prisonniers, j'ai déjà fort à faire avec le combat politique, vous-même les connaissez-vous ?

— Je les croise souvent dans la Conciergerie. Ils apportent les derniers secours aux condamnés.

— Combien sont-ils ?

— Personnellement je n'en connais que trois, l'abbé Montaigu, l'abbé de Sambucy et l'abbé de Keravolan.

— Et ils n'ont jamais été arrêtés ?

— Jamais !

— Vous êtes-vous jamais demandé comment ces hommes ont pu passer inaperçus si longtemps à l'intérieur d'une prison truffée d'espions et pratiquer leur ministère à la barbe de Richard et des municipaux ?

— Parce qu'ils se déguisent en municipaux ou en gardes nationaux, je présume !

De Batz sourit :

— Et vous croyez cela ?

— Mais je ne vois pas…

— Mais, mon cher, l'ordre de laisser faire vient de Robespierre lui-même ! Richard et tous les municipaux ont reçu des ordres très stricts : Surtout laissez faire !

— Comment cela est-il possible ?… et comment le savez-vous ?

— Tous ces prêtres réfractaires qui vont et viennent dans la Conciergerie se font malheureusement les complices des terroristes !

— Complices des terroristes ? Vous voulez rire, monsieur le baron ?

— Hélas non, Rougeville, si l'ordre est maintenu dans la prison, c'est grâce à nos braves abbés. Les victimes vont sagement à la mort parce qu'ils ont reçu les derniers secours de leur religion… Ils meurent apaisés et ne troublent pas l'ordre : chacun va à la mort dans le calme et la discipline ! C'est exactement ce que veut Robespierre !

— Quelle horreur ! Nous nous faisons les complices des assassins ?

— Robespierre est un monstre qui ne recule devant aucun moyen, même le plus ignoble, pour arriver à ses fins ! Maintenant, dites-moi, sur la route de Meaux avez-vous rencontré une forte résistance de la part des terroristes ?

— Non ! Mais en pleine forêt, nous avons surpris une section de la garde nationale qui s'apprêtait à fusiller trois hommes et une femme ! Nous les avons tous abattus !

— Ce sont vraiment des barbares ! Les prisonniers étaient-ils nobles ?

— Même pas ! Ils avaient pourtant projeté de les fusiller ! C'étaient des bourgeois de Meaux, accompagnés d'un jeune prêtre.

— Qu'en avez-vous fait ?

— A Paris, nous les avons libérés.

Le baron de Batz réfléchit tout en bourrant sa pipe :

— Vous avez bien fait ! Où pensez-vous que l'abbé puisse se trouver à cette heure-ci ?

— Il doit être proche de la barrière de Saint-Mandé.

— Rentrer sans protection ! Je suis surpris d'un tel comportement.

— Avant de rentrer à Paris, il s'est séparé de l'escorte que nous lui avions fournie. Nous avons récupéré tous nos hommes.

— Savez-vous comment le joindre ?

— Pas le moins du monde, mais je passerai tout à l'heure chez Fontaine, pour avoir des nouvelles.

— Qui est Fontaine ?

— Un ancien négociant en bois rue de l'Oseille-aux-Marais !

— Ah oui, j'en ai entendu parler ! C'est lui qui tient table ouverte aux conventionnels ?

— Pas seulement aux conventionnels, on y rencontre de tout. Il m'a mis en rapport avec une jeune fille qui peut me présenter à un administrateur des prisons du nom de Michonis !

— Je le connais bien, c'est un homme à nous !

— Je le savais.

Brusquement de Batz devient songeur. Ses orteils remuent de plus en plus. Il vide son verre d'un trait, puis s'assoit sur le bord du lit :

— Sa Majesté ne résistera pas au régime de la Conciergerie malgré toutes les mesures que j'ai pu prendre pour atténuer son incarcération... Nous devons la sortir de cet enfer le plus vite possible, il vous faut agir sans délai !

— Mais, monsieur, j'ai hâte, moi aussi de libérer Sa Majesté, mais il faut reconnaître que l'entreprise n'est pas aisée.

Le visage de de Batz s'assombrit, il se lève, enfile ses mules, remplit de nouveau son verre et retourne s'allonger sous l'orme en libérant ses orteils.

— Détrompez-vous, la Conciergerie est paradoxalement plus facile d'accès que ne l'était cette tour du Temple d'où il a été impossible de sortir la famille royale. J'ai donné de ma petite influence auprès d'un substitut de la Commune[1] pour qu'elle soit transférée à la Conciergerie.

— Ce Michonis, vous a-t-il aidé lors de la tentative d'évasion du Temple ?

1. Il s'agit d'Hébert qui avait été gagné par de Batz.

— Et comment ! Vous pouvez l'utiliser de nouveau sans crainte.

— Comment expliquez-vous qu'il n'ait pas été inquiété après cette affaire ?

De Batz sourit :

— Ce sont les mystères de la Révolution, monsieur le chevalier ! Maintenant, à vous de trouver de nouveaux appuis à la Conciergerie et de les soudoyer, je vous fournirai tous les fonds dont vous aurez besoin.

— Monsieur le baron il faudra hélas beaucoup d'argent pour gaver tous ces fauves !

— Ah, je vous attendais, mon cher, soyez rassuré, vous disposerez, sans limites, je dis bien sans limites, des fonds nécessaires ! Un conseil précieux : quand vous achetez un homme, ne lésinez surtout pas : éblouissez votre ennemi par les sommes que vous offrez, faites-le rêver et il vous sera fidèle jusqu'à la mort. D'abord parce que vous l'avez compromis et il devient ainsi votre otage, ensuite grâce aux rallonges que vous effectuerez réguliè rement ! Il rit de bon cœur en remuant les orteils : Un rêve de grande crapule, mon cher, cela s'entretient avec beaucoup d'assignats, vraiment beaucoup !

De Batz se lève et pose son verre vide sur le guéridon d'osier.

— Veuillez m'excuser, monsieur, je dois m'absenter pour quelques minutes. En attendant, servez-vous du malaga.

Il sort. Rougeville est impressionné. Quel homme étrange ! Quel flegme ! Quelle assurance ! Tandis que tout le monde fuit la France, il revient à Paris en pleine Terreur. Voilà un royaliste recherché par toutes les polices et qui agit en toute impunité… C'est à peine croyable ! Et s'il était un agent double ? Rougeville s'empare de la lourde carafe de cristal et se sert. Il prétend avoir fait transférer la Reine du Temple à la Conciergerie… C'est peut-être un mythomane, et pourquoi n'est-il pas encore arrêté ? Il doit certainement être protégé ! Par qui ?

Rougeville éprouve soudain la sensation désagréable d'être observé. Il regarde autour de lui : le parc est sombre. Il lui semble que derrière chaque orme des yeux l'épient. Il lève le regard ; une longue mezzanine court d'une extrémité à l'autre du bâtiment. De nombreuses portes y donnent accès et, curieusement, elles sont toutes grandes ouvertes sur le parc, alors que chaque pièce est plongée dans l'obscurité. C'est étrange, pense-t-il, si ces chambres sont habitées, pour quelle raison les occupants laissent-ils leur porte ouverte en restant dans le noir ? Peut-être pour m'observer sans être vu. Il perçoit au-dessus de sa tête des craquements qui proviennent du plancher de la mezzanine, comme si plusieurs personnes marchaient en même temps. Pourtant, de Batz l'a assuré qu'ils étaient seuls avec Marie Grandmaison. Bien qu'il le connaisse depuis quelque temps, il se demande s'il n'est pas tombé dans un traquenard. Instinctivement il plonge la main dans la poche de sa redingote et arme le percuteur de son pistolet. Il s'assoit le dos contre un mur et attend. Une des portes-fenêtres du vestibule s'ouvre. Rougeville se lève, prêt à tirer : c'est de Batz les bras chargés.

— Voici un million en assignats et quatre cents louis d'or ! dit-il en déposant sur la petite table une liasse impressionnante de billets et une lourde bourse de daim rouge. Achetez toute la Conciergerie si vous le pouvez ! Dépensez sans compter, mais je veux une comptabilité serrée de vos prodigalités. En revanche, pour des raisons de sécurité, je ne dois pas connaître le nom de vos complices : nommez-les simplement X, Y ou Z ! Voilà, je pense, monsieur, que nous avons fait le tour du problème en attendant notre réunion, maintenant allez dormir un peu !

— Effectivement il se fait tard, balbutie Rougeville, encore ébranlé par l'atmosphère insolite de cette maison. Il se lève, s'empare comme un automate de la bourse et des assignats que lui tend de Batz.

— Je vous raccompagne, dit celui-ci en le poussant vers la sortie, et sur le seuil, il ajoute : Eh bien, bonne fin de nuit, monsieur le chevalier !

— Bonne nuit, monsieur le baron ! répond Rougeville toujours flottant, mais au moment de sortir, il prend soudain conscience de ce qu'il tient dans les mains. Il s'arrête, se tourne vers de Batz et lui tend bourse et assignats ; Reprenez ceci, s'il vous plaît, je n'en ai pas l'usage pour le moment et conserver une telle somme chez moi est dangereux !

Il lui rend le tout.

— Comme vous voudrez, mon ami ! dit simplement de Batz qui scrute avec attention le visage de son interlocuteur, comme pour découvrir le sens de ce revirement subit.

— Soyez sans crainte, ajoute Rougeville dans un demi-sourire, je ferai appel à vous le moment venu. M. de Fersen s'est mis à contribution en me remettant un million or ! Je n'ai vraiment pas besoin d'argent pour le moment.

De Batz le fixe jusqu'au fond des yeux et lance :

— Rougeville, vous revenez de loin ! Si vous aviez franchi ce seuil sans m'avouer que vous déteniez l'argent du comte de Fersen, je vous abattais séance tenante !

Le sourire de Rougeville se fige, son visage devient aussi blanc que sa cravate de soie.

— Que c'est drôle, réplique-t-il sur un ton glacial, j'avais la même intention à votre égard !

— M. de Fersen m'avait informé qu'il tenait absolument à couvrir les frais nécessaires à l'évasion de Sa Majesté et que vous n'auriez en aucun cas besoin de notre argent ! Nous avons donc décidé de vous mettre à l'épreuve et nous savons maintenant que vous êtes toujours des nôtres !

— En fait, vous me teniez pour un vulgaire prévaricateur ! dit Rougeville blême de colère.

— Oui et non, monsieur le chevalier ! Bien sûr, nous savions qui vous étiez, mais nous voulions nous assurer que vous étiez resté le même ! Songez aux risques que nous prenions, il est légitime que nous nous entourions d'hommes intègres pour mener notre tâche à bien.

— Vous devriez être mieux informé des hommes que vous choisissez, monsieur. Pour un gentilhomme, vos manières sont vraiment choquantes. Vous devriez savoir aussi que le 20 juin, j'étais auprès de Leurs Majestés avec mes amis du Poignard, et qu'à ce jour je n'ai point attendu vos instructions pour établir des contacts et préparer l'évasion de la Reine de France. Sachez aussi, monsieur, que je dispose de centaines de partisans prêts à mourir pour elle, et sachez encore que mes revenus me suffisent pour mes besoins personnels ! Merci pour le malaga. Je ne vous salue pas, monsieur !

Il s'apprête à sortir quand le baron de Batz le retient fermement par le bras :

— Ne faites pas l'enfant, Rougeville ! Si je vous ai blessé, je vous présente mes excuses ! Vous-même auriez agi ainsi. Il lui prend amicalement le bras : Maintenant venez, mon ami, j'ai une belle surprise pour vous !

— Vraiment ? dit Rougeville fléchissant. N'estimez-vous pas qu'en matière de surprise, vous m'avez bien servi cette nuit ?

De Batz éclate de rire.

— Celle-ci vous réjouira, mon ami, j'en suis sûr !

Il pousse Rougeville le long du vestibule qui se termine au bout par une lourde porte en orme.

— Ouvrez vous-même, monsieur le chevalier ! dit de Batz toujours souriant.

Rougeville intrigué ouvre la porte et reste stupéfait. Autour d'une table ovale sont attablés vingt gentilshommes qui terminent leur souper. Ils ont pris le soin de cacher la moitié supérieure de leur visage par un loup blanc. Lorsque Rougeville pénètre dans la pièce, tous se lèvent et lui portent un toast. Puis ils entonnent en chœur l'air de *Richard Cœur de Lion*, le chant de ralliement des royalistes : "O Richard, ô mon roi, l'univers t'abandonne…"

Le baron de Batz lui met un verre entre les mains et lui dit à voix basse :

— Chantez !

Des larmes montent aux yeux de Rougeville, incapable de réagir.

Le baron de Batz reste silencieux. Il s'appuie contre un mur, le visage à la fois grave et nostalgique. Il écoute avec une intense émotion ces hommes chanter, et bien que son regard soit dur et ses mâchoires serrées, il sent, malgré lui, des larmes monter… Quand l'ode au Roi Richard est terminée, il se rapproche de Rougeville, le prend fraternellement par les épaules et lui dit :

— Rougeville ! Ces hommes masqués sont des chevaliers du Poignard, ils sont vos frères, ils vous ont fait l'insigne honneur de vous désigner pour libérer la Reine de France. Maintenant, à vous, monsieur le chevalier, de les reconnaître et de leur donner l'accolade.

— C'est un jeu ? demande Rougeville avec un sourire douloureux.

— Peut-être, pour célébrer la fraternité retrouvée, répond de Batz.

Rougeville longe alors la table où les chevaliers, debout, se sont tournés vers lui. Ils affichent un sourire sous leur loup blanc. Il scrute le visage du premier qui sourit à pleines dents :

— Toi, il me semble te reconnaître à tes grandes dents, n'es-tu pas "monsieur le premier gentilhomme de la Chambre" ?

— Gagné ! dit l'autre en dévoilant son visage.

— Villequier ! s'exclame Rougeville en lui ouvrant ses bras.

— Quel bonheur de te revoir, dit Villequier, j'espère que toi au moins tu n'échoueras pas.

— Pourquoi dites-vous cela, mon ami ? demande de Batz, qu'avez-vous donc à vous reprocher ?

Rougeville répond pour lui :

— Mais rien ! Notre ami est un tourmenté ! Je sais ce qu'il veut dire : lors de la fuite à Varennes, en quittant les Tuileries, la famille royale est passée par son appartement.

— Quelle drôle d'idée ! Et pour quelles raisons ?

— Parce que mon logement communiquait tout bonnement par une porte secrète avec le cabinet du Roi, dit Villequier, et alors…

Rougeville l'interrompt :

— … et alors ce nigaud s'en veut encore aujourd'hui de les avoir laissés partir sans lui !

— Mais vous n'êtes pour rien dans cette triste affaire ! dit de Batz.

— Fersen a été au-dessous de tout ! Je ne me pardonnerai jamais de les avoir abandonnés !

— Allons, marquis, dit Rougeville, sans toi, les chevaliers du Poignard n'existeraient pas ! C'est toi qui nous as recrutés, tu n'as rien à te reprocher… et Fersen non plus d'ailleurs, il n'a pas accompagné la famille royale parce que le Roi s'y était opposé…

— Assez ! dit de Batz, ce soir le cœur est à la joie ! Allez, Rougeville découvrez vos compagnons !

Rougeville examine avec attention l'homme masqué suivant. Perplexe, il lui dit :

— Bonjour ! Parle-moi. Fais-moi entendre le joli son de ta voix.

— Bonjour, monsieur le chevalier du Poignard, répond seulement le masque.

Rougeville réfléchit.

— J'ai déjà entendu ce timbre quelque part ! Oui, je crois le reconnaître, c'était celui du procureur général de Belbœuf – le masque ne peut s'empêcher de rire. Mais toi, tu parais trop jeune pour être un vieux procureur ! Pourtant tu as la même voix… Ne serais-tu pas son fils, par hasard, le chevalier de Belbœuf ?

— Gagné ! dit l'autre en enlevant son masque.

Les deux hommes s'embrassent.

— Quelle mémoire ! C'est incroyable que tu reconnaisses la voix de père sur une seule phrase !

— Je ne suis pas près de l'oublier ! Il m'avait condamné à verser cent livres à titre de compensation à une gourgandine qui prétendait que j'étais le père de son enfant !

— Tu as payé ?

— Bien sûr puisque c'était vrai !

Les chevaliers éclatent de rire.

— Et en digne représentant de la chevalerie, ajoute Belbœuf, tu as aussitôt reconnu l'enfant, n'est-ce pas ?

— D'une servante ? Et puis quoi encore, mon ami !

Tous rient de nouveau.

— Tu nous reconnais trop facilement, dit Villequier, il faut te compliquer la tâche ! Désormais nous nous tairons. Et mettez-lui un bandeau sur les yeux et enlevez vos masques. Il devra nous reconnaître en tâtant nos visages. Nous te donnons trois minutes pour identifier le reste des chevaliers !

— D'accord ! dit Rougeville, mais je veux qu'on y mette un gage !

— Entendu, mon cher ! Si tu nous reconnais sans une seule erreur, nous te donnons la plus jolie fille de Paris. On sait que tu l'as déjà vue chez Fontaine et que depuis tu en rêves jour et nuit !

— Sophie Dutilleul ? dit aussitôt Rougeville. Vous la connaissez ? Comment étiez-vous au courant ?

— On surveille tes fréquentations depuis un an, chevalier, elle t'a connu chez un marchand de bois. Sache qu'elle est consentante, mon cher !

— Ainsi vous m'espionniez ? Bande de charognards ! Attendez un peu, quand je découvrirai vos visages de traîtres, vous allez voir ce qu'il va vous arriver ! Donc, si je gagne, vous m'offrez Sophie Dutilleul. Et si je perds ?

— Tu devras coucher avec une femme terriblement vieille et laide que nous choisirons !

— Et c'est ?

— On ne sait pas encore, mais elle sera facile à trouver parmi les tricoteuses !

— Quoi ?... Une tricoteuse ? Quelle horreur ! Jamais !

— Dans ce cas, tu devras t'acquitter d'une dette d'honneur à chacun d'entre nous de quatre cents livres or !

— Mais vous perdez la raison, dit Rougeville en riant, où voulez-vous que je trouve une telle somme !

— Tu auras le choix, mon ami : coucher ou payer !

— Donc, Sophie Dutilleul serait consentante ? Elle vaut vraiment la peine de tenter le coup !

— C'est bien le cas de le dire ! lance de Belbœuf en riant.

— Allez, je prends le risque, bandez-moi les yeux !

Villequier place un bandeau très serré sur ses yeux sous le regard amusé du baron de Batz. Les chevaliers du Poignard enlèvent leurs masques et s'assoient sur une chaise tournée dans l'autre sens. Villequier regarde sa montre :

— Attention, le compte à rebours débutera à trois, c'est moi qui guide tes mains sur leurs visages ! Es-tu prêt ?

— Je suis prêt !

— Un, deux, trois !

Villequier dirige aussitôt les mains de Rougeville sur le premier visage.

— Dubois de La Motte ! crie Rougeville.

Villequier guide aussitôt ses mains sur les visages suivants :

— Lillers ! Berthier ! Chauvigny !… Doucement, Villequier, tu vas trop vite ! Ah, je reconnais celui-là, c'est Becdelievre… Toi, tu es Piennes. Toi, Frondeville. Au visage suivant, Rougeville hésite : Alors toi, qui peux-tu bien être ? Ah, mais je reconnais cette senteur de fleur d'oranger… Tu es le seul à te parfumer comme une femelle ! Tu es Godard de Douville.

— Exact ! Dépêche-toi, plus que trente secondes, dit Villequier.

— Mailly ! Gentil de Fombel ! La Bourdonnaye ! Champin ! Forget ! Du Peck ! Thevenot ! Lacombe !

— C'est fini ! Trois minutes pile ! Bravo !

Les compagnons se mettent à chanter :

— Il a gagné ! Il a gagné ! Il a gagné !

— Surtout n'enlève pas ton bandeau, dit Villequier, le jeu n'est pas complètement terminé !

— Qu'est-ce encore ?

— Une dernière épreuve.

— Ah non, ce n'était pas prévu.

— Tu ne le regretteras pas, imbécile !

La porte du fond s'ouvre sur une ravissante jeune fille aux cheveux dorés conduite par Villequier. C'est la jolie Sophie Dutilleul. Les chevaliers du Poignard accompagnés par de Batz se retirent sur la pointe des pieds en riant. Rougeville, les yeux toujours bandés, ne sait pas qu'il est désormais seul avec elle.

— Alors quelle est cette épreuve ? dit-il.

Sophie Dutilleul dépose un baiser sur ses lèvres. Rougeville surpris arrache son bandeau : de grands yeux bleus sont contre les siens et, avant qu'il ait réalisé, elle passe ses bras autour de son cou et l'embrasse passionnément.

SAMEDI 3 AOÛT, DEUXIÈME JOUR DE DÉTENTION,
CHEZ LE BARON DE BATZ, HUIT HEURES DU MATIN

9

La stratégie du baron de Batz

Il est huit heures du matin, le baron de Batz déjeune avec le marquis de Villequier dans la salle à manger qui donne sur le parc. Il fait déjà très chaud en cette matinée d'août malgré les quatre portes-fenêtres grandes ouvertes.

A cette heure, tous les chevaliers du Poignard ont quitté Charonne.

— C'est vous qui leur avez conseillé de partir si tôt ? demande Villequier.

— J'aurais pu les loger sans problème, les chambres ne manquent pas dans cette maison, dit de Batz en désignant du doigt la longue mezzanine, mais j'ai pensé qu'il était plus prudent qu'ils partent aussitôt après l'aubade à Rougeville, il n'était pas prudent que nous restions groupés.

— Rougeville dort-il encore ? demande Villequier avec un sourire malicieux.

— Non, dit de Batz en riant, il a raccompagné Sophie Dutilleul à Vaugirard très tôt ce matin, il sera de retour dans un moment. Voulez-vous encore du café ?

— Merci, c'est parfait ainsi, dit Villequier en se levant de table pour s'allonger à l'ombre d'un orme centenaire. Il commence à bourrer tranquillement sa pipe quand l'autre l'arrête.

— Ne vous installez pas, mon ami, nous avons un travail très important à faire avant notre réunion, venez avec moi.

Villequier pose sa pipe et se lève. Ils traversent le vestibule. En sortant ils longent la lisière du parc pour pénétrer dans le pavillon de l'Hermitage. Au bout du couloir principal, de Batz ouvre une grosse serrure fixée sur une porte basse. Dès que celle-ci est ouverte, une odeur de moisi monte à leurs narines. Il allume un quinquet qu'il maintient au-dessus de sa tête :

— Suivez-moi, dit-il en s'engageant dans le sous-sol.

— Où me conduisez-vous ?

— Vous verrez ! En attendant, déchaussez-vous et mettez ces sandales de corde, elles sont conçues pour éviter de glisser. Et enfilez cette tunique de laine, il fait très froid en bas.

— Qu'entendez-vous par "en bas" ? s'inquiète Villequier.

— Vous verrez bien ! Faites-moi confiance, mon ami !

Ils empruntent un escalier étroit et glissant où règne une forte odeur de moisissure. La fraîcheur du lieu contraste avec la chaleur moite du pavillon.

— Prenez garde à ces marches, elles sont humides et inégales. Tenez bien fermement la main courante, si vous glissiez, je ne pourrais vous arrêter…

— C'est charmant ! Où allons-nous ainsi ?

— Faites-moi confiance, vous dis-je !

Les deux hommes descendent avec précaution une cinquantaine de marches. Ils perçoivent des bruits sourds à consonances métalliques, pondérés par des silences, qui montent des profondeurs.

— Quel est ce bruit étrange qui semble provenir des entrailles de la terre ? demande ironiquement Villequier.

— Une minute de patience et vous serez fixé… Surtout restez bien derrière moi, l'endroit est dangereux.

Parvenu au bas de l'escalier, de Batz se maintient avec précaution sur la dernière marche. La lumière du quinquet révèle l'étroite margelle d'un large puits qui occupe la totalité du palier sous la forme d'un gouffre obscur.

— Prenez garde, c'est un puits, et comme vous le voyez, la margelle est très étroite. Il est si profond que le fond n'a jamais été atteint, il est alimenté par une source inconnue, nous allons y descendre…

— Vous voulez rire ! Dans quel but ?

— Si vous suivez mes instructions à la lettre, vous ne risquerez rien. Mais lors de notre descente, il faut que vous reproduisiez les gestes que je ferai.

— Pour aller où ? Chez Vulcain ?

— Non, mon ami, répond de Batz en riant, vous serez ravi quand vous y serez ! Faites-moi confiance, c'est très important !

Une double rampe métallique, encadrant une échelle de fer, émerge du puits en deux arceaux. Afin de s'y maintenir en toute sécurité lors de la descente, les rampes bordent efficacement à droite et à gauche une échelle fortement scellée qui plonge dans le gouffre. Une cloche d'airain traîne sur la margelle, reliée à une très longue cordelette elle-même fixée à un des arceaux. De Batz s'en saisit et la précipite dans le puits. Parvenue en fin de course, la cordelette se tend et l'on entend tinter la cloche dans les profondeurs.

— A quoi vous sert cette cloche ? demande Villequier de plus en plus inquiet.

— Vous comprendrez une fois en bas ! Attention, je descends le premier, observez bien mes gestes !

Deux cordes gisent sur le sol, dont l'une des extrémités est attachée à un lourd anneau scellé dans la pierre tandis qu'à l'autre est fixé un énorme goupillon. Sans lâcher la rampe, de Batz se saisit d'un des cordages et le tend à Villequier.

— Faites comme moi, enroulez cette corde autour de votre taille et fermez le goupillon, dès cet instant vous ne risquerez plus rien !

— C'est vite dit ! Et si je tombe ? susurre Villequier.

— Vous ne ferez qu'une chute de vingt mètres. La corde vous arrêtera et, au pire, elle vous brisera quelques côtes !

— Ah, seulement quelques côtes ? Dieu soit loué !

— Allons, allons, mon ami, soyez sérieux, ce que je dois vous montrer est de la plus haute importance, allez, je passe devant.

— Compris ! dit Villequier en soupirant.

— Une dernière recommandation : si vous sentez que vous allez tomber, agrippez-vous à la corde avec les deux mains en la serrant très fort comme si vous vouliez l'utiliser pour remonter. Quand elle se tendra en arrêtant votre chute, les muscles de vos bras contractés par l'effort amortiront le choc !

— Etes-vous certain de ne rien avoir oublié des dernières réjouissances ?

— Allons-y ! dit de Batz en riant.

Il se débarrasse du quinquet en le fixant à la paroi du puits. Il tourne ensuite le dos à l'entrée du gouffre en s'emparant des arceaux à deux mains. Il pose ensuite le pied droit sur le premier barreau de l'échelle, puis le gauche sur l'échelon situé en dessous et amorce doucement sa descente… Villequier l'observe tétanisé.

— Dites, de Batz, est-il vraiment indispensable que je descende aux enfers avec vous ?

L'autre, hilare, n'a bientôt plus que la tête qui émerge du puits.

— Allez, mon ami, dit-il, ne regardez surtout pas en bas, gardez bien une main sur chaque rampe, vous ne risquez rien, je vous le promets, puisque vous êtes attaché !

— Certains d'entre vous sont-ils déjà tombés ?

— Bien sûr, c'est déjà arrivé !

— Et ils s'en sont tirés ?

— Avec quelques côtes cassées et quelques éraflures sans plus.

— Sans plus… Ah, vous me rassurez ! J'entrevois maintenant mon avenir avec un peu plus de sérénité !

Villequier s'agrippe maladroitement aux rampes en imitant consciencieusement les gestes de de Batz. Les deux hommes commencent l'un au-dessus de l'autre leur progression dans le vide. En haut le quinquet qui s'éloigne éclaire le gouffre de plus en plus faiblement. Le froid devient plus vif. Au bout d'un moment, l'obscurité est totale, tandis que le martèlement intermittent qui monte du fond du puits s'amplifie.

— Mais on ne voit plus rien ! Dites donc, de Batz, êtes-vous sûr au moins que Cerbère sera au rendez-vous ? Je serais très déçu si nous avions fait tout ce chemin pour rien.

De Batz éclate de rire.

— N'ayez pas peur, continuons notre descente, la lumière va revenir !

— Comme par miracle ? Ainsi qu'au premier jour de la création ?

— Cessez de me distraire, Villequier, vous allez finir par me faire tomber.

— Quelle importance ? Puisque vous dites qu'on ne risque rien !

De Batz rit encore.

Une faible lueur monte maintenant du fond du puits. Elle s'accroît progressivement, tandis que le bruit devient assourdissant.

— Allez, courage, mon ami, nous sommes presque arrivés ! crie de Batz en tentant de couvrir de sa voix le fracas qui monte des profondeurs.

Les cordes se tendent de plus en plus. Le vacarme s'arrête subitement. Ils se retrouvent devant l'entrée d'une grotte fortement éclairée, creusée dans la paroi du puits. Deux hommes sont là, qui s'emparent aussitôt des cordages pour les attirer avec fermeté vers l'intérieur de l'excavation. De Batz, aguerri à l'exercice, saute le premier dans la caverne.

— Et hop ! Voyez-vous, mon ami, comme c'est simple !

Les hommes se saisissent ensuite de Villequier, en l'attirant vers l'intérieur, et débouclent son goupillon.

— Vous voilà sauvé, dit de Batz en riant.

Villequier n'en croit pas ses yeux : une énorme presse d'imprimerie est là dans le ventre de la terre, n'attendant qu'un geste pour se remettre en mouvement grâce à une énorme manivelle.

— Qu'imprimez-vous ici ? murmure Villequier.

De Batz prend une feuille au pied de la machine et la lui tend :

— Jugez par vous-même.

— Des assignats ? Vous faites de la fausse monnaie ? C'est stupéfiant ! En imprimez-vous beaucoup ?

— Juste ce qu'il faut. Interdiction absolue de les utiliser à des fins personnelles ! C'est l'argent du Roi !

— Et si l'on découvre qu'ils sont faux ?

— Impossible, c'est l'une des anciennes machines du banquier Law. Les terroristes utilisent les autres, nous fabriquons donc les mêmes assignats qu'eux ! Ils sont aussi vrais que les leurs ou, si vous préférez, les leurs sont aussi faux que les nôtres.

— Et le papier ?

— Je le paye en or des sommes astronomiques : les papetiers sont ravis ! Il n'y a donc ni vrais ni faux puisqu'ils sont identiques : même machine, même encre, même papier ! N'est-ce pas merveilleux ?

— Et les numéros des billets ?

— Ils sont tous impairs !

— Pourquoi ?

— Parce que ce sont les seuls que les terroristes ne contrôlent pas.

— Et pourquoi ?

— La pagaille révolutionnaire, mon cher ! Ils commencent toujours la vérification de leurs assignats par ceux qui portent des chiffres pairs. A peine ont-ils terminé ce contrôle qu'un nouveau stock arrive. Ils effectuent aussitôt une nouvelle vérification en commençant par les nombres pairs. Résultat : ils n'ont jamais le loisir de contrôler les numéros impairs et le retard s'accumule ainsi depuis deux ans ! Deux ans, c'est pratiquement irrattrapable et pour nous, c'est du pain bénit ! Il suffit d'attribuer tout simplement à nos assignats des chiffres impairs.

— Et s'ils tombent sur deux assignats qui portent le même numéro impair ?

— Et alors ? Il faudrait qu'ils effectuent un contrôle de leurs chiffres impairs, ce qui est hautement improbable ; en outre, avec les mêmes machines, le même papier, la même encre et des numéros impairs invérifiables, Dieu lui-même ne pourrait distinguer les vrais des faux assignats. Ils sont ou tous vrais ou tous faux !

— Si cela arrive un jour, on saura aussitôt que vous en êtes l'instigateur !

— Ce n'est pas pour demain ! Comme les terroristes en émettent pour quatre milliards par an, vous avez autant de chance de tomber sur deux assignats ayant le même numéro impair que de voir Robespierre rejoindre les émigrés à Coblence !

Les deux hommes rient de bon cœur.

— Vous achetez donc les tortionnaires de Sa Majesté avec cette monnaie ? poursuit Villequier.

— Et comment ! J'ai déjà promis un million à qui nous aiderait à la libérer ! "Par l'odeur alléchés" comme disait notre brave La Fontaine, les candidats commencent à montrer leur nez. Mon cher marquis, sachez que nous n'imprimons pas que cela, nous pouvons vous fournir, pour vos besoins personnels, passeport, carte de sûreté, certificat de civisme, certificat de baptême et même certificat de décès. Nous avons du papier à entête du Comité de salut public, du Comité de sûreté générale, de la Convention, des ordres de mission civils et militaires, et même des attestations d'assiduité au club des Jacobins ! Demandez et vos désirs seront aussitôt comblés !

— C'est fou ! dit Villequier en regardant autour de lui, mais comment avez-vous pu descendre cette machine par ce puits ?

— Elle n'est jamais descendue par ce puits, c'est impossible !

— Par où alors ?

— Vous allez comprendre, suivez-moi, mon ami.

De Batz entraîne Villequier dans une longue galerie qui monte, traversée par un courant d'air frais.

— Dites donc, ça grimpe dur, constate Villequier, où allons-nous ?

La lumière du jour apparaît au bout du tunnel.

— Cette grotte débouche dans le parc du château de Bagnolet, précise de Batz.

— Celui du duc d'Orléans ?

— Oui, ce parc n'est plus entretenu depuis le début de la Révolution, c'est une vraie forêt vierge, l'endroit idéal pour fuir en cas de descente de police. C'est par là que notre machine d'imprimerie a été acheminée.

— Dites, de Batz, pourquoi me montrer tout cela ?

— Parce que, mon ami, si je venais à disparaître, ce serait à vous de reprendre le flambeau.

— Pourquoi moi ? En serais-je seulement capable ?

— Allons, allons, pas de fausse modestie, on vous a vu à l'œuvre le 20 juin et le 10 août aux Tuileries face à la racaille déchaînée !

— Qui est au courant de votre fabrique d'assignats ?

— Nous sommes quatre, vous compris ! Vous êtes le seul parmi les chevaliers du Poignard à le savoir, même Rougeville n'est pas au courant. Les deux autres, qui les fabriquent, Roussel et Biret, sont des hommes sûrs.

— Jusqu'au jour où ils ne le seront plus… Et s'ils détournaient des assignats à leur profit ?

— C'est moi qui fournis le papier et je suis présent à chaque fabrication. J'ai, en outre, pris mes précautions en déposant deux lettres chez un notaire qui les adressera au Comité de sûreté générale s'ils me jouent un mauvais tour. Notez que je les paye en louis d'or, c'est plus valorisant que la monnaie de singe qu'ils fabriquent.

— Dites-moi, pourquoi passez-vous par le puits plutôt que par cette galerie qui a un accès direct à l'extérieur ?

— J'ai interdit qu'on l'utilise sauf en cas de fuite. Le parc est abandonné mais il longe la chaussée de

Bagnolet. Si une patrouille de la garde nationale apercevait des individus dans un parc désaffecté, cela paraîtrait suspect. Ils le fouilleraient aussitôt et découvriraient sans doute notre imprimerie, aussi nous n'utilisons jamais la galerie.

De Batz et Villequier redescendent vers la salle d'imprimerie : la machine est toujours silencieuse. Deux hommes entassent les assignats et les passent au massicot. Des piles impressionnantes sont alignées sur une longue table.

— C'est parfait mes amis, vous avez bien travaillé, dit de Batz. Roussel et Biret, je vous présente le marquis de Villequier.

Les deux hommes s'inclinent, puis il ajoute :

— Il est le chef des chevaliers du Poignard. S'il m'arrivait quelque chose, c'est à lui que vous auriez à obéir. Puis s'adressant à Villequier : Ils ont toute ma confiance ! Présentez-vous à M. le marquis, mes amis.

— Mon nom est Balthazar Roussel, dit un petit frisé bien replet.

— Quel est ton état, Balthazar ? demande Villequier.

— J'ai vingt-six ans et je suis rentier, monsieur le marquis.

— Tu as bien de la chance de ne point travailler pour gagner ta vie !

— J'ai ainsi plus de temps pour combattre les terroristes, monsieur le marquis !

Villequier et de Batz éclatent de rire.

— Et toi ? demande-t-il à un grand maigre au nez aquilin.

— Mon nom est Biret-Tissot, monsieur le marquis. Je suis le domestique de monsieur le baron. En réalité j'ai deux métiers : un vrai et un faux !

— Que veux-tu dire par là ? demande Villequier.

— Pour les terroristes, je suis bijoutier, je fabrique des boucles d'oreilles. Il met la main dans sa poche et en ressort une poignée : Voyez, si on m'arrête, je les sors et en général on me relâche !

— C'est astucieux ! Quel est ton vrai métier ?

— Je suis le courrier de la conspiration, monsieur le marquis.

— C'est-à-dire ?

De Batz rit de plus belle.

— C'est ainsi qu'on m'appelle, monsieur le marquis !

— Et en quoi consiste ton travail ?

— Je porte aux amis de M. le baron de Batz les bonnes et les mauvaises nouvelles !

De Batz est pris d'un fou rire.

— Tu es donc l'Hermès des royalistes ?

— Je ne sais pas, monsieur le marquis, je ne connais pas M. Hermès.

— C'est sans importance, mon ami, tous deux, vous faites du bon travail !

— On vous laisse terminer, dit de Batz, enveloppez ces assignats dans les boîtes à biscuits et remplissez les malles comme d'habitude ! N'oubliez surtout pas de défaire les cordes et ne remontez pas la cloche du puits. Les deux hommes s'inclinent en guise d'acquiescement, puis il ajoute : Et prévenez-moi quand vous aurez fini, je vous donnerai mes consignes pour demain !

Les deux hommes s'inclinent de nouveau.

— Remontons, dit de Batz, nos amis ne vont pas tarder à nous rejoindre, la réunion est prévue pour neuf heures. Il regarde sa montre : Seigneur, il est moins dix ! Dépêchons-nous !

— A quoi sert la cloche ? demande Villequier.

— C'est une alarme. Elle doit toujours être suspendue devant l'entrée de la grotte.

— Pourquoi ?

— Quand ils travaillent en bas, Roussel et Biret voient que la cloche est présente, cela veut dire : tout va bien. En cas de danger, on agite fortement la corde pour faire tinter l'airain. Si l'on a le temps, on la remonte rapidement, sinon on la laisse tomber dans le puits. Nos amis sont ainsi avertis, quand la cloche n'est plus là, cela signifie danger ! Ils doivent éteindre les lumières et observer un silence absolu.

— Et si des intrus descendent dans le puits ?

— Si nos amis entendent que l'on emprunte l'échelle, ils doivent s'enfuir par le parc et cacher l'orifice de sortie avec une grosse pierre, mais cela n'est jamais arrivé. Qui pourrait imaginer qu'au fond de ce puits sinistre, on ait installé une imprimerie ? Allez, Roussel et Biret, nous remontons, attachez-nous !

Ils ceinturent les deux hommes à l'aide des deux cordes, condamnent les goupillons et les aident à prendre pied sur l'échelle.

— A vous l'honneur, dit de Batz à Villequier, l'ascension est bien plus aisée que la descente.

Une heure plus tard, le baron de Batz et le marquis de Villequier sont assis à la table de la salle à manger aménagée en table de réunion. Ils consultent des documents.

— Quelle différence de température avec en bas, dit Villequier en s'épongeant le front, il fait déjà bien chaud, nous aurons encore une journée pénible ! Qui attendez-vous ?

— Basset et Lemille, mais surtout l'abbé Emery avec l'abbé Magnin et Mlle Fouché, et bien sûr Rougeville. J'ai convoqué aussi deux femmes qui nous aident efficacement. L'une est la grand-mère d'un guichetier de la Conciergerie qui s'appelle Larivière, l'autre est l'infirmière-chef de l'Hospice de l'Archevêché. J'ai avec elles un projet d'évasion. J'en parlerai à notre réunion.

— Basset n'est-il pas originaire d'un village d'Auvergne dont j'ai oublié le nom ?

— Bien sûr ! C'est un village très attaché aux valeurs traditionnelles.

— Je me souviens qu'en 1791, dans le district d'Anterroches, il y avait eu une émeute fomentée par les royalistes, remarque Villequier.

— J'y étais pour quelque chose, dit de Batz en riant.

— Cette émeute, c'était vous ?

— Oui, nous l'avions montée avec le marquis de La Rochelambert.

— Je connais bien La Rochelambert.

— C'est mon collaborateur pour l'Auvergne. Je lui envoie énormément d'argent pour financer la contre-révolution.

— Donc l'émeute de juin 1791, c'était vous ?

— Oui, vous dis-je ! Le château de La Rochelambert est voisin du village d'où Basset est originaire... Tiens, j'ai également oublié le nom de ce village.

— N'est-ce pas le château de Chadieu ?

— Exactement, j'adore ce château et cette région si éloignée de la Révolution. La Rochelambert m'a encore demandé de lui fournir de l'or. Je n'en ai plus, je vais le prendre sur ma cassette, il me propose de me dédommager en me cédant son château.

— Parce que vous comptez vivre à Chadieu ?

— Dès que je le pourrai, c'est-à-dire quand Louis XVII sera sur le trône.

— Quel âge a Basset ?

— Vingt-deux ans, c'est le seul Auvergnat de la bande que je connaisse.

— Allez-vous financer son projet de constituer une armée ?

— Mais j'ai déjà commencé à payer, mon ami.

La porte s'ouvre brusquement sur Marie, de Batz lève les yeux, le regard interrogateur.

— Jean ! Devaux est là, il veut te voir, c'est grave !

— Fais-le entrer, mon ange !

Marie introduit un homme essoufflé, couvert de poussière.

— Jean Michel ! Que t'arrive-t-il, mon vieux ? s'étonne de Batz.

— L'abbé Emery a été arrêté !

Les deux hommes se lèvent d'un bond.

— Que dis-tu ? s'écrie de Batz.

— L'abbé Emery a été arrêté cette nuit sur la route de Meaux !

— Comment le sais-tu ?

— Par Constant Labussière.

— Qui est-ce ? demande Villequier.

— Notre espion au Comité de salut public. Sais-tu où ils l'ont enfermé ?

— A la Conciergerie.

— Seigneur ! Il faut que j'informe immédiatement Michonis afin qu'il ne soit pas trop mal traité !

— Le chevalier de Rougeville s'en est déjà chargé. L'abbé est installé dans une chambre à la pistole avec trois autres prisonniers.

— Tu as donc vu Rougeville ? Où est-il ?

— Il me suit ! Son cheval a perdu un fer, ça le ralentit. J'ai vu des mouvements de troupe dans la rue de Charonne. Ils semblent se diriger vers nous.

— Cela ne signifie pas qu'ils viennent obligatoirement ici ! De Batz réfléchit quelques instants : Jean Michel, demande quelque chose à manger aux cuisines, puis poste-toi au sommet de la côte sur le chemin qui longe les vignes. Si des terroristes apparaissent, viens nous prévenir au triple galop ! As-tu compris ?…

— Oui, monsieur le baron !

— Envoie-moi Marie !

La porte se referme.

— Si des terroristes nous retrouvent, demande Villequier, pensez-vous que nous aurons le temps de fuir ?

— Je le pense ! Ma longue-vue porte à cinq lieues, Devaux les verra de très loin, ce sera une question de minutes, mais nous devrions y arriver, dit de Batz en riant.

La porte s'ouvre de nouveau, c'est Marie souriante.

— Ah, ma petite Marie ! Nous serons peut-être obligés de partir d'un moment à l'autre. Prépare les chevaux comme d'habitude !

— C'est fait depuis longtemps, ils attendent dans la forêt !

— C'est bien, merci, mon ange. Préviens nos gens qu'ils vont subir une nouvelle perquisition, qu'ils appliquent les consignes habituelles.

La porte se referme, les deux hommes sont seuls. De Batz bourre sa pipe. Il dit à Villequier :

— Donc l'abbé Emery ne sera pas des nôtres. Que c'est regrettable, nous avions tant de problèmes à régler !

— Lesquels ?

— Entre autres, comment apporter rapidement à Sa Majesté un soutien religieux.

Villequier hoche la tête et après quelques secondes de réflexion, il dit :

— Je ne comprends pas comment un homme aussi averti a pu se laisser prendre !

— Je suis de votre avis. Pourquoi ne pas avoir attendu Rougeville ?

— Nous n'allons pas tarder à le savoir. Après un moment de silence, Villequier demande encore : Dites-moi, de Batz, pourquoi avez-vous désigné Rougeville pour sortir la Reine de la Conciergerie ?

— Je n'ai fait qu'entériner le choix des chevaliers. Il possède une telle dose d'inconscience qu'il peut affronter tous les dangers, il est vraiment fou de courage ! De Batz allume sa pipe et poursuit : Rien ne l'arrête, il est l'un des rares à narguer la guillotine avec autant de détachement. Que voulez-vous, mon cher, l'échafaud ne lui fait pas peur ! Soyons sincères : il a été choisi parce que personne d'autre ne voulait s'en charger !

— Est-il vrai qu'il projetait de faire sauter l'Assemblée ? demande Villequier.

— C'est parfaitement exact ! dit l'autre dans un éclat de rire. Vous étiez donc au courant ?

— J'avais entendu parler de cette histoire abracadabrante, mais je n'y ai jamais cru.

— Eh bien, vous aviez tort ! Il a vraiment eu l'intention de tuer toute la représentation nationale en une seule fois ! Son plan était vraiment machiavélique.

— Comment ? En bombardant la salle des Manèges à coups de canon ?

— Mais ne riez pas, c'était presque cela.

— Enfin, de Batz, la garde nationale n'aurait jamais laissé approcher des canons aux abords de l'Assemblée, c'est ridicule !

— Il n'était pas question de canons !

— Alors de quoi ?

— Saviez-vous, mon cher, qu'il est de coutume à l'Assemblée de recevoir des députations de province porteuses de motions patriotiques ? On apporte souvent aux députés des cadeaux, des félicitations. Rougeville avait eu l'idée de se déguiser en sans-culotte et de pousser devant lui un énorme tonneau décoré de rubans tricolores jusqu'au milieu des députés. La partie supérieure du tonneau aurait été remplie de pièces de monnaie prétendument obtenues à partir de la fonte des cloches de son village. Tandis que, sous les pièces, le tonneau aurait été rempli de poudre fortement comprimée.

— Je n'y crois pas, s'exclame Villequier, c'est énorme ! On ne l'aurait jamais laissé pénétrer au sein de l'Assemblée avec cet attirail !

— Eh bien, détrompez-vous, mon cher, pareille cérémonie est habituelle dans cette Assemblée qui est un véritable bazar, et le geste de Rougeville n'aurait certainement pas paru saugrenu.

— J'ai peine à le croire !

— Parvenu au pied de la tribune du président, il avait l'intention d'allumer une mèche phosphorique et l'explosion aurait réduit en poussière la salle des Manèges et toute la représentation nationale. La Révolution était finie !

— Mais enfin, c'est extravagant, il aurait disparu avec l'explosion ! s'écrie Villequier.

— De cela, il ne se souciait guère.

— C'est inimaginable ! Est-ce la haine du régime qui le pousse à toutes ces folies ?

— En partie seulement : ce serait plutôt une ambition démesurée. Il veut faire parler de lui. Il a un besoin vital d'être reconnu.

— Même aux dépens de sa vie ?

— Même aux dépens de sa vie.

Villequier reste songeur. De Batz, qui tire doucement sur sa pipe, l'observe l'air amusé :

— Avouez que le personnage vous épate.

— Ne me dites pas qu'il aurait pu réussir son coup…

— Vous êtes dans l'erreur, mon ami, il l'aurait pu si nous l'avions laissé faire ! Il avait tout prévu.

— Pas après sa mort, tout de même !

— Eh bien si ! Il avait pressenti que la famille royale rejoindrait Saint-Cloud à la faveur de la panique qui se serait ensuivie, et le régiment des gardes suisses aurait fait sauter les ponts de la Seine.

— Pourquoi cette folie n'a-t-elle pas eu lieu ?

De Batz ne rit plus.

— Villequier, êtes-vous sérieux ? Croyez-vous que nous aurions accepté de nous déshonorer en laissant commettre un acte d'une telle barbarie ? Nous l'avons menacé de rapporter ses intentions au Roi, et il les a immédiatement abandonnées. Je vous assure qu'il avait tout organisé, et que seule la crainte du Roi l'a fait reculer. Maintenant, passons aux choses sérieuses avant l'arrivée de nos amis.

Il tend à Villequier une enveloppe.

— C'est le dernier plan de campagne de Jourdan, vous devez l'apprendre par cœur et le détruire. Vous en transmettrez le contenu au comte de Metternich, notre agent à Vienne. Tous vos papiers sont au nom de Joseph Marchecheau. Vous êtes parfumeur à Angoulême. Vous trouverez une lettre de change à ce nom d'emprunt. Cette enveloppe contient les félicitations de Saint-Just pour votre fourniture d'essences aromatiques aux Tuileries et une accréditation signée de Carnot vous autorisant à vous rendre à la frontière pour visiter l'armée. De là vous passerez la ligne de démarcation à l'endroit signalé sur le plan. Vous serez attendu. On vous accompagnera jusqu'à Vienne. N'oubliez surtout pas de détruire ce document ! Avez-vous des questions ?

— Non, tout cela me paraît très clair !

La porte s'ouvre. Marie introduit, sans les annoncer, un jeune homme blond et un couple à l'allure athlétique.

De Batz se dirige aussitôt vers eux. Villequier se lève pour les saluer.

— Voici nos valeureux amis Jean-Baptiste Basset, Guillaume Lemille et sa charmante épouse Elisabeth, dit de Batz. Mes chers amis, je vous présente le marquis de Villequier, l'homme qui a créé les chevaliers du Poignard.

Les perruquiers s'inclinent en saluant. Tout le monde s'assoit.

— N'avez-vous pas croisé Rougeville sur la route de Charonne ? demande de Batz, il vous précédait.

— Nous ne sommes pas passés par Charonne, monsieur, dit Guillaume Lemille, nous avons traversé la barrière de Montreuil.

— Sage précaution, Charonne est heureusement desservie par quatre barrières que nous empruntons alternativement lors de nos entrées et sorties dans Paris, c'est un moyen d'éviter d'être repéré.

— M. le baron de Batz m'a longuement parlé de vous, messieurs… dit Villequier à Basset et Lemille.

De Batz l'interrompt :

— Et je vous ai aussi vanté les qualités de Mme Lemille !

Villequier rectifie aussitôt :

— Bien sûr, et aussi de madame ! Quels sont vos états, messieurs ?

— Comme vous le savez, monsieur le marquis, nous sommes perruquiers, dit Basset.

— Je l'avais entendu dire. Pourquoi les perruquiers sont-ils plus motivés que quiconque pour libérer la Reine ?

— Parce que notre profession, précise Lemille, est très répandue dans le quartier Saint-Michel et tout autour de la Conciergerie, notre organisation comprend aussi de nombreux artisans de tous horizons.

— Seuls les perruquiers dirigent le mouvement, précise de Batz.

— J'ai entendu dire qu'une vieille femme aveugle et bossue participait à votre mouvement, est-ce exact ? demande Villequier.

— C'est exact, monsieur, dit Basset, Catherine Fournier est une ancienne dentellière rendue aveugle par son métier. Nous sommes tous deux originaires du même village du Cantal…

— On m'a dit qu'elle avait menacé de découper à la hache le prêtre réfractaire arrivé récemment dans son village, précise de Batz tandis que tout le monde rit. J'ai oublié le nom de ce village.

— Murat.

— C'est cela, Murat ! Elle aurait même pris la défense de la Reine en public.

— Assurément, monsieur, dit Basset, ce qui lui a valu une lourde condamnation. L'amnistie de l'Assemblée législative l'a sauvée *in extremis,* mais elle ne s'est pas assagie pour autant !

— A présent, elle demeure près de vous dans le quartier Saint-Michel ?

— Oui ! Son inconséquence nous dessert, ses paroles nous mettent en danger.

— Il faut la maintenir en dehors de tout, dit de Batz.

— Ce n'est pas si facile, elle furète partout ! Son fils qui n'a que seize ans est pire qu'elle ! Ils fouinent sans cesse chez les artisans.

— Vous affirmez que son fils n'a que seize ans ? demande Villequier.

— Oui, monsieur, intervient Basset, le petit Fournier est décrotteur dans notre quartier, tout le monde le connaît !

— Mes amis, ce que j'entends m'enchante ! dit de Batz.

— Pourquoi ?

— Je trouve réconfortant, et même admirable, qu'une vieille femme infirme et un enfant aient l'audace de défendre la Reine en public au péril de leur vie. Ces gens courageux illustrent la résistance du peuple !

On lit un sourire de fierté sur le visage des perruquiers.

— Nous n'imaginions pas que la Reine était si digne, intervient Elisabeth. Que ce soit les maraîchères du pont Saint-Michel ou les servantes de la Conciergerie, toutes s'accordent à dire que notre souveraine ne se plaint jamais des conditions inhumaines de sa détention.

— Pour quelles raisons des actions telles que la vôtre ne se généralisent-elles pas ? s'enquiert Villequier.

— Parce que le peuple ignore ce qui se passe, monsieur le marquis, dit Guillaume Lemille. Vivant à deux pas de la Conciergerie, nous sommes tenus informés par ceux qui y travaillent et nous avons été révoltés par ce que nous avons appris.

— Alors, votre révolte n'est qu'un incident de quartier ? conclut Villequier.

— Non, monsieur ! réplique Elisabeth piquée au vif, c'est bien plus que cela, c'est une saine réaction populaire !

— Vraiment ? Etes-vous tous du même avis ?

— Bien sûr, monsieur, répond Lemille, le peuple éloigné de la Conciergerie ignore les sévices que l'on inflige à la Reine. S'il en avait connaissance, il se révolterait tout autant ! Quand ils ont appris les conditions de vie dégradantes imposées à leur souveraine, les artisans de mon quartier se sont spontanément regroupés sous les ordres de M. le chevalier de Rougeville. Cela aurait pu se produire n'importe où en France. Le peuple a du cœur, monsieur le marquis ! On lui a montré la Reine sous un jour mensonger, en fait il ignore qui elle est !

— Je n'en doute pas, mon ami, je n'en doute pas ! Et vous, madame, demande Villequier à Elisabeth, vous participez à tout cela ? Vous paraissez pourtant bien jeune pour vous exposer à de tels risques.

Le visage d'Elisabeth reste impassible, son regard se fait plus dur et ses joues se colorent légèrement.

— Mon baptême du feu date de bien longtemps, monsieur, j'étais très jeune quand mon père m'a appris à me battre.

— Monsieur votre père participe aussi à votre organisation ? demande Villequier.

Le visage d'Elisabeth change aussitôt d'expression.

— Hélas, je n'ai pas ce bonheur, monsieur le marquis, mon père est mort !

Elle devient soudain très pâle et murmure discrètement à l'oreille de son mari :

— Guillaume…

— Oui, mon ange ?

— Guillaume, je me sens toute drôle…

— Ne me dis pas que tu vas avoir une vision ? s'inquiète Lemille, je t'en prie, pas maintenant devant nos amis, nous serions ridicules !

— Guillaume, c'est très fort, tu sais ! Fais quelque chose !

A contrecœur, Lemille se lève de table et demande à de Batz à voix basse :

— Veuillez m'excuser, monsieur, Elisabeth est légèrement incommodée par la chaleur, me permettrez-vous de l'accompagner dans le parc ?

Le baron se lève aussitôt.

— Bien sûr, Guillaume ! Je vous accompagne, Elisabeth, voulez-vous un verre d'eau de mélisse ?

— Non, merci, monsieur, je désire seulement prendre un peu d'air.

Dans le parc, Elisabeth s'allonge sur un lit de repos, Lemille s'assoit à ses côtés.

— Je vous en prie, monsieur, dit Guillaume, rejoignez nos amis, je ne voudrais pas perturber outre mesure notre séance de travail. Ce moment est bien trop important pour être troublé de la sorte.

— C'est bon, appelez-moi au besoin, je laisse une porte ouverte.

Le baron de Batz retourne dans la salle de réunion. Guillaume et Elisabeth sont seuls.

— Qu'est-ce que tu vois ? demande Lemille à voix basse à sa femme.

— La maison est envahie par la troupe !

— Quelle troupe ?

— Des soldats !

— Quels soldats ?

— Je ne sais pas, ce n'est pas net… Je les vois perquisitionner la maison… Je vois un soldat tomber dans un puits en hurlant…

— Mais il n'y a pas de puits ici, Elisabeth, peut-être te trompes-tu d'endroit…

— Non, Guillaume ! Je vois aussi des soldats envahir cette mezzanine, dit-elle en la désignant du doigt, c'est bien ici ! Guillaume, il faut prévenir nos amis !

— Surtout, pas de précipitation ! Il t'est déjà arrivé d'avoir des visions qui ne se réalisaient pas !

— C'est vrai, mais ce n'était pas aussi clair que maintenant, c'est très net ! Guillaume, je vois un puits profond dans la cave de cette maison. Il faut prévenir de Batz.

— Te rends-tu compte des conséquences si tout cela est faux ? Attendons encore un peu.

— Attendre quoi ?

— Que cela se précise !

— Ma vision a disparu, je ne ressens plus rien. Que faisons-nous ?

— Attendons, te sens-tu vraiment mieux ?

— Oui, c'est fini. Retournons dans la salle, dit-elle en se levant. Guillaume, il faut faire quelque chose ! Je t'affirme que la menace est imminente, on ne peut pas se laisser prendre comme des rats !

La réunion a commencé, de Batz parle debout. Quand il voit revenir les Lemille, il s'interrompt :

— Allez-vous mieux, Elisabeth ?

— Oui merci, monsieur, répond l'autre gênée en s'asseyant à la table.

Guillaume Lemille dit à l'oreille du jeune Basset :

— Dis donc, Elisabeth a eu une vision !

— Ah bon ? C'était quoi ?

— Elle a vu des terroristes envahir la maison. Que faisons-nous ?

Basset n'a pas le temps de répondre. A cet instant précis, la porte s'ouvre à nouveau, Marie introduit précipitamment Rougeville en nage :

— Ah, mes amis, ils ont arrêté l'abbé Emery !

Il se laisse tomber dans un fauteuil. Les perruquiers, qui apprennent la nouvelle, se regardent consternés.

— Nous le savons, mon ami, remettez-vous ! dit de Batz. Désirez-vous du café ?

— Volontiers ! répond Rougeville en s'épongeant le front.

— Vous affirmez, monsieur, que l'abbé Emery a été arrêté ? s'écrie Elisabeth blême.

— Enfin, Elisabeth, vous savez bien qu'il était parti sans protection, insiste Rougeville.

— Malgré le risque énorme d'être pris, il n'a pas voulu agir autrement, dit Basset, il n'aurait jamais consenti à abandonner les femmes et les enfants qui fuyaient les tortionnaires de Meaux.

— Savez-vous, monsieur, où il a été arrêté ? demande Elisabeth à Rougeville.

— Probablement entre Ozoir-la-Ferrière et Paris !

— Que sont devenus les femmes et les enfants ?

— Nous l'ignorons. L'abbé est enfermé à la Conciergerie, j'ai immédiatement contacté Michonis pour qu'il ne passe pas par les pailleux !

— Nous savons, dit de Batz.

— Richard l'a installé dans une chambre à la pistole, insiste Rougeville, avec trois autres prisonniers. Sa cellule est juste au-dessus de celle de la Reine.

La porte s'ouvre de nouveau, c'est l'abbé Magnin accompagné d'une infirme qui boite horriblement, et de deux femmes, l'une géante, l'autre grassouillette.

— Mes amis, voici M. l'abbé Magnin et Mlle Fouché, dit de Batz en présentant l'infirme. Et voici Mme Larivière, la grand-mère de Louis et de Julie, et Mme Guyot l'infirmière-chef de l'Hospice de l'Archevêché – tout le monde se salue. Saviez-vous, monsieur l'abbé, que l'abbé Emery avait été arrêté cette nuit ?

— Nous sommes hélas au courant, cela ne nous étonne guère !

— Pour quelles raisons, mon père ? s'étonne Villequier.

— Je présume qu'il n'a pu se résoudre à abandonner à la soldatesque des femmes et des enfants !

— Son emprisonnement ne l'empêchera certainement pas de continuer à secourir les condamnés, lance Mlle Fouché en s'asseyant.

— Fouquier-Tinville vous a retirée de la Conciergerie, n'est-ce pas, madame ? demande de Batz à la mère Larivière.

— Hélas, oui, monsieur le baron, à mon grand désespoir !

— Cela ne nous empêchera pas de réaliser nos projets, dit l'infirmière Guyot.

— Madame Larivière, demande de Batz, vous avez bien deux petits-enfants, n'est-ce pas ?

— Oui, monsieur le baron, Louis et Julie.

— Votre petite-fille est bien l'épouse du gendarme Gilbert qui est préposé à la surveillance de la Reine ?

— Effectivement, monsieur le baron.

— Peut-on compter sur lui ?

— Je dois vous avouer, monsieur, que ma petite-fille est très malheureuse avec lui. Il la bat. Elle l'a épousé contre mon avis. C'est un ivrogne et un joueur invétéré. Il a continuellement besoin d'argent et ma pauvre Julie songe à le quitter. Monsieur le baron, cet homme est trouble. Méfiez-vous de lui !

— Malheureusement, dit Rougeville, nous devrons composer avec lui quand nous sortirons Sa Majesté de la Conciergerie, puisqu'il garde la Reine, nous n'avons pas le choix.

— Nous voilà avertis, dit de Batz, puis s'adressant à l'infirmière Guyot : C'est vous qui dirigez l'Hospice de l'Archevêché, n'est-ce pas, madame ?

— Oui, monsieur le baron, avec le concours de notre économe, M. Ray.

— Dans le rapport que Michonis m'a transmis, vous projetez de faire évader Sa Majesté après son transfert à l'Hospice ?

— Oui, monsieur, avec le concours du chirurgien-adjoint, le docteur Giraud.

— Je crois savoir que l'entreprise n'est pas aisée.

— C'est le moins qu'on puisse dire, monsieur, tout le personnel médical à l'Hospice est révolutionnaire !

— Tous ?

— Oui, Thery, Noury, Bayard, et même les sages-femmes Prioux et Bellamy. C'est leur intérêt ! Chez nous, monsieur, on guillotine les femmes enceintes. Ce sont tous des affidés de Robespierre !

— Même Souberbielle ?

— Lui, il joue un double jeu, c'est le modèle du révolutionnaire intrigant. Il soigne consciencieusement la Reine avec son "eau de poulet", et il va aller siéger comme juré à son procès !

— Il a accepté ?

— Herman qui préside le tribunal l'a mis en demeure de prendre ses fonctions. Je ne vois pas comment il pourrait se dédire, il doit tout à l'Incorruptible !

— Quels gens méprisables ! dit de Batz, puis se tournant vers l'abbé Magnin : Alors, mon père, quelles sont les dernières nouvelles ?

— Nous avons dépassé un fort détachement de gardes nationaux sur la route de Charonne, répond l'abbé Magnin.

Elisabeth sursaute. Elle dit à son mari à voix basse :

— Tu vois bien que je n'ai pas rêvé. Décide-toi ! Il faut les prévenir.

Lemille est encore hésitant :

— Attendons d'avoir de plus amples détails…

Elisabeth lève les yeux au ciel.

Villequier demande à Mlle Fouché :

— Est-ce vous, mademoiselle, qui allez œuvrer pour secourir chrétiennement Sa Majesté la Reine ?

— C'est mon intention, monsieur le marquis, nous allons y travailler tous ensemble. Ne deviez-vous pas, monsieur le marquis, en arrêter les grandes lignes à Meaux avec l'abbé Emery ?

— En effet. Son arrestation ne changera rien. Nous vous exposerons ce que l'abbé Emery envisageait de faire pour secourir la Reine.

— Si tu ne te décides pas, dit Elisabeth à son mari, c'est moi qui parle !

Au même instant, le baron de Batz se lève et annonce :

— Mes amis, nous allons commencer notre réunion – Elisabeth n'ose plus l'interrompre, elle se contente de lancer un regard désespéré à son mari. Mes amis ! Je sais maintenant que la tentative de sauver le Roi sur le chemin de l'échafaud était un beau rêve ! J'espérais un mouvement spontané du peuple en sa faveur : utopie ! La foule était terrifiée par les cent trente mille hommes en armes qui gardaient notre infortuné monarque. J'ai perdu dans cette aventure trois amis qui ont été sabrés par la troupe sur les marches de l'église Notre-Dame-de-Bonne-Nouvelle.

— Je suis au courant de ce drame, dit l'abbé Magnin, les portes de l'église étaient fermées, ils n'ont pas pu entrer ! Quelle infortune !

A cet instant, les deux faux-monnayeurs, Roussel et Biret, entrent. De Batz en les voyant s'interrompt :

— Vous avez fini ?

— Oui, monsieur le baron.

— Les biscuits sont bien dans les malles ?

— Oui, monsieur le baron.

— Partez immédiatement les déposer à Paris. Surtout passez par la barrière de Montreuil. Allez, au revoir, mes amis, et attendez mes instructions !

Les deux hommes sortent.

Elisabeth s'agite sur sa chaise, elle aimerait prendre la parole, mais elle est prise de court par de Batz qui poursuit :

— Je disais donc : plus d'affrontement frontal avec les terroristes ! En revanche, pour en venir à bout, la seule voie possible est de déclencher entre eux la guerre des rats. Nous avons commencé à mettre cette tactique en application, elle a donné des résultats inespérés.

— Quelle sorte de résultats ? demande Basset.

— Vous savez tous que c'est nous qui avons organisé l'élimination de ce traître de Le Peletier de Saint-Fargeau.

On lit la stupéfaction sur le visage des perruquiers.

— Comment ? dit Basset, c'est vous, monsieur, qui l'avez fait assassiner ?

C'est Villequier qui lui répond :

— Ce sont les chevaliers du Poignard, mon ami, qui ont fait ce magnifique travail !

Rougeville sourit.

— Nous avions chargé un ancien garde du corps du Roi de l'exécuter. Il s'appelait Paris ! Il l'a transpercé de son sabre tandis qu'il dînait chez Février au Palais-Royal ! Je doute qu'il ait bien digéré son dîner !

— Quel but poursuiviez-vous en l'éliminant, monsieur le baron ? demande Basset.

— Celui de mettre le gouvernement girondin en difficulté. Après le meurtre de Le Peletier, les montagnards ont hurlé à leur incurie. Cela a été une des causes de leur chute.

— Vous avez servi la cause de ces terroristes de montagnards, vous, monsieur le baron ? s'indigne Basset.

— Voyons, Jean-Baptiste, tu oublies que les girondins ont eux aussi et sans exception voté la mort du Roi ! Nous avons décidé de nettoyer la Convention en commençant par eux ! Ils étaient les plus vulnérables. Je n'ai pas misé sur ces hommes versatiles, car je savais qu'ils se perdraient.

— Tout de même, monsieur, il y avait des gens convenables parmi eux !

— Ah oui ? Lequel d'entre eux, Jean-Baptiste, n'aurait-il pas voté la mort ? Comme tout le monde se tait, il poursuit : Ironie du sort, ils sont maintenant enfermés à la Conciergerie à côté de la Reine après avoir œuvré à sa perte. En revanche, la mort de Le Peletier m'a permis de faire entrer mes complices montagnards au Comité de sûreté générale… J'ai misé sur eux, car je savais que leur faction prendrait un jour le pouvoir. Ils m'ont aidé à me débarrasser de la Gironde, maintenant c'est leur tour, je vais m'atteler à éliminer la Montagne.

— Il y avait une autre raison à l'élimination de Le Peletier, ajoute Rougeville, elle constituait un avertissement aux nobles qui avaient l'intention de voter la mort du Roi !

— Monsieur, demande Basset, l'admission de vos complices au Comité de sûreté générale expliquerait que ceux qui ont participé à l'évasion du Temple n'aient pas été inquiétés ?

De Batz ne peut s'empêcher de sourire :

— Vous faites allusion à Michonis ?

— Oui et aussi à Cortey. C'est lui qui commandait la garde nationale de la section Le Peletier. On trouvait stupéfiant que des révolutionnaires aussi compromis n'aient pas été arrêtés !

— Votre étonnement est légitime. Il existe deux bonnes raisons. La première, vous la connaissez maintenant : c'est grâce aux intelligences que j'ai acquises au Comité de sûreté générale que Michonis et Cortey n'ont pas été arrêtés…

Tous se regardent incrédules.

— Vraiment ? s'indigne Basset. Vous, monsieur, êtes parvenu à entretenir des intelligences avec cette bande d'assassins ?

— Oui, mon ami ! C'est grâce à mes contacts que nos complices ont même conservé leur poste.

Tout le monde est perplexe, un grand silence s'établit, puis de Batz poursuit :

— Vous devez savoir que les terroristes ont délibérément voulu étouffer l'évasion du Temple.

— Pourquoi ?

— Par peur du ridicule ! En réalité ils veulent surtout utiliser Sa Majesté comme monnaie d'échange contre un armistice avec l'Autriche. Aux yeux des Autrichiens, une évasion facile compromettrait cet échange.

— C'est sûr, ajoute Basset, les Autrichiens rejetteraient cet armistice s'ils savaient qu'on peut libérer la Reine aussi facilement.

— Sans aucun doute ! dit de Batz

A la limite de l'exaspération, Elisabeth se lève et lance :

— Veuillez m'excuser, monsieur le baron, comme nous l'a signalé M. l'abbé Magnin, ne pensez-vous pas que les soldats qui avancent sur la route de Charonne constituent pour nous une menace sérieuse ?

— Certainement, Elisabeth, mais soyez rassurée, j'ai pris les mesures nécessaires afin que nous soyons prévenus s'ils se dirigeaient vers nous !

Elisabeth ne semble pas convaincue, elle se rassoit déçue.

— Tu vois bien que tu t'inquiétais sans raison ! lui dit Guillaume.

— Vous êtes tous inconscients ! murmure Elisabeth.

De Batz a remarqué son trouble :

— Ne vous inquiétez pas, Elisabeth, nous avons l'habitude de les voir nous rendre visite. Ils ne trouveront rien, cette maison n'est plus à mon nom, je l'ai vendue fictivement à Grandmaison, le directeur des postes de Beauvais, le père de ma Marie. S'ils cherchent le baron de Batz, on leur dira qu'il a quitté la région depuis longtemps ! Il suffit que nous ne soyons plus là à leur arrivée. Mes gens les recevront normalement puisqu'ils sont censés être au service du directeur des postes. Quand ils seront partis, nous reprendrons nos activités.

Tous paraissent médusés de tant d'aplomb.

— Etes-vous rassurée, chère Elisabeth ?

— Oui, monsieur le baron, répond-elle, rouge jusqu'aux oreilles.

— A la bonne heure ! Je continue. J'ai donc décidé de changer de stratégie. Je sais que l'Autriche ne négociera jamais la paix avec les terroristes, dès lors la Reine n'est plus protégée par un accord international et je n'attends pas une éventuelle clémence de la part de ces fauves. Ne vous êtes-vous jamais demandé comment la Convention qui a constitué le gouvernement le plus indigne et le plus barbare soit si bien acceptée des Français ?

— Par la terreur qu'elle inspire et la résignation qui en résulte ! lance Basset.

— Exactement ! Pour se protéger, la Convention a érigé autour d'elle un mur de têtes coupées. Seulement voilà : pour être efficace, ce mur de l'effroi exige chaque jour de nouvelles briques de sang. La Convention a pris la précaution d'envoyer en province ses missionnaires avec des bourreaux qui élèvent les mêmes remparts sanglants… Franchement, mes amis, croyez-vous qu'une politique aussi absurde puisse perdurer bien longtemps ?

— Pendant ce temps, observe Elisabeth, notre armée se bat avec courage contre les envahisseurs en défendant le territoire national…

— Voilà le digne sentiment de la fille d'un patriote ! s'exclame de Batz. C'est vrai, Elisabeth, mais c'est là que réside la forfaiture. Robespierre et ses sbires détournent à leur profit la gloire de nos vaillants soldats. Les victoires extérieures garantissent aux terroristes l'impunité de leurs crimes intérieurs. Pour se maintenir au pouvoir, ils doivent guillotiner sans cesse, et pour justifier de tels massacres, ils détournent à leur profit les succès militaires. Quand l'armée couvre la France d'immortels lauriers, Robespierre peut la couvrir en toute impunité de sinistres cyprès. Les prodiges de nos armées garantissent aux tyrans l'obéissance et la résignation des Français désarmés… Voilà les raisons qui font qu'ils obéissent à ce régime de larmes et de sang.

Tous restent songeurs et silencieux, de Batz tamponne son front moite. Elisabeth se lève et demande :

— Quand pensez-vous que ce cauchemar finira, monsieur le chevalier ?

— Quand nous aurons détruit l'Hydre à quatre têtes !

— Qui sont…

— Facile à deviner, intervient Basset, la Convention, le club des Jacobins, le Comité de salut public et le Tribunal révolutionnaire !

— Bien vu, Jean-Baptiste ! Contrairement à la légende, il suffit de détruire l'une de ces têtes pour que les trois autres tombent, c'est la Convention qui fournit la sève aux autres ! Toute mon action va se concentrer sur sa destruction.

— Vous allez vous attaquer à ses six cents députés ? demande Elisabeth.

— Mais non ! Il suffit de détruire le petit groupe de forcenés qui se maintient par la terreur. Au sein même de ce cercle la bataille est rude, ils se livrent entre eux un combat impitoyable. C'est le talon d'Achille où je compte frapper. Mais n'anticipons pas ! Notre première préoccupation reste la Reine. Notre action pour la secourir prendra différentes formes. Tout d'abord, nous avons l'obligation de la soutenir chrétiennement : notre infortunée souveraine n'a pas reçu le secours de la religion depuis plus d'un an ! Ce sera le rôle de M. l'abbé Magnin et de Mlle Fouché.

— Nous avions déjà établi des contacts avec l'abbé Emery, dit l'abbé Magnin, il désire lui donner lui-même l'absolution. Moi je compte célébrer la messe dans son cachot !

— La messe dans son cachot ? s'étonne Villequier, mais, mon père, célébrer la sainte messe au sein d'un tribunal de sang c'est célébrer une messe rouge ! Tout le monde rit, et il poursuit : Soyons réaliste, ne seriez-vous pas un peu optimiste, mon père ?

— Pas du tout, ajoute de Batz, monsieur l'abbé voit juste : le projet n'est pas utopique. Je sais que de nombreux prêtres réfractaires affidés au père Emery entrent et sortent chaque jour de la Conciergerie pour secourir des condamnés sous l'œil bienveillant des révolutionnaires…

— L'œil bienveillant ? s'étonne Mlle Fouché.

— C'est absolument exact, affirme Lemille, ils ferment volontairement les yeux, cela les arrange !

— Votre mission, mademoiselle Fouché, poursuit de Batz, sera de circonvenir les concierges Richard. Vous aurez les fonds nécessaires, vous devrez être très généreuse avec eux, ils aiment beaucoup l'argent !

— Ils préfèrent l'or ! lance Rougeville en riant.

— Le deuxième temps de notre action consiste à transférer la Reine à l'Hospice de l'Archevêché et, ensuite, à la libérer avec le concours de Mme Guyot. Nous avons la chance que l'état de santé de la Reine inquiète beaucoup les terroristes.

— Uniquement pour la martyriser davantage ! s'écrie Rougeville.

— Chacune de ces tentatives nécessite de prévoir en même temps la suivante. Comme le temps nous est cruellement compté, il nous faut, en cas d'échec, enclencher aussitôt l'opération qui était prévue.

— Et qui est ? demande Villequier.

— Le plus important, le plus sacré : sortir Sa Majesté de son cachot ! C'est la mission qui vous a été dévolue, mon cher Rougeville, la plus difficile et la plus risquée. Vous avez carte blanche et vous disposerez de fonds illimités. Si l'argent de Fersen ne suffit pas, n'hésitez pas à faire appel à moi !

Rougeville acquiesce d'un mouvement de tête.

— Le troisième temps lui non plus n'est pas une mince affaire. Il revient à Jean-Baptiste, à Guillaume et à Elisabeth de mettre sur pied une troupe armée.

— Nous avons déjà près de trois cents volontaires, dit Basset, et je ne désespère pas d'atteindre le chiffre de cinq cents partisans, sans compter les nouvelles recrues qui campent à Courbevoie et à Issy-les-Moulineaux…

— Ces prétendus jeunes volontaires de l'armée républicaine ! s'exclame ironiquement Villequier.

— Oui, ce sont ceux de la dernière levée en masse, en août dernier, dit Basset, beaucoup sont royalistes ou girondins, j'ai d'excellents contacts avec eux ! Savez-vous ce qu'ils m'ont demandé ? Des matelas.

— Pourquoi des matelas ?

— Depuis un mois ils dorment à même le sol et sont démunis de tout ! J'ai commencé à en livrer une cinquantaine et j'ai fait inscrire sur chacun d'eux : "Offert par Sa Majesté le roi Louis XVII."

Tous rient.

— Vous deviez en livrer d'autres ? demande de Batz.

— J'aimerais en fournir deux cents de plus.

— Je vous accorderai les fonds nécessaires, vous pouvez tabler sur quatre cents. Après quelques secondes de réflexion, il ajoute : Maintenant, je voudrais vous exposer la mission que je compte remplir personnellement. Si par malheur nous devions échouer dans la libération de la Reine. Comme je vous le disais précédemment, j'ai prévu d'enliser la Convention dans un cloaque de boue et de sang !

Le doute se lit sur les visages. De Batz amusé s'en aperçoit et poursuit :

— Oui, oui, vous avez bien entendu ! Je détruirai cette Convention prétendument nationale ! Vous ne croyez pas la chose possible ? Eh bien, vous avez tort ! Cela sera !

— Comment ? demande Villequier.

— Vous avez vu comment l'élimination de Le Peletier a accéléré la chute de la Gironde, j'ai une autre surprise que je réserve cette fois aux montagnards !

— Et qui est ? interroge Rougeville.

De Batz ne répond pas, mais il fait glisser son pouce contre son index à plusieurs reprises, un geste populaire pour évoquer l'argent.

— Vous voulez détruire la Convention par l'argent, dit Villequier sceptique,

— Non pas "par l'argent", répond de Batz, mais par "des masses d'argent", des sommes immenses, une pluie d'or va s'abattre sur la Convention. J'ai déjà fait courir le bruit parmi les terroristes que j'offrais un million or à qui libérerait la Reine de France et je vous jure que les rats montrent leur museau ! L'année dernière, chez Condé, j'avais rencontré l'Empereur et je lui avais exposé les besoins financiers qui nous permettraient d'abattre la Convention. Il m'avait écouté d'une oreille distraite, mais je compte revenir à la charge.

L'assistance reste muette.

— Là, je… dit Villequier, aussitôt interrompu par de Batz.

— Tous ces hommes réputés intègres sont en réalité facilement corruptibles, il suffit d'y mettre le prix et j'ai les moyens de les avilir… De Batz s'échauffe de plus en plus : Au lieu de combattre cette tornade qui dévaste notre pays, nous allons au contraire l'amplifier pour qu'elle s'infiltre partout au sein de la Convention. Elle fera naître parmi les députés cette maladie contagieuse que l'on appelle suspicion. Elle va s'abattre comme une nuée pestilentielle sur l'Assemblée. Elle sera très vite généralisée, insidieuse, sournoise, puis la peur va les dresser les uns contre les autres, car le moindre soupçon déclenche aussitôt la folie exterminatrice de Robespierre, lui qui use de la seule arme qu'il connaisse : la prison suivie de la guillotine. Je vous promets un cloaque de boue et de sang sur la Convention ! hurle de Batz, vous entendez ? Et le peuple écœuré balayera ces hommes cruels et corrompus pour rétablir le Roi !

Personne n'ose lever les yeux. De Batz, en nage, se tamponne le front. Après quelques instants de silence où l'on entendrait les mouches voler, il poursuit plus calmement :

— Il fait décidément très chaud ici ! Puis avec un sourire un peu forcé : Veuillez excuser mon emportement, mais comme je vous l'ai dit, ma grande erreur fut d'attaquer les terroristes de front !

Elisabeth se lève.

— Qu'attendez-vous de nous, monsieur, dit-elle, pour réaliser ce rêve qui nous tient tant à cœur ?

— Chère Elisabeth, il faut trois conditions pour le réaliser : du courage, de l'argent et du mépris. Du courage ? Tous ceux qui sont ici ont prouvé qu'ils en avaient à revendre. De l'argent ? Je ferai face à tous vos besoins. Du mépris ? Il sourit : Ne le gaspillons pas, gardons-le avec soin pour ces terroristes qui en ont tant besoin !

Tout le monde rit.

— Pensez-vous que cette action aura un résultat suffisamment rapide pour sauver la Reine à temps ? demande Rougeville.

— C'est là mon unique souci, répond de Batz, je procède pourtant du plus vite que je peux. A ce jour j'ai déjà ferré deux conventionnels, mais ce ne sont que des petits poissons ! L'un s'appelle Julien, il est député de Toulouse, l'autre Delaunay, il est député d'Angers. Voilà deux gredins assoiffés d'or qui sont désormais à ma botte.

— Je connais Julien, intervient l'abbé Magnin, n'est-ce pas un pasteur défroqué ?

— Effectivement, mon père, ajoute de Batz, savez-vous ce qu'il a l'intention de faire le mois prochain à la Convention ? Quand il me l'a révélé, je lui ai dit que c'était une merveilleuse idée, mais j'en étais écœuré !

— Je sais ce que vous allez nous dire, dit gravement l'abbé Magnin, l'abbé Emery m'a rapporté cette histoire lamentable.

— Il a l'intention d'incendier ses titres de pasteur sur le bureau du président de la Convention, brûlant ainsi la parole du Christ – l'abbé et Mlle Fouché se signent aussitôt –, et de demander à l'Assemblée de se lever devant ce geste solennel !

— Quelle démagogie ! dit Rougeville. Cela nous donne un aperçu de ce que sont ces hommes, eux qui n'ont pourtant à la bouche que les mots de vertu et de patrie !

— Quant à l'autre échantillon de déchet humain, poursuit de Batz, le Delaunay d'Angers, il est devenu notre mouton ! Lui aussi aime l'argent plus que tout au monde. C'est un intrigant qui furète partout dans les cartons des Comités de salut public et de sûreté générale. Il s'enquiert des dernières décisions gouvernementales pour me les rapporter toutes fraîches. Grâce à lui je suis au courant de tous les décrets avant qu'ils soient promulgués !

— Comment agissez-vous avec ces deux fripouilles ? demande Rougeville.

— Je leur dis que notre association est florissante, et je leur ai donné à ce jour plus de cent mille livres à chacun.

— Cent mille livres ? s'exclame Basset indigné, mais c'est monstrueux !

— Franchement, Jean-Baptiste, c'est peu cher monnayer les renseignements qu'ils me fournissent, alors que nos deux lascars vont le payer très cher quand on sait ce qui les attend sur l'échafaud !

— Jusqu'où irez-vous dans cette générosité, monsieur ? demande Basset.

— J'ai prévenu Julien et Delaunay que nous avions atteint une limite et qu'il faudrait désormais avoir accès aux grandes organisations financières comme la Compagnie des Indes et traiter des affaires importantes pour gagner encore plus d'argent ! "Que faudrait-il faire pour cela ?" m'ont-ils aussitôt demandé. J'ai répondu qu'il fallait acheter un des chefs de la faction la plus influente de l'Assemblée.

— A laquelle songiez-vous en particulier ? demande Villequier.

— A celle qui touche de plus près les chefs de la Montagne. Je les ai persuadés qu'un homme influent parmi les montagnards nous ouvrirait les portes de la haute finance.

— Vous ne pensiez tout de même pas à Robespierre ? s'exclame Villequier en riant.

— Bien sûr que non, le monstre est intouchable. De Batz lève son index à la verticale pour appuyer ce qu'il va dire : Intouchable, ai-je dit, pour le moment…

— Qui sera le premier ? demande Villequier.

— Il est le premier domino qui entraînera dans sa chute tous les autres et jusqu'au dernier d'entre eux : le Minotaure caché dans sa tanière !

— Alors ce premier domino, qui est-il ? demande Rougeville.

— Vous devriez le savoir, c'est grâce à l'assassinat de Le Peletier qu'il est entré au Comité de sûreté générale. Vous ne voyez pas ? Eh bien, nous allons jouer aux devinettes, je vous propose la charade suivante : mon premier est l'ennemi le plus acharné de la Reine, Hébert mis à part, et encore je vous avouerai tout à l'heure quelque chose sur son compte qui vous étonnera. Mon deuxième est très proche de Robespierre. Mon troisième est très écouté de l'Assemblée. Mon quatrième se dit le plus pauvre des députés. Et mon tout est un conventionnel qui s'affiche dans la tenue la plus négligée.

Un grand silence s'abat sur l'assistance, tous réfléchissent. Elisabeth se lève marmoréenne :

— C'est Chabot ! lance-t-elle.

— Bravo, Elisabeth ! dit de Batz, comment avez-vous deviné ?

— J'ai rencontré une seule fois ce nabot à la section des Arcis. Il se faisait appeler "le sans-culotte émérite", impossible d'oublier une telle apparition. C'était l'horreur faite homme ! Dépoitraillé, la chemise sale et ouverte jusqu'à la ceinture, des culottes avec les jambes nues, les pieds à même ses chaussures et un bonnet rouge graisseux !

— Nous allons marier ce repoussoir à l'une des nôtres, confie de Batz.

— Qui sera l'infortunée élue ? Ce sera sûrement une sainte ! Je la plains de tout cœur, dit Villequier en riant.

— Ce Chabot est un être méprisable ! dit l'abbé Magnin, quand on sait que cet homme a porté quinze ans la soutane des capucins ! Que Dieu lui pardonne !

— Comme le veau, nous allons le couvrir d'or, dit de Batz. Quand le fruit sera mûr ou plutôt pourri, il tombera de lui-même et sa chute entraînera celle de toute sa clique. Ces créatures ne sont que d'avides ambitieux et des despotes sanguinaires. Tous ces complices du crime, les Basire, les Hébert, les Chaumette, les Ronsin, les Coffinhal, toute cette racaille de la Commune de Paris qui occupe l'extrême gauche de la Montagne, passeront bientôt au rasoir de leurs amis terroristes.

— Monsieur le baron, vous deviez nous révéler quelque chose à propos d'Hébert.

— C'est vrai. Il faut que je vous l'avoue, Hébert est aussi notre allié dans la libération de la Reine.

Stupéfaction dans l'assistance. Elisabeth se lève :

— Pardonnez-moi, monsieur le baron, nous ne pouvons le croire.

— J'ai pu entrer en relation avec cette canaille grâce à la comtesse de Rochechouart qui est notre alliée et qui est intime avec lui. Je lui ai proposé deux millions s'il faisait ramener la Reine au Temple, il en a déjà reçu un.

Elisabeth outrée insiste :

— Un million, monsieur ? Et pourquoi au Temple, nous savons qu'il est impossible de faire évader la Reine de cette forteresse ?

— Parce que nous l'enlèverions durant son transfert !

— Quand ?

— J'ai demandé à Hébert d'attendre. Nous avons d'autres visées pour le moment.

— S'agit-il d'un million or ? demande Rougeville.

— Hélas oui, dit de Batz dans un silence glacial. Puis il ajoute le visage fermé : Je partage, mes amis, votre dégoût, mais je jure sur la Sainte Croix qu'il nous remboursera de sa vie cette somme sans que nous ayons à nous salir les mains avec son sang !

L'abbé Magnin et Mlle Fouché se signent. Tous se taisent, de Batz reste songeur. C'est le marquis de Villequier qui rompt le silence sur un ton ironique.

— Et pour Robespierre, combien ?

— Patience, mon ami, murmure de Batz, il est notre étape ultime. Après l'extrême gauche de la Montagne, nous nous attaquons à sa droite. C'est encore plus facile, ils sont plus ou moins compromis dans la Compagnie des Indes !

— Vous comptez Danton ? demande Elisabeth encore ébranlée.

— Bien sûr, mais lui, nous l'abattrons indirectement. Nous allons l'atteindre par Fabre d'Eglantine et Camille Desmoulins qui se sont rempli les poches, comme celles de Chabot, la chute de ce gros turbot farci de Danton entraînera l'élimination d'Hérault de Séchelles. Après, les terroristes vont s'entretuer jusqu'à la dernière faction, celle du monstre !

— Quand ? s'impatiente Rougeville.

— Patience, j'y arrive ! C'est le dernier domino ! La mort de Danton soufflera comme une tempête sur l'Assemblée. Elle produira un terrible vent de peur et de vengeance qui, combiné à la folie meurtrière de Robespierre, déchaînera une fureur sanglante qui s'abattra sur les derniers affairistes de la Montagne.

— Pensez-vous vraiment que ce vent de folie sera assez puissant pour atteindre le Minotaure ? s'inquiète Rougeville.

— Je compte que le dernier carré des députés corrompus, se sentant menacés, seront pris eux aussi de panique et n'auront d'autre issue que le devancer et l'abattre les premiers !

L'abbé Magnin demande à de Batz :

— Userez-vous des mêmes moyens que vos ennemis ?

— Oui, mon père, exactement les mêmes : aucune pitié pour ces monstres.

— Pour y parvenir, vous devrez faire taire votre conscience, mon fils, y avez-vous songé ?

— Oui, mon père, nous sommes obligés d'user des mêmes armes que les terroristes, ni pitié, ni morale, ni scrupule ! Nous utiliserons la même méthode pour détruire en deux temps chaque faction : d'abord la corruption, puis la diffamation. Rendez-vous compte de l'effet sur le peuple quand il apprendra que ses chers députés sont achetés par l'infâme de Batz ? La Convention n'y résistera pas.

— Dans cette guerre, mon fils, grâce à votre or, vous arriverez sans doute à vos fins, mais je crains que vous n'y perdiez votre âme de chrétien.

— Nous n'avons pas d'autre choix si nous voulons sauver la Reine et la monarchie. Et puis, ne vous inquiétez pas, mon père, j'ai une âme de chrétien bien chevillée au corps.

— Les fondements de la royauté reposent sur les lois de Dieu, mon fils, réplique l'abbé Magnin le visage grave. Que deviendrait un royaume où elles seraient absentes, si ce n'est une nation de barbares !

— Nous aurons tout le loisir de rétablir la morale chrétienne quand le Roi sera de nouveau sur le trône ! dit de Batz en riant.

L'abbé poursuit le visage triste :

— Je doute que vous y parveniez, mon fils, ce qui est conçu dans la perversion se perpétue dans la perversion !

— Dieu est grand, mon père, Il pardonnera ! ironise de Batz. Puis sur un ton réfléchi : Mes amis, je suis décidé à aller jusqu'au bout de ce combat sans merci, quels qu'en soient les moyens et les conséquences !

Les perruquiers approuvent d'un hochement de tête.

— Si certains trouvent que ce projet heurte leur conscience – il fixe l'abbé Magnin qui baisse les yeux –, je respecterai leur choix, mais en les prévenant qu'ils restent liés à nous par le secret des informations dont ils sont désormais détenteurs. Qu'ils sachent que rien ne m'arrêtera jusqu'à la victoire.

— Mais enfin, s'écrie Villequier avec humeur, ces recommandations ne sont pas de mise ici, aucun de nous n'est dans cet état d'esprit, dites-nous plutôt comment vous comptez pratiquer et nous exécuterons !

L'abbé Magnin garde les yeux baissés, l'air résigné.

— Je vous ai dit que j'ai déjà commencé, dit de Batz, avec ces deux députés, j'ai entamé la Convention comme un fromage. J'entraîne ces imbéciles dans des affaires imaginaires très juteuses en leur faisant croire qu'ils vont gagner encore plus.

— Mais cet argent, pendant combien de temps encore comptez-vous le leur donner ? s'inquiète Guillaume Lemille.

— Guillaume, je dois absolument les éblouir pour gagner leur confiance !

— Toute cette manne, monsieur, demande à juste titre Elisabeth, ne pourraient-ils pas l'utiliser contre nous ?

— Pour quelles raisons ? Qui pourrait les abreuver d'or mieux que moi ? Leur seule motivation est l'argent, je dois leur donner l'impression qu'ils en auront toujours plus ! Ce n'est pas à moi qu'ils resteront fidèles mais à ce que je leur donne.

— Vous n'abordez donc jamais avec eux l'aspect politique ? demande Villequier.

— J'évite ! Je pense qu'ils se doutent bien que je conspire un peu, dit de Batz en riant, mais c'est le cadet de leurs soucis.

— Chabot abattu, peut-on savoir qui sera le suivant ? demande l'abbé Magnin.

— Soyez patient, mon père, vous le découvrirez le jour où il montera à l'échafaud.

L'abbé Magnin choqué se signe.

— Que devrions-nous faire en attendant pour sauver la Reine ? demande Rougeville.

— Je résume notre programme, répète de Batz, Mme Guyot a préparé un plan pour faire évader la Reine de l'Hospice de l'Archevêché. Dans le même temps, le chevalier de Rougeville a pour mission de sortir Sa Majesté de son cachot, je le répète il a toute latitude pour mener ce travail à bien. Je lui fournirai tous les subsides dont il a besoin pour acheter le personnel de la Conciergerie. Sans perdre de temps, nos amis perruquiers constituent de leur côté une force armée pour s'emparer de la Reine à la moindre occasion. Quant à M. l'abbé Magnin et Mlle Fouché, ils devront apporter à Sa Majesté les secours de la chrétienté. Ils coordonneront leur action avec celle de l'abbé Emery et de ses disciples de Saint-Sulpice.

— Devrions-nous combiner nos actions respectives ? demande Rougeville.

— Pas à votre niveau, par mesure de sécurité, je vous le déconseille sauf si vous ne pouvez faire autrement ! Vos actions doivent rester cloisonnées. Pour conclure, la mission ultime revient à nos vaillants perruquiers, ils doivent constituer un groupe armé pour soutenir toutes les opérations que nous entreprendrons.

— Leur groupe a été très efficace dans la forêt de Meaux, dit Rougeville.

— Je suis au courant, dit de Batz, vous avez fait un travail magnifique, et d'après ce que je sais, vos compagnons ont été éblouis par le combat d'Elisabeth – celle-ci se redresse et ses joues rosissent.

— Comme une boule sur un jeu de quilles, elle a abattu d'un seul coup d'arquebuse une section entière de terroristes ! dit Rougeville.

Lemille regarde son épouse avec attendrissement et ajoute :

— Et sans blesser les nôtres !...

— Monsieur, dit Rougeville, et si nous apprenons que d'autres que nous entreprennent des actions pour libérer la Reine, devrons-nous les aider ?

— Vous devrez m'en informer aussitôt. Mais ne faites rien à votre niveau, restez séparés les uns des autres... Moi-même, j'ai d'innombrables complices parmi les révolutionnaires. Je vous promets qu'ils ne se connaissent pas entre eux, et vous ne pouvez imaginer, mes amis, qui ils sont !

— A part Hébert, vous en avez d'autres de ce calibre ? demande Basset.

— Plein, et vous les croisez souvent. Personne, même dans cent ans, ne découvrira leur identité ! La victoire sur les terroristes est à ce prix. Nos petits-enfants apprenant l'Histoire diront : De Batz ? Mais qui est-ce ? Nous n'en n'avons jamais entendu parler ! Seul un historien plus malin que les autres découvrira peut-être un jour les complices du baron de Batz, de façon indirecte, seulement par la signature que j'aurai laissée de mes interventions !

L'assemblée est tétanisée. Elisabeth fixe le baron de Batz avec des yeux émerveillés.

— Avez-vous des questions à me poser avant que nous nous séparions ?

— Qui fera la liaison entre vous et nous ? demande Mlle Fouché.

— Celui qui viendra à vous, jamais l'inverse, de telle sorte qu'on ne pourra jamais remonter la filière. Plus de question ? Bien, mes amis, je crains que la nouvelle que j'ai à vous annoncer maintenant ne vous soit pas très agréable. Du moins, je l'espère, dit-il en riant – l'assistance se fige dans l'attente de sa réponse. Je quitte la France !

— Comment, dit Rougeville, pour aller où ?

— Je pars à Coblence rejoindre l'armée des princes !

Elisabeth se lève comme mue par un ressort :

— Comment, monsieur ! Mais les émigrés sont des lâches et des traîtres ! Ils ont déserté notre pays ! Ils sont haïs par le peuple ! Ils n'ont jamais apporté le moindre soutien à la famille royale et ont toujours critiqué notre combat en jouant la politique du pire ! Vous, monsieur le baron, allez vous joindre à de tels gens ?

— Je sais, Elisabeth, que cette armée est dirigée par des gens haineux et bornés…

Déchaînée, la jeune femme poursuit :

— Et par la politique du pire, ils ont porté un tort terrible à la monarchie constitutionnelle. Monsieur, qu'avons-nous à gagner à nous allier à ces gens-là ?

— J'ai besoin de leur armée en sommeil pour sauver la Reine et le régime, Elisabeth. Je veux me rendre compte sur place pourquoi elle demeure totalement inactive.

— Tout bonnement parce que Condé est un couard et un incapable, s'écrie Rougeville avec colère, c'est cette clique qui a conçu le honteux manifeste de Brunswick qui a mis le feu aux poudres ! Sans cette stupide provocation, le Roi serait encore sur le trône et nous aurions eu le temps d'organiser le combat contre les terroristes.

— Fersen a une lourde responsabilité dans la rédaction de ce manifeste, ajoute Villequier, j'ai bien connu Brunswick à Berlin, je vous affirme que cela ne lui ressemble pas. On s'est servi de lui.

— Mes amis, mes amis, s'écrie de Batz, je méprise autant que vous ces émigrés. Ils attendent tranquillement que nous nous fassions tuer pour leur permettre de revenir en France ! Je comprends votre ressentiment, mais je pars pour ramener cette armée dont j'ai tant besoin et je compte aussi réclamer de l'or à l'Empereur. Je vous promets que je serai de nouveau parmi vous sitôt ma mission accomplie ! Si la menace se précise sur la personne de la Reine, je rentrerai aussitôt !

— Comment ferons-nous, monsieur, pour communiquer avec vous ? s'inquiète Elisabeth.

— Je vous l'ai dit, mon amie, nous avons un agent de liaison, ne serait-ce que pour vous fournir les fonds dont vous aurez besoin, et vous donner mes directives. Nous allons quitter cette maison momentanément – il ne peut réprimer un sourire –, pour ne pas gêner les révolutionnaires dans leur fouille !

Villequier sursaute :

— Ils vont s'emparer de la merveilleuse horloge que vous m'avez montrée ce matin ?

De Batz a compris l'allusion à la planche à billets, il répond :

— Ce n'est pas un problème, elle est introuvable !

La porte s'ouvre brusquement, Marie introduit Devaux très essoufflé.

— Monsieur, vite ! Les terroristes montent le chemin de Charonne.

— Marie, les chevaux sont-ils prêts ?

— Oui, Jean.

— Nous partons immédiatement pour les carrières de plâtre de Bagnolet.

Elisabeth regarde son époux et lui dit :

— Enfin !

— Nous nous réinstallerons ici dès qu'ils seront partis, affirme de Batz.

— Des carrières ? dit Rougeville.

— Elles sont abandonnées, c'est une cachette idéale. Nous allons y passer la nuit. N'oubliez pas, mes amis : si vous voulez disparaître un jour, pensez à ces carrières partout autour de Bagnolet. Elles sont immenses, personne ne viendra vous chercher là.

— C'est bon à savoir, dit Rougeville.

— Jean, dit Marie, il faut que tu partes maintenant, les terroristes ne sont plus qu'à une lieue d'ici !

LUNDI 5 AOÛT, QUATRIÈME JOUR DE DÉTENTION,
LA CHAMBRE DU GREFFE, HUIT HEURES DU MATIN

10

Jean-Baptiste Michonis

L'administrateur principal des prisons, le limonadier Jean-Baptiste Michonis, est assis devant la grande table du greffe. C'est la salle où se déroulent les interrogatoires ; l'unique fenêtre donne dans la petite cour qui prolonge en contrebas la cour du Mai.

Michonis examine le grand livre de la prison. La mère Larivière, aussi grande assise que debout, et Marie Harel, la mine chafouine, sont assises face à lui. Le concierge Richard se tient debout près de la porte

Michonis veut connaître certains détails sur la captivité de la Reine. Il s'adresse d'abord à la mère Larivière.

— Citoyenne ! Je suis désolé, mais mes collègues administrateurs considèrent que la tâche qui vous est impartie est trop lourde pour une personne de votre âge. Nous veillerons toutefois à ce que vous soyez indemnisée pour vos efforts.

L'imposante femme a un haut-le-corps :

— Une tâche trop lourde ? lance-t-elle en ricanant. J'espère que vous plaisantez, citoyen administrateur, mon travail a consisté à tenir du fil et une aiguille ! Quant à mes prétendus efforts, pouvez-vous me dire de quoi il s'agit ? Ma seule tâche, si nous pouvons encore l'appeler ainsi, a été de réparer la robe en piteux état de la prisonnière et de lui confectionner deux mauvais bonnets. Tout cela a été un labeur bien insignifiant et j'ai été récompensée par l'infime bien-être que j'ai pu procurer. Non, vous ne me devez rien, citoyen ! ajoute-t-elle en se levant – elle paraît immense, tel un gladiateur romain. Avec votre permission, puis-je me retirer ?

— Bien sûr, je vais vous faire raccompagner, dit Michonis en faisant mine de se lever.

Il paraît alors minuscule à côté d'elle.

— C'est inutile, ajoute-t-elle, mon petit-fils me reconduira !

Elle sort en saluant d'un simple mouvement du menton.

— Voyez-vous, Richard, dit Michonis, vous avez cru bien faire en donnant un travail à cette vénérable femme, et vous n'êtes parvenu qu'à la choquer par nos conditions de détention de la veuve Capet ! J'ai bien peur qu'il y en ait plus d'une comme elle. Je verrai avec le jeune Larivière comment la dédommager. Maintenant au travail !

Au même instant fait irruption Marie Richard, tenant par la main un petit garçon de sept ans, blond aux yeux bleus. Elle est suivie de Rosalie Lamorlière, la mine défaite et les yeux rougis.

— Mais que se passe-t-il, demande Richard à sa femme, pourquoi as-tu amené Fanfan ici ? Tu sais bien que j'interdis qu'il descende dans les prisons !

— Excusez-nous, citoyen administrateur, répond Marie Richard en ignorant son mari, nous avons cru bien faire en emmenant Fanfan à la veuve Capet. Nous pensions que cela la consolerait de l'absence de son petit garçon.

— Qui vous en a donné la permission ? s'écrie Michonis.

— Personne, citoyen administrateur, veuillez m'en excuser, j'ai seulement cru bien faire !

— Vous rendez-vous compte de l'embarras dans lequel vous me mettriez si cela s'ébruitait ? Puis à l'intention de la femme Harel : Je te préviens, toi la nouvelle venue, si tu dis un seul mot de cette histoire à qui que ce soit, tu le regretteras !

— Soyez sans crainte, citoyen administrateur, je ne dirai rien puisqu'il n'y a rien à dire et ce n'est pas un enfant de sept ans qui peut comploter avec l'Autrichienne contre la Nation.

Au même instant entre Louis Larivière.

— Madame Richard, s'écrie-t-il, il faut appeler le docteur Souberbielle, la veuve Capet est sans connaissance ! Gilbert n'arrive pas à la ranimer.

— Que me racontes-tu là, Louis ?

— C'est d'avoir vu Fanfan, madame, il lui a rappelé son fils…

Marie Richard et Larivière sortent précipitamment.

— Puis-je aller leur prêter main-forte, citoyen administrateur ? demande Rosalie.

— Toi, tu ne bouges pas d'ici, j'ai des questions à te poser ! A Richard sur un ton sec : Mes compliments !

— Je n'étais pas au courant, citoyen administrateur ! Vous savez bien que c'est mon épouse qui assure la gestion, mon rôle, c'est la discipline.

— Bel exemple de discipline ! Je ferme les yeux pour cette fois, mais si par malheur cela s'apprend, vous savez tous ce qui vous attend. Et toi, Rosalie, qui pleurniches pour un oui et pour un non, pourquoi ces larmes ?

— C'est d'avoir vu le désespoir de la Reine quand elle a vu Fanfan…

— Rosalie, s'écrie Michonis exaspéré, perds une fois pour toutes cette détestable habitude de l'appeler la

Reine ! Il n'y a plus de Reine ici ! As-tu bien compris ? Sa curiosité prenant le dessus sur sa colère, il poursuit : Bon, maintenant raconte-moi comment la veuve Capet a réagi quand elle a vu Fanfan ?

— En l'apercevant, la citoyenne a tressailli. Elle s'est mise à trembler quand elle l'a pris dans ses bras. Elle l'a couvert de baisers et de caresses – sa voix s'étrangle – puis elle s'est mise à pleurer. Elle a parlé de son fils, elle a dit qu'elle y pensait nuit et jour. Mme Richard et moi nous avons compris que cela lui faisait un mal horrible, nous ne recommencerons plus jamais cela !

— Bon, allez, Rosalie. Dorénavant ne prend jamais ce genre d'initiative sans m'en parler et, surtout, gardez-vous bien de lui parler de ses enfants !

— Ah, pour sûr, citoyen administrateur ! On a compris ! dit Rosalie en se mouchant.

Louis Larivière et Marie Richard, le visage marqué, sont de retour.

— Alors ? s'enquiert Michonis.

— Elle est revenue à elle, elle s'est endormie, dit Marie Richard en s'appuyant contre le mur.

— L'affaire est classée. Michonis ouvre le grand livre de la prison : Maintenant, au travail. Je veux connaître les responsabilités de chacun. Asseyez-vous ! Tout d'abord, qui prépare ses repas ?

— C'est moi, citoyen administrateur, dit Rosalie Lamorlière en reniflant, Louis m'aide parfois en cuisine car il est aussi bon cuisinier. N'est-ce pas, Louis ?

— Si tu le dis, Rosalie.

— Qui s'occupe de l'entretien de cette cellule qui sent si mauvais ?

— Un peu tout le monde, citoyen administrateur, dit Marie Richard gênée. Tantôt moi, tantôt Rosalie, tantôt la femme Harel, souvent Deshouilles quand il est à jeun ! Citoyen administrateur, aucun traitement au monde ne pourra venir à bout de cette odeur !

— Deshouilles ? Qui est Deshouilles ?

— C'est le forçat chargé des gros travaux, citoyen administrateur, dit Marie Richard gênée. Il est chargé de vider les griaches[1], il s'appelle en réalité Barrassaint.

— Parce que Deshouilles c'est le forçat Barrassaint ? Il porte le même nom que vous ?

— C'est mon frère, citoyen administrateur, avoue l'autre en rougissant, il purge sa peine de bagnard à la Conciergerie. Il vide les eaux des cachots, je lui fais faire aussi les gros travaux d'entretien.

— On dit qu'il est ici pour nous espionner ! dit Michonis en riant, qu'en pensez-vous, vous la sœur ?

— Je ne sais pas, citoyen administrateur.

— Comment vous ne savez pas ? Faut-il se méfier de lui, oui ou non ?

— Hélas, oui, citoyen administrateur, je lui porte de la méfiance.

— Ah, tout de même ! Eh bien, nous voilà prévenus ! Y en aurait-il d'autres par hasard qui joueraient ici les moutons ? Et s'adressant à Marie Harel : Par exemple, toi la nouvelle venue que j'ai fait nommer récemment, ton nom est bien Harel ? Tu remplaces bien la citoyenne Larivière, n'est-ce pas ?

— Oui, citoyen administrateur ! Je suis Marie Devaux, femme Harel !

— A la bonne heure ! J'espère que je pourrai compter sur toi. Ton mari est bien employé de mairie ?

— Oui, citoyen administrateur.

— Tu aideras à l'entretien de la cellule et tu laveras le linge de la veuve Capet. Seuls les gros travaux seront

1. Seaux contenant les fèces.

exécutés par Barrassaint. Combien de chemises lui faut-il par semaine ?

Rosalie Lamorlière intervient vivement :

— La Reine souffre d'hémorragies, citoyen administrateur, je suis obligée de laver tous les jours sa camisole de nuit et sa chemise de jour et les faire sécher une nuit entière !

— Je suis au courant de ce détail, on a découvert une tache de sang sur la banquette de la berline qui l'a ramenée du Temple. Bon ! Disons une camisole et une chemise par jour. Cela vous convient-il ? Au besoin, Marie Harel aidera Rosalie à les laver. Je ne suis pas autorisé à vous en donner une de plus. Mais j'y pense : la veuve Capet en possède quelques-unes que j'ai fait rapporter du Temple.

Rosalie Lamorlière intervient de nouveau :

— Elles ne sont pas adaptées à la prison, citoyen administrateur.

— Que veux-tu dire ?

— Elles sont trop fines pour la protéger contre l'humidité du cachot. Elles n'ont aucune utilité ici, citoyen administrateur. Tout son linge est inutilisable dans son cachot.

— Quoi d'autre ?

— Citoyen administrateur, dit encore Rosalie, elle ne supporte pas l'eau de la Seine, quand elle la boit, elle est très malade.

— Qu'y puis-je ?

— Avec votre autorisation, citoyen administrateur, je vais chercher au Temple deux litres d'eau de Ville-d'Avray tous les matins !

— Tu es drôlement gentille, dis donc, toi ! Tu vas tous les matins jusqu'au Temple chercher de l'eau pour la veuve Capet ? Il ajoute en riant : Ne serais-tu pas un peu aristocrate par hasard ?

Personne ne rit à ce mauvais mot.

— Cela ne me dérange pas, j'aime marcher, citoyen administrateur !

— C'est bon, je t'autorise à te promener, à condition que ce soit en dehors de tes heures de travail. D'accord ?

— Oui, citoyen administrateur.

— Qui est responsable des achats ?

— En général c'est moi, dit Richard.

— Mais c'est aussi moi ! insiste Rosalie.

Michonis compulse une pile de factures.

— Dites donc, qu'est-ce que vous dépensez ! C'est incroyable. Toute cette nourriture est destinée à la veuve Capet ?

— Non, citoyen administrateur, intervient Marie Richard, cela comprend aussi les repas des administrateurs et des officiers de police. Vous savez bien, citoyen, que j'en ai tous les jours douze à quinze à nourrir !

— On a dépassé le budget prévu, prévient Michonis, l'accusateur public va certainement me demander de justifier le montant de ces factures !

— On achète toujours ce qu'il y a de meilleur pour elle, répond innocemment Rosalie.

— Au vu des factures, je m'en rends compte ! Je vous préviens, nous aurons sûrement les critiques de Fouquier-Tinville. Enfin, nous verrons bien. D'autres problèmes ?

— Citoyen administrateur, intervient Marie Richard, elle nous demande sans cesse des nouvelles de ses enfants, surtout de son fils. Après l'incident d'aujourd'hui, peut-on lui en donner ?

Rosalie Lamorlière intervient vivement, le regard brillant :

— Il est vrai que nous pensons tous ici que cette attitude n'est pas humaine. Elle pleure beaucoup quand elle parle de son fils !

— Cela nous fait grande pitié, citoyen administrateur de la voir pleurer ainsi, dit Richard.

— Même les gendarmes Dufresne et Gilbert lui ont offert des fleurs blanches pour la consoler, dit Rosalie, ils les ont même payées de leur poche !

— Mes enfants, je n'y suis pour rien, dit Michonis en levant les deux mains, ce sont les ordres des Comités ! D'ailleurs c'est à moi de lui donner officiellement des nouvelles de ses enfants, vous pouvez en donner officieusement, mais je ne veux pas le savoir. Est-ce qu'on lui a remis les livres que le bibliothécaire a apportés ?

— Ceux du citoyen Montjoye ? dit vivement Rosalie – Michonis fait oui de la tête. Oui, citoyen administrateur. Mais il en faudra d'autres. Citoyen administrateur, il y a autre chose, me permettrai-je, sauf votre respect ?

— Quoi encore, Rosalie ?

— Citoyen administrateur, dit-elle le visage empourpré, la citoyenne se plaint de ne pas avoir de miroir.

— Le règlement l'interdit formellement ! intervient la femme Harel.

— Même un tout petit, citoyen administrateur ? murmure Rosalie.

— Comment petit ? demande Michonis en soupirant.

— Petit comme cela ! Rosalie présente à Michonis un petit miroir à bordure rouge qu'elle sort de la poche de son tablier.

Michonis s'en empare, l'examine, sourit et le lui rend :

— Ma parole, tu l'aurais acheté en Chine, que cela ne m'étonnerait pas ! Qu'est-ce que c'est que toutes ces chinoiseries autour de la glace ? On ne peut pas dire que ce soit un objet de luxe !

— Pour sûr, citoyen administrateur, dit Rosalie encouragée, je l'ai acheté vingt-cinq sous d'assignats sur les quais. Alors, puis-je le lui donner, citoyen administrateur ?

— En prenez-vous la responsabilité, Marie ? demande Michonis à Marie Richard. Mais attention, je ne suis pas censé connaître cette histoire de miroir ; si elle est ébruitée, je ne vous couvrirai pas, au contraire je vous chargerai. Alors que décidez-vous ?

— J'en prends le risque ! dit Marie Richard.

Le visage de Rosalie s'illumine de joie.

Michonis ferme le registre et se lève.

— Eh bien, c'est parfait ! Je vais inspecter sa cellule et celle du général Custine, le Comité veut un rapport détaillé sur les fermetures des portes et des fenêtres ! Comme il n'en existe que quatre, ça va être vite fait, dit-il en riant.

11

La couardise de l'Empereur d'Autriche

Dans la salle de billard du palais de Schönbrunn, l'Empereur d'Autriche François II, âgé de vingt-cinq ans, joue avec les anciens collaborateurs de son père. Il est le fils de l'Empereur Léopold II, le second frère de la Reine Marie-Antoinette, décédé prématurément de la variole.

La salle immense, au centre de laquelle est installée la table de billard, est ornée des trois tableaux monumentaux de Martin Van Meytens, le peintre officiel de la maison d'Autriche sous le règne de la grande Impératrice Marie-Thérèse.

L'Empereur fait une partie de billard français avec l'ancien chancelier d'Autriche, le vieux prince de Kaunitz, et l'ex-ambassadeur à Versailles, le comte de Mercy-Argenteau, devenu gouverneur des Pays-Bas autrichiens[1].

Grâce au mariage de l'archiduchesse Marie-Antoinette avec le Dauphin de France, ces deux vieillards ont été, vingt-cinq ans auparavant, les artisans du rapprochement laborieux entre l'Autriche et la France

— Alors, dit l'Empereur en tirant une boule blanche, où en est cette révolte des Vendéens ?

1. La Belgique.

— Elle progresse de jour en jour, sire, précise Mercy-Argenteau, ils vont de victoire en victoire ; l'armée des avocats a encore été battue à Châtillon.

— Savez-vous, sire, ajoute le vieux chancelier Kaunitz en riant, que les Vendéens ont montré un merveilleux sens de l'humour ? Je dois porter à la connaissance de Votre Majesté un fait amusant : ils ont imprimé des assignats à l'effigie du petit Roi Louis XVII, qui ont même eu cours quelque temps !

— J'aurai donné mille ducats, dit l'Empereur, pour voir la tête de Robespierre, ce petit avocat beau parleur toujours accompagné de moines défroqués !

Tout le monde rit.

— Sire, ajoute Kaunitz, de Robespierre, Mirabeau a donné une image piquante, il disait qu'il avait l'air d'un chat qui aurait bu du vinaigre !

L'Empereur éclate de rire.

— Les terroristes auraient dû laisser en circulation ces assignats à l'effigie de Louis XVII, ne croyez-vous pas que cela eût été le seul moyen de rétablir la confiance en leur monnaie de singe ?

La conversation porte enfin sur la nouvelle qui vient d'arriver : la tante de l'Empereur, la Reine Marie-Antoinette, vient d'être transférée à la prison de la Conciergerie.

— Depuis quand ? demande l'Empereur tout en tirant une autre boule.

— Le 2 août, sire, répond Kaunitz, nous l'avons appris ce matin, cela fait maintenant un peu plus de six jours ! C'est à vous de jouer, Mercy !

— Pensez-vous que le durcissement de sa détention, demande l'Empereur, soit la riposte à l'assassinat de cette bête fauve de Marat ?

— Sire, dit Mercy-Argenteau, c'est peut-être une des causes du déchaînement de leur haine, mais c'est aussi leur déroute militaire et plus encore le soulèvement de Vendée qui déclenchent leur fureur.

— Sire, dit Kaunitz, il existe une autre cause, bien plus marquante ; nous avons appris par Francis Dracke, notre agent à Gênes, que le transfert de Sa Majesté à la Conciergerie était une menace dirigée contre nous !

L'Empereur paraît troublé, son expression devient dure.

— En quoi ce transfert pourrait-il nous concerner ? dit-il sur un ton hypocrite.

— Sire, réplique le vieux Kaunitz, le décret de la Convention ordonnant le transfert présente un risque tangible : celui de traduire la Reine devant le Tribunal révolutionnaire. Nous devons y déceler un message à l'adresse de Votre Majesté. Menacer la Reine d'une comparution devant ce tribunal revient à la menacer de mort. D'ailleurs Dracke me l'a confirmé, sire, ils attendent que nous réagissions à leur chantage.

— Quel genre de chantage ? demande l'Empereur, feignant de ne pas comprendre.

— Ils veulent, sire, répond sournoisement Kaunitz, que l'Autriche cesse d'afficher son désintérêt pour la Reine pour nous obliger à négocier.

— Quel rapport existe-t-il entre la Reine et une éventuelle négociation ? demande hypocritement l'Empereur, et en vertu de quoi les terroristes pensent-ils que je me désintéresse de la sœur de mon père ?

— Les apparences vont dans ce sens, sire, dit Kaunitz sans ménagement. Les terroristes essayent de nous forcer la main une nouvelle fois en usant de la Reine comme d'un gage.

— Qu'entendez-vous par là, monsieur ? s'écrie l'Empereur.

— Sire, poursuit imperturbablement Kaunitz, leur chantage a commencé quand ils ont séparé le jeune Roi

Louis XVII de sa mère. L'Autriche n'a pas réagi à cette première provocation !

L'Empereur pâlit.

— Comme c'est étrange, et qu'attendaient-ils de nous ? demande l'Empereur d'une voix blanche.

— Sire, répond brutalement Kaunitz, tout simplement d'échanger la libération de la Reine contre l'armistice, et comme la fois précédente nous avions négocié à reculons, cette fois, ils forcent la mise en menaçant Sa Majesté la Reine d'une exécution capitale.

— Mais c'est absurde ! s'écrie l'Empereur. Ils me connaissent bien mal s'ils pensent que je vais entrer dans ce jeu diabolique.

— Sire, voilà trois mois qu'ils sollicitent Votre Majesté, poursuit Kaunitz impassible, nos négociateurs les font languir en prenant bien soin de ne pas les décourager, mais ce n'est pas ainsi que nous obtiendrons la libération de la Reine de France et de ses enfants !

— Je ne concéderai rien sous la menace ! Mon honneur me l'interdit ! s'écrie l'Empereur sur un ton qui sonne faux.

— Sire, insiste le vieux Kaunitz, je connais ces fauves, la Reine est en grand danger, accordez-leur au moins cet armistice, même si vous décidez d'y mettre fin une fois la Reine et ses enfants en sécurité.

— Je suis étonné, monsieur le chancelier, dit l'Empereur, que la sauvegarde de notre honneur vous échappe à ce point.

Le vieux chancelier blêmit.

— Du temps de la grande Impératrice Marie-Thérèse et de ses fils les Empereurs Joseph et Léopold, répond Kaunitz, ma conception de l'honneur était la même que la leur. Comme je déplore, sire, qu'elle ne convienne plus à Votre Majesté !

— Il vous est aisé, monsieur, dit l'Empereur pâle de colère, d'évoquer mes parents qui eux avaient la chance de régner en temps de paix. Moi, hélas, j'ai hérité de la guerre. Dois-je aussi vous rappeler, monsieur, que cette époque est révolue, que l'alliance avec la France est morte et que nous nous battons contre elle ?

— Je me souviens d'autant plus de cette époque bénie, sire, reprend Kaunitz en souriant, que nous avions été les artisans de cette alliance.

— Alliance dont nous payons aujourd'hui les errements, monsieur ! réplique l'Empereur en élevant le ton. Quoi qu'il en soit, les terroristes sont nos ennemis, et mon dessein est d'abord de leur faire la guerre, ensuite de leur faire la guerre, et enfin de leur faire la guerre ! Que cela soit dit une fois pour toutes ! L'Empereur jette avec colère sa canne sur le billard en criant : Et sachez, monsieur, que je ne négocierai jamais avec eux même si ma propre famille était entre leurs mains !

L'Empereur quitte la salle de billard pour passer dans le salon voisin qui sert de salle d'audience. Les deux courtisans, ne sachant quelle attitude adopter, restent debout et attendent. Au bout de quelques minutes, le grand chambellan apparaît.

— Sa Majesté l'Empereur vous prie de le rejoindre dans son cabinet de travail.

Les deux hommes trouvent l'Empereur assis dans un cabriolet, le dos tourné. Au bout d'interminables secondes, et sans se retourner, l'Empereur agite sa clochette d'argent. Le grand chambellan apparaît. L'Empereur dit :

— Veuillez raccompagner monsieur le chancelier, s'il vous plaît !

Le vieux chancelier, le visage bouleversé par un tel affront, dit d'une voix cassée :

— Sire, il ne me reste plus qu'à rentrer pour mourir en pleurant la Reine de France. Je demande la permission de prendre congé de Votre Majesté.

L'Empereur qui lui tourne toujours le dos ne répond pas. Après quelques instants d'hésitation, Kaunitz lui adresse un profond salut de cour puis gratifie Mercy-Argenteau d'un sourire accablé.

Quand le chancelier est sorti, l'Empereur se lève et s'installe dans un fauteuil, face à Mercy.

— Asseyez-vous, monsieur le gouverneur, j'aimerais que nous parlions un peu de ces négociations avec les terroristes. Alors, dans tout ce galimatias, la Reine a-t-elle une chance, oui ou non ?

— Sire, je ne peux cacher la dure réalité à Votre Majesté, répond Mercy servile, la Reine ne retient plus l'intérêt des cours européennes. Seuls les terroristes pensent qu'elle représente encore une monnaie d'échange !

L'Empereur semble soulagé.

— Vous au moins vous partagez mes préoccupations. Mais que s'imagine donc le chancelier ? Que j'ai un cœur de pierre ? Croyez-vous que je sois libre de mes décisions au sein de la coalition ? J'aurais bien mauvaise contenance devant les rois d'Europe si je négociais avec les terroristes la fin des combats ! Croyez-vous que je sois insensible au martyre de la sœur de mon père ?

Mercy-Argenteau écoute l'Empereur, le menton appuyé sur sa canne, tout en veillant à prendre une mine compassée devant ce déferlement de bonne conscience.

— Monsieur le comte, vous qui avez dirigé la diplomatie de ma grand-mère, quel est votre sentiment ?

— Mais, sire, répond Mercy toujours aussi servile, vous avez déjà tracé la voie à suivre en préservant l'honneur de l'Autriche.

L'Empereur est surpris de s'entendre dire qu'il a eu une conduite honorable :

— Voulez-vous dire en refusant de négocier ?

— Bien sûr, sire, Votre Majesté a agi conformément aux intérêts de l'Autriche. En revanche, sire, l'Histoire vous reprochera peut-être un jour d'avoir abandonné la famille royale. Votre Majesté ne peut se permettre de laisser une telle tache sur sa maison !

L'Empereur blêmit.

— Qu'est-ce qui vous fait croire que cela pourrait être ?

— Parce que Dumouriez a été terriblement maladroit, sire – Mercy appuie le menton sur sa canne en la balançant de gauche à droite. Je rappellerai à Votre Majesté que lors des précédentes négociations avec le conventionnel Hérault de Séchelles, la libération de la famille royale avait été sérieusement envisagée.

— Effectivement, je m'en souviens parfaitement ! dit l'Empereur encouragé qui ne se souvient de rien.

— Elles n'ont pas abouti, sire, parce que les prétentions des terroristes étaient exorbitantes !

— Assurément. Rappelez-moi lesquelles.

— Sire, il s'agissait de signer un armistice illimité dans le temps, c'est ce que le maréchal de Cobourg a refusé.

— Et ce refus nous a paru à l'époque tout à fait fondé ! dit l'Empereur ignorant de quel armistice il s'agit exactement. Un armistice de longue durée ne présentait pour nous que des inconvénients, ne le croyez-vous pas ?

— Bien sûr, sire, dit Mercy en relevant la tête de sa canne.

— En outre, nos alliés ne l'auraient jamais accepté !

— Assurément, sire ! La Convention nous a envoyé depuis quatre de ses députés, accompagnés du ministre de la Guerre, le général Beurnonville.

L'Empereur, totalement pris au dépourvu, ne veut pas montrer sa surprise :

— Tiens donc.

— Comme je le disais précédemment à Votre Majesté, Dumouriez a hélas eu vis-à-vis d'eux un geste fort regrettable.

— Monsieur le gouverneur, en quoi ce jean-foutre de Dumouriez, ce soldat vaincu, se permet-il d'interférer dans nos affaires ? De quel geste voulez-vous parler ?

— Sire, il a tout bonnement fait arrêter les cinq envoyés français, dont le ministre de la Guerre !

La stupeur se lit sur le visage de l'Empereur. Cette fois, il ne peut plus cacher son ignorance :

— Comment ? Mais je n'en ai rien su ! Où sont-ils détenus ?

— Au sein même de l'armée, sire, dit Mercy riant malgré lui. Ils sont emprisonnés à l'état-major, chez le prince de Cobourg.

— Chez Cobourg ? s'écrie l'Empereur en se levant, mais c'est un militaire obtus, il n'a aucun talent de diplomate ! Il n'a pas les compétences de Brunswick, le prince de Cobourg est incapable de négocier quoi que ce soit !

Il marche de long en large dans son bureau.

— Sire, ils étaient venus pour proposer de nouveau d'échanger la famille royale contre un armistice, hélas Dumouriez a tout fait échouer ! L'ennui, dans cette affaire, c'est qu'on croira que c'est Votre Majesté qui a refusé de sauver sa famille.

L'Empereur se plante devant Mercy, les mains dans le dos.

— Et alors ? Qu'y puis-je ?

— Sire, si cela était, ce serait une terrible responsabilité que porterait Votre Majesté devant la postérité. Sire, il nous faut trouver un contre-feu !

L'Empereur reprend ses allées et venues et tamponne son front moite. Il s'arrête de nouveau face à Mercy.

— Vous voulez dire qu'on pensera que j'aurais pu sauver la Reine de France et que je n'en ai rien fait ? C'est ce que vous voulez dire, monsieur ?

— Précisément, sire, répond Mercy qui appuie de nouveau son menton sur sa canne tout en la balançant.

L'Empereur songeur se remet à arpenter le salon. Après une minute de réflexion, il se campe devant Mercy :

— Que faudrait-il faire ?

— Sire, dit Mercy en relevant la tête de sa canne, Votre Majesté doit s'affranchir d'une telle menace !

— Comment ? En affrontant le prince de Cobourg et en m'aliénant toute l'armée ? Me voyez-vous lui ordonner de mettre l'arme au pied, ou dire à mes alliés : Continuez à vous battre contre les terroristes, moi je fais la paix ?

— Bien sûr que non, sire ! dit Mercy d'un ton las

— Alors quoi ? s'écrie l'Empereur.

Le grand chambellan fait irruption et annonce :

— Son Excellence le comte de Fersen désire être reçu par Sa Majesté l'Empereur.

L'Empereur paraît contrarié.

— Dites à M. de Fersen que je le reçois sans délai. Quelle responsabilité, monsieur le comte, Fersen m'a harcelé pour obtenir cette audience ! J'appréhende ce qu'il va me demander. Monsieur, la décence m'oblige à le recevoir en privé. Je vous prierai d'attendre dans l'antichambre en laissant la porte ouverte pour que vous soyez informé de sa requête. En outre, je veux que nous reprenions notre entretien après son départ.

— Je suis à la disposition de Votre Majesté !

— Merci, monsieur !

— Auparavant, sire, il faut que Votre Majesté soit informée que le comte de Fersen est un homme aux abois qui se bat avec l'énergie du désespoir. Bien que j'apprécie peu cet individu si suffisant, il mérite la compassion de Votre Majesté !

— Merci, monsieur, j'en tiendrai compte.

Mercy s'incline et se dirige vers le cabinet voisin.

— Faites entrer Son Excellence ! L'Empereur se lève pour l'accueillir : Cher comte, quel bonheur de recevoir le représentant d'un pays ami ! Asseyez-vous, je vous prie.

Fersen s'assoit en ôtant ses gants, il se méfie de cet excès d'amabilités.

— Comment se porte Son Altesse le prince royal ?

— Le mieux du monde, sire, je vous en remercie ! Fersen lance sans transition : Votre Majesté a-t-elle été informée que Sa Majesté la Reine de France avait été transférée à la prison de la Conciergerie ?

— Hélas, oui ! Je viens de l'apprendre, et croyez-moi…

Fersen l'interrompt :

— Dès lors Votre Majesté ne peut méconnaître la gravité de sa situation. L'existence de la Reine est menacée ! Le but ultime des terroristes est de la traîner devant le Tribunal révolutionnaire ! Or, une occasion inespérée de la sauver se présente à Votre Majesté.

— Mon Dieu, que je suis impatient de la connaître !

— Les terroristes vont dégarnir Paris pour atténuer leur déroute ! Voilà qu'une chance de sauver la famille royale se présente de nouveau ! Sire, cette fois nous ne devons pas l'ignorer. Votre Majesté doit envoyer de toute urgence la cavalerie sur la capitale pour libérer la Reine et ses enfants.

— C'est en effet une aubaine, à laquelle je souscrirais bien volontiers, mais hélas, monsieur le comte, je n'ai pas les compétences requises pour décider d'une telle action militaire.

Fersen déçu élève le ton :

— Sire, l'armée autrichienne n'est qu'à quarante lieues de Paris ! La route est libre ! C'est une occasion inespérée. Dumouriez me l'a lui-même confirmé.

— Monsieur de Fersen, cela n'est pas si simple ! Je sais que le prince de Cobourg est talonné par Jourdan, il ne peut dégarnir les fronts nord et est !

— Sire, Dumouriez et Lafayette m'ont affirmé le contraire. Il s'agirait en fait d'une simple promenade militaire ! Les granges dans les campagnes autour de Paris regorgent de grain. Dieu merci, les paysans le gardent jalousement à cause de leur stupide loi du Maximum. J'affirme à Votre Majesté que cette affaire peut être réglée en douze heures !

— Vous devez savoir, monsieur le comte, que l'Autriche doit reprendre des pourparlers d'armistice avec la Convention, et une action militaire à cette heure serait inopportune si…

Fersen a un haut-le-corps, il interrompt grossièrement l'Empereur :

— Je vous prie de m'excuser, sire, mais je ne suis pas certain d'avoir saisi le sens des paroles de Votre Majesté, j'ai cru comprendre qu'une action militaire pour sauver la fille de Marie-Thérèse serait, selon Votre Majesté, inopportune ?

— Entendons-nous bien, monsieur le comte, répond l'Empereur embarrassé, elle le serait, dans la mesure où nous désirerions rouvrir les négociations !

— Si j'ai bien compris, sire, la libération de la Reine devient inopportune dès lors qu'on négocie avec les terroristes, alors que l'honneur des Habsbourg est sali et que les jours de Sa Majesté semblent comptés ? Il tire les gants de sa poche et poursuit : Ainsi, sire, quand l'Autriche négocie avec les assassins, la vie de la Reine de France devient inopportune ?

Il enfile ses gants.

— Monsieur le comte, vous n'avez pas saisi le fond de ma pensée, j'ai dit inopportune, mais c'est sans compter avec la sécurité de la Reine, qui serait obligatoirement garantie lors de la négociation !

Fersen se lève sans y avoir été invité.

— Votre Majesté compte obtenir des garanties de ces gens-là ? Pardonnez-moi, sire, de tenir cela pour une utopie ! Que devient alors le sang de Marie-Thérèse ? Que reste-t-il d'humanité et d'honneur à la maison d'Autriche quand elle abandonne une de ses filles, enterrée vivante, à des hommes sanguinaires ?

L'Empereur se lève à son tour.

— Votre douleur vous égare, monsieur.

Il agite une clochette en argent, le grand chambellan paraît.

— L'honneur m'oblige…

Fersen l'interrompt tout en enfonçant ses doigts dans ses gants :

— Quelle sorte d'honneur, sire ? Pourrait-il être encore question d'honneur quand on négocie avec des terroristes ? Et si tel était le cas, comment l'Autriche pourrait-elle, un jour, retrouver son honneur perdu ? Il y a six mois, lors des négociations avec le conventionnel Hérault de Séchelles, l'Autriche aurait pu sauver la Reine et sa famille, elle n'en a rien fait ! Elle compte donc récidiver sa politique d'abandon ?

L'Empereur est blême de rage.

— Veuillez vous retirer, monsieur ! Je ne vous salue plus ! Je compatis toutefois à la douleur qui vous égare !

— Je vous en remercie, sire ! Mais Votre Majesté devrait réserver sa compassion à la sœur de son père abandonnée à ses bourreaux, plutôt qu'à moi !

— Veuillez vous retirer sur-le-champ, monsieur !

Fersen se dirige vers la porte, se retourne et dit :

— Votre Majesté devra désormais prendre garde à l'âme des Habsbourg !

— Maintenant vous blasphémez, monsieur, sortez ! hurle François II.

Fersen imperturbable poursuit :

— Quand on bafoue leur honneur, la fureur des Habsbourg est terrible, sire ! Je crains fort que lorsqu'on descendra Votre Majesté, pour son dernier repos, dans la crypte des Capucins, ils ne soient tous là à vous attendre, père, mère, frères et sœurs. Votre Majesté devra leur dire pourquoi la petite Antoinette a été donnée en pâture aux assassins !

— Sortez, monsieur, ou j'appelle la garde !

Le grand chambellan est désemparé par la situation, tandis que Fersen poursuit sa diatribe sur le pas de la porte :

— Et le jour où vous devrez vous justifier en présence de l'âme de la Reine, permettez-moi, sire, de vous exprimer, à mon tour, toute ma compassion – l'Empereur devient livide –, il est vrai que Votre Majesté aura l'éternité entière pour les affronter. Quant à la terrible Impératrice, votre auguste grand-mère, elle sera la première à vous attendre sur le seuil de la crypte ! Elle ne pardonnera jamais à Votre Majesté son double abandon.

Il sort en saluant l'Empereur d'un simple mouvement de tête.

François II épuisé s'est rassis. Les paroles de Fersen l'ont atteint. Quelle image laissera-t-il de son règne ? Il se souvient que son père, l'Empereur Léopold, lui parlait souvent de sa petite sœur Antoinette, la jeune Dauphine de France. Il lui racontait qu'elle était devenue la Reine du plus beau royaume d'Europe. Tout le monde alors pensait qu'une ère de paix allait enfin voir le jour.

Il se souvient aussi de sa terrible grand-mère, la sévère Marie-Thérèse, qui ne tolérait aucun caprice et ne transigeait pas avec l'honneur. Elevé selon les préceptes de la foi chrétienne, le jeune Empereur sait qu'il la reverra et devra se justifier de ses actes.

— Réintroduisez Son Excellence le comte de Mercy-Argenteau, dit François II au chambellan.

Mercy retrouve l'Empereur abattu. Il s'assoit discrètement. Après quelques secondes de réflexion, François II lui dit :

— Monsieur le gouverneur, vous qui avez été il y a vingt-cinq ans l'artisan de cette alliance entre la France et l'Autriche, avouez que ce mariage tant désiré par ma grand-mère n'était qu'une erreur poignante dont il me revient, aujourd'hui, d'assumer les conséquences.

— Je ne le crois pas, sire. Cette union a donné vingt ans de paix à notre pays.

— Oui, une paix armée, s'écrie l'Empereur, payée à quel prix par la Reine ! Non, monsieur le comte, cette alliance n'était pas dans le cœur des peuples. La haine avec laquelle ils se font la guerre démontre que nous faisions fausse route.

— Je le conçois, sire. Votre Majesté n'était pas encore née, toute l'Autriche attendait depuis des années le bon vouloir du Roi de France pour fêter ce mariage. A cette époque, l'Impératrice-Reine nous avait demandé, à Kaunitz et à moi, de tout faire pour convaincre Louis XV de concrétiser cette union au plus tôt. Quelle fut la joie de votre grand-mère, sire, quand la demande officielle arriva ! La cour était ce jour-là à Schönbrunn.

— Mon père était-il présent ? demande l'Empereur intrigué.

— Bien sûr, sire, l'archiduc Léopold était présent mais il était bien jeune. C'était son frère aîné l'archiduc Joseph qui portait le titre d'Empereur, bien que votre grand-mère régnât toujours.

— Et comment ma tante, Marie-Antoinette, reçut-elle la nouvelle ?

— L'archiduchesse n'avait que treize ans, sire, dit Mercy en souriant, mais comment ne pas être flattée de monter sur le plus beau trône d'Europe ? C'était en juin 1769, exactement le 13 !

— Ma pauvre tante ! Ce chiffre ne lui a pas porté bonheur ! Dites-moi, comment pouvez-vous garder en mémoire ces détails avec tant de précision ?

— Sire, cette alliance fut la consécration de trois années de dures négociations arrachées à une cour française hostile ! Comment pourrait on oublier le résultat de tant d'efforts !

— Ainsi, vous abondez dans mon sens. Vous reconnaissez que ce mariage n'était pas souhaité par la France. Les Français, qui nous ont toujours détestés, ont aussitôt appelé ma pauvre tante "l'Autrichienne". J'ai étudié le rôle que cette union a joué dans le rapprochement entre l'Autriche et la France, il a été artificiel et peu productif, mais ce que je comprends mal, c'est l'entêtement de ma grand-mère à vouloir à tout prix marier ses enfants à des princes européens desquels l'Autriche n'a recueilli aucun bienfait ! D'ailleurs, à l'instar de ma tante Marie-Antoinette, mon autre tante la Reine Marie-Caroline fut tout autant détestée à Naples !

— Sire, c'était la politique de votre grand-mère.

— Elle était erronée, elle ne nous convenait pas, réplique sèchement l'Empereur. Mon père voyait juste quand il préconisait une alliance de type germanique avec la Prusse. C'était elle qui était dans la nature des choses, et puis n'oubliez tout de même pas, monsieur le comte, que Louis XVI nous a déclaré la guerre !

— Sire, le Roi ne pouvait faire autrement, il était l'otage de l'assemblée des terroristes, ce sont eux qui ont voté la guerre !

— Je ne comprends pas cet acharnement à créer des alliances avec des peuples hostiles ! Comment expliquez-vous cet état d'esprit chez l'Impératrice ?

— Sire, votre grand-mère pensait faire la grandeur de l'Autriche à travers ses enfants.

— Expliquez-moi, comment se comportait-elle avec ses enfants ? Tout de même, mes jeunes tantes Antoinette et Caroline étaient à cette époque des gamines pour qui l'intérêt national autrichien ne signifiait pas grand-chose, non ? Qui a préparé ma tante à la couronne de France ?

— Sire, c'était l'abbé de Vermond, un excellent précepteur.

— Ah, bon ? Vous tenez Vermond pour un excellent précepteur ? Et mes tantes, étaient-elles au moins douées pour les études ?

— Sire, franchement non, si vous me le permettez, je voudrais rapporter à Votre Majesté l'histoire de cette fameuse journée où la demande en mariage est arrivée. Me le permettez-vous, sire ?

— Mais je vous en prie, monsieur.

— Donc, sire, la demande parvint le 13 juin 1769 à Schönbrunn. Les archiduchesses suivaient justement ce jour-là une leçon d'histoire enseignée par l'abbé de Vermond.

— Pauvres tantes ! dit l'Empereur en riant, reconnaissez que cet homme était assommant !

— C'est exact, sire.

— Continuez !

— L'archiduchesse Marie-Antoinette fut invitée à se rendre sans délai auprès de sa mère l'Impératrice-Reine. Ce fut un très vieux chambellan, dont j'ai oublié le nom, qui fut chargé de la conduire jusqu'à la salle du Conseil où elle était attendue…

— Dépêchons ! Dépêchons ! dit l'abbé de Vermond, nous allons faire attendre Sa Majesté. C'est inadmissible !

Les archiduchesses Marie-Antoinette et Marie-Caroline se précipitent vers la porte du Conseil, lorsque celle-ci s'ouvre brusquement devant le grand chambellan Khevenhuller au regard bleu acier. Impressionnant dans son costume d'apparat, sa haute canne à ruban à la main, il arrête le petit groupe en s'inclinant profondément :

— Je suis en charge d'informer Leurs Altesses, annonce-t-il sur un ton qui ne prête pas à discussion, que seule Son Altesse sérénissime l'archiduchesse Marie-Antoinette, accompagnée de M. l'abbé de Ver-mond, sera reçue au Conseil de Sa Majesté. Puis il ajoute : Sa Majesté est impatiente de recevoir Son Altesse et désire qu'elle soit introduite aussitôt et sans aucun protocole !

— Sans protocole ? Quelle chance ! dit Marie-Antoinette toute joyeuse.

L'abbé de Vermond s'efface pour la laisser passer tandis que le grand chambellan la précède. Avant de s'engager dans le vestibule, Marie-Antoinette s'arrête, se retourne et adresse un sourire complice à sa sœur :

— N'oublie pas ! A quatre heures dans le parc pour le concert !

Le grand chambellan montre des signes d'impatience. Marie-Caroline répond :

— Si notre mère est d'accord !

— Je m'en charge !

Marie-Antoinette suit alors le long corridor qui mène à la salle du Conseil. Elle entend résonner la voix de sa mère : "Non, cher Kaunitz, non ! Nous avons toujours été opposée à ce projet de mariage de notre fille Elisabeth avec ce Roi de France, que l'on nomme «très chrétien», alors qu'il vit dans le plus vil des péchés !" Marie-Antoinette sursaute en entendant ces paroles. Elle s'arrête pour en découvrir la suite au grand dam du chambellan Khevenhuller qui est contraint de s'arrêter. "Le Roi sort du lit encore chaud de la Pompadour pour se précipiter dans celui de cette fausse comtesse…" Marie-Antoinette mal à l'aise ne désire plus en entendre davantage. Elle reprend sa progression vers la salle du Conseil. "Heureusement que nous avons pu mettre le…" Marie-Antoinette vient de franchir la porte, l'Impératrice surprise s'interrompt. L'assemblée se lève et salue l'archiduchesse, à l'exception de la famille impériale qui reste assise. Marie-Antoinette fait la révérence à une mère toute souriante.

— Ah, Antoinette justement ! Nous avons reçu de Versailles de grandes nouvelles pour vous… S'adressant à un laquais : Mais enfin, tirez une chaise ! A sa fille : Asseyez-vous ici, ma fille.

Marie-Thérèse la fait asseoir à sa droite. L'abbé de Vermond reste debout derrière elle tandis que le grand chambellan se tient sur le seuil. Marie-Thérèse présente une feuille de papier à sa fille en la lui collant littéralement sous le nez durant une fraction de seconde pour la retirer aussitôt :

— Voilà trois longues années de négociation avec les Bourbons enfin couronnées de succès, ma fille ! Vous devez ce grand bonheur à M. le chancelier Kaunitz – ce dernier salue respectueusement de la tête –, et à notre ambassadeur à Versailles le comte de Mercy-Argenteau – celui-ci salue à son tour. Antoinette… vous rendez-vous compte que cette lettre contient votre demande en mariage, signée de la main du Roi, pour son petit-fils le Dauphin de France ! Elle prend soudain l'air sévère : Vous avez bien réalisé, j'espère, ce qu'implique pour vous cette demande, n'est-ce pas ? Donnez-moi votre sentiment.

Antoinette, surprise par la question, avance à tout hasard :

— Bien sûr, maman, j'ai réalisé l'importance de cette demande, cela implique donc qu'il serait bien malséant de la refuser !

La stupéfaction se lit sur le visage de l'Impératrice. Toute l'assistance rit sous cape tandis que son frère l'Empereur Joseph s'exclame sans retenue :

— Mais quelle réponse sotte, Tête à vent ! Enfin, Tête à vent, ayez un minimum d'entendement pour une fois !

Marie-Thérèse, vexée qu'on se moque ainsi de sa fille, se lève d'un bond et s'adresse sèchement à son fils :

— Surtout, vous, restez en dehors de cela ! Elle se tourne ensuite vers Marie-Antoinette toute désemparée : Mais, nigaude, cette demande en mariage implique tout bonnement que vous deviendrez un jour Reine de France !

Puis elle se déchaîne ; elle tourne autour de la table du Conseil en prenant à partie chacun de ses membres, l'un après l'autre. Ces derniers sont obli-gés de faire des contorsions afin de ne pas lui tourner le dos quand elle passe derrière eux.

— Trois ans que nous attendons le bon vouloir du Roi ! A Versailles, toute la cour était contre cette union ! Le fils obèse de Louis XV et sa bigote d'épouse s'opposaient au mariage de leur fils avec notre Antoinette. Heureusement que nous avions Choiseul pour contrer ces deux serpents. Dieu nous a facilité la tâche – elle se signe – en les rappelant à Lui ! Elle se campe devant sa fille, les poings sur les hanches : N'oubliez jamais tout ce que vous devez à nos fidèles collaborateurs qui ont œuvré à la grandeur de votre pays ! Elle se tourne vers le prince de Kaunitz et le comte de Mercy-Argenteau : Cher Kaunitz, cher Mercy, grâce à vous, nous allons sceller entre la France et l'Autriche une longue ère de paix dont notre bien chère fille sera l'enjeu.

Ils se lèvent aussitôt et s'inclinent respectueusement, Marie-Thérèse se tourne alors vers sa fille, reprenant son air sévère :

— Nous n'avons eu de cesse de vanter vos prétendues qualités à l'ambassadeur de France, ce crédule de Durfort ! Que Dieu nous pardonne, que de mensonges nous avons professés à votre égard ! Elle fait un signe de croix, puis elle s'adresse à l'abbé de Vermond toujours debout derrière Marie-Antoinette, les oreilles écarlates, la paupière battant : Monsieur l'abbé, quand nous lisons vos rapports sur les résultats de l'archiduchesse, nous relevons tous les jours les mots de paresse de la pensée, légèreté, espièglerie, inattention. Elle prend un papier sur la table : Précisément, voici le dernier, vous nous écrivez ceci – de grosses larmes commencent à couler sur les joues de Marie-Antoinette : "Elle a plus d'esprit qu'on ne lui en a cru pendant longtemps. Malheureusement cet esprit n'a été accoutumé à aucune contrainte. Un peu de paresse et beaucoup de légèreté m'ont rendu son instruction plus difficile. J'ai cru qu'on ne pouvait fixer son esprit qu'en l'a-mu-sant !" Elle scande le mot "amusant" et s'adresse à sa fille tout en continuant à tourner autour de la table : Le voilà, le maître mot ! Amusement !

Votre unique ligne de conduite à votre sœur et à vous-même – elle se tape les deux cuisses en même temps –, tandis que je porte le Saint-Empire sur les épaules comme le Christ sa croix ! Elle se signe et continue à tourner autour de la table : Quand nous observons les descendants de la maison d'Autriche, c'est-à-dire nos propres enfants, nous sommes prise de vertige devant un tel vide : des filles coquettes et écervelées ! Elle s'arrête de tourner et fait face à l'Empereur, de nouveau les poings sur les hanches : Et vous, mon fils, l'Empereur phi-lo-so-phe – elle décompose volontairement le mot –, vous n'hésiteriez pas à déstabiliser l'Empire pour appliquer vos belles idées d'avant-garde, n'est-ce pas ? Oh ! pardon, sire. J'oubliais que vos idées dites des "Lumières" ont été professées par votre grand maître le sieur Voltaire – elle donne un violent coup de poing sur la table – et sa clique de francs-maçons !

Un encrier s'est renversé, éclaboussant la casaque blanche de l'Empereur, mais celui-ci ne sort pas de réserve, il dit simplement :

— Madame, je vous en prie !

Un laquais se précipite aussitôt pour éponger l'encre. Marie-Thérèse se penche vers son fils en lui mettant l'index sous le nez :

— Et tant que nous serons vivante, vous n'aurez jamais le champ libre pour réaliser vos turpitudes !

Très respectueux, l'Empereur ne répond pas. Pendant toute la diatribe de sa mère, il a gardé les yeux baissés. Il les relève de temps en temps pour l'observer mais les rebaisse aussitôt, le regard fixé sur la table, sans la moindre animosité.

L'Impératrice interpelle ensuite l'abbé de Vermond :

— Monsieur l'abbé – ce dernier sursaute –, le Roi nous propose de marier nos enfants au mois de mai prochain, cela vous donne un an pour préparer l'archiduchesse à la cour de France. C'est très insuffisant, n'est-ce pas ?

L'abbé acquiesce en s'inclinant.

— Effectivement, Madame !

C'est alors qu'intervient le comte de Mercy-Argenteau :

— Je me permettrai, à ce propos, de rappeler à Votre Majesté que le Roi chérit au plus haut point la pureté de sa langue. Il nous paraît indispensable que Son Altesse maîtrise au plus vite le français !

— Nous prenons note de votre bon conseil, cher Mercy. Elle se tourne de nouveau vers l'abbé : Nous prenons dès à présent les dispositions nécessaires. Monsieur l'abbé, avant votre prise de fonction, nous avions ordonné que les deux archiduchesses soient séparées, tant leur conduite était insupportable. Nous avons eu la faiblesse de lever cette interdiction, estimez-vous qu'il faille la rétablir aujourd'hui ?

Marie-Antoinette intervient, les yeux noyés de larmes :

— Pour le peu de temps qu'il nous reste à demeurer l'une près de l'autre, je vous supplie, maman, de nous accorder la grâce de nous laisser vivre ces derniers jours ensemble !

Marie-Thérèse, toujours sensible aux larmes de sa fille, commence à fléchir.

— La méritez-vous vraiment, cette grâce, dit-elle sur un ton qui montre qu'elle a déjà capitulé, toutes deux si décevantes, aussi paresseuses l'une que l'autre. Nous n'avons vu que moqueries, éclats de rire, impertinences… Monsieur l'abbé, nous aimerions connaître votre conseil…

Marie-Antoinette se tourne vers lui, le regard suppliant, tandis que l'abbé brave stoïquement la recommandation de l'Impératrice :

— Pour les quelques jours qui nous séparent du départ de Son Altesse pour Naples, n'est-ce pas, Votre Majesté permettra-t-elle peut-être à Leurs Altesses d'éviter une pénible et précoce séparation et de continuer à étudier et à se distraire ensemble, n'est-ce pas ? S'adressant ensuite à Mercy-Argenteau : Quant à l'apprentissage de la langue française, monseigneur, nous pourrions engager les deux comédiens français Aufresne et Sainville qui jouent à Vienne en ce moment. Son Altesse apprendrait le français sans accent tout en se distrayant.

A ces mots, le visage en larmes de Marie-Antoinette rayonne. Marie-Thérèse, surprise, ne l'entend pas de cette oreille :

— Apprendre en se distrayant, c'est-à-dire de nouveau en s'amusant ? Navrée, elle se tourne vers sa fille : Comme il est extravagant de constater que tout projet destiné à vous instruire doit être conçu pour déjouer votre paresse et votre légèreté ! En outre, il va bien falloir vous accoutumer à vivre séparée de votre sœur, ne vous semble-t-il pas que le moment soit venu de vous y préparer ?

Marie-Antoinette replonge dans ses larmes.

— Mais, maman, quand la reverrai-je, elle à Naples et moi à Versailles ? Jamais peut-être ! Laissez-nous profiter encore l'une de l'autre. Aujourd'hui, après le concert, Caroline et moi devions jouer dans le petit théâtre une scène des *Femmes savantes*. Je vous supplie de dire oui, maman, dites oui.

Marie-Thérèse réfléchit quelques secondes puis dit au grand chambellan :

— C'est non pour *Les Femmes savantes* ! Tout en caressant avec tendresse les cheveux de sa fille, elle lui tend un mouchoir qu'elle extrait de sa manche : Cela vous entraînerait trop tard dans la nuit, mouchez-vous ! Puis s'adressant au grand chambellan : Nous consentons en revanche que Son Altesse rejoigne sa sœur dans le parc pour le concert de Gluck. Le grand chambellan s'incline, elle ajoute aussitôt : Et exclusivement pour le concert, n'est-ce pas, Khevenhuller ? Celui-ci s'incline de nouveau, puis elle s'adresse à Mercy-Argenteau en levant les yeux au ciel : Seigneur, comme le temps nous est compté pour en faire une Reine de France !

L'Empereur demeure pensif, le récit de Mercy-Argenteau l'a atteint.

— Quelle enfant sensible fut ma pauvre tante ! Qu'avez-vous répondu à ma grand-mère ?

— Rien, sire.

L'Empereur réfléchit encore. Au bout de quelques secondes, il ajoute :

— La Reine a toute ma compassion, monsieur le comte, et vous voyez juste, je ne peux abandonner ma postérité à la calomnie !

— Votre Majesté peut contribuer à la libération de la Reine par d'autres moyens que la négociation avec les terroristes ou par l'arrêt honteux des opérations militaires.

— Lesquels ?

— L'or, sire.

— L'or ?

— Oui, sire, l'or autrichien. Votre Majesté peut financer l'anéantissement des terroristes.

— De quels terroristes ?

— Les grands fauves de la Convention, sire ! Il y a en ce moment à Paris des hommes magnifiques qui préparent l'évasion de la Reine. Ils ont besoin de fonds importants pour acheter ses geôliers.

— Qui sont-ils ?

— Votre Majesté a dû rencontrer leur chef l'année dernière au bal du prince de Condé.

— Je ne vois pas.

— Hélas, sire, son nom m'échappe.

L'Empereur réfléchit.

— Non, vraiment, je ne me souviens pas. Est-ce que le comte de Fersen ferait aussi partie de ces hommes ? demande l'Empereur avec un rire sarcastique.

— Certes, mais il n'est pas le plus actif, sire. Bien que nous compatissions à son désarroi, nous estimons qu'il a outrepassé la limite des convenances par son insolence.

L'Empereur semble réfléchir, puis ajoute presque à voix basse :

— Je vais vous surprendre, monsieur le gouverneur, je pense que le comte de Fersen avait raison. Soyons sincères, nous agissons comme des lâches.

— Seigneur, répond Mercy sur le même ton confidentiel, Votre Majesté n'estime-t-elle pas que le mot est un peu fort ?

L'Empereur se remet à faire les cent pas, il élève le ton :

— Non, monsieur le comte ! Nous agissons comme des veules. Réfléchissez à la fureur de cet homme. Elle est juste parce qu'elle est inspirée par l'honneur et la compassion – il marque une pause –, ou tout simplement par l'amour d'une femme… Quand on examine les mobiles de son combat, en toute objectivité, ils ne peuvent susciter qu'admiration et respect ! Soyons honnête, monsieur le comte, de vous à moi, la position de l'Autriche vis-à-vis de la Reine est inhumaine ! Et, n'ayons pas peur des mots, inexcusable. Vous avez raison, l'Empereur d'Autriche ne peut abandonner à la postérité une telle infamie. C'est là où l'idée lumineuse de financer par l'or la ruine des terroristes prend toute sa valeur ! Il déclare d'un ton solennel : Je n'oublie pas que Fersen se bat pour préserver le même monde que le mien. J'ai donc deux bonnes raisons de prendre part à son combat, mais je le ferai avec mes propres armes. Je sais qu'il a sollicité une entrevue auprès du comte de La Marck, l'ami d'enfance de la Reine, le connaissez-vous ?

— Je le connais bien, sire, et je l'apprécie.

— J'ai appris qu'il venait de se mettre au service de l'Autriche. C'est un homme d'une grande influence et dont les avis sont d'un grand poids auprès du maréchal de Cobourg.

— Il serait souhaitable, sire, conseille Mercy en balançant sa canne, que l'initiative de cette démarche en revienne à Votre Majesté. Avant l'entrevue que Fersen aura avec La Marck, nous devons écrire à ce dernier pour l'informer du soutien indéfectible de Votre Majesté à la cause de la Reine. Votre Majesté pourrait même lui conseiller de solliciter mon appui pour obtenir l'aide militaire du prince de Cobourg.

— Une simple démarche de votre part auprès de La Marck n'est-elle pas suffisante ?

— Il s'agit, sire, de se prémunir pour l'avenir, or seuls les écrits restent. Il faut que ce soit le maréchal prince de Cobourg qui énonce son refus de sauver la Reine et non l'Empereur.

— Vous pensez que le prince refusera d'intervenir ?

— C'est certain, sire, il ne se séparera jamais de la cavalerie du prince de Liechtenstein, à une heure où les combats sont encore incertains.

— Que de conseils judicieux me donnez-vous là, monsieur le gouverneur ! Je vais écrire sur-le-champ au comte de La Marck pour l'informer que je soutiens l'initiative de M. de Fersen et lui conseiller de prendre de toute urgence contact avec vous. Et donc vous vous joindrez à lui pour demander au prince de Cobourg de lancer une opération éclair sur Paris, n'est-ce pas ?

— Bien sûr, sire. Je dois avouer que j'ai écouté Votre Majesté avec une grande émotion !

— Ah oui, et pourquoi ?

— Mon grand âge me permet, sire, de dire à Votre Majesté que j'ai vu soudain se rallumer le sang de la grande Impératrice !

— C'est vrai ? Merci, monsieur, dit l'Empereur visiblement ravi. Il ne sera pas dit que le petit-fils de la grande Impératrice n'aura rien fait pour sauver l'honneur des Habsbourg ! Allez, monsieur, j'ai assez abusé de votre temps, et tenez-moi informé de votre action.

L'Empereur agite sa clochette, le grand chambellan paraît, mais le comte de Mercy Argenteau a de la difficulté à se lever, l'Empereur se précipite pour l'aider. Mercy-Argenteau tout confus salue l'Empereur en s'inclinant profondément et se retire en claudiquant.

François II se retrouve seul. Il se dirige vers la console de la salle d'audience, se sert un verre de vin du Rhin et retourne s'asseoir face à la fenêtre. Il réfléchit aux accusations de Fersen qui le tourmentent. Il songe à la Reine qu'il ne connaît même pas. Puisqu'il ne peut disposer à sa guise du pouvoir militaire pour la sauver, la pensée de corrompre la Convention l'obsède. Il est maintenant persuadé que cette idée vient de lui.

Quelle merveilleuse idée, songe-t-il, que de préserver avec l'or mon image d'Empereur !

Soudain il revoit le visage de l'homme qu'il avait rencontré à Coblence l'année précédente chez le prince de Condé. Un illuminé qui lui avait dit qu'il retournait en France, en pleine Terreur, pour tenter de sortir la famille royale de la prison du Temple. On avait beaucoup ri. Cet homme, dont il a oublié le nom, parlait de soudoyer puis de compromettre financièrement certaines têtes de la Révolution, mais pour y parvenir, disait-il, il lui fallait de l'or, beaucoup d'or ! Il se souvient très bien maintenant : "J'ai bien l'or anglais grâce à Pitt, lui avait-il dit, mais ce ne sera pas suffisant, il me faut aussi l'or autrichien." Curieux cependant, songe l'Empereur, que nous ayons eu tous deux la même idée...

Il se souvient aussi qu'il avait été impressionné par la détermination de cet homme. Il émanait de ce grand seigneur plein de flamme et de conviction un fluide qui vous envahissait. On l'avait pris pour un original... Comment s'appelait cet homme, se demande l'Empereur. Il agite une clochette : le grand chambellan apparaît aussitôt.

— Le comte de Metternich est-il encore au château ?

— Oui, sire, il reçoit en ce moment une délégation des Pays-Bas autrichiens.

— Voulez-vous lui demander de me rejoindre dès qu'il sera disponible.

Le grand chambellan acquiesce en s'inclinant.

L'Empereur se remet à faire les cent pas. Il s'arrête quelques instants devant une fenêtre qui donne sur le parc : les roses jaunes de Marie-Thérèse qui entourent le bassin de Neptune illuminent les parterres. Il rumine son plan ! Voyons ! De quelle somme disposerai-je pour cette affaire ? Un million ? Ah, non, c'est mesquin !

Deux millions ? C'est mieux ! Mais alors, deux millions or. Le geste frappera les esprits ! On dira que l'Empereur d'Autriche n'hésite pas à répandre son or pour sauver le sang des Habsbourg !

La voix du chambellan le ramène à la réalité :

— Monsieur le comte de Metternich !

— Faites entrer !

Le comte s'incline profondément.

— Ah, Metternich, asseyez-vous, mon ami ! Dites-moi, vous êtes bien originaire de Coblence, n'est-ce pas ?

— Oui, sire, j'y suis né !

— Etiez-vous l'année dernière au bal du prince de Condé ?

— Oui, sire, j'y étais.

— Vous souvenez-vous d'avoir rencontré un homme dont on se moquait parce qu'il voulait rentrer en France restaurer la monarchie ?

— Bien sûr, sire, et il y est retourné ! D'ailleurs, il franchit la frontière tous les mois.

— Ah oui ? Et vous connaissez son nom ?

— Sire, c'est un ami de longue date, c'est le baron Jean de Batz !

— De Batz ? N'est-ce pas un nom allemand ?

— Il ne l'est pas, sire, il est français, originaire du Gers ! C'est un homme d'une intelligence rare et un grand financier. Il a consacré son immense fortune à sauver le Roi de France, malheureusement il a échoué ! Mais son combat continue. Il a constitué à Paris une organisation efficace contre les terroristes.

— Effectivement il m'en avait dit deux mots ! Quelle coïncidence que nous en parlions aujourd'hui ! Voyez-vous, Metternich, le combat que livre cet homme pour libérer ma famille me touche au plus haut point. Ma conscience me dicte de l'aider.

— C'est tout à l'honneur de Votre Majesté, dit Metternich passablement surpris, et comment Votre Majesté compte-t-elle s'y prendre ?

— En faisant établir à son nom une lettre de change par les Pays-Bas autrichiens !

— Une lettre de change, sire ? De quel montant ?

— Deux millions or !

Metternich manque de s'étrangler :

— Deux…

— Or, Metternich, or ! Deux millions or ! Je ne compte jamais quand l'honneur des Habsbourg est en jeu, mon ami ! C'est la providence qui nous envoie cet homme ! Maintenant, à qui comptez-vous remettre cette lettre pour qu'elle lui parvienne en toute sécurité ?

— A son bras droit, sire, il est de passage à Vienne.

— Parce que vous connaissez aussi son bras droit ? Pour quelles raisons n'en ai-je pas été informé, et que vient-il faire chez nous ?

— Il vient nous remettre les derniers plans de campagne de l'armée des avocats ! dit Metternich en riant.

— Mes compliments, et qui est cet homme ?

— Le marquis de Villequier, sire.

— Je ne le connais pas ! Metternich, j'ai chargé le comte de Mercy-Argenteau de s'associer au comte de La Marck pour persuader le chef d'état-major de lancer la cavalerie sur Paris afin de libérer la famille royale. Je veux que votre ami, le baron de Batz, soit tenu informé du résultat de cette démarche pour qu'il puisse coordonner son action avec celle des Autrichiens.

— Je lui écrirai aussitôt que je connaîtrai la décision du chef d'état-major, sire. Votre Majesté ordonne donc de débloquer sur le trésor impérial deux millions or au profit du baron de Batz ?

— Exactement ! Et informez nos libellistes et nos chroniqueurs : je veux qu'on sache dans tout l'Empire que l'Empereur d'Autriche tente l'impossible pour sauver sa tante, la Reine de France. Je veux surtout que chaque Autrichien puisse dire en l'apprenant : "Je reconnais là le sang de Marie-Thérèse."

VENDREDI 9 AOÛT, HUITIÈME JOUR DE DÉTENTION,
LA CONCIERGERIE, VINGT-TROIS HEURES TRENTE

12

L'absolution de la Reine de France

Tout au fond du corridor noir, à proximité du cachot de la Reine, on trouve un escalier en pierre. Il dessert au premier étage un autre corridor qui distribue de nombreuses chambres payantes appelées “chambres à la pistole”. C'est là que sont enfermés l'abbé Emery et trois prisonniers. Le sort a voulu que leur cellule, dont l'unique fenêtre donne également dans la cour des femmes, se situe exactement au-dessus du cachot de la Reine. Chaque angle de cet espace réduit héberge un lit de sangles. Parmi les prisonniers, on compte deux nobles, dont un jeune militaire écrivain, Barthélemy de La Roche, un médecin-général de couleur, Edmond de Saint-Léger, originaire de Tobago dans les Petites Antilles anglaises, et un ancien commandant du bataillon de la section Poissonnière, un ardent républicain, Nicolas Montjourdain.

Le bourdonnement incessant des détenues qui déambulent, entrecoupé des hurlements des guichetiers et des aboiements des molosses, monte de la cour des femmes. C'est un bruit assourdissant, térébrant, de sept heures du matin à huit heures du soir.

C'est là que vit l'abbé Emery depuis son arrestation le 3 août.

— Seigneur, que ce bruit est pénible, dit l'abbé, mais pourquoi les gardes hurlent-ils si fort, ces pauvres femmes ne sont pourtant pas sourdes !

— D'où provient ce grincement qui ne s'arrête jamais ? demande Barthélemy.

— C'est la pompe à eau du préau, dit l'abbé, nous ne devons pas nous en plaindre, c'est grâce à elle que nous pouvons faire un brin de toilette. Le brave Bergerat n'arrête pas de porter des seaux dans tous les sens !

Il est bientôt minuit. La fenêtre qui donne dans la cour des femmes est ouverte et laisse entrer un souffle chaud. A cette heure-ci, la cour est silencieuse. Saint-Léger, Barthélemy et Montjourdain lisent sur leur lit à la lueur d'une chandelle.

L'abbé Emery, derrière son petit paravent, compulse la liste des condamnés qui partiront le lendemain pour l'échafaud. Comme chaque fois, avec l'accord tacite du concierge Richard, il passera leur dernière nuit avec eux. Il s'empare d'une autre feuille de papier où est inscrit dans un angle : "Urgent". Il se lève, contourne le paravent et s'assoit sur le lit de Saint-Léger :

— Mes enfants, dit-il, il me faut cinquante livres pour établir une petite orpheline dans une pension décente, c'est le prix de la sérénité pour l'âme d'Eglé, sa maman, qui a été guillotinée hier ! J'ai passé sa dernière nuit à ses côtés, et avant qu'elle parte pour l'échafaud, je lui ai promis que je m'occuperai de son enfant. Eglé n'avait que dix-sept ans !

— Qui est Eglé ? demande Barthélemy de La Roche abandonnant son livre et en s'asseyant sur le bord de son lit.

— Une héroïne ! L'abbé retourne derrière le paravent chercher une autre feuille de papier sur sa petite table de bois : Je me suis procuré les minutes de sa comparution devant le Tribunal révolutionnaire.

— Pour quels motifs a-t-elle été condamnée ?

— Il faut que vous sachiez qu'Eglé était noble de cœur et d'esprit. Pourtant, ce n'était qu'une pauvre fille des rues. Elle logeait rue Fromenteau, une rue sordide, du faubourg Saint-Antoine, dans le bouge où elle était née. Cette noble enfant avait une âme forte et détestait les excès de la Révolution.

— Oh ! mon père, je sens que je vais vous aider à trouver ces cinquante livres, dit Barthélemy tandis que Montjourdain, indifférent, reste plongé dans sa lecture.

— Elle clamait haut et fort ses opinions au coin des rues, dit l'abbé. Evidemment la pauvre enfant a été arrêtée et amenée ici avec une compagne qu'elle avait convertie à la contre-révolution.

— *If I save my life, I will be a father for these children !*

— Je n'entends pas l'anglais demande l'abbé, que dit M. de Saint-Léger ?

L'autre répète avec un fort accent des îles :

— Si Dieu Il me sauve, j'emmène l'enfant à Tobago, *in my country* !

— Que Dieu vous entende, général ! s'exclame l'abbé. Au cas où Sa Majesté serait condamnée à mort, savez-vous que l'ignoble Chaumette a eu l'idée de garder ces deux filles publiques afin de les envoyer à l'échafaud dans la même charrette que la Reine ?

Au mot de "Sa Majesté", Montjourdain lève les yeux de son livre et lance à l'abbé un regard tout à la fois ironique et méprisant, puis replonge dans sa lecture.

— Dans la même charrette ? s'écrie Barthélemy. Quelle infamie ! Qui est ce Chaumette ?

— Un bourreau de la Commune révolutionnaire parmi tant d'autres. Il voue à la Reine une haine farouche et, pour notre malheur, il est aussi procureur. Il s'est acharné sur cette pauvre Eglé !

— De quoi Eglé a-t-elle été accusée ? demande Barthélemy.

L'abbé Emery lit son papier avec un sourire triste.

— Ecoutez ces inepties : "D'avoir été d'intelligence avec la veuve Capet et d'avoir conspiré avec elle contre la souveraineté et la liberté du peuple."

Montjourdain, dans son coin, ne peut réprimer un sourire.

— Eglé, complice de la Reine ? dit Barthélemy. C'est grotesque. Comment Eglé a-t-elle accueilli cette accusation ?

— Avec beaucoup de fierté, réplique tristement l'abbé, mais elle a été choquée qu'on puisse mentir aussi sottement. Elle a criblé le tribunal de ses flèches grivoises. Il lit : "Quand le président lui demande : De quoi vis-tu citoyenne ? elle répond : De mes charmes comme toi de la guillotine !" Et voici sa réponse quand Fouquier-Tinville l'a accusée de connivence avec la Reine. Il lit : "Complice, moi, de la Reine ? Pour cela, voilà qui est beau, et vous avez par ma foi de l'esprit. Moi, complice de celle que vous appelez la veuve Capet et qui était bien la Reine, malgré vos dents ! Moi, pauvre fille, qui gagne ma vie au coin des rues et qui n'aurais pas approché un marmiton de sa cuisine, voilà qui est digne d'un tas de vauriens et d'imbéciles tels que vous."

— Mais qui sont ces gens qui envoient des enfants à la mort ? demande Barthélemy.

— Un juré a essayé de la sauver, poursuit l'abbé, en prétextant qu'elle devait être ivre pour perdre ainsi son calme, elle a refusé cette protection. Elle a soutenu – il lit : "S'il y a quelqu'un d'ivre dans l'honorable assistance, ce n'est point moi, et pour preuve que j'ai tenu à dessein et de sang-froid les propos qu'on m'impute." Elle a accueilli sa condamnation à mort en souriant.

— *What a pity !* dit Saint-Léger.

— Mais quand on a proclamé la confiscation de ses biens, elle a dit au président : "Ah, voleur ! C'est là que je t'attendais. Je t'en souhaite de mes biens ! Je te réponds que ce que tu en mangeras ne te donnera pas d'indigestion !" L'abbé arrête son récit, regarde fixement le sol, et au bout de quelques minutes de silence, il ajoute : Seigneur, je n'ai jamais rencontré un tel courage et une telle noblesse chez une enfant pourtant souillée par la misère et la prostitution.

Un silence s'établit entre ces hommes. Barthélemy ajoute :

— Je suis sûre de l'avoir rencontrée derrière la grille des femmes, n'était-ce pas une petite blonde aux yeux très bleus et toujours pieds nus ? J'avais été frappé par ces grands yeux, on s'y noyait…

— C'est exact, elle était toujours accompagnée de son amie, écoutez encore cette démonstration de courage. Il lit : "Le duc du Châtelet arrive des Madelonnettes dans un piteux état d'ivresse. Il colporte ses plaintes et ses larmes à la grille des femmes. Eglé le regarde comme un objet nouveau et se fait expliquer qui il est. Elle s'approche alors et lui dit : «Fi donc ! Vous pleurez ! Sachez, monsieur le duc, que ceux qui n'ont pas de nom en acquièrent un ici, et ceux qui en ont un doivent savoir le porter !»"

Après un nouveau silence, Barthélemy dit :

— Savez-vous ce qui m'impressionne le plus dans l'histoire de cette fille ?

— Son courage ? dit l'abbé.

— Mieux que cela !

— Dites !

— Eglé est morte libre ! C'est contre son inébranlable liberté que s'est brisée la fureur des terroristes !

— C'est vrai, c'est vrai ! dit l'abbé. J'ai passé la dernière nuit avec elle, après sa condamnation à mort, elle avait "peur de coucher avec le diable". Nous avons parlé toute la nuit. Je lui avais dit : "Malgré tout cela, ma chère Eglé, si on t'avait conduite à l'échafaud avec la Reine, il n'y aurait pas eu de différence entre elle et toi, et tu aurais paru son égale, c'est bien ce que voulaient ses bourreaux ? – Oui, me répondit-elle, mais j'aurais bien attrapé mes coquins ! – Comment ? – Au beau milieu de la route, je me serais jetée à ses pieds, et ni bourreau ni diable ne m'en auraient fait relever !" La pauvre enfant a alors sauté sur la charrette de Sanson avec la légèreté d'un oiseau !

Un silence se fait. Tous les regards se tournent vers le quatrième détenu. Comme indifférent à tout ce qu'il vient d'entendre, Montjourdain ne lève même pas les yeux de sa lecture.

— Et qu'est-il advenu de sa compagne ? demande Barthélemy.

— Elle a accepté le "brevet d'ivresse" qui l'a sauvée de la guillotine, mais Eglé folle de rage lui a crié que sa faiblesse était un crime et qu'elle se déshonorait. La pauvre fille est alors revenue sur ses déclarations et a affirmé que tout ce qu'elle avait dit l'avait bien été de sang froid. Elle a été condamnée à vingt ans de cachot à la Salpêtrière. Voilà la triste histoire d'Eglé et de sa compagne. Bon, maintenant il me faut trouver cinquante livres !

— *I give you all my money*, dit Saint-Léger en lui tendant sa bourse, moi je donne tout à vous pour Eglé !

— Tout ?

— *Yes, all !* Pour la petite !

— Il me reste encore dix livres, les voilà, dit Barthélemy, mais je conserve précieusement les cent livres qui me restent pour payer une dette de piété chrétienne avant mon départ.

— Cent livres ! C'est considérable, dit l'abbé en faisant le compte de sa recette. Le Seigneur lui-même n'a jamais possédé une somme pareille ! Bon, eh bien, je n'ai toujours pas mon compte. Il me manque douze livres pour que l'âme de cette pauvre fille repose en paix. Il s'adresse alors à Montjourdain qui lit dans son coin : Mon fils, accepterais-tu de prêter douze livres au Seigneur ?

— Je ne prête ni ne donne à la calotte ! répond Monjourdain sans lever les yeux.

— Mais ce n'est pas à l'Eglise que tu prêtes, mon fils, c'est à Dieu lui-même, Il te les rendra au centuple !

— Vraiment ? Figurez-vous que je monte demain matin au Tribunal, ne pourrait-Il pas à cette occasion me faire une petite avance ?

— Tu as donc été appelé ? Je suis désolé, mon fils, mais bien sûr je vais prier pour toi. Il t'aidera si tu Lui fais confiance ! Allez, donne-moi douze livres pour le repos de l'âme de cette pauvre enfant.

— D'accord, dit l'officier en se levant, je fais une avance à Dieu, la voilà !

Il crache au visage de l'abbé, les deux autres outrés se lèvent brusquement pour le saisir.

— Non ! Non, laissez-le, laissez-le ! s'écrie l'abbé qui se lève à son tour, s'approche de Montjourdain tout en s'essuyant le visage et lui dit en souriant : Ce que tu viens de me donner là, mon fils, c'était pour moi ! Maintenant, donne-moi douze livres pour cette pauvre Eglé.

Monjourdain désappointé fixe le père Emery sans dire un mot. Ils se font face durant quelques secondes, l'abbé souriant, Montjourdain figé ; des larmes coulent le long de ses joues. Comme un automate, il met la main à sa poche et donne tout ce qu'elle contient. L'abbé s'en empare vivement et lui dit en souriant :

— Tu viens de faire un très bon placement, mon fils. Puis il se tourne vers Barthélemy avec un air amusé : Et toi, à qui destines-tu tes cent livres de piété chrétienne ?

— C'est le prix à payer pour sauver une âme perdue, mon père, l'homme a commis un péché capital, j'espère qu'après avoir reçu cette somme il se rapprochera de Dieu.

— Crois-tu ? Mon fils, on n'achète pas le pardon de Dieu, à ce prix, le péché à racheter doit être terrible ! Il faut me donner le nom de cet homme, mon fils, je vais prier pour lui et au besoin je le ferai contacter par l'abbé Montaigu pour qu'il le confesse et qu'il soit absous. Je dois connaître son péché pour implorer le Seigneur, quel est-il ?

— Cet homme avait plusieurs enfants et vivait dans la misère, on lui avait promis cent livres s'il dénonçait des aristocrates. Il m'a désigné à la section du Muséum, mais je sais qu'il n'a rien touché. Je veux lui faire passer ces cent livres avant de partir !

— Quel beau geste de chrétien ! Où donc veux-tu partir, mon fils ?

— Pour le grand voyage, mon père, moi aussi j'ai reçu ma "feuille de route". Puis dans un sourire dou loureux : Je monte demain matin !

De nouveau, c'est le silence. L'abbé Emery observe attentivement le jeune homme durant quelques secondes, puis il ferme les yeux, croise ses doigts, et on voit ses lèvres remuer sans qu'un son ne sorte. Il prie avec ferveur.

Soudain, grincement des verrous et cliquetis des serrures : la porte s'ouvre bruyamment. C'est le concierge

Richard accompagné de Louis Larivière qui tient d'une main son chien Ravage et un quinquet de l'autre.

— Monsieur l'abbé, vite ! Nous n'avons que dix minutes, suivez-moi. Aidez Louis à tenir ce flambeau.

L'abbé Emery se lève précipitamment, mais avant que Richard referme la porte, Barthélemy lui lance :

— Mon père… Que Dieu protège Sa Majesté !

Ils longent d'un pas rapide un couloir sombre puis dévalent un escalier raide et humide qui donne dans le corridor noir, face au cachot de la Reine.

— Vous y voilà ! murmure Richard, je reviens vous chercher dans huit minutes, je suis obligé de vous laisser dans l'obscurité, car si un factionnaire passait, en voyant de la lumière dans le corridor, il pourrait donner l'alarme.

— Merci, mon fils, je vais me tenir immobile contre la porte, je n'ai pas besoin de lumière. Est-ce que les gendarmes qui sont à l'intérieur la laisseront s'approcher de moi ?

— Tout est arrangé. Ils sont censés dormir, enfin ils feront semblant. Dépêchez-vous, vous ne disposez plus que de huit minutes avant la relève de la garde.

Richard disparaît. L'abbé se retrouve dans une obscurité totale. Les vapeurs ammoniacales qui émanent du sol le prennent à la gorge. Il frappe trois coups brefs.

— Madame, m'entendez-vous ?

La Reine répond aussitôt d'une voix altérée par l'émotion.

— Je suis là, je suis là, mon père !

— J'ai appris que vous étiez souffrante…

— Oui, mon père, mais là n'est pas l'important.

— Nous avons très peu de temps, voulez-vous vous confesser ?

— Oh ! oui, mon père.

— Je vous écoute, ma fille.

Derrière la porte, il se fait un silence entrecoupé de sanglots.

— Je vous écoute, ma fille, confessez-vous, parlez-moi, nous avons très peu de temps.

Chacun des mots que prononce la Reine est ponctué de pleurs.

— Pardonnez-moi... mon... mon père, car j'ai péché...

Encore un silence de quelques secondes, puis le ton devient pressant.

— Mon père ! Mon père !

— Oui, oui, je suis là, ma fille...

— Mon père ! Mon père ! Dieu m'a abandonné !

— Non, ce n'est pas vrai. Ne dites jamais cela puisqu'Il m'envoie vers vous. Vite, vite, confessez-vous...

La Reine sanglote :

— Mon père... j'ai perdu mes enfants !

— Non, ma fille, ils sont sous la sauvegarde de Dieu.

— Mon père... le cœur me manque !

Vous devez vous mettre en paix avec le Seigneur, nous n'avons plus que quelques secondes, vite, vite, avouez vos péchés !

Après un silence, l'abbé entend la Reine répondre :

— Je... je ne sais plus, mon père... si...

— J'ai entendu, ma fille, et j'ai compris ! Vous ne savez pas si ce sont des péchés ou non. Vous ne savez pas ? C'est parce qu'ils n'en sont pas. Vite, ma fille, à genoux, et signez-vous ! L'abbé tombe lui-même à genoux, se signe et dit : Fille de saint Louis, au nom du Père, du Fils et du Saint-Esprit, je t'absous de tous tes péchés, amen.

Une lueur apparaît au fond du couloir, c'est Richard et Larivière qui reviennent.

— Madame, je dois vous quitter…

— Mon père ! Mon père !

— Oui, oui…

— Vous reverrai-je ?

— Toujours. Nous sommes toujours là. Toujours à vos côtés, m'entendez-vous ? Toujours à vos côtés.

— C'est l'heure, mon père, dit Richard. Vite, la garde montante arrive, dépêchez-vous, ceux qui arrivent sont méchants comme des diables !

— Je vous suis. Allons, donne-moi ton quinquet, Louis, cela te libérera un peu pour tenir notre ami Ravage.

Les deux hommes et le molosse disparaissent dans lc corridor noir qui retourne à ses ténèbres.

SAMEDI 10 AOÛT, NEUVIÈME JOUR DE DÉTENTION,
LE MARCHÉ DU PONT SAINT-MICHEL, SEPT HEURES DU MATIN

13

"Je viens de la part du chevalier de Maison-Rouge"

Rosalie Lamorlière fait ses emplettes sur les marchés du Châtelet et du pont Saint-Michel où les fruits et les légumes sont de plus en plus rares.

Elle cherche désespérément sur l'étal de Louise Pitot, la jeune maraîchère, des fruits pour "sa princesse". Elle hume plusieurs melons desséchés.

— Dis-moi, Louise, tes melons n'ont aucun arôme, n'en aurais-tu point d'autres ? Donne-moi le meilleur, quoi qu'il coûte.

La maraîchère intriguée lui demande à voix basse :

— Quoi qu'il coûte ? C'est donc pour une personne de bien grande importance…

— Oh ! oui, de bien grande importance, ou du moins qui l'a été.

— Juste ciel, c'est pour la Reine !

— Oui, c'est pour ma princesse.

— Alors attends ! Louise disparaît derrière son étal puis ressort, un melon à la main : En voilà un de Cavaillon !

— Combien te dois-je, Louise ?

— Rien ! C'est pour moi… Tu lui diras qu'il y en a plus d'un qui geignent !

— Attention, Rosalie, dit une voix de femme derrière elle, cachez ce melon, voilà le boucher !

Rosalie se retourne et remarque une grande fille blonde qui lui sourit. Son visage est encadré par de lourdes tresses qui descendent jusqu'à sa taille. Rosalie est impressionnée par la force qu'exprime son regard bleu. Elle dissimule précipitamment le melon dans son panier sous des salades fanées.

— Merci, citoyenne, chuchote Rosalie, mais qui es-tu ?

— Je m'appelle Elisabeth Lemille ! Attention, voilà le boucher !

Fouquier-Tinville, entouré du premier secrétaire Poinquarré, du lieutenant Lebrasse et de ses six gendarmes, se dirige tout droit vers Louise :

— C'est toi Louise Pitot ? demande-t-il de sa voix rauque.

— Oui, citoyen accusateur, pourquoi ?

— C'est bien toi qui fournis en légumes et fruits les cuisines de la Conciergerie ?

— Pas toujours mais parfois, citoyen accusateur, pourquoi ?

Fouquier-Tinville se tourne vers Poinquarré et lui fait signe de répondre à la maraîchère. Le premier secrétaire sort une liasse de factures de sa sacoche.

— Citoyenne, nous avons constaté que tu ne respectes pas la loi, dit-il, tes tarifs dépassent le taux légal maximum qui a été publié sur le prix des denrées. Pour l'ordinaire de ses prisonniers, la Conciergerie t'a payé avec l'argent du peuple, bien plus qu'elle ne te devait ! Tu dois rendre cet argent illégalement acquis !

— Citoyen, mes prix sont calculés au plus juste, et je prends simplement mon profit, comme tout le monde. Je ne trouve déjà plus rien à vendre, alors si on réduit encore mon bénéfice, je ne gagnerai plus ma vie !

— Ainsi, tu refuses de rendre au peuple ce que tu lui as volé ? dit Fouquier-Tinville. En outre, tu choisis un profit à ta convenance sans respecter la loi du Maximum ? Donc tu es une criminelle et tu as le culot de contester la loi du peuple devant moi ? Il se tourne vers les gendarmes : Allez, emmenez-la !

— Mais je n'ai fait que prendre mon profit ! Laissez-moi ! Mes enfants m'attendent. Elle se débat en hurlant : Lâchez-moi, mais lâchez-moi !

Rosalie pétrifiée par la peur d'être aperçue par Fouquier est demeurée immobile. Toutefois, quand les gendarmes se saisissent de Louise, elle veut intervenir, mais Elisabeth lui serre le bras :

— Du calme, Rosalie !

Un attroupement se fait autour de l'étal de la maraîchère. Un sans-culotte au bonnet rouge, le regard farouche, s'approche :

— Pourquoi arrêtes-tu notre maraîchère ?

— Parce qu'elle exploite la Nation, répond Fouquier. Emmenez-la ! Puis se tournant vers son premier secrétaire : Tu feras saisir son étal et livrer ces légumes et ces fruits à Sainte-Pélagie ! Cela nous dédommagera d'une partie de nos pertes !

Une tricoteuse avec bonnet rouge et tablier blanc s'approche du groupe. Elle interpelle à son tour Fouquier-Tinville :

— Pour quel motif arrêtes-tu notre bonne Louise, citoyen accusateur ?

— N'as-tu pas entendu ce que je viens de dire, je suis las de répéter la même chose : la citoyenne Pitot n'applique pas la loi du Maximum votée par l'Assemblée du peuple ! As-tu compris maintenant ?

— C'est faux, citoyen, répond la vieille femme le menton en avant, Louise est une fille du peuple qui gagne honnêtement sa vie. Si tu l'arrêtes, toute la section du Muséum témoignera contre toi. Elle se tourne vers la foule et lance : N'est-ce pas, les bougres ! Puis à Fouquier : Le Maximum que tu défends nous affame ! Le sais-tu ?

L'attroupement grandit de minute en minute. Une émeute est sur le point d'éclater. Un homme s'approche, une pique à la main, il est pieds nus, vêtu de la carmagnole et coiffé du bonnet rouge.

— Je suis Rommignot, le secrétaire de la section du Muséum, je te préviens, si tu arrêtes Louise, il faudra que tu arrêtes toutes les maraîchères du Châtelet et du pont Saint-Michel, car elles gagnent toutes honnêtement leur vie en prenant leur bénéfice !

— De quoi te mêles-tu, toi ! Et en plus tu me menaces ? Sais-tu, pauvre bougre, à qui tu parles ? dit Fouquier-Tinville livide.

— Tu penses si je t'ai reconnu ! Tu es l'accusateur public. C'est bien toi qui envoies nos filles du peuple sur la bascule à Robespierre, n'est-ce pas ? Celui-là, avec sa loi du Maximum, on ne trouve plus de pain dans Paris ! Tous les boulangers ont fermé, l'Incorruptible impose un prix trop bas.

Des murmures de réprobation s'élèvent autour de Fouquier.

— Du temps du gros Louis et de l'Autrichienne on avait du pain. Quand on en demandait, eh bien, ils nous en donnaient.

— C'est la reconnaissance que vous avez pour Robespierre ? Lui qui ne désire que votre bonheur. Vous n'avez pas compris, malheureux, que le Maximum vous protège contre les spéculateurs !

— Dis donc, lance une tricoteuse, tes spéculateurs, eux, mangent du pain tous les jours. Là-haut dans ta buvette, manges-tu du pain tous les jours, citoyen accusateur ?

Un homme et une femme correctement vêtus s'approchent de Fouquier.

— J'étais boulanger, dit l'homme, le Maximum m'a ruiné et ils sont des centaines comme moi ! C'est vrai que l'Incorruptible affame le peuple ! Les paysans ne veulent plus vendre leur blé, le prix imposé est trop bas ! Maintenant le pain est passé aux mains des profiteurs. Ils le vendent en sous-main à des prix qui sont trois fois plus élevés qu'avant. Les pauvres ne peuvent plus en manger. Le pain coûte jusqu'à vingt-cinq sous la livre et on ne peut même pas le payer en assignats. C'est interdit. C'est cela que tu appelles faire le bien du peuple ? Manges-tu du pain tous les jours, citoyen accusateur ?

— A bas le Maximum ! crie un sans-culotte en levant sa pique, suivi par dix autres, puis par vingt, puis par toute la foule qui scande : A bas le Maximum ! A bas le Maximum !

Tout le quartier de la Conciergerie et de Saint-Michel est en émoi.

Un homme trapu, de corpulence athlétique, le visage vérolé, assiste à cette scène en ricanant. Il souffle quelques mots à deux hommes à ses côtés. L'un est un adolescent blond, c'est Jean-Baptiste Basset ; l'autre un homme mûr, à la carrure athlétique, ses longs cheveux clairs réunis en une queue de cheval, c'est Guillaume Lemille. Elisabeth, son épouse, se tient en cet instant auprès de Rosalie Lamorlière.

— Regardez, les rats se dévorent entre eux ! dit l'homme au visage vérolé.

Un peu plus loin, sur le marché, la situation empire. Le lieutenant Lebrasse souffle à l'oreille de Fouquier-Tinville :

— Citoyen accusateur, je ne contrôle plus la situation, nous allons être débordés et mes hommes ne sont plus sûrs !

La foule devient de plus en plus menaçante. Fouquier-Tinville monte alors sur l'étal de Louise en piétinant ses légumes et s'adresse à la foule :

— Citoyens, j'ai entendu votre détresse ! La justice du peuple va satisfaire votre requête, j'accorde à Louise Pitot un sursis afin de lui permettre de se racheter. Puis s'adressant à Lebrasse : Lieutenant Lebrasse, libérez la citoyenne ! Et vive la Nation !

— L'ordure ! murmure à voix basse l'homme au visage vérolé.

La foule reste immobile, menaçante et muette. Fouquier-Tinville, de plus en plus pâle, redescend de l'étal et s'éloigne à travers les mécontents qui s'écartent à contrecœur sur son passage. Certains même le bousculent. Lorsqu'il est hors de portée de la foule, Fouquier-Tinville ordonne à Lebrasse :

— Vous arrêterez cette grue de maraîchère à deux heures du matin et vous l'enfermerez à la Force, ici elle est trop connue. Ah, la garce ! Je la ferai traduire dès huit heures demain matin devant la deuxième section du Tribunal révolutionnaire, pour que ce soit un autre que moi qui l'accuse. Mais je veillerai à ce qu'elle fasse partie de la charrette de quatorze heures. Je veux connaître aussi le nom de ce boulanger, un dangereux agitateur dont il faut se débarrasser au plus tôt.

Rosalie Lamorlière demeure immobile devant l'étal de Louise.

— Tu n'as plus rien à craindre, Rosalie, lui souffle Elisabeth, heureusement que le boucher n'a pas remarqué ta présence !

— Merci, mais qui es-tu donc ?

— Je t'ai dit que je m'appelais Elisabeth Lemille, je suis la femme du perruquier Guillaume Lemille.

— Ah, je le connais, dit Rosalie rassurée, tu habites bien rue de la Vannerie ?

— Oui, au 3 !

Rosalie et Elisabeth sont maintenant entourées de plusieurs maraîchères qui ont assisté à la scène.

— On dit que c'est toi qui sers la Reine ? dit l'une d'elles. Comment t'appelles-tu ?

— Rosalie Lamorlière, pourquoi ?

Les maraîchères se regardent.

— C'est bien elle, dit une autre. C'est bien le nom indiqué par Louis Larivière, et puis, belle comme tu es, il ne peut y avoir de doute.

Elles jettent des poulets et des fruits dans le panier de Rosalie.

— Tiens, c'est pour elle ! dit l'une.

— Donne-lui nos poulets, dit l'autre.

— Tiens, donne-lui aussi ce canard ! dit une troisième les yeux humides. Nous savons ce que le boucher lui fait endurer, Louis nous a tout raconté ! C'est une honte ! Sais-tu pourquoi on lui a retiré ses enfants ?

— Je ne sais pas, dit Rosalie émue aux larmes

— Parce que ses tortionnaires ne croient pas en Dieu, dit Elisabeth.

— Ne pleure pas, jolie Rosalie, dit Louise, nous te donnerons tout ce dont tu as besoin pour elle.

— Dis, demande une autre, est-ce vrai qu'elle a la peau très blanche ?

— C'est vrai, elle est encore très belle, répond tristement Rosalie.

— Est-elle gentille avec toi ?

— Je n'ose m'approcher d'elle, mais sa voix est très douce. Elle me dit sans cesse : “Approchez, Rosalie, ne craignez pas !” Mais ce qu'elle a de plus beau, ce sont ses mains.

— Ah oui ? Comment sont-elles ?

— Très petites, très blanches et très fines, et elle a les pieds aussi petits que les mains.

— Crois-tu que le boucher va la faire monter ?

— Je le crains. Malgré toutes les horreurs qu'ils lui font subir, elle ne se plaint jamais.

Des larmes coulent sur les joues des maraîchères. Elisabeth dit à Rosalie :

— Rosalie, il faut rentrer, les sbires de Fouquier peuvent te voir parler à Louise, ce serait très dangereux pour toi.

— Merci, Elisabeth.

— Si tu as un moment, souviens-toi : 3, rue de la Vannerie, viens nous voir un soir.

— Impossible, même le jour de mon congé, je ne peux sortir, sauf pour mes achats.

— C'est donc moi qui viendrai à toi. Au revoir, Rosalie.

Elle s'éloigne en pressant le pas.

Un homme s'approche, parle à l'oreille d'Elisabeth puis disparaît dans la foule. Elle se penche alors vers Louise.

— Louise, on a quelque chose d'important à te dire.

— Quoi donc ?

— Suis-moi, c'est grave.

Elisabeth l'entraîne sous un porche. Trois hommes attendent. L'homme au visage vérolé est là, accompagné du boulanger qui a interpellé Fouquier-Tinville. Il s'adresse à Louise à voix basse :

— Louise, vous êtes en grand danger. Un des gendarmes a entendu Fouquier donner l'ordre à Lebrasse de vous arrêter cette nuit pour vous incarcérer à la Force.

— Mon Dieu, mais je n'ai rien à me reprocher !

— Louise, ma fille, dit le boulanger, la France entière n'a rien à se reprocher. Il n'empêche qu'ils finiront par tous nous guillotiner. Mon enfant, est-ce que tu vis seule ?

— Oui, mon mari est dans l'armée de Jourdan, je vis avec mes deux petits.

— Dans l'armée de Jourdan ? A Maubeuge ? demande Basset.

— Oui.

— Il faut qu'on le prévienne au plus tôt, ils risquent de se venger sur lui. Dans quel régiment est-il ?

— Au 2e voltigeurs.

— C'est bon, on va le prévenir !

— Quant à vous, Louise, ajoute l'homme au visage vérolé, nous devons vous cacher, on passera vous prendre avec vos enfants dans trois heures. Surtout annoncez à votre entourage que vous ouvrez votre étal demain matin comme à l'ordinaire.

— Ne vous inquiétez pas, monsieur le chevalier, dit Elisabeth, je la prends en charge, elle sera prête.

— C'est bien, Elisabeth, emmène-la vite !

— Oh ! vous êtes un vrai chevalier ? dit Louise.

Elle l'observe avec une curiosité mêlée d'admiration, puis confie avec un semblant de malice :

— On dit ici qu'un homme au visage vérolé, comme le vôtre, va faire évader la Reine ! L'avez-vous entendu dire ? On dit même qu'il est invincible parce qu'il passe à travers les murailles, et il paraît que le boucher en a très peur. Je crois qu'on l'appelle le Chevalier rouge parce qu'il est toujours vêtu d'habits de la même couleur que la boue de la Seine, ou quelque chose de rouge comme cela. Avez-vous entendu parler de cet homme ?

— Louise, répond le chevalier, cet homme n'est qu'une légende. Allez, rentrez vite chez vous pour préparer vos affaires. Mais attention, Louise, celui qui se présentera vous dira ce mot de passe : “Je viens de la part du chevalier de Maison-Rouge.” Ne vous fiez surtout à personne d’autre qui ne saurait prononcer cette phrase !

— Ah, voilà le nom que je cherchais ! dit Louise avec un sourire lumineux. C’est cela ! Le chevalier de Maison-Rouge ! Son sourire se fige aussitôt : Mais alors vous le connaissez ? Elle scrute intensément le visage de l’homme et s’écrie soudain : Juste ciel ! Vous êtes le chevalier de Maison-Rouge !

— Mais non, Louise, dit l’homme en riant, ce n’est pas moi ! Le chevalier de Maison-Rouge n’existe pas, c’est une vieille légende qui court dans les prisons. Maintenant dépêchez-vous.

— Allons, Louise, vite ! dit Elisabeth.

— Je ne peux abandonner mes légumes !

— Elle a raison, dit Basset, cela paraîtrait suspect. Louise, demande à une maraîchère de s’en occuper, prétexte une maladie d’un de tes enfants pour partir sur-le-champ.

— Comme le boucher va se saisir de ses fruits et de ses légumes, dit Elisabeth, je pense qu’elle peut les oublier.

Rosalie Lamorlière est parvenue dans la cour du Mai. A la grille qui sépare les deux cours, le lieutenant de Bûne la gratifie d’un grand sourire. Elle franchit le premier guichet où Marie Richard l’attend impatiemment :

— Où étiez-vous, Rosalie ? J’ai appris qu’un début d’émeute avait éclaté à Saint-Michel ?

— C’est exact, madame, l’accusateur a été pris à partie par des sans-culottes.

— J’espère qu’il n’a pas remarqué votre présence ?

— Non, madame, je suis revenue le plus vite possible.

— Vous avez bien fait, allez en cuisine, je vous y rejoins.

Il est à présent huit heures et demie. De nombreux détenus déambulent depuis une heure dans le couloir des prisonniers. Tous ceux qui la croisent lui sourient gentiment, car elle est connue non seulement pour sa beauté mais aussi pour sa gentillesse et sa prévenance. Elle se dévoue sans compter, et malgré la tâche écrasante qu'elle assume jour et nuit auprès de la Reine, elle trouve toujours le temps d'aider un vieillard ou une femme enceinte.

Un prisonnier blond d'une vingtaine d'années, de petite taille, la croise. Il porte l'uniforme des dragons, déboutonné, sale et déchiré. Il a un sourire d'enfant qui contraste avec la pâleur de son visage.

— Mademoiselle Lamorlière ? demande l'inconnu.

— Oui, citoyen, répond Rosalie méfiante.

— Mademoiselle Lamorlière, mon nom est Barthélemy de La Roche, je suis écrivain. J'ai reçu hier soir ma "feuille de route", je monte ce matin et prendrai probablement la charrette de quatorze heures. Puis-je vous demander une faveur ?

— Que puis-je faire pour vous, citoyen ?

— Acceptez-vous d'être mon exécuteur testamentaire ?

— Je ne sais pas ce que cela veut dire, citoyen.

— C'est exécuter mes dernières volontés après ma mort.

— Mais, citoyen, je ne sais ni lire ni écrire !

— C'est sans importance, tenez, voici un paquet qui contient tout ce que je possède. Il lui tend un petit balluchon, et comme Rosalie hésite : Prenez, prenez !

— Quel usage devrai-je en faire, citoyen ?

— Il contient ma montre, ma petite bibliothèque, mon crucifix et mon chapelet. Vous trouverez aussi une enveloppe avec cent livres et un billet où sont inscrites mes dernières instructions.

— Je vous dis que je ne sais pas lire !

— Vous trouverez certainement une âme charitable pour le faire. Adieu, mademoiselle.

— Attendez… Pourquoi vous séparez-vous de votre chapelet ?

— Parce que je n'en ai plus besoin. Grâce à l'abbé Emery j'ai reçu ici même tous les secours et les consolations de la religion. Adieu et merci, mademoiselle.

Rosalie voit s'éloigner ce jeune homme qui marche avec résignation vers la mort. Bouleversée, elle court vers les cuisines et dépose le précieux paquet dans un placard qu'elle ferme à double tour.

Marie Richard entre à cet instant. A chacun de ses mouvements, l'énorme trousseau de clefs qu'elle porte à la taille tinte joyeusement. En réalité, c'est bien elle le concierge de cette prison. Cette petite femme au visage rond, au nez en trompette et aux lèvres charnues respire la bonté. Les yeux toujours rieurs, elle dit à Rosalie qui nettoie l'unique paire de bottines de la Reine en raclant au couteau l'horrible boue rouge :

— Ma pauvre Rosalie, vous êtes encore aux prises avec cette boue !

— Oh ! oui, madame, la Seine est haute. On pourrait croire en voyant la croûte de boue rouge que la Reine a marché dans la rue Saint-Honoré !

— Je vous laisse, avez-vous besoin de quelque chose, Rosalie ?

— Oui, madame, j'ai une lettre d'un détenu, pouvez-vous me la lire, s'il vous plaît ?

— Vous détenez une lettre d'un prisonnier ? réplique vivement Marie Richard, mais Rosalie, c'est interdit !

— Je le sais, madame, mais la charité chrétienne m'y oblige.

— Savez-vous ce que vous risquez, Rosalie ? Donnez-moi immédiatement cette lettre !

Rosalie, les larmes aux yeux, ouvre le placard et défait avec émotion les lacets du petit balluchon.

— Regardez, madame, il a abandonné sa montre, son crucifix et son chapelet.

Elle dépose délicatement sur la table les quelques livres, puis ouvre l'enveloppe. Elle contient dix billets de dix livres et une lettre pliée en quatre qu'elle tend à Marie Richard de plus en plus inquiète.

— De l'argent ! Connaissez-vous l'auteur de cette lettre ?

— C'est un jeune du nom de La Roche, madame.

— Seigneur, le petit Barthélemy. Il est donc monté ?

— Ce matin même, madame.

— Il attendait depuis trois mois et demi. Il me disait souvent en riant : "On m'oublie ! On m'oublie !" Seigneur, il n'a que vingt et un ans !

— Puis-je au moins garder son crucifix, madame ?

— Bien sûr que non ! Vous avez été très imprudente, Rosalie, d'accepter son balluchon, nous allons tout remettre au greffe, les risques sont trop grands. Je sais pourquoi il a abandonné son chapelet. Il a sûrement passé la nuit avec l'abbé Emery qui lui a donné l'absolution. Que Dieu soit loué, il part en paix.

Elle ouvre la lettre et lit à haute voix : "Je crois que l'homme qui nous a dénoncés et qui était mon voisin est dans la misère ; je désirerais qu'on lui fasse passer ces cent livres ; il a plusieurs enfants et n'a probablement pas reçu cette somme qui était la cause de sa dénonciation."

Les deux femmes ont les larmes aux yeux.

— Madame, souffle Rosalie, ce jeune homme m'a donné sa confiance, vais-je le trahir en n'exécutant pas ses dernières volontés ?

— Bien sûr que non, Rosalie, vous ne trahissez personne. C'est moi qui en prends la responsabilité. Je vais tout remettre au greffe, je tiens trop à votre vie, mon enfant.

— Non ! Non ! Madame… Ne le faites pas, dit Rosalie en sanglotant, pas ça ! Pas ça ! Je lui ai promis !… Je vous en supplie, madame !

Marie Richard ouvre la porte et appelle le sergent obèse :

— Sergent ! Veuillez remettre tous ces objets au greffe, et surtout rapportez-moi le reçu des cent livres qui sont dans cette enveloppe.

L'obèse s'exécute. Rosalie s'écroule à même le sol, secouée de sanglots.

— Je l'ai trahi, je l'ai trahi, crie-t-elle en pleurant. Jamais je ne me le pardonnerai.

Marie Richard s'assoit à terre à ses côtés et prend son visage inondé de larmes entre ses mains.

— Rosalie, mon enfant, vous n'avez trahi personne ! dit-elle les larmes aux yeux. C'est moi qui ai pris cette décision. Je ne veux pas que vous soyez guillotinée. Mon devoir est de vous protéger contre l'imprudence que vous avez commise.

— Mais, madame, il avait confiance en moi ! Quelle horreur ! Il comptait sur ce geste très chrétien avant de mourir, et j'ai manqué à ses dernières volontés !

— Vous n'avez rien manqué du tout, Rosalie, quand Barthélemy paraîtra devant Notre-Seigneur, croyez-moi, Il tiendra compte d'un geste aussi sublime.

Maintenant, nous avons assez pleuré ! Allez, ma fille, au travail, vous êtes en retard ! Préparez vite le déjeuner de la Reine, il est déjà neuf heures !

DIMANCHE 11 AOÛT, DIXIÈME JOUR DE DÉTENTION,
LA CHAMBRE DU GREFFE, HUIT HEURES DU MATIN

14

Les agonisants du docteur Thery

Dans la chambre du greffe, la citoyenne Guyot, infirmière-chef de l'Hospice national de l'Archevêché, s'entretient avec Rosalie Lamorlière. Elles attendent la visite du docteur Thery, médecin-chef des prisons, et de Thirié-Grandpré, chef de division à la Commission des administrations civiles. Cet hospice reçoit les malades de la Conciergerie et du Tribunal révolutionnaire. Il est situé sur le flanc sud de Notre-Dame.

— Combien de médecins avez-vous à l'Archevêché ?

— Cinq et deux sages-femmes.

— Tous révolutionnaires ?

— Pas tous… Le docteur Bayard est un homme merveilleux, le chirurgien Giraud est aussi très apprécié pour ses qualités humaines !

— Et les autres ?

— Des êtres méprisables, Thery et Naury sont inhumains. Les sages-femmes Prioux et Bellamy sont des garces… Le pire c'est Quinquet, le pharmacien. C'est un horrible voyeur. Il participe à tous les examens médicaux des femmes enceintes alors qu'il n'est même pas médecin !

— Comment est-ce possible ?

— M. Ray, notre économe, a déposé une plainte contre de telles pratiques.

— Ici c'est le docteur Thery qui dirige l'infirmerie de la Conciergerie.

— A l'Hospice, chacun sait que le docteur Thery a été nommé grâce à Robespierre.

— C'est vrai ! dit Rosalie sur le ton de la confidence. Vous savez, ici, ce médecin est méprisé, aussi bien des malades que du personnel soignant !

— Cela ne m'étonne pas !

— Par peur de la contagion, il n'examine jamais les prisonniers ! Il les traite avec la plus grande désinvolture.

— Saviez-vous que dans l'Ancien Régime, c'était un homme très riche, qui soignait les grands ?

— Non ?

— Il a manœuvré très habilement en passant aux yeux de Robespierre pour un praticien compétent et dévoué, et l'Incorruptible l'a imposé à Fouquier-Tinville.

— Il n'est pas à sa place à la Conciergerie, dit Rosalie, vous savez, il ne sacrifie jamais plus de dix-huit minutes à la visite de toute l'infirmerie. Chaque malade n'a droit qu'à une demi-minute !

— Vraiment ?

— Nous ne l'aimons pas. C'est un homme âpre et cruel !

— Est-il incompétent ?

— S'il n'était qu'incompétent ! Rosalie sourit. Il n'a qu'un seul traitement : de la tisane, de la tisane pour tout et jamais que de la tisane ! Nous apprécions un peu plus le docteur Souberbielle.

— Je le connais, il consulte chez nous, à l'Hospice. C'est vrai qu'il donne l'impression d'être dévoué à ses malades, mais c'est un terrible révolutionnaire ! Est-il exact qu'il a proposé de placer la Reine dans un cachot moins humide ?

— On le dit mais il n'empêche qu'il l'exècre.

— Pourtant n'est-ce pas lui qui la traite ?

— Oui, bien sûr, avec "l'eau de poulet" qu'il préconise pour ses pertes de connaissance. Il n'empêche qu'il demeure ancré dans ses convictions. Saviez-vous que la couturière Drieux et la femme Kolly, qui étaient condamnées à mort, ont tenté de sauver leur vie en déclarant qu'elles étaient grosses ?

— Je les connais, dit l'infirmière Guyot, surtout Catherine Drieux, c'est une simple ouvrière... Est-elle vraiment enceinte ?

— Eh bien, elle a supplié Souberbielle de lui éviter la mort, car elle laissait deux enfants dans la misère ! Il est resté sourd à ses prières, il a déclaré qu'elles ne présentaient aucun signe de grossesse. Elles ont été expédiées à l'Hospice national de l'Archevêché.

— Quand elles l'ont imploré de produire un diagnostic de grossesse, il est resté insensible à la terreur que leur inspire l'échafaud. Elles attendent leur sort à l'Hospice.

— Saviez-vous que Souberbielle passe tout son temps chez les Duplay ?

— Qui sont les Duplay ?

— Maurice Duplay est le menuisier de la rue Saint-Honoré. Robespierre y a élu domicile.

— Il vit chez eux ?

— A l'année ! Duplay a trois filles dont l'une est amoureuse de Robespierre.

— Et alors ?

— Il ne se prononce pas... Quant à Souberbielle, on dit que l'Incorruptible n'a confiance qu'en lui. Il est le seul à avoir réussi à guérir ses ulcères variqueux ! Maintenant il veut le prendre comme juré du Tribunal révolutionnaire pour juger la Reine.

— Je suis au courant, dit l'infirmière Guyot. Comment pensez-vous qu'on puisse ajuster sa conscience, en préservant la vie d'un côté et en donnant la mort de l'autre ?

— C'est difficilement concevable, je vous l'accorde, mais le docteur Souberbielle ne peut rien refuser à l'Incorruptible, il lui doit tout ! Il représente ce que le boucher appelle "un juré solide". Il enverra à l'échafaud tous ceux que Robespierre lui désignera, et n'oublions pas la rémunération de ce poste : dix-huit livres par jour ! Ce n'est pas à dédaigner.

— Rosalie, pour quelle raison le docteur Thery m'a-t-il convoquée ce matin ?

— J'ai ma petite idée.

— Dites !

— Il a peur.

— De quoi ? D'une épidémie ? demande-t-elle en riant.

— Pas du tout ! Rosalie poursuit à voix basse : Il s'agit de la Reine, Thery a peur qu'elle lui échappe.

— Comment cette malheureuse pourrait-elle lui échapper ?

— En mourant.

— Seigneur ! La Reine a tenté de se suicider ?

— Jamais, elle est trop croyante.

— Alors ?

— Madame Guyot, la Reine est gravement malade.

L'infirmière feint de l'ignorer, alors qu'elle sait par de Batz qu'il est question d'évacuer dans son infirmerie la Reine gravement souffrante.

— Ah, seigneur ! Pauvre femme ! Cela en plus ? Décidément rien ne lui aura été épargné. De quoi souffre-t-elle ?

— De douleurs au bas-ventre accompagnées d'hémorragies.

— Pas possible ? Est-ce grave ?

— Souberbielle le pense, mais je fais tout mon possible pour atténuer ses souffrances et elle ne se plaint jamais !

— Nous savons, Rosalie, ce que vous faites pour elle. On m'a souvent parlé de vous, d'ailleurs nous avons une amie commune.

— Qui ?

— La mère Larivière.

— La grand-mère de Louis ? Elle vous a parlé de moi ?

— Oui, Rosalie, et elle n'est pas la seule.

— Ah bon, qui d'autre ? demande Rosalie en souriant.

— La demoiselle Fouché, la boiteuse.

— Mais je ne l'ai rencontrée qu'une seule fois !

— C'est vrai, Rosalie, que vous êtes aussi belle que bonne. Nous avons un petit plan avec des médecins de l'Hôtel-Dieu. La demoiselle Fouché, la mère Larivière et moi allons tenter de soulager un peu les misères de la Reine. Vous pourriez peut-être nous aider, je vous en parlerai en temps voulu. Que disiez-vous donc de Thery ?

— Qu'il a peur qu'on lui reproche un jour d'avoir laissé mourir la Reine, il veut donc s'en débarrasser au plus vite en vous l'envoyant à l'Hospice.

— Vous croyez ? Mais tant mieux !

— C'est pour cette raison qu'il tient à ce que vous soyez présente ce matin, c'est une bonne occasion, elle mourra chez vous et pas chez lui.

— Rosalie, je ne demande pas mieux que de m'occuper d'elle. Pauvre Reine… Comment pouvez-vous soigner vos malades dans votre ignoble infirmerie ?

— Mais, madame Guyot, à la Conciergerie on ne soigne pas les malades. Thery donne la tisane en tout et pour tout. La même pour tout le monde.

— Franchement j'ai peine à le croire.

— Disons pour être équitable, qu'il a deux tisanes. La sédative et la nutritive !

Les deux femmes rient malgré elles.

— Et son collaborateur le docteur Naury ?

— Il fait tout ce que Thery lui impose, il n'a droit à aucune initiative. Attention, les voilà qui arrivent.

Thery franchit le premier guichet pour accéder au bureau du concierge. Il est suivi du docteur Naury, du chirurgien Souberbielle et de Thirié-Grandpré.

Ils sont accueillis sur le pas de la porte par Michonis et Richard.

— Salut et fraternité, citoyen inspecteur ! dit Michonis. Bonjour, docteurs !

— Bonjour, Michonis, répond Thery. Ouvrez-nous le greffe, s'il vous plaît, nous avons du travail !

— C'est fait, docteur, précise Richard.

— Avez-vous convoqué comme je vous l'ai demandé l'infirmière de l'Hospice de l'Archevêché ? interroge aussitôt Thery.

— Elle vous attend au greffe, répond Michonis.

— C'est bien, dit Thery rassuré.

Le docteur Thery est un vieillard de petite taille et de constitution malingre, toujours habillé de noir. Le visage est sec et anguleux, sous la perruque poudrée. Le nez est aquilin, les yeux gris vert sont enfoncés dans les orbites. Le teint grisâtre est parsemé de taches croûteuses de vieillesse, principalement au niveau du front. Cet homme qui n'a aucun charisme est desservi par une physionomie dure qu'il s'efforce, sans succès, de rendre aimable. Il ne fixe jamais son interlocuteur ; quand il parle, il garde toujours le regard baissé vers ses chaussures. Voilà l'homme qui a la terrible mission de secourir les malheureux détenus.

Les six hommes passent devant Amédée qui somnole, puis pénètrent dans la chambre du greffe par la porte de gauche. Ils s'installent autour de la grande table. L'infirmière Guyot et Rosalie Lamorlière restent debout à une certaine distance. Derrière le grillage en bois qui divise le greffe en deux, la petite salle réservée aux condamnés à mort est vide ce matin. Richard a préféré que le docteur Thery ne soit pas dérangé par la présence d'un condamné.

— Venons-en tout de suite aux faits, déclare Thirié-Grandpré en ouvrant un volumineux dossier. Puis se tournant vers Thery : Etes-vous certain que c'était du sang ?

— Absolument certain, citoyen inspecteur, je l'ai constaté par moi-même.

— C'est exact, dit Michonis. Lorsque j'ai repris le fiacre qui l'avait amenée ici pour rentrer chez moi, il y avait une tache de sang sur la banquette.

— De quelle importance ?

— Suffisante pour imbiber une large surface du velours.

— Donc elle saigne depuis le début de son emprisonnement, dit l'inspecteur songeur. Ce détail est très important. Qui s'occupe de son linge de corps ?

— Les deux femmes de chambre, Rosalie Lamorlière et Marie Harel, dit Richard.

— Je veux les entendre !

— J'envoie chercher l'autre, citoyen inspecteur. Pendant ce temps, vous pouvez interroger Rosalie ici présente.

Richard sort.

— As-tu constaté chaque jour la présence de sang sur le linge de la veuve Capet ? demande l'inspecteur à Rosalie.

— Chaque jour, citoyen inspecteur, dit celle-ci les joues empourprées. Sa chemise de jour et sa camisole de nuit en sont imbibées. Nous les lavons nous-mêmes puisque la citoyenne Saulieu qui était la blanchisseuse de la veuve Capet refuse désormais de le faire.

— Depuis quand a-t-elle des hémorragies aussi importantes ?

— Depuis le début, citoyen inspecteur. Et elle perd souvent sa conscience.

— Rien de plus normal, dit Thery froidement, quand on perd autant de sang, les humeurs s'appauvrissent.

— J'ai été appelé une ou deux fois auprès d'elle pour ces pertes de conscience, dit Souberbielle. J'avais recommandé du bouillon de poulet pour enrichir ses humeurs, mais je crains que nous ne soyons dépassés par l'importance de ses saignements.

Le concierge Richard et Marie Harel entrent discrètement. L'inspecteur s'adresse à celle-ci :

— Es-tu la servante ?

— Oui, citoyen, je suis Marie Harel.

— Tu confirmes que la veuve Capet saigne depuis le début de son emprisonnement ?

— Oui, citoyen inspecteur, et c'est nous qui blanchissons ses chemises puisque personne ne veut s'en charger.

La remarque déplaît à l'inspecteur.

— C'est bien normal que tu le fasses puisque tu es payée pour. Préférerais-tu que je t'affecte à la corvée des griaches ?

— Bien sûr que non, citoyen inspecteur ! Excusez-moi, citoyen inspecteur !

— Alors garde tes réflexions pour toi, s'il te plaît ! Puis aux trois médecins : Dites-moi, citoyens, avez-vous impérativement besoin de l'examiner pour établir votre diagnostic ?

— Peut-être pas si ce qu'elle décrit est suffisamment évocateur, répond le docteur Naury.

— Attention, dans ce cas, il ne s'agit que d'un diagnostic de probabilité, interrompt brutalement Thery, seul l'examen peut apporter éventuellement, je dis bien éventuellement, la confirmation de sa maladie.

— Pourquoi éventuellement ? s'étonne l'inspecteur, l'examen n'apporte-t-il pas la certitude du diagnostic ?

— Non, tranche Thery.

— Pensez-vous qu'elle s'y soumettra ?

— Permettez-moi d'en douter. Mais nous n'avons pas le choix ! La santé de la veuve Capet appartient à la Nation, si sa vie est menacée, comme je le pense…

— Ce genre de considération politique, docteur, ne vous concerne pas. Votre rôle est de m'informer sur la gravité dc ce saignement, à moi d'en tirer les conséquences.

— Bien sûr, citoyen inspecteur, c'est précisément ce que je voulais dire, nous ferons tout pour vous éclairer, au besoin je l'examinerai malgré elle.

— Ne pourrions-nous pas éviter ce genre d'épreuve pénible pour tout le monde, intervient l'infirmière Guyot, en la faisant hospitaliser chez nous à l'Hospice.

L'inspecteur se tourne vers elle.

— Présentez-vous, citoyenne.

— Citoyenne Guyot, citoyen inspecteur, infirmière-chef de l'Hospice national de l'Archevêché.

— La proposition de la citoyenne Guyot me paraît très judicieuse, dit Thery, d'autant plus qu'ici je ne suis pas équipé pour la traiter comme je voudrais.

— Qui vous en empêche ? Vous avez bien une infirmerie ?

— Vous serez vite édifié, citoyen inspecteur, dit Souberbielle avec un sourire ironique.

Thery lui lance un regard mauvais. L'inspecteur, d'un air sévère, se tourne vers Richard.

— … édifié ? Et dans quel sens, s'il vous plaît, citoyen concierge, serais-je édifié ?

Richard pâlit.

— Je n'ai que deux infirmiers qui l'entretiennent à tour de rôle, citoyen inspecteur, et je ne dispose d'aucun crédit, et personne ne veut se charger de l'infirmerie.

— Mais alors comment remédiez-vous à son entretien et au soin des malades ?

— C'est très simple, citoyen inspecteur : on n'y remédie pas, dit cyniquement Thery, les Comités sont au courant, on nous a dit qu'il n'y avait pas d'argent !

— Alors comment faites-vous ? demande Thirié-Grandpré.

— C'est un forçat qui vide les griaches de temps en temps et mes infirmiers donnent la tisane à tour de rôle. C'est tout.

— La tisane ? demande l'inspecteur étonné à Souberbielle. Parce qu'il n'y a qu'une tisane pour tout le monde ?

— Je suis chirurgien, dit Souberbielle avec un sourire sarcastique, je ne m'occupe pas des soins médicaux.

— J'ai cru comprendre que vous traitiez la veuve Capet, s'étonne l'inspecteur.

— C'était une exception.

L'inspecteur se tourne alors vers Thery.

— Donc, la tisane unique, c'est vous ?

— Oui, c'est moi, citoyen inspecteur, mais il y a deux variétés de tisane, la sédative et la nutritive. Vous savez, moi aussi, je suis victime du manque de moyens !

— Pour revenir à notre préoccupation première, dit l'inspecteur, nous sommes en présence de saignements continuels : sont-ils graves ou pas ? En fait, toute la question est là. Je veux que chacun de vous me donne son avis. D'abord vous, docteur Souberbielle, puisque vous la traitez.

— Ces saignements sont malheureusement accompagnés de douleurs au bas-ventre qui aggravent le pronostic. Je crois que nous sommes en présence d'un squirrhe de l'utérus.

— C'est-à-dire ?

— C'est-à-dire que la veuve Capet est condamnée.

— Combien de temps lui reste-t-il à vivre ?

— Compte tenu des pertes de sang quotidiennes, je dirais entre deux et trois mois, dit Souberbielle.

L'inspecteur s'adresse à Thery.

— Docteur Thery ?

— Personnellement je ne lui donne pas trois mois, dit celui-ci en regardant ses chaussures, vu l'importance de ses pertes, je dirai deux mois tout au plus.

— Docteur Naury ?

— Je me range à l'avis du docteur Thery, mais je pense qu'elle peut, à tout moment, mourir d'une consomption des humeurs.

— Eh bien, tout cela n'est pas réjouissant, dit l'inspecteur en fermant son volumineux dossier, si la veuve Capet mourait demain, nous serions privés de son procès. Citoyens, j'attends votre rapport écrit pour demain soir au plus tard. La situation est préoccupante, il faut que j'informe les Comités de la gravité de son état ! En attendant de lui rendre visite, je veux me rendre compte de l'état de votre infirmerie. Il se lève, tout le monde l'imite : Je vous suis !

Richard prend la tête du groupe. Ils quittent la chambre du greffe, repassent dans le bureau de Richard, où Amédée cuve toujours son eau-de-vie en somnolant.

Ce bureau possède quatre portes : la première est la porte d'entrée de la prison ; sur le mur opposé, une deuxième porte donne directement accès à la cour des femmes ; sur le mur de gauche, on trouve la porte qui accède à la chambre du greffe ; la quatrième porte, sur le mur de droite, est encadrée par deux pans coupés qui délimitent de petits cabinets. Ce sont des cachots où l'on enferme de temps en temps des condamnées qui doivent partir pour l'échafaud. Cette porte donne dans le couloir des prisonniers.

Lorsque l'inspecteur et son petit groupe parviennent dans le bureau de Richard, on entend des gémissements s'échapper des petits cabinets.

— C'est quoi, ces pleurs ? demande l'inspecteur.

— C'est une femme qui attend la charrette, répond Michonis.

— Pourquoi la laissez-vous dans cette situation, ce n'est pas réglementaire, faites-la partir au plus vite !

Richard ouvre alors la porte qui donne dans la cour des femmes. Le lieutenant Lebrasse est là avec ses huit gendarmes.

— Lebrasse, dit Michonis, changement de programme, nous nous rendons d'abord à l'infirmerie.

Rosalie s'apprête à quitter le groupe pour retourner aux cuisines quand Amédée l'interpelle :

— Dis donc, Rosalie, y a un bougre de nègre avec une petite môme qui t'attendent dans la cour, ils veulent absolument te voir !

— Un nègre avec une petite môme ? Où sont-ils ?

— Dans la cour. Dépêche-toi, ils t'attendent !

Rosalie franchit le premier guichet. Sur le pas de la porte, un homme de belle prestance au teint basané attend. Il porte un tricorne aux plumes de cygne défraîchies et des vêtements qui furent jadis certainement somptueux. Il tient la main d'une petite fille blonde aux grands yeux bleus. Il se découvre et s'incline dans un profond salut de cour.

— Oh, général Saint-Léger, dit Rosalie, mais quel bonheur ! Vous êtes donc libre ?

— Je voulais saluer vous avant de partir là-bas, dit Saint-Léger avec un fort accent, j'ai été acquitté grâce à l'abbé Emery. Dieu, Lui, Il a entendu les prières de l'abbé pour moi. Mais Dieu Il n'a pas entendu les prières pour le pauvre Barthélemy et pour le pauvre Montjourdain. Eux pas de chance avec Dieu !

— Qui est cette jolie petite fille ? s'étonne Rosalie.

— C'est la fille d'Eglé.

— La fille d'Eglé ? s'exclame Rosalie dont les yeux se remplissent de larmes.

— Oui, je veux partir avec elle à Tobago, maintenant elle, c'est ma fille. Je veux qu'elle devienne une vraie Anglaise.

Rosalie, les larmes aux yeux, s'agenouille devant la fillette :

— Tu connais maman ? demande celle-ci.

— Bien sûr, mon ange, comment t'appelles-tu ?

— Manon, j'ai quatre ans.

— Bien sûr.

Rosalie la serre dans ses bras et l'embrasse.

— Au revoir, Manon. Adieu, général, on dit que chez vous, là-bas dans les îles, on est libre ?

Saint-Léger éclate de rire.

— *Sure ! But not always !* Pas toujours pour tous les nègres… Ah, ah, ah, *and God bless you* !

— Je n'ai pas compris, général.

— Pas grave, Rosalie, si Dieu Lui Il a compris ! Au revoir, Rosalie Lamorlière, *and thank for every thing* !

Il la salue de nouveau en s'inclinant et remonte avec la petite Manon vers la cour du Mai.

L'infirmerie se trouve tout au fond de la cour des femmes. Quand l'inspecteur général des prisons et son groupe la traversent, une cinquantaine de femmes sont là qui languissent. Les unes lavent leur linge à l'unique fontaine, d'autres discutent sur des bancs, d'autres encore mangent autour d'une table en pierre[1]. Une religieuse en noir et une novice en blanc, à genoux, la face tournée contre un mur, égrènent leur chapelet en priant à voix basse. Une mère allaite son enfant dont elle sera bientôt séparée, car l'allaitement n'empêche pas l'échafaud.

Les femmes se lèvent brusquement en apercevant les médecins. L'une d'elles, la trentaine, grande, cheveux châtains et yeux noirs, apostrophe le docteur Thery :

— Bonjour, docteur, avez-vous transmis au Tribunal mon attestation de grossesse ?

— Naury et moi l'avons transmise, Olympe ! Le Tribunal demandera très certainement votre transfert à l'Hospice de l'Archevêché pour établir le diagnostic. Mais si votre grossesse est trop récente, je ne suis pas sûr que vous aurez le bénéfice du doute.

— Comment le bénéfice du doute ? s'indigne Olympe de Gouges. Mais vous savez bien que j'ai été mise en état d'être grosse !

— Ah oui ? dit Michonis en riant. Voilà cinq mois que vous êtes enfermée ici avec des femmes, comment avez-vous fait pour faire un enfant ?

— Allons, allons, citoyen administrateur, vous savez bien que les barreaux de la grille qui nous séparent des hommes dans la cour des Douze ont été conçus par un ferronnier compatissant. Entre deux barreaux et avec

1. La fontaine et la table en pierre sont toujours visibles à la Conciergerie.

des vêtements amples, rien n'est plus facile que de s'abandonner aux plus intimes épanchements ! Docteur Souberbielle, vous savez bien que la loi me protège et vous devez appuyer ma requête.

— Je verrai ce je peux faire, dit Souberbielle.

— Ne te fais aucune illusion, Olympe, ces macaques ne feront rien pour toi.

Un groupe de quatre jeunes filles mené par une femme de cinquante ans s'est approché d'eux. La plus âgée poursuit :

— Regarde-les donc, Olympe. Ce sont des tueurs de femmes enceintes et d'enfants ! Ah, tiens, voilà Michonis ! Bonjour, monsieur Michonis.

— Ménagez vos propos, citoyenne Ruffin ! dit Michonis.

— Vous vous souvenez donc de mon nom, monsieur-l'administrateur-des-prisons-chargé-de-la police ? Quelle mémoire ! Vous avez du mérite. Comment faites-vous pour retenir les noms de tous ces gens que vous assassinez ? Vous en tuez tellement ! Sauf votre respect, bien sûr, monsieur l'administrateur-des-prisons-chargé-de-la-police…

— Vous, les Nantaises, vous devriez vous faire toutes petites, dit Michonis, on n'entend que vous. C'est bien vous qui criez sans arrêt "vive le Roi", n'est-ce pas ?

La vieille ne répond pas mais désigne une adolescente :

— Et elle, la reconnaissez-vous, monsieur l'administrateur-des-prisons-chargé-de-la police ?

— Cela suffit !

— Attendez, elle, c'est Françoise Lebreton. Connaissez-vous son âge, monsieur l'administrateur-des-prisons-chargé-de-la police ?

— Où voulez-vous en venir ? intervient brutalement l'inspecteur.

— Vous, la nouvelle tête de tueur, sachez qu'elle n'a que seize ans. Elle est lingère. Allez-vous lui couper la tête ? A seize ans ? Une lingère… Et celle-là ? C'est Rose Flèche, une domestique ! Elle n'est pas aristocrate et elle n'a que vingt et un ans. Et elle ? Marie Lefaux. Lui trouvez-vous une tête de comploteur ?

L'inspecteur commence à s'impatienter :

— Elles seront jugées conformément à la loi et vous aurez la garantie d'un procès équitable.

— Je ne vous connais pas, monsieur le nouveau, mais j'apprécie beaucoup votre humour.

— Sais-tu, s'écrie l'inspecteur, que ton insolence peut te coûter très cher, citoyenne ?

— Très cher, dites-vous ? Vous avez entendu, les filles ? Monsieur le nouveau tueur dispose dans son arsenal de peines de quelque chose qui risque de nous coûter plus cher que la guillotine. Sans être indiscrète, monsieur, c'est quoi ?

— Cela suffit, dit l'inspecteur. Et se tournant vers Michonis : Veuillez demander à votre officier de gendarmerie de nous débarrasser de la citoyenne, nous avons perdu assez de temps !

Le groupe poursuit son chemin. Soudain quatre jeunes femmes entourent l'inspecteur en se tenant par la main et dansent une ronde autour de lui en chantant : "Vive le Roi ! Vive le Roi ! Vive le Roi !" L'une d'elles, jeune et belle, est particulièrement violente à son égard :

— Tiens, encore une nouvelle tête de bourreau !

L'inspecteur exaspéré s'adresse au lieutenant Lebrasse :

— Enfin, lieutenant, c'est intolérable, faites quelque chose !

— Citoyenne Lavergne, vas-tu te taire ? hurle Lebrasse.

Elle lui souffle au visage :

— Je répéterai “Vive le Roi !” jusqu’à ce que je n’aie plus de langue, petit tyran. Sache aussi que toutes celles qui sont avec moi m’imiteront jusqu’à l’échafaud.

— Tu mérites le même sort que ton traître de mari, répond le lieutenant Lebrasse,

— Le commandant Lavergne, un traître ? Pauvre planqué, il voulait mourir plutôt que de se rendre aux Autrichiens !

— Cette femme a-t-elle été jugée ? demande l’inspecteur.

— Oui, citoyen inspecteur, elle est devenue folle en apprenant la condamnation de son mari. Elle est en attente d’exécution.

— Ce n’est pas réglementaire, les condamnés doivent être exécutés sitôt leur condamnation prononcée.

Les femmes qui l’entourent se mettent aussitôt à crier : “Vive le Roi ! Vive le Roi ! Vive le Roi !”

Les autres détenues terrorisées se tiennent à distance dans un silence absolu. Les hommes qui végètent dans la cour des Douze s’agglutinent aux barreaux de la grille qui les séparent des femmes. Ils observent eux aussi ce spectacle en silence.

— Prenez les noms de ces femmes, crie l’inspecteur à Lebrasse, et signalez-les immédiatement à l’accusateur public !

— Ah, merci, cannibale, dit la femme Lavergne, c’est exactement ce que nous voulions : partager le sort de nos maris que le boucher veut égorger !

— Dépêche-toi, cannibale, crie une autre, de nous faire monter chez tes singes pour rejoindre les nôtres ! Vive le Roi, garde-chiourme !

Une femme s'approche du lieutenant Lebrasse :

— Note bien, mercenaire ! Note bien ceci : mon nom est Avoye Paville Costard et je veux comparaître rapidement devant tes assassins déguisés en juges !

— Tu es aussi corrompue que ton mari Boyer Brun qui déversait des insanités sur la République ! lui lance Lebrasse.

— Nous n'étions pas mariés, avorton !

Une autre s'approche encore :

— Tiens, note aussi le mien, mécréant : je suis sœur Marie-Claudine Gattey, le boucher a égorgé mon frère, il imprimait les articles de Boyer et il a eu raison. Vive le Roi, mécréant !

— Mais quelles harpies ! Ramenez-les dans leurs cellules et mettez-les aux fers, ordonne Lebrasse à ses hommes.

La troupe les empoigne et les entraîne brutalement.

L'infirmière Guyot a assisté à la scène. Bouleversée, elle dit au lieutenant Lebrasse :

— Doucement, doucement, lieutenant, ce ne sont que des femmes ! Vous n'allez tout de même pas leur mettre les fers ?

— C'est le règlement, citoyenne ! Elles ont crié "Vive le Roi !", je regrette, ce sont les ordres.

De son cachot, par les deux fenêtres grandes ouvertes, la Reine a tout entendu.

La prétendue infirmerie est située contre un escalier, dit "escalier de la Chapelle", qui mène directement au Tribunal révolutionnaire.

En pénétrant dans le corridor qui y mène, les visiteurs sont aussitôt assaillis par une épouvantable odeur d'excréments. Parvenu au bout, le groupe se heurte à une grille monumentale.

— Vous nous attendrez ici, dit Michonis au lieutenant Lebrasse.

Le concierge Richard ouvre l'énorme portail de fer forgé. L'inspecteur s'arrête interdit : un homme est derrière la grille. Il porte une blouse qui a dû être blanche jadis mais qui est recouverte à présent d'immondices.

— C'est l'infirmier, dit Richard.

L'odeur est de plus en plus pestilentielle. Thery prend aussitôt une attitude de chef responsable pour interroger le garde-malade.

— Quelles nouvelles de la nuit ?

— Deux morts cette nuit, citoyen docteur, onze cas de fièvres putrides, et la dysenterie pour tous.

Un spectacle inimaginable s'offre alors aux visiteurs. Dans une vaste salle voûtée de trente mètres de long sur six de large, une cinquantaine de grabats sont disposés le long des murs en pierre de taille. A l'autre extrémité, une nouvelle grille en fer barre la sortie. Le sol est pavé de grandes dalles. On a l'impression d'être dans une grotte. L'opacité est grande malgré les deux quinquets fumants qui noircissent les murs. Les deux minuscules fenêtres à abat-jour qui s'ouvrent haut sur la voûte n'évitent pas la semi-obscurité et ne favorisent pas le renouvellement de l'air. Des formes humaines, disposées deux par deux, quelquefois trois par trois, sont allongées sur la même couche. Le sol est jonché d'excréments et de détritus de toutes sortes. L'inspecteur, qui a avancé de deux mètres, remarque que ses chaussures sont déjà souillées d'une boue noirâtre. L'air est absent, l'odeur insoutenable. Tout au fond, un malade émet des gémissements rythmés par sa respiration. La plupart des autres sont secoués par des quintes de toux.

— Mais quelle horreur ! Comment pouvez-vous travailler dans de telles conditions ! dit l'inspecteur à

Thery, puis s'adressant à Richard : Approchez donc votre quinquet de ces malades !

Il désigne trois hommes entassés sur la même paille pourrie. Ils sont enveloppés dans une même couverture grouillante de vermine. L'inspecteur se penche sur le premier d'entre eux. Le quinquet éclaire le visage have et maculé d'un tout jeune homme.

— Qui es-tu, citoyen ?

— Mon nom est Lux ! dit-il avec un fort accent germanique au milieu d'une quinte de toux. Adam Lux. Je suis député extraordinaire de Mayence.

— Il monte demain matin, intervient Michonis. Il vient d'être transféré ici de la prison de la Force. Il a écrit à Fouquier et à Herman : il veut absolument être jugé. Mais son état de santé est déplorable.

— Il va monter dans cet état ? demande l'inspecteur, puis s'adressant à l'homme : Pourquoi es-tu ici, citoyen ?

— Parce que j'ai sollicité de la Convention le rattachement de Mayence à la France ! dit le malheureux.

— Et tu as eu raison ! T'a-t-on arrêté pour ce seul motif ?

— Pas vraiment ! dit Michonis en riant à moitié. Dans une brochure incendiaire contre nos dirigeants, il a proposé d'élever une statue à Charlotte Corday.

— Ça c'est moins bien ! dit l'inspecteur avec un sourire contrit.

— C'était une fleur républicaine, citoyen. Elle était plus grande que Brutus.

L'inspecteur lève les yeux au ciel et passe au suivant :

— Et toi, qui es-tu ? demande-t-il à l'homme qui pousse des cris plaintifs.

— Wormeselle Gabriel, je suis girondin.

— Il est hors-la-loi, dit Michonis à l'oreille de l'inspecteur. Il ne sera même pas jugé, dès qu'il ira mieux, il sera exécuté.

— Dites, monsieur, dit l'homme à l'inspecteur, ne pourrait-on pas soulager mes douleurs de ventre ?

— On va s'occuper de toi ! L'inspecteur se tourne vers Thery qui prend soudain l'air important : Alors, docteur, ces douleurs ?

Thery demande à l'infirmier :

— A-t-il eu sa tisane sédative ?

— Bien sûr, citoyen docteur.

— Alors doublez les doses !

L'inspecteur remarque un troisième homme endormi, entièrement nu, couché sur le ventre. Il demande à son voisin :

— Comment s'appelle cet homme qui dort ?

— Je ne sais pas, monsieur.

— Souffre-t-il ?

— Non, monsieur.

— Tant mieux ! Il ne se plaint donc pas ?

— Je ne sais pas, monsieur, il est mort depuis deux jours.

— Et qu'attendez-vous pour l'enterrer ? demande l'inspecteur à Richard.

— Nous attendons d'en avoir trois ou quatre pour les enterrer tous en même temps.

— Je n'ai jamais vu une chose pareille. C'est monstrueux !

Le petit groupe avance au milieu de ces morts vivants entourés de déjections.

— Et celui-là, de quoi souffre-t-il ? demande l'inspecteur à Thery en désignant un grabataire qui saigne du nez.

Thery prend le pouls du malade puis s'adresse à l'infirmier :

— Il est mieux qu'hier, n'est-ce pas ?

— Oui, citoyen docteur, il est beaucoup mieux, mais ce n'est pas le même. Le malade d'hier est mort et celui-là a pris sa place.

— Ah, c'est différent, eh bien, qu'on lui donne la tisane nutritive.

Soudain des cris, des injures, des disputes, des piétinements résonnent dans toute l'infirmerie.

— C'est quoi ce bruit ? demande l'inspecteur.

— C'est le public qui se bat pour avoir des places au Tribunal révolutionnaire, dit Richard, cela commence dès cinq heures du matin et se poursuit sans cesse jusqu'à midi. Nous sommes adossés à un escalier qui mène au tribunal.

— Il est impossible de se reposer dans un tel vacarme ! Vos malades entendent monter les hommes et les femmes qui viennent les voir condamner ? C'est une monstruosité !

— Effectivement, citoyen inspecteur, dit Michonis, malheureusement ni la maladie ni même l'agonie ne les dispensent de comparaître !

— Et puis… J'en ai vu suffisamment pour faire mon rapport, dit l'inspecteur dans un mouvement de mauvaise humeur.

Il se dirige vers la sortie, les autres suivent ; de retour dans la cour des femmes, il se retourne et dit au groupe :

— Votre prétendue infirmerie est le repaire de toutes les horreurs. Je vous assure que je ne serai pas tendre avec vous dans mon rapport aux Comités ! Ça une infirmerie de la République ? Une porcherie oui ! Même sous les tyrans on n'avait rencontré une telle horreur. Maintenant emmenez-moi chez la veuve Capet.

— Vous concevez maintenant, citoyen inspecteur, dit Thery cynique, qu'il est impossible de l'hospitaliser ici sans la tuer prématurément. Il faut transférer l'Autrichienne à l'Hospice de l'Archevêché !

— Montrez-moi plutôt le chemin, répond sèchement l'inspecteur.

Le concierge prend la tête du petit groupe protégé par une haie de gendarmes. Pour rejoindre le cachot de la Reine, le groupe fait demi-tour et traverse le bureau de Richard sous le regard crépusculaire d'Amédée. Il emprunte ensuite le couloir des prisonniers en passant par la porte située entre les deux pans coupés. Quand le groupe la franchit, plus aucune plainte ne s'échappe des cabinets.

— Il semblerait que votre prisonnière se soit calmée, dit l'inspecteur à Richard.

Amédée, qui a entendu, lance en ricanant :

— Elle n'est plus là, citoyen inspecteur, maintenant elle pleure dans la charrette !

Les visiteurs franchissent le deuxième guichet et tombent sur la foule dense et compacte des détenus. Ils sont plus de trois cents à attendre qu'on veuille bien "les faire monter". C'est un spectacle désolant de les voir errer au milieu des gendarmes et des guichetiers à moitié ivres. Ici aussi c'est un bourdonnement continuel entrecoupé par les hurlements des porte-clefs et les grognements des molosses. Un prisonnier reconnaît le docteur Thery :

— Ah, docteur, docteur ! Donnez-moi un remède contre ma toux, je tousse jour et nuit, vous savez, ce matin, j'ai craché un peu de sang.

— Portez-vous malade demain matin, nous réglerons cela, répond Thery en marchant et sans même le regarder.

L'autre insiste :

— Mais, docteur, je ne pourrai pas, je monte à dix heures ce matin au Tribunal.

— Eh bien, venez me voir en descendant, répond cyniquement Thery.

— Bon, maintenant cela suffit, dit le lieutenant Lebrasse, rejoignez la cour !

— Je ne pense pas que vous reverrez ce malade, dit Souberbielle, le Tribunal aura une autre façon de le guérir de sa toux.

Parvenu au troisième guichet, tenu par Louis Larivière, le groupe de médecins tourne à gauche dans le corridor noir. Le jeune guichetier tient son quinquet bien haut, car l'obscurité est épaisse. La lumière qui s'échappe de l'échoppe du bousinier est insuffisante. Une odeur d'urine mêlée à celle d'un vin de mauvaise qualité prend les visiteurs à la gorge.

— Mais pourquoi ce corridor sert-il d'urinoir, alors que les latrines sont à proximité ? demande l'inspecteur.

— Ce sont les clients du bousin. Ils boivent si abondamment qu'ils n'ont pas le temps d'y parvenir.

Larivière ouvre les deux énormes serrures. L'inspecteur pénètre le premier dans le cachot : il est aussitôt agressé par l'odeur de moisissure et de fosse d'aisance. Malgré les deux fenêtres grandes ouvertes, la chaleur humide est accablante.

L'inspecteur a un mouvement d'arrêt : il pensait se trouver face à une prisonnière qui lui rappelle la Reine de France, il ne voit qu'une vieille femme assise près de la fenêtre, qui le regarde. Elle est d'une pâleur de marbre et porte un long voile noir sur la tête. Il est envahi par une grande mansuétude. Ce cachot hermétique, ces gendarmes inutilement armés qui veillent jour et nuit, cette réclusion pestilentielle, toutes ces mesures de sécurité si disproportionnées pour garder une femme malade, d'apparence si vieille, si faible, si vulnérable, tout ce cruel appareil inutilement répressif provoque en lui un sentiment de gêne.

Au moment où il pénètre dans le cachot, les deux gendarmes qui jouaient aux cartes derrière le paravent font mine de se lever :

— Ne bougez surtout pas, citoyens, continuez, continuez !

La Reine qui lisait dans son fauteuil regarde le groupe pénétrer. Elle attend. Aucun des visiteurs ne se découvre. Elle reste assise.

— Salut, citoyenne, je suis l'inspecteur Thirié-Grandpré. J'ai pour mission de m'enquérir de votre état de santé.

— Quelle est la raison profonde qui pousse mes geôliers à s'intéresser à ma santé, monsieur ? demande la Reine d'une voix sans timbre.

— Le peuple a le droit d'être informé, citoyenne. J'aurai donc un certain nombre de questions à vous poser relatives à votre état. Acceptez-vous d'y répondre ?

— Monsieur, je ne vois aucune raison qui puisse m'empêcher d'y répondre si elles sont posées par des médecins. Je n'accepterai pas qu'elles me soient posées en présence de témoins non médicaux, je considérerais qu'il y a atteinte à ma dignité. En revanche, tout ce qui peut éclairer le peuple sur l'iniquité de ma détention entraîne mon adhésion et je l'informerai volontiers des conséquences qu'elle provoque sur ma santé. Toutefois j'espère que seuls des médecins pourront assister à cet interrogatoire.

La Reine interroge du regard Michonis qui baisse les yeux.

— Impossible, citoyenne, réplique l'inspecteur, le règlement interdit formellement au personnel pénitentiaire de s'absenter même un instant.

— Dans ces conditions, monsieur, vous voilà prévenu de mon refus.

— Ne pourrions-nous pas, citoyen inspecteur, demande l'infirmière Guyot, transférer d'abord la veuve Capet à l'Hospice et procéder ensuite à son interrogatoire ?

— Ce serait la sagesse même, lance Thery.

— L'autorisation de transfert peut prendre du temps, précise Michonis.

— Sans elle, ajoute Thery, la situation sera bloquée et il nous sera impossible d'établir le rapport que vous attendez.

— D'accord pour le transfert, dit l'inspecteur, à condition qu'il s'opère le plus rapidement possible. J'ai besoin de votre rapport dans les meilleurs délais. Veuillez débarrasser cette table et qu'on me donne du papier et de l'encre, je vais rédiger immédiatement l'ordre de transporter la veuve Capet à l'Hospice.

C'est exactement ce que voulait l'infirmière Guyot : soustraire la Reine à son cachot.

— Ce transfert ne pourra s'effectuer avant plusieurs semaines, précise à nouveau Michonis.

— Pourquoi ? s'étonne Thery.

— Il doit être visé par le Comité de sûreté générale et le Comité de salut public, et le retard qu'ils ont accumulé est considérable.

— Alors, j'ai bien peur que ce ne soit bien long pour obtenir votre rapport, constate l'inspecteur.

— L'accusateur public doit donner aussi son avis, dit Michonis

— Il n'est que consultatif, précise Thery.

— Voilà, dit l'inspecteur en signant l'ordre de transfert qu'il tend à Michonis. A vous de signer et faites-le viser le plus rapidement possible par les Comités.

L'infirmière Guyot traverse la cour du Mai, indifférente aux obscénités proférées par les tricoteuses qui attendent comme d'habitude leur ration de charogne. Elle longe le quai des Morfondus et se dirige rapidement vers l'entrée du pont Saint-Michel où l'attend un fiacre. Elle s'y précipite en veillant à ne pas être remarquée. La voiture attelée démarre en trombe. Deux hommes et une femme l'attendent à l'intérieur.

— Alors, quand la transfère-t-on ? demande l'homme au visage vérolé.

— Grandpré et Michonis ont signé l'ordre, on attend maintenant la confirmation des Comités.

— Cela prendra combien de temps ? demande la jeune femme blonde au regard dur.

— D'après Michonis, plusieurs semaines.

L'homme au visage vérolé hausse les épaules.

— Plusieurs semaines dites-vous ? Ridicule ! D'ici là nous aurons libéré Sa Majesté.

— Peut-être aussi, une fois hospitalisée elle s'enfuira selon le plan que nous avons arrêté.

— Je serai là, dit l'homme au visage vérolé, cela ne nous empêchera pas de préparer, comme nous l'avons prévu, pour le 2 septembre la délivrance de la Reine de la Conciergerie.

Deuxième partie

LA CONJURATION DE L'ŒILLET

Du mercredi 14 août au vendredi 6 septembre 1793

MERCREDI 14 AOÛT, TREIZIÈME JOUR DE DÉTENTION,
VIENNE, SIX HEURES DU SOIR

1

Le plus aimant des hommes chez l'ami d'enfance

Il est six heures du soir et pourtant Vienne suffoque encore sous la canicule. Le comte de Fersen est en tenue de voyage dans une berline couverte de poussière. Il arrive de Bruxelles et a voyagé tout le jour et une partie de la nuit précédente. Une chaleur étouffante règne à l'intérieur de la voiture. La berline longe la Herrengasse où les quartiers résidentiels sont encore déserts en cette fin de journée. Fersen tend un billet à son cocher :

— Va directement au 17, Herrengasse, si tu ne trouves pas l'hôtel du comte de La Marck, demande au planton de la Hofburg où il habite. Ensuite arrête-toi au premier relais pour faire boire les chevaux, surtout stationne bien à l'ombre, le soleil est encore très chaud !

Les Fersen sont réputés à Stockholm pour leur grande taille mais surtout pour la couleur noire de leurs yeux. Axel et sa sœur Sophie sont tous deux dotés d'une beauté exceptionnelle.

Lui présente un visage d'une grande régularité. Un front large, un nez droit, d'immenses yeux noirs et des lèvres fines. Son regard est toujours empreint d'une certaine tristesse. Bien entendu, aucune femme ne peut résister à un tel pouvoir de séduction ; et pourtant, le comte souffre d'une nature dépressive. Il ne rit que rarement. Tout, dans son attitude et son maintien, signe l'empreinte d'une aristocratie ultraconservatrice. Les gestes, toujours lents, sont marqués d'une infinie noblesse. Le raffinement de sa mise l'a rendu célèbre. Il portait jadis si bien le somptueux uniforme des colonels du Royal-Suédois, que la Reine à Versailles, faveur exceptionnelle, l'avait autorisé à garder sa tenue militaire à la cour. Ce grand seigneur est peu malléable. Son discours est cassant. Il a toujours été l'ennemi avoué des idées nouvelles et la Révolution lui fait horreur. Sa haine du peuple l'a poussé à combattre la monarchie constitutionnelle qui eût été la seule issue pour ce régime. Cet homme s'est pourtant battu pour la liberté aux côtés des Américains. En revanche, il a incarné le mauvais génie de la Reine, en l'abreuvant de conseils surannés et même dangereux. Il l'a poussée à refuser l'aide de ceux qui désiraient un régime libéral pour maintenir coûte que coûte l'utopique monarchie absolue.

La berline s'arrête enfin devant un imposant hôtel particulier.

Fersen descend et dit au cocher :

— Reviens dans une heure exactement, et n'oublie pas de faire boire les chevaux et de dépoussiérer la voiture !

Il frappe avec le heurtoir de la porte d'entrée. Au bout d'un temps anormalement long, un très vieux chambellan apparaît, le regard interrogateur.

— Je suis le comte de Fersen, je suis attendu par Son Excellence le comte de La Marck !

Le chambellan acquiesce d'un mouvement de tête puis entrouvre de façon parcimonieuse un seul des deux battants, libérant un espace tout juste suffisant pour laisser passer son visiteur. Fersen est immédiatement frappé par l'odeur de renfermé qui règne et par le peu de soin apporté à l'entretien de la maison. Le vieux serviteur, dont la redingote est constellée de taches, fait signe de le suivre sans prononcer un mot. Ils empruntent l'un derrière l'autre un corridor sombre qui débouche sur une somptueuse serre. Il y règne une chaleur étouffante. Le comte de La Marck semble peu incommodé par l'intense moiteur du lieu. Il se tient debout, appuyé sur une canne, et donne des instructions à un jeune jardinier en nage.

— Attention, Cyprien, coupe bien la tige au deuxième bouton, la coupe de l'orchidée ne pardonne pas l'erreur. As-tu compris, Cyprien ?

— Oui, monsieur le comte.

Le comte de La Marck est un géant obèse et emphysémateux qui peine à respirer. Il possède un double menton qui se déverse sur une chemise de dentelles d'un blanc douteux. Sa culotte de soie est ponctuée de taches de graisse et ses chausses sont mal entretenues. Ce manque de soin corporel ne semble pas le gêner outre mesure et son sourire laisse entrevoir de grandes dents déchaussées et sales. En dépit de cette apparence peu flatteuse, il émane de cet homme une grande bonté qui fait oublier sa tenue négligée. Ce colosse jovial, qui s'exprime de façon hachée, profite de la moindre occasion pour récupérer un peu d'air entre deux phrases.

Il se retourne et découvre Fersen :

— Monsieur de Fersen, je présume ? Fersen s'incline en saluant tandis que La Marck poursuit : Monsieur le comte, m'autorisez-vous à vous recevoir ici ? Il reprend son souffle : Je dois surveiller de près les misères que peut faire mon jeune jardinier français à mes chères orchidées !

— Mais, Excellence, c'est moi qui suis votre obligé !

— Alors, asseyez-vous, je vous prie, et mettez-vous à votre aise… Il reprend son souffle : La température est très incommodante, mais j'y suis habitué !

Ils s'assoient tous les deux à une table sur des fauteuils en tiges d'osier tressées. Quand La Marck s'assoit, on entend gémir si fort le siège en paille que Fersen se demande si cette montagne humaine ne va pas s'écrouler devant lui. La chaleur étant devenue insupportable, il se débarrasse de son manteau de voyage et de son habit pour ne garder que son gilet et sa chemise. Le vieux chambellan, sec comme une momie, dépose des boissons rafraîchissantes et se retire sans prononcer le moindre mot.

La Marck remplit lui-même le verre de Fersen qui est déjà moite.

— Goûtez ce jus d'ananas, monsieur le comte. Il reprend son souffle, puis avec un rire accompagné d'une toux grasse : Mon correspondant me l'envoie directement de mes plantations de Saint-Domingue.

— Je vous remercie… Fersen le boit d'un trait. Effectivement, il est délicieux !

— Monsieur de Fersen, j'attendais votre visite. L'administration impériale me l'a annoncée ce matin. Vous avez une mission, je crois, à me soumettre, et pour quelle raison ai-je l'honneur d'avoir été choisi pour la remplir ?

— Si je suis ici, monsieur le comte, c'est que Sa Majesté la Reine m'a souvent répété qu'elle vous tenait pour le plus constant de ses amis d'enfance.

— C'est exact, monsieur, nous avions en commun la passion des fleurs et de mille autres choses – rires et toux –, son père, l'Empereur François-Etienne, nous avait autorisés à visiter son jardin botanique autant que nous le désirions.

— Comment la Reine était-elle enfant ?

— C'était un être délicieux, d'une très grande sensibilité. Nous nous sommes revus plus tard à Versailles, et j'ai retrouvé cette douceur. Tous ceux qui l'approchaient étaient conquis – il tousse –, il était impossible de lui résister.

— Même ses ennemis ?

— Surtout ses ennemis. Dès qu'ils la côtoyaient, ils étaient stupéfaits de découvrir un être à l'écoute de leurs problèmes, ils ne retrouvaient nulle part cette image mensongère qu'on leur avait donnée. Nous étions tous subjugués par son charme.

— Quels furent ceux qui succombèrent ?

— Mais tous sans exception ! Roederer, le terrible procureur-syndic, Barnave, le plus grand orateur de la Convention, Duport, même le stupide Pétion qui était persuadé que la sœur du Roi, Madame Elisabeth, était amoureuse de lui, même Lafayette qu'elle détestait – il tousse –, je présume que si vous m'avez posé cette question, c'est parce que vous vous attendiez à ce que je vous dise avant tout Mirabeau. Il reprend son souffle en riant : Compte tenu des relations préférentielles que j'avais avec lui.

— Je n'osais le citer. Effectivement, je songeais entre autres à Mirabeau qui a sans doute été conquis par Sa Majesté.

— Mais bien sûr ! Je le suspectais même d'en être tombé follement amoureux. Tout était excessif en cet homme… Décevant et attachant Mirabeau ! Vous savez sans doute, monsieur le comte, qu'il fut mon meilleur ami. C'était un homme d'une intelligence hors du commun et d'une générosité sans pareille. Il volait au secours de tout le monde, mais l'argent n'avait pour lui aucune finalité, tout argent qui tombait entre ses mains devenait immédiatement de l'argent de poche ! Il reprend son souffle : C'est lui qui m'a initié aux idées nouvelles avant qu'elles soient dévoyées par les terroristes. Il avait une intuition en politique qui touchait au génie, c'est encore lui qui m'a poussé à me présenter en 1787 aux Etats généraux. Je ne le regrette pas.

— Au sein de quel ordre, monsieur le comte ?

— Au sein de la noblesse, bien sûr ! Lui n'y est jamais parvenu, elle l'a rejeté. Il a dû supplier le tiers état de l'intégrer ! Je respecte la mémoire de cet homme quoi qu'il ait fait, parce que à la fin de sa vie, il a tout fait pour sauver cette monarchie constitutionnelle que nous appelions de tous nos vœux. Ce fut un terrible malheur pour la France qu'il soit mort si tôt. Il avait décelé en Robespierre un danger mortel pour le régime. Il disait de lui : "Celui-là ira loin, il croit tout ce qu'il dit !"

— Je ne suis pas du tout persuadé que la monarchie constitutionnelle eût été la bonne solution.

— Je pense le contraire, monsieur le comte.

— La monarchie constitutionnelle est une forme dévoyée de la monarchie et de la démocratie à la fois ! Regardez d'ailleurs où ce régime bâtard nous a menés, si ce n'est à la prise du pouvoir par les terroristes !

— En tout cas, Mirabeau vivant, cela ne serait jamais arrivé.

— Le pensez-vous vraiment ? Pensez-vous qu'il aurait réussi à les vaincre s'il avait vécu ?

— J'en suis sûr, car son audience auprès du peuple était immense – il reprend son souffle. En outre, il aurait persuadé le Roi de les combattre par une action militaire, la dégradation était telle qu'il n'y avait pas d'autre issue et elle aurait été admise par le peuple.

— C'est bien vous, monsieur le comte, qui avez organisé l'entrevue entre Mirabeau et la Reine dans le parc de Saint-Cloud ?

— Oui, c'est moi qui ai conseillé à Sa Majesté de recevoir Mirabeau. J'avais tout organisé à la barbe de Lafayette et de la garde nationale – rires –, Mirabeau risquait gros s'il avait été découvert, il aurait perdu instantanément son pouvoir politique et son énorme popularité – rires et toux. C'était un homme courageux qui savait prendre des risques. Evidemment, lors de cette entrevue, il est tombé instantanément sous le charme de la Reine. En revanche, pouvez-vous me révéler, monsieur le comte, comment Sa Majesté perçut cette entrevue ?

— La Reine m'avait dit que l'homme l'avait terrorisée, mais qu'elle entrevoyait peut-être une issue pour la monarchie. Le Roi, lui, ne l'aimait pas, il estimait que c'était un homme vénal. Il avait toutefois été impressionné par son intuition politique et il était prêt à suivre certains de ses conseils.

— Vous dites que le Roi le tenait pour vénal ? Je l'ignorais. Vénal ? Peut-être. Mais avec quel panache ! Habituellement les hommes vénaux, monsieur le comte, s'enrichissent, ce ne fut pas le cas de Mirabeau, il est mort pauvre !

— Pardonnez-moi, Excellence, de ne pas compatir à son sort.

— J'en conviens, monsieur, je me doute que le but de votre visite n'est pas de vous entretenir de Mirabeau, mais plutôt de sauver la Reine de France. J'ai reçu à son sujet des nouvelles encourageantes…

Fersen poursuit son idée :

— Elle m'a dit que vous étiez un ami très fidèle et qu'elle se confiait souvent à vous. J'ai pensé que vous étiez peut-être la seule personne qui détienne la clef d'un mystère que je n'ai pu résoudre.

— Diable !

— Monsieur de La Marck, si par malheur la Reine disparaissait demain, je voudrais savoir si, au cours de sa vie, elle a traversé des moments de bonheur.

On lit la stupéfaction sur le visage de La Marck.

— Je suis déconcerté que vous me posiez cette question, monsieur – il reprend son souffle –, vous êtes plus à même que moi d'y répondre !

— Détrompez-vous, Excellence, je suis torturé par ce doute. Je n'ai jamais vu la Reine vraiment heureuse ! Peut-être que vous, l'ami d'enfance…

— Moi, j'ai eu la chance de la voir heureuse, monsieur le comte, même très heureuse !

— Quand ?

— Mais à Vienne, bien sûr ! Dans sa famille, avec sa mère, ses sœurs, ses frères, avec ses amies d'enfance et surtout avec sa sœur Caroline qu'elle adorait, et puis aussi, en toute humilité, avec moi. Je vivais pratiquement au sein de la famille impériale quand Caroline partit rejoindre son triste époux le roi Ferdinand à Naples. La Reine et moi vécûmes cette séparation comme un déchirement. Après quelques secondes de réflexion entrecoupées par la toux : Je vous sens affligé, monsieur, le sort de la Reine m'affecte tout autant, que puis-je faire pour l'aider ?

— Sachez, Excellence, que la Reine vit un martyre au sens chrétien du terme, martyre que je suis impuissant à prévenir et à combattre. Savoir qu'elle a vécu une époque de bonheur est pour moi un réconfort inappréciable. Cela me permet d'endurer les terribles épreuves que je traverse et d'avoir la force de tout affronter pour la sauver. Je veux découvrir ces moments de bien-être où la Reine a vécu sous un autre jour que celui des larmes.

— C'est à Schönbrunn qu'elle fut vraiment heureuse, dit gravement La Marck en reprenant son souffle. Nous partagions la compagnie de sa sœur Caroline et de ses inséparables amis d'enfance, Louise et Charlotte de Hesse, Friedrich de Saxe et sa sœur Sophie.

— Je le savais, la Reine conservait pieusement leurs cheveux. Avez-vous des souvenirs précis ?

— Mille, monsieur le comte ! En voici un mémorable. C'était à la première d'*Alceste*. En hommage à la famille impériale, Gluck inaugura son opéra dans le petit théâtre du château de Schönbrunn. La Reine n'avait que treize ans, et moi quinze. Nous errions dans le parc en attendant l'arrivée du Maître. Comme le grand compositeur se faisait désirer, la cour déambulait dans les jardins autour de la gloriette. De nombreuses calèches de courtisans faisaient la navette avec le château. Des tables de jeu avaient été dressées sous les arcades. Un monumental buffet de pâtisseries faisait le bonheur des courtisans et des enfants de la famille impériale, hélas aussi du mien – il reprend son souffle en riant. Toute cette pâtisserie autrichienne explique mon embonpoint ! Ce jour-là, les archiduchesses Marie-Antoinette et Marie-Caroline jouaient aux cartes avec leurs frères, les archiducs Maximilien et Ferdinand. Leurs amis les princesses Louise et Charlotte de Hesse ainsi que le duc Friedrich et sa sœur Sophie étaient également assis autour de la table de jeu. Nous avions commencé une partie de whist qui s'annonçait plutôt mal. Marie-Caroline et le jeune duc de Saxe ne se quittaient pas des yeux. Marie-Antoinette qui s'était rendu compte de leur manège ne semblait pas apprécier ce “jeu de l'amour et du hasard” qui rendait sa sœur inappliquée et distraite…

— Pourquoi joues-tu du pique ? lui demande Marie-Antoinette. Tu ne peux ignorer qu'ils coupent à pique ! Caroline, concentre-toi !

Marie-Caroline répond en fixant Friedrich de Saxe dans les yeux :

— Pardonnez-moi, mes amis, je suis très distraite aujourd'hui. Mais j'ai une bonne excuse, figurez-vous que je suis tombée follement amoureuse.

Charlotte de Hesse sursaute. Elle est éprise du jeune prince, donc très jalouse de Marie-Caroline. Elle entrevoit aussitôt le parti qu'elle peut tirer de cette passion nouvelle qui va éloigner sa rivale de son cher Friedrich, et lui demande sournoisement :

— De qui es-tu tombée amoureuse cette fois-ci ?

— De Mathusalem, voyons !

Charlotte de Hesse tique immédiatement :

— Qui est-ce ?

— C'est mon Mathusalem ! Mais enfin, vous le connaissez bien. Voyons, souvenez-vous-en ! Mathusalem. L'homme le plus vieux de la Terre. Il habite Naples. Il est même Roi, voyons… Mais oui, vous avez deviné : c'est mon futur époux. Le vieux et laid Ferdinand de Naples.

Une immense déception se lit sur le visage de Charlotte, tout espoir de récupérer le jeune duc s'évanouit.

— Tiens, du carreau, mon ange ! dit Marie-Caroline qui change de ton : Je vous en prie, cessez de jouer les hypocrites quand je vous dis que le Roi de Naples est très vieux et très laid !

Un silence gêné s'installe autour de la table de jeu. Marie-Antoinette chuchote à sa sœur :

— Sais-tu que je déteste ce ton désabusé ?

L'autre répond à haute voix :

— J'espère, mon petit ange, que tu seras plus chanceuse que moi. Ton futur mari au moins est jeune. Moi je pars retrouver un papa. Ah, tiens, atout ! Pourvu qu'à l'arrivée je ne découvre pas un grand-papa. Elle éclate de rire en prenant La Marck à témoin : N'est-ce pas, mon bon Auguste ? Que penserais-tu si je découvrais un bon vieux grand-papa ?

Les autres peuvent difficilement dissimuler leur rire, à l'exception de Marie-Antoinette et de Charlotte de Hesse qui pincent les lèvres. Louise de Hesse, tout émue, dit à Marie-Caroline :

— Caroline, tu ne seras jamais seule. Sais-tu que je compte te rendre visite très souvent à Naples ? J'ai le droit de voyager à mon aise, c'est l'avantage que les princes ont sur les archiducs. Antoinette, veux-tu jouer, c'est ton tour !

Marie-Antoinette se lève brusquement, jette toutes ses cartes sur la table, puis prend son petit carlin dans les bras :

— J'en ai assez, jouez sans moi ! Elle s'adresse à La Marck : M'accompagnerais-tu au buffet, Auguste ?

— Au buffet ? dit Marie-Caroline, mais c'est exactement ce dont rêve notre bon Auguste. Et puis, moi aussi, j'en ai assez ! Elle se lève en jetant ses cartes, et nargue Charlotte de Hesse en demandant au jeune duc de Saxe : Friedrich, m'accompagnerais-tu aussi au buffet ? Je suis assoiffée.

Marie-Antoinette la foudroie du regard, mais il se lève aussitôt pour l'accompagner.

Les deux jeunes frères de Marie-Antoinette n'apprécient pas que leur partie de whist soit abandonnée. L'archiduc Ferdinand manifeste son mécontentement :

— Il est impossible de jouer sérieusement avec elles. Puis s'adressant à son frère Maximilien : Si nous organisions un lansquenet ? Qu'en penses-tu ?

— Très bonne idée, répond l'autre qui demande à La Marck : Jouerais-tu avec nous, mon bon Auguste ?

— Non merci ! Je vais aussi au buffet, je meurs de faim.

— Et toi, Charlotte ?

— Non, merci, jouez sans moi. Charlotte, plus préoccupée d'accaparer Friedrich, ramasse son petit carlin avec son bras gauche et de son bras droit agrippe celui du jeune duc : Toi, j'ai deux mots à te dire. En attendant, accompagne-moi au buffet. Moi aussi je suis assoiffée.

L'autre hésite.

— Eh bien, Friedrich ! ordonne Sophie à son frère. Veux-tu te dépêcher d'accompagner Charlotte, s'il te plaît !

Friedrich s'exécute à regret sous le regard ironique de Marie-Caroline tandis que Marie-Antoinette est heureuse de les voir partir ensemble. Louise, gênée de cette situation, dit à Marie-Caroline :

— Je te retrouve au concert, la première attend l'autre !

Elle s'éloigne.

— Antoinette, viens-tu au buffet avec moi ? demande La Marck.

— Précède-moi, je te rejoins dans quelques instants.

Auguste s'éloigne en se dandinant. Les deux sœurs se retrouvent seules. Elles marchent le long du bassin de Neptune, chacune tient son petit chien dans les bras. Marie-Antoinette est maussade.

— Plus que douze jours, dit-elle.

— J'espère que tu m'écriras souvent, murmure Marie-Caroline en serrant le bras de sa sœur. Je veux être informée en détail de ta nouvelle vie à Versailles. Si tu savais au fond comme je suis heureuse que tu épouses un homme de ton âge !

— Sait-on jamais ? De nous deux, c'est peut-être toi qui seras la plus heureuse.

— Ne rêvons pas, mon ange ! J'ai tenté de savoir quelles étaient les vertus de mon futur mari, mais maman demeure si évasive… Quand on voit son portrait, on peut s'attendre au pire. Tiens, asseyons-nous là !

Marie-Caroline s'installe à l'abri des tilleuls sur un banc de pierre. Marie-Antoinette s'assoit à même le sol et pose sa tête contre les genoux de sa sœur. Elle tient son petit chien serré dans les bras. Soudain rêveuse, elle dit :

— Que feras-tu si tu ne l'aimes pas ?

— Ce que font toutes les jeunes femmes qui épousent des vieillards.

— Que veux-tu dire ? Un amoureux ?

— Bien sûr ! Enfin, Antoinette, j'accepte de sacrifier ma vie pour un rôle de Reine, pas de nonne !

— Tu pourrais commettre un tel péché ?

— Un seul, crois-tu ? Pour toujours ? A seize ans ? Ce serait vraiment trop triste.

— Et si, par malheur, tu attendais un enfant ?

— Connais-tu la devise des reines malheureuses ?

Marie-Antoinette fait non de la tête.

— Amour en abondance, bâtard en abstinence !

Marie-Antoinette sourit malgré elle.

— Et Friedrich ?

— Quoi Friedrich !

— Charlotte est amoureuse de lui et je n'aime pas la façon dont tu la provoques. Tu sais pourtant qu'elle désire ardemment l'épouser. As-tu compris au moins comme elle était malheureuse de ton comportement ? Puis sur un ton plus haut : Mais que cherches-tu en aiguisant tes griffes sur un adolescent ?

Marie-Caroline a instantanément les larmes aux yeux :

— Ne comprends-tu pas, Tête à vent, que j'ai soif d'exister avant d'être enterrée vivante avec ce vieillard ? Quand je lis du désir dans les yeux de Friedrich, cela me flatte et, surtout, cela me donne de l'espoir. Je me dis : Caroline, tu n'es pas encore morte, alors profite du peu de temps qu'il te reste encore à vivre.

Marie-Antoinette se lève brusquement et s'assoit à côté de sa sœur en lui prenant les mains :

— Pardonne-moi, Caroline – elle aussi a les larmes aux yeux –, ne me parle pas sur ce ton, je perds le peu de courage qu'il me reste pour affronter ton départ.

On entend au loin un air de musique.

— Est-ce *Alceste* ?

— Non, pas encore, il est trop tôt !

Marie-Antoinette revient à la charge,

— Promets-moi maintenant de ménager Charlotte, elle est si malheureuse !

— Bon, bon, je promets. Mais, mon petit ange, tu sais bien que c'est triste à seize ans de ne plus attendre le prince charmant. J'en ai voulu à maman de m'imposer son vieillard napolitain, et puis je me suis résignée à cette idée, mais j'ai posé mes conditions.

Marie-Antoinette est stupéfaite.

— Des conditions ? Tu as posé des conditions à notre mère ?

— Eh oui. Je lui ai dit : "J'épouse votre roitelet napolitain si vous me promettez de marier Antoinette à un prince de son âge." Et elle a tenu sa promesse.

Marie-Antoinette a les larmes aux yeux :

— Ma Caroline… Tu as fait cela pour moi ? Mais c'est profondément injuste !

— Mais non, mais non ! Tout sera mieux ainsi. Le Dauphin est un homme jeune et bon. C'est le mari qu'il te faut. J'avais tellement peur qu'on t'oblige à épouser le vieux Roi de France faisandé. Elle prend le visage de sa jeune sœur entre ses mains et l'embrasse sur le front : Ne te soucie surtout pas pour moi, tu sais bien que je suis forte. Toi, tu es un petit ange, et un petit ange oblige amour et protection. Maintenant, séchons nos larmes. Avant d'aller écouter *Alceste*, je veux me gaver de gâteaux à la crème !

A cet instant, La Marck, les yeux noyés de larmes, émerge d'un bosquet :

— J'ai tout entendu de votre conversation, Caroline, à moi aussi tu vas me manquer !

— Auguste ! Mon bon Auguste, mais je te laisse Antoinette ! Allez, venez, vous deux, remontons nous gaver ! Les gâteaux à la crème nous attendent…

— Mais j'en reviens ! dit Auguste en ravalant ses larmes.

— Caroline a raison, dit Marie-Antoinette, rien ne vaut une tarte à la crème quand on a du chagrin !

Ils montent les larges marches de pierre blanche de la gloriette pour accéder à un buffet monumental où trônent d'énormes pièces montées débordantes de crème. Ils se servent copieusement et vont s'asseoir sur une des nombreuses tables pour dévorer le con-tenu de leurs assiettes.

Marie-Antoinette parle la bouche pleine :

— Mon Dieu, que c'est bon ! Si notre mère nous voyait, elle qui a formellement interdit les sucreries ! Oh, regarde l'assiette d'Auguste, elle déborde ! Auguste, tu es trop gros, tu n'es pas raisonnable.

— Tant pis pour vous ! Il ne fallait pas m'amener ici.

— Si notre mère nous voyait gloutonner ainsi ! renchérit Marie-Caroline. Elle qui a la manie de toujours nous séparer… Regarde, voilà la princesse de Starhenberg. Cet hippopotame a imité ta coiffure, cela lui donne une tête de grenouille.

Les deux princesses éclatent de rire, mais à l'approche de la grosse courtisane, elles reprennent leur sérieux. La Marck cache son visage entre ses mains pour masquer son fou rire.

— Attention, elle vient à nous. Auguste, garde ton sérieux, voyons !

La princesse de Starhenberg, que l'obésité oblige à se dandiner, se dirige péniblement vers la table des princesses. Elle les salue respectueusement en une grotesque révérence qui manque lui faire perdre l'équilibre.

— Chère princesse, vous êtes coiffée à ravir, dit Marie-Caroline à la grosse Allemande. Quel est l'artiste qui a créé ce chef-d'œuvre ?

La Marck est passé derrière la grosse femme pour cacher son fou rire.

— Altesse, en toute honnêteté, c'est moi ! répond la corpulente princesse sur le ton de la confidence. C'est un modèle tout simple que j'ai créé, et maintenant tout le monde m'imite ! Altesses, ma délicatesse m'oblige à ne pas le remarquer !

— Quel tact, chère princesse ! Puis-je vous demander une faveur ? demande Marie-Antoinette le plus sérieusement du monde.

— Vos désirs sont des ordres, Altesse !

— Je désirerais que vous m'autorisiez à me coiffer comme vous !

— C'est un honneur qui me va droit…

Marie-Caroline l'interrompt brusquement :

— N'y songe pas ! Cette coiffure n'est pas faite pour toi, tu n'as pas l'ovale parfait de la princesse. Tu serais ridicule. Regarde-toi et compare ses formes potelées avec les tiennes décharnées ! Elle prend le bras de sa sœur en l'entraînant : A tout à l'heure au théâtre, chère princesse ! Tu viens, Auguste ?

Les deux sœurs, bras dessus bras dessous, suivies de La Marck, flânent au milieu de nombreux dignitaires qui s'inclinent sur leur passage. Marie-Antoinette aperçoit soudain un vieillard tout chamarré d'or et de décorations endormi dans un fauteuil.

— Regarde l'ambassadeur d'Espagne, il s'est endormi avec un biscuit collé sur ses décorations.

— C'est répugnant, dit Marie-Caroline. Attends, j'ai une idée… On va rire.

— Non, ne fais pas cela, dit La Marck, c'est un ami de mon père ! Je vais être repéré.

— Aucune importance, dit Caroline, je n'aime pas les vieillards.

Elle pose sur les genoux de l'ambassadeur son petit chien Pams, qui se précipite aussitôt sur la poitrine du diplomate pour manger le biscuit. Le vieil homme se réveille en sursaut.

— Oh ! vilain Pams, n'as-tu pas honte ? dit Marie-Caroline.

L'ambassadeur qui reconnaît les archiduchesses fait mine de se lever pour les saluer, mais Marie-Antoinette gênée le retient :

— Ne vous mettez pas en peine, monsieur l'ambassadeur, Pams est très mal élevé ! Excusez-nous, bonsoir, monsieur l'ambassadeur.

Les princesses se fondent dans la foule en compagnie d'Auguste. Ils descendent les marches de la gloriette pour rejoindre le parc. Non loin d'elles, l'Empereur en grand uniforme, clac noir à plumes de cygne neige sur la tête et cape blanche enveloppante, s'entretient avec un groupe d'officiers de sa garde. Il observait ses sœurs depuis un moment, il a vu la farce faite à l'ambassadeur.

— Ne tentons pas le diable, dit Marie-Caroline, nous avons eu la chance jusqu'à maintenant de ne pas rencontrer notre mère. Elle serait furieuse de nous savoir ensemble. Attention, je crois que Joseph nous a repérées. Rentre au château avec sa calèche, elle longe toujours la promenade des statues, moi, je vais rentrer par les allées de tilleuls. Je me sauve. A tout à l'heure au théâtre.

Elle disparaît dans la foule. Marie-Antoinette, accompagnée de La Marck, s'apprête à quitter la gloriette. Elle tombe sur l'Empereur qui a quitté son groupe et l'attend au bas des marches. Il fait signe à son cocher de s'approcher, sa calèche s'immobilise à sa hauteur, le cocher descend et se découvre en tenant la porte ouverte :

— Tête à vent, je vous ai vue avec Caroline faire des noises au vieil ambassadeur d'Espagne, dit l'Empereur. Et toi, Auguste, tu es leur complice ! C'est très vilain, je vais le répéter à l'Impératrice-Reine.

— Sire... je voulais... bredouille Auguste, tandis que Marie-Antoinette chagrine garde les lèvres serrées.

L'Empereur monte dans sa calèche en riant.

— Allez, vilains garnements, je vous ramène !

Marie-Antoinette et Auguste s'assoient face à lui. Il a le fou rire en voyant les deux enfants bouder. Il insiste :

— Si l'Impératrice vous avait vus malmener ce pauvre ambassadeur, je ne donnais pas cher de vous.

Marie-Antoinette n'apprécie pas :

— Ne raillez pas, Joseph, vous ne pouvez ignorer que Caroline va bientôt nous quitter. En attendant cette séparation, nous avons le droit de nous amuser un peu ! Vous savez très bien qu'elle part pour épouser un vieillard !

— Un vieillard, Tête à vent, peut très bien être le destin d'une archiduchesse, si la raison d'Etat l'exige.

— Soit. En revanche, l'âge avancé d'une éventuelle épouse ne croise jamais le destin d'un jeune archiduc ! répond impulsivement Marie-Antoinette.

Le visage de l'Empereur s'assombrit :

— Antoinette, notre mère m'avait aussi imposé d'épouser la fille du duc de Parme ! Vous ne pouvez nier que je ne connaissais pas Isabelle avant de l'épouser. Elle aurait pu être vieille et laide. La providence a voulu que ce soit le contraire. Si nous nous sommes aimés, ce fut par pur hasard. Contrairement à ce que vous pensez, le sort des archiducs n'est pas meilleur que celui des archiduchesses. Vous savez bien qu'à sa mort, j'ai perdu la seule femme que j'aimais au monde.

Marie-Antoinette, les yeux humides, se jette spontanément dans les bras de son frère.

— Pardon, Joseph… Pardon !

— Cela n'est rien, répond gentiment l'Empereur ému en lui caressant la joue. Caroline ne peut pas en vouloir à l'Impératrice, chacun des mariages de ses enfants renforce l'unité de l'Empire. Je ne peux, hélas, qu'approuver ce mariage contre nature. Nous, ses enfants, sommes victimes de la grandeur de l'Autriche, c'est notre destin commun, Tête à vent !

— Si vous saviez, Joseph, comme je vais me sentir seule après son départ…

De grosses larmes coulent sur les joues d'Auguste.

Fersen a écouté songeur et les yeux brillants le récit du comte de La Marck, lui-même ébranlé par ses souvenirs.

— Quels étaient ses rapports avec son frère Joseph ? demande Fersen.

— Rendez-vous compte qu'ils avaient quatorze ans de différence ! Elle le craignait. Mais ils s'aimaient profondément.

— Et avec sa mère ?

— L'Impératrice était autoritaire et possessive, mais une excellente mère allemande. Après Marie-Christine, Antoinette était sa préférée, c'est bien normal, c'était la dernière de ses filles.

— La Reine m'avait rapporté, avec beaucoup d'émotion, une anecdote pénible sur sa mère, une histoire tragique qu'elle n'a jamais pu oublier !

— Laquelle ?

— Elle aurait obligé sa fille Marie-Joseph à descendre dans la crypte des Capucins et à veiller sa belle-sœur Josepha morte de la variole. Avec le risque terrible de contagion !

— Je connais cette lamentable histoire, j'étais là quand Marie-Antoinette elle-même l'a racontée à Joseph ! Figurez-vous que c'était justement à la première d'*Alceste* !

— Comment une mère peut-elle envoyer son enfant à la mort ? demande Fersen.

— Quand on a connu l'Impératrice comme je l'ai connue, il est inconcevable d'imaginer qu'elle ait pu exposer sa fille à un tel danger. Si elle avait été informée du risque de contagion – il reprend son souffle –, jamais, entendez-vous, jamais, elle n'aurait autorisé Marie-Joseph à descendre dans la crypte !

— Pourquoi en êtes-vous si sûr, Excellence ?

— Parce que j'ai vécu ce drame et en voici la preuve.

La Marck reprend son récit.

L'Empereur nous avait conduits, Marie-Antoinette et moi, dans sa calèche personnelle. Nous retrouvâmes Caroline dans le vestibule du petit théâtre. Elle se précipita sur nous et, chose inhabituelle, croisa le grand miroir sans s'admirer. L'Empereur amusé la suivait des yeux.

— Louise m'a une fois de plus abandonnée, puis-je me joindre à vous ? demande Marie-Caroline.

— Ne devriez-vous pas être ensemble au concert ? demande Marie-Antoinette.

— Comme d'habitude elle aura changé d'avis au dernier moment. Mon bon Auguste, voudrais-tu la remplacer, j'ai deux places au parterre…

L'Empereur qui observe sa sœur d'un air moqueur l'interrompt :

— Savez-vous, Caroline, que vous faites de grands progrès ?

— Merci, Joseph. Pourquoi ?

— Je vous ai observée attentivement : vous avez croisé ce grand miroir sans vous y mirer une seule fois. Nous ne sommes plus habitués, l'Impératrice vous aurait sûrement gratifiée d'un compliment.

— C'est ma foi vrai. Mettons cette absence passagère de coquetterie au bénéfice de mon futur époux.

— Je ne saisis pas le rapport.

— Songez-y, Joseph, son grand âge me rassure ! A seize ans, on n'a plus besoin d'un miroir, on se sait toujours assez belle pour un vieillard, non ?

— Vous me parlez de vieillard, vous aussi… C'est un complot !

— Non, sire, c'est une constatation.

— C'est bon, je capitule, où vous a-t-on placés ?

— Caroline et Louise sont au parterre, dit Marie-Antoinette, Ferdinand et moi dans une loge. Vous noterez que l'Impératrice ne tient pas ses promesses, elle nous a encore séparées.

— Reconnaissez, Joseph, dit Caroline, que c'est bien triste pour le peu de jours qu'il nous reste.

— La cause est entendue, j'invite vos petites Altesses sérénissimes et notre bon Auguste dans ma loge. Attention, Tête à vent, dit l'Empereur en riant, voilà l'Impératrice, elle vous observe.

— Mon Dieu, Joseph, elle sera furieuse de me savoir dans votre loge, qu'allez-vous lui dire ?

— Laissez faire votre Empereur !

Au parterre, le grand chambellan Khevenhuller, sa longue canne à ruban à la main, précède l'Impératrice.

Elle est accompagnée de l'ambassadeur Mercy-Argenteau et du chancelier Kaunitz. L'Empereur salue sa mère en s'inclinant, Marie-Caroline et Marie-Antoinette font la révérence, Auguste de La Marck manque perdre l'équilibre dans un trop profond salut de cour. Marie-Thérèse leur sourit. Sans même s'arrêter, elle lance à l'Empereur :

— Je suis prête à parier deux jours de carême que vous avez invité Caroline et Antoinette dans votre loge, me suis-je trompée ?

— Décidément, on ne peut rien cacher à une mère, répond l'Empereur, en s'inclinant de nouveau.

Marie-Thérèse se retourne et adresse un beau sourire à son fils :

— Tâchez de ne pas vous faire trop circonvenir par ces enjôleuses ! Allez, bonsoir, mes enfants, je rentre aussitôt le concert fini. Soupez sans moi.

Tout le monde se salue. L'Empereur prend ses sœurs par les épaules et les pousse vers l'escalier qui conduit à la loge impériale. Auguste les suit.

— Voyez, petites sœurs, comme cela fut simple, dit l'Empereur en riant.

— Je n'en reviens pas, répond Marie-Antoinette rassurée.

— C'était pourtant vraiment facile, dit Marie-Caroline, il suffisait tout simplement d'être Empereur d'Autriche !

L'Empereur éclate de rire et pousse ses sœurs bras dessus bras dessous dans sa loge

Deux laquais aux armes de la maison d'Autriche se tiennent de part et d'autre de la porte. Dans le couloir, de nombreux courtisans ralentissent le pas pour saluer l'Empereur. Au moment où il arrive à leur niveau, chaque laquais entrouvre un battant.

Nous sommes dans un salon cossu, rouge et or. L'Empereur s'installe dans un fauteuil de velours cramoisi, Marie-Antoinette et Marie-Caroline sur deux tabourets. Auguste s'assoit derrière elles. Un laquais fait glisser une table roulante recouverte d'une nappe de dentelle blanche, où sont disposés des gobelets en vermeil et d'énormes carafons de cristal remplis de jus de fruits et de vins rouges et blancs.

— Ah, bonsoir, Willem, dit l'Empereur. Petites sœurs, désirez-vous un jus de fruit ?

— Je prendrais volontiers un jus de pomme, dit Marie-Antoinette.

— Moi un jus d'orange, s'il vous plaît, Joseph, dit Marie-Caroline.

— Que désires-tu, mon bon Auguste ?

— Un jus d'orange, s'il vous plaît, sire.

— Versez-moi, je vous prie, une coupe de vin de Moselle, demande l'Empereur.

Le laquais sert d'abord l'Empereur, puis les deux princesses et enfin Auguste. Dans la loge voisine se trouvent Friedrich et Sophie et leurs parents le duc et la duchesse de Saxe-Hildburghausen. Ces derniers saluent respectueusement l'Empereur tandis que le jeune duc dévisage Marie-Caroline qui lui répond par un sourire complice. Marie-Antoinette, qui s'en aperçoit, est furieuse.

L'Empereur parcourt le programme de la soirée tout en savourant son vin blanc.

Marie-Antoinette donne un coup de coude à sa sœur et lui souffle à l'oreille :

— Méchante !

Marie-Caroline, l'air de rien, répond à mi-voix :

— Pourquoi méchante ?

— Tu avais promis ! Regarde, en face, la famille de Hesse et vois comme vos singeries rendent Charlotte malheureuse. Je te déteste.

— Qu'y puis-je ?

Pour se faire pardonner, Caroline envoie un baiser à Charlotte de Hesse, qui répond par un sourire glacial mais envoie un baiser à Marie-Antoinette.

— Nous disposons de quelques instants avant le début de l'ouverture, dit l'Empereur à Marie-Caroline d'un ton grave, je voudrais vous dire combien votre absence va me peser et je ne voudrais surtout pas que vous puissiez croire que j'ai une quelconque responsabilité dans ce mariage avec le Roi de Naples. Bien que je l'approuve entièrement.

— Ne vous mettez pas en peine, Joseph, je connais la litanie mille fois ressassée par l'Impératrice, et elle ajoute avec impertinence, sur le ton qu'on emploie pour réciter une table de multiplication : “Les archiduchesses ne sont pas sur terre pour être heureuses.”

L'Empereur, ravi qu'on critique sa mère, lui demande avec un sourire narquois :

— J'espère que vous ne jugez pas votre mère, n'est-ce pas ?

Marie-Antoinette, n'aimant pas la tournure que prend la conversation, interrompt vivement son frère :

— Joseph, nous avons toutes les deux un poids sur le cœur.

— Diable, est-ce l'atmosphère du théâtre qui t'inspire ce ton mélodramatique ? Je t'écoute. Allez, Tête à vent, libère-moi ce petit cœur.

Marie-Caroline s'interpose brusquement :

— Crois-tu que cela soit très utile ?

— Je n'aime pas ces mystères, réplique sèchement l'Empereur. Maintenant vous en avez trop dit. Tête à vent, je t'écoute.

Un grand silence s'installe soudain dans le théâtre suivi du claquement des fauteuils. Toute la salle s'est levée : l'Impératrice vient de faire son entrée. Elle s'installe comme d'habitude au premier rang, toujours accompagnée des deux personnages de l'Etat, de sa fille préférée, l'archiduchesse Marie-Christine, et de son époux le duc de Saxe-Teschen. Les deux sœurs se lèvent, mais cette marque de déférence exaspère l'Empereur qui est resté assis. Il tire sur la robe de Marie-Antoinette pour l'obliger à se rasseoir.

— Antoinette, reste assise. Tu avais quelque chose à me dire : je t'écoute.

Elle se rassoit et commence son récit :

— C'était au mois d'avril de l'année dernière…

Des larmes coulent aussitôt sur les joues des deux sœurs.

— En avril de l'année dernière ? interrompt l'Empereur, mais c'est le mois de la mort de mon épouse Josepha !

— Justement, Joseph, répond Marie-Antoinette. Vous n'ignorez pas que Marie-Joseph était destinée la première au Roi de Naples. Notre sœur devait quitter l'Autriche pour rejoindre son futur mari.

Elle se tourne gênée vers Marie-Caroline, mais celle-ci la rassure d'un battement de paupières. L'Empereur intervient à nouveau dans un mouvement d'humeur :

— Tout cela est de l'histoire ancienne. Nous avons tous été informés de ce projet de mariage ainsi que de la fin douloureuse de Marie-Joseph, alors pourquoi ces larmes encore aujourd'hui ?

Marie-Antoinette poursuit :

— Parce que avant son départ, notre mère obligea notre sœur Marie-Joseph à descendre dans la crypte des Capucins pour se recueillir sur la dépouille de votre épouse Josepha morte de la variole.

— Que dis-tu ? dit l'Empereur en blêmissant. Marie-Joseph est descendue dans la crypte ? Avec le risque de contagion ? Je ne peux le croire.

— C'est la triste vérité, Joseph.

Marie-Caroline, qui était restée silencieuse depuis le début du récit, intervient :

— Marie-Joseph m'a avoué qu'elle était terrifiée à l'idée d'aller dans la crypte pour veiller Josepha !

— Pourquoi n'en ai-je pas été informé ? Continue.

Les larmes coulent toujours sur les joues des deux sœurs et sur celles d'Auguste, Marie-Antoinette poursuit :

— Avant de descendre dans la crypte, Marie-Joseph m'a fait asseoir sur ses genoux et m'a dit en pleurant : "Je suis sûre que je vais mourir si je descends veiller Josepha. Je suis certaine d'attraper la variole." Je lui ai dit : "Mais il ne faut pas y aller ! – Je ne peux m'y soustraire, m'a-t-elle répondu, on ne discute pas les ordres de l'Impératrice !" Quinze jours après elle était morte !

Joseph est accablé. Un silence s'est établi depuis quelques instants dans la salle, aussitôt suivi par l'ouverture d'*Alceste*. Marie-Caroline poursuit son récit à voix basse :

— Marie-Joseph avait été promise, avant moi, au Roi de Naples. Deux semaines après qu'elle fut inhumée aux côtés de Josepha dans la crypte des Capucins, l'Impératrice informa le vieux monarque que le projet de mariage était maintenu, elle avait en réserve dans sa vaste progéniture une autre archiduchesse à lui offrir !

L'Empereur, choqué par ce ton irrespectueux, dit sèchement :

— Cela suffit, Caroline, tu dépasses les bornes. Maintenant, laissez-moi écouter Gluck.

Sous l'injonction de leur frère, les princesses se taisent, mais elles échangent avec Auguste un regard qui en dit long. Pendant toute la durée de l'opéra de Gluck, l'Empereur reste sombre.

— C'est une histoire horrible, dit Fersen en se tamponnant le front.

— Je pensais que vous la connaissiez, dit La Marck dans une quinte de toux.

Il remplit de nouveau le verre de Fersen.

— Merci, dit ce dernier en le vidant d'un trait. Je n'en connaissais pas les détails. La Reine respectait trop le souvenir de sa mère pour évoquer ce drame devant moi.

— Ni même oser l'évoquer devant elle. Marie-Antoinette pressentait la torture que subissait l'Impératrice lorsqu'elle songeait à la mort atroce de Marie-Joseph – il reprend son souffle –, mort dont elle était malencontreusement responsable !

Les deux hommes demeurent songeurs et muets, dans une sorte de recueillement. Seuls les ciseaux de Cyprien, coupant les tiges d'orchidée, troublent ce silence d'un claquement sec et régulier. Au bout d'un moment, La Marck décide de rompre cette sérénité plus proche d'une veillée funèbre que d'une intense réflexion.

— Savez-vous, monsieur le comte, que nous ignorons pratiquement tout ici des conditions de détention de Sa Majesté ?

Fersen ouvre de grands yeux étonnés, comme s'il sortait d'un sommeil léthargique :

— Ne vous a-t-on pas dit qu'elle avait été transférée à la Conciergerie ?

— C'est la lettre de l'administration impériale qui me l'a appris ce matin. Cette prison a une terrible réputation, n'est-ce pas ?

— Terrible réputation, Excellence ? C'est l'antichambre du Tribunal révolutionnaire dont la seule issue est l'échafaud.

Devant la brutalité du propos, le comte de La Marck pâlit. Il pose violemment son verre sur la table.

— Que dites-vous, monsieur ?

— Ou à la guillotine, si vous préférez… En attendant, Sa Majesté est enterrée vivante dans un cachot obscur de trois mètres de côté, gardée et observée par deux gendarmes vingt-quatre heures sur vingt-quatre et jusque dans ses nécessités les plus intimes.

Le visage de La Marck se décompose. Pour la première fois, une fine sueur perle sur son front et des cernes bruns apparaissent sous ses yeux. Son teint est devenu subitement grisâtre.

— Quelle horreur ! Quelle infamie !

— Désirez-vous tout savoir sur sa détention, Excellence, au risque de vous heurter cruellement ? Comme La Marck acquiesce d'un mouvement de tête, il poursuit : On lui a tout retiré, ses souvenirs familiaux, les cheveux du Roi et de ses enfants, ses vêtements personnels, ses bagues, son linge, même ses aiguilles à tricoter et son nécessaire à couture. Ses chaussures sont détruites par la moisissure, elle ne possède que deux robes, une noire en lambeaux et un déshabillé blanc qu'on ne lave jamais parce qu'il n'y en a pas d'autre. Elle n'a droit qu'à une chemise par jour. Elle, qui est obsédée par la propreté, se retrouve dans l'impossibilité de faire sa toilette.

— Comment avez-vous eu connaissance de toutes ces horreurs ?

Fersen ne répond pas, il poursuit sur sa lancée :

— La nuit, elle n'a pas droit à la lumière.

Le comte de La Marck se lève brusquement et marche de long en large en regardant le sol. Ses yeux sont rouges.

— Seigneur, dit-il, comment une telle barbarie peut-elle encore sévir de nos jours ?

— Vous ne savez pas tout, monsieur le comte. Elle respire la fumée du tabac de ses gardiens. Ils jouent aux cartes ou au jaquet, parlent fort, font du bruit sans se soucier d'elle le moins du monde. Ils boivent beaucoup d'alcool. Il règne dans cette tombe une puanteur insupportable. En cette saison, elle subit une chaleur étouffante et probablement grelottera-t-elle de froid dès l'automne…

La Marck s'est arrêté, il s'appuie contre une des colonnes métalliques qui soutiennent la serre. Il fixe Fersen, mais son regard est lointain et nostalgique. Il semble dépassé par toutes ces horreurs. L'autre poursuit impitoyablement son énumération :

— On refuse de lui donner officiellement des nouvelles de ses enfants, mais une servante charitable du nom de Rosalie Lamorlière passe outre aux consignes. Par la fenêtre de son cachot, elle entend toutes sortes d'insultes et de menaces. Depuis le matin jusqu'au soir monte à ses oreilles un bruit assourdissant, en provenance d'une cour réservée aux criminelles et aux prostituées…

— Mon Dieu, où peut-elle puiser la force de supporter un tel martyre ? interrompt La Marck à voix basse.

— C'est la façon dont son père l'a élevée, une éducation très stricte face à l'adversité, dit Fersen en s'épongeant de nouveau le front. Mais je crois aussi qu'elle affronte ce supplice en chrétienne – il prend la carafe, remplit lui-même son verre et le vide d'un trait. Je ne vois pas d'autre explication à un tel héroïsme. Elle est pourtant très malade, elle souffre de pertes de sang continuelles, et ils ont la barbarie de ne lui renouveler sa chemise qu'une fois par jour, imaginez son humiliation… On comprend qu'elle soit sujette à des évanouissements répétés. Sa seule consolation dans cet enfer, à part son petit chien, est le dévouement de cette jeune femme. Sa présence lui rappelle qu'il existe parmi ces hyènes un être qui a conservé une conscience humaine. Je peux vous assurer que nous n'oublierons jamais le nom de Rosalie Lamorlière.

Un grand silence s'installe de nouveau dans la serre. On n'entend même plus les ciseaux de Cyprien, car ce dernier, assis sur un seau retourné, écoute toutes ces exécrations, les yeux humides.

Les deux hommes n'osent plus se regarder. La Marck pleure en silence, il murmure à voix basse :

— Ma petite Antonia – il reprend son souffle –, qui avait la passion des fleurs ! Elle venait souvent ici jouer avec moi, dans cette serre, et plus tard, admirer les orchidées de mon père… Seigneur, je suis déjà trop vieux pour un tel chagrin.

Il se relève péniblement en s'appuyant sur sa canne et recommence à marcher de long en large, le souffle court, le front bas. Fersen, vidé par sa relation, regarde fixement le sol, comme prostré.

Après un moment, le comte de La Marck demande sur un ton de colère froide :

— Seigneur, qu'a fait la famille impériale jusqu'à aujourd'hui pour la sortir de cette géhenne ?

Fersen sort brusquement de sa méditation.

— La famille impériale ? Rien. J'ai l'impression d'être seul à me battre au sein d'une tornade d'indifférence. Je cours les ambassades, les princes, les ducs, les ministères, les généraux, les rois, les empereurs. J'ai même écrit au duc d'York, mais la vie d'une Reine détrônée, d'un simple martyr, n'intéresse plus le monde de la politique ! Il se dresse sur son siège, le regard dur, et s'écrie : Elle est seule ! Seule ! Seule !

Le comte de La Marck, qui arpentait la pièce, s'arrête net et tape avec sa canne sur la table pour mieux marteler ses mots :

— Ceux qui pratiquent ces méthodes ont perdu le droit sacré à l'humanité, il faut donc les traiter comme des bêtes fauves ! Il ajoute en frappant fort la table avec sa canne : Et par le glaive !

— Hélas, Excellence, j'ai bien peur que le glaive autrichien ne soit définitivement rangé dans les accessoires de théâtre !

— Pourquoi pensez-vous cela, mon ami ? Quand vous êtes arrivé, je vous ai dit que j'avais de bonnes nouvelles pour vous, mais vous vous êtes obstiné à ne pas m'écouter et à poursuivre votre propos !

— J'étais venu à vous, Excellence, afin que vous m'aidiez à convaincre le prince de Cobourg de faire donner la cavalerie sur Paris. Mais je sais maintenant qu'on ne peut plus compter sur l'armée autrichienne pour sauver la famille royale.

— Et de qui tenez-vous cette information, monsieur le comte ?

— De l'Empereur lui-même.

— De l'Empereur ? Je détiens précisément une lettre de Sa Majesté qui dit le contraire – il reprend son souffle. Tenez, lisez-la, je vous prie.

Fersen se lève d'un bond, dévore des yeux la missive et après l'avoir lue :

— Je ne comprends pas. J'ai vu l'Empereur : il m'avait ôté tout espoir, dit-il le regard soudain allumé.

— L'Empereur me prie de contacter d'urgence le comte de Mercy-Argenteau pour intervenir de concert avec moi auprès du maréchal prince de Cobourg. Le comte de La Marck pose affectueusement sa main sur l'épaule de Fersen et lui dit en souriant : Ah, monsieur le comte, effectivement, vous avez bien vu Sa Majesté l'Empereur, mais je crains que vous ne l'ayez pas entendu ! Puis s'adressant au jeune jardinier : Cyprien !

— Oui, monsieur le comte.

— Préviens Otto, je sors. Qu'il vienne m'habiller immédiatement ! A Fersen : Nous allons de ce pas chez Mercy-Argenteau.

— A cette heure-ci, Excellence ? Sans audience préalable et sans rendez-vous ?

Le comte de La Marck répond en souriant :

— Dans sa lettre, Sa Majesté me demande de "contacter d'urgence le comte de Mercy-Argenteau" ! Il reprend son souffle : J'obéis à la lettre aux ordres de l'Empereur-Roi ! Disposeriez-vous d'une voiture, monsieur de Fersen ?

JEUDI 15 AOÛT, QUATORZIÈME JOUR DE DÉTENTION,
VIENNE, CHEZ MERCY-ARGENTEAU, NEUF HEURES DU SOIR

2

La lettre au prince de Cobourg

Comme tous les grands dignitaires du régime impérial, le comte de Mercy-Argenteau, gouverneur des Pays-Bas autrichiens, réside dans un imposant hôtel particulier situé à Vienne sur la Tuchlauben, ce quartier résidentiel proche du palais impérial de la Hofburg.

Allongé sur une ottomane, le comte est en robe de chambre de soie blanc isabelle, une couverture de castor sur ses pieds nus et un bonnet à pompons de soie grège sur la tête. Le vieux dignitaire, devenu maigre et sec, n'inspire pas une grande mansuétude. En revanche, il a gardé, malgré son âge, la profondeur de ce regard gris bleu qui atteste toujours une intense et dure réflexion.

L'ancien chef de la diplomatie autrichienne à Versailles se prélasse dans un salon somptueux, véritable musée privé, dont les murs sont décorés du sol au plafond de trois tentures des Gobelins de teinte vieux vert, qui évoquent le départ d'Hector pour la guerre de Troie. L'ensemble est meublé de pièces rares. Des commodes jumelles en bois de violette, exécutées par Cressent, occupent l'axe des quatre murs du salon. Un imposant tapis d'Aubusson vert céladon suit les contours de la vaste pièce. Les murs sont décorés de la plus belle collection au monde des œuvres de Philippe de Champaigne, dont le vieux comte raffole et dont la sévérité, semblable à son caractère, établit un contraste saisissant avec la grâce et la légèreté du mobilier français.

A ses côtés se tient l'épouse de son petit-fils, la vicomtesse Jane de Mercy-Argenteau, qui s'apprête à faire la lecture à son grand-père.

La vicomtesse est d'une grande beauté : des yeux aigue-marine surmontés d'épais sourcils noirs, un nez juste assez long, légèrement retroussé pour conférer un certain caractère. Des cheveux noirs de jais, denses et brillants, retenus en arrière par un large ruban de soie verte, retombent dans le dos. Le regard est d'une grande douceur et les yeux qui se plissent avec le sourire sont le signe révélateur d'une nature généreuse et compatissante. La peau, d'une blancheur d'albâtre, contraste avec le noir de la chevelure. Les lèvres sont fines et dessinées au pinceau. Tout concourt à créer une attitude nonchalante, presque lascive. Cette jeune femme exprime le naturel et le rejet de toute sophistication. Sa robe de taffetas vert, assortie à ses yeux, est finement plissée et serrée à la taille pour laisser entrevoir, au niveau du buste, la naissance d'une gorge voluptueuse d'une blancheur de nacre.

Entre ses doigts nerveux et fins, la jeune femme tient un lourd volume qui traite des poètes français de la Pléiade dont elle se propose de lire un extrait au comte.

— De qui sont ces stances, mon ange ? demande Mercy-Argenteau.

— C'est un poème français de Pierre de Ronsard, grand-père, une élégie très triste, "Sur la mort de Marie", dit la jeune femme en inclinant gracieusement la tête sur le côté.

— Je le connais bien, je l'adore ! Je t'écoute, mon ange !

La jolie vicomtesse pose le gros livre ouvert à l'envers sur ses genoux, et récite le poème par cœur au vieil homme qui écoute les yeux fermés :

— "Comme on voit sur la branche au mois de mai la rose,

En sa belle jeunesse, en sa première fleur,

Rendre le ciel jaloux de sa vive couleur,

Quand l'Aube de ses pleurs au point du jour l'arrose ;

La grâce dans sa feuille, et..."

Elle est brusquement interrompue par un laquais en livrée cramoisie, porteur d'une carte posée sur un petit plateau d'argent qu'il présente à son maître en s'inclinant.

— Qu'est-ce que c'est ? s'écrie Mercy-Argenteau qu'on a extrait de sa rêverie.

— Deux gentilshommes désirent être reçus par Son Excellence.

Le comte s'empare de la carte avec humeur et lit.

— La Marck ? A cette heure ?

Il se lève et enfile ses mules de soie.

Sans attendre d'être annoncé, l'opulent comte de La Marck fait irruption dans le salon, suivi du comte de Fersen. Le géant obèse s'appuie lourdement sur sa canne.

— Eh oui, La Marck à cette heure ! s'exclame le comte. Bonsoir, Florimond, bonsoir, Jane ! Surtout, Florimond, ne te mets pas en peine pour nous – il reprend son souffle. Je crois que tu connais de longue date M. de Fersen, n'est-ce pas ?

— Mais bien sûr ! Bonsoir, monsieur le comte, bonsoir, Auguste, dit Mercy décontenancé par cette visite inopinée.

Le comte de Mercy-Argenteau présente la jeune femme :

— Ma petite-fille, Jane de Mercy-Argenteau, le comte de Fersen !

Ce dernier lui baise la main tandis que La Marck embrasse affectueusement la jolie vicomtesse.

— Messieurs, je vous prie, prenez place. A la vicomtesse : mon ange, pardonne-moi si je t'abandonne un moment, nous avons une affaire urgente à régler.

La jeune femme se lève et s'apprête à sortir, son gros livre sous le bras.

— Bien sûr, grand-père.

Elle salue de la tête tout en s'éloignant, mais Fersen la rattrape au moment où elle va franchir le seuil.

— Demeurez un instant, madame ! Et dites-moi, je vous prie, quel est ce vers célèbre que nous avons si malencontreusement interrompu ?

La vicomtesse tombe aussitôt sous le charme du beau Suédois. Tandis que La Marck et Mercy-Argenteau s'installent dans un coin du salon et commencent leur entretien, elle récite :

— "La grâce est dans sa feuille…"

Fersen enchaîne :

— "… et l'amour se repose,
Embaumant les jardins et les arbres d'odeur ;
Mais, battue ou de pluie, ou d'excessive ardeur,
Languissante elle meurt, feuille à feuille déclose."

La vicomtesse, émue, sent ses joues rougir malgré elle. Elle donne aussitôt le change en l'interrompant à son tour :

— Je vois que Ronsard est même apprécié des barbares du Grand Nord !

— C'est vrai, dit Fersen se prenant au jeu. Mais nous, Vikings, qui aimons bien Ronsard, manquons cruellement d'une charmante interprète.

Mercy-Argenteau, gêné par ce marivaudage, interpelle sa petite-fille du bout du salon :

— Jane, mon ange, voudrais-tu libérer M. de Fersen, s'il te plaît ?

— Oui, oui, grand-père, je vous laisse. La jeune femme se tourne vers Fersen en le regardant de son profond regard d'émeraude et lui dit presque à regret : Adieu donc, monsieur le paladin du Grand Nord !

Fersen la quitte en lui baisant longuement la main et rejoint les autres.

— N'oublie pas, Florimond, dit La Marck, que tu avais promis à l'Impératrice de protéger sa fille – il reprend son souffle –, tu as été son confident, son conseiller, son protecteur, et tu as même tenu un rôle de père. Le visage de Mercy se ferme, mais La Marck poursuit : Es-tu au moins informé de ses conditions de détention à la Conciergerie ?

— Bien sûr, mon ami, Metternich m'a appris à Bruxelles les conditions atroces de sa captivité.

— Sais-tu que la comparution devant le Tribunal révolutionnaire équivaudrait à la mort ? Il est urgent d'agir, Florimond. Nous devons écrire ce soir même au chef d'état-major.

— Bien sûr, bien sûr, dit Mercy avec une précipitation surfaite.

— Aurais-tu des gens encore disponibles à cette heure-ci ?

Mercy-Argenteau se lève et tire sur un cordon tressé, un laquais apparaît.

— J'ai une lettre à dicter. Envoie-moi Hans et Eugène. Et convoque d'urgence un coursier pour Maëstricht. Je veux qu'il parte dans une demi-heure porter une lettre à l'état-major.

Quelques instants plus tard, deux hommes se présentent, une écritoire à la main. Ils s'inclinent tous deux respectueusement, s'installent derrière le bureau du salon et attendent.

— Veux-tu dicter ? demande Mercy.

— Je préfère que tu dictes toi-même, tu sais bien que mon langage a toujours été très peu diplomatique !

Mercy se tourne vers les deux secrétaires :

— Lettre adressée à Son Altesse impériale et royale, le prince de Saxe-Cobourg…

Un des secrétaires l'interrompt :

— Veuillez m'excuser, Excellence, lettre officielle du gouverneur des Pays-Bas ou lettre personnelle de Son Excellence le comte de Mercy-Argenteau ?

Mercy et La Marck se regardent dans l'espoir de trouver une réponse sur le visage de l'autre. Ils interrogent à leur tour Fersen du regard, qui répond par un hochement de tête qui veut dire : je ne sais pas.

— Eh bien, tout compte fait, Florimond, dit La Marck, il vaudrait peut-être mieux une lettre officielle du gouverneur des Pays-Bas autrichiens. Je me méfie de Cobourg, c'est une vieille ganache, il faut lui en imposer.

Mercy-Argenteau se tourne vers les secrétaires :

— Donc, lettre officielle du gouverneur des Pays-Bas autrichiens adressée à Son Altesse impériale et royale, M. le feld-maréchal, prince de Saxe-Cobourg, chef d'état-major de l'armée à Maëstricht. Bureau de l'état-major. Il dicte : Monsieur le feld-maréchal, à la demande de Sa Majesté l'Empereur-Roi, nous portons à votre connaissance les conditions dégradantes…

Fersen l'interrompt brusquement :

— Non, pas dégradantes, monsieur le comte, n'ayons pas peur des mots : atroces, indignes. Les conditions atroces et indignes.

— Vous avez raison, dit Mercy qui poursuit : … à votre connaissance les conditions atroces et indignes imposées à Sa Majesté la Reine de France.

Fersen revient à la charge :

— Excellence, veuillez m'excuser, mais n'oublions pas le but de notre démarche. Il faut insister surtout sur la menace qui pèse sur Sa Majesté depuis qu'elle est passible du Tribunal révolutionnaire.

— Bien sûr, j'y viens, monsieur le comte, voyons, où en étais-je ?

Un secrétaire se lève de son siège :

— … à votre connaissance les conditions atroces et indignes imposées à Sa Majesté la Reine de France…

— C'est cela. Point à la ligne. Tant que la Reine n'a pas été menacée, on a pu garder le silence dans la crainte d'éveiller la rage des sauvages qui l'entourent, mais aujourd'hui elle est livrée à un tribunal de sang, et toute mesure que vous prendrez…

La Marck intervient à son tour :

— Toute mesure ? Toute mesure ? Non, non, c'est trop vague, Florimond – il reprend son souffle. Ne lui laissons surtout pas le choix des mesures à prendre, chacun sait que Cobourg n'est pas Brunswick. N'oublie pas que c'est un imbécile ! Permets-moi, Florimond, d'ajouter ceci – il s'adresse aux deux scribes –, je dicte, veuillez transcrire : Je vous engage à faire donner dans les plus brefs délais la cavalerie du prince de Liechtenstein sur Paris afin de libérer Sa Majesté la Reine de France et sa famille. Puis à Fersen : Cela vous convient-il, monsieur le comte ?

— Cela me convient d'autant plus que ce jean-foutre de Dumouriez m'avait prévenu que les terroristes dégarniraient militairement Paris. S'ils ne l'ont déjà fait. C'est vraiment le moment opportun de faire donner une cavalerie qui est tout de même la meilleure du monde. Même ce niais de Lafayette, qui voit clair une fois tous les dix ans, m'avait assuré que ce serait une simple promenade militaire contre l'armée des avocats. N'oublions pas que leur stupide loi du Maximum a rempli les greniers autour de Paris. L'armée autrichienne n'aura plus qu'à se servir.

— Avez-vous bien tout noté ? demande Mercy-Argenteau aux deux secrétaires qui acquiescent d'un mouvement de tête. Donc je conclus : Monsieur le feld-maréchal, si l'histoire devait dire un jour qu'à quarante lieues des armées autrichiennes victorieuses, l'auguste fille de Marie-Thérèse a péri sur l'échafaud, ce serait une tache ineffaçable pour le règne de notre Empereur. Monsieur le feld-maréchal, vous devenez, devant l'Histoire, le dépositaire de notre honneur. Puis rajoutez la formule habituelle de politesse réservée aux princes.

La Marck se lève péniblement de son fauteuil, qui craque sous la libération de la charge :

— Et voilà, nous avons fait notre devoir, mon cher Florimond, c'était bien peu de chose. Maintenant le reste est entre les mains de Dieu. Mais aussi, hélas, de cet imbécile de Cobourg.

— Auguste, dit Mercy-Argenteau, j'aimerais m'entretenir avec toi quelques instants avant ton départ, car je rentre à Bruxelles après-demain et ne serai de retour que fin septembre.

Le comte de Fersen, comprenant qu'il s'agit d'une invitation à se rctirer, prend aussitôt congé :

— Monsieur le gouverneur, je tiens à vous exprimer toute ma gratitude pour votre intervention auprès du prince de Cobourg.

— Mais vous n'avez pas à me remercier, monsieur le comte, dit Mercy-Argenteau avec un sourire d'évêque, le sort de la Reine est notre souci commun. Lorsque la réponse du prince nous parviendra, le comte de La Marck vous en informera aussitôt.

— Monsieur le gouverneur, je réside à Bruxelles durant le mois d'août, vous pourrez me joindre chez ma sœur, la comtesse Pipper, j'espère que nous aurons la joie de vous recevoir.

— Mais avec le plus grand plaisir, monsieur.

Puis Fersen s'adresse à La Marck en riant :

— Donc vous m'abandonnez, monsieur le comte ?

— Hélas, oui.

— Dans ce cas, il ne me reste plus qu'à prendre congé. Bonne nuit, messieurs.

Il s'incline et sort accompagné par le chambellan.

Mercy et La Marck se retrouvent en tête à tête. Ils se regardent durant quelques secondes en silence puis éclatent de rire en même temps.

— Penses-tu la même chose que moi, Florimond ? demande La Marck.

— Oui, tu as compris. Tu sais bien que je n'ai jamais aimé cet homme, il a toujours été le mauvais génie de la Reine. Je ne supporte pas sa suffisance. Quand il était à Versailles, j'ai toujours redouté les conseils désastreux qu'il donnait à Sa Majesté : que de complications il nous a créées !

— C'est hélas bien vrai, dit La Marck en reprenant son souffle. Il a tout fait pour contrer notre projet de monarchie constitutionnelle. Seigneur, que de chances ont été gâchées ! Après un instant de silence, il conclut : Entre nous, ne crois-tu pas que c'est tout bonnement un borné pathétique ?

Mercy éclate de rire.

— Auguste ! Tout de même, je n'irai pas jusque-là.

La Marck devient grave.

— Dis-moi la vérité, Florimond, crois-tu que cet autre imbécile de Cobourg lancera la cavalerie sur Paris ?

— Tu connais Cobourg aussi bien que moi. Je ne me fais pas beaucoup d'illusions sur cette intervention, mais ce n'est pas lui qui m'inquiète.

— C'est qui ?

— La Reine.

— Mais en quoi cette malheureuse souveraine est-elle responsable de quoi que ce soit du fond de son cachot ?

— Auguste, écoute bien ce que je vais te dire : des forces incontrôlables nous empêchent de la sauver.

— Enfin, Florimond, es-tu devenu fou ? De quoi parles-tu ?

— Auguste, elle est comme Oreste, elle traîne le malheur derrière elle.

— Florimond, aurais-tu perdu la raison ? Comment un chrétien comme toi peut-il parler aussi légèrement ?

— Tout, m'entends-tu, tout ce qu'elle touche est frappé aussitôt par l'adversité.

Une jolie tête apparaît dans l'entrebâillement de la porte, c'est la vicomtesse qui a tout entendu.

— Maintenant que tout danger est écarté, puis-je revenir, grand-père ? J'aimerais beaucoup participer à…

— Bien sûr, mon ange, après avoir tourné la tête à Fersen, viens te joindre à nous plutôt que d'écouter aux portes, tu entendras beaucoup mieux, et tu seras confortablement assise dans cette bergère… Vois-tu, mon ange, notre ami ne croit pas au destin.

— Vous avez tort, monsieur le comte, dit la vicomtesse en s'asseyant, nous sommes prédestinés au bonheur ou au malheur.

— Ah bon ? Dites, mes amis, vous me pardonnerez quand même si je vous avoue que je crois en Dieu ?

— Tu as tort de prendre cela à la légère, dit Mercy.

— Florimond, ne pourrais-je aller dormir plutôt que d'écouter des contes fantastiques ? N'as-tu rien d'autre à me raconter ?

— Accorde-moi encore un quart d'heure, et tu verras que l'accumulation des preuves que nous avançons est troublante !

— Je t'écoute, dit La Marck en mettant sa main devant la bouche pour masquer un bâillement. Dépêche-toi, j'ai sommeil.

— D'abord, elle est née un 2 novembre.

— Et alors, dit La Marck dans une quinte de toux, elle n'est pas la seule !

— Le 2, c'est le saint jour des morts, Auguste !

— Et après ?

— Ce n'était pas n'importe quel 2 novembre ! Elle est née le 2 novembre 1755.

— Et alors ?

— Mais la veille, c'était le 1er novembre 1755 !

— La Palisse l'aurait dit avant toi, mon ami !

— Sois sérieux, Auguste, cela ne te dit rien ?

— Franchement, non. C'était quoi ?

— Enfin, Auguste, tu ne peux ignorer le terrible tremblement de terre de Lisbonne !

— Quel rapport avec la Reine ?

— Soixante mille morts la veille de sa naissance, n'est-ce pas un signe ? Sais-tu quels étaient ses parrains, comme par hasard ?

— Non.

— Le roi et la reine du Portugal. Ils ont failli recevoir leur château sur la tête !

La Marck éclate d'un rire énorme suivi d'une irrépressible quinte de toux qui le rend écarlate. La vicomtesse se précipite.

— Vous sentez-vous bien, monsieur le comte ?

— Ne t'alarme pas, mon ange, dit Mercy, Auguste tousse ainsi depuis vingt ans, ce n'est pas grave ! Nous en avons l'habitude.

Quand La Marck a repris un teint normal, il dit sans pouvoir contrôler son fou rire :

— Ah, vous m'avez bien amusé ! La Dauphine qui fait tomber leur château sur la tête du Roi et de la

Reine du Portugal ! Mais où allez-vous donc chercher tout cela ?

— Tu as tort, Florimond, de ne pas prendre au sérieux ce que j'avance. Je vais te prouver maintenant que tout a commencé à Strasbourg sous de mauvais auspices. Te souviens-tu d'elle Dauphine ?

— Mais bien sûr !

— Te souviens-tu de son passage à Strasbourg dans cette fameuse Remise construite sur une île du Rhin à égale distance de la France et de l'Autriche ? On y entre archiduchesse d'Autriche, et on en sort Dauphine de France.

— Oui, très vaguement.

— Imagine-toi que j'y étais, avec Starhenberg, Noailles et Durfort.

— Eh bien, avec ces trois lourdauds tu n'as pas dû rire tous les jours, dit La Marck en s'esclaffant.

— As-tu entendu parler des tapisseries maudites du vieux cardinal de Rohan ?

— Maudites ? Ah, non, je ne savais pas qu'elles étaient maudites ! Je les connais pour les avoir vues exposées dans la cathédrale de Strasbourg, mais dites, mes amis, j'y songe : des tapisseries diaboliques dans la maison de Dieu, voilà qui n'est pas convenable ! Ne trouvez-vous pas ?

— Auguste, sois sérieux ! Je voudrais que tu entendes une étrange histoire.

— A condition qu'elle ne soit pas trop longue, je commence à avoir sommeil et faim.

— Ecoute : j'avais été chargé avec Starhenberg de veiller à la bonne réception de la Dauphine à Strasbourg. Nous avions quitté Vienne dans un appareil impressionnant ! Les deux carrosses flambant neufs aux armes du Roi de France, tirés par huit chevaux blancs et entourés de cinquante gardes du corps, étaient suivis par les cinquante voitures d'accompagnement, soit en tout un cortège de trois cent soixante-seize chevaux. J'étais auprès de la Dauphine, et le rythme infernal des fêtes et des réceptions nous avait épuisés. Elle somnolait, le visage appuyé contre la vitre et se réveillait de temps en temps pour voir défiler, durant des heures, l'interminable route. Cette voie avait été entièrement refaite jusqu'à Versailles pour lui éviter les chaos. Nous croisions des paysans qui laissaient tomber leur charrue pour courir vers l'immense escorte en la saluant des deux mains. Elle leur répondait toujours en souriant. Sur cette route triomphale qui la conduisait à la couronne de France, sa mauvaise étoile a commencé à se manifester à l'étape de Strasbourg.

— Parce que en Autriche, tout allait bien ? demande ironiquement La Marck.

— Apparemment, oui !

— Nous sommes devant une évidence : le mauvais sort n'est pas germanique !

— Auguste, sois sérieux. Accorde-moi ton attention quelques instants, je t'en prie !

— Je t'écoute.

— A l'étape qui précède Strasbourg, Starhenberg et moi quittons la Dauphine pour veiller à la conformité du programme que nous avions arrêté. Parvenus à Strasbourg, nous attendions d'être reçus au palais épiscopal, dans le sinistre salon du cardinal-archevêque, le vieux Louis Constantin de Rohan. Ce vieillard perclus de goutte était réputé pour sa sordide avarice, mais surtout pour ses fabuleuses tapisseries des Gobelins. Nous faisions antichambre depuis un bon moment quand une conversation qui se déroulait dans le salon voisin parvint jusqu'à nous. Autour du vieux prélat, avaient pris place l'ambassadeur de France à Vienne, le marquis de Durfort, et le comte de Noailles.

— Décidément, mon pauvre Florimond, tu n'as pas eu de chance avec tes interlocuteurs dans cette affaire. Je les connais tous les deux : Durfort n'a jamais cassé le vase de Soissons, quant à Noailles, il est d'une fatuité à la hauteur de sa bêtise.

— C'est un homme arrogant, dis-je, qui discutait comme un marchand de tapis ses fonctions d'ambassadeur extraordinaire auprès de la Dauphine… La porte du salon s'étant entrebâillée, nous ne perdîmes rien de leur verbiage digne des bazars de Bagdad ! Ne se doutant pas que nous étions à portée de voix, nos trois compères discutaient gros sous. “Avant l'arrivée des Autrichiens, disait Durfort excédé, il faut que nous fixions, une fois pour toutes, vos émoluments d'ambassadeur extraordinaire auprès de Mme la Dauphine. – Vous connaissez mes conditions, répondit Noailles en admirant ses ongles, je veux cinq cent mille livres, plus les honneurs du canon et des troupes, une place d'écuyer pour mon fils le prince de Poix, et enfin la place de première dame d'honneur pour la comtesse de Noailles. – Rien que cela ? répondit Durfort, mais c'est exorbitant ! Vous connaissez nos difficultés de trésorerie. – Je vous encourage à me fixer rapidement sur vos intentions, répondit Noailles, vous avez jusqu'à ce soir pour décider si je dois ou non regagner Paris. – Nous pourrions vous donner, à la place des sommes demandées, des décorations de très haut niveau, dit Durfort. – Je vous remercie, j'ai ma suffisance !” répondit Noailles avec hauteur.

— Quel cuistre ! dit La Mark. Et que réclamait le vieux Rohan pour son compte personnel ?

— Il était allongé sur un grand canapé, il paraissait très malade sous sa couverture. Son teint était gris-vert et on ne voyait que deux yeux brillants au fond de profondes orbites qui encadraient un nez osseux et proéminent. Autour de lui, Durfort et Noailles avaient pris place dans de confortables fauteuils. Deux fauteuils vides nous attendaient. Le vieux cardinal en profita pour réclamer son dû : “Quand serai-je indemnisé pour le prêt de mes tapisseries ? Je dois loger la Dauphine et sa suite au palais épiscopal et j’ai déjà engagé des frais très importants. – Parlons-en de vos tapisseries, monseigneur ! répondit sèchement Durfort. Elles nous ont mis dans de jolis draps. – Que voulez vous dire ?” demanda le vieux prélat.

Ils furent brusquement interrompus par l’irruption du chambellan qui se décida enfin à nous introduire : “Leurs Excellences le prince de Starhenberg et le comte de Mercy-Argenteau demandent à être reçus par Son Eminence.” Nous pénétrons dans l’antichambre, Starhenberg et moi, en pleine discussion de marchands de tapis et j’entends la voix du vieux cardinal qui leur disait : “Ce sont les Autrichiens qui accompagnent la Dauphine. Pas un mot de tout cela devant eux. Nous en reparlerons plus tard. Faites entrer !”

Nous sommes introduits, tout le monde se salue. “Soyez les bienvenus, messeigneurs ! Veuillez excuser mon état, mais la goutte me tue lentement et, comme le temps presse, passons immédiatement à l’essentiel : voici la maquette de la Remise.” Puis s’adressant à Durfort : “Monsieur le marquis, si vous résumiez, pour Leurs Excellences, le déroulement de la cérémonie ?”

Nous nous dirigeâmes alors vers une immense table où avait été montée une maquette en bois. Elle matérialisait un bâtiment tout en longueur. Durfort souffle à l’oreille de Noailles une phrase que j’ai entendue : “Pas un mot de nos tractations devant les Autrichiens, vous paraîtriez mesquin, n'oubliez pas que vous représentez le Roi." J'entends Noailles répondre en chuchotant : "Le mesquin vous rappelle que vous n'avez que jusqu'à ce soir pour vous décider. Après quoi, le mesquin rentre à Paris."

Durfort s'approche alors de la table et nous dit : "Cette maquette représente, en modèle réduit, le bâtiment en bois que nous avons construit pour la cérémonie dite de la Remise. Elle se situe dans une île sur le Rhin à mi-chemin entre la France et l'Autriche. Au centre de la maquette, vous voyez précisément la salle. A sa gauche, les deux salons autrichiens et leur antichambre ; à sa droite, les deux salons français avec également leur antichambre. Son Altesse arrive par les salons autrichiens où elle abandonne ses vêtements pour revêtir des habits français. Elle passe ensuite dans la salle dite de Remise où l'acte l'établissant Dauphine de France est prononcé par le comte de Noailles ici présent, qui représente officiellement le Roi ! N'est-ce pas, monsieur le comte ?"

En voyant la tête de Noailles, le fou rire me gagna. Il était livide de colère. Il venait de se faire piéger sous notre nez par Durfort qui le mettait devant le fait accompli. Impossible désormais de se dédire pour de viles questions d'argent en notre présence. J'en profitai pour enfoncer le clou : "Monsieur le comte, dis-je à Noailles en état de choc, quand j'apprendrai à Mme la Dauphine qu'un grand d'Espagne représente la France, je suis persuadé que rien ne l'honorera autant. Vous rendez-vous compte, un descendant de Charles Quint !" Il fallait voir sa tête : cinq cent mille livres lui passaient sous le nez !

Durfort ajouta avec un triomphal sourire de satisfaction : "Le comte de Noailles ayant terminé son discours de bienvenue, Son Altesse ressortira Dauphine de France par les salons français. C'est tout. Voyez-vous messieurs, rien n'est plus simple ! – Avez-vous songé à installer un dais au-dessus de son estrade ? questionna alors Starhenberg. J'avoue avoir été surpris par une demande si saugrenue à quelques heures de l'arrivée de la Dauphine. – Un dais ? répondit Durfort, pas le moins du monde ! – Alors il faut le confectionner immédiatement, dit Starhenberg, Son Altesse l'archiduchesse-Dauphine arrive dans quatre heures. – Croyez-vous que je puisse trouver aisément un artisan qui confectionnerait un dais en quatre heures ? – Oui, dit le vieux cardinal, cela est encore faisable par les étudiants en tapisserie de l'école luthérienne de Strasbourg."

Il vit là un excellent moyen de prendre une commission au passage : "Cela vous coûtera quelques centaines de livres, vous pensez bien qu'ils refuseront de travailler gratuitement ! Dans ce cas, nous payerons, dit Durfort. – Ah, si c'est dans ce cas… répondit précipitamment le vieillard, se tournant aussitôt vers un moine qui était assis dans un coin. Faites le nécessaire, mon père ! – Où comptez-vous installer ce dais ?" demanda Starhenberg têtu.

Durfort désigna d'un air ironique un emplacement précis sur la maquette à l'aide de son index. Il poursuivit d'un ton perfide : "Justement là, dans cette fameuse Remise décorée avec les tapisseries que Son Eminence a eu la bonne grâce de nous louer !"

Le cardinal de Rohan sursauta : "Vous louer ? Vous louer ? C'est vite dit, monsieur le marquis. Ce n'est qu'un simple prêt moyennant une modeste participation aux frais. Ce sont de magnifiques tapisseries des Gobelins dont vous disposez pratiquement sans bourse délier."

— Je les ai vues à la cathédrale de Strasbourg, interrompit La Marck, elles sont sublimement belles mais terriblement violentes ! Elles ont pourtant été exécutées selon les cartons de Raphaël !

— C'est exact, dit Mercy-Argenteau. Je m'adressai ensuite à Durfort sur un ton plein de sous-entendus : "Excellence, lui demandai-je innocemment, en connaissez-vous le thème ? – Hélas oui, Excellence", répondit Durfort en soupirant.

J'ai compris qu'il était informé. Hypocritement je lui demandai encore : "Vous en concluez ? – Mais enfin, que reprochez-vous à mes merveilleuses tapisseries ? intervint le vieillard inquiet. – Qu'elles sont morbides, rétorqua Starhenberg sur un ton sec, et qu'il est criminel de recevoir Son Altesse l'archiduchesse dans un décor d'une telle horreur ! – Quoi ! Mes tapisseries, une horreur ! s'exclama le vieux prélat. Vous divaguez tous, messieurs ! – Hélas, monseigneur, Son Excellence a raison, répliqua Durfort, je me suis informé. Un jeune étudiant en droit de la faculté de Strasbourg, du nom de Goethe, nous a ouvert les yeux ce matin sur le thème atroce de vos tapisseries !"

Le cardinal de Rohan se dressa comme un ressort sur son lit : "Vous osez dire atroce, monsieur ? – Monseigneur, dit Durfort, à huit heures ce matin, un groupe d'étudiants allemands de l'université de Strasbourg avait entendu parler de vos célèbres tapisseries. – C'est très intéressant, dis-je sournoisement, et qu'ont-ils découvert ?"

Durfort précisa qu'un groupe de six jeunes gens parlant allemand avaient pénétré le matin même dans la Remise au milieu des ouvriers qui s'affairaient aux derniers préparatifs. L'un d'eux expliqua à ses amis la beauté de cet art. "Observez ce chef-d'œuvre de l'art classique, leur dit-il, cela nous change tellement de notre style rococo. Je reconnais là le crayon de Raphaël. Quelle rigueur ! Quelle splendeur ! – Quel en est le thème ? demanda l'un des étudiants. – A vrai dire, je ne suis pas certain de l'avoir saisi, répondit l'autre. Il me semble reconnaître là Jason et ici ses Argonautes. Attendez... Ici c'est la Furie qui s'élève dans les airs. Ce n'est pas possible ! Des enfants égorgés ! Et sur l'autre tapisserie, Seigneur, c'est Médée qui attend la mort ! Mon Dieu, quelle horreur, c'est l'union maudite de Jason et de Médée ! – Que signifie tout cela ? demanda un autre étudiant. – Est-il permis de mettre aussi imprudemment sous les yeux d'une jeune Reine, dès le premier jour, dit le premier étudiant prenant ses amis à témoin, l'exemple du mariage le plus atroce qui fut jamais consommé ? – Enfin, Goethe, de quoi parles-tu ? demanda l'un d'eux. – Voyez vous-même ! Raphaël serait-il devenu fou ? C'est l'horrible légende de Jason et Médée. Regardez ! A droite du dais, Médée attend la mort, et à gauche, Jason découvre ses enfants égorgés." Il se mit soudain à hurler : "N'y a-t-il donc point parmi vous, messieurs les architectes-décorateurs et tapissiers français, un seul homme qui comprenne que ces images éveillent des pressentiments funestes ? Il faut les retirer immédiatement !" Alertés par ces hurlements, plusieurs personnes attachées à la Remise se précipitèrent, l'une d'elles s'approcha menaçante : "Mais quelle mouche vous pique, monsieur ! Et que faites-vous ici ?" Le premier étudiant répondant au nom de Goethe hurla de plus belle : "Ne dirait-on pas que l'on a voulu évoquer le plus affreux des fantômes pour terroriser la plus belle et la plus joyeuse des fiancées ? Retirez immédiatement ces tapisseries !" Le surveillant principal menaça alors l'ensemble des étudiants : "Faites sortir votre ami ou nous appelons les gardes ! – Allons, Goethe, sortons !" dit l'un d'entre eux.

Rien n'y fit. Le dénommé Goethe hurla, gesticula de plus belle, et ses amis durent le pousser par la force vers la sortie. "Laissez-moi ! hurlait Goethe déchaîné. Retirez ces tapisseries ! Retirez-les ! Elle ne doit pas les voir ! Elles lui seront funestes !"

Durfort termina ici son récit. Un silence régna sur notre petit groupe.

"Enfin, messieurs, je ne peux pas croire que vous soyez impressionnés par toutes ces sornettes, se défendit le vieux cardinal, et je vous rappelle que la superstition est un péché ! – Son Altesse, Mme l'archiduchesse arrive dans moins de quatre heures, dit Durfort en consultant la montre de son gousset, il nous est donc matériellement impossible de remplacer ces affligeantes tapisseries. Son Altesse sera prise au piège de ses mauvais pressentiments !"

Comme j'avais été très impressionné par ce récit, je ne trouvais rien d'autre à dire : "Alors, que Dieu la protège ! – Quelle exagération que tout cela !" rétorqua avec humeur le vieux prélat qui ne songeait qu'à son argent.

Voilà, mon cher, l'histoire des tapisseries maudites !

Le rire de La Marck, suivi bien entendu de ses incontournables accès de toux, clôtura le récit. Il arriva toutefois à prononcer entre deux quintes :

— Ah, Florimond, tu as juré de m'égayer ce soir ! Que toute cette histoire est drôle ! J'imagine avec bonheur la tête du vieux cardinal de Rohan et celle de Noailles voyant tous ces sous s'envoler.

— Je pense que vous avez tort d'en rire, monsieur le comte, dit la jolie vicomtesse, moi je crois au destin de chacun d'entre nous. Tout ce qui est écrit se réalise inexorablement.

— Ma ravissante enfant, dit La Marck, le vieux Rohan avait raison, soyons sérieux, tout cela n'est que superstitions !

— Grand-père, demande la vicomtesse, êtes-vous absolument convaincu que la Dauphine a vu ces tapisseries ?

— Sans aucun doute, mon ange, elles étaient disposées de telle sorte qu'elles ne pouvaient échapper à son regard. Starhenberg dut lui mentir en lui disant qu'elles illustraient des scènes de guerre.

— Si ces tapisseries funestes sont tombées sous ses yeux, alors c'est une tragédie !

— Seigneur, s'exclame La Marck en riant, une tragédie ? Rien de moins ? La Dauphine, par hasard, ne se serait-elle pas transformée en statue de sel en les voyant ?

— Ces tapisseries, dit la vicomtesse, préfiguraient son destin et celui de ses enfants.

— Quelle crédulité chez vous les Mercy ! s'exclame La Marck. Des milliers de gens ont vu ces tapisseries sans perdre leurs enfants, voyons, tout cela est fantaisiste !

— Pas le moins du monde, monsieur le comte, ses enfants auront le même destin que celui de Jason, ils mourront ! Le destin tragique de la reine Médée illustre celui d'une autre Reine, la Dauphine était attendue !

— Mon Dieu, quelle horreur ! dit La Marck en riant. Si j'ai bien compris, comme ces tapisseries illustrent la reine Médée attendant la mort, il en serait de même pour la Reine de France si elle les voyait ?

— Mais bien sûr, monsieur le comte !

— Il faut donc mettre immédiatement à l'entrée de la Remise un écriteau : Interdit aux reines, danger de mort ! dit La Marck en éclatant de rire.

Vexée, la vicomtesse qui n'apprécie pas cet humour tranche :

— Mais, monsieur le comte, comme Médée, la Reine de France aussi attend la mort !

La Marck ne rit plus.

— Comme vous y allez, mon enfant ! Il se tourne vers Mercy qui est demeuré silencieux : Tu crois à ces incantations ?

— Replacées dans ce contexte, oui. Ces tapisseries corroborent cette idée de malédiction qui suit partout la Reine de France. Il faut avouer que l'exemple de Strasbourg est troublant !

— N'as-tu plus rien à me servir de diaboliquement comique avant que j'aille au lit ?

— Si, la suite, si elle t'intéresse !

— Et c'est ?

— Un orage.

— Un orage ? Tout bêtement… J'espère au moins qu'il est diabolique ! Il est bien connu qu'un orage est toujours l'expression d'une malédiction, n'est-ce pas ? Sauf s'il est perçu comme un bienfait quand il fait pousser le blé…

— Ne vous y trompez pas, monsieur le comte, celui-là fut d'une intensité exceptionnelle, dit la vicomtesse, il avait une tout autre signification que faire pousser le blé !

— Tous deux vous savez exciter ma curiosité, pour me faire avaler vos histoires, ce n'est pas loyal ! Puisque tu en as tellement envie, allez, Florimond, raconte-moi ton orage diabolique et ensuite j'irai au lit.

Mercy ne se fait pas prier pour poursuivre son récit.

— La Dauphine était enfin parvenue à Strasbourg. Nous l'avions rejointe dans son carrosse pour l'accompagner à la cérémonie de la Remise. Un orage, d'une violence inouïe, s'abattit soudain sur la ville et se déchaîna autour de nous. L'eau ruisselait sur les vitres du carrosse et la pluie faisait un bruit assourdissant. Le tonnerre éclata quand le carrosse parvint à hauteur de la Remise. Les bourrasques le secouaient si fortement que la Dauphine dut se retenir aux parois. "J'ai peur de cet orage, dit-elle à Starhenberg, mais encore plus de me trouver seule au milieu de tous ces inconnus. Surtout, monsieur, ne me lâchez jamais la main ! – J'attire l'attention de Votre Altesse, répondit Starhenberg, sur le fait que cela n'est pas conforme au protocole. – Monsieur, ce jour, nous ferons fi du protocole ! Attention, nous arrivons. Je suis très troublée, de grâce, monsieur, n'omettez pas de me donner la main !"

La porte du carrosse s'ouvrit, laissant l'eau et le vent s'engouffrer. Une députation de magistrats de la ville de Strasbourg, trempés jusqu'aux os, était là pour lui souhaiter la bienvenue. Pensant la flatter, l'un d'eux, transformé en fontaine humaine, s'exprima en allemand : "*Ich bin Herr d'Autigny*, dit celui qui se tenait devant la porte du carrosse. – Ne parlez point allemand, monsieur d'Autigny, lui dit-elle. A dater d'aujourd'hui, je n'entends plus d'autre langue que le français. Allez vite vous mettre à l'abri ! – Alors, bienvenue à madame la Dauphine ! répondit le magistrat sous des cascades d'eau. – Eh bien, merci, messieurs !"

Quand elle descend de son carrosse, ses dames de compagnie sont là avec des parapluies. La Dauphine se tourne vers Starhenberg et d'un air gentiment sévère lui ordonne : "La main !"

Elle avance ainsi suivie de toutes ses dames de compagnie, transformées en fontaines humaines. Sous la violence des éléments, celles-ci tentent en vain de faire un plafond de leurs parapluies retournés. La Dauphine et le malheureux Starhenberg pénètrent dans la Remise sous une pluie diluvienne. Ils sont aussitôt introduits dans les salons autrichiens. Or, l'orage redouble. La pluie martèle si fort le toit de bois que l'eau suinte entre les lattes du plafond. Au bout d'un moment, la porte du salon s'ouvre, la Dauphine apparaît alors dans une splendide robe blanche. Sans lâcher la main de Starhenberg, elle se dirige vers la salle de Remise où Noailles l'attend. L'orage gronde de plus belle, secouant le bâtiment sur ses assises en faisant entendre de sinistres craquements. Ayant franchi le seuil de la salle de Remise, elle se tourne en larmes vers sa suite autrichienne. A cet instant précis, elle se trouve face aux fameuses tapisseries de Rohan.

— Nous y voilà enfin, dit La Marck en riant. Je suppose qu'elles s'écroulèrent aussitôt sur l'assistance en tuant tous les participants ?

— Sois sérieux, Auguste, dit Mercy.

— Quand ce sacré destin va-t-il frapper, j'ai sommeil ! Et la Dauphine, a-t-elle oui ou non vu ces maudites tapisseries ?

— Comme son attention était retenue ailleurs, elle ne jeta qu'un regard distrait sur ces scènes de mort. Elle se préoccupait d'abord de ses princesses autrichiennes et de ses dames d'atours qui se tenaient derrière elle noyées dans leur chagrin. Elle leur dit en allemand : “Mes chers amis, c'est le moment de nous séparer. J'ai l'impression de quitter mon pays pour la deuxième fois. Chacun va retrouver sa famille, moi je ne reverrai peut-être plus jamais la mienne, car je dois maintenant en fonder une nouvelle. Adieu, mes chers amis, votre seule présence me va droit au cœur !”

Le visage du comte de La Marck s'est métamorphosé. Son expression est grave.

— A quoi joues-tu, Florimond ? Tu remues en moi de douloureux souvenirs d'enfance. Après m'avoir fait rire, veux-tu maintenant me faire pleurer ?

— Mais non, Auguste, je veux simplement te persuader de l'existence de cette fatalité à laquelle nous sommes confrontés.

— Les adieux qu'elle prononça à sa suite allemande m'ont touché, ils montraient la confiance de cette enfant en une nation qui allait l'accueillir, pour l'ensevelir plus tard dans une prison… Quelle infamie !

— C'est l'aspect le plus atroce de toute cette histoire, dit la vicomtesse. Ce piège qu'on lui a tendu et dans lequel elle est tombée en toute innocence est révoltant. J'ai étudié le moindre des événements de sa vie, je n'ai vu autour d'elle que haine, trahison, jalousie. Cet abus de confiance se manifeste dès son arrivée à Versailles, cette fosse aux serpents. Elle est aussitôt confrontée à l'indifférence de son mari, à la haine de ses tantes, ces trois Parques… Des vieilles filles, des vipères, conduites par la méprisable Adélaïde qui l'appelle aussitôt "l'Autrichienne". Sans compter les mesquineries qui fusent de toutes parts : du duc d'Aiguillon, l'obséquieux ministre des Affaires étrangères, du ministre Maurepas qui cachera bien sa traîtrise, de son beau-frère dévoré de jalousie, du comte de Provence qui ne rêve que de régner, de toute la clique des Orléans, des Rohan, des Marsan, des Lauzun, des Polignac, jusqu'à Frédéric de Prusse, et Calonne, et j'en passe… Toute cette meute va concourir pour la diffamer, la dénigrer et bien sûr la perdre définitivement aux yeux du peuple.

— Les imbéciles, aveuglés par leur haine, ne se rendaient pas compte, dit La Marck, qu'ils sciaient la branche où ils étaient assis et qu'ils s'écrouleraient avec elle.

— Sais-tu, Auguste, dit Mercy, que Jane est le plus grand biographe de la Reine ? Elle a étudié toutes les fatalités qu'elle a rencontrées dans sa vie ainsi que toutes les maladresses qu'elle a pu commettre. Elle pourrait t'en parler durant des heures. Tu devrais un jour l'écouter !

— Je serais très intéressé de connaître votre travail, mon enfant, je reviendrai un soir afin que vous m'en parliez.

— J'en serai ravie !

— Vois-tu, Florimond, si je ne crois pas un seul instant aux prétendus méfaits de ta pseudo-fatalité, en revanche, tu ne peux imaginer le bonheur que j'éprouve à t'entendre parler d'elle enfant. Grâce à toi, je retourne vingt-cinq ans en arrière ! Continue !

— Je ne sais plus où j'en étais…

La vicomtesse intervient :

— Vous disiez, grand-père, que la Dauphine était plus préoccupée de soutenir ses princesses allemandes que…

— … que d'observer ces tapisseries. Voilà que son regard tombe enfin sur elles, cette fois elles retiennent son attention. Le tonnerre gronde toujours plus fort. L'eau ruisselle littéralement du toit sur la salle de Remise. Tout le bâtiment frémit sous des bourrasques de vent rythmées par le tonnerre. La Dauphine intriguée demande à Starhenberg : "Mais que représentent donc ces tapisseries, je ne vois que des scènes de violence. De quoi ces enfants sont-ils morts ?"

Le pauvre Starhenberg, très embarrassé, tente une échappatoire bien maladroite : "Altesse, ce sont des scènes de guerre entre deux peuples… – Des scènes de guerre entre deux peuples ? C'est difficile à croire. Quel est donc ce peuple qui fait la guerre à des enfants ?"

On installe enfin Son Altesse sous le fameux dais. Starhenberg, toujours très attentif, se tient très droit, tout près d'elle. La Dauphine est toute menue sur cette estrade disproportionnée où ses jambes touchent à peine le sol.

— Chaque fois que j'entends cette histoire, grand-père, dit la vicomtesse, je suis bouleversée, je m'imagine la Dauphine, blonde et ravissante au milieu de ces images de mort, entourée d'ennemis. Quelle monstruosité !

Une expression de détresse se lit sur le visage du comte de La Marck. Ses yeux sont rouges. Mercy poursuit :

— L'orage atteint alors une violence sans égale ; sous la force du vent, le plafond de bois de la Remise se soulève rythmiquement, chassant des gerbes d'eau sur les participants. Soudain, dans un craquement terrible, une partie du plafond des salons autrichiens s'écroule sur ses occupants. "Que se passe-t-il ? demande la Dauphine. – Le plafond s'est écroulé dans la partie autrichienne de la Remise, Madame, dit Starhenberg, mais Dieu soit loué, il n'y a aucun blessé !" La Dauphine se précipite dans le secteur autrichien et là elle retrouve les princesses allemandes trempées jusqu'aux os, perruque effondrée et visage délavé. Elles sont prises alors d'un immense fou rire qu'elles lui communiquent, chassant de son esprit le souvenir de ces funestes tapisseries.

— Cher Florimond et chère Jane, dit La Marck en reprenant son souffle, je ne peux pas croire que vous teniez cet orage pour une fatalité ?

— Mais si. Orage, tapisseries de mort, effondrement, cela fait beaucoup, dit Mercy. Et ce n'est pas tout, il y a pis encore !

— Le sens de cet orage est évident, dit la vicomtesse.

— Ah oui ? dit La Marck en riant. Dites vite, jolie Cassandre, ce que vous avez pressenti !

— Il est l'illustration d'une colère divine qui nous prévient que ce mariage est funeste et qu'il faut l'annuler !

— Pas moins ? dit La Marck. Quel dommage que nous ne l'ayons pas su plus tôt ! Nous l'aurions abrogé. Florimond, imagines-tu Choiseul dire à Louis XV : "Sire, le mariage de M. le Dauphin avec l'archiduchesse d'Autriche est annulé ! – Que c'est fâcheux ! aurait répondu le Roi ! Quelle en est la cause ? – Sire, nous sommes dans l'impossibilité de conclure ce mariage. Figurez-vous, sire, que Médée a tué les enfants de Jason ! – Que c'est regrettable… Mais pourquoi a-t-elle fait une chose pareille ?" aurait répondu Louis XV.

La Marck éclate de rire.

— Ne raille pas ainsi, Auguste, dit Mercy, une autre coïncidence troublante peut être interprétée comme un nouveau signe.

— Si je comprends bien, Florimond, *L'Illusion comique* continue ? Il reprend son souffle. Cette malédiction est donc sans fin ?

— Te souviens-tu de cette sordide histoire du collier de diamants ?

— Celle-là, comment l'oublierais-je !

— J'ai été révoltée quand j'ai appris les dessous de cette affaire, dit la vicomtesse, cette pauvre Reine a été si injustement calomniée…

La Marck l'interrompt :

— C'est cette canaille d'Orléans qui a fomenté toute cette histoire…

— Là je t'arrête, Auguste, tu connais la haine que je porte à cet infâme Orléans, mais il n'était vraiment pour rien dans l'affaire du collier.

— Alors dis-moi comment un idiot comme Louis de Rohan a-t-il eu la naïveté de croire que la Reine ferait appel à lui pour acquérir un collier de un million six cent mille livres ?

— Tandis qu'à Versailles, elle ne lui a pas adressé une seule fois la parole, renchérit la vicomtesse.

— C'est vrai, dit Mercy, on se demande comment ce benêt a-t-il pu croire un seul instant que la Reine désirerait ce collier alors qu'elle avait formellement interdit de l'acquérir.

— Sauf si Orléans le lui a soufflé ? Cela lui ressemble tellement !

— Il est vrai, dit la vicomtesse, que la Reine détestait Rohan. On l'appelait "le cardinal collier". Elle avait déclaré : "Nous avons bien plus besoin d'un vaisseau que d'un collier !"

— Les Rohan, dit La Marck, figés dans leur morgue, ont précipité la chute de la monarchie.

— Quand je te parlais de fatalité je n'étais pas loin de la vérité. Sais-tu qui reçut la Dauphine, le lendemain de la Remise, à la cathédrale de Strasbourg ?

— Je ne sais pas, mais j'ai bien peur d'avoir deviné… C'est ?

— Le prince Louis.

— Le prince Louis ?

— C'est ainsi qu'on appelait Louis de Rohan. Il la bénira sur le parvis de la cathédrale et la perdra dix ans plus tard avec son histoire de collier. Etrange coïncidence, non ? Quand il a accueilli la Dauphine, il n'était pas encore cardinal, il n'était que coadjuteur. Ne vois-tu pas là, mon cher Auguste, un nouveau coup du sort ?

— Pourquoi est-ce le coadjuteur et non le vieux Rohan qui l'a reçue ?

— L'autre était paralysé par la goutte. Veux-tu savoir comment la Dauphine perçut cette entrevue ?

— Cela dépend si tu vas me faire rire ou pleurer…

— Le lendemain de la cérémonie de la Remise, poursuit Mercy, on est venu nous chercher de bonne heure pour arranger le programme de la journée. L'archiduchesse-Dauphine étant très éprouvée par le rythme des réceptions, j'ai proposé un allégement des cérémonies. Elle insistait pour rejoindre Versailles au plus tôt.

Son carrosse, aux armes du Roi de France, tiré par ses huit chevaux blancs, était surmonté de bouquets de feuilles d'or. Parvenus sur le parvis de la cathédrale de Strasbourg, nous avons constaté que tout le peuple de la cité était venu l'acclamer. Starhenberg, l'abbé de Vermond et moi partagions la voiture de la princesse. “Monsieur Starhenberg, dit-elle, je désirerais que cette cérémonie fût la plus courte possible !” Starhenberg consulte ses notes et répond : “Monsieur le comte de Mercy-Argenteau y a pourvu, Madame. Après l'homélie de Rohan et la messe demain matin, Votre Altesse repartira aussitôt pour Versailles.”

La Dauphine me congratule d'un sourire reconnaissant : “Merci, monsieur l'ambassadeur”, me dit-elle. Puis elle s'adresse à Vermond : “Et combien de jours de route encore, monsieur l'abbé ?” Vermond répond, la paupière battant : “Si le temps le permet, n'est-ce pas, je pense que Votre Altesse sera dans trois jours à Compiègne, où Sa Majesté l'attend. – Mes amis, pour ce qu'il nous reste encore de lieues à parcourir, évitez-moi la lourdeur de votre étiquette. Pardonnez-moi, mais j'ai été élevée dans la simplicité familiale, toute cette pompe est éprouvante. – Si cela ne tenait qu'à nous, Altesse, je réponds, nous aurions allégé le programme de ces festivités. Mais hélas, Votre Altesse aura beaucoup de mal à éviter ses dernières obligations. Le Roi tient à ce qu'elles soient respectées à la lettre, ce qui justifie la présence de Mme de Noailles. – Tant pis ! répond la Dauphine en soupirant. Ah, nous arrivons enfin ! Savez-vous que ma mère m'a longuement chapitrée sur la moralité de ce Louis de Rohan ? Aussi, je ne baiserai pas l'anneau ! J'ai déjà, sans le connaître, les préjugés les plus vifs contre cet homme."

Je la rassure : "Votre Altesse est libre de baiser ou pas l'anneau, nous savons que Louis de Rohan n'est que coadjuteur, n'est-ce pas, monsieur l'abbé ? – Effectivement ! répond Vermond. Baiser l'anneau n'est pas une obligation. – Tant mieux ! Pour une fois, le protocole me sert !"

Le carrosse s'arrête devant le parvis. Le temps est magnifique, les cloches de la cathédrale sonnent à toute volée. La Dauphine, dans une somptueuse robe couleur parme et or, descend du carrosse. Une foule immense est là pour la fêter. Sur la place de l'Hôtel-de-Ville, des bœufs entiers rôtissent et des fontaines de vin coulent pour le peuple en son honneur. "Qu'elle est belle notre Dauphine !" entend-on de toutes parts.

Son Altesse se tourne vers moi et me dit en souriant : "Les Français ont pour moi les yeux de l'indulgence. Comme je n'ai rien fait pour mériter ces louanges, je vais m'occuper de m'en rendre digne !"

Trente-six petits bergers et bergères offrent à la Dauphine des corbeilles de fleurs, et vingt-quatre jeunes filles des meilleures familles, en costume strasbourgeois, jettent des pétales de rose devant elle. La princesse s'empare d'un bouquet de fleurs séchées et en donne une à chacun d'eux. Ils la garderont toute leur vie.

Un long tapis rouge la conduit au parvis. Le prince Louis de Rohan et les chanoines comtes du Conseil de la cathédrale l'accueillent, mitre en or sur la tête, crosse à la main, somptueusement parés de tous leurs attributs. Un spectacle grandiose l'attend. Les grandes orgues de la cathédrale se font entendre jusqu'au parvis. Deux cents choristes en blanc chantent l'alléluia.

Une double haie d'enfants de quatre ans, au nombre de cent, rend les honneurs. Ils ont tous revêtu un somptueux uniforme bleu et or, réplique de celui des cent-suisses de Versailles. Les petits garçons se tiennent au garde-à-vous dans un alignement impeccable. La Dauphine, qui tombe immédiatement sous le charme de ce régiment miniature, se précipite vers eux et s'agenouille devant celui qui porte le splendide uniforme du capitaine des gardes : “Comme ils sont mignons !” dit-elle attendrie. Elle met un genou à terre en s'adressant au petit chef de la section des cent-suisses : “Bonjour capitaine, comment vous nommez-vous ? – Je suis Henry. Et toi ? – Moi, je suis Antoinette. – C'est toi la Reine ? – Oui, capitaine, enfin presque… Au revoir, Henry !” Elle l'embrasse sur la joue puis se relève pour se diriger vers le parvis de la cathédrale où le prince Louis l'attend. La Dauphine se tourne vers moi et me dit : “Monsieur l'ambassadeur, cette nuit nous logerons encore à l'épiscopat, n'est-ce pas ? – Oui, Madame. – Je voudrais que le château soit gardé par ce régiment d'enfants, j'aimerais les avoir tous, ce soir, autour de moi ! – Considérez que c'est chose faite, Votre Altesse, je vais donner des ordres en conséquence.”

Le coadjuteur s'avance alors vers elle, s'incline avec beaucoup de grâce et tend l'anneau à baiser. La Dauphine s'incline seulement devant lui. Louis de Rohan décontenancé lance alors son homélie : “Vous allez être parmi nous, Madame, la vivante image de cette Impératrice chérie, depuis longtemps l'admiration de l'Europe comme elle le sera de la postérité. C'est l'âme de Marie-Thérèse qui s'unit à l'âme des Bourbons…"

Dès qu'on fait allusion à sa mère, la Dauphine ne peut retenir ses larmes. Elle pense avec douleur : Je ne voudrais pas qu'il s'imagine m'avoir émue par son discours emphatique, mes larmes sont pour ma mère… Je sais que je ne la reverrai plus !

— Et voilà, mon cher Auguste, sa rencontre avec ce Louis de Rohan. C'est l'homme qu'elle retrouvera dix ans plus tard à Versailles, pour son plus grand malheur, revêtu de la pourpre cardinalice et grand aumônier de France.

— Moi je suis sûre que grand-père a raison, la Reine est née sous une étoile noire, elle porte malheur à son entourage.

— Bon, dit La Marck en se levant péniblement de son fauteuil, je rentre ! Florimond, j'étais venu avec la berline de Fersen, tes gens peuvent-ils me raccompagner ?

— C'est moi qui te raccompagne ! Résides-tu toujours à la même adresse ?

— Toujours au 17, Herrengasse, mais il est tard, Florimond, je peux parfaitement rentrer seul.

— Pas du tout, les soirées sont tièdes : je t'accompagne et je reviendrai à pied, j'ai besoin de marcher. Accorde-moi seulement cinq minutes, le temps de me changer.

Le fiacre du comte de Mercy-Argenteau roule sur la Herrengasse, complètement déserte à cette heure avancée.

— Penses-tu souvent à elle ? demande Mercy.

— Tous les jours ! dit la Marck. Pourquoi me poses-tu cette question ?

— Parce que, avoue Mercy le visage fermé, je n'ai pas fait ce que j'aurais dû faire quand elle était emprisonnée au Temple.

— Et c'est ?

— Il y a déjà un an, Fersen était venu me voir pour solliciter mon appui, je l'avais reçu froidement, je le regrette amèrement !

— Tu parles de cette tentative d'évasion du Temple qui avait échoué ? dit l'autre en reprenant son souffle.

— Oui.

— Parce que tu aurais pu l'aider ?

— Peut-être !

— Pour quelles raisons n'as-tu rien fait ?

— Je ne voulais pas heurter l'Empereur et sa famille en leur donnant mauvaise conscience de leur inaction.

Un silence pesant s'installe entre les deux hommes. La Marck lance d'une voix blanche, le souffle court :

— Florimond, ta conduite est inqualifiable ! Je connais bien la lâcheté des Habsbourg, c'est vrai qu'ils sont mal à l'aise dès qu'on aborde le sort de la famille royale, ils ont tant à se reprocher ! Il saisit fortement le bras de son ami en reprenant son souffle : Mais toi, Florimond ! Toi qui avais la confiance aveugle de l'Impératrice, pourquoi as-tu abandonné dans une situation désespérée un être que tu as connu enfant ?

— Parce que je ne pouvais aider Fersen sans me compromettre aux yeux des Habsbourg.

— Mais tu es un misérable... – il est frappé d'une forte quinte de toux. Comment ? Tu fais passer ton ambition avant la vie de la Reine ?

— Je ne l'ai pas complètement abandonnée, puisque je l'ai recommandée au baron de Batz. C'est lui qui mène une lutte acharnée contre les terroristes. Vois-tu, c'était une façon de soulager ma conscience.

— Ta conduite est inqualifiable !

— J'accepte ton jugement, mais reconnais au moins que j'ai bien fait de faire intervenir de Batz. Le connais-tu ?

— Nous étions ensemble députés à la Constituante, grogne La Marck. Cela ne rachète pas ta conduite méprisable – il tousse.

— Je sais, je sais… mais j'ai pensé que de Batz était le seul homme capable d'aider la Reine.

— Comme il rôdait à un moment à Coblence chez Condé, je lui ai conseillé de solliciter l'appui financier de l'Empereur… Qu'a-t-il fait pour la Reine ?

— Il est rentré en France !

— Et puis ?

— Il a tenté de la sauver, alors que sa tête était mise à prix. C'est lui qui a monté le complot du Temple.

— Heureusement qu'il existe encore des hommes d'honneur !

— Florimond, je vais t'apprendre une nouvelle qui va t'étonner.

— Ne crois-tu pas que j'en sais suffisamment pour aujourd'hui avec ton lâche abandon ?

Mercy tente d'amadouer La Marck :

— De Batz a reçu deux millions or pour combattre les terroristes.

— Qui peut donner deux millions or de nos jours ? dit La Marck en bougonnant.

— L'Empereur d'Autriche ! Metternich me l'a confirmé. De Batz est revenu à Bruxelles les chercher. Il attend aussi la réponse de Cobourg pour coordonner son action contre les terroristes

— L'Empereur aurait fait ce geste ? Pour quelle raison ? Il se moque éperdument de sa tante – il reprend son souffle.

— J'ai joué de ma petite influence. Je lui ai fait entrevoir la terrible responsabilité qu'il prenait devant l'histoire.

— Après ton inqualifiable abandon, essayerais-tu par hasard de te donner bonne conscience ?

— J'ai dit à l'Empereur que je reconnaissais en lui le sang de Marie-Thérèse !

La Marck ricane :

— Je comprends ! Ce n'est pas par compassion qu'il a donné cet argent... Il veut entrer dans la postérité avec l'image d'un Empereur magnanime !

— Tu sais comme moi que les Habsbourg ont mauvaise conscience quand on évoque la Reine de France, à la cour c'est un sujet interdit. Je ne pouvais lui déplaire, et si je n'ai apporté aucune aide à Fersen, j'ai au moins aidé de Batz, c'est un demi-mal.

La Marck, la mine renfrognée, ne répond pas. La voiture s'arrête devant le 17, Herrengasse. Il s'apprête à quitter la voiture sans un mot, quand Mercy le retient par le bras.

— Auguste – l'autre se retourne et attend, le visage fermé –, Auguste, j'ai besoin de ton aide ! L'autre repousse son bras et sort de la voiture, Mercy descend et le suit : Auguste ! C'est de la Reine dont il s'agit ! Ecoute-moi, s'il te plaît !

La Marck se retourne, glacial :

— Je t'écoute.

— Il faut absolument que l'attitude que j'ai eue envers la Reine reste confidentielle. Jane lui voue un véritable culte. Elle serait terriblement désillusionnée si elle apprenait ma conduite. Pardonne-moi, tu sais combien j'aime mon petit-fils et tu connais le caractère entier de Jane. Si elle l'apprenait, elle ne me verrait plus, et leur ménage pourrait en pâtir.

— C'est entendu, répond La Marck glacial, mais sache que je ne le fais pas pour toi, mais uniquement pour ton petit-fils – il reprend son souffle.

— Merci, Auguste.

— N'oublie pas, insiste sèchement La Marck, de m'informer de la réponse de Cobourg. Fersen et de Batz l'attendent avec angoisse.

— Tu peux compter sur moi. Avant mon départ pour Bruxelles, je donnerai des instructions dans ce sens.

La Marck très essoufflé s'éloigne précipitamment et s'engouffre sous le porche de son hôtel particulier sans se retourner.

Mercy demeure silencieux, cette attitude méprisante l'a profondément affecté. Il dit au cocher :

— Pars devant et attends-moi devant Schottenkirche, je veux aller à pied, sais-tu où elle se trouve ?

— Oui, Excellence, c'est l'église qui donne dans la Freyung ?

— C'est cela, attends-moi là-bas.

La voiture s'éloigne. Le comte de Mercy-Argenteau, sans escorte, marche d'un bon pas sur la Herrengasse. Le jour se lève sur Vienne. La ville s'éveille lentement. Des laquais en livrée nettoient les parvis des palais. Des voitures de marchands de fruits et de légumes se dirigent vers le palais de la Hofburg. Une escouade de la garde impériale rentre au château. Mercy ne voit rien, l'attitude méprisante de La Marck l'obsède. “N'oublie pas, Florimond, que tu avais promis à l'Impératrice de protéger sa fille, tu as même tenu un rôle de père…” Cette phrase ne quitte plus sa pensée. Il y a vingt-trois ans, sur cette même Herrengasse, il avait fait ce serment. Il se revoit dans la voiture impériale, face à l'Impératrice, l'abbé de Vermond à ses côtés. Il revoit une mère soucieuse aux prises avec les frasques de ses enfants.

— Vous devez reconnaître, Mercy, dit l'Impératrice, que je n'ai vraiment pas de chance avec mes filles ! J'installe Caroline sur le trône de Naples, le vieux Roi tout d'abord l'ignore complètement, pour lui abandonner ensuite les affaires du royaume ! Vous admettrez que c'est grotesque.

— D'après nos agents, Sa Majesté la Reine de Naples défend très efficacement les intérêts de son pays, dit Mercy-Argenteau.

— Oui, jusqu'à en oublier les nôtres ! Nous ne parlons pas de ses nombreuses aventures sentimentales ! Seigneur, quelle image elle donne de la maison d'Autriche quand on sait que son amant est le Premier ministre du Roi !

La voiture impériale de Marie-Thérèse, escortée par la garde à cheval, roule lentement sur la Herrengasse en direction de la Freyung. De temps en temps, des Viennois reconnaissent leur Reine et crient : “Vive l'Impératrice !”

Marie-Thérèse occupe toute la banquette du fond où sont empilés des dossiers et une boîte de chocolats. Ellc en prend un qu'elle mâche tout en parlant. Mercy lui soumet un rapport désastreux sur une autre de ses filles : la duchesse de Parme.

— Je dois avouer à Votre Majesté que les nouvelles de Parme ne sont pas bonnes. Je soumets à Votre Majesté le dernier rapport de notre agent sur l'activité financière de Son Altesse.

Il lui tend plusieurs parchemins. Marie-Thérèse feuillette distraitement les documents. Elle ne les lit pas vraiment. Tout en glissant les pages les unes sur les autres sans les voir, elle dit :

— Il y a bien longtemps, Mercy, que j'ai perdu mes illusions sur Marie-Amélie. Je bénis le Seigneur d'avoir rappelé l'Empereur à lui. Dieu soit loué – elle se signe –, il ne saura jamais ce que sont devenues ses filles. Lui qui les obligeait chaque année à faire une retraite pour les préparer à la mort !

— Son Altesse l'archiduchesse Marie-Antoinette a effectué aussi cette retraite ?

— Bien sûr. Durant la Semaine sainte j'ai exigé qu'elle passe trois jours avec l'abbé de Vermond dans un monastère. Ce n'est pas le cas de Marie-Amélie, qui dilapide les finances du duché.

Elle parcourt distraitement le rapport quand soudain son attention est retenue par un des feuillets. Elle lit attentivement, puis dans un mouvement d'humeur jette l'ensemble du dossier sur les genoux de Mercy-Argenteau :

— Non, Mercy, je ne donnerai pas un ducat !

— Mais je me permets d'attirer l'attention de Votre Majesté, dit Mercy, sur la précarité de la situation où s'est mise Son Altesse... Elle doit faire face à une échéance de quatre millions de livres pour éviter la banqueroute du duché. Son Altesse a signé des billets à ordre alors que les caisses étaient vides. Nous devons couvrir cette dette, sinon...

— ... sinon quoi, Mercy ? Le déshonneur pour la maison d'Autriche ? C'est ce que vous craignez ? Mais nous l'avons déjà, mon ami ! Marie-Amélie se vautre dans la fange de ses amants et de ses dettes. Elle est la risée de toute l'Europe ! Le duché de Parme nous coûte une fortune. Jusqu'à quand devrons-nous assumer ses frasques ? Elle prend un chocolat : Rangez tout cela, nous en déciderons en conseil mercredi avant votre départ.

— J'attire encore l'attention de Votre Majesté sur l'urgence de ce recouvrement dont l'échéance tombe jeudi. Si nous ne couvrons pas cette dette, Son Altesse fera sans aucun doute appel au Roi de Prusse. Prendre pied en Italie est son but inavoué ! Votre Majesté ne peut prendre un tel risque !

— Je dois donc m'incliner encore et sans cesse, Mercy ? Jusqu'où ma fille nous entraînera-t-elle ? Elle réfléchit un moment puis dit en soupirant : C'est bon, Mercy, payons le prix du vice puisque nous n'avons d'autre choix…

… Déjà vingt-trois ans, songe Mercy.

— Bonsoir, monsieur le gouverneur, n'avez-vous besoin de rien ?

Le comte de Mercy-Argenteau sort brusquement de sa rêverie, il ne s'était pas rendu comte qu'il était suivi par des cavaliers de la garde impériale. Il se retourne, un officier en grand uniforme blanc, brandebourgs or sur la poitrine, clac noir à plumes de cygne blanches sur la tête, enveloppé dans une grande cape blanche qui descend jusque sur la croupe du cheval, le salue en souriant. C'est le colonel commandant la garde du château de la Hofburg, le fils de l'ancien grand chambellan Khevenhuller.

— Nous étions inquiets, Excellence, de vous savoir seul sur la Freyung !

— Ah, bonsoir, Khevenhuller, ne vous souciez pas de moi ! J'avais seulement besoin d'un peu d'exercice. Merci beaucoup.

— Dans ce cas, bonne nuit, Excellence.

L'officier salue, le groupe de cavaliers fait demi-tour et remonte en direction du château impérial.

Le comte de Mercy-Argenteau traverse la Freyung. Il est obsédé par les propos de La Marck : “Un rôle de père !” Il avait juré sur la Bible… Il entend l’Impératrice dire à son cocher :

— Wolfgang, demi-tour ! Nous retournons au château. Puis s’adressant à Mercy et à Vermond : Mes amis, cette promenade doit vous paraître bien insolite, puisque nous revenons à notre point de départ, mais voyez-vous, mon carrosse est l’endroit le plus sûr pour se jouer des oreilles indiscrètes. Ce que j’ai à vous dire est de la plus haute importance. Il faut absolument qu’Antoinette ignore tout de notre entretien. Ecoutez bien : quand vous serez tous les deux à Versailles, je veux que vous soyez ses anges gardiens et que vous la protégiez jour et nuit !

— Sa Majesté ne peut ignorer, n’est-ce pas, dit l’abbé de Vermond, les oreilles écarlates, que Versailles est ouvert à tous vents et qu’il est pratiquement impossible de passer inaperçu.

— A vous deux, vous constituerez une force de premier ordre. Vous, monsieur l’abbé, vous accompagnerez la Dauphine à la messe tous les jours, conservant ainsi un contact quotidien sans attirer l’attention. Et vous, Mercy, comment ferez-vous pour éviter les regards indiscrets ?

— J’ai déjà pris des dispositions qui devancent les désirs de Votre Majesté : j’ai acheté la complicité et le silence d’un gardien de nuit et de deux femmes de chambre destinées à l’archiduchesse. Ils me remettront un rapport quotidien sur les activités de Son Altesse.

— C’est bien joué, mais soyez prudent, on ne doit pas vous voir auprès de ma fille plus de deux fois par semaine, cela paraîtrait suspect.

— Il ne faudra surtout pas, n’est-ce pas, ajoute l’abbé de Vermond, que Son Altesse l’archiduchesse-Dauphine se doute de notre surveillance.

— Nous agirons de telle sorte que Son Altesse croira que c'est le Roi de Prusse qui l'espionne, dit Mercy.

— Excellente idée ! Mes amis si vous saviez quelle angoisse m'étreint. J'ai les plus noirs pressentiments de la savoir là-bas ! Vous rendez-vous compte : ma petite Antonia plongée dans cette cour où règnent le vice et l'intrigue ? Comment protéger cette enfant contre tous ces dangers, si ce n'est par une surveillance de tous les instants !

— Que Votre Majesté se rassure, dit l'abbé, nous n'aurons de cesse de veiller sur Son Altesse et de la préserver du moindre danger.

— J'en suis persuadée ! Mais hélas, vous ne changerez pas ma fille ! C'est une proie si facile. Vous la connaissez, monsieur l'abbé, c'est une enfant qui a toujours été humaine et compatissante. En revanche, je la crois légère et crédule, et de surcroît têtue, il suffit qu'on lui joue la comédie de l'affliction pour tout obtenir d'elle !

— Nous serons là pour prévenir tous ces dangers, dit Mercy-Argenteau.

— Comprenez-vous maintenant les raisons qui m'obligent à être informée de tout ce qui la touche, depuis son lever jusqu'à son coucher ? Je veux savoir qui elle fréquente, qui elle aime, qui elle déteste, qui elle écoute, comment elle s'habille, ce qu'elle mange, quels sont ses divertissements. Dans chacune de ces activités je pressens un piège !

— A Versailles, dit Mercy, nous devrons la protéger contre les deux camps qui s'opposent. Chacun d'eux tentera de la gagner. Elle sera écartelée entre le parti bigot de Mme Adélaïde, pardonnez-nous cette expression, monsieur l'abbé, et le parti du Roi avec la comtesse Du Barry,

— C'est mon plus gros souci, dit gravement l'Impératrice. J'ai eu tort de lui dépeindre le Roi comme un mauvais chrétien ! Antoinette a été élevée selon les préceptes de la religion catholique. Nous lui avons sans cesse répété que l'adultère était un péché capital. J'appréhende sa réaction face à la favorite. Le Roi pourrait en prendre ombrage. Qu'en pensez-vous, Mercy ?

— Je partage les sentiments de Votre Majesté. Nous devons, quoi qu'il arrive préserver l'alliance franco-autrichienne. J'engage Votre Majesté à écrire au Roi pour le mettre dans les meilleures dispositions. Attribuez-lui le rôle d'un père, il adore cela ! Dites-lui que vous lui confiez une nouvelle fille.

— C'est un très bon conseil, Mercy. Il me faut tout d'abord persuader ma fille de voir le Roi sous un autre jour ! Mercy, votre mission commence jeudi. Vous m'enverrez un premier rapport cinq jours après votre départ – elle consulte un papier. Voyons, où serez-vous ? Voilà : vous serez à Luzin. Je veux connaître l'état d'esprit de ma fille avant qu'elle traverse la frontière.

"Un rôle de père !" Le comte de Mercy-Argenteau se souvient qu'une expression d'angoisse apparut sur le visage de l'Impératrice quand elle lui dit :

— Cher Mercy, à Versailles, vous lui servirez de guide et de confident. Mon ami, je vous délègue un rôle de père pour ma fille, ne l'abandonnez jamais, quoi qu'il arrive, et vous aurez mon éternelle reconnaissance dans ce monde et dans l'autre !

— Je le promets à Votre Majesté, dit Mercy.

— Pas de promesses en l'air, Mercy ! Je veux un serment solennel devant Dieu. Jurez sur cette bible !

Mercy pris au dépourvu pose sa main sur le livre saint et dit :

— Je le jure !

Parvenu au milieu de la place, le comte de Mercy-Argenteau se dirige vers la Schottenkirche. La lourde porte de bronze cloutée est fermée. Il tire sur une poignée reliée à une chaîne : un lointain son de cloche se fait entendre à l'intérieur. Quelques minutes plus tard, un moine à moitié endormi apparaît. Il reconnaît Mercy.

— Mon fils, dit-il, que se passe-t-il ? Rien de grave, j'espère ?

— Pardonnez-moi, mon père, j'ai besoin de votre soutien !

— Pourquoi, mon fils ?

— Mon père, je me suis parjuré à la face de Dieu.

Le moine se signe aussitôt.

— Ah, Seigneur ! Entrez vite, mon fils.

La porte métallique se ferme en grondant, tandis qu'un fiacre attend devant l'église.

3

Le journal du soir

Le teint rougi par un excès de cidre, les deux gendarmes, François Dufresne et Jean Gilbert, achèvent leur partie de piquet. La femme Harel, la mine renfrognée, coud dans son coin. La Reine, appuyée sur une chaise à l'envers, suit la fin de la partie.

Grincement des verrous : ce sont les époux Richard et Rosalie Lamorlière qui apportent le souper et, comme à l'accoutumée, Rosalie fait sa timide révérence. La chaleur de la mi-août encore pesante oblige à garder les fenêtres grandes ouvertes au prix du lancinant brouhaha qui monte de la cour des femmes.

— Bonsoir, Madame, dit Richard, Rosalie vous a préparé du canard, nous savons que vous l'appréciez.

— Merci, monsieur ! Merci, Rosalie !

Marie Richard, aidée de Rosalie, dresse la petite table avec les accessoires habituels : les couverts propres, la nappe et la serviette blanches, les couverts d'étain polis, l'eau bien cristalline. La Reine entame son souper. Son petit chien Baps, qui somnolait, alerté par l'odeur du canard, saute aussitôt du lit pour s'asseoir à ses pieds.

— Monsieur Richard, auriez-vous par hasard occupé jadis les fonctions de maître d'hôtel ? demande la Reine.

— Oh, nullement, Madame, je suis presque né dans les prisons !

— C'est que tout ce que vous me donnez à manger est excellent.

— Je vous avouerai que je vais moi-même au marché et que j'y achète tout ce que je puis trouver de meilleur.

La Reine feint de le croire :

— Que vous êtes bon, monsieur Richard !

Elle sait pertinemment que c'est Rosalie qui effectue les achats et qui prépare ses repas avec le plus grand soin. Le regard reconnaissant de la Reine fait rougir celle-ci.

— Madame, je vous demanderai ce que vous aimeriez qu'on vous prépare, insiste Richard.

— Mais, monsieur Richard, ce qui est bon pour votre famille le sera pour moi.

— Avez-vous certaines préférences ?

— Oui. Pour les plats simples, monsieur Richard, dans les derniers moments de notre vie à Versailles, ce qui me gênait le plus, c'était de voir sur la table des plats trop recherchés, aussi m'est-il arrivé plus d'une fois de me retirer avec ma famille dans l'intérieur de mon appartement pour y faire en secret ce qu'on appelle une cuisine bourgeoise.

— Saviez-vous, Madame, que Rosalie excellait en cuisine ?

— A la qualité des mets que vous me servez, monsieur, je n'en doute pas !

Elle adresse encore un sourire à Rosalie.

Nouveau grincement des serrures. Un gendarme se présente, il s'adresse à Richard :

— Citoyen-concierge, le lieutenant Lebrasse et l'huissier Simonet vous attendent pour commencer l'appel du soir.

— J'arrive.

Il sort.

La cloche d'airain retentit soudain dans la cour des femmes accompagnée aussitôt des aboiements des molosses. Le bourdonnement des conversations, des chants, des cris, des rires s'arrête instantanément pour laisser place à un silence pesant.

La Reine, de son cachot, peut percevoir, comme d'habitude, le moindre chuchotement. On entend encore au loin une rumeur qui provient du préau des hommes.

L'huissier Simonet hurle :

— Le journal du soir ! Le journal du soir ! Sont appelées à comparaître devant le Tribunal révolutionnaire des affaires criminelles de Paris les détenues dont les noms suivent. Elles sont convoquées pour demain matin dix heures devant la grille des Douze !

Le visage de la Reine se fige. Elle abandonne aussitôt son souper au grand dam de Rosalie, seul le chien Baps est heureux de recueillir un filet de canard. Elle se lève, retourne à son fauteuil et reprend sa lecture.

La voix de l'huissier résonne dans la cour :

— Toutes les femmes en provenance du Poitou, arrivées la nuit dernière, sont appelées à comparaître demain matin ! Les mères qui allaitent leur enfant doivent le remettre aux guichetiers en attendant la décision du jugement. La Nation les prend en charge. Ils leur seront rendus en cas d'acquittement.

Une vingtaine de femmes, dans le dénuement le plus total, gisent à même le sol. Certaines sont enceintes ; d'autres qui viennent de mettre leur bébé au monde ont encore cette pâleur propre aux jeunes accouchées ; d'autres, enfin, allaitent. Elles ont l'air hébétées. Elles semblent ignorer où elles sont et le sort qui les attend. Elles ont été déplacées du fond du Poitou, puis traînées de cachot en cachot dans un état de dénuement et de saleté indescriptibles. Comme leur transfert date de la veille, certaines portent encore les fers au cou et aux poignets. Devant l'odeur insoutenable qu'elles dégagent, les autres détenues se tiennent à distance de ces pauvres filles.

La Reine pose son livre sur les genoux et écoute avec attention, le regard rivé au sol.

— Ces malheureuses n'ont aucune chance de récupérer leur bébé, dit-elle, elles seront toutes condamnées.

— C'est très probable, Madame, dit Marie Richard.

— Qui sont ces femmes du Poitou ? Que leur reproche-t-on ?

— Le Poitou n'est pas très éloigné de la Vendée, dit Gilbert en riant, on doit comploter ferme là-bas !

— Quand sont-elles arrivées ? demande gravement la Reine.

— Cette nuit même, Madame, dit Rosalie Lamorlière.

— Pauvres femmes ! Se doutent-elles de ce qui les attend ?

— Pas du tout, Madame, dit Gilbert, il faut voir leurs regards, il ne s'y peint aucune intelligence du sort qui les menace ! C'est le regard des bœufs serrés sur le marché !

La Reine accuse ces paroles dures et reprend sa lecture. On entend la voix de l'huissier qui poursuit l'appel :

— La citoyenne Rogé !

— Présente, monsieur !

— Tu fais bien partie du groupe du Poitou ?

— Oui, monsieur.

— Pas de monsieur ici. On m'appelle citoyen comme tout le monde ! Tiens ta feuille de route ! Maintenant, confie ton enfant aux gendarmes !

— Mais, monsieur, j'ai accouché il y a dix jours ! Qui va le nourrir ?

— Je te dis que la Nation va lui donner une nourrice. Remets immédiatement ton enfant aux gendarmes !

Des hurlements retentissent dans la cour. Le gendarme Gilbert demande à Marie Harel :

— Lève-toi ! Laisse-moi ta chaise, je veux voir ce qui se passe !

Il monte sur la chaise en paille, ses yeux sont à la hauteur de la cour des femmes. La Reine regarde son livre mais son attention est fixée ailleurs. La femme Harel, blessée dans ses convictions républicaines par la barbarie des guichetiers, se tient droite contre le mur, le visage fermé. Elle n'approuve pas ces pratiques mais préférerait mourir que de critiquer les révolutionnaires. Rosalie, les yeux baissés, débarrasse la petite table en silence. Marie Richard inquiète se tient contre la porte, prête à répondre à l'appel de son époux.

Dans la cour, les hurlements des femmes redoublent.

— La furie a agressé le malheureux gendarme qui voulait prendre son nourrisson, dit Gilbert, il saigne du visage, sa casaque est déchirée, d'autres ont dilacéré son chapeau.

La Reine semble lire, mais à l'expression de son regard on devine qu'elle est soucieuse de ce qui se passe dans cette cour tandis que les autres demeurent graves et silencieux. Les cris redoublent. Un peloton de gendarmes arrive en renfort. La jeune mère est séparée de son enfant et entraînée hors de la cour.

— C'est fini. On l'a emmenée, déclare Gilbert, quelle furie ! Elle a eu ce qu'elle méritait !

La Reine lève alors les yeux de sa lecture :

— Le pensez-vous vraiment, monsieur Gilbert ? demande-t-elle d'une voix très calme en le fixant de son regard voilé de myope.

Tout le monde guette la réponse.

— Mais bien sûr, Madame, répond Gilbert, toujours perché sur la chaise alors que le drame est consommé.

Affichant une fausse assurance, il tourne ostensiblement le dos à la Reine, mais il est trahi par l'émoi qui colore en rouge vif ses oreilles.

— Etes-vous marié, monsieur Gilbert ? insiste doucement la Reine.

— Oui, Madame, répond l'autre sans se retourner, avec Julie Larivière, la sœur de Louis.

— C'est très bien ! Avez-vous des enfants ?

— J'en ai deux, Madame.

— Alors je sais maintenant ce que vous devez penser de tout cela, monsieur Gilbert.

Elle reprend sa lecture. Le gendarme ne répond pas, il descend de sa chaise et s'assoit auprès du maréchal des logis Dufresne.

— Allez, terminons cette partie de piquet… c'était à toi de jouer.

Marie Harel, le visage plus buté que jamais, récupère sa chaise et reprend sa couture.

On entend l'huissier qui poursuit l'appel des victimes :

— La ci-devant princesse de Chimay !

Une voix aiguë et chevrotante répond :

— Présente !

— Tiens, Altesse, ta feuille de route ! Les ci-devant Noailles mère et fille !

A l'appel de ces noms, la Reine lève les yeux, l'huissier répète en hurlant :

— Les ci-devant Noailles mère et fille, nom de Dieu !

— Mais il ne faut point crier si fort, jeune homme, dit la plus vieille, nous ne sommes pas sourdes !

La Reine a un sourire douloureux.

— Je les connais, elles sont toutes les deux sourdes comme des pots. Pauvres femmes !

— La ci-devant religieuse Marie-Claudine Gattey et sa complice Avoye Paville, femme Costard !

Marie Harel se dresse sur son siège. On entend des cris de joie, scandés par le rire en cascade des deux femmes :

— Ah, enfin nous y sommes ! Ha ! ha ! ha ! Il était temps ! dit l'une. Présente ! Présente ! Tu t'es enfin décidé à nous présenter à ton tribunal d'assassins, avorton ! Vive le Roi ! Entends-tu, canaille !

— Eh ! cannibale… je suis là ! s'écrie l'autre. Mais dis donc, de quoi sommes-nous complices au juste ?

Simonet donne à chacune son acte d'accusation :

— Voilà vos extraits mortuaires, guenons ! Cela vous apprendra à regretter les tyrans !

— Ah bon, avorton, tu me rassures… Nous n'étions complices que de cela ? Elle s'adresse à son amie : Allez, sœur Marie-Claudine, donnons raison à cette fripouille ! Allons-y ! Elles crient toutes les deux en même temps : Vive le Roi ! Vive le Roi ! Vive le Roi !

— Arrêtez, ou je vous mets aux fers immédiatement, hurle l'huissier Simonet.

— Ces deux-là sont des contre-révolutionnaires, dit la femme Harel, quand elles ont entendu la condamnation de leurs parents, elles ont crié en plein tribunal : “Vive le Roi !” Quelle honte !

La Reine ne daigne pas répondre.

L'huissier reprend :

— La ci-devant abbesse de Montmartre ?

— Je suis là, mon fils !

Il lui tend son acte d'accusation :

— Tiens, chère mère, quand tu arriveras là-haut, tu feras lire cela au Père éternel ! La ci-devant Madeleine Vernin d'Aigrepont ?

— Présente !

— Je répète : la ci-devant Madeleine Vernin d'Aigrepont ?

— Présente, te dis-je ! Es-tu sourd, mon ami ?

— La ci-devant calotine Anne Catherine Aubert ?

— Présente, monsieur !

— Pauvre sœur Aubert, dit la Reine, je l'ai reçue à Versailles, c'est une sainte, pourquoi est-elle ici ? Quelle tragédie !

— Marie Olympus de Gouges, soi-disant veuve Aubry.

— Pourquoi soi-disant ? Et en plus, c'est Olympe ! Olympe, entends-tu ?

— Quoi Olympe ? grogne l'huissier.

— Mon prénom est Olympe, pas Olympus !

— Que veux-tu que ça me fasse ? Tiens ta feuille de route !

— Mais je ne peux monter, puisque je suis grosse !

— Pas possible ? Par qui ? C'est peut-être bien l'Immaculée Conception ! N'oublie surtout pas de le dire à l'accusateur public, cela l'amusera. Marie Pierrette Esclapart, veuve Henevaux ?

— Apprends d'abord à lire, valet ! C'est Henevaux, veuve Esclapart !

— Vieille gueuse, cela ne t'empêchera pas de passer ta tête à la chatière !

— Ne crois pas que tu en seras privé, valet, tu ne perds rien pour attendre !

— Tiens, attrape ton extrait mortuaire, guenon ! En attendant, c'est moi qui suis désigné pour t'accompagner à l'échafaud, vieille gueuse !

— Quel dommage, valet ! Tu vas me gâcher mon plaisir !

— La ci-devant Blamont.

— Présent ! Je suis enceinte, dois-je comparaître ?

— Oui, tu comparais ! C'est tout pour les femmes. Terminé pour aujourd'hui !

Il s'en va, suivi des gendarmes, du concierge Richard, des guichetiers et de leurs molosses. La rumeur s'élève aussitôt dans la cour, pendant quelques instants seulement car les prisonnières doivent bientôt rejoindre leur cachot.

Toutes lisent avec précipitation leur acte d'accusation.

— Mais ils disent tous la même chose ! s'exclament-elles.

— Pauvres femmes, dit la Reine, pas une n'en réchappera ! Ces pauvres sœurs Gattey et Costard ont enfin obtenu ce qu'elles voulaient, retrouver leurs proches dans un monde meilleur ! Elles n'avaient peut-être pas d'autre choix que d'aller les rejoindre !

— Ce sont des fanatiques, Madame, elles l'ont bien cherché, dit le maréchal des logis Dufresne.

La femme Harel ne peut réprimer un sourire d'approbation.

— Après ce qu'elles ont subi, ajoute la Reine, la vie n'a plus beaucoup de sens pour elles, monsieur Dufresne !

— Tout de même, on ne crie pas “Vive le Roi” ! C'est une provocation inacceptable ! Nous sommes en République !

— Sans doute, monsieur Dufresne, mais ce n'est pas par fanatisme royal qu'elles le font ! A notre époque, c'est le plus sûr moyen de mettre fin à ses jours : crier “Vive le Roi” paraît plus aisé que d'absorber du poison, ne le pensez-vous pas ?

— Pourquoi en finir avec la vie, Madame ? Pourquoi refuser de vivre avec le changement ?

— Elles ne rejettent pas le changement, monsieur Dufresne, mais la vie a perdu tout sens pour elles.

— C'est exact, dit Marie Richard, j'ai vu plus de dix femmes agir ainsi pour ne pas survivre à un être cher. C'est aussi le cas de la religieuse Gattey. Depuis la mort de son frère, elle provoque tout le monde en criant sans cesse "Vive le Roi" ! Elle est devenue folle. Elle veut absolument mourir.

— Je crois, dit la Reine, qu'elles ont une autre raison d'en finir. Elles ne peuvent aimer un autre Dieu.

— Aimer un autre Dieu ? s'étonne Dufresne. Mais, Madame, qui leur impose d'aimer un autre Dieu ?

— Pourtant elles le perçoivent ainsi, c'est un problème de conscience personnelle, monsieur Dufresne.

— Dès lors que nous sommes en République, notre Dieu deviendrait-il différent de celui des Rois ? Madame, je suis républicain et je suis toujours catholique, est-ce incompatible ?

— Evidemment non, monsieur Dufresne, avez-vous été baptisé selon les préceptes de l'Eglise de Rome ?

— Pour sûr, Madame !

— Ceux qui vous ont baptisé ont-ils prêté serment à Dieu !

— Pour sûr, Madame !

— Alors, pourquoi iriez-vous vous confier à ceux qui l'ont trahi en se parjurant ?

— Ces femmes ne veulent donc mourir que pour cela ? Mais c'est absurde !

— Pour une religieuse, et même pour un simple chrétien, le parjure est inacceptable. Oui, on peut mourir juste pour cela, monsieur Dufresne ! Le Roi, lui, n'est mort que pour cela. On l'a tué parce qu'il n'a jamais pu supporter d'être parjure à son serment de chrétien. S'il avait signé les décrets qui condamnaient les prêtres réfractaires, il se serait renié ! Il a préféré mourir.

A l'évocation du Roi, les visages se font graves.

— Madame, dit Dufresne, nous savons que Louis Capet était bon catholique, mais ce ne fut presque jamais le cas pour les Rois dont il descendait. Louis XV vivait dans le péché avec sa favorite, et pourtant il allait à la messe tous les jours ! Quel cynisme !

— Je vous l'accorde, monsieur Dufresne. Déjà adolescente, l'attitude déroutante du Roi m'avait terriblement choquée ! Je ne comprenais pas qu'il faille célébrer un Roi blasphémateur.

— Vous l'avez pourtant célébré, Madame !

— Me croirez-vous, monsieur Dufresne, si je vous disais que j'en ai souffert en arrivant à Versailles. Dauphine, je me suis révoltée contre cette conduite en refusant d'adresser la parole à la favorite.

Tout le monde se tait. La Reine tente de reprendre sa lecture, mais malgré tous ses efforts, ses yeux se remplissent de larmes. Elle ajoute en maîtrisant mal son émotion :

— Je partage toujours les convictions chrétiennes de Louis XVI, monsieur Dufresne, pour moi, un prêtre jureur n'est plus le représentant de Dieu ! J'ai été élevée selon des principes catholiques, et si je me confessais à un prêtre constitutionnel, j'aurais l'impression de renier la religion de mes pairs.

— J'avoue, Madame, dit Dufresne troublé, que j'avais sous-estimé chez ceux qui nous combattent l'importance de cet attachement à l'Eglise de Rome. C'est plus un problème d'appartenance religieuse qu'un problème politique ?

— Eh oui, monsieur Dufresne, dit la Reine la voix cassée par les larmes qu'elle n'arrive plus à maîtriser.

Tous se taisent, Dufresne semble ébranlé.

— Il est l'heure de nous retirer, Madame, dit Marie Richard.

Elle sort accompagnée de Marie Harel. Les deux gendarmes se retirent derrière le paravent et préparent leur lit de camp pour la nuit. Rosalie va faire traîner son ménage du soir pour permettre à la Reine de profiter le plus longtemps possible de la lumière des quinquets.

Après leur départ, et comme chaque soir, la Reine s'agenouille devant son lit pour prier. Elle se souvient de l'attitude déroutante de sa mère et de son frère qui lui imposaient d'honorer Louis XV, ce Roi impie. Elle se souvient qu'elle avait tenté de trouver une réponse à ce dilemme auprès du représentant du pape à Vienne, monseigneur Visconti ; c'était précisément le jour de son mariage religieux, où son futur époux le Dauphin, absent, était curieusement représenté par son jeune frère, l'archiduc Ferdinand. "Ce n'est qu'un mariage d'étiquette, lui disait sa mère, une archiduchesse ne peut quitter l'Autriche sans être en règle avec l'Eglise, votre véritable sacrement aura lieu à Versailles."

La Reine revit la soirée qui suivit ce pseudo-mariage religieux…

Nous sommes à Vienne, le jeudi 19 avril 1770 à six heures du soir dans la petite église des Augustins.

Marie-Thérèse d'Autriche, Impératrice d'Autriche, Reine de Bohême et de Hongrie, Impératrice du Saint-Empire romain germanique, assistée de son fils Joseph II, Empereur d'Autriche et Roi des Romains, conduit à l'autel l'archiduchesse Maria Antonia, Josepha, Johanna, de Lorraine d'Autriche et son frère l'archiduc Ferdinand

Charles, représentant le Dauphin de France, Louis Auguste, duc de Berry et petit-fils du Roi Louis XV.

L'archiduchesse est revêtue d'une robe lamée d'argent à lourde traîne. L'archiduc Ferdinand est en grand uniforme blanc. De nombreux hauts dignitaires et courtisans sont présents. Une haie de grenadiers rend les honneurs.

Monseigneur Visconti, nonce apostolique, revêtu de tous ses attributs d'or, célèbre la messe. Les grandes orgues retentissent avec le Magnificat. Les deux jeunes gens s'agenouillent sur des prie-Dieu de velours rouge brodé d'or.

— Voulez-vous prendre pour époux Louis Auguste Bourbon, Dauphin de France, représenté ici par Son Altesse sérénissime Ferdinand Charles, archiduc d'Autriche ? demande monseigneur Visconti à la jeune mariée.

— *Volo et ita promitto*, répond Marie-Antoinette.

Le nonce se tourne vers l'archiduc Ferdinand :

— Voulez-vous prendre pour épouse Son Altesse sérénissime Maria Antonia Josepha Johanna, archiduchesse d'Autriche ?

— *Volo et ita promitto*, répond ce dernier en passant l'anneau au doigt de sa sœur.

— Je vous déclare unis devant Dieu par les liens sacrés du mariage, proclame Visconti en les bénissant.

Après cette cérémonie rituelle l'Impératrice recevait Visconti lors d'un dîner intime. Tous ses enfants étaient présents et le Dauphin était représenté par le frère de la Dauphine. Comme à l'accoutumée, ses deux ministres, le comte de Mercy-Argenteau et le prince de Kaunitz faisaient partie des intimes.

La Reine revoit la table, somptueusement décorée d'une vaisselle de vermeil, les serviettes pliées qui imitent une fleur à trois corolles. Elle avait tenté de découvrir le secret de ces plis si ingénieusement ordonnés, mais cet art d'agencer les serviettes de la table impériale était paradoxalement un secret d'Etat. L'Impératrice était intransigeante sur ce petit détail, personne hors le grand chambellan Khevenhuller ne devait en connaître le secret. Inoubliable Khevenhuller ! Enfant, il la fascinait et la terrorisait à la fois. Son insoutenable regard bleu acier lui faisait baisser les yeux. Il était l'âme de l'Impératrice dans le château et elle savait que lui désobéir c'était désobéir à sa mère, ce qui était tout bonnement inconcevable.

Ce soir, le grand chambellan dirige son armée de laquais occupés à dresser une table de douze couverts. La pièce est vivement éclairée par des candélabres. De somptueux bouquets de roses jaune pâle, les préférées de la souveraine, ornent le centre de la table sur toute sa longueur. La présence de ces fleurs constitue une barrière pour les convives face à face. L'étiquette leur interdit de communiquer à travers les bouquets. Seul votre voisin de droite ou de gauche peut échanger quelques paroles avec vous, sans que vous entamiez vous-même la conversation : il faut attendre qu'un membre de la famille impériale vous ait préalablement adressé la parole.

A genoux, le grand chambellan supervise l'agencement des verres et des carafes.

— Ces verres ne sont pas alignés correctement ! gronde-t-il en mesurant avec une règle la distance qui les sépare. J'ai dit deux pouces en oblique, entre le verre à eau et le premier verre à vin. Rectifiez cette table ! Dépêchons, dépêchons ! Il se tourne vers le deuxième chambellan : Remplissez les petites carafes en vin rouge et blanc devant chaque convive. Fais-moi goûter ce vin du Rhin – il trempe ses lèvres. Il est beaucoup trop frais pour le goût de Sa Majesté ! Faites chambrer ! Je veux que tout soit prêt dans trois minutes !

Le troisième chambellan entre précipitamment.

— Excellence, Leurs Majestés désirent passer à table au plus tard dans cinq minutes !

— Nous serons prêts ! Je prends en charge Leurs Majestés dans quelques instants. Khevenhuller se tourne vers le deuxième chambellan : Vérifie de nouveau la salaison du consommé, Sa Majesté l'aime fade. Dépêchons, dépêchons ! Qu'on me donne le plan de table – il le consulte. Voyons, ce soir protocole et étiquette réduits, mais ce plan est faux ! Monseigneur Visconti doit être obligatoirement à droite de l'Impératrice, et l'Empereur à sa gauche… Comme l'archiduc Ferdinand représente le Dauphin, il doit être à droite du nonce apostolique… Rectifiez, rectifiez ! Mais enfin, l'archiduchesse-Dauphine doit être à gauche de l'Empereur ! Allons, allons ! Pressons ! Aux trois jeunes musiciens qui attendent dans un angle de la pièce : Vous jouerez le troisième mouvement de la sonate de Gluck piano, piano, piano. Veillez à ne pas couvrir les voix pendant le dîner. Puis s'adressant à toute l'équipe au garde-à-vous : Je vais rejoindre Leurs Majestés. Attention, tenez-vous prêts ! Je ne tolérerai aucune défaillance pendant le service d'un soir aussi important ! Ouvrez les deux battants !

Derrière chaque chaise, un laquais aux armes de la maison d'Autriche se tient prêt. Les deux battants s'ouvrent sur le salon. L'orchestre entame la sonate. Le grand chambellan, sa haute canne à rubans dans la main droite et son chapeau dans la main gauche, s'avance solennellement. La Dauphine voit son frère, l'Empereur, aider sa mère à se lever pour l'accompagner vers la salle à manger. L'Impératrice fait signe en souriant à Visconti de la suivre. Derrière elle, l'archiduchesse

Marie-Antoinette, devenue Madame la Dauphine, donne le bras à son frère l'archiduc Ferdinand représentant le Dauphin de France. L'archiduchesse Marie-Christine et son époux le duc de Saxe-Teschen accompagnés du jeune archiduc Maximilien ferment le cortège familial devant le comte de Mercy-Argenteau et le prince de Kaunitz.

Le grand chambellan s'incline devant eux et les accompagne à leur place respective. Quand les souverains et Visconti sont assis, le reste de la famille attend debout jusqu'à ce que l'Impératrice-Reine les autorise à s'asseoir. Le service commence par le ballet des laquais qui servent le consommé.

Marie-Antoinette est assise à côté de son frère l'Empereur Joseph.

— Eh bien, Madame, êtes-vous enfin prête pour la couronne de France ? demande l'Empereur.

— Pour le moment, tout va très bien, sire, je loge encore chez ma mère et j'ai épousé mon frère !

Tout le monde rit, sauf Visconti dont la mine renfrognée fige tous les sourires. Après quelques instants de silence, il demande à Marie-Antoinette :

— Si aujourd'hui vous aviez le loisir de choisir votre royaume parmi toutes les couronnes du monde, lequel choisiriez-vous, Madame ?

— Je choisirais sans hésiter le royaume de France, monseigneur !

— Pour quelles raisons ?

— C'est sur la France qu'ont régné Henri IV et Louis XIV, dont l'un donne l'idée de bon, l'autre celle de grand !

— Que Dieu fasse, Madame, que votre règne soit un égal mélange des deux ! répond Visconti en souriant à peine.

Marie-Thérèse met fin à cette conversation en s'adressant au nonce :

— Malheureusement, moi, monseigneur, j'ai de bonnes raisons d'être inquiète !

— Pourquoi, Madame ? répond Visconti l'air surpris.

— Vous savez que ma fille doit être reçue à la cathédrale de Strasbourg pour être bénie !

— C'est l'usage, Madame ! dit Visconti d'un ton sévère. Son Altesse l'archiduchesse-Dauphine doit être confirmée comme Dauphine et comme chrétienne en entrant en France.

— Cela va sans dire, monseigneur, mais mon sujet de préoccupation est autre ! Etiez-vous prévenu, monseigneur, que l'évêque de Strasbourg, le vieux cardinal Constantin de Rohan, était malade, très malade ?

— Je l'ignorais, Madame, mais au vu de sa mauvaise mine, j'aurais dû m'en douter !

Visconti daigne rire, les visages se détendent.

— Il est dans l'impossibilité d'assurer la bénédiction de ma fille, et c'est, malheureusement, son neveu l'évêque coadjuteur qui la bénira !

Visconti lève les yeux au ciel.

— Ah, celui-là, je ne le connais que trop ! Il attend avec impatience la mort de son oncle pour prendre sa place ! Comme c'est un Rohan, il est très protégé !

— Je n'en ai cure, monseigneur, dit sèchement Marie-Thérèse. Cet homme méprisable use de l'Eglise pour asseoir son insatiable ambition. Avez-vous remarqué, monseigneur, ce luxe inouï ? Il est toujours entouré de femmes aux mœurs légères, ses paroles sont obséquieuses, son attitude efféminée et son sourire faux ! Tout respire l'hypocrisie, le blasphème et l'ambition chez cet homme !

— C'est malheureusement exact, dit Visconti en soupirant. Saviez-vous, Madame, que Sa Sainteté subit la pression de tous les Rohan pour qu'il soit promu cardinal ?

— Méfiez-vous de ce faux prélat, dit Marie-Thérèse à sa fille, et surtout demeurez toujours éloignée de cet homme. Qu'il n'entre jamais dans le cercle de vos intimes ! Soyez prévenue qu'il fera tout son possible pour vous circonvenir.

— C'est d'ailleurs grâce au nom de Rohan qu'il a été admis à l'Académie, dit l'Empereur, car on ne lui connaît à ce jour aucun talent. Ses appuis vont certainement réussir à le faire un jour nommer cardinal.

— A ce jour, Sa Sainteté est toujours fermement opposée à lui attribuer la pourpre ! dit sèchement Visconti.

— Surtout, ma fille, ne vous confessez jamais à cet homme, même s'il parvient, comme c'est probable, à devenir le confesseur du Roi ou le grand aumônier de la Couronne.

— N'ayez crainte, ma mère. Cet homme ne m'approchera jamais ! dit Marie-Antoinette, puis elle demande au nonce apostolique : Monseigneur, un Roi chrétien est-il toujours un bon chrétien ?

Un grand silence s'installe autour de la table.

— En principe, répond Visconti surpris.

— Pourquoi posez-vous cette question à monseigneur ? s'inquiète Marie-Thérèse.

— Parce que je veux savoir, maman, si un roi né chrétien demeure toute sa vie un bon chrétien.

— Nous l'avions compris, mais à qui songiez-vous en posant cette question ? insiste l'Impératrice.

— Lors d'une séance de votre conseil – le visage de Marie-Thérèse se fige aussitôt tandis que le nonce tend l'oreille –, vous avez dit une phrase qui est restée gravée dans ma mémoire…

— Mon Dieu, Antoinette, dit Marie-Thérèse gênée, qu'ai-je pu dire qui vous ait tant frappé ?

— Ma mère, il s'agissait du Roi de France – un frémissement parcourt la table. Je vous ai entendue dire : "Ce Roi très chrétien, qui assiste à la messe tous les jours, vit dans le péché d'adultère !" Comment cela est-il compatible, monseigneur ?

Le nonce pouffe de rire. Marie-Thérèse blêmit :

— Antoinette, vous divaguez ! Comment osez-vous devant monseigneur m'attribuer des propos d'une telle inconvenance ?

— Ma mère, je n'invente rien ! Vous avez bien dit lors de votre conseil que le Roi de France vivait dans l'adultère et qu'il ne respectait pas les commandements de Dieu ! L'Empereur peut témoigner puisqu'il était présent ainsi que M. le comte de Mercy-Argenteau !

— Je n'ai aucune souvenance du conseil auquel vous faites allusion ! dit sèchement l'Empereur. Il va vous falloir mettre de l'ordre dans vos esprits, Madame !

— Oh ! Joseph !

Marie-Antoinette surprise par le mensonge de son frère a aussitôt les larmes aux yeux.

L'Empereur imperturbable s'adresse à Mercy-Argenteau :

— Monsieur le comte, vous souvenez-vous de ces propos ?

Mercy-Argenteau, servile et faussement chagriné, répond à Marie-Antoinette :

— Je suis désolé, Madame, mais je ne situe nullement ce conseil parmi ceux auxquels j'ai assisté.

Marie-Antoinette vindicative et les yeux pleins de larmes lui lance :

— Vous êtes pardonné pour votre crise d'amnésie, monsieur l'ambassadeur ! Mais sachez que je ne mens jamais !

— Madame la Dauphine a raison ! dit outré l'archiduc Maximilien, je me le rappelle parfaitement, ma mère, vous avez même ajouté que désigner les Rois de France comme des rois très chrétiens relevait d'un usage verbal dépassé !

— Monseigneur, veuillez excuser l'inconséquence de mes enfants, dit Marie-Thérèse effondrée, parfois les princes éprouvent le besoin de s'évader dans des rêves imaginaires…

Visconti l'interrompt en riant :

— Mais je ne vois aucune malice dans leurs propos, soyez rassurée, Madame. Je n'ai pas cru une seconde que Votre Majesté, qui va lier son sang à celui de la fille aînée de l'Eglise, puisse tenir de tels propos ! Il se tourne vers Marie-Antoinette : Madame l'archiduchesse-Dauphine, Sa Majesté a raison ! Vous avez certainement fait un mauvais rêve ! Je suis pourtant obligé de constater que ce rêve était prémonitoire puisqu'il s'est réalisé !

Stupéfaction dans l'assistance, Marie-Antoinette n'en croit pas ses oreilles.

— C'est moi, Madame, le représentant de Sa Sainteté, qui vais vous dire pourquoi. Tout d'abord, Madame, j'ai perçu un doute très chrétien dans votre propos et cela remplit mon cœur de joie de savoir qu'une fille de France va enfin suivre le chemin de la piété ! Après un temps, tandis que Marie-Antoinette boit ses paroles, il poursuit : Vous avez rêvé, Madame, que le Roi de France vivait dans l'adultère, n'est-ce pas ?

Marie-Antoinette, entrant dans son jeu, fait un timide signe d'acquiescement de la tête.

— Eh bien, c'est la triste réalité, Madame !

Tout le monde se regarde consterné, Marie-Antoinette rayonne.

— Auriez-vous rêvé aussi, Madame, que le Roi de France ne respectait pas les commandements de Dieu ?

Marie-Antoinette refait un très faible signe d'acquiescement.

— C'est hélas la triste réalité !

Marie-Antoinette est aux anges.

— Avez-vous rêvé, Madame, que le Roi de France assistait tous les jours à la messe ?

Marie-Antoinette fait un timide battement de paupières.

— C'est encore exact… Peut-il effacer ses péchés ?

Marie-Antoinette fait un petit signe de dénégation de la tête.

— Je réponds bien sûr que non puisque le péché est permanent ! Est-il légitime enfin d'appeler ce roi, un roi très chrétien ? Visconti s'adresse à Marie-Antoinette et à Maximilien fascinés par ses propos : Mes enfants, vous n'avez pas besoin de moi pour répondre !

Un grand silence s'est abattu sur la table impériale. L'Impératrice semble abasourdie. Le nonce se saisit de sa coupe de vermeil et boit lentement son vin, tandis que toute l'assistance l'observe. Il repose avec une lenteur affectée la coupe vide puis s'adresse à l'Impératrice en se levant de table :

— Je sollicite de Votre Majesté l'autorisation de me retirer. Mon âge m'oblige à me coucher tôt ! Je repars demain de très bonne heure pour Rome et la route est longue. Puis il se tourne vers Marie-Antoinette en souriant : Madame l'archiduchesse-Dauphine, je vais annoncer à Sa Sainteté la bonne nouvelle : les outrages quotidiens que la cour de France commet à la face de Dieu vont enfin cesser. Ce royaume comptera dès lors une vraie chrétienne sur son trône !

Marie-Antoinette a les yeux remplis de larmes. Le nonce repousse sa chaise en arrière, tous les convives se lèvent, y compris l'Impératrice. Le grand chambellan Khevenhuller se précipite pour reculer son siège. Il prend en charge le vieil homme pour l'escorter vers la sortie. Visconti salue l'Impératrice à l'ecclésiastique, c'est-à-dire d'un simple signe de tête, et se retire. Tout le monde se rassoit, un silence pesant règne autour de la table. C'est Marie-Thérèse qui le rompt en s'adressant à sa fille d'un ton sec :

— Etait-il utile, ma fille, que vous…

Sans en entendre davantage, et rompant avec l'étiquette, Marie-Antoinette se lève brusquement de table, entraînant maladroitement en arrière sa chaise qui tombe avec fracas. Elle court après le nonce qu'elle rattrape dans le salon voisin.

— Monseigneur ! Monseigneur – Visconti se retourne étonné mais souriant. Merci, monseigneur ! Merci !

Elle tombe à genoux et embrasse l'anneau. Le nonce la bénit.

Tandis que le carillon de la Sainte-Chapelle frappe les douze coups de minuit, la Reine dort profondément, et comme chaque nuit, la Reine rêve…

LUNDI 19 AOÛT, DIX-HUITIÈME JOUR DE DÉTENTION,
LE BUREAU DE L'ACCUSATEUR PUBLIC, VINGT HEURES

4

Le Grand Inquisiteur de la République une et indivisible

L'accusateur public du Tribunal révolutionnaire, Jean-Baptiste Quentin Fouquier de Tinville, travaille dans son bureau du premier étage de la tour César.

Avant d'occuper ce poste important, il n'était qu'un obscur procureur au Châtelet de Paris. Il en fut chassé indignement et prit soin depuis de donner à son nom une tournure conforme au goût du jour. Il supprima cette particule si mal perçue en contractant son nom en Fouquier-Tinville.

L'homme est grand et laid. Un visage large et carré, des cheveux noirs broussailleux et négligés, des lèvres absentes, un menton prognathe, des maxillaires élargis, un nez mince et vérolé, des sourcils noirs et touffus en accent circonflexe, tout concourt à rendre menaçante l'expression de son visage. Le front est bas. Les yeux écartés ont une dureté qui oblige à baisser le regard quand il vous fixe.

Les commissures des lèvres qui s'abaissent perpétuellement illustrent un dégoût permanent. L'ensemble évoque ces têtes à massacre qui font si peur aux enfants dans les fêtes foraines et qu'on fracasse avec ravissement par des boules de buis.

L'accusateur aurait été à l'image de sa légende : un homme réputé cruel, qui à l'instar des maîtres du régime attache peu de prix à la vie. Lors des milliers de condamnations à mort qu'il instruira, il montrera rarement de la compassion pour une femme enceinte, un vieillard ou même un enfant qui monte à l'échafaud. Certains prétendent pourtant que l'accusateur était différent dans l'intimité.

Bien qu'il ne descende jamais à la Conciergerie, il règne sur elle comme Cerbère gardait les enfers. Il est l'Ange noir de la mort.

Pour la moindre erreur, ses subordonnés savent qu'ils n'ont aucun pardon à attendre de cet homme. Quand le concierge Bault, qui succédera à Richard, lui demande une couverture supplémentaire pour la Reine qui grelotte, il lui répondra : "Que me demandes-tu là ? Veux-tu que je t'envoie à la guillotine ?"

Depuis son antre situé au premier étage de la tour César, cet être "au cœur racorni[1]" sème la terreur au sein du personnel. Il exige que les portes de son bureau demeurent ouvertes jour et nuit.

L'accusateur effectue ses basses œuvres dans une vaste pièce voûtée d'ogives qu'il partage avec l'ensemble de ses assistants pour mieux les surveiller. Détail dérisoire, Fouquier-Tinville possède un grand bureau d'acajou aux pieds de cuivre doré en forme de griffons, marque distinctive des responsables du pouvoir révolutionnaire. Derrière lui sont disposés des casiers remplis de dossiers de suspects qui attendent la mort.

Lelièvre et Wolf, ses principaux secrétaires, occupent un bureau situé juste derrière lui. Ils vivent dans la terreur. Ils doivent coordonner l'ensemble des innombrables tâches que leur impose le maître. Ils font fonction de directeurs de cabinet et ont sous leurs ordres deux

1. Stefan Zweig, *Marie-Antoinette*, Grasset.

secrétaires adjoints, Boutron et Château, qui répercutent dans les différents services les décisions sans appel de cette machine de mort.

Un peu plus en recul, six commis-greffiers exécutent des travaux d'écriture que l'accusateur utilise à des fins personnelles. Ces serfs travaillent jour et nuit sur six tables séparées. On entend en permanence leurs plumes gratter le papier avec application. Toute cette organisation constitue le greffe personnel de l'accusateur, que l'on appelle le "haut greffe". C'est dans cette officine que l'on prépare l'accusation et le procès de la Reine de France.

Il existe un autre greffe, le "bas greffe", appelé simplement le greffe, qui est situé au premier étage du palais et réservé à l'ensemble des affaires du Tribunal révolutionnaire. Il est dirigé par un greffier en chef du nom insolite de Fabricius. Son véritable nom est Nicolas Paris. Par crainte d'une confusion avec l'assassin du conventionnel Le Peletier de Saint-Fargeau, qui se nommait aussi Paris, il a préféré changer de patronyme.

Cependant, nous découvrirons que comme tout être humain, Fouquier-Tinville a des états d'âme et, dans de rares moments, pourra même faire preuve d'une certaine pitié pour ses victimes. Il sera même sujet à des hallucinations morbides qui prouvent ses remords de conscience.

Quand le carillon de la Sainte-Chapelle sonne les huit coups de vingt heures, l'accusateur, comme chaque soir, remet sa montre à l'heure. Cette journée a été peu fructueuse pour lui, et il le sait. Préoccupé, il se lève de son bureau et se dirige vers la fenêtre pour observer la Seine qui coule le long du quai des Morfondus. Pourtant, cet après-midi, comme chaque jour, à quatorze heures et par cette même fenêtre, il a observé la rue de la Barillerie et le pont au Change qu'empruntent les condamnés pour être guillotinés place de la Révolution. Ce jour-là, c'était un pauvre anonyme qu'il avait accusé la veille, qui se tenait debout dans la charrette, les mains liées dans le dos, pour un voyage sans retour… Un spectacle de routine qui ne l'émeut pas. Il a regardé pendant un long moment cet homme qui allait à la mort, mais en réalité, il ne le voyait pas. Il a suivi des yeux cette charrette qui avançait au pas mais sa pensée était ailleurs. Ce soir, l'accusateur contemple des quais vides et une rue de la Barillerie déserte. Ce soir, il regarde couler la Seine. Il est préoccupé et soucieux, il rumine… Faute de preuves, il n'arrive pas à bâtir l'insaisissable accusation de la veuve Capet. Or le temps presse. Il sait que ce procès est pour lui l'occasion unique d'acquérir une notoriété d'airain. Il faut à tout prix que l'accusation de la Reine soit le "chef-d'œuvre" de sa carrière. En réalité, Fouquier-Tinville ne se doute pas qu'il creuse une tombe où s'est englouti pour l'éternité l'honneur de sa mémoire. Bien qu'il ait prétendu être un simple exécutant, certains affirment qu'il fut un participant actif, coresponsable des crimes du pouvoir. Malheureusement pour lui, il incarnera pour toujours cette Conciergerie, creuset de la Terreur, de la guillotine, et du sang. Quant au nom même de Fouquier-Tinville, il est gravé dans la mémoire collective comme celui du tortionnaire de Marie-Antoinette…

Le carillon sonne le quart.

— Lelièvre ! Wolf ! hurle-t-il.

Les deux secrétaires, qui contrôlaient les commis-greffiers dans la pièce voisine, se précipitent.

— A vos ordres, citoyen accusateur !

— Descendez immédiatement au parquet et demandez à Poinquarré de me donner la liste des condamnations du 15 août. Dépêchez-vous, je suis très pressé !

Au bout de quelques minutes, Poinquarré, le premier secrétaire du parquet, se présente, un dossier sous le bras.

— A vos ordres, citoyen accusateur !

— Poinquarré, dit sèchement Fouquier, les condamnations d'hier posent-elles problème ?

— Oui, plusieurs, citoyen accusateur !

Fouquier s'assoit derrière son bureau, se saisit d'une plume d'oie, ouvre un grand registre, trempe sa plume et dit :

— Je t'écoute.

Poinquarré feuillette une liasse de papiers extraite de son dossier :

— On a eu un problème avec la ci-devant duchesse de Biron, citoyen accusateur !

— Lequel ?

— Nous avions deux Biron, l'une d'elles a été incarcérée par erreur.

— Ont-elles déjà comparu ?

— Oui, citoyen accusateur !

— Devant qui ?

— Dumas, citoyen accusateur.

— Les deux ?

— Oui, citoyen accusateur.

— Alors je ne peux plus rien aussi bien pour l'une que pour l'autre ! Si on découvre cette méprise, je mets Dumas dans l'embarras, cet homme est mon ennemi mortel, il ne me le pardonnera jamais ! Désolé ! Fais-les monter toutes les deux demain matin, elles partiront ensemble avec la charrette de quatorze heures. Quoi d'autre ?

— Mais, citoyen accusateur, l'une des deux est ici par erreur !

— De quoi te mêles-tu, imbécile ! N'as-tu rien compris à ce que je viens de te dire ? Voudrais-tu prendre leur place par hasard ?

— A vos ordres, citoyen accusateur !

Fouquier ne peut réprimer un sourire.

— Quoi d'autre ?

— On a retrouvé au couvent des Oiseaux la ci-devant princesse de Chimay. On l'a fait monter, elle a été condamnée.

— Ah, enfin ! Voilà trois mois que je la cherchais celle-là ! J'étais persuadé qu'elle avait émigré. Si elle a été effectivement condamnée, cette garce partira avec la charrette de quatorze heures ! Quoi d'autre ?

— Une certaine femme Mayet, de même prononciation que le nom d'une autre prisonnière, est montée par erreur.

— Encore ?

— Oui, citoyen accusateur, elle a même été condamnée à mort, il faudrait…

— Arrivc au fait !

— La coupable était la ci-devant duchesse de Maillé, dont le fils avait jeté un hareng pourri à la tête de son geôlier. Il a été guillotiné !

— Je connais l'affaire, arrive au fait, te dis-je !

— Restait donc la mère, on la convoque à l'appel du soir. La prononciation étant la même, les huissiers se trompent encore et font monter une dame Mayet à sa place, d'où la confusion.

— Qu'essayes-tu de me dire, Poinquarré ?

— Qu'on a bien heureusement reconnu l'erreur à temps, citoyen accusateur !

— Cette Mayet-là a-t-elle été condamnée, oui ou non ?

— Quand il a constaté l'erreur, le président Scellier a dit : "Puisqu'elle est là !", et dans la foulée, il l'a condamnée !

— Si Scellier présidait, je ne peux rien faire non plus ! On me demandera pour quelles raisons la vraie coupable n'a pas encore été condamnée. Veux-tu que je réponde : parce que Scellier en a condamné une autre à sa place ?

Poinquarré baisse la tête et ne répond pas.

— Maintenant tu dois faire monter l'autre !

— Mais, citoyen accusateur, la mère Mayet est innocente et mère de six enfants ! Elle va partir à quatorze heures !

— Scellier l'a jugée coupable, oui ou non ?

— Oui, citoyen accusateur.

— Alors, il n'y a plus rien à faire ! Que devient l'autre Maillé ? La ci-devant duchesse ?

— On l'a fait monter à son tour. Quand elle a aperçu les gradins où son fils avait été condamné la veille, elle a été prise de convulsions si fortes qu'il a fallu quatre hommes pour la saisir et la mettre dans la salle des témoins. Son jugement a été remis à plus tard.

— Eh bien, tant mieux pour elle ! Quoi d'autre ?

— On a des vieillards, citoyen accusateur, dont on ne sait que faire.

— Qui sont-ils ?

— La ci-devant Noailles, âgée de soixante-dix-neuf ans, et sa fille. Elles sont sourdes. Elles n'ont rien entendu ni rien compris à ce que le juge leur a dit ! Elles croient qu'elles ont été acquittées, que doit-on en faire ?

— Si elles ont été condamnées, c'est la charrette de quatorze heures ! Quoi d'autre ?

— Un autre vieillard complètement gâteux.

— Qui est-ce ?

— Un ancien maître des comptes du nom de Puy de Verine.

— Quel âge ?

— Soixante-dix-huit ans. Il est sourd, aveugle et impotent. Il pisse sur lui et il faut le changer trois fois par jour, car il ne peut aller tout seul sur la chaise percée. Il sent terriblement mauvais !

— A-t-il été jugé ?

— Bien sûr, citoyen accusateur !

— Foutre alors ! Qu'attends-tu donc pour nous débarrasser de tous ces débris ? Allez, embarque-le dans la charrette de quatorze heures ! C'est Sanson qui va être content de le porter jusqu'à l'échafaud – il rit. Quoi d'autre ?

— Un autre cas délicat, citoyen accusateur, c'est un petit gars de dix-sept ans dénommé Saint-Pern qui a été condamné à mort !

— Je ne siégeais pas ce jour-là. On m'en a parlé. Condamné à dix-sept ans ? Inadmissible ! Il faut avoir dix-huit ans… Qu'aurait-il fait ?

— Rien ! Toute la famille vient de la prison des Carmes, ils ont tous été condamnés à mort. Le père est absent. On remarque le fils ! Il ne faisait même pas partie de l'acte d'accusation que nous avions rédigé. Au tribunal, il allègue son âge, dix-sept ans, et sa mère le confirme par son acte de baptême, mais le président s'écrie : “Citoyens jurés, vous voyez bien qu'en ce moment il conspire, car il a plus de dix-sept ans !” Il a été condamné à mort. C'est moi qui ai supervisé l'acte, citoyen accusateur, l'enfant n'en faisait pas partie.Tout le tribunal était retourné ! Le gosse a montré un courage extraordinaire quand il a entendu la sentence, il tenait la main du gendarme, mais le gendarme a retiré sa main parce quelle tremblait trop fort !

— Tout cela n'est pas légal. Je n'aime pas du tout cette histoire ! Et puis de quoi se mêle-t-il, ce gendarme ? Quel est son nom ?

— Huel, citoyen accusateur.

Fouquier le relève sur son cahier.

— Avons-nous sa déposition ?

— La voilà, citoyen accusateur.

— Lis-la !

— "J'étais assis sur les gradins, à côté du jeune Saint-Pern, lc jour qu'il fut condamné à mort. Je l'avais rassuré à cause de son âge ; il me serrait la main. Il demande au président de lire son extrait de baptême pour prouver qu'il n'avait que dix-sept ans et un certificat de résidence attestant que le 10 août il n'était pas à Paris. Le président lui coupa la parole."

— Qui présidait ?

— Toujours Dumas, citoyen accusateur !

Continue.

— "Dumas déclare qu'il n'avait pas besoin de certificat. Je vis par le propos du président et par le geste expressif d'un juré aux cheveux ronds que ce malheureux jeune homme de dix-sept ans était perdu. Je retirai ma main. Il me dit : «Je suis innocent, je ne crains rien, mais ta main n'est pas ferme…»"

— C'est bon ! J'en ai assez entendu !

Un long silence s'installe. On n'entend que les plumes des commis qui raclent le papier. Au fond de la salle, appuyés contre le mur, le visage décomposé, Lelièvre et Wolf observent la scène en silence. Fouquier aussi est ébranlé. La commissure de ses lèvres s'abaisse fortement le faisant ressembler à un poisson carnivore comme d'habitude quand la situation est embarrassante. Son teint verdâtre contraste avec la couleur rouge vif de ses oreilles.

Il réfléchit. Au bout de quelques secondes, il dit d'une voix sourde :

— Il est interdit de guillotiner un condamné avant l'âge de dix-huit ans. On me le reprochera sûrement un jour !

— Et pourtant il a été condamné à mort, citoyen accusateur.

— Es-tu sûr qu'il n'avait que dix-sept ans, nom de Dieu ?

— Certain, citoyen accusateur, j'ai vu le certificat de baptême. Voyez l'acte, citoyen accusateur, l'âge de dix-sept ans est bien mentionné, c'est l'accusé numéro 5.

Fouquier lit avec attention.

— Mais il n'y a rien d'écrit au numéro 5 en face du nom de Saint-Pern. Pourquoi cette ligne est-elle restée en blanc ?

— Je ne sais pas, citoyen accusateur. Mais voyez le numéro 6, c'est celui de la femme Saint-Pern, le numéro 5 était bien attribué à son mari, le père Saint-Pern. On a bien condamné le fils de dix-sept ans pour le père.

— Je ne peux supporter qu'on bafoue la loi à ce point ! Es-tu certain que c'était bien Dumas qui présidait ?

— Hélas oui, citoyen accusateur.

Fouquier réfléchit encore quelques secondes. Dépité, il ajoute en se levant et en marchant de long en large :

— Dumas me hait ! Que veux-tu, il est soutenu par Robespierre, je ne peux me permettre de relever son erreur. Si j'évitais l'échafaud au gamin, le Comité de législation me questionnerait. Que veux-tu que je réponde ? C'est Dumas qui n'a pas fait correctement son travail ? Dumas peut faire n'importe quoi, il est couvert par l'Incorruptible, tandis que moi je n'ai droit à aucune erreur… Je ne peux rien faire… Il se rassoit et reprend la plume : Allez, Poinquarré, l'affaire suivante.

— L'intendant Balthazar est condamné à mort pour avoir été l'intendant de l'ex-princesse de Marsan. On a appris que les enfants de celle-ci avaient émigré. On l'a fait payer pour eux !

— Pardieu, des émigrés ? Mais c'est bien normal !

— Mais, citoyen accusateur, Balthazar n'a jamais été l'intendant de la ci-devant Marsan, il a été l'intendant d'une certaine dame Morsan qui, elle, n'a pas d'enfant. Les huissiers ont encore confondu. Il a quand même été condamné. Ne peut-on pas gagner du temps ?

— Si c'est encore Dumas qui présidait, je ne peux rien faire ! Quoi d'autre ?

— Encore un cas litigieux, citoyen accusateur, c'est celui du vieux Loizerolle.

— Je l'ai connu il y a vingt ans, il doit être gâteux maintenant.

— Non, citoyen accusateur, c'est un vieillard qui a toute sa tête.

Qu'a-t-il fait ?

— Lui, rien, citoyen accusateur, c'est son fils qui était recherché, mais le père s'est sacrifié pour lui.

— Que me dis-tu là, imbécile ?

— C'est la pure vérité, citoyen accusateur, quand l'huissier est venu arrêter le fils, il dormait. Le père est parti à sa place. Quand le président lui a dit : "Es-tu François Simon Loizerolle âgé de vingt-deux ans ?" le vieillard a répondu : "Oui, c'est moi !"

Fouquier-Tinville part d'un immense rire.

— Ah, le bougre ! Sacré Poinquarré ! Je n'avais pourtant pas envie de rire ce matin… Un vieillard de vingt-deux ans ! Quel est l'imbécile qui présidait ?

— Coffinhal.

Le rire de Fouquier se fige instantanément.

— Oh, m… ! Surtout, Poinquarré, pas de vagues !

— Que fait-on du vieux Loizerolle ?

— Es-tu idiot ou quoi ? Condamné par Coffinhal ? Il part à quatorze heures avec les autres. Quoi d'autre ?

— Les vingt-quatre restants sont du tout-venant, citoyen accusateur.

— Sors donc la liste des femmes enceintes de l'Hospice de l'Archevêché, nous devons contrôler celles qui arrivent à terme.

Poinquarré ouvre un petit cahier.

— La femme Rogé du Poitou a accouché.

— Tu appliques la loi. Tu la sépares de son enfant.

— C'est fait, citoyen accusateur, elle est aux fers !

— Aux fers, pourquoi ?

— Elle a agressé deux gendarmes !

— Elle doit partir dans la charrette de quatorze heures. Quoi d'autre ?

— La femme Quétineau a eu un accident grave, on l'a fait hospitaliser, elle va mieux.

— Même chose ! Quoi d'autre ?

— La citoyenne Catherine Clère.

— C'est une aristocrate ?

Poinquarré rit malgré lui.

— Oh ! non, citoyen accusateur, elle est cuisinière.

— Qu'y a-t-il de drôle, imbécile ! Qu'a-t-elle fait ?

— Elle a crié : "Vive le Roi !" Mais elle était saoule comme une grive ! Devant le Tribunal, elle ne s'est souvenue de rien.

— Et alors ?

— Elle a été condamnée à mort, mais le citoyen député Masuyer a fait une déclaration à la Convention. En voici le texte, citoyen accusateur.

Fouquier lit à haute voix :

— "La citoyenne Catherine Clère, âgée de cinquante-six ans, cuisinière chez un homme de lettres, a été prise en flagrant délit de tentative de rétablissement de la monarchie, en criant «Vive le Roi» et elle a ajouté «qu'il faut massacrer toute cette canaille qui dicte des lois aux honnêtes gens». Compte tenu que la préposée était en état d'ivresse, c'est au nom de la sainte humanité que je réclame la parole : dans ce moment, on prépare l'cxécution de cette malheureuse, avancée en âge. Je réclame un sursis de vingt-quatre heures et l'examen du Comité de législation."

— Ne devrions-nous pas attendre la décision du Comité de législation, citoyen accusateur ?

— Il ne se prononce jamais contre les condamnations, elle est fichue ! Quoi d'autre ?

— La ci-devant de Blamont a été condamnée, mais elle est enceinte.

— Qui l'a examinée ?

— Le docteur Thery.

— Thery ? s'exclame Fouquier. Sursis jusqu'à l'accouchement ! Expédie-la à l'Hospice de l'Archevêché. Néanmoins, n'oublie pas de la noter sur le cahier ! As-tu transmis la liste des condamnés à l'évêque Gobel pour qu'il nous envoie ses deux curés assister les condamnés ?

— C'est fait, citoyen accusateur.

— A quelle heure Gobel nous envoie-t-il ses calotins constitutionnels ?

— A treize heures pour la charrette de quatorze heures, citoyen accusateur.

— Ce sont toujours les mêmes ?

— Toujours les mêmes, citoyen accusateur ! Le père Lambert et le père Lothringer.

— Je préfère le jeune Lambert. J'ai appris que le père Lothringer se faisait mousser auprès des aristocrates. Ces calotins passent leur temps au greffe à bavasser avec les guichetiers et les gendarmes… Pourquoi ne restent-ils pas dans la chambre d'attente avec les condamnés à mort ? Je ne veux pas les savoir au greffe.

— On ne peut rester dans la chambre d'attente avec les condamnés pendant très longtemps, citoyen accusateur !

— Diable ! Pourquoi donc ?

— A cause de l'odeur qui sort des griaches, citoyen accusateur !

— Pourquoi a-t-on mis des griaches dans la chambre d'attente ?

— Citoyen accusateur, les condamnés sont terrifiés !

— Quel rapport ?

— Citoyen accusateur, ils ne se contrôlent pas ! S'il n'y avait pas de seau, ils feraient à même le sol, ce serait pire ! Cela sent la m… jusqu'au greffe. On fait brûler beaucoup de genièvre.

Fouquier se lève, s'empare de sa cape et de son chapeau.

— C'est cela, c'est cela ! Faites brûler du genièvre… Il compulse une pile de documents : De combien d'assignations disposes-tu ?

Il endosse sa cape.

— J'en ai deux cents, citoyen accusateur.

— As-tu bien laissé en blanc le nom des accusés comme je l'avais recommandé ?

Il met son chapeau.

— Oui mais ils ont tous le même motif d'accusation, citoyen accusateur, n'est-ce pas gênant ?

— Gênant ? Pour qui, imbécile ? Fais voir – il examine le premier document de la pile. C'est cela, j'ai exigé pour gagner du temps qu'on mette le même motif à tout le monde, puisqu'ils seront tous déculottés de la même façon ! Tu peux disposer.

Poinquarré sort, Fouquier s'adresse à Lelièvre et à Wolf :

— Vous deux, je vais vérifier le journal du soir chez les huissiers, ensuite je dîne en ville ! En cas d'urgence, vous savez où me trouver.

Il sort encadré par ses gendarmes.

MERCREDI 21 AOÛT, VINGTIÈME JOUR DE DÉTENTION, A BRUXELLES, CHEZ LE BARON DE BATZ

5

L'or du baron de Batz

Nous sommes à Bruxelles où le baron Jean de Batz réside avec son amie Marie Grandmaison.

Le salon du baron donne sur un joli petit jardin privatif. Par cette chaude soirée d'août, Jean et Marie sont installés confortablement au milieu des buis. Marie, que le baron surnomme tendrement Babin, travaille à une partition musicale tandis que de Batz passe son temps à regarder sa montre. Il n'arrive pas à fixer son attention sur le livre qu'il a sur les genoux.

— Il a une demi-heure de retard, dit-il. Pourvu qu'il n'ait pas été arrêté à la frontière !

— Il n'y a aucune raison, voilà dix fois qu'il vient te voir. Il connaît parfaitement tous les pièges des Français !

— J'ai prévu l'évasion de Sa Majesté pour le 2 septembre, je ne veux pas être pris par le temps !

Une servante annonce :

— Monsieur le chevalier de Rougeville !

— Introduisez, Berthe, et servez les rafraîchissements, je vous prie !

Un homme de petite taille, tout en muscle est introduit. Son visage est vérolé, ses cheveux, légèrement clairsemés au sommet du crâne, tombent en boucles sur ses épaules. Des yeux noirs brillants au milieu d'un visage rond accentuent la pâleur du teint. Détail insolite, il porte un œillet blanc à la boutonnière.

De Batz se précipite vers lui.

— Cher Rougeville, quel bonheur de vous retrouver, je crois que vous connaissez Marie ?

Le chevalier de Rougeville s'incline et lui baise la main.

— Bien sûr ! Nous nous sommes connus à Charonne. Veuillez pardonner mon retard, mademoiselle, mais j'ai cru que je n'y arriverais jamais. Le tonnelier qui me fait habituellement franchir la frontière était souffrant. C'est son fils qui m'a guidé. Apparemment il connaissait mal les consignes !

— Mettons-nous immédiatement au travail, dit de Batz.

— Puis-je rester ? demande Marie.

— Bien sûr !

Ils s'installent autour d'une table.

— Examinons tout d'abord les besoins financiers, dit de Batz. A combien se montent les sommes nécessaires à l'évasion ?

— Environ dix mille livres en assignats ! Et quatre cents louis d'or à distribuer au personnel de la Conciergerie.

— Et pour les autres ?

— Cent mille livres pour acheter l'inspecteur des prisons Michonis et toute sa clique…

— Sacré Michonis ! Toujours insatiable !

— Monsieur le baron, nous savons que c'est un fat, mais il a bon cœur et il nous sert ! Sur ces cent mille livres, vingt mille vont aux Comités, quarante mille à la mairie et trente mille à lui-même.

— Toutes ces crapules ne portent pas bien haut leur idéal révolutionnaire ! dit de Batz en remplissant son verre.

— Ils sont tous vénaux, monsieur, et chacun a son prix.

— Je suis hélas bien placé pour le savoir. Avec tout l'argent que nous donnons à Hébert et à la municipalité Pache… Continuez !

— Sur les quatre cents louis d'or, deux cent cinquante à répartir entre le concierge Richard et sa femme, le porte-clefs Larivière et les deux gendarmes. Il faut encore cinquante louis d'or pour la voiture, les cochers et les chevaux, et dix louis pour les relais de poste qui jalonnent la route de la Reine jusqu'en Allemagne.

— Je vous jure, mon ami, que je suis prêt à donner toute ma fortune pour la sauver. Mais, plus tard, je ferai rendre gorge jusqu'au dernier sou à toutes ces fripouilles…

— Que devient l'affaire Hébert, monsieur le baron ? Il nous avait promis de transférer Sa Majesté au Temple.

— Il a encaissé un million et n'a rien fait !

— Pourquoi ?

— La comtesse de Rochechouart m'a tout raconté. Cette crapule d'Hébert ne m'a pas menti : il n'a vraiment rien pu faire !

— C'est-à-dire ?

— Il a paru "troublant" au Comité de salut public que le père Duchesne demande à la Commune de ramener la Reine au Temple, alors que quelques semaines auparavant, à ma demande, il avait exigé qu'on la transfère à la Conciergerie. Je savais qu'il serait plus facile de sortir Sa Majesté de cette prison que du Temple. Je l'avais payé grassement pour cette première intervention. Lors de la deuxième qui exigeait exactement le contraire, le Comité de salut public l'a suspecté de complaisance avec la Reine, et Hébert a eu peur que sa manœuvre soit découverte. Il m'a prévenu qu'il avait l'intention de donner le change à la réunion secrète du maire de Paris le 3 septembre en demandant la condamnation de Sa Majesté sans jugement. Dieu merci, nous serons informés scrupuleusement de ce qu'il se dira grâce à Constant Labussière, notre mouton du Comité de salut public.

— Ce Hébert est vraiment une fripouille !

— C'est pire que ce que vous pouvez imaginer, soupire de Batz. Maintenant présentez-moi votre plan.

Rougeville étale une grande feuille de papier sur la table, prend un crayon et dessine le plan de la Conciergerie.

— Je pénètre le 28 août à onze heures du matin dans le cachot de Sa Majesté en compagnie de Michonis. Je suis vêtu d'un costume rayé couleur boue de Paris, la couleur préférée de la Reine !

— Je connaissais la couleur puce pour être la préférée de la Reine, mais je n'avais jamais entendu parler de cette couleur boue de Paris, à quoi ressemble-t-elle ?

— En fait, c'est tout bonnement une variété de rouge que la Reine aime beaucoup.

— Uniquement rouge ? C'est une attention louable que de choisir sa couleur préférée, mais ne pensez-vous pas qu'elle risque d'attirer l'attention des terroristes ?

— Croyez-vous sincèrement, monsieur le baron, que cette racaille soit raffinée au point de discerner une couleur remarquable dans la boue de la Seine ? Et puis, dans l'enfer de ce cachot, je serai si heureux d'apporter à Sa Majesté une bouffée d'air frais !

— Votre attention est touchante, monsieur le chevalier. Nous nous souviendrons de ce geste ! Maintenant, pourquoi onze heures du matin ?

— C'est l'heure où la femme Harel est censée faire le ménage, mais ce n'est pas sûr, et le 28, Rosalie Lamorlière est de repos.

— Quel sera le motif officiel de votre visite ?

— Le même que celui des autres visiteurs ! La curiosité malsaine, monsieur le baron. Michonis me fera passer pour un de ces nombreux rustres avides de voir la Reine de France en cage.

Le visage de de Batz exprime une sensation de dégoût.

— Une visite guidée en somme ! Quelle horreur ! On peut donc contempler la Reine de France comme une bête de cirque ?

— Hélas oui ! Et ils sont très nombreux à en jouir… Des femmes, des municipaux, des curés jureurs, et même des peintres. Grâce à ces visites, Michonis et Richard édifient probablement une petite fortune. Quant à Michonis, il est si fier de montrer sa prisonnière la Reine de France !

— Les misérables ! Ces monstres ne lui auront donc rien épargné ? Rougeville, nous ne laisserons pas bafouer ainsi la dignité de Sa Majesté !

— Soyez sans crainte, monsieur, il paiera de sa vie cet outrage fait à la Reine de France ! J'ai demandé aux chevaliers du Poignard de l'éliminer dès que Sa Majesté sera en sûreté.

— J'y compte bien, mon ami. Mais avant tout, qui est cette femme Harel ?

— Une servante dont nous nous méfions comme de la peste, nous pensons que c'est un agent de Fouquier-Tinville !

— Continuez, donc vous pénétrez chez la Reine, et après ?

— Au cours de notre visite, nous allons éloigner un des deux gendarmes. Ce sera le maréchal des logis Dufresne, que l'on fera sortir avec une excuse quelconque. L'autre, le gendarme Gilbert, sera maintenu auprès de la Reine.

— Pourquoi avoir choisi l'un plutôt que l'autre ?

— Nous faisons sortir le plus honnête pour garder le plus vénal ! dit Rougeville en riant. En outre, Gilbert est marié à Julie Larivière, dont la grand-mère est acquise à notre cause. Il sera plus facile à corrompre, du moins je l'espère, bien qu'il soit peu recommandable.

— Je le sais, affirme de Batz, la grand-mère m'a dit que sa petite-fille était très malheureuse, elle le hait parce qu'il la bat. Méfions-nous de lui.

— Malheureusement nous n'avons pas le choix, il faudra composer avec lui.

— Quelque chose m'échappe : pourquoi tant de précautions avec des hommes et des femmes qui vont être achetés ? Dès l'instant où vous pénétrez chez la Reine, vous ne devriez avoir que des complices, non ?

— Pas du tout, monsieur le baron, seul Michonis est du complot ! Supposons que la Reine refuse de nouveau de s'enfuir sans ses enfants… Vous êtes bien placé pour le savoir, cela s'est déjà produit au Temple. Nous mettrions sa vie en grand danger en dévoilant à tout ce beau monde notre projet de conspiration. Il nous faut connaître au préalable les intentions de Sa Majesté et ensuite prendre des risques calculés !

— C'est juste ! Et comment procéderez-vous pour informer Sa Majesté de votre projet d'évasion avec un gendarme soupçonneux assis à un mètre derrière vous ?

Rougeville montre alors sa boutonnière où est fixé l'œillet.

— Avec ceci !

Rougeville détache l'œillet et le tend à de Batz.

— Avec une fleur ? demande celui-ci.

— Non, avec deux ! Tâtez le réceptacle, monsieur !

De Batz l'écrase entre ses doigts.

— Je sens quelque chose de compact.

— Ouvrez-le !

De Batz le décortique et découvre un petit rouleau de papier blanc. Il regarde Rougeville d'un air interrogateur.

— C'est le support du message que je compte adresser à Sa Majesté !

— Pourquoi deux ?

— Dans chacun la Reine découvrira un message ! Dans l'un, je lui propose de partir, et dans l'autre, je décris le plan d'évasion !

— C'est très bien, Rougeville, vous avez pensé à tout ! Votre plan me semble parfaitement cohérent ! Pourtant, qu'adviendra-t-il de tous ces complices tels que concierges et autres servantes après la fuite de la Reine ?

— Franchement, monsieur, c'est le cadet de mes soucis ! Ils pourront toujours prétendre pour se disculper qu'ils ont obéi aux ordres de Michonis. Monsieur, je vous prie, oublions-les !

— C'est bien mon sentiment. Si nous les prenions en compte, la situation deviendrait difficile, mais la Reine n'acceptera de s'enfuir que si elle est assurée qu'ils sont hors de danger.

— Je ne sais que vous dire, monsieur.

— On m'a dit qu'elle tenait absolument à garder une certaine Rosalie Lamorlière, pour l'emmener avec elle en Allemagne.

— C'est prévu ! Saviez-vous, monsieur, que Sa Majesté a refusé une précédente évasion parce qu'il fallait au préalable égorger ses deux gardiens !

— Je sais cela, monsieur le chevalier, c'est tout à l'honneur de Sa Majesté.

— Monsieur le baron, je ne peux garantir la sauvegarde de ceux qui resteront après le départ de la Reine.

— Pourtant, je suis moralement tenu de respecter sa volonté. Bon, nous verrons plus tard… Donc vous pénétrez dans le cachot avec Michonis, et après ?

— Tandis que ce dernier occupe le gendarme, je lance à Sa Majesté les deux œillets.

— Et si la servante Harel est maintenue dans les lieux, ne vous verra-t-elle pas les lancer ?

— Michonis va tenter d'attirer quelques secondes son attention ainsi que celle du gendarme. Je vous l'affirme, il me suffit de moins d'une seconde pour lancer les fleurs.

— Mais il vous faudra auparavant l'avertir que vos œillets contiennent un message, comment ferez-vous ?

— Monsieur le baron, ce que je dirai à Sa Majesté sera imperceptible.

— Mais ils vous verront lui parler.

— Quelle importance, puisqu'ils ne sauront pas de quoi il s'agit ! Et puis la présence de l'administrateur les couvre.

— Que lui direz-vous ?

— Que les œillets contiennent un message, et d'attirer le gendarme Gilbert à la fenêtre quand nous serons sortis.

— Puisque Michonis rend visite à la Reine tous les jours, pourquoi ne sonde-t-il pas lui-même ses intentions ? Nous gagnerions un temps appréciable !

— Il a refusé, il pense se protéger en demeurant spectateur du complot. Il pourra toujours prétendre qu'il a été trompé par le visiteur qu'il a introduit. Avouons qu'il prendrait des risques énormes si, au dernier moment, Sa Majesté refusait de s'évader !

— Pourtant, la Reine enfuie, il faudra bien que notre brave limonadier se justifie !

— Il aura trente mille livres, il prendra très vraisemblablement la clef des champs !

— Quand et comment la Reine vous donnera-t-elle enfin son accord ?

— C'est le point faible : je ne le sais pas encore. Peut-être lors de mes visites suivantes… Comment communiquera-t-elle avec moi ? Je ne puis le dire, monsieur le baron, tout dépendra du pouvoir de persuasion que Sa Majesté aura sur ses deux gardiens.

— En admettant qu'elle accepte de vous suivre, comment sortez-vous Sa Majesté de la Conciergerie ?

Le chevalier de Rougeville pointe son index sur le plan.

— Le plus simplement du monde : par la porte. Le 2 septembre, je retourne chercher Sa Majesté avec Michonis vers onze heures du soir. Sous le prétexte d'un transfert au Temple, nous empruntons l'ignoble corridor noir, nous franchissons les trois guichets du couloir de prisonniers, et nous sortons tout simplement de la Conciergerie. Une voiture attend dans la cour du Mai, qui la conduit chez Mme de Jarjayes et au-delà en Allemagne.

— C'est bien !

— Il reste un point de détail que nous devons encore régler, dit Rougeville en riant, il s'agit de Baps, le carlin de Sa Majesté.

— En quoi vous gêne-t-il ?

— Il aboie dès qu'il entend les verrous de la porte grincer. Il risque d'attirer l'attention des gardes si à onze heures du soir il aboie au moment où nous allons chercher la Reine.

De Batz a un haut-le-corps et s'exclame :

— Vous n'allez surtout pas priver Sa Majesté de son petit carlin, j'espère !

— Jamais, monsieur, il sera confié trois heures avant à Marie Richard qui le gardera près d'elle, et elle le rendra à Sa Majesté au moment elle franchira le seuil de la Conciergerie.

— Vous avez pensé à tout, Rougeville ! Comment assurerez-vous la sécurité aux abords de la Conciergerie ?

— Une fausse patrouille de gardes nationaux occupera la cour du Mai quelques instants avant la sortie de la Reine, et un groupe de cavaliers l'attendra rue de la Barillerie, près du pont au Change.

— Enrôlés parmi nos braves perruquiers ?

— Bien sûr ! Vous pensez bien, monsieur, que nous ne sommes pas seuls dans cette entreprise, nous sommes aidés par des gens qui habitent le quartier de la prison.

— A propos, comment ont-ils été recrutés ?

— Par des prêtres non jureurs qui sont de mes amis. En réalité, ce sont eux qui m'ont choisi, dit Rougeville en riant.

— Sont-ils nombreux ?

— Plusieurs centaines. Vous avez reçu à Charonne Basset et le couple Lemille. Nous en avons parlé, monsieur, vous en souvenez-vous ? Ce sont eux qui surveilleront les abords de la prison. Un peu plus loin, près du pont au Change, des cavaliers armés commandés par Elisabeth en personne encadreront la Reine dès sa sortie et l'escorteront de nuit jusqu'à Livry chez Mme de Jarjayes. Elle connaît la route par cœur…

— Rougeville, vous êtes formidable !

— Serez-vous des nôtres dans cette opération, monsieur le baron ?

— Malheureusement, je ne peux me rendre en France pour le moment, il faut que je demeure à Bruxelles pour savoir si cet imbécile de Cobourg lancera ou non la cavalerie sur Paris. J'attends d'être reçu par Condé et par l'Empereur, voilà une semaine qu'ils me font lanterner ! Mon cher Rougeville, je vous félicite, vraiment je n'aurais pas fait mieux ! Je vous avoue que maintenant je compte beaucoup plus sur votre conspiration des œillets que sur une aide autrichienne.

— Je suis certain, monsieur, de la réussite de notre entreprise.

De Batz demeure pensif. Après un moment, il ajoute :

— Que Dieu vous entende, Rougeville ! Je donnerais ma vie pour extraire Sa Majesté de cet enfer ! Cela me soulagerait un peu du poids de l'échec que j'ai subi pour libérer le Roi.

— Quoi qu'il en soit, monsieur, vous et moi ne comptons sur personne pour libérer la Reine, n'est-ce pas ?

— Non, Rougeville ! Nous avons besoin de la cavalerie du prince de Liechtenstein et de l'armée de Condé pour renverser le plus rapidement possible ce régime pourri.

— Monsieur le baron, quelles sont nos chances d'obtenir l'aide de l'Autriche ?

— Très faibles, mon ami. J'attends d'un moment à l'autre la réponse du chef d'état-major. Sachez que la Reine ne représente plus rien pour l'Autriche. Des négociations sont en cours entre les terroristes de la Convention et les Autrichiens en vue d'un armistice. Quelle honte ! L'Autriche est tombée bien bas !

— La Reine est pourtant la tante de l'Empereur ! Il ne peut l'abandonner !

— Il ne s'y intéresse qu'à moitié. Fersen m'a rapporté l'entrevue orageuse qu'il a eue avec François II. Je sais désormais qu'il ne sacrifiera pas les intérêts de l'Autriche pour sauver la sœur de son père, sauf si cet abandon risque de ternir son image ! En revanche, j'ai été reçu par le gouverneur des Pays-Bas autrichiens, le vieux Mercy-Argenteau, et par le comte de La Marck. Mercy est froid comme une lame, je pressens que nous n'avons rien à attendre de cet homme. C'est un calculateur et un ambitieux. Comme la Reine ne peut rien lui apporter, il n'entreprendra rien pour la sauver ! En revanche, La Marck a une grande influence morale sur l'administration autrichienne et surtout sur l'armée. Le prince de Cobourg l'écoutera. La Marck est aussi l'ami d'enfance de la Reine, c'est un homme de cœur. C'est lui qui jadis mena les tractations entre elle et Mirabeau – Rougeville, à ce nom, fait la grimace –, pourtant nous avons été ensemble députés à la Constituante. Je combattais Mirabeau, mais j'appréciais l'intelligence rare de cet homme… Ne vous méprenez pas, Rougeville, c'était un géant ! Quel vide politique il a laissé en mourant ! Il nous manque tragiquement dans notre combat contre les terroristes !

— J'en conviens, monsieur. Pensez-vous que l'intervention du comte de La Marck soit prometteuse ?

— Peut être ! A moins que, comme toutes les autres, elle ne soit qu'un coup d'épée dans l'eau.

MARDI 27 AOÛT, VINGT-SIXIÈME JOUR DE DÉTENTION, BRUXELLES, ONZE HEURES ET DEMIE DU MATIN

6

La réponse du prince de Cobourg

A Bruxelles, l'amie du baron de Batz, Babin Grandmaison, fait les cent pas sur le perron de sa demeure. Elle tient à la main une lettre cachetée qu'elle tourne en tous sens, car elle brûle d'en connaître le contenu. Elle guette le retour de son ami avec anxiété.

Berthe, sa servante, se tient auprès d'elle.

— Es-tu certaine que M. le baron t'a précisé qu'il serait de retour avant midi ?

— Oui, mademoiselle, M. le baron m'a même demandé de lui préparer un bain pour onze heures ! Il va être bientôt onze heures et demie, et mon bain refroidit !

— Remonte et rajoute de l'eau chaude… mais où est-il, Seigneur ?

On entend soudain au loin un bruit de sabots.

— Enfin ! C'est lui !

Babin s'avance vers le milieu de la grande allée et agite la lettre au-dessus de sa tête. De Batz comprend, il arrive au galop et descend précipitamment de cheval.

— C'est une lettre de Vienne, sûrement la réponse de Cobourg ! dit Babin.

De Batz s'en saisit et s'assoit sur les marches du perron. Il la décachette vivement. En la lisant, son visage prend une expression de stupeur mêlée de désespoir.

Babin, pressentant de mauvaises nouvelles, s'assoit auprès de lui.

— C'est bien la réponse de Cobourg, n'est-ce pas, Jean ? Que dit-il ?

— C'est monstrueux ! Ce couard refuse de lancer la cavalerie sur Paris ! Sais-tu ce qu'il propose en échange ? Ecoute ce tissu d'imbécillités : "Dans le cas où la moindre violence serait exercée sur la personne de Sa Majesté la Reine, l'autorité autrichienne fera immédiatement rouer vifs les quatre commissaires de la Convention qu'elle a arrêtés dernièrement !"

Babin sourit douloureusement.

De Batz demeure silencieux quelques instants puis se lève brusquement :

— Il faut que je retourne à Paris aujourd'hui même. Mon ange, fais préparer ma malle !

— Pourquoi te précipites-tu ainsi, attendons de connaître les intentions de l'Empereur.

— Les Autrichiens ne feront rien pour elle. Il faut que je rentre à Paris.

— Que feras-tu de plus que les perruquiers, les terroristes sont déchaînés contre toi !

— Nous avons l'habitude de déjouer la surveillance de ces pantins, cette fois-ci nous sommes au pied du mur. C'est fini. L'Autriche l'abandonne. Elle ne peut donc compter que sur moi ! La Reine est maintenant en danger.

— Et Fersen, que fait-il ?

— Il se lamente ! Il a échoué à Varennes parce qu'il a eu la faiblesse de déléguer au Roi la maîtrise des opérations. Je veux contrôler par moi-même tous les détails de l'évasion de la Reine !

— Promets-moi, dit Babin les yeux noyés de larmes, de ne prendre aucun risque inutile en essayant de te venger !

Il serre ses deux mains dans les siennes.

— Tu peux être rassurée, mon ange ! Si je voulais commettre des imprudences, je n'en aurais ni le temps ni le loisir !

La servante Berthe revient en courant, on l'entend crier du fond du couloir :

— Mademoiselle, mademoiselle ! J'ai entendu le cheval de M. le baron ! Son bain est… Elle s'arrête net en voyant ses maîtres sur les marches du perron : Oh ! pardon !

— Berthe, prépare une malle de vêtements pour un séjour d'un mois. Je pars dans une heure. Dis aux deux cochers de mettre leur uniforme de gendarmes français sous leur cape et de cacher les fusils sous le plancher de la berline !

— Bien, monsieur le baron.

Il se dirige précipitamment vers l'entrée de la maison, Babin le suit. Il monte deux par deux les marches qui mènent à sa chambre.

— Es-tu assuré au moins de la fiabilité de ta fausse identité ? demande Babin en courant derrière lui.

— Biret-Tissot m'a imprimé un passeport et un ordre de mission qui me mettent à l'abri du moindre soupçon !

Il disparaît dans le cabinet de toilette dont la porte reste entrouverte. Il se déshabille rapidement et entre dans le bain. Tout en se savonnant, il élève le ton, Babin du fond de la chambre l'entend crier :

— Sais-tu de qui est signé mon ordre de mission ? Je te le donne en mille !

— De quelque triste sire, je présume, répond Babin résignée.

— De Carnot lui-même, dit de Batz en sortant de la baignoire. Enfin… grâce à une excellente imitation !

— Ton accent gascon ne risque-t-il pas de te trahir ? En ce moment, tout ce qui provient de la Gironde déchaîne leur haine !

— Aucune inquiétude, puisque je suis le général Delafer. Il est de notoriété publique que sa mère, qui est de Bergerac, est une fervente révolutionnaire ! Je reviens d'ailleurs d'une mission d'inspection aux armées sur ordre du Comité de salut public. Il s'asperge d'eau de Cologne et tandis qu'il se frictionne, il ajoute : Ne t'inquiète pas, nous avons tout prévu !

Il se rhabille.

— Qui est ce général Delafer ? demande Babin soucieuse.

— Le voilà ! Tu l'as devant toi, mon ange. Un authentique représentant de l'armée des avocats !

Il franchit le seuil de la chambre à coucher et paraît devant Marie habillé de pied en cap en général de l'armée républicaine. Il arbore la cocarde nationale en sautoir, l'écharpe tricolore à la taille et les trois panaches bleu blanc rouge au chapeau. Babin éclate de rire.

— Jean ! Quelle horreur ! Tu es ridicule en terroriste !

— Je sais, dit de Batz avec un sourire douloureux. Sache que cet uniforme me brûle la peau, mais la libération de la Reine est à ce prix !

Il vérifie ses pistolets, ajuste le ceinturon de son sabre, s'enveloppe dans une grande cape grise afin de dissimuler son uniforme, prend son chapeau empanaché à la main et se coiffe d'un simple tricorne noir. Il sort de la pièce en courant et dévale l'escalier suivi par Babin. Devant le perron attend une voiture attelée de quatre solides chevaux de poste. Deux cochers vêtus de capes grises sont assis à l'avant de la berline. De Batz serre Babin dans ses bras.

— Où vas-tu loger ? demande-t-elle angoissée.

— Probablement à Livry, chez Mme de Jarjayes, si elle n'est pas compromise ou si elle n'a pas encore éveillé les soupçons des terroristes. La Reine habitera chez elle avant son transfert en Allemagne.

De grosses larmes coulent sur les joues de Babin.

— Jean, cette fois j'ai peur !

— Ne pleure pas, mon ange, je n'ai nullement l'intention de mourir !

Ils échangent un long baiser.

— Je te préviens, je te rejoins dans huit jours, je ne resterai pas ici à me morfondre en t'attendant !

— Est-ce vraiment utile ?

— Très utile ! Je ne veux pas mourir d'angoisse ici.

— Comme tu voudras, ma Babinette.

De Batz s'installe dans la berline et sort le bras par la fenêtre pour saisir très fort la main de Babin.

— Promets-moi, dit-elle, que nous reviendrons nous installer ici dès que nous le pourrons.

— Promis ! Mais cette fois nous serons de retour avec elle !

Il fait signe aux cochers, la voiture s'ébranle. De Batz se penche à la portière. Babin, en larmes, court derrière la voiture et crie :

— Jean, je t'en supplie, sois prudent !

Il lui envoie un baiser.

MERCREDI 28 AOÛT, VINGT-SEPTIÈME JOUR DE DÉTENTION,
LA CONCIERGERIE, DIX HEURES DU MATIN

7

Les œillets de Rougeville

Dans la cuisine de la prison, Rosalic Lamorlière prépare le déjeuner de la Reine. Marie Harel est assise sur un petit banc, elle épluche une immense bassine de pommes de terre. Rosalie coupe en tranches le délicieux melon de Louise la maraîchère. Sur le fourneau à bois des casseroles fument.

Louis Larivière arrive précipitamment et s'installe à la table en bois blanc située au centre de la cuisine.

— Rosalie, donne-moi du café, s'il te plaît ! Ça y est ! Ils viennent d'embarquer Custine pour le faire éternuer dans la besace ! N'est-ce pas malheureux, le vainqueur de Mayence !

Rosalie abandonne la coupe du melon et remplit une tasse de café.

Entre le maréchal des logis François Dufresne. Il pose son mousquet et son sabre contre le mur et s'attable au côté de Louis Larivière.

— Salut la compagnie ! Vous avez vu, ils ont embarqué "le général Moustache" pour le grand saut !

— On est au courant, dit Marie Harel, ça ne fait qu'un aristo de moins !

— Pauvre général Custine, dit Rosalie, je l'aimais bien… Je l'ai vu prier ce matin en lui apportant son déjeuner. Il avait l'air si doux avec ses grosses moustaches !

— On s'en fiche ! réplique Dufresne. Dis-moi, jolie Rosalie, puis-je avoir du café ?

— Toi aussi ? Savez-vous, les amis, que je suis de repos ce matin, et d'abord le mérites-tu ?

— Oui, Rosalie, j'ai été très correct avec ta princesse, n'est-ce pas, Louis ?

— Je peux témoigner, répond Louis Larivière, Gilbert et lui ont arrêté de fumer parce que leur prisonnière se réveillait avec les yeux rouges et des maux de tête ! Je pense, Rosalie, qu'il mérite bien un peu de café !

— Vous auriez dû cesser de fumer depuis longtemps, bande de sauvages ! Quand j'arrive le matin, l'odeur de ce cachot me tourne le cœur. C'est une honte !

— La faute à qui si ça pue dans sa cellule, dit Dufresne en faisant un clin d'œil à Louis Larivière, peut-être que tu devrais faire un peu mieux le ménage !

— Qu'est-ce que tu dis, pauvre abruti ?

Elle a aussitôt les larmes aux yeux tandis que Dufresne éclate de rire.

— Tu sais très bien que ce n'est pas moi mais Deshouilles qui nettoie les sols. Si tu te lavais un peu plus souvent les pieds, nous aurions sûrement moins dc travail pour effacer les mauvaises odeurs que tu traînes partout derrière toi ! Elle renverse la cafetière qui fumait dans l'évier et lui lance : Et puis fais-le toi-même ton café !

— Tout doux, Rosalie, tout doux, dit Dufresne en riant, tu insultes un honorable représentant de la Nation dans l'exercice de ses fonctions !

— Eh bien, elle est belle ta Nation avec des individus crasseux qui passent leur temps à se saouler !

— La petite a raison ! Si vous étiez un peu plus soignés, nous aurions moins de travail, dit Marie Harel.

— Il est tard, dit Rosalie en essuyant ses larmes, il faut que j'aille au Temple chercher l'eau de Ville-d'Avray.

Elle sort.

— Parce que Sa Majesté ne peut boire l'eau de la Seine comme tout le monde ! réplique la femme Harel. Sa Majesté est très fragile des intestins ! Rosalie ferait mieux d'occuper son jour de repos à autre chose qu'à jouer les esclaves !

— Puisque cela lui fait plaisir, en quoi cela te regarde-t-il ? lance Louis Larivière.

La femme Harel ne répond pas. Elle sort.

Quelques secondes s'écoulent. La porte s'ouvre brusquement : c'est Michonis suivi par un petit homme au visage vérolé. Il porte un costume rayé de couleur rouge avec deux œillets à la boutonnière. Il attend discrètement à la porte. On aura reconnu le chevalier de Rougeville. A la vue de l'administrateur, Larivière et Dufresne se lèvent :

— Ça gueule drôlement là-dedans ! dit Michonis. Qu'avez-vous fait à cette pauvre Rosalie, elle pleurait quand je l'ai croisée. A Dufresne : Toi, dépêche-toi de rejoindre ton poste.

L'autre sort aussitôt. Il s'adresse à Larivière :

— Ouvre-moi sa cellule, il y a un visiteur pour la veuve Capet ! A voix basse toujours en s'adressant à lui : A sa façon bizarre de s'habiller c'est sûrement encore un gros bonnet du Comité de sûreté générale. Surtout, que personne ne vienne le déranger pendant sa visite ! Compris ?

Louis Larivière, qui n'est pas encore du complot, répond d'un air entendu :

— Ah, d'accord, bien compris, citoyen administrateur !

Michonis l'arrête sur le pas de la porte.

— Dis-moi, je ne vois pas la femme Harel, est-elle, absente ce matin ?

— Non, citoyen administrateur, elle a rejoint le cachot.

— Où Rosalie est-elle allée ?

— Elle a profité de son jour de repos pour aller chercher l'eau de Ville-d'Avray au Temple, elle ne sera pas de retour avant midi. Pourquoi ? Avons-nous un problème avec Rosalie, citoyen administrateur ?

— Aucun, Louis, aucun. Tout va bien ! Allez, pars devant ouvrir au visiteur le cachot de la veuve Capet !

Louis Larivière sort, il frôle Rougeville en sortant. Tous deux échangent des regards empreints de curiosité. Il tombe sur le concierge Richard qui lui ordonne :

— L'administrateur doit rendre visite à la veuve Capet, ouvre immédiatement sa cellule.

— C'est ce que je m'apprêtais à faire, citoyen concierge.

— C'est bon, je viendrai vérifier si tout est en ordre.

Richard rebrousse chemin pour retourner à son bureau. Quand il s'engage dans le couloir des prisonniers, il est arrêté par une vieille infirme qui boite de façon pathétique.

— Citoyen concierge, bonjour, je m'appelle Marie-Marguerite Fouché, pourriez-vous m'accorder un court entretien, s'il vous plaît ?

— Je vous écoute, citoyenne.

— Ne pourrions-nous pas parler à l'abri des regards indiscrets durant une minute ?

— Entrez ici !

Il ouvre la porte de la "chambre d'attente. C'est dans cet espace clos que l'on coupe les cheveux des condamnés à mort. Une odeur pestilentielle s'en échappe, la femme a un mouvement de recul.

— Je vous écoute, faites vite.

L'infirme se ressaisit.

— Vous savez, citoyen, que je consacre tout mon temps à aider des chrétiens à mourir. La plupart refusent le secours des prêtres jureurs, ils risquent de se présenter devant Dieu sans avoir été absous de leurs péchés.

— Et alors ! Qu'y puis-je ?

— Tout le monde connaît ici vos immenses qualités de cœur et nous savons, nous, chrétiens, que vous faites votre possible pour atténuer leurs souffrances.

— Aux faits, s'il vous plaît !

— Nous avons estimé, avec nos amis, qu'une telle attitude mérite d'être récompensée.

— Où voulez-vous en venir ?

— Voilà quarante louis d'or, une simple avance sur les deux cents que nous vous donnerons si vous nous aidez.

— Dans quel sens ?

— Nous laisser pénétrer chez la Reine.

— Impossible, totalement impossible ! répond Richard sans conviction.

— Vous savez, citoyen, qu'il n'y a aucune implication politique, c'est un acte de pure charité chrétienne.

— Ça c'est vrai, dit Richard qui saisit l'opportunité.

Prenez, je vous prie, ces quarante louis d'or, ne serait-ce que pour vous dédommager de votre peine.

— Mais je ne peux accepter !

— Mais si, mais si ! Ce n'est que justice.

Elle glisse les louis d'or dans la poche de Richard et sort. Juste avant de franchir le seuil, elle se retourne et dit :

— Citoyen concierge, vous savez bien que nous comparaissons un jour devant Lui, ce que vous faites est désormais à votre crédit, Il en tiendra compte ! A bientôt…

Richard reste quelques instants songeur. Mettant la main dans sa poche il sent le merveilleux contact glacé des lourdes pièces d'or. Il se dirige rapidement vers le cachot de la Reine pour vérifier si Larivière a bien ouvert les portes pour permettre la visite de Michonis.

Ce dernier est toujours dans la cuisine, il demande à Marie Richard qui vient d'arriver :

— A quelle heure servez-vous le repas de la veuve Capet ?

— Comme tous les jours à quatorze heures trente, citoyen administrateur !

— C'est bon, dit simplement Michonis, à tout à l'heure.

Il sort en refermant la porte derrière lui. Dans le couloir, l'homme au visage vérolé et à l'étrange costume s'impatiente. Détail encore plus insolite, pourquoi porte-t-il ces deux œillets à la boutonnière ? Michonis lui fait signe de le suivre, puis s'empare d'un quinquet fixé au mur.

Parvenu dans le corridor noir, l'homme au visage vérolé s'arrête net sur le seuil :

— Cette odeur est insupportable !

— Je sais. Il n'y a pas grand-chose à faire, ils pissent aussitôt qu'ils boivent !

Larivière attend devant la porte, son trousseau de clefs à la main, il salue Rougeville :

— Bonjour, citoyen !

— Salut citoyen, répond Rougeville.

Larivière ouvre les deux énormes serrures. Baps aboie. Les deux hommes entrent et referment la porte derrière eux.

Le cachot de la Reine est plongé dans la pénombre, aujourd'hui le temps est couvert. La Reine est assise dans son fauteuil en canne, et les gendarmes Dufresne et Gilbert ont commencé une partie de piquet. Dès que les visiteurs pénètrent dans le cachot, ils se lèvent aussitôt.

— Restez assis ! ordonne Michonis.

Près de la fenêtre, la femme Harel travaille en nettoyant les carreaux. Elle leur tourne le dos mais se retourne souvent.

En découvrant la Reine, Rougeville est frappé de stupeur. La Reine est très amaigrie. Elle porte sa robe noire, sur les épaules un fichu blanc croisé sur la poitrine, un bonnet de veuve crêpé laissant passer quelques mèches de cheveux blancs. C'est un spectre au teint de cire et aux lèvres décolorées. Ses yeux sont cernés de rouge, ses paupières flétries. Elle tient son petit chien dans les bras.

— Ah, c'est vous, monsieur Michonis ! dit la Reine qui se lève et passe derrière le paravent suivie des deux visiteurs. Avez-vous des nouvelles de mon fils, monsieur Michonis ?

L'administrateur se place aussitôt face à la Reine, Rougeville derrière lui.

— Ils vont très bien, Madame, comme d'habitude…

Rougeville en profite pour adresser des clins d'œil à la Reine en lui montrant du doigt les œillets fixés à sa boutonnière. Elle ne comprend pas.

— Le citoyen Simon, poursuit Michonis, a offert à votre fils un pantin mécanique qui lui a coûté la moitié de sa paye !

A cet instant précis, la Reine reconnaît en Rougeville l'homme qui l'a protégée le 20 juin aux Tuileries, le feu lui monte au visage, des larmes lui tombent des yeux… Son trouble n'a pas échappé aux deux factionnaires, mais on ne sait si Marie Harel qui nettoie toujours les carreaux l'a remarqué. Michonis sort de derrière le paravent et, pour attirer l'attention des gendarmes, leur demande à brûle-pourpoint :

— A propos, les gars et vous la servante, quel jour avez-vous retenu pour votre jour de repos ?

L'attention de la femme Harel est également retenue. Elle guette la réponse des gardes. En une fraction de seconde, Rougeville se penche vers la Reine tout émue et chuchote :

— Ramassez les œillets que je jetterai près du poêle, ils contiennent mes vœux les plus ardents, attirez Gilbert à la fenêtre avec une excuse quelconque, et quand il vous tournera le dos, ramassez ces œillets ! Nous allons faire sortir les deux autres…

Puis il s'écarte du paravent, les gendarmes n'ont rien entendu. Pendant ce temps, Michonis termine son entretien avec eux.

— Le jeudi, citoyen administrateur, lui répond Gilbert, cela me conviendrait, Julie a également congé ce jour-là.

C'est à ce moment que Rougeville lance les œillets près du poêle, mais derrière la femme Harel. Seule la Reine a suivi son geste des yeux. Les autres n'ont rien vu.

— Va pour jeudi, dit Michonis, puis il lui ajoute à voix basse : Dis donc, as-tu remarqué le drôle de goût de ce visiteur ? Il est fou amoureux de la veuve Capet ! Il est donc possible qu'il revienne dans un moment, on peut lui fiche la paix, il est inoffensif.

— J'ai bien compris, citoyen administrateur. Pas de problème, dit Gilbert en riant discrètement et en mettant l'index sur la tempe pour suggérer la folie. Oh ! citoyen administrateur, je crois que Madame va encore s'évanouir !

Il tente d'intervenir, mais Michonis, d'un mouvement du bras, l'arrête net.

— Mais non, mais non ! dit la Reine vacillante, ce n'est rien, monsieur Gilbert, je suis habituée !

Le chevalier de Rougeville impuissant lui adresse un sourire compassé auquel elle répond par un complice battement de paupières. C'est à ce moment que Michonis décide de se débarrasser de Dufresne.

— Dufresne, va immédiatement à l'Hospice de l'Archevêché, et demande au docteur Souberbielle de venir sur-le-champ. S'il n'est pas encore arrivé, tu l'attendras, je ne veux pas te voir revenir sans lui ! As-tu compris ?

— A vos ordres, citoyen administrateur !

Il sort précipitamment. Michonis ordonne à la femme Harel :

— Va en cuisine et rapporte de l'eau à la glace, celle-ci est tiède.

Elle sort.

— Allez, nous partons ! dit Michonis. Je dois inspecter les serrures de toutes les cellules. Madame, nous reviendrons bientôt, pendant ce temps réfléchissez pour voir si vous avez besoin de quelque chose.

Les serrures cliquettent, Baps aboie, la porte s'ouvre. Larivière tient le battant ouvert, Michonis et Rougeville sortent et s'engagent dans le corridor noir.

Michonis ordonne à Larivière :

— Ne bouge pas d'ici ! On revient dans un quart d'heure, mais il est possible que le citoyen François, lui, revienne sans moi, alors ouvre quand même la porte, compris ?

— A vos ordres, citoyen administrateur !

Michonis et Rougeville marchent côte à côte, un quinquet à la main.

— Tout a bien marché, ils n'ont rien vu et rien entendu, dit Rougeville à voix basse.

— J'ai envoyé Dufresne à l'Hospice de l'Archevêché attendre le médecin – il rit –, mais il n'est pas prêt de revenir : Souberbielle ne va jamais à l'hospice le mercredi. J'ai veillé à ce qu'il n'y ait pas de glace en cuisine, la femme Harel ira en chercher à la mairie. La Reine aura ainsi tout le temps pour circonvenir Gilbert !

— Prions Dieu qu'elle puisse lire mes messages !

— Quand vous y retournerez, faites très vite, je me méfie de la servante Harel !

— Il ne me faudra pas plus d'une minute !

Ils disparaissent dans les ténèbres du corridor noir.

Dans le cachot, les deux œillets sont toujours au sol. Le gendarme Gilbert commence une réussite. La Reine est assise près du poêle. Elle semble lire, mais son esprit est ailleurs. Par la fenêtre ouverte, monte de la cour des femmes l'incessante et assourdissante clameur des prisonnières.

Elle pose son livre sur ses genoux, mais ne parvient pas à maîtriser le tremblement de ses mains.

— Oh ! monsieur Gilbert, dit-elle soudain, j'ai oublié de demander à monsieur Michonis de changer mon régime, je ne supporte plus certains légumes, pourriez-vous le rappeler, s'il vous plaît ?

— Mais, madame, il a dit qu'il allait revenir, vous pourrez alors le lui demander !

— Rien n'est moins sûr, monsieur Gilbert, lui seul peut ordonner ce changement. L'apercevez-vous ? Il est dans la cour avec le visiteur. Voudriez-vous avoir la gentillesse de le rappeler, s'il vous plaît ?

Le gendarme Gilbert se dirige vers la fenêtre pour appeler Michonis. Il tourne alors le dos à la Reine un court instant en criant :

— Citoyen administrateur ! Citoyen administrateur !

La Reine tremblante se précipite pour s'emparer des œillets qu'elle fourre aussitôt dans sa poche. Le gendarme Gilbert se retourne et l'aperçoit accroupie, mais il est trop tard, les œillets ont disparu. Etonné de la voir ainsi, il précise :

— Avec le bruit de la cour, il ne m'entend pas !

— Tant pis, monsieur Gilbert, je vous remercie.

La Reine, son livre à la main, passe derrière le paravent pour rejoindre son lit, toujours suivie de son petit chien.

Elle s'allonge la face contre le mur. Elle tâte les œillets, compresse le réceptacle, sent qu'il contient un objet dur. Elle décortique le premier et lit avec difficulté le petit papier, elle croit entendre la voix de Rougeville : “Ma protectrice, je ne vous oublierai jamais, je chercherai toujours le moyen de pouvoir vous marquer mon zèle ; si vous avez besoin de trois ou quatre cents louis pour ceux qui vous entourent, je vous les porterai vendredi prochain.”

Elle décortique le deuxième œillet et lit le second message : “Voici le plan concerté de votre évasion moyennant votre assentiment…”

La Reine déchire aussitôt les billets en mille morceaux.

Grincement des verrous, la porte s'ouvre sur les aboiements de Baps, la Reine se lève immédiatement : c'est de nouveau Rougeville, curieusement, il est seul.

— Je venais vous saluer avant de partir, citoyenne, je vois que tout est en ordre ! Au gendarme Gilbert qui se lève : Surtout, reste assis, mon ami, je pars immédiatement ! Tiens, que lisez-vous en ce moment ?

Il passe derrière le paravent, la Reine le suit. Il s'empare du livre qui traînait sur le lit :

— Ah, les aventures du capitaine Cook !

— J'aime les livres d'aventures ! lui dit la Reine à haute voix. Puis à l'oreille de Rougeville : Votre témérité me fait frémir !

— L'action y est très mouvementée ! A l'oreille de la Reine : Ne vous occupez pas de moi, j'ai des moyens sûrs pour vous sortir d'ici !

— Cook est un héros antique, quelle triste destinée ! Chuchoté : Ce n'est point ma vie qui me préoccupe, mais celle de mes enfants…

— Que d'épreuves cet homme a endurées, ce n'est pas un livre de tout repos, n'est-ce pas ? Chuchoté : Je reviens vendredi avec l'argent pour acheter les gens qui vous entourent, j'attends votre accord ! En attendant, tentez de gagner les gendarmes…

— J'aime les naufrages ! Chuchoté : Comment vous répondrai-je ?

Rougeville fait une moue qui signifie "je ne sais pas".

Les serrures cliquettent de nouveau, Baps aboie encore. Cette fois, c'est Michonis qui revient.

— Allons, citoyen François, c'est l'heure ! Vous avez été drôlement gâté, il ne faut pas en abuser ! Puisque vous aimez ce genre de littérature, citoyenne, je demanderai au citoyen Montjoye de vous apporter d'autres romans d'aventures !

— Merci, monsieur Michonis.

Ils sortent. Grincement des serrures qui se referment.

La Reine retourne s'allonger derrière le paravent. Elle réfléchit un instant puis se relève. Elle est en proie à une intense émotion, ses doigts sont agités de tremblements. Elle sait qu'elle n'a pas beaucoup de temps pour faire ce qu'elle doit faire, les deux autres peuvent revenir à tout moment. Le gendarme Gilbert, tout à sa réussite, est étonné de la voir s'asseoir en face de lui.

— Voyez, monsieur Gilbert, comme je suis tremblante !

— Mais, Madame, de quoi avez-vous peur ? C'est le visiteur qui vous a effrayée ?

— Non, monsieur Gilbert, bien au contraire, j'ai reconnu en lui un ci-devant chevalier de Saint-Louis qui m'a aidée le 20 juin, le jour de la première attaque des Tuileries !

— C'était donc un aristocrate ? dit Gilbert en ricanant, d'habitude je les repère à cent lieues, mais lui il m'a paru très sympathique, je n'ai rien décelé ! Il a été très habile !

— Monsieur Gilbert, dit la Reine d'une voix blanche, il m'a laissé un message écrit avant de partir.

— Un message écrit ? Comment est-ce possible ? Je n'ai rien vu !

— Vous ne vous douteriez pas de la manière dont il s'y est pris pour me faire passer un billet ! Il me faisait des clins d'œil que je ne comprenais pas…

Le gendarme Gilbert paraît trouver cela drôle :

— Des clins d'œil à vous, Madame ?

— Justement, monsieur Gilbert, pour m'avertir qu'il avait un message à me communiquer !

— Il vous a passé un message avec des clins d'œil ?

La Reine est contrainte à sourire :

— Non, monsieur Gilbert. Voyant que je ne comprenais pas ce qu'il voulait exprimer, il s'est penché vers moi en me disant : “Ramassez ces œillets, ils contiennent mes vœux les plus ardents, je reviendrai vendredi avec cent louis d'or !”

Le sourire du gendarme se fige, mais son regard s'allume.

— Cent louis d'or ? Que pouvez-vous en faire ici, madame ?

La Reine répond d'une voix éteinte :

— Cet or ne m'est pas destiné, monsieur Gilbert !

— A qui est-il destiné, alors ?

La voix brisée, les yeux embués de larmes, la Reine poursuit :

— C'est pour vous et pour M. Dufresne ! Cinquante louis d'or pour vous et cinquante pour lui !

— Pourquoi nous donnerait-il une somme pareille ? demande Gilbert surpris mais intéressé.

Les larmes coulent sur les joues de la Reine, sa lèvre inférieure tremble. Elle dit d'une voix cassée :

— Pour exécuter ce que M. Michonis vous demandera, monsieur Gilbert !

L'autre est stupéfait.

— L'administrateur ? A moi… Me demander quoi, Madame ?

La Reine le regarde droit dans les yeux.

— M'aider à retrouver ce que nous avons, vous et moi, de plus cher au monde, monsieur Gilbert, la liberté !

— Une évasion ? Rien que cela… Mais, Madame, avec votre histoire, je finirais sûrement sur la bascule à Robespierre !

La Reine est encouragée par le trouble de son gardien.

— Non, monsieur Gilbert, avec de l'or on achète tous les silences, et vous aurez beaucoup d'or ! Ne me donnez surtout pas votre réponse aujourd'hui, monsieur Gilbert, prenez le temps d'y réfléchir, le visiteur ne revient que vendredi. Vous aurez le temps d'en parler à M. Dufresne et je n'entreprendrai rien sans votre consentement commun puisque mon destin est suspendu à votre décision.

— Qui est au courant ? demande Gilbert ébranlé.

— A part M. Michonis, je présume que personne n'est prévenu de ce projet !

— Mon beau-frère Louis est-il au courant ?

— Non, monsieur Gilbert. Surtout, monsieur Gilbert, méfiez-vous de Mme Harel !

Le gendarme Gilbert, soudain détendu, se sert un verre d'eau-de-vie et répond en ricanant :

— Celle-là, pour sûr qu'elle ne vous aime pas !

La Reine perçoit dans cette réponse un encouragement. Les verrous grincent bruyamment, les serrures cliquettent. Baps aboie. La Reine regagne précipitamment son fauteuil, reprend sa lecture, et le gendarme se replonge dans sa réussite. C'est le lieutenant de Bûne et la femme Harel, un plateau à la main. Elle regarde alternativement la Reine et le gendarme d'un air suspicieux. Il semblerait qu'elle se doute de quelque chose. Le gendarme Gilbert ne lève pas la tête de ses cartes.

— Rosalie est de repos, j'ai eu du mal à trouver de la glace. Il a fallu que j'aille en chercher à la mairie… Je sers le dîner dans cinq minutes.

— Merci, madame, dit la Reine avec froideur.

— Gilbert, viens dîner, tu es servi, de Bûne te remplace !

La femme Harel se retire sans un mot et sans saluer, tandis que le gendarme Gilbert la suit. Il est remplacé par le lieutenant de Bûne toujours souriant.

— Bonjour, Madame.

— Bonjour, monsieur de Bûne.

La Reine regarde partir Gilbert avec angoisse. Va-t-il me trahir ? pense-t-elle. En franchissant le seuil, celui-ci se retourne discrètement et lui sourit en clignant des paupières comme s'il voulait dire : “Ne vous inquiétez pas.”

L'espoir renaît sur le visage de la Reine dont les yeux s'embuent de larmes.

MERCREDI 28 AOÛT, VINGT-SEPTIÈME JOUR DE DÉTENTION, LA CONCIERGERIE, HUIT HEURES DU SOIR

8

La barbarie républicaine

La Reine, couchée sur son lit de sangles, somnole. Elle a encore maigri, son visage est d'une pâleur extrême, des cernes violets ourlent ses yeux, elle respire avec difficulté, son souffle s'amenuise. L'énergie qu'elle a dû fournir pour circonvenir son gardien l'a épuisée. Ses cheveux presque blancs s'étalent sur l'oreiller. Cinq années d'épreuves ont fait d'elle une vieille femme au visage ravagé. Ses jambes sont gonflées par le manque d'exercice. Elle souffre du bas-ventre et les hémorragies qui s'aggravent ne lui laissent aucun répit. Elle pressent qu'avec ces pertes de sang quotidiennes, c'est sa vie qui s'enfuit et elle sait que la maladie qui les provoque la tuera. Elle refuse d'ailleurs tout traitement, car elle n'y croit plus.

Il est déjà huit heures du soir et, malgré les deux fenêtres grandes ouvertes, la chaleur humide reste étouffante. En revanche, le brouhaha qui montait de la cour des femmes a cessé. La Reine souffre toujours de ces relents d'eau croupie et de fosse d'aisance qui envahissent le cachot. Pourtant chaque jour, Rosalie fait brûler du vinaigre et du genièvre pour masquer ce méphitisme. A travers la porte qui donne dans le corridor noir, lui parviennent les cris, les injures et les rires grossiers des derniers prisonniers qui s'abreuvent chez le bousinier.

Les gendarmes Gilbert et Dufresne jouent au piquet de l'autre côté du paravent. Ils sont tous deux acquis à la conjuration. Ils ont même décidé de ne plus fumer et s'appliquent la nuit à faire le moins de bruit possible.

— Monsieur Gilbert, dit la Reine le souffle court.

— Oui, Madame ?

— Monsieur Gilbert, s'il vous plaît – Gilbert se lève et s'approche de la Reine –, voilà, monsieur, j'ai rédigé la réponse au chevalier de Saint-Louis, pourriez-vous la lui remettre personnellement ?

— Mais pourquoi ne la lui remettez-vous pas vous-même vendredi ?

— Mais, monsieur Gilbert, il faut qu'il soit informé au préalable de mon accord et du vôtre, sans quoi il n'entreprendra rien.

— C'est juste, madame.

— Vous savez, c'est précisément demain qu'il doit remettre cinquante louis d'or à chacun de vous. S'il n'est pas assuré que j'accepte de m'évader sans mes enfants, il n'apportera pas les fonds nécessaires.

— Bien sûr, Madame, donnez votre message, je me charge de le lui remettre.

— Je l'ai écrit avec une épingle sur un morceau de papier arraché au mur ! Je l'informe que j'accepte de le suivre.

Elle tend le billet à Gilbert.

— Je n'arrive pas à vous lire, Madame.

Il le passe à Dufresne.

— Pourtant, c'est très lisible, dit ce dernier, on devine facilement : "Je me fie à vous, je viendrai."

Grincement des serrures et aboiements de Baps. Gilbert met aussitôt le message de la Reine dans sa poche. Ce sont Marie Harel, Rosalie Lamorlière et Louis Larivière qui apportent le repas du soir.

— Jean et François, allez souper ! Louis vous remplace, dit Marie Harel aux deux gendarmes qui sortent aussitôt.

Ils traversent le corridor noir, passent devant la boutique du bousinier où deux prisonniers trinquent, un verre d'eau-de-vie à la main. Un troisième urine un peu plus loin dans l'obscurité.

— Salut, bousinier ! dit Gilbert.

— Salut, la piétaille !

— Quelle puanteur ! dit Dufresne, ne pourrais-tu pas demander à tes gars d'aller pisser aux latrines comme tout le monde ?

— Dis-le-leur toi-même, répond l'autre, moi ils ne m'écoutent pas !

Les deux hommes tournent à droite dans le couloir des prisonniers. Ils tombent nez à nez avec le concierge Richard assisté de trois commissaires coiffés du bonnet rouge, d'un architecte et de six gendarmes sous les ordres du lieutenant de Bûne.

— D'où venez-vous, vous deux ? demande un des administrateurs.

Les deux gendarmes se mettent au garde-à-vous.

— Du cachot de la veuve Capet, citoyen administrateur, dit Dufresne, nous allions aux cuisines pour souper.

— Qui la garde en votre absence ?

— Le porte-clefs Louis Larivière du troisième guichet, citoyen administrateur.

— On va justement faire une inspection chez elle, suivez-nous ! Passez devant !

La Reine qui entamait son souper voit entrer les municipaux aux bonnets rouges.

— Inspection ! Debout ! dit l'un d'eux.

La Reine se lève malgré sa fatigue. Son principal souci est de cacher les taches de sang que l'on pourrait apercevoir sur sa chemise.

— Madame Harel, s'il vous plaît, pouvez-vous me passer mon déshabillé, demande la Reine en enfilant ses petites pantoufles rabattues.

La femme Harel lui tend son peignoir de piqué blanc. La Reine l'enfile rapidement, puis se lève et attend, debout, les bras croisés, dans un angle du cachot.

— Fouillez partout, ordonne un administrateur, retournez les matelas et défaites complètement la literie ! Citoyen architecte, ne pensez-vous pas que cette cloison est creuse ?

L'architecte sonde le mur avec une tige de fer.

— Je ne le crois pas, citoyen administrateur, elle mesure au moins douze pouces d'épaisseur, il faudrait faire beaucoup de bruit pour la percer !

— Retournez la table et les chaises, il y a peut-être des messages secrets en dessous… Et ces barreaux de fenêtres, pensez-vous qu'on puisse les desceller de l'extérieur ?

— Impossible, répond le lieutenant de Bûne, deux factionnaires gardent la fenêtre de jour comme de nuit.

Les administrateurs et l'architecte se regardent perplexes.

— Et par là ne peut-elle pas s'échapper ?

— Je ne le pense pas, répond l'architecte, elle tomberait sur le couloir des prisonniers.

— Et par là ?

— Impossible. Elle tomberait dans la cour des femmes sous le nez des factionnaires.

Ces visites qui se font à toute heure du jour et de la nuit, et quelquefois plusieurs fois par jour, ne laissent pas un instant de répit à la prisonnière ni aux gardiens.

L'un des municipaux s'approche de la Reine.

— Qu'avez-vous aux doigts ?

— Ce sont mes bagues.

— Faites voir – il s'empare vivement de ses mains. Mais ce sont des diamants ?

— Je les porte depuis quinze ans, monsieur !

— Ils ne vous appartiennent pas, vous les avez acquis avec l'argent du peuple – il les lui arrache. Il faut les rendre au peuple ! Il se tourne vers Richard et ordonne : Inscrivez les bagues sur l'inventaire.

La Reine tente sans succès de contenir ses larmes.

— C'est bon, ajoute le municipal, puis il demande à l'architecte : Avons-nous fait le tour, citoyen architecte ?

— Je le pense.

— Allez, on s'en va !

VENDREDI 30 AOÛT, VINGT-NEUVIÈME JOUR DE DÉTENTION,
LA CONCIERGERIE, NEUF HEURES DU MATIN

9

Le retour de Rougeville

La Reine épuisée a pris son déjeuner au lit. Elle est en proie à de violents vertiges qui l'obligent à rester couchée.

Derrière le paravent, les gendarmes jouent aux cartes. Marie Richard a demandé à la femme Harel d'exécuter un travail en cuisine. Quant à Rosalie, comme tous les matins, elle est allée au Temple chercher l'eau de Ville-d'Avray. Le bourdonnement et les cris ont repris dans la cour des femmes. La chaleur moite et la puanteur qui règnent dans le cachot empêchent de tenir les fenêtres fermées.

Les verrous grincent, Baps aboie. Larivière apparaît dans l'encadrement de la porte. La Reine, qui n'a pas la force de se lever, soulève seulement la tête. Il est suivi de Michonis et de Rougeville. Ce dernier est vêtu différemment, il ne porte plus le costume boue de Paris, mais un costume gris. Les deux hommes se découvrent en entrant. Les gendarmes se lèvent tandis que Louis Larivière reste sur le pas de la porte.

— Vous deux, ordonne Michonis à Dufresne et à Larivière, attendez-moi dehors, mais restez derrière la porte ! Puis s'adressant à Gilbert : Toi, rejoins les Richard au bureau du greffe, je vous rattrape dans cinq minutes !

Gilbert, Dufresne et Larivière sortent. Michonis referme lui-même la porte derrière eux. Rougeville et lui sont désormais seuls avec la Reine.

— Quel bonheur de vous revoir, monsieur le chevalier, dit celle-ci d'une voix éteinte. Bonjour, monsieur Michonis, Mme Richard vous a-t-elle remis le petit mot que j'avais écrit avec une épingle ?

— Oui, Madame, je l'ai récupéré, il est toujours sur moi, regardez : le voici !

Il montre un petit bout de papier criblé de trous d'épingle.

— Quand j'ai su que Mme Richard s'en était emparée, j'ai été folle d'inquiétude !

— Aucun souci, Madame, dit Michonis, les Richard sont du complot. Elle aurait même fouillé dans les poches du gendarme Gilbert pour le récupérer !

— Savez-vous, monsieur Michonis, que ce fut bien difficile de former des lettres avec une épingle !

— J'ai pu pourtant vous lire aisément, Madame !

La Reine dit à Rougeville, les larmes aux yeux :

— J'avais écrit que j'acceptais de vous suivre, monsieur le chevalier. J'ai longtemps hésité avant de me décider, mais rien ne m'est plus cruel que de m'enfuir sans mes enfants !

Rougeville, les yeux humides, s'est agenouillé à son chevet.

— Je sais, Madame, je sais…

— J'ai rajouté depuis quelques trous d'épingle, dit Michonis en riant, afin de rendre le message illisible.

— C'était une sage précaution, monsieur Michonis. Quelles sont les dernières nouvelles, monsieur le chevalier ?

— Elles sont excellentes : Votre Majesté quitte la Conciergerie dans trois jours, le 2 septembre à onze heures du soir, pour se rendre d'abord chez Mme de Jarjayes et ensuite en Allemagne !

— Seigneur, si seulement c'était possible ! Mes pauvres enfants et ma sœur Elisabeth que je laisse derrière moi !

— Madame, il faudra vous séparer de Baps la veille, il risquerait d'aboyer au moment de votre libération et d'attirer l'attention des gendarmes du lieutenant de Bûne. Nous le confierons aux Richard qui l'aiment beaucoup.

— Ne pourrai-je le récupérer plus tard ?

— Bien sûr, Madame, au moment de franchir le seuil, Richard vous le rendra.

— Pensez-vous sincèrement réussir dans votre entreprise, monsieur de Rougeville ?

— Aussi vrai que le jour succède à la nuit, Madame ! J'ai aussi des nouvelles à transmettre à Votre Majesté de la part du plus fidèle et du plus estimé de vos amis !

A ces mots, la Reine tressaille : elle a compris qu'il veut parler de Fersen. Elle fait un effort pour se soulever du lit, au bord des larmes :

— Comment se porte-t-il, monsieur le chevalier ?

— Il veille sur Votre Majesté !

— Comment dites-vous ?

— Il est en liaison permanente avec le baron de Batz. Que Votre Majesté soit rassurée, ici tout a été prévu pour la réussite de votre évasion, n'est-ce pas, monsieur Michonis ?

— Certainement, Madame, M. de Rougeville a tout prévu !

— Que Dieu protège votre entreprise, et qu'adviendra-t-il de ceux que nous laissons derrière nous ?

— Soyez sans crainte, Madame, ils seront à l'abri, et dans le pire des cas, nous les emmènerons avec nous en Allemagne ou en Belgique !

— Vous avez compté Rosalie, j'espère ?

— Non, Madame, Rosalie n'est pas du complot, elle ne peut donc être inquiétée. Si toutefois elle était menacée ou si tel était votre désir, elle serait aussitôt transférée, mais je peux vous assurer, Madame, qu'elle ne risque rien !

— Je désire ardemment l'emmener en Allemagne, monsieur Michonis.

— Nous la transférerons une fois Votre Majesté en sécurité, précise Rougeville.

— Malheureusement, il est temps de prendre congé, Madame, dit Michonis.

— J'attire l'attention de Votre Majesté sur la femme Harel, remarque Rougeville. Comme Rosalie Lamorlière, celle-ci ne fait pas partie du complot, prenez-en garde, Madame, elle n'est pas sûre ! En revanche, vous pouvez vous fier aux époux Richard, aux gendarmes Gilbert et Dufresne ainsi qu'à Louis Larivière.

Michonis insiste :

— Il est imprudent de demeurer plus longtemps.

— Hélas, Madame, il nous faut prendre congé, dit Rougeville

— Bien sûr. Je vous dis donc à bientôt, messieurs ?

— Je suis au service de Votre Majesté ! Rougeville se relève puis s'incline en un profond salut de cour : Votre Majesté aurait-elle un message à transmettre à un ami ?

La Reine qui sait qu'il s'agit de Fersen :

— Dites-lui qu'il est le plus estimé des hommes !

Michonis ouvre la porte, Larivière et Dufresne sont là, qui attendent les ordres.

— Dufresne ! ordonne Michonis, reprends ton poste ici et attends que Gilbert vienne te rejoindre. Puis s'adressant à Larivière : Attends-moi dans le bureau du greffe !

Dufresne retourne s'asseoir sur sa chaise. Rougeville salue encore la Reine en s'inclinant et sort accompagné de Michonis. Larivière ferme toutes les serrures et s'engage le premier dans le corridor noir en constatant que le bousinier n'a pas encore ouvert sa boutique. A une demi-minute d'intervalle, Michonis et Rougeville, un quinquet à la main, s'y engagent à leur tour.

Ils s'arrêtent au milieu du couloir et parlent à voix basse. Rougeville tend à Michonis deux sacs pesants qu'il portait dans ses basques :

— Il y a quatre cents louis d'or et un million de livres en assignats. Quand comptez-vous les distribuer ?

— Immédiatement. Je vais d'abord m'isoler pour préparer les lots et j'entreprends aussitôt la distribution !

— Vous avez grand intérêt à vous délester de ces sommes le plus vite possible !

Ils reprennent leur marche dans le corridor et disparaissent à droite dans le couloir des prisonniers.

Une heure plus tard, vers dix heures trente, Michonis est installé derrière le bureau du greffe. Face à lui sont assis en demi-cercle les époux Richard, le porte-clefs Larivière et le gendarme Gilbert.

— La porte est-elle fermée à clef ? demande Michonis à Richard.

— Oui, citoyen administrateur.

— Donc, Richard, nous sommes bien d'accord sur tout ?

— Absolument, citoyen administrateur !

— Voilà cinquante louis d'or pour vous et cinquante pour Marie… Maintenant, écoutez tous ! Dans trois jours exactement, le 2 septembre, à partir de vingt-deux heures, Richard et son épouse m'attendront sans bouger dans l'avant-greffe, devant la porte de sortie. J'arriverai vers onze heures avec le citoyen François, j'irai aussitôt chercher la Reine. S'adressant à Larivière : Toi, tu feras le guet dehors dans la cour en compagnie de Dufresne. Je raccompagnerai la Reine, escorté de Gilbert jusqu'à la porte. A cet instant, Marie Richard rendra Baps à la Reine. Ce qui se passe ensuite ne vous concerne plus ! C'est compris ?

— Citoyen administrateur, questionne Larivière, la lèvre inférieure tremblante, si on me demande où on conduit la veuve Capet, que dois-je répondre ?

— Je te l'ai répété cent fois, abruti, hurle Michonis, on la transfère au Temple ! Maintenant, prends comme convenu tes cinquante louis d'or. A Gilbert : Je répète encore une fois pour toi : le soir du 2 septembre, Dufresne restera à la porte de la Conciergerie avec Larivière tandis que toi tu attendras mon arrivée dans sa cellule. Tu nous escorteras ensuite jusqu'à la porte. Dufresne et toi devrez être vigilants, car la garde montante du lieutenant de Bûne arrive à minuit. Nous avons tout de même une heure de battement pour libérer la Reine, ce qui devrait suffire amplement... Gilbert, voilà tes cinquante louis, va reprendre ton poste, et voilà les cinquante louis de Dufresne ! Surtout n'oublie pas de les lui remettre !

Il rit. Gilbert sort.

— Rosalie est-elle dans le coup ? demande la femme Richard.

— Pas du tout, mais avec elle il n'y a aucun danger, la Reine est son idole. Quoi qu'il arrive, elle ne dénoncera quiconque ! La Reine une fois à l'abri, on transférera aussitôt Rosalie à Livry d'où elle la suivra en Allemagne.

— Et la femme Harel ?

— Avec elle, prudence ! Prudence ! Prudence ! C'est l'œil de Fouquier-Tinville ! A Richard : Dis donc, j'ai appris qu'elle couchait avec Dufresne ? Je n'aime pas cela du tout !

— Je l'ai entendu dire, citoyen administrateur, mais rien n'est moins sûr ! Dans tous les cas, j'espère qu'il saura se taire et ne lui dira rien ! Citoyen administrateur, si cela tourne au vinaigre, que devenons-nous ?

— Le citoyen François nous fournit passeports et passeurs pour nos familles, et nous déguerpissons avec notre or en Belgique ! Aucune inquiétude, tout est prévu – il se lève. Allez cacher cet or ! Si quelqu'un survenait, nous aurions bonne mine ! Et surtout, n'attirez pas l'attention en le dépensant de façon inconsidérée…

Les autres se lèvent, tout le monde sort.

Richard quitte la salle du greffe. Au moment où il franchit le deuxième guichet pour emprunter le couloir des prisonniers, Mlle Fouché, la boiteuse, l'interpelle :

— Bonjour, monsieur Richard, pouvez-vous m'accorder quelques secondes, s'il vous plaît, je serai brève.

— Encore vous ? Entrez ici !

Ils pénètrent à nouveau dans cette petite salle vide que l'on nomme “la chambre d'attente”. L'odeur qui y règne donne aussitôt la nausée à l'infirme.

— Avez-vous réfléchi à ma proposition, monsieur Richard ? Je la renouvelle : on vous octroie deux cents louis d'or si vous me laissez pénétrer chez la Reine. Lors de ce premier contact, je lui propose le secours d'un prêtre non jureur, et si elle est consentante, je reviendrai avec lui.

— Parce que en plus, il faut que je vous autorise à laisser entrer un prêtre réfractaire ?

— Monsieur Richard, vous savez bien que la Conciergerie pullule de prêtres réfractaires en costume laïc et vous savez pertinemment qu'ils pratiquent le culte catholique selon les canons romains ! Je connais même l'emploi du temps de chacun d'eux. Par exemple, le dimanche c'est l'abbé de Sambucy, le jeudi c'est l'abbé Renaud, le mercredi l'abbé Philibert, le mardi l'abbé de Keravenan… Dois-je continuer ?

— C'est bon, c'est bon ! Vous connaissez le risque encouru : c'est la mort pour nous tous…

— Monsieur Richard, nous le savions pertinemment quand nous avons décidé de secourir tous ces malheureux. Notre vie perd sa raison d'être si nous ne sauvons pas toutes ces âmes abandonnées ! Bon, maintenant, étudions les moyens qui vont permettre à la Reine de recevoir Notre-Seigneur ! Comment nous y prendrons-nous ?

— Il faut être extrêmement prudent ! Deux gendarmes sont préposés à la garde de la prisonnière ; une fois par semaine, deux autres les remplacent, qui sont des diables, mais les premiers sont de bons enfants. Il ne faut pas tomber sur leur jour de repos ! Si cela doit se produire, ils sont relevés vers minuit, mais je répète : il faut attendre après minuit pour être sûrs que les gentils ne seront pas remplacés…

— Comment se nomment les gendarmes bons enfants ?

— Dufresne et Gilbert. C'est donc seulement après minuit et demi que vous pourrez entrer chez la Reine. Je vous préviendrai un ou deux jours avant. Cela vous convient-il ? dit Richard en songeant à ses deux cents louis d'or.

— C'est parfait, dit l'infirme, je serai accompagnée d'un prêtre réfractaire déguisé en garde national, mais pour cette première visite, il m'attendra dehors. Je veux d'abord obtenir l'assentiment de la Reine.

— Qui est ce prêtre ?

— Vous en avez certainement entendu parler, c'est un disciple de l'abbé Emery, il porte secours aux condamnés au risque de sa vie. Je le connais depuis vingt-sept ans. Ma sœur et moi l'appelons "mon oncle", mais tout le monde l'appelle "M. Charles".

— Et quel est son véritable nom ?

— Pourquoi tenez-vous à le savoir ?

— Pourquoi me le cacher ?

— C'est l'abbé Charles Magnin.

— Je le savais, dit Richard en riant.

— Alors pourquoi me le demander avec tant d'insistance ?

— Je voulais vous mettre un peu à l'épreuve : si vous m'aviez menti, nous en serions restés là !

— Comment procéderez-vous ?

— Je vous l'ai déjà dit, ce sera le soir après minuit, je vous donnerai rendez-vous devant le 111 de la rue de la Vanneric, c'est juste en face du pont Saint-Michel. Si, à minuit trente je ne suis pas là, vous rentrerez aussitôt chez vous. Comme la garde à cheval rôde toute la nuit, vous vous maintiendrez à l'intérieur du porche, une attente trop prolongée dans la rue pourrait attirer l'attention sur vous. Je vous donnerai d'autres consignes le moment venu.

— Tout cela est parfait, donc à bientôt, monsieur Richard, j'attendrai votre signal, voici comme convenu le complément des deux cents louis d'or.

— Evitons de nous appeler monsieur, madame ou mademoiselle, dit Richard en mettant précipitamment les pièces dans sa poche, ce serait stupide de nous faire imprudemment remarquer par un tel détail.

— Même quand nous sommes entre nous ? demande l'infirme en riant.

— Non, là je vous permets de m'appeler monsieur ! dit Richard en riant aussi.

— Alors à bientôt, monsieur Richard !

— A bientôt, madame Fouché !

— Mademoiselle Fouché, s'il vous plaît !

— Oh ! pardon. A bientôt, mademoiselle Fouché !

LUNDI 2 SEPTEMBRE, TRENTE-DEUXIÈME JOUR DE DÉTENTION, LA CONCIERGERIE, ONZE HEURES DU SOIR

10

La conjuration de l'Œillet

Il est onze heures du soir. La rue de la Barillerie et les abords de la Conciergerie sont plongés dans une opacité totale. Tous les lampadaires qui jalonnent les murs de la prison et les rues avoisinantes sont éteints.

Comme l'avait promis Jean-Baptiste Basset, aux abords de la prison on ne voit pas à deux pas devant soi. L'obscurité s'étend sur cent mètres autour de la cour du Mai, le long du quai de l'Horloge et de sa prolongation, le quai des Morfondus.

Le baron de Batz, le chevalier de Rougeville et le perruquier Basset attendent dans une berline fortement attelée qui stationne aux abords de la cour. Les deux cochers installés à l'avant de la voiture camouflent sous leur cape grise leur tenue de gendarmes nationaux. Des mousquets armés sont à leurs pieds. Dans cette nuit d'encre, seules les deux lampes à huile de la voiture produisent une faible lueur.

— Combien d'hommes avez-vous postés autour de la Conciergerie ? demande de Batz au jeune perruquier.

— Ils sont trente-quatre prêts à intervenir, monsieur. Ils sont répartis sous les porches des bâtiments qui limitent les deux extrémités de la cour du Mai. Tout accès à l'entrée de cette cour est désormais sous notre contrôle.

— Sont-ils armés ?

— Tous. Certains ont des pistolets, d'autres des fusils à baïonnette.

— Qui les commande ?

— Guillaume Lemille et sa femme Elisabeth. A mon signal, ils bloqueront aussitôt les deux extrémités des quais, assurant ainsi la sécurité de la cour.

— La fausse patrouille est-elle prête ?

— Oui, monsieur, les faux gendarmes sont postés sous le portique où nous nous cachions la nuit où la Reine arriva.

— Au 37 de la rue de la Barillerie ? demande Rougeville.

— Oui, monsieur.

— Bien joué ! Ils sont juste en face de la cour du Mai, c'est parfait !

— De telle sorte, précise Basset, ils entreront dans cette cour quelques instants avant la sortie de la Reine pour la prendre aussitôt en charge.

— A quelle heure avez-vous allumé les lampadaires ? demande de Batz en riant.

— A neuf heures ce matin et ils se sont éteints d'eux-mêmes aux environs de dix-neuf heures. A la nuit tombante, ils ne contenaient plus une goutte d'huile !

— Je reconnais que votre idée d'allumer les lampadaires de jour pour qu'ils manquent d'huile la nuit était subtile, dit de Batz. Et n'a-t-on pas trouvé insolite qu'ils soient éclairés dès neuf heures du matin ?

— Certainement, monsieur, mais les gars qui ont effectué ce travail répondaient aux passants qu'il fallait vidanger les réservoirs encrassés par une huile de mauvaise qualité… bien entendu fournie par des aristocrates !

— Dites, mes amis, remarque de Batz en consultant sa montre, il est déjà onze heures et demie, et Michonis n'est toujours pas là !

— Jean-Baptiste, demande Rougeville, veux-tu vérifier si Dufresne et Larivière sont toujours en faction dans la cour, je tremble qu'ils aient changé la garde plus tôt que prévu !

Basset descend de voiture et se dirige à tâtons vers la cour du Mai.

— Michonis m'a affirmé que la garde changeait à minuit, dit Rougeville, nous avons encore une demi-heure devant nous. Nous devons nous méfier de Du Mesnil et de ses hommes qui tournent dans les environs. Quand ils verront le quartier plongé dans l'obscurité, j'ai bien peur qu'ils reviennent protéger la Conciergerie.

On entend soudain un bruit de sabots. Une voiture passe à grande vitesse, ses deux lanternes allumées, et stationne cent mètres plus loin. Michonis, qui en descend, une lampe-tempête à la main, se précipite vers la voiture de de Batz. Parvenu à la portière, inquiet et essoufflé, il murmure :

— Bonsoir, monsieur le baron, veuillez m'excuser ! On m'a livré la voiture avec une heure de retard... Il y a des barrages partout ! Il paraît que les Autrichiens marchent sur Paris. Ils auraient fusillé les quatre députés de la Convention et le ministre de la Guerre qui étaient venus négocier l'armistice !

— Fusiller des plénipotentiaires ? dit Rougeville, mais c'est stupide... Cela nous dessert !

— Cela est très possible, dit gravement de Batz, voilà une raison de plus pour agir immédiatement !

A cet instant, Basset revient de la Conciergerie à bout de souffle :

— Vite, dépêchons-nous ! C'est encore Larivière et Dufresne qui montent la garde devant la porte.

— Aussitôt que Sa Majesté sera dehors, recommande de Batz à Rougeville, vous l'accompagnerez dans cette voiture. Vous roulerez au triple galop sans vous arrêter jusqu'à Livry, où Mme de Jarjayes l'attend ! Aucun relais n'est prévu, ce serait trop risqué de s'arrêter : vous rendez-vous compte si Sa Majesté était reconnue ! Nous n'allons pas reproduire les erreurs de Varennes ! Rougeville, mon ami, rien ne doit vous ralentir. Compris ?

— Oui, monsieur, et pourquoi ne voyageriez-vous pas en compagnie de Sa Majesté ?

— Parce que nous multiplierions les risques par deux, imaginez si j'étais reconnu, je mettrais Sa Majesté en péril ! Je vous suivrai jusqu'à Livry dans l'autre voiture. Je me tiendrai à deux cents mètres derrière elle pour ne pas attirer l'attention. La Reine sera escortée à distance depuis Paris par les douze cavaliers de Jean-Baptiste. Si je me maintiens derrière la voiture de la Reine, il me sera plus aisé d'intervenir en cas de danger… Est-ce clair, Rougeville ?

— Oui, monsieur.

— Donc, vous ne vous arrêtez sous aucun prétexte ! Après Livry, direction Metz, j'accompagnerai alors Sa Majesté dans sa voiture jusqu'à l'entrée sud de la ville où les dragons de son cousin, le prince de Lambesc, l'attendent.

— Monseigneur le prince de Lambesc serait-il rentré en France ? demande Rougeville.

— Uniquement pour protéger Sa Majesté. Il a rameuté de Metz plus de deux cents dragons de son ancien régiment du Royal-Allemand. Le prince de Lambesc escortera la Reine jusqu'à la frontière autrichienne où l'attendent les lanciers du prince de Liechtenstein. Ils accompagneront la Reine de France jusqu'à Vienne où l'Empereur l'attend. C'est tout. Rougeville, avez-vous des questions à poser ?

— Aucune, monsieur. Tout est clair.

— Jean-Baptiste, les cavaliers de l'escorte sont-ils prêts ?

— Oui, monsieur, ils sont postés au pied de la tour César. L'obscurité les protège. Ils sont impatients de servir Sa Majesté.

— Vous êtes-vous assuré qu'on a attelé des chevaux frais, car il n'y a aucun relais jusqu'à Livry ?

— Bien sûr, monsieur.

— Ne nous attardons pas, dit Michonis, la gendarmerie peut revenir à tout moment !

— Alors pressons ! dit de Batz. Rougeville !

— Oui, monsieur.

— Mes cochers ont-ils bien leurs uniformes et leurs armes ? L'autre acquiesce : Si vous devez faire le coup de feu, allongez Sa Majesté sur le plancher de la voiture, et n'oubliez pas de l'envelopper dans les couvertures qui sont disposées sous les sièges. Si elle était blessée, Rougeville, je ne vous le pardonnerai jamais !

— Vous pouvez en être assuré, monsieur !

— Allez, mes amis, dit de Batz rayonnant de joie, bloquez la rue de la Barillerie et les quais, et faites pénétrer la fausse patrouille dans la cour du Mai. Nous allons libérer Sa Majesté la Reine de France ! Que la Vierge nous protège ! dit-il en se signant, imité du seul Rougeville.

Au moment où ce dernier en compagnie de Michonis s'apprête à sortir de la voiture, on entend un bruit de sabots.

Des cavaliers de la gendarmerie nationale, une torche dans chaque main, s'arrêtent cent mètres plus loin.

— Nom de Dieu, Botot Du Mesnil ! dit Michonis.

— Apparemment, ils n'ont pas dû croiser les cavaliers de Jean-Baptiste, sinon nous aurions entendu des coups de feu, dit Rougeville. Pourvu qu'ils n'aperçoivent pas la fausse patrouille dans la cour du Mai !

— Michonis, votre retard nous a mis en péril, c'est désolant, dit de Batz avec humeur.

On voit à distance des cavaliers s'arrêter à hauteur de la voiture de Michonis.

— Regardez, ils ont repéré ma voiture ! Ils vont sûrement questionner mon cocher… C'est fait !

— Pouvons-nous nous fier à lui ? demande de Batz.

— Vous pensez bien qu'il n'est au courant de rien ! Il croit que je fais une inspection de routine comme chaque soir… La seule nouveauté c'est que, ce soir, pour la première fois, je l'effectue en voiture !

— Que Dieu soit loué ! dit de Batz. Attention, ils viennent vers nous !

Tous les hommes arment leur pistolet et l'enfouissent sous leur cape.

— N'intervenez surtout pas, monsieur le baron, laissez-moi faire ! dit Michonis. Je vais feindre de n'être au courant de rien et de découvrir en même temps qu'eux votre voiture !

Michonis s'extrait rapidement de la berline. De Batz et Rougeville, plongés dans la pénombre de la voiture, demeurent immobiles. Michonis, la lampe-tempête à la main, va au-devant de l'officier qui vient de poser pied à terre. C'est un homme de grande taille, qui arbore de longues moustaches noires qui lui barrent les joues. Il hurle à sa troupe :

— Pied à terre… Marche !

Les gendarmes descendent de cheval et font cercle autour de la voiture en la mettant en joue avec leur fusil à baïonnette. Michonis est lui-même entouré de soldats peu amènes.

Quand le colonel Du Mesnil se rapproche de la voiture, de Batz, Rougeville et les deux cochers serrent leur arme.

— Salut et fraternité, Du Mesnil ! dit Michonis d'un ton détaché.

Ce dernier, empanaché de tricolore, le regard suspicieux, crache sa chique avant de répondre :

— Salut, Michonis ! C'est à toi cette berline qui est stationnée plus loin ? Ton cocher nous a dit que tu pratiquais une inspection ?

— Comme tous les soirs, mon ami !

— Alors tu devrais connaître la consigne de ce soir : après vingt-deux heures, le quartier de Saint-Michel est interdit aux civils ! Il désigne la voiture de de Batz : Qui est dans ce fiacre ?

— Je n'en sais rien, j'allais précisément m'en enquérir quand tu es arrivé !

— Tu devrais savoir aussi que, ce soir, il faut un ordre écrit des Comités pour circuler ! Montre-moi donc le tien !

— Tu penses bien qu'en tant qu'administrateur principal des prisons, je suis au courant de cette consigne !

— Montre-moi d'abord ton autorisation, insiste Botot Du Mesnil, décidément tout est vraiment bizarre ce soir… Et tous ces lampadaires éteints… C'est curieux, j'ai un mauvais pressentiment. Montre-moi ton autorisation.

— Enfin, Botot, tu sais bien que je contrôle chaque soir la garde de la veuve Capet ! On dit que les Autrichiens auraient l'intention de l'enlever ce soir… Je compte bien les doubler !

— Ne réponds pas à côté, Michonis, si je comprends bien, tu n'as pas d'autorisation écrite ? Qui est dans cette voiture ?

Du Mesnil se dirige vers la portière, mais au moment où il va lever sa lanterne pour découvrir les occupants, celle-ci s'ouvre brusquement en le bousculant. Un officier supérieur sort précipitamment de la berline en criant :

— Nom de Dieu ! Mais qu'est-ce que ce verbiage-là ? Où est donc ce jean-foutre d'administrateur ?

De Batz apparaît dans son rutilant costume de général de brigade, le chapeau empanaché de plumes bleu blanc rouge, l'écharpe tricolore à la taille, et le sabre au côté. Il est impressionnant de vérité.

Du Mesnil tétanisé se met au garde-à-vous et hurle à ses hommes :

— Fixe ! Garde à vous ! Présenteez… armes !

Tous les hommes rectifient la position et présentent les armes.

— Repos, repos ! dit de Batz. Voilà une demi-heure que j'attends ici qu'on vienne me chercher pour cette sacrée inspection ! Où est le responsable de cette prison ? Puis toisant Du Mesnil toujours au garde-à-vous : Qui es-tu ? Présente-toi !

— Lieutenant-colonel Botot Du Mesnil, mon général, commandant les deux compagnies de gendarmes nationaux chargés de la gardc dcs prisons et d'assurer le service du Tribunal révolutionnaire, mon général ! Veuillez m'excuser, mon général, je ne vous avais pas reconnu dans la pénombre.

De Batz se tourne vers Michonis.

— Et toi, qui es-tu ? Présente-toi !

— Jean-Baptiste Michonis, administrateur de police chargé des prisons, citoyen général !

— Ah, c'est toi, Michonis ? Il est inadmissible que tu me laisses lanterner ainsi ! Je patiente désespérément depuis une demi-heure !

— Citoyen général, je n'ai pas été informé de votre inspection, répond Michonis avec sérieux.

— Allez, j'ai perdu assez de temps, allons inspecter cette sacrée prison ! Il se tourne vers Du Mesnil : Toi, tu peux disposer, poursuis ta ronde !

— Je m'excuse, mon général, insiste Botot Du Mesnil, mais je suis obligé d'emmener le citoyen Michonis au Comité de sûreté générale !

Le visage de de Batz se crispe, il conserve toutefois son calme pour répondre sur un ton glacial :

— J'espère, Du Mesnil, que tu as une bonne excuse pour me faire perdre un temps précieux !

Du Mesnil un peu gêné répond :

— Mon général, j'ai l'ordre de ramener au Comité de sûreté générale tous les civils qui rôdent autour de la prison de la Conciergerie après dix heures du soir. Même les officiels doivent être contrôlés.

— Ça, c'est bien normal. Montre-moi ton ordre de mission !

Du Mesnil, soudain tétanisé, bafouille :

— Mais je n'ai pas d'ordre de mission, mon général, mes instructions ont toujours été verbales !

Le visage de de Batz exprime instantanément la stupéfaction et la colère :

— Quoi ! Qu'est-ce que j'entends ? Tu veux me faire avaler que tu mobilises plus de douze cavaliers pour appréhender en pleine nuit des citoyens et les amener au Comité de sûreté générale, sans un ordre écrit ? En hurlant : Me prendrais-tu pour un imbécile, Du Mesnil ?

L'autre balbutie, pâle comme un mort :

— Mais, mon général, d'habitude on ne donne pas…

De Batz l'interrompant en hurlant toujours :

— On ne donne pas quoi, Du Mesnil ? Hein ? Tu voudrais peut-être m'apprendre mon métier ? Hein ? Ce serait donc par hasard que mon ami Hanriot t'aurait dit, comme cela – il claque avec ses doigts : Mobilise-moi un peu un peloton de cavalerie, mon brave Du Mesnil, puis va faire un petit tour du côté de la Conciergerie et ramène-moi les quelques quidams qui s'y promènent. Hein ? Il ne t'a pas aussi souhaité bonne promenade, Du Mesnil ?

L'autre terrorisé bafouille :

— Pour sûr que non, mon général !

Michonis, adossé contre la voiture, tourne la tête pour cacher son rire.

De Batz hurle alors à deux doigts du visage de Du Mesnil :

— Et qu'est-ce qu'il va dire, le commandant de la garde nationale, quand il va apprendre en plus qu'un colonel retarde le général Delafer dans son inspection ? Hein ? Qu'est-ce qu'il va dire, mon bon ami Hanriot, quand il va connaître la désinvolture avec laquelle tu mènes ta mission ? Hein ? Dis, sais-tu, Du Mesnil, qu'on en a guillotiné pour moins que cela ! Hein ? Le sais-tu au moins ?

Du Mesnil, dont les moustaches frissonnent sous l'émotion, balbutie :

— Je… je… je ne savais pas, mon général, qu'il…

— Eh bien maintenant tu le sais, qu'il faut un ordre de mission écrit ! Allez, fous-moi le camp ! Tu as de la chance que je sois de bonne humeur ce soir !

— A vos ordres, mon général.

Du Mesnil, heureux de s'en tirer à si bon compte, s'empresse de décamper, il ordonne :

— A cheval ! Pied à l'étrier !

Tous les gendarmes regagnent leur monture.

— En avant, marche !

Du Mesnil salue de Batz qui répond à son salut. La troupe s'éloigne et disparaît dans l'obscurité.

De Batz, s'épongeant le front, demande à Rougeville toujours tapi au fond de la voiture :

— Rougeville, quelle heure est-il ?

Rougeville approche la lampe.

— Minuit moins dix, monsieur le baron !

— Mon Dieu, Rougeville, vous n'avez que dix minutes avant la relève ! Vite, vite !

Rougeville et Michonis, lampe-tempête à la main, se précipitent vers la cour du Mai.

La fausse patrouille de gendarmes nationaux est maintenant disposée en demi-cercle dans la cour. Larivière et Dufresne patientent avec angoisse devant l'entrée de la prison. En les voyant arriver, Larivière ouvre immédiatement la porte.

— Vite, vite, dit-il, mais que faisiez-vous ? Voilà plus d'une heure qu'on vous attend !

Tout le monde s'engouffre à l'intérieur sauf Dufresne qui reste dehors pour faire le guet.

Ils courent dans le couloir des prisonniers en franchissant les guichets, puis tournent à gauche dans le corridor noir. Larivière ouvre toutes les serrures.

— Vite, vite ! recommande Michonis.

La porte s'ouvre, la Reine et Gilbert sont là, prêts à sortir.

— Vite, Madame, vite ! dit Rougeville.

Sans prononcer un mot, la Reine se précipite vers la sortie. Le petit groupe refait le chemin inverse dans le silence…

— Prenez garde, Madame, de bien baisser la tête, la poutre est basse ! dit Rougeville.

Lorsqu'ils passent devant le guichet proche de l'avant-greffe, la porte est ouverte, Richard et sa femme sont là.

— Bonsoir, Richard, dit Michonis, nous ramenons la veuve Capet au Temple !

— Très bien ! répond Richard.

Au moment où la Reine passe à sa hauteur, il lui rend son carlin. Elle s'en empare vivement.

Il reste encore cinq mètres à parcourir avant la sortie, et ce sera la fuite vers l'Allemagne, mais au moment de franchir le seuil, le gendarme Dufresne apparaît, croisant sa baïonnette dans l'encadrement de la porte.

— Halte ! On ne passe plus !

— Qu'est-ce qui te prend, Dufresne, es-tu devenu fou ? Ote-toi de là immédiatement ! ordonne Michonis.

— Si vous voulez faire sortir la veuve Capet, dit Dufresne livide sur un ton hésitant, donnez-moi un ordre écrit, citoyen administrateur, et je la laisse passer !

— Comment ! Tu oses me menacer de ton arme ? dit Michonis. Tu sais que j'en ai fait guillotiner pour moins que cela !

Les hommes de la fausse patrouille, fusil à baïonnette à l'horizontale, s'approchent menaçants.

— Puisque je vous dis qu'avec un ordre écrit, je la laisse sortir, citoyen administrateur, dit Dufresne qui commence à fléchir. Donnez-moi donc un ordre écrit !

— Mais, crétin, puisqu'on évacue la veuve Capet dans une autre prison, le problème ne se pose plus ! hurle Michonis.

C'est alors que la femme Harel, une expression mauvaise sur le visage, apparaît dans l'encadrement de la porte. Provocante, elle se place aux côtés de Dufresne, les bras croisés.

— Allez, laissez tomber, citoyen administrateur, votre affaire est foutue ! Puis se tournant vers Dufresne : Ballot, si tu laisses sortir la louve, nous allons tous passer sur la bascule à Robespierre ! Réfléchis, imbécile : ta tête, elle vaut quand même plus que cinquante louis d'or, non ? Eh, vous, les bougres ! Vos têtes ne valent-elles pas mieux que cela ! Non ? Quant à toi, le chevalier du Poignard, tu pourras même dormir en paix, car j'ai reçu l'ordre de fermer mon bec. On ne doit pas savoir quels sont les patriotes que tu as achetés !

— De quoi te mêles-tu, putain ! répond Rougeville. Puis s'adressant au gendarme Gilbert : Mais tue-les ! Vas-y, tire ! Mais tire sur ces salopards, nom de Dieu ! Tire, tire ! Il s'adresse à la patrouille de faux gardes nationaux qui ont mis en joue Dufresne et Marie Harel : Tirez, c'est un ordre !

Le gendarme Gilbert met la Reine en joue en appliquant le canon de son fusil contre sa tempe.

— Si vous tirez, je la tue !

— Gilbert ! éructe Rougeville, tu as osé toucher la Reine de France, tu es un homme mort !

Par ce geste qui paralyse la défense, Gilbert vient de faire échouer la conspiration des œillets. Il le payera de sa vie.

— Arrêtez, pour l'amour de Dieu ! supplie la Reine les larmes aux yeux.

— Vous, dit Gilbert aux faux gendarmes, baissez vos armes ou je tire ! Puis à Rougeville : Il ne faut tout de même pas exagérer, l'aristocrate ! Nous n'allons pas tirer sur nos bougres, et puis Marie a raison, nous n'allons pas perdre nos têtes pour tes cinquante louis !

Rougeville hurle de rage :

— Crapules ! Vous l'avez pourtant bien aimé mon or, hein ? Bande de vautours ! S'adressant à la femme Harel : Toi, le mouton, tu ne perds rien pour attendre, tu finiras comme Marat et Le Peletier d'un bon coup de poignard ! Si moi je peux dormir en paix, toi, la garce, tu ne connaîtras jamais le repos, fais-moi confiance, je vais m'occuper personnellement de toi !

La Reine tente de s'interposer, les yeux noyés de larmes :

— Allons, allons, messieurs ! S'adressant à Rougeville qui enrage : Monsieur le chevalier, nous avons fait un beau rêve, il est fini !

Michonis crie soudain :

— Attention ! La garde montante ! Gilbert et Dufresne, vite, ramenez la Reine chez elle, vite ! Filez tous ! Rougeville, fuyez par la cour du Mai ! Larivière, rentre et ferme la porte derrière toi, n'oublie pas que tu es censé être de garde, et toi, Harel, fous le camp ! Puis s'adressant à la fausse patrouille : Retirez-vous sans précipitation comme si vous exécutiez une ronde. Sortez vite de la cour !

En quelques secondes, tous les protagonistes ont disparu, tandis que la fausse patrouille se dirige lentement vers le portail de la cour du Mai et disparaît dans la pénombre. Elle évite de justesse la garde montante composée de six gendarmes sous les ordres du lieutenant de Bûne. Chacun porte une lampe-tempête.

— Bonsoir, citoyen administrateur, dit de Bûne à Michonis, quelle sacrée obscurité !

— Bonsoir, lieutenant, cela nous permet d'apprécier ce magnifique ciel étoilé !

— C'est exact, citoyen administrateur, dit de Bûne en observant le ciel, nous allons en profiter pendant notre ronde, mais à quelle section appartiennent donc ces gendarmes que j'ai vus sortir ?

— Je n'en sais rien, lieutenant, c'est très curieux, ils n'avaient pas l'air d'être au courant de leur mission ! Je les ai envoyés à la section du Muséum !

— Vous avez bien fait, c'est étrange !

Il frappe à la porte :

— Ouvre, Larivière, c'est de Bûne ! La porte s'ouvre, il s'adresse à deux gendarmes de sa troupe : Lamarche et Prudhomme, allez remplacer Gilbert et Dufresne ! Nous, nous allons continuer notre inspection. Il est curieux qu'on ait omis d'allumer les lampadaires. Depuis que je suis affecté ici, c'est la première fois que cela se produit. Cela m'inquiète, je vais faire une ronde du côté des quais pour vérifier si tout est normal. Bonsoir, citoyen administrateur !

— Bonne ronde, lieutenant, dit Michonis.

Le lieutenant de Bûne disparaît derrière le mur de la cour du Mai. Michonis s'entretient quelques instants avec les nouveaux gendarmes Lamarche et Prudhomme.

Pendant ce temps, le baron de Batz attend avec anxiété le retour de Basset. Celui-ci a bien posté ses hommes sur les quais et disposé la fausse patrouille dans la cour du palais. Lorsqu'il est enfin de retour, de Batz l'interroge vivement :

— Basset, cela fait quinze minutes qu'ils sont partis, c'est trop long ! Vos hommes ont-ils bloqué les quais ?

— Bien sûr, monsieur, Michonis et le chevalier de Rougeville attendent probablement l'instant propice pour sortir.

— J'ai un mauvais pressentiment, mon ami, depuis le début de la soirée cette affaire se présente mal !

— Regardez, monsieur, le chevalier de Rougeville revient en courant, il est seul !

De Batz se précipite hors de la voiture. Rougeville, le souffle court, annonce d'une voix saccadée :

— Monsieur le baron… la femme Harel… et le gendarme Dufresne – il avale sa salive –, ils ont empêché la Reine de sortir !

— Quoi ? s'exclame de Batz livide.

— Cette garce d'Harel a persuadé le gendarme Dufresne qu'il risquait sa tête s'il laissait sortir Sa Majesté !

— Mais, Rougeville, il fallait les tuer ! Pourquoi nos hommes n'ont-ils pas tiré ?

— Ils l'auraient fait de tout cœur, monsieur, mais Gilbert a menacé la Reine de son mousquet en l'appliquant contre sa tempe. Je ne pouvais prendre un tel risque. Pour comble de malheur, la garde montante a fait irruption au même moment. C'est un miracle qu'elle n'ait pas intercepté la fausse patrouille !

— Où est Michonis ? demande de Batz.

— Il donne le change en bavardant avec les gendarmes de la garde montante…

— La femme Harel va sûrement nous dénoncer ? dit Basset.

— Oh ! sûrement pas, dit Rougeville. Elle ne dénoncera personne. Elle a reçu l'ordre de se taire et j'ai l'impression qu'elle veut protéger son amant.

— Qui est son amant ? demande de Batz.

— Dufresne ! Cette ordure est pourtant mouillé comme les autres, il a encaissé les cinquante louis d'or, et la garce le savait dès le début. Elle n'a rien dit.

De Batz reste silencieux, son regard est fixe, il réfléchit puis murmure :

— Dire que Gilbert a osé menacer Sa Majesté de son mousquet, il mourra !

— Monsieur le baron, dit Basset, j'ai plus de cinquante hommes armés, laissez-moi attaquer la Conciergerie, je vous promets de libérer la Reine en moins de douze minutes !

— Les risques de la tuer sont énormes ! dit Rougeville.

— Monsieur, je vous en prie, dit Basset avec véhémence, cette obscurité est une occasion inespérée de libérer Sa Majesté, la garde est réduite, de Bûne n'a laissé que deux gendarmes pour garder l'entrée, il est parti effectuer sa ronde autour du quartier, et j'ai plus de douze cavaliers armés qui tiendraient éventuellement tête à Du Mesnil s'il revenait. Avec ma fausse patrouille et les trente-quatre hommes de Lemille, la prison tomberait en quelques minutes !

De Batz réfléchit toujours, il ne répond pas.

— Il vous faudrait tuer Louis Larivière, les Richard et tous les gendarmes, dit Rougeville, la fusillade attirerait toutes les sections des Arcis, du Muséum et de Saint-Michel, et vous seriez pris au piège dans cette prison. En outre, les autres seraient capables de tuer la Reine avant que vous vous en empariez, vous n'avez aucune chance de réussir sans mettre la vie de Sa Majesté en danger.

— C'est malheureusement évident, dit seulement de Batz.

— Monsieur le baron, s'écrie Basset, les larmes aux yeux, n'abandonnez pas la Reine ! Monsieur le baron… Cette chance ne se représentera peut-être plus jamais !

Michonis arrive à son tour, la mine défaite.

— Nous avons été trahis, souffle-t-il.

— Michonis, demande de Batz, quelle chance avons-nous de libérer la Reine en attaquant immédiatement la Conciergerie ?

— Aucune, monsieur le baron ! Le lieutenant de Bûne est revenu précipitamment de sa ronde, il a trouvé bizarre que le quartier soit plongé dans l'obscurité. Il se doute sûrement de quelque chose puisqu'il vient de demander deux sections du Muséum en renfort de protection…

De Batz quitte le petit groupe, traverse le quai des Morfondus pour rejoindre les bords de la Seine. Il s'assoit sur un banc au bord de l'eau et réfléchit. Il demeure ainsi, pensif et silencieux, la tête entre les mains, observant la Seine qui coule à ses pieds.

Rougeville le rejoint et s'assoit à ses côtés.

— Il faut immédiatement appliquer le plan suivant, dit de Batz qui regarde toujours couler l'eau du fleuve.

— Si vous saviez, monsieur, comme la mort m'eût été plus douce ce soir que de revenir devant vous sans Sa Majesté !

De Batz sort de sa rêverie.

— Nous sommes tous dans le même état d'esprit, mon ami, c'est Michonis qui nous a retardés. Gilbert est un lâche et un délateur. Il a commis un double crime. D'abord celui de lèse-majesté en osant menacer la Reine de son arme. Il doit mourir pour cela. Son deuxième crime a été de nous empêcher d'utiliser nos armes pour abattre les deux traîtres Harel et Dufresne. C'est lui qui doit concentrer notre vindicte, les chevaliers du Poignard vont lui faire payer sa trahison... Et puis, Rougeville, ne soyez pas offensé par cet échec, vous avez fait du bon travail, seul le sort a été contre nous, nous aurions dû réussir, et nous réussirons la prochaine fois !

— Pourtant, monsieur, la plus grande offense que je puisse éprouver ce soir, c'est bien d'avoir échoué !

— Nous allons recommencer, mon ami, je ne lâcherai pas !

Le jeune Basset est assis prostré sur le marchepied de la berline, des larmes de rage coulent sur ses joues. Il dit à Michonis, les mâchoires serrées :

— Alors, on ne fait rien ? On l'abandonne ?

— Calme-toi, mon petit, ce sera pour une autre fois ! dit Michonis. Il ne faudrait pas qu'on s'attarde trop ici, j'ai peur que Du Mesnil nous tombe de nouveau dessus !

Je vais prévenir nos amis qu'il faut partir immédiatement.

Basset n'en démord pas :

— Je n'aurais jamais dû vous demander la permission d'attaquer, vous avez par couardise laissé passer une chance inespérée – il se lève. Je vais libérer mes hommes qui sont postés sur les quais. Si Du Mesnil revenait, je ne veux pas qu'ils meurent pour rien !

— Mais, Jean-Baptiste, n'aie aucun regret, tu n'avais aucune chance, ne regrette rien, mon petit.

— Quel lâche vous faites ! Je ne peux m'empêcher de songer à cette pauvre Reine… Quelle horreur que de la voir retourner dans son cachot ! Jusqu'à mon dernier jour, je ne pourrai l'oublier et je ne me le pardonnerai jamais. La prochaine fois, nous ne prendrons l'avis de personne pour agir, c'est nous, le peuple, qui déciderons !

Il disparaît dans l'obscurité.

Michonis rejoint de Batz et Rougeville sur les bords de la Seine :

— Pardonnez-moi de vous interrompre, mais il devient dangereux de rester ici, Du Mesnil peut revenir à tout moment !

— Où donc est passé Basset ? demande de Batz.

— Il est blessé et révolté, il est parti libérer ses hommes. Je vous propose de nous retrouver chez Fontaine, je pars devant !

— Ne comptez pas sur nous, dit de Batz sèchement. Bonsoir, Michonis !

— Bonsoir, messieurs !

Michonis se dirige vers sa voiture tandis que les deux autres rejoignent la leur.

De Batz ordonne au cocher :

— A l'adresse habituelle !

La voiture roule à vive allure sur le quai de l'Horloge. Dès qu'elle a dépassé la tour César, les lampadaires sont à nouveau éclairés. Elle tourne à gauche sur le pont au Change et passe sur la rive droite de la Seine. Les deux hommes sont silencieux. L'ambiance est lourde. La voiture vibre bruyamment sur les pavés. De Batz regarde distraitement défiler la rue Saint-Honoré, déserte et sombre. Sortant de sa rêverie, il demande à Rougeville :

— Dites-moi, mon ami, êtes-vous certain que nous n'avions aucune chance en attaquant ce soir ?

Rougeville réfléchit un long moment avant de répondre :

— Franchement, je ne sais plus, monsieur le baron, mais ce dont je suis sûr, c'est que nous avions une chance sur deux de tuer Sa Majesté dans les combats !

— Je n'aurais jamais pris un tel risque, alors n'ayons aucun regret. En revanche, il nous faut mettre sur-le-champ en application le plan suivant.

— C'est prévu, monsieur. Les hommes sont en alerte !

— Combien sont-ils ?

— Mille cinq cents prêts à intervenir à tout moment.

— C'est la stratégie que nous avions arrêtée à Charonne qui doit entrer en application. Nous allons en finir une fois pour toutes ! Quand les terroristes feront sortir la Reine de la Conciergerie pour son procès ou pour toute autre raison, nous l'arracherons par la force des griffes de ces monstres ! Dites-moi, Rougeville, connaissez-vous bien tous ceux qui doivent passer à l'action ?

— Monsieur le baron, dit Rougeville en souriant, il n'y a pas un seul aristocrate parmi eux ! Il s'agit d'hommes du peuple qui sont prêts à mourir pour leur Reine ! Ils ont tous été recrutés par Lemille et Basset.

— Mais alors, quels sont leurs états ?

— La majorité sont des artisans qui logent autour de la Conciergerie, la plupart sont des perruquiers qui ont perdu leur emploi avec la Révolution !

— Je sais, Villequier avait contacté leur chef. Une Auvergnate, n'est-ce pas ?

— Oui, monsieur, une Auvergnate du nom de Catherine Fournier. C'est elle qui les commande et, tenez-vous bien, la malheureuse est aveugle et bossue !

— C'est donc vrai, cette histoire ? Ces hommes seraient commandés par une femme aveugle… Franchement, Rougeville, je n'ai pas le cœur à rire ce soir.

— Je vous affirme que c'est un sacré chef, monsieur le baron ! Une ancienne dentellière qui a perdu la vue par la longue pratique de son métier.

— Je sais, nous en avions déjà parlé. Je l'ai aidée jadis financièrement !

— Elle est même très respectée chez les royalistes, et ce n'est pas tout : dans son combat, la femme Fournier est secondée par son fils.

— Tout de même, elle a un fils pour la seconder !

— Oui, mais il n'a que seize ans ! Nous l'avions évoqué à Charonne.

— Je m'en souviens, répond de Batz. Seize ans, dites-vous ? Rougeville, mon ami, ma crédulité a des limites, vous exagérez !

— Et ce n'est pas tout ! Rougeville est saisi lui aussi du même rire nerveux : Savez-vous quel est l'état de son fils ?

— Parce que à seize ans il a déjà un état ? Décidément, plus rien ne pourra m'étonner ce soir !

— Il est décrotteur – les deux hommes éclatent de rire. Mais la mère Fournier est secondée par d'autres jeunes perruquiers.

— Ah, vous me rassurez !

Contrecoup de l'énorme tension nerveuse qu'ils viennent de vivre, de Batz et Rougeville n'arrivent plus à maîtriser leur rire.

Au bout d'un moment, De Batz se ressaisit.

— Des perruquiers, disiez-vous ? Nous connaissons Basset et Lemille, qui sont les autres ?

— Il s'agit de quarante artisans qui forment l'âme de l'organisation.

— Sont-ils expérimentés ?

— Si vous saviez quels meneurs d'hommes ils font ! Quant à la vieille Fournier, elle est allée recruter des jeunes volontaires parmi les appelés de la dernière levée en masse. Elle s'est rendue en voiture jusqu'à Courbevoie où ils sont parqués. Si vous entendiez avec quelle fougue elle leur parle… Parmi eux, beaucoup sont originaires du département de la Gironde, ils ont la nausée de la guillotine. Basset fournit des matelas aux jeunes conscrits qui dorment sur la paille.

— Nous l'avions évoqué lors de notre réunion à Charonne, j'avais proposé à Basset d'en financer quatre cents. Mais je n'ai toujours pas compris cet engouement pour des matelas… au fait, pourquoi des matelas ?

— Ces hommes dorment à même le sol, monsieur ! Sur chacun d'eux, Basset a pris soin d'inscrire : "Vive le Roi Louis XVII !"

— Rougeville, tout cela semble irréel, comment supposer une seconde qu'une telle entreprise soit viable ? Qui pourrait croire que nous allons sauver la Reine de France grâce à une dentellière aveugle, deux perruquiers et un décrotteur de seize ans ?

— Croyez-moi, monsieur, Basset et la mère Fournier ont recruté cinq cent quarante artisans. Les horreurs que Fouquier-Tinville fait subir à la Reine ont bouleversé le petit peuple qui vit autour du palais !

— Vous prétendez que c'est la détention inhumaine à laquelle le boucher la soumet qui aurait provoqué cette prise de conscience ? C'est ahurissant... Cinq cent quarante comploteurs et pas un noble parmi eux ! J'avais donc raison, Rougeville, de croire en la monarchie constitutionnelle. Le peuple voulait la liberté avec le Roi. Vous verrez, Rougeville, que ce bon peuple commence à comprendre son erreur et qu'il le rétablira quand nous le débarrasserons des terroristes !

— Je n'en suis pas si sûr, monsieur.

— Pourquoi douteriez-vous de nos intentions de libérer le peuple, mon ami ?

— Parce que lorsque le peuple sera libéré des terroristes, si jamais cela se réalise un jour, il demandera plus que la monarchie constitutionnelle. Vous ne pourrez jamais reprendre une certaine forme de liberté qu'il aura acquise !

— Dites-moi, Rougeville, depuis quand les terroristes ont-ils donné la liberté au peuple ?

Rougeville ne répond pas, ils demeurent tous deux silencieux. Au bout de quelques instants, de Batz dit :

— Il serait temps, Rougeville, que cette révolution prenne fin !

— Ne pensez-vous pas, monsieur le baron, que rien ne sera plus comme avant ?

— Peut-être, mon ami, mais ce ne seront pas nous, les nobles, qui rétablirons la monarchie constitutionnelle. Observez aujourd'hui ce petit peuple de France qui complote pour sauver sa Reine bien-aimée. C'est la manifestation d'un attachement du peuple à son Roi ! Sans lui, le peuple se sent orphelin. C'est un épisode étonnant qui va enrichir l'Histoire de France que nous laisserons à nos enfants. Quelle magnifique page de souvenirs, n'est-ce pas ! Rendez-vous compte,

Rougeville, la Reine de France libérée par un complot de perruquiers, un complot monté par le peuple ! Il répète à voix basse pour lui-même avec une certaine exaltation : “Le complot des Perruquiers” ! Quel titre pour un chapitre de l’Histoire de France ne trouvez-vous pas, Rougeville ? “Le complot des Perruquiers” ! C’est fascinant ! Non ?

Soudain la voiture est rattrapée par un cavalier qui s’approche de la portière. Il lance à Rougeville :

— Arrêtez, arrêtez ! Bonsoir, monsieur le chevalier, vous allez tomber sur un barrage !

De Batz ordonne aux cochers de s’arrêter. Le messager n’est pas seul en selle. Derrière lui se tient une jeune femme blonde.

— Mais ce sont nos chers amis Guillaume et Elisabeth Lemille, dit de Batz.

— Précisément, monsieur, dit Rougeville.

Guillaume descend de cheval, Elisabeth reste en selle et sourit à de Batz. Dès qu’il reconnaît le baron, Lemille se découvre respectueusement et s’incline.

— Bonsoir, monsieur le baron.

— Bonsoir, mes chers amis, que se passe-t-il ?

— Un barrage bloque le passage à l’angle de la rue Saint-Honoré et de l’ancienne rue Royale. Vous ne pouvez plus revenir sur vos pas, il y en a un autre derrière vous tenu par Botot Du Mesnil. Toutes les rues adjacentes sont gardées.

— Comment avez-vous fait pour passer ? demande Rougeville.

— Grâce au 221 de la rue Saint-Honoré : il possède une autre sortie qui donne dans la rue des Piques, un cheval passe aisément, mais pas une voiture ! Il vous faut abandonner la vôtre et continuer à pied.

— Sont-ils nombreux devant ?

— Non, monsieur, moins d'une dizaine. Ce n'est pas tout, je dois vous prévenir que le gendarme Gilbert vient d'adresser une dénonciation écrite au lieutenant-colonel Botot Du Mesnil où il est question de conspiration et d'œillets !

— L'ordure ! s'exclame Rougeville.

— Qui d'autre serait au courant ? demande de Batz.

— Je ne sais pas, monsieur.

— Quoi d'autre ?

— Cette brute de Du Mesnil a aussitôt prévenu le Comité de sûreté générale. Michonis est recherché, il faut le prévenir. Je vais le retrouver chez Fontaine !

— Par qui avez-vous été informé ?

— Par notre secrétaire du Comité, monsieur.

— Constant Labussière ?

— Oui, monsieur.

— Merci, Guillaume ! Aussitôt Michonis alerté, évitez de vous montrer, mon ami.

Guillaume Lemille et sa femme saluent respectueusement et disparaissent.

— Cette fois, nous sommes dans la nasse, dit Rougeville. Ils vont sûrement déclencher contre nous une formidable chasse à l'homme ! Monsieur le baron, si nous sortons indemnes de ce guêpier, il vous faudra quitter la France cette nuit même. Je vous propose d'éviter le barrage grâce à la double issue du 221, rue Saint-Honoré !

— Sûrement pas, mon ami. J'ai vécu des situations bien plus périlleuses. Cela fait longtemps que je suis recherché et les terroristes ne me font pas peur… J'affronte le barrage.

— Est-ce vraiment raisonnable ?

— Je n'abandonne pas ma berline. Il est quasiment impossible de s'en procurer une autre. Vous semblez oublier que nous avons vous et moi une nouvelle mission à remplir. C'est cette voiture qui emmènera la Reine en Allemagne !

— Dans ce cas, j'affronte le barrage avec vous.

— Si vous voulez ! consent de Batz

— Alors ? Quitterez-vous la France ce soir, oui ou non ?

— Voyez-vous, je vais être raisonnable, vous avez raison, ménageons la chance, je vais vous écouter, je passerai ce soir même la frontière bien que je ne l'aie pas prévu. Je vais me faire oublier quelque temps. Je vais en profiter pour rendre visite à cette armée de Condé. Pourquoi ne m'accompagneriez-vous pas ?

— Je vous suivrai dans huit jours, ma présence ici risque de compromettre l'action que préparent nos vaillants perruquiers.

— C'est exact.

— Il faut mettre toutes les chances de leur côté. Si nous nous faisions arrêter, nous les mettrions en danger. Ne risquez-vous pas d'être pris à la frontière ? s'inquiète Rougeville.

— Mon ami, je la franchis à un endroit où tous les douaniers sont achetés, je les arrose grassement à chaque passage !

— Pendant notre absence, qui dirigera les opérations ? s'inquiète Rougeville.

— Il faut laisser aux perruquiers un coordinateur qui maintienne la liaison avec nous, j'ai songé au chef des chevaliers du Poignard.

— Villequier ?

— Précisément. Je l'ai envoyé en mission à Vienne. Face à la menace qui se dessinait contre la Reine, je suis rentré précipitamment de Bruxelles en lui confiant plusieurs missions. Puisque l'occasion se présente d'y retourner, je vais en profiter pour solliciter de l'Empereur une somme très importante. J'avais chargé Villequier de s'en occuper, or, je n'ai aucune nouvelle... Quoi qu'il en soit, je ne m'absenterai pas très longtemps, je dois vous l'avouer, mon ami, les terroristes ne me font pas peur ! Et puis il faut résoudre une fois pour toutes le devenir de l'armée de Condé.

— L'armée de Condé, une armée ? Vous voulez rire, monsieur ! Plutôt un ramassis d'incapables engraissés par les frères du Roi. Ils attendent avec impatience la mort du petit Louis XVII pour s'accaparer la couronne de France. Jamais Sa Majesté la Reine n'acceptera de rentrer en France dans les fourgons des immigrés. Je ne pense pas que nous puissions compter sur eux. Notre nouveau plan pour sortir la Reine de la Conciergerie sera soumis aux cinq cents membres du complot par Basset la semaine prochaine et j'ai le concours de la vieille dentellière pour le faire exécuter.

— C'est très bien, mon ami, maintenant occupons-nous de ce barrage qui nous tend les bras.

— Quelle tactique adopter s'il faut ouvrir le feu ?

— C'est simple, dit de Batz, mes cochers sont des fantassins, ils connaissent mes instructions. A mon signal, le soldat de droite tire sur ses cibles de droite à gauche, celui de gauche, de gauche à droite. Quand leurs tirs se croisent, toutes les cibles doivent être atteintes. Je me charge de leur chef, et vous, vous tirerez de droite à gauche sur toutes les cibles encore debout !

— Quel sera le signal ?

— Quand je crierai : Pour la reine ! De Batz se penche à la portière et dit aux deux cochers : Gustave et Hans, enlevez vite vos capes et mettez les chapeaux de gendarmes français ! Sortez vos fusils et tenez-les de la façon la plus naturelle mais braqués vers l'avant.

Allez, avancez doucement. Pour ouvrir le feu, c'est le signal habituel !

— A vos ordres !

De Batz enlève précipitamment son grand manteau, ajuste l'uniforme de général français qu'il porte en dessous et se coiffe du chapeau aux plumets tricolores. Il tend à Rougeville le lourd fusil qui était dissimulé sous la banquette.

— Dieu, qu'il est lourd, savez-vous tirer à l'arquebuse, mon ami ?

— Voyons, monsieur le baron, dit l'autre en s'en emparant allégrement, vous oubliez que je suis un soldat !

— C'est bon, vous restez dans la voiture et vous tirerez à mon signal, en essayant si possible de m'éviter !

Il vérifie ensuite les deux pistolets qu'il porte à la ceinture et arme leur percuteur. Un grand silence s'installe dans la voiture qui cahote sur les pavés. Au bout d'un moment elle ralentit, la tête du cocher apparaît à la lucarne.

— Le barrage, monsieur le baron !

— Arrête-toi à leur niveau, et surtout attendez pour ouvrir le feu ! Combien sont-ils ?

— Sept, monsieur le baron.

— Oh ! sept, ce n'est pas la mer à boire ! dit Rougeville en remontant les percuteurs de son arquebuse.

La voiture s'arrête, de Batz bondit dehors en hurlant :

— Non, mais ce n'est pas possible de voir une telle désorganisation !

Les soldats interloqués voient sortir un général hors de lui qui demande :

— Qui commande ici ?

Le sergent hurle :

— Fixe ! Présenteeez… armes !!

Dans la voiture, Rougeville vise les soldats tout en veillant à cacher le canon de l'arquebuse derrière les courtines. Pourvu que cela marche encore ! pense-t-il.

— Qui commande ici, nom de Dieu ? répète de Batz.

— Moi, mon général, dit le sergent toujours au garde-à-vous.

— Pour quelle raison ne suis-je pas encore escorté par tes hommes ?

— Je n'ai reçu aucun ordre, mon général !

— Tu es donc aveugle et sourd aux ordres du colonel Botot Du Mesnil ?

— Je ne connais pas le…

— Tu ne connais pas le colonel Botot Du Mesnil qui attend de l'autre côté de la rue Saint-Honoré ?

— Non, mon général !

— Tu es un menteur. Présente-toi !

— Sergent Léger, mon général, du 6e voltigeurs, caserne des jeunes volontaires à Courbevoie !

— Du Mesnil m'a assuré que mon escorte m'attendait. Qu'en as-tu fait, crétin ?

Arrive un homme d'une cinquantaine d'années au visage large et grêlé, coiffé du bonnet rouge, la ceinture tricolore à la taille.

— Salut et fraternité, citoyen, j'assume la permanence de la section Saint-Honoré. Qu'ont fait ces soldats pour provoquer ta colère ?

— Salut, citoyen, on ne respecte pas les injonctions du Comité de salut public, je vais être obligé d'annoncer à Carnot que ses ordres sont bafoués !

— Ton accusation est grave, citoyen, c'est moi qui suis responsable de ce secteur, ton accusation m'est donc destinée. Quelle est ta mission ?

— Je pars sur le front nord inspecter Jourdan qui piétine, Carnot n'est pas satisfait des résultats de sa contre-offensive !

— Qui est dans la voiture avec toi ?

— Mon ordonnance.

— Puis-je viser ton ordre de mission ?

— Avec joie. Comme tu peux le voir, il est signé de Carnot ! Il y a une heure que je devrais être en route, je dois maintenant me justifier de ce retard, je vais être obligé de te charger, je ne peux faire autrement. Présente-toi, citoyen ?

L'homme ne répond pas, manifestement il ne veut pas dire son nom. Il lit attentivement l'ordre de mission, son visage pâlit.

— Que puis-je faire pour t'aider, citoyen général, et éviter ton rapport ?

— Donne-moi l'escorte que m'a promise Du Mesnil !

— Je n'étais pas au courant. C'est étonnant, Du Mesnil n'est pas responsable de mon secteur, mais de celui de Saint-Michel, quand t'a-t-il promis cette escorte ?

— Comment ? N'es-tu pas au courant ? La situation est très grave. On a attaqué la Conciergerie, l'Autrichienne est peut-être en Allemagne à cette heure-ci. Pendant ce temps, toi, tu ne fais rien… Tu dors. Alors que Saint-Michel et les Arcis sont en état d'alerte ! Botot Du Mesnil m'a même dit : “Pour parer au plus pressé, je vous alloue une escorte de la section Saint-Honoré, je vous donne les voltigeurs du sergent Léger !” Et tu n'es pas au courant de ce qui se passe dans ta section ? Sais-tu que ce manquement peut avoir des conséquences funestes pour toi…

Un sourire amusé apparaît sur le visage du sergent Léger.

— Effectivement, Léger est ici avec ses voltigeurs, je suis désolé de ce contretemps, citoyen général. Est-ce que sept cavaliers te suffiront ? C'est tout ce que je peux t'offrir. Je te préviens que ce sont les jeunes volontaires de la dernière levée en masse. Ils ne sont jamais allés au feu.

— J'espère que tu me donnes au moins des patriotes ?

L'homme semble embarrassé.

— Ils sont stationnés à Courbevoie, il paraîtrait que des éléments séditieux se seraient infiltrés parmi eux ! C'est tout ce que je peux te dire.

— J'espère qu'ils ne sont pas royalistes !

— J'espère que non. Girondins peut-être, ou Vendéens.

Le sergent tourne la tête pour cacher son sourire.

— Nom de Dieu ! dit de Batz, on peut dire que tu me fais là un sacré cadeau ! C'est bon ! Je ferai avec. De Batz se tourne vers le sergent : Allez, Léger, dépêche-toi, à cheval !

L'autre répond ravi :

— A vos ordres, mon général.

— Trois hommes devant moi, trois hommes derrière. Toi, Léger, tu te tiens sur le flanc gauche de la voiture à hauteur de ma fenêtre !

— A vos ordres, mon général.

— Salut et fraternité, citoyen général, dit le sectionnaire, et bonne chance dans ta mission, vive la République !

De Batz allait monter dans la berline, il s'arrête net, revient vers le sans-culotte avec un air sévère et dit en élevant fortement le ton :

— Je ne t'ai pas entendu dire une et indivisible, citoyen ? Serais-tu contre, par hasard ?

— Pardonne-moi, citoyen général, c'est un moment de distraction : Vive la République une et indivisible !

Tous les voltigeurs rient sous cape.

De Batz s'engouffre dans la voiture. La berline repart avec son escorte. A l'intérieur, Rougeville et de Batz ont une folle envie de rire. Le sergent Léger chevauche à leur côté et plonge souvent son regard à l'intérieur en riant.

Rougeville regarde longuement de Batz et lui dit à voix basse.

— Mes compliments, monsieur le baron, quel talent de comédien ! Quand vous avez crié “vive la République”, j'ai éprouvé comme un malaise, mon arquebuse a failli partir toute seule !

— Rougeville, vous ne voulez vraiment pas m'accompagner à Bruxelles ?

— Non, monsieur, j'ai un travail à finir.

— Pourquoi rester huit jours de plus à Paris ? C'est inutilement dangereux.

— Je veux donner une leçon à Robespierre, à Fouquier et à Amar ! chuchote-t-il.

— Une leçon ?

— Je veux remettre à chacun des trois, et en main propre, un mémoire détaillé du complot des Œillets qui s'est déroulé à leur barbe. Je veux les couvrir de ridicule et les faire crever de rage !

— Mais c'est une folie ! Vous serez immédiatement arrêté.

— Cette entreprise est si énorme que je suis à peu près sûr de passer inaperçu. Monsieur le baron, qui pouvait imaginer qu'un chevalier du Poignard recherché par toutes les polices de France pourrait pénétrer impunément à la Conciergerie jusque dans l'antre du boucher ? Maintenant je veux remettre en main propre à ces trois chefs terroristes le rapport détaillé de notre complot des Œillets !

— Rougeville, vous êtes vraiment devenu fou ! Lorsque vous remettrez votre mémoire à ces tigres, ils risquent d'ouvrir l'enveloppe devant vous. Ils vous arrêteront immédiatement, c'est évident !

— J'aurai deux enveloppes, l'une contenant une liste de suspects imaginaires, et l'autre contenant le mémoire. Selon l'intention de mon interlocuteur de l'ouvrir ou non en ma présence, je donnerai l'une ou l'autre.

— Comment pourrez-vous le prévoir ?

— Je donnerai mon mémoire quand je serai certain que mon interlocuteur ne l'ouvrira pas en ma présence ?

— Et comment pourrez-vous en être sûr ?

— Parce que je les aborderai toujours à un moment où ils auront quelque chose de plus urgent à faire que de m'écouter !

— Vous prenez des risques invraisemblables, mon ami.

— Monsieur le baron, c'est mon seul luxe.

— Votre signalement doit être placardé partout, et si quelqu'un vous reconnaissait ?

— Impossible. Je serai grimé de telle sorte que je serai méconnaissable. En outre, je m'enduirai de graisse de bouc. Impossible de résister plus d'une minute à son odeur pestilentielle sans s'enfuir. Le bouc, c'est une petite attention que je réserve tout particulièrement au boucher !

— Rougeville, vous êtes encore plus fou que je ne l'imaginais !

— Dès que je lui aurai remis mon enveloppe, mon interlocuteur n'aura qu'un seul désir : s'éloigner le plus vite possible de moi !

— Et où vous cacherez-vous durant ces huit jours ?

— Là où nul ne songera me trouver. C'est vous-même qui m'en avez vanté les mérites.

— Les carrières de plâtre, je parie ?

Rougeville se penche vers de Batz et lui dit à l'oreille :

— Assurément ! Celles de Montmartre où j'aurai le loisir de rédiger tranquillement mes attaques contre ces monstres et de me grimer à ma guise. Quelle jouissance que de leur remettre en main propre mon mémoire ! Je n'ai qu'un regret : celui de ne pas assister au spectacle de leur déconfiture quand ils liront mon texte.

Dehors, le sergent Léger, toujours souriant, les observe avec bienveillance.

— Ne trouvez-vous pas que nous l'intéressons un peu trop ? demande Rougeville.

— C'est vrai, que signifient ces sourires affables ?

— Je ne sais pas. Rougeville, mon ami, je voudrais vous poser une question qui peut vous paraître inconvenante.

— Laquelle, monsieur ?

— Qu'est-ce qui vous pousse à risquer ainsi votre vie pour la Reine ?

Rougeville accuse le choc, mais répond aussitôt :

— Je suis un légitimiste, monsieur le baron, je me bats pour mes convictions.

De Batz ne peut s'empêcher de sourire, il lui dit d'une voix douce :

— Vous mentez, Rougeville, vous avez d'autres motivations, bien plus romanesques !

— Que voulez-vous dire, monsieur ? demande Rougeville tout pâle.

— Que vous êtes prêt à mourir pour elle. Fersen et vous êtes animés de sentiments identiques, mais Fersen, lui, ne sait que gémir tandis que vous, vous risquez votre vie pour elle !

— Monsieur, je partage les mêmes sentiments que lui parce que nous sommes tous deux des monarchistes convaincus.

— Taratata, Rougeville ! Vous êtes amoureux de la Reine.

Le visage de l'autre s'empourpre jusqu'aux oreilles.

— Monsieur le baron, comment pouvez-vous…

— Et même amoureux depuis toujours, mon ami, depuis Trianon et peut-être même avant. Nous le savions depuis longtemps. A Versailles, vous passiez des heures à l'attendre, ne fût-ce que pour la voir passer. Savez-vous comment on vous appelait à cette époque ?

— Mais, monsieur le baron…

— "L'amoureux de la Reine" ! Mon ami, pourquoi vous en défendre ? C'est merveilleux ! Et je vais vous dire une chose qui vous fera certainement plaisir : j'ai appris par Fersen que la Reine l'avait remarqué dès le début.

— Fersen ! Fersen ! Il parle à tort et à travers. Il se lamente à Bruxelles tandis que nous nous battons pour elle.

— Elle est convaincue aujourd'hui que vous ferez tout ce qui est humainement possible pour la sauver, elle sait aussi que vous l'aimez.

Les yeux de Rougeville s'emplissent de larmes, il balbutie :

— Comment pouvez-vous affirmer cela, monsieur !

— A part les hommes d'Eglise pour qui le sacrifice de la vie est une vocation, quels sont les fous comme vous et moi qui ont l'inconscience, en pleine Terreur, de narguer la guillotine ! Et vous, en plus, vous avez pénétré dans son cachot ! Qu'est-ce qui peut pousser un homme à affronter de tels périls ? La politique ? Pas assez fort ! Et si tel était le cas, il y a longtemps que d'autres nous auraient imités. Non, mon ami, seule une passion amoureuse, folle, aveugle, irraisonnée, justifie une telle bravoure !

Rougeville est accablé, il lance avec véhémence :

— Et vous, monsieur ? Vous n'êtes pourtant pas amoureux d'elle ! Alors, quelle est votre motivation ?

L'expression du visage de de Batz devient dure.

— Moi, c'est différent, je n'aurai de cesse que de venger le Roi.

Après quelques minutes de silence, Rougeville, blessé, demande dans un mouvement d'humeur :

— Pouvez-vous me déposer ici, monsieur, je m'éloigne de mon chemin, je désire rentrer à pied.

— Vous ne venez donc pas avec moi à Bruxelles ? demande hypocritement de Batz.

— Non. Moi aussi j'ai une vengeance à assouvir. Bonsoir, monsieur le baron.

— Eh bien, adieu, mon ami !

Rougeville, abattu, descend de voiture. Il croise sans le voir le sergent Léger perché sur son cheval. Quand il parvient à sa hauteur, ce dernier lui dit en se penchant bien bas pour que nul n'entende :

— Que Dieu vous protège, monsieur le chevalier !

Quand Rougeville a réalisé, la berline et son escorte sont déjà loin…

C'est ainsi que le baron Jean de Batz, le royaliste le plus recherché de France, travesti en général républicain, s'enfuit vers la frontière belge, gardé par une troupe de jeunes soldats, royalistes pour la plupart, qui portent, eux aussi, sans conviction, l'uniforme des soldats de la République…

MARDI 3 SEPTEMBRE, TRENTE-TROISIÈME JOUR DE DÉTENTION, AU DOMICILE DU MAIRE DE PARIS, ONZE HEURES DU SOIR

11

L'argent sale de la République

Alors que se déroule le "complot des Œillets", le maire de Paris, Jean Nicolas Pache, tient une réunion secrète avec des membres influents du Comité de salut public. Le clan de Robespierre n'est pas censé y assister. Les conventionnels réunis là vont monnayer dans le plus grand secret le déclenchement de manifestations populaires afin d'obliger la Convention à voter des lois d'exception. Pourtant, ces manipulations financières, qui se déroulent en principe à l'insu de l'Incorruptible, vont lui permettre au contraire d'asseoir son pouvoir.

Nous sommes dans un salon traditionnel de l'époque révolutionnaire. Murs gris pâle, tentures aux rayures bleu et rouge sur fond blanc du style "Révolution française", meubles d'acajou sans aucun bronze, parquet de chêne dépourvu de tapis. Autour d'une table basse en bois clair, six hommes sont installés dans de petits fauteuils garnis du même tissu rayé que les rideaux. Au milieu d'une cheminée en pierre grise, trône le buste ricanant de Marat. C'est une des innombrables copies en plâtre que l'on retrouve un peu partout dans les communes et les sections de Paris, jusque dans les deux salles d'audiences "Liberté" et "Egalité" du Tribunal révolutionnaire.

Ces six hommes deviendront tous de tristes héros de la Révolution, non pour leur gloire, mais pour leur affairisme. Ce sont des hommes d'argent, qui portent l'opportunisme dans le sang. Ils se laisseront corrompre, à condition toutefois d'y mettre le prix.

L'hôte de ces lieux est Jean Nicolas Pache, le maire de Paris. Il est vendu aux émigrés. Lorsque le vent a tourné en faveur des montagnards, il a abandonné ses amis girondins. Il ne reculera devant rien pour plaire à ses nouveaux alliés en envoyant des girondins à la guillotine sans le moindre état d'âme. Il s'acoquinera même avec les plus extrémistes d'entre eux, dont le chef de file est le sinistre Hébert. Celui-ci s'est vendu pour deux millions au baron de Batz et à la coalition étrangère qui combat son pays. L'enjeu de cette transaction consiste à transférer la Reine de la Concierge-rie au Temple. Hébert a déjà touché le premier million.

Il dirige un journal ignominieux intitulé *Le Père Duchesne* qui, paradoxalement, vomit littéralement dans ses colonnes des flots d'obscénités sur la Reine qu'il propose de sauver. Camille Desmoulins l'a qualifié avec humour de "Homère de l'ordure".

La plupart de ces hommes sont détestés de Robespierre, Hébert en tête. Il voit en eux de dangereux agitateurs corrompus.

Il est onze heures du soir. Ces affairistes n'ont pas encore pris connaissance du "complot des Œillets" qui se déroule au même moment à la Conciergerie.

Qui sont-ils et pourquoi se rassemblent-ils en si grand secret ? Pour quelles raisons cette réunion a-t-elle lieu au domicile du maire et non au siège du Comité de salut public où elle devrait normalement se dérouler ?

Ils ont en fait deux buts inavouables : d'abord, décider du sort de la Reine ; ensuite, contraindre l'Assemblée, moyennant finances, à adopter des mesures ultra-révolutionnaires pour satisfaire les sans-culottes. En outre, il faut à tout prix donner au peuple l'impression qu'elles ont été adoptées spontanément par la Convention. Bien que cette réunion secrète soit dirigée contre Robespierre, l'avenir de la Reine et la radicalisation du régime sont deux sujets qui ne sauraient lui déplaire.

Ces hommes se réunissent aussi dans la clandestinité pour éviter que l'opinion publique n'apprenne que le sort de la Reine aurait été scellé d'avance. Si le peuple découvrait cette manipulation, il ne verrait plus dans le procès qu'il attend une manifestation de la justice populaire. Si l'opinion découvrait, en outre, que les lois révolutionnaires sont votées moyennant finances, les députés de la Convention et les membres du Comité de salut public seraient aussitôt discrédités. Enfin, si les sans-culottes apprenaient qu'Hébert et la municipalité sont vendus à de Batz, ce serait alors la fin de la République. On comprend que les individus installés autour de cette table prennent des précautions draconiennes pour garder leur réunion secrète.

Qui sont-ils ?

Il y a d'abord Cambon, le grand argentier du Comité de salut public. C'est un modéré qui préfère que la Reine soit déportée. Ensuite, Barère, chargé de l'intérieur. C'est l'ennemi acharné de Marie-Antoinette. C'est lui qui fait voter par la Convention toutes les lois d'exception. Puis Hérault de Séchelles, le diplomate chargé des affaires étrangères. Il est noble, réputé riche, beau et intelligent, doté de tout ce dont Robespierre est dépourvu : le charme, l'aisance, le don de la communication. Bien entendu, au vu de toutes ces qualités, Robespierre le hait. Cet aristocrate a rejoint le camp des ennemis de la Reine beaucoup plus par opportunisme que par conviction.

Enfin, Jean Bon Saint-André, un ancien pasteur défroqué comme le sont de nombreux révolutionnaires. Il est peut-être le moins véreux des six. Comme il s'occupe plutôt de marine que de lois d'exception, on pourrait s'étonner de sa présence. En fait, il est là pour récolter la somme de dix millions qui permettra la libération du port de Toulon ! Lui ne serait pas opposé à une déportation de Marie-Antoinette.

Le misérable Hébert assiste à cette réunion en tant que substitut de la Commune.

Tandis que la femme de Pache sert le café, on discute gros sous autour de Cambon.

Sur un petit bureau, adossé à un des murs du salon, un homme transcrit la séance : c'est Constant Labussière, un des secrétaires du Comité de salut public. Cet homme qui va entrer dans l'Histoire n'est pas n'importe qui. C'est un espion royaliste convaincu. Sans lui, nous n'aurions jamais connu le déroulement de ces occultes manipulations financières. Aussitôt la réunion terminée, Constant Labussière transmettra, par ses fameux bulletins secrets, le compte rendu de la séance à un Anglais du nom de Francis Drake qui réside à Gênes. Il les transmettra à son tour à Lord Grenville à Londres, ainsi les Anglais seront-ils informés quotidiennement des intentions du gouvernement français. On comprend difficilement que ces comploteurs aient commis l'imprudence de laisser assister à leur réunion une personne étrangère, et en laissant de surcroît des traces écrites de leurs malversations. Heureusement pour l'Histoire, la Révolution a été paperassière.

Les six compères vont débattre toute la nuit du sort de la Reine et du montant de leurs transactions financières avec le maire de Paris. Mais tous ont un même objectif : contrer, par des mouvements de rue, l'ascendant grandissant de Robespierre qui vient d'être élu, le 27 juillet, président de la Convention.

— Combien l'évêque Gobel a-t-il exigé pour abjurer sa foi ? demande Barère.

— Trois cent mille livres ! précise Cambon.

— Quoi ! s'exclame Hérault de Séchelles, nous devons payer trois cent mille livres pour un simple serment à la Constitution ? Mais c'est exorbitant[1] !

— C'est vrai, dit Cambon, mais n'oublie pas que sa mutation va rallier un nombre important de membres du clergé !

— Cela coûte bien cher à la France de se convertir au catholicisme constitutionnel ! dit le maire en riant. J'espère que le culte de l'Etre suprême que nous prépare Maximilien sera plus économique !

— Oh ! rien n'est moins sûr, rétorque Hérault de Séchelles.

— J'avais besoin initialement de dix millions pour libérer Toulon, dit Jean Bon Saint-André, je suis parvenu à négocier à quatre !

— C'est encore énorme, dit Cambon.

— Si tu peux faire mieux, surtout ne t'en prive pas ! Moi je trouve que nous nous en tirons à bon compte.

— Tu auras tes quatre millions demain soir à la séance de nuit de la Convention.

— Je voudrais maintenant qu'on envisage très sérieusement les journées du 4 et 5 septembre, dit Barère en s'adressant à Pache.

— Mes gens sont prêts à intervenir, j'ai tout organisé : le 4 septembre, ils marcheront sur l'hôtel de ville

1. En réalité, les révolutionnaires ne lui ont jamais donné.

pour demander du pain et, comme prévu, le lendemain, ils envahiront la Convention.

— De combien as-tu besoin pour payer tes hommes ? demande l'argentier.

— Il me faut cinq cent mille francs pour les meneurs de la journée du 4. Nos manifestants seront censés demander du pain à la mairie de Paris qui bien entendu en distribuera généreusement !

— En as-tu prévu assez ? s'enquiert Hérault de Séchelles. Il serait catastrophique que certains repartent les mains vides. Il ne faut pas lésiner sur les moyens quand il s'agit de montrer au peuple l'image de notre générosité. Il faut qu'on sache partout que la Ville de Paris a pourvu au manque de farine.

— J'ai fait fabriquer cinquante mille boules de pain, précise Pache.

— C'est bien. Et pour le 5, qu'as-tu prévu ? demande Barère.

— Hanriot nous refait le coup du 2 juin ! Il dispose ses canons autour de la Convention, fait envahir l'Assemblée par nos sans-culottes et l'oblige à voter toutes nos requêtes.

— Et cela coûtera combien ?

— Avec sept cent mille francs, on doit boucler l'affaire !

— Cela fait donc un million deux cent mille francs. Tu les auras demain matin à la première heure, je les déposerai moi-même à l'hôtel de ville, dit Cambon.

— En or ?

— En assignats, comme tout le monde !

— N'anticipons pas, dit Barère en ouvrant un dossier dont il extrait une feuille. Avant de débourser un seul franc, mettons-nous d'accord sur le déroulement de l'insurrection du 5 septembre, nous payerons après. J'exige qu'Hanriot ne retire ses sans-culottes de la

Convention que lorsque nous aurons obtenu satisfaction pour toutes nos demandes. Il ne doit pas lâcher sa mainmise sur les députés tant que ceux-ci n'auront pas voté les points suivants – Constant Labussière redouble d'attention. Je récapitule : d'abord, la levée d'une armée révolutionnaire de six mille hommes armés et de mille cinq cents canonniers dont on confie le commandement à Hanriot…

Hébert, qui était resté silencieux, l'interrompt brutalement :

— Sûrement pas Hanriot, Il est trop proche de Robespierre !

— Qui alors ?

— Ronsin, sans hésitation. Il a quand même défait La Rochejaquelein à Douai, c'est un grand tacticien, et c'est mon ami !

— D'accord pour Ronsin ! dit Barère. Je poursuis : je t'ai communiqué la liste des deux mille deux cent cinquante traîtres dans Paris. Il faut que la Convention décrète leur arrestation.

Pache acquiesce d'un mouvement de tête. Après quelques secondes de réflexion, il demande :

— Une fois arrêtés, où les enfermeras-tu ?

— Je pensais les répartir entre les Madelonnettes et Sainte-Pélagie.

— Sûrement pas. Ils seraient trop voyants ! Pour t'en débarrasser ensuite discrètement, mets-les loin de Paris, à Chantilly ou à l'Isle-Adam, ce sera plus facile !

— Tu as raison… Je continue : il faut faire voter un prélèvement de cent millions or en numéraire sur les bourgeois dont tu détiens la liste – Pache acquiesce encore.

— Combien encore pour faire voter tout cela ? demande Cambon en soupirant.

— C'est Chabot qui se charge de tout, répond Barère, il lui faut bien deux millions de francs pour acheter le vote d'une majorité, disposes-tu de suffisamment d'assignats ?

— J'en ferai imprimer pour deux milliards le 28 septembre, dit Cambon, mais je suis inquiet, la dévaluation est galopante ! Nous avons dévalué de plus de soixante pour cent. Gare aux répercussions sur nos besoins extérieurs !

— On se moque de ta dévaluation, réplique Hébert. J'aimerais bien qu'on aborde maintenant le sort d'Antoinette.

— Rien n'est arrêté, répond Barère, son sort est suspendu à deux facteurs : nos négociations avec l'Autriche et la tenue de son procès.

— Un de nos agents, dit Cambon, est en train de négocier des préliminaires de paix avec Bruxelles, l'Autriche et la Prusse. Ne pourrait-on pas, en éloignant le procès, tirer grand profit de cet objet ?

— Ce serait une folie de ménager la louve, hurle Hébert. Vous allez vous couper des sans-culottes qui sont votre seul soutien contre la bourgeoisie ! Toutes les sections demandent sa tête !

— Nous allons nous attirer les foudres de l'Autriche, insiste Cambon, déclencher un flot de haine qui empêchera à l'avenir la moindre négociation !

— Mais nous lui ferons un procès en bonne et due forme, et toutes les apparences seront sauves ! affirme Hérault de Séchelles en souriant.

— Dont le verdict sera ? demande Hébert.

— Mais je n'en sais rien, tout dépendra de l'Autriche, dit Barère.

— Donc tu n'es sûr de rien ?

— Exactement. En vue du procès d'Antoinette, nous attendons Fouquier-Tinville qui nous dira comment remanier le Tribunal révolutionnaire !

— Ah oui ? dit Hébert. Tu sembles oublier que votre Tribunal, prétendument révolutionnaire, a failli gracier cette grue de Charlotte Corday. Alors, permettez-moi de douter !

— Eh bien, nous t'invitons avec Pache à la prochaine réunion du Comité de salut public, cela devrait te rassurer, propose Barère.

— Moi, rassuré ? Je ne puis voir clair où il fait nuit, ni trouver des roses là où il n'y a que des poignards.

— Je te trouve bien pessimiste tout à coup, rétorque Jean Bon Saint-André.

— S'il vous reste un espoir de République, de Constitution, ou de salut de votre personne, vous vous trompez fort !

— Ah bon ! Et quoi encore ? dit Cambon en riant.

— Vous périrez tous. Cela est impossible autrement – Cambon lève les yeux au ciel.

— Qu'est-ce qui te prend ? lance Barère.

— Tous vos généraux vous trahissent, et tous vous trahiront, et moi le premier si j'étais votre général et si on me proposait un bon traité qui me conservât la vie !

Les autres se regardent amusés.

— Pour le moment, je trouve que notre armée ne défend pas trop mal tes intérêts ! dit Jean Bon Saint-André en faisant allusion à l'argent qu'il a touché de la coalition.

— Tous les juges qui ont condamné le Roi, y compris Pache et moi, ne pourront préserver notre vie. Ou alors il faudrait changer la face de l'Europe… Mais la France sera soumise et nous périrons tous !

— Voilà Hébert qui délire de nouveau, murmure Hérault de Séchelles.

— Ne te frappe pas ainsi, mon ami, dit Cambon en lui mettant la main sur l'épaule, grâce aux nombreuses relations que tu entretiens avec les rois d'Europe, tu en trouveras bien un qui t'amnistiera !

Tous les autres rient, ils pensent à ses tractations financières avec les émigrés. Hébert, faisant semblant de ne pas comprendre l'allusion, poursuit sa diatribe :

— Même une amnistie ne protégerait pas ta vie ! Au lieu d'être guillotiné, tu serais poignardé par un sicaire, comme Marat et Le Peletier.

— Pas toi, pas toi, dit Barère, ta grande amie la comtesse de Rochechouart sera là pour te protéger.

— Elle n'y pourra rien. Il reste une chose à faire. Terrible ! poursuit l'autre démonté.

— Diable ! Dis vite pour que nous nous mettions à l'abri ! dit Cambon en riant.

— Dans notre position actuelle, nous ne vivons que pour la vengeance et elle doit être immense – les autres se regardent amusés et étonnés. En périssant nous-même, laissons à nos ennemis tous les germes de leur mort ! Pratiquons une destruction si grande de la France que la marque n'en périsse jamais !

Barère se lève, prend sa sacoche et son chapeau à plumes tricolores et se dirige vers la sortie.

— J'ai assez ri. J'ai sommeil. Continuez cette passionnante élucubration sans moi ! J'ai eu une journée chargée. Bonsoir, merci pour le café !

— Attends, hurle Hébert, je n'ai pas fini !

Barère qui allait franchir le pas de la porte s'arrête, se retourne à demi, et attend avec des signes d'impatience.

— Pour opérer cette destruction, il vous faut satisfaire les sans-culottes, ils tueront tous nos ennemis ! La mort d'Antoinette, c'est pour eux… Celle des girondins, c'est pour nous… Et surtout, livrez-leur le pillage de nos ennemis !

Barère sort en levant les yeux au ciel et s'éloigne en haussant les épaules. Hébert vexé se lève, se précipite vers la sortie, prend son chapeau au passage, croise Fouquier-Tinville sur le seuil, ne le salue pas et sort en claquant la porte.

— Quelle outrance dans les propos du petit père Duchesne ! dit Jean Bon Saint-André en souriant.

— C'est normal, il faut bien qu'il fasse oublier ses tractations financières avec de Batz !

Les autres rient.

— Apparemment Hébert ne paraît pas très satisfait de son entretien avec vous, dit Fouquier-Tinville en entrant. Eh bien, salut et fraternité tout de même, citoyens !

Il est deux heures du matin. A cet instant précis, le gendarme Gilbert dénonce par une lettre au colonel Botot Du Mesnil la conspiration de l'Œillet.

Mercredi 4 septembre, trente-quatrième jour de détention, la Conciergerie, sept heures du matin

12

Rosalie Lamorlière

Quelques heures plus tard, Rosalie Lamorlière traverse la cour du Mai pour se rendre à ses fourneaux. Elle constate que les consignes sont encore plus rigoureuses. A la suite de la découverte du complot de l'Œillet, la cour est encombrée de nombreux gendarmes mandatés par le Comité de sûreté générale.

L'un d'eux siffle d'admiration en la voyant passer, puis l'interpelle :

— Où vas-tu, ma belle ?

— Dis, lance un autre, m'emmènerais-tu dans ta jolie prison ?

Les gendarmes éclatent de rire.

L'un d'eux tente même de lui prendre la taille :

— Avec toi je veux bien faire vingt ans de cachot !

Rosalie se retourne et lui décoche une gifle sonore.

— Ne me touche pas, bouseux !

L'homme tente de lui donner un coup de crosse, deux autres gendarmes l'arrêtent à temps. Le lieutenant de Bûne qui a assisté à la scène se précipite, plus personne ne rit.

— Toi, tu vas me le payer ! dit de Bûne au gendarme giflé, puis s'adressant à deux factionnaires : Sergents, emmenez-le au poste de commandement des Arcis, mettez-le au cachot ! Je m'occuperai de lui plus tard.

A Rosalie qui a les yeux larmoyants : Allez, Rosalie, c'est fini, tout va bien !

Rosalie ravale ses larmes.

— Que se passe-t-il, lieutenant, tous ces soldats, c'est pour qui ?

— Je ne sais pas ce qui se passe, Rosalie, tout le monde a disparu. Gilbert et Dufresne ont été emmenés je ne sais où. Jusqu'à la femme Harel qui est introuvable ! De l'ancienne équipe il ne reste que Larivière et toi. Je ne sais qu'une chose : Gilbert aurait déposé cette nuit une dénonciation à notre colonel qui s'est aussitôt rendu au Comité de sûreté générale. C'est après sa visite que tout s'est déclenché ! Je me demande ce qu'il a pu leur écrire pour déchaîner une telle fureur ! Sais-tu quelque chose à ce sujet, Rosalie ?

— Pas le moins du monde, lieutenant !

Le lieutenant Lebrasse fait irruption dans la cour :

— François, s'il te plaît, le colonel te demande.

— Excuse-moi, Rosalie, on m'appelle… Tu peux m'appeler François, tu sais… Je reviendrai à la Conciergerie en fin de journée, on pourrait boire ensemble un café à la cuisine ? Es-tu d'accord ?

Rosalie esquive sa réponse :

— A tout à l'heure, lieutenant, et merci !

Elle se présente devant la porte de la Conciergerie, un officier l'arrête :

— Où vas-tu ?

— Je suis la servante de la prison, je viens prendre mon service.

— Ton nom ?

— Rosalie Lamorlière.

Le lieutenant consulte sa liste.

— C'est bon, tu peux passer.

Elle longe le couloir des prisonniers puis tourne à droite pour se rendre aux cuisines. Elle croise Marie Richard, la mine défaite et de mauvaise humeur.

— Bonjour, madame, que se passe-t-il ?

— Je n'en sais rien, Rosalie. Dépêchez-vous, vous êtes encore en retard !

— J'ai été retardée par tous ces contrôles, madame.

— Dépêchez-vous de préparer le déjeuner de la veuve Capet !

Elle s'éloigne. Les deux gendarmes qu'elle croise habituellement dans le couloir sont confortablement installés à la table de sa cuisine envahie par la fumée du tabac. L'un d'eux est le sergent obèse âgé d'une quarantaine d'années. C'est lui qui assure habituellement l'ordre dans le couloir des prisonniers. Rosalie déteste cet homme qu'elle découvre dans sa cuisine. Il est petit, ventru et sale. Son uniforme porte des taches de graisse. Il arbore une barbe de plusieurs jours. Il est accompagné d'une jeune recrue décharnée, qui porte un uniforme trop grand. L'obèse se lève et interpelle Rosalie sur un ton peu amène.

— Quel est ton nom ?

— Tu veux rire ? Je te croise six fois par jour dans le couloir… Pourquoi fais-tu semblant de ne pas me reconnaître ? Tu sais très bien qui je suis.

— Mais encore ?

— Si tu désires entendre le son de ma voix, c'est Rosalie Lamorlière. Es-tu satisfait, petit sergent ?

— Foutre de mijaurée, mais pour qui te prends-tu ? On se fout de ton nom, ma petite ! Je dois relever l'identité de tous ceux qui entrent et qui sortent, tu respecteras les nouvelles consignes comme tout le monde, un point c'est tout !

Il se rassoit. Les deux gendarmes, goguenards, se balancent sur leur chaise en la regardant travailler. Ils ne parviennent pas à détacher leur regard de cette jolie fille dont la beauté les fascine. Elle, en revanche, ne leur prête aucune attention. Elle prépare le déjeuner de la Reine comme à l'accoutumée en faisant chauffer du chocolat dans une casserole. Elle vérifie ensuite si la chemise de jour qui est au-dessus du fourneau est sèche et bien chaude. Elle attise les feux des fourneaux sous le regard ironique des gendarmes.

— Dis, petite, lance l'obèse en bourrant sa pipe, c'est pour l'Autrichienne que tu te donnes tout ce mal ?

— Si on te le demande, tu répondras que tu manques d'information précise sur le sujet !

Elle verse le chocolat dans un petit pot qu'elle enveloppe aussitôt d'un linge pour lui garder sa chaleur et le pose sur un plateau à côté d'un pain au lait.

— Foutre ! Quel zèle ! lance l'autre en ricanant et en lui envoyant la fumée nauséabonde de sa pipe au visage. Je croyais pourtant qu'on ne servait plus les tyrans !

Les gendarmes se regardent en riant.

— Excuse-nous, ma petite, c'est pour ton bien qu'on te dit cela !

Rosalie se retourne brusquement.

— D'abord, je ne suis pas "ta petite", ensuite puisque tu sembles si pointilleux sur le règlement, peux-tu fumer dehors ton mauvais tabac, il est formellement interdit de fumer dans les cuisines ! A ta place, j'éviterai d'empoisonner cet office, si le lieutenant de Bûne te surprenait, ton grade, si minime déjà pour un soldat de ton âge, disparaîtrait définitivement !

Elle enveloppe la chemise chaude dans une couverture.

— Oh ! pardon, mais c'est nouveau ! répond l'autre en éteignant précipitamment sa pipe. Depuis quand les domestiques veillent-ils au respect des règlements militaires ?

— Depuis la Révolution ! Maintenant, s'il te plaît, ouvre cette porte, cela fait partie de tes attributions !

Rosalie Lamorlière s'empare de la couverture contenant la chemise chaude, la plie en quatre et dépose son plateau par-dessus ainsi que la paire de bottines bien astiquées. Elle franchit la porte, les bras chargés de tout cet attirail. Le sergent obèse tient le vantail à contrecœur. Elle sort de la cuisine, mais il la suit sans la quitter d'une semelle.

Dans le couloir des prisonniers, de nombreux soldats somnolent sur leurs chaises, mais chaque fois qu'ils la voient passer, elle suscite toujours en eux la même attirance.

C'est l'heure de l'errance pour les prisonniers. Comme chaque jour, on les oblige à déambuler jusqu'à huit heures du soir dans ce couloir aux odeurs insupportables. Le corridor est limité au fond par une grande grille de fer qui l'isole du parloir où des visiteurs agglutinés attendent un ami, un mari, un père ou un parent.

Rosalie avance impassible au milieu de cette faune, quand soudain, et comme chaque jour, quatre prisonniers de la noblesse, qui guettaient son passage, viennent vers elle.

— Mademoiselle, s'il vous plaît – l'un d'eux se découvre –, permettrez-vous ?

Rosalie sait ce qu'ils veulent. Généreuse, elle leur dit chaque fois :

— Oui, je permets, faites vite !

Les quatre hommes s'emparent avec respect des bottines de la Reine, se mettent à genoux, se les passent en les couvrant de baisers et, les yeux noyés de larmes, les reposent délicatement sur la couverture en se signant.

— Quelle grotesque idolâtrie ! dit le gros sergent.

Rosalie poursuit son périple toujours suivie de l'obèse. Trois fois par jour, elle franchit ce couloir pestilentiel, de ses pas égaux et réguliers donnant à sa démarche une note solennelle. Ils la regardent tous avec un mélange de fascination, pour sa grande beauté, et de respect, pour l'expression posée de ses traits. Elle paraît indifférente aux perceptions extérieures malgré son immense sensibilité.

A son ami Louis Larivière, porte-clefs du troisième guichet, elle ne manque jamais de décocher un gentil sourire, puis elle tourne à gauche dans ce cloaque qu'est le corridor noir. Parvenue devant la porte de la Reine, elle se heurte à deux nouveaux gendarmes et demande gentiment à l'un d'eux :

— Peux-tu m'ouvrir, s'il te plaît, je suis Rosalie Lamorlière.

Le gendarme interroge alors du regard le sergent ventru qui se tient derrière elle.

— Tu peux ouvrir, Desclozeaux ! Ce n'est que la domestique de Sa Majesté qui vient prendre son service !

Rosalie accuse le coup, mais avant de franchir le seuil du cachot, elle se retourne et assène à l'obèse :

— C'est à peine croyable, peux-tu m'expliquer pour quelle raison, en te croisant dans les couloirs, je ressens instantanément une impérieuse envie de vomir ? Toutefois, sais-tu que tu m'inspires une grande et profonde pitié ? Même si tu étais moins gras, moins vieux, moins laid, et surtout moins sale, je n'arriverais toujours pas à trouver une tricoteuse, la plus vieille et la plus édentée soit-elle, à qui tu puisses plaire !

Et elle referme la porte derrière elle.

Comme la garde à l'intérieur du cachot n'a pas encore été renouvelée, elle se retrouve seule avec la Reine qu'elle salue de sa petite révérence habituelle.

Marie-Antoinette, toujours aussi pâle, est allongée sur son lit. Tout en faisant un effort pour se lever, elle soulève le drap et Rosalie constate que sa chemise est encore souillée de sang.

— Rosalie, serai-je jamais débarrassée de ce tourment ?

— Madame, voilà une chemise chaude !

La Reine se met debout, enlève sa camisole de nuit pour enfiler le linge chaud. Rosalie s'empare du linge de nuit ensanglanté et le roule dans la couverture.

— Merci, ma fille.

La Reine enfile ensuite son déshabillé de piqué blanc et chausse ses pantoufles rabattues, tandis que l'autre dresse la petite table. Tout en parlant, Rosalie installe un napperon blanc amidonné. Elle pose l'assiette et les couverts parfaitement polis, la serviette de table immaculée et le carafon d'eau de Ville-d'Avray. Elle en remplit un verre scintillant de propreté.

La Reine est profondément touchée par la délicatesse de cette fille simple qui met tout son cœur à créer harmonie et propreté dans cet enfer nauséabond. Oui, c'est un vrai miracle que de trouver ce dévouement au sein de cette géhenne, accompli de surcroît par un être doué d'une telle beauté.

Tandis que Rosalie s'affaire, la Reine la contemple dans la lumière rasante du matin. Comme elle est belle ! songe-t-elle. Elle admire ses longs cils dorés, ses sourcils fournis d'adolescente et ses lourds cheveux bouclés qui prennent un éclat ambré. Le fin duvet blond de bébé, le nez droit et la bouche pulpeuse de petite fille. La Reine admire les grands yeux noisette si intimidés quand "sa princesse" la fixe et qui se remplissent de larmes à la moindre émotion. Rosalie Lamorlière ne serait-elle pas, songe la Reine, un de ces anges que la providence envoie habituellement à ceux qui endurent un martyre, pour leur rappeler que l'humanité est toujours présente, et qu'ils ne doivent jamais désespérer ?

La Reine ouvre le tiroir de sa petite table, en sort un bout d'étoffe et un morceau de laiton courbé qui était la tige de son ancien bonnet de veuve. Elle tend le tout à Rosalie.

— Ma fille, je ne puis disposer de rien, mais je vous donne avec plaisir cette monture de laiton et ce linon batiste que la couturière a rapporté.

Rosalie, le visage pourpre, s'incline en prenant les deux objets. Elle rayonne de joie, mais elle est si émue qu'elle ne peut articuler un mot. Elle les enfouit dans la poche de son tablier. Elle les conservera comme une relique jusqu'à sa mort et les fera coudre à même son linceul.

La Reine remue longtemps son chocolat avec sa cuillère, elle ne parvient pas à le boire.

— Je n'ai pas faim, Rosalie !

— Madame, vous perdez toutes vos forces !

La Reine pousse un soupir, puis entame avec difficulté son petit pain au lait.

— Rosalie, je suis très inquiète, MM. Gilbert et Dufresne ont été appelés en pleine nuit et ils ne sont pas revenus. Avez-vous des nouvelles de nos gendarmes ?

Rosalie gênée, les joues rouges :

— Non, Madame, je n'ai aucune nouvelle.

La Reine a remarqué son trouble.

— Avez-vous vu ce matin M. Michonis ?

— Non, Madame, je ne l'ai pas vu ce matin.

— Et Mme Harel ?

Rosalie, de plus en plus mal à l'aise, rouge comme une pivoine et les yeux humides :

— Non plus, Madame. Je n'ai vu que Mme Richard.

— Mais, Rosalie, vous a-t-elle dit au moins ce qu'ils étaient devenus ?

Rosalie, les yeux embués de larmes et les lèvres tremblantes :

— Non, Madame.

— Rosalie, mon enfant, pourquoi pleurez-vous ? Vous avez certainement appris quelque chose, il faut me le dire !

Rosalie éclate en sanglots.

— Ils ont tous disparu, Madame !

— Qui, Rosalie ?

— Gilbert et Dufresne, Madame, M. Michonis et Marie Harel !

— Seigneur, je m'en doutais ! Vous dites que Mme Harel a disparu ?

La reine se lève d'un bond et marche dans son cachot. Sachant qu'elle ne faisait pas partie du complot, elle demande maladroitement :

— Rosalie, pourquoi Mme Harel aurait-elle disparu ?

Rosalie Lamorlière, étonnée par cette question incongrue, arrête brusquement de pleurer.

— Mais je ne sais pas moi, Madame ! Madame pense que la femme Harel avait une raison de ne pas disparaître comme les autres ?

La Reine, se reprenant vivement de sa maladresse :

— Mais bien sûr, Rosalie, vous avez raison, pourquoi pas elle !

MERCREDI 4 SEPTEMBRE, TRENTE-QUATRIÈME JOUR DE DÉTENTION,
398, RUE SAINT-HONORÉ, HUIT HEURES DU MATIN

13

L'Archange de la Terreur

L'affluence est déjà dense à huit heures du matin dans la rue Saint-Honoré où se déploient toutes sortes d'étoffes, d'habits, de denrées… La foule déambule entre les étals de marchands disposés de part et d'autre de la rue. On voit des calicots de couleurs vives, des soies de Nankin, des mousselines de toutes les teintes, des tissus d'ameublement à la mode, bleu blanc rouge ; seuls les légumes, le pain et les pâtisseries sont rares. On ne trouve pratiquement plus de farine dans Paris et la viande est chère.

On suit un homme parmi cette multitude bigarrée. De dos il paraît grand et a fière allure. Il porte un chapeau souple à larges bords en daim brun. Il exhibe sur ses épaules un très long manteau de même teinte brune, mais de texture légère, qui descend jusqu'aux bottes. Il marche lentement. Il tient à la main une lourde sacoche en cuir fauve qu'il balance à chaque pas. En le suivant, on constate que le regard des femmes qu'il croise est admiratif. En réalité, il ne semble âgé que d'une vingtaine d'années et son visage d'enfant est d'une beauté insolite. Le teint est pâle, les yeux d'un bleu presque blanc donnent au regard une expression métallique. Le nez est droit, les lèvres, charnues et gourmandes, tranchent avec la sévérité de l'ensemble. De son chapeau émergent des cheveux blond cendré qui retombent en boucles sur ses épaules. Surprenante fantaisie dans ce visage glacé : il porte un grand anneau d'or à chaque oreille. Quel contraste entre cette charmante tête d'adolescent et ce regard d'une dureté étrange !

Un vendeur de journaux se dirige droit sur lui.

— Lisez *Le Père Duchesne* ! Lisez *Le Père Duchesne* ! *Le Père Duchesne* est bougrement en colère ce matin, on n'a toujours pas coupé la tête de l'Autrichienne ! Lisez la grande colère du Père Duchesne ! *Le Père Duchesne*, citoyen ?

L'homme achète le journal, paye sans dire un mot, puis reprend sa marche. De nombreux marchands ambulants lui proposent leurs produits.

— Pure cannelle de Chine, citoyen ! J'ai aussi celle de Ceylan, citoyen, moins chère ! J'ai aussi des mandragores contre le mauvais sort, une eau de mélisse toute fraîche, citoyen, et du gingembre frais si tu éprouves de la faiblesse pour satisfaire ton amie !

L'homme au chapeau ne peut réprimer un sourire.

Un vendeur d'oranges crie de son étal : "Portugal ! Portugal !" Un autre vend des parapluies aux couleurs nationales et crie : "Pluie ! Pluie !" Un homme aux pieds nus portant sur son dos un grand récipient d'étain tente de vendre son breuvage aux passants : "Coco ! Coco !"

L'homme au regard métallique s'arrête devant l'étal du vendeur d'oranges.

— Combien vends-tu tes oranges, citoyen ?

— Cent sous la livre, citoyen ! répond le vendeur intimidé par son expression.

— C'est un produit de luxe, comment te le procures-tu ?

— Un grossiste les importe du Portugal, citoyen !

— C'est légal, et tu les payes combien à ton grossiste ?

— Quatre-vingts sous la livre, citoyen !

— Achetée quatre-vingts et vendue cent : ton profit est correct ! Seulement tu les payes beaucoup trop cher, bien que tu respectes le Maximum, c'est bien, citoyen : donne-m'en quatre livres !

L'homme au chapeau paye le vendeur et dit en s'emparant des oranges :

— Sais-tu que tu achètes tes oranges au-dessus du cours, mon ami ? Ton grossiste accapare l'argent du peuple, donne-moi son adresse.

Le vendeur interloqué se demande qui est cet homme si sûr de lui.

— Mais, citoyen, je…

L'homme aux yeux bleu pâle le fixe en l'interrompant brutalement :

— Je t'ai dit que tu n'étais pas en cause, citoyen, puisque tu respectes la loi. Je veux contrôler les pro-fits de ton grossiste. Il semblerait que ce soit un traître qui ne respecte pas le Maximum. Donne-moi son adresse ou je serai obligé de te faire arrêter pour complicité de prévarication.

Sans hésiter, le vendeur lui tend un papier griffonné.

— Voilà, citoyen, mais surtout ne lui dis pas que c'est moi qui te l'ai donné, il ne me vendrait plus d'oranges, et j'ai une famille à nourrir.

— Il va falloir que tu trouves un autre grossiste, citoyen, car je pense que celui-là tu ne le reverras pas de sitôt ! Salut et fraternité !

Notre homme traverse la rue Saint-Honoré et se dirige juste en face vers une porte cochère qui porte le numéro 398. Elle est gardée par deux soldats en armes. Sur le fronton on peut lire : Maurice Duplay, menuisier ébéniste.

Quand l'homme au grand chapeau arrive à hauteur des soldats, ils croisent leurs baïonnettes.

— On ne passe pas, citoyen !

— Vous, vous êtes nouveaux ! Quelle était votre affectation avant d'être ici ?

— On était à Mayence, dans l'armée de Custine. Pourquoi nous demandes-tu cela, citoyen ?

— Vous étiez sous les ordres de ce traître ? Mais alors, vous serviez au 17e de ligne ?

— Effectivement, citoyen. Pourquoi ?

L'homme au chapeau se déride à peine.

— C'est moi qui ai fait arrêter votre général. Mon nom est Saint-Just, je suis membre du Comité de salut public. Je suis chargé de veiller sur le bon fonctionnement de nos armées. Je connais bien votre régiment, je l'inspecte régulièrement, vous êtes de bons et braves soldats, et nous aurions sûrement gardé Mayence, si le ci-devant Custine n'avait pas trahi… Bon, allez, maintenant ouvrez, et salut.

Les soldats s'empressent d'ouvrir la lourde porte cochère.

Saint-Just pénètre sous un porche imposant qui donne sur une arrière-cour close de mur. Les ateliers du menuisier Duplay s'appuient sur les deux façades opposées qui délimitent la cour. Une forte odeur de colle et de sciure prend à la gorge, poudre et copeaux de bois tapissent le sol, un bruit assourdissant et strident de scies et de rabots remplit les lieux.

Une jeune femme assise sous le porche, sur un tabouret bas, épluche des légumes qu'elle jette dans une bassine en terre cuite remplie d'eau. C'est Eléonore, la cadette des sœurs Duplay. Quand elle aperçoit le visiteur, elle se lève précipitamment et s'essuye les mains à son tablier.

— Bonjour, Louis, je t'attendais… As-tu déjeuné ?

— Oui merci, Eléonore. Mais je prendrais volontiers un peu de café… Tiens, voilà des oranges pour Maximilien. Je peux monter ? Il est seul ?

— Non, le perruquier est encore là.

— Pigeot est avec lui ?

— Non. Il est remplacé par le blondinet habituel, mais tu peux monter, il t'attend, je prépare le café !

A gauche, sous le porche, un petit vestibule sombre mène à un escalier très raide où flotte une forte odeur de soupe aux poireaux. Parvenu au premier étage, Saint-Just découvre à tâtons une porte étroite. Il frappe. Une petite voix d'enfant ensommeillé répond :

— Oui ?

Il entre, deux enfants somnolent. Ce sont ceux du menuisier Duplay. On doit traverser leur chambre pour accéder à la pièce voisine.

— Bonjour, Louis, dit le plus jeune dans un demi-sommeil.

— Rendormez-vous ! Je ne fais que passer.

Il traverse la chambre sur la pointe des pieds et ouvre la porte de la pièce mitoyenne. On découvre un homme assis de dos, les épaules recouvertes d'un large peignoir blanc. Le coiffeur qui s'affaire sur sa perruque nous est bien connu, c'est Jean-Baptiste Basset. Il remplace le perruquier Pigeot.

Un chien tout joyeux fait des fêtes au visiteur.

— Couché, Brount ! dit l'homme que l'on coiffe.

Saint-Just se débarrasse de son chapeau et de son manteau, s'assoit derrière l'homme en peignoir qui observe son reflet dans un petit miroir à main. Saint-Just, lui n'entrevoit dans le cercle du miroir que des yeux gris-bleu, voilés par la myopie.

— Bonjour, tu vas bien ? dit Saint-Just.

— Bonjour, ami, dit l'homme, alors raconte !

— C'est un complot de royalistes amateurs, mon cher ! Cette nuit ils ont tenté d'enlever Antoinette !

— Rien que cela ? répond l'homme d'un ton ironique.

Une porte s'ouvre au fond, un homme jeune apparaît. C'est le conventionnel Antoine Sergent, le fidèle des fidèles, le secrétaire particulier de l'homme que l'on coiffe.

— Salut, Antoine ! dit Saint-Just.

— Salut, Louis, alors Antoinette a failli prendre la clef des champs ? répond l'autre en riant.

Saint-Just ouvre sa sacoche et en sort un document.

— J'ai là une copie du rapport de l'officier qui a été alerté cette nuit par un gendarme. Ce serait un chevalier de Saint-Louis qui aurait monté une tentative d'évasion avec deux œillets !

— Avec deux œillets ? C'est une plaisanterie, dit l'homme au miroir.

— Si, si, dit Saint-Just en riant, il est question d'un plan d'évasion caché dans deux œillets. Tiens, lis le rapport, c'est une histoire très drôle.

Sans grande conviction, l'homme sort un bras de son peignoir, parcourt distraitement le rapport qu'il rend ensuite à son secrétaire en haussant les épaules.

— Ridicule ! Une simple intrigue de prisons ! Y a-t-il des complices de cette pantomime ?

— Sûrement ! J'ai suspendu les deux gendarmes et une servante qui la gardaient. Je crois que tout le personnel qui servait Antoinette est mouillé, à l'exception d'une gamine chargée du ménage et d'un porte-clefs qui semble si idiot qu'il a été mis hors de cause.

Jean-Baptiste Basset, qui s'affaire à saupoudrer la perruque de l'homme, n'a pas perdu un mot de cette conversation. Le visage de celui que l'on coiffe disparaît sous une pluie de poudre blanche, seuls ses yeux gris-bleu qui observent Saint-Just dans le miroir sont encore reconnaissables.

— Ne donne surtout aucune ampleur à ce complot de servantes, dit l'homme, cette histoire d'œillets couvrirait de ridicule la Convention et les Comités. J'en entrevois déjà l'auteur…

— J'ai deviné à qui tu penses, je parie que c'est le beau Suédois ! dit Antoine Sergent.

Une imperceptible expression d'ironie passe dans le regard de Jean-Baptiste Basset.

— Cela semble signé Fersen, dit l'homme au visage enfariné, mais je peux me tromper… Toujours aussi intrépide, le bougre ! On retrouve à chacune de ses tentatives le même type de complot, comme à Varennes, préparé sur un coup de tête, de façon brouillonne, faisant appel a des amateurs fanatisés et se terminant toujours aussi tragiquement – il rit de bon cœur. Sacré Fersen ! Veux-tu que je t'avoue une chose ?

— Je sais d'avance ce que tu vas me dire, dit Saint-Just.

— Eh bien oui ! Il m'est très sympathique !

— Rassure-moi vite, dit Sergent, s'il tombait entre tes mains, tu l'enverrais quand même éternuer dans la besace ?

— Mais, Antoine, tu mélanges tout, bien sûr, puisque ce qui le pousse à agir est toujours cette ridicule monarchie absolue ! Ses idées politiques sont pathétiques par leur archaïsme. Mes amis, songez quelques instants à l'homme qui lutte contre nous ! Quel personnage de roman ! Cet homme sert en un seul combat la femme qu'il aime et son idéal politique, franchement, ne trouvez-vous pas qu'il a beaucoup de chance ?

— Toi qui n'admires que la vertu au service de la chose publique, dit Saint-Just, je suis étonné de t'entendre faire l'apologie d'une simple passion amoureuse.

— Mais, Louis, tu es dans l'erreur, le mobile de cet amour est vertueux. De quoi est-il fait au juste ? Mais de fidélité ! De constance ! D'amour platonique ! De compassion ! De courage ! De sens de l'honneur ! C'est un héros de Corneille ! C'est Horace, aussi fanatique et borné que chevaleresque ! Dis-moi, mon ami, tout cela n'est-il pas digne d'intérêt ? Ta réaction m'étonne, une passion amoureuse au service de la vertu, cela ne te fait pas rêver ?

— Dis donc, c'est bien le culte de l'Etre suprême que tu nous prêches en ce moment ! dit Saint-Just en riant – l'homme rit aussi de bon cœur sous sa poudre. Eh bien non, mon ami, cet amour ne me fait pas rêver. Entre mon bonheur et tout le reste, j'ai choisi le reste !

Jean-Baptiste Basset a terminé sa coiffure. Il compte tirer profit de cette intéressante conversation. L'homme, que l'on ne voit que de dos, enlève la poudre de son visage à l'aide d'un racloir, puis se rince dans une cuvette. Le perruquier range ses affaires.

— Notre ami Pigeot est encore malade, dit l'homme, je vais avoir recours à vos services… Demain, est-ce possible ?

— Mais certainement, citoyen, dit Basset, à quelle heure désirez-vous que je vienne ?

— Si cela ne vous dérange pas, un peu plus tôt que d'habitude, sept heures vous conviendrait-il ?

— Je serai ici à sept heures, citoyen.

Il salue de la tête et sort tandis que l'homme au peignoir se lève et disparaît dans la pièce opposée. On n'a toujours pas vu son visage.

Entre Eléonore Duplay.

— Voilà ton café, Louis.

— Ah merci, Eléonore.

Il s'empare de la tasse. Le chien Brount se précipite sur Saint-Just dans l'espoir de recueillir un sucre…

— Maximilien, désirez-vous du café ?

— Surtout pas, ma bonne amie, merci bien, dit la voix du fond de la pièce.

— Maximilien, souperez-vous ici ce soir ?

— Oui, je rentrerai tôt.

— Tu n'assistes pas à la séance de nuit de l'Assemblée ? crie Saint-Just en direction de la porte entrouverte.

— Non, j'ai pris du retard dans la rédaction de mon discours de vendredi aux Jacobins.

— Alors à ce soir, Maximilien, au revoir, Louis, crie Eléonore.

— A ce soir, Eléonore, répond la voix, à ce soir.

Pendant ce temps, Saint-Just parcourt le journal d'Hébert tout en remuant son café.

De la pièce voisine la voix dit :

— Tu es bien silencieux. Que fais-tu ?

— Je lis la prose d'Hébert.

— Bon courage ! Dis donc, à propos d'Hébert, savais-tu qu'il venait de déposer une pétition au Comité ?

— Quel genre de pétition ?

— Une pétition demandant l'exécution sans jugement d'Antoinette.

Saint-Just qui allait boire une gorgée suspend son geste.

— Tu as raison. Il faudra un jour se débarrasser de lui !

La voix insiste :

— Oui, mais pas tout de suite. Ses vociférations nous aideront à faire décréter plus facilement la Terreur par la Convention. Tu verras que cet imbécile va bougrement nous faciliter la tâche !

Saint-Just repose sa tasse.

— Je ne partage pas ton avis – il ramène d'un mouvement gracieux, presque féminin, ses longs cheveux derrière les oreilles. Il serait inique d'utiliser cet agité pour lancer nos réformes.

— Tu ne vas tout de même pas avoir des scrupules pour cette crapule d'Hébert ? dit la voix.

— Là n'est pas le problème, nous ne devons pas minimiser nos responsabilités. Enfin, Maximilien, tu ne vas tout de même pas abandonner à ce singe l'honneur de conduire le changement dans ce pays ?

L'autre dans la pièce voisine ne répond pas, quelques secondes de silence s'écoulent.

— Est-ce que tu m'entends, Maximilien ?

— Mais je ne suis pas sourd, mon ami !

L'homme apparaît alors dans l'encadrement de la porte : c'est bien Maximilien de Robespierre, conforme à la légende : un homme petit et maigre, extrêmement soigné de sa mise, avec une perruque à un marteau poudrée à blanc, une cravate de soie blanche immaculée agencée avec adresse, un costume de nankin à col montant jusqu'à la nuque, rayé bleu et blanc, un gilet rouge, une culotte blanche en fil, des bas rayés bleu et blanc, des escarpins noirs à boucle d'argent. Il porte ses éternelles lunettes maintenues en l'air dans sa perruque.

— Abandonner, disais-tu ? Dis-moi, mon ami, m'as-tu vu abandonner quoi que ce soit ? dit-il en étalant une crème sur ses mains puis en les frictionnant dos à dos l'une contre l'autre.

— Je t'en prie, Maximilien, ne déforme pas mes propos. Je voulais dire qu'il était maladroit d'avancer masqué dans la réalisation de nos réformes. Rien de plus.

Robespierre hausse les épaules, ne répond pas et retourne dans la pièce du fond, suivi cette fois de Saint-Just et de Sergent.

Il s'assoit à son bureau et épluche une orange. Avec dextérité, de ses petites mains blanches et soignées, il en pèle une nouvelle avec le plus grand soin. Il en fait une énorme consommation comme le prouvent les tas de pelures qui remplissent déjà deux assiettes. Il recommande à Saint-Just :

— Bon, maintenant revenons à notre comédie des œillets.

— J'ai demandé à deux députés du Comité de sûreté générale d'enquêter sur cette affaire.

— Tu as fait appel à qui ? demande Antoine Sergent.

— A Amar, député de l'Isère – Robespierre fait la grimace –, et à Sevestre d'Ile-et-Vilaine. Je les ai prévenus qu'on se moquait de cette affaire, en revanche il fallait qu'ils saisissent cette occasion inespérée d'interroger Antoinette pour la faire trébucher !

— Tu as bien fait, dit Robespierre. Fouquier-Tinville cherche toujours des preuves pour son procès, voilà l'occasion de lui en fournir. Il n'aura plus d'excuses pour justifier son retard dans la rédaction de l'acte d'accusation. Ah, si par bonheur elle pouvait faire un faux lors de son interrogatoire ! Mais permets-moi d'en douter, Antoinette est fine et, face à la balourdise d'Amar, elle pressentira immédiatement les pièges qu'il lui tendra. Heureusement que tu as désigné Sevestre, c'est un homme remarquable !

— On peut toujours tenter de la piéger, dit Saint-Just.

— On peut, on peut. D'autant qu'Antoine et moi avons travaillé tard cette nuit pour préparer l'ordre du jour qui lui était consacré. Nous sommes loin d'être satisfaits.

— C'est-à-dire ?

— C'est-à-dire que nous n'avons rien trouvé. Je m'attends à ce que Fouquier-Tinville me réclame de nouveau les preuves tangibles que je n'ai pas.

— J'ai passé quatre jours aux archives, dit Sergent, je n'ai pourtant trouvé aucune preuve à charge. Il y règne une telle pagaille que les archives sont devenues inexploitables.

— Si on ne trouve rien, dit Saint-Just, Fouquier devra reprendre les chefs d'accusation de Louis Capet et les attribuer à sa veuve, ce qui me semble parfaitement équitable, compte tenu de sa responsabilité dans les crimes de son mari.

— Le procédé peut apparaître comme une manœuvre, dit Sergent, en revanche, cela nous éviterait de perdre un temps précieux, car si le 5 septembre, comme prévu, nous décrétons la Terreur à la Convention, il faudra qu'Antoinette soit parmi les premières à être jugées par le Tribunal révolutionnaire... Or, soyons lucides, le 5 c'est demain. Il ne reste à Fouquier que vingt-quatre heures pour bâtir son accusation !

— Il ne faut même pas y songer ! clame Saint-Just.

— Antoine a raison, réplique Robespierre, il faut aller vite, très vite ! D'autant plus qu'elle est gravement malade, elle risque de mourir sans avoir été jugée, et si les Autrichiens la savent condamnée, ils rompront lcs négociations.

— Comment sais-tu qu'elle est condamnée ?

— Selon le docteur Thery, elle n'aurait que deux mois à vivre.

— Tu te fies à ce charlatan ?

— C'est un homme respectable, réplique Robespierre sur un ton cassant, et le docteur Souberbielle est du même avis.

— Thery, un homme respectable ?

Saint-Just et Sergent se regardent en éclatant de rire. Robespierre se fige. Saint-Just retourne dans la pièce voisine, ouvre sa sacoche et revient, une feuille de papier à la main.

— Tiens, lis le rapport de Grandpré, l'inspecteur des prisons. Il paraît que ton protégé n'examine jamais ses malades par peur de la contagion, et lis attentivement la description qu'il donne de l'infirmerie de ton protégé. Une vraie porcherie !

Vexé, Robespierre s'empare de la feuille, et comme les grands myopes, lit sans lunettes, à deux centimètres du nez, tandis que Saint-Just revient à la charge :

— Thery est une crapule qui t'a complètement circonvenu. Voilà un homme de l'Ancien Régime qui s'est enrichi par des pratiques douteuses et il ne trouve que toi pour lui attribuer tant de qualités !

— Louis a raison, dit Sergent, tu n'aurais jamais dû le faire nommer médecin-chef des prisons !

Robespierre rend le rapport à Saint-Just, puis demeure songeur. Les deux autres attendent l'avis du maître.

— Alors, demande Saint-Just en rangeant soigneusement le document dans sa sacoche, es-tu convaincu maintenant ?

— Je réglerai cela plus tard, répond Robespierre le visage fermé. Revenons sur le cas d'Antoinette, elle peut donc mourir dans les deux mois, or nous avons impérativement besoin de son procès – il réfléchit encore. Voilà trois semaines que Grandpré nous demande son transfert à l'Hospice de l'Archevêché. Qu'attendons-nous ? Qu'elle meure dans son cachot ? Pourquoi sommes-nous informés seulement aujourd'hui de son état de santé ?

— Les services sont débordés, dit Sergent.

— D'autre part, nous ne devons pas aller trop loin dans les mesures contraignantes que nous lui imposons, si nous voulons négocier la paix avec les Autrichiens.

— Ce que tu m'apprends est extrêmement grave, dit Saint-Just. Si les Autrichiens savent qu'Antoinette est perdue, la paix s'envole ! Pourquoi avons-nous gâché trois semaines ?

— Sois rassuré, elle sera transférée dans les quarante-huit heures, tranche Robespierre. Je compte aussi me servir du Tribunal révolutionnaire par la peur qu'il inspire aux Autrichiens ! Au fait, sais-tu si sa réorganisation est enfin terminée ?

— Pas encore, dit Sergent, nous n'avons pas fini d'installer nos hommes aux postes de juges et de jurés. N'oublie pas qu'avec son ancienne forme, les jurés auraient été capables de l'acquitter ! Te souviens-tu que sur trois condamnations ils prononçaient deux acquittements ? C'était vraiment une hérésie pour un Tribunal révolutionnaire !

— Je suis serein, répond Robespierre, Herman et Fouquier sont en train de s'en occuper activement. Tu as entièrement raison, nous avons couru le risque de voir ce traître de Montané acquitter Charlotte Corday lorsqu'il présidait le Tribunal en juillet dernier.

— On aurait eu bonne mine devant les sections, dit Saint-Just en ricanant. La meurtrière de leur idole acquittée ! Marat se serait retourné dans sa tombe !

— Au fait, qu'avons-nous décidé concernant Montané ? demande Robespierre.

— Il est enfermé à Sainte-Pélagie, on le fera traduire un jour devant Fouquier.

— C'est bien.

— Nous avons la chance que l'opinion publique soit montée contre Antoinette, dit Sergent, il faut mettre à profit cette opportunité.

— En venant ici, dit Saint-Just, j'ai entendu l'annonceur du Père Duchesne qui se déchaînait contre elle. Dans son journal, Hébert lance un véritable appel au meurtre – il jette le journal sur le petit bureau. Je l'ai parcouru, je te le laisse.

— Merci beaucoup, tu peux le garder, s'écrie Robespierre, je n'ai pas le temps de lire cette feuille de chou ! Je me refuse à lire les invectives d'Hébert !

— Pour savoir ce qu'il pense, il faut bien lire ce qu'il écrit, dit Saint-Just.

— Je suis fatigué de l'entendre salir la République et avilir le peuple. Ce n'est pas au nom de la haine qu'il nous faut juger Antoinette, son procès ne deviendrait pas seulement injuste, il serait choquant et maladroit !

— Malheureusement, dans une révolution, ce sont toujours ceux qui pratiquent la surenchère qui sont le plus écoutés.

— C'est précisément le piège dans lequel nous ne tomberons pas. Nous devons frapper nos ennemis uniquement au nom de la Vertu républicaine. Ce Hébert est un démagogue impénitent, il croit séduire le peuple par des attaques vulgaires et grossières, crois-moi, cet homme rabaisse la Révolution. Tu verras que nous serons contraints de le neutraliser.

— Facile à dire, dit Sergent, il a toutes les sections de Paris et la Commune derrière lui.

— Bien entendu, nous agirons de telle façon que ce soient les sans-culottes qui l'abandonnent, dit Saint-Just. Sais-tu comment Camille[1] l'appelle ? "Un eunuque pour le crime" !

— Pas mal ! s'exclame Robespierre admiratif. "Un eunuque pour le crime" ! C'est bien trouvé ! Après "l'Homère de l'ordure", Camille le révèle comme "un eunuque pour le crime", le poète des déjections est aussi un criminel émasculé ! Il sourit à peine mais suffisamment pour laisser entrevoir des dents très fines : Bon, je pense que nous avons examiné tout ce qu'il y avait à voir.

1. Il s'agit de Camille Desmoulins.

Il se lève, Saint-Just aussi.

— Donc, tu ne viens pas ce soir à l'Assemblée ? demande ce dernier.

— Non, fais-moi remplacer à la présidence par Couthon.

Saint-Just enfile son manteau et ajuste son grand chapeau. Robespierre l'accompagne jusqu'à la porte, suivi de Brount, tandis que Sergent reste sur place.

— Adieu, Antoine ! dit Saint-Just.

— Salut, Louis !

Tout en marchant, Robespierre, suivi de son chien, entraîne Saint-Just vers la sortie, en lui tenant le bras :

— Ami, dit-il, dès que l'enquête sera close, ordonne à Amar et à Sevestre de transmettre le compte rendu à Fouquier afin qu'il établisse son rapport pour les Comités de salut public et de sûreté générale.

Ils traversent en silence la chambre des enfants désertée à cette heure. Robespierre est songeur. Lorsqu'ils se retrouvent sur le palier obscur, Saint-Just s'arrête sur la première marche, se retourne et lui dit :

— Dis-moi, c'est à dessein que tu ne leur as rien dit ?

Le visage de Robespierre s'assombrit.

— Bien sûr ! Les deux hommes demeurent silencieux quelques instants, Robespierre caresse son chien puis ajoute en soupirant : Tu as eu le temps de réfléchir au rapport d'Amar ?

— Cette histoire d'œillets est vraiment préoccupante !

— Quand je l'ai lue, dit Robespierre, je n'en croyais pas mes yeux ! Michonis, Chabot et Hébert aux mains de Batz ? Ces fripons bradent leur patriotisme au pire des conspirateurs ! Si cette affaire éclate au grand jour, toute la municipalité Pache et le Comité de sûreté générale sont éclaboussés… Hébert vendu à Batz !

Mais c'est énorme ! Ces traîtres ruinent l'honneur de la Montagne… Devant Sergent et le petit perruquier, tu imagines si j'ai minimisé l'affaire en la mettant sur le dos de cet imbécile de Fersen !

— J'avais compris… Et Michonis, renchérit Saint-Just, voilà un inspecteur des prisons, membre influent de la Commune de Paris, qui fait évader l'Autrichienne ? On croit rêver !

— Grâce à ses moutons, Fouquier nous a informés régulièrement de leur projet d'évasion. L'accusateur voulait arrêter les deux gendarmes qui gardent Antoinette. Surtout pas, lui ai-je dit, que gagnerons-nous à arrêter deux gendarmes ? Laissez-les aller jusqu'au bout…

— On ne peut pas dire que Fouquier soit d'une grande délicatesse, dit Saint-Just.

— Ne comprenez-vous pas, lui ai-je précisé, que nous avons peut-être l'occasion de nous saisir de de Batz et de débusquer tous ses complices ?

— Il n'avait pas compris que nous n'avions aucun intérêt à arrêter des complices qui peuvent nous amener à de Batz ?

— Non. Je lui ai demandé, au contraire, de faire un marché avec eux : Ordonnez-leur de continuer à jouer le jeu des comploteurs et, s'ils nous aident, nous les récompenserons…

— Dis-moi, doutais-tu de l'identité de celui qui était derrière toute cette affaire ?

— Pas une seconde. Je savais bien que c'était de Batz, mais j'étais à cent lieues d'imaginer que la municipalité avait été gagnée. J'ai demandé au Comité de sûreté générale de mener une enquête officieuse et de n'arrêter quiconque sans m'en aviser avant… Tu songes quel serait le scandale si on dévoilait la complicité des municipaux ? Louis, maintenant que cette affaire d'œillets a été amenée à son terme, feignons de la prendre à la légère tout en exigeant la plus grande discrétion. Si on nous demande pour quelles raisons mettez-vous tant de pondération pour juger les conjurés, nous répondrons que c'est pour nous épargner le ridicule qui caractérise ce complot de concierges !

— Si l'on apprend que des patriotes comme Chabot ou Hébert ou même Michonis sont achetés par de Batz, c'est la Commune de Paris qui explose et la République avec elle !

— Tu penses, ajoute Robespierre, et je suis sûr, qu'ils ne sont pas les seuls… A propos, où se trouve Michonis à cette heure ?

— On ne sait pas. On a laissé à sa femme une convocation afin qu'il se rende d'urgence chez Amar… Sitôt interrogé, on l'enferme à la Conciergerie.

— Il y a là-bas trop de va-et-vient ! Tu le transféreras à l'Abbaye dans un isolement total. Qu'il ne communique avec personne. Il ne faut pas qu'il parle. Qui d'autre encore ?

— Les deux gendarmes qui gardaient Antoinette, qu'en faisons-nous ?

— Nous en avons parlé, préviens Fouquier afin qu'ils ne soient pas traduits devant le Tribunal révolutionnaire. Qu'on les mette seulement aux arrêts pour la forme et qu'on les éloigne loin, très loin !

— Avec quel motif ?

— Implication dans une petite intrigue de prison. Nous devons surtout acheter leur silence, occupe-t'en aujourd'hui même.

— Sitôt interrogés, je demande à Amar de les muter dans l'armée du Rhin et je les fais nommer lieutenant tous les deux ! Qu'en penses-tu ?

— C'est parfait. Que devient la servante ?

— Avec elle, nous n'avons rien à craindre, c'est un mouton de Fouquier. C'est elle qui lui a fourni les renseignements au jour le jour sur Michonis et le chevalier de Saint-Louis. Elle applique la consigne à la lettre. Elle est prévenue : à chaque question d'Amar, elle répondra qu'elle n'a rien vu et rien entendu. On lui a principalement recommandé de ne pas charger Michonis !

— Prenons garde de ne pas trop en faire dans la modération, il ne faut pas que la servante paraisse influencée dans ses réponses ni qu'Amar et Sevestre aient l'air trop complaisants avec elle. Ils doivent même paraître durs pour éviter que l'on croie à une connivence et la libérer ensuite. Au bout du compte, que tout le monde soit acquitté, y compris Michonis tout en le maintenant au secret !

— Sois rassuré, Sevestre est habile sans être complaisant. Il chargera Michonis tout en ménageant la Commune !

— Parce que Sevestre est déjà au courant pour Chabot et Hébert ? s'inquiète Robespierre.

— Non. Il n'a pas eu accès au rapport confidentiel, mais il est doté d'un grand sens politique, tu peux être sûr qu'il s'en doute depuis longtemps.

— Préviens l'accusateur et les deux enquêteurs qu'aucune condamnation de patriote, quelle qu'elle soit, ne doit être prononcée pour une collusion avec de Batz. Ce serait catastrophique, tu entends ?

— Fouquier est prévenu, dit Saint-Just, il trouve toujours un motif de condamnation qui n'a rien à voir avec le baron. Et tu penses bien que ce ne sont pas les accusés qui vont s'en vanter, ajoute-t-il en riant. Fouquier joue sur du velours, si les comploteurs faisaient état de leur collusion avec Batz, ils se condamneraient eux-mêmes à mort ! Il use toujours du même motif très vague de condamnation…

— De quel motif vague veux-tu parler ? demande Robespierre, la “conspiration de l’étranger” ?

— Oui, comme d’habitude !… Enfin, dis-moi, ce de Batz est-il vraiment si puissant ?

— Je l’ai connu quand nous étions députés à la Constituante. J’ai pratiqué l’homme. Un frénétique d’argent, malheureusement aussi un fin diplomate avec un sens aigu de la politique ! C’est un tigre qui ne lâche jamais sa proie. Je suis persuadé qu’il est responsable de l’assassinat de Le Peletier. Toute son action contre nous s’inscrit dans une stratégie qui vise d’abord à nous acheter, pour nous diffamer ensuite. Il dispose de fonds illimités. Tu sais comme moi que peu d’hommes résistent à l’appel de l’or, et tu connais l’amour de l’argent chez ceux qui prétendument collaborent avec nous… Tu as l’exemple d’Hébert ! De Batz achète non seulement nos alliés mais aussi ceux qui nous combattent. Les deux hommes restent quelques instants silencieux, puis Robespierre ajoute : Avons-nous fait le tour ?

— Il y a encore deux complices.

— Qui sont-ils ?

— Une certaine Sophie Dutilleul qui était la maîtresse du chevalier de Saint-Louis et un ancien négociant en bois du nom de Fontaine.

— Il faut les interroger et les relaxer aussitôt. Sont-ils vraiment impliqués ?

— Plus ou moins, c’est elle qui a présenté Michonis au chevalier.

— Te rends-tu compte, un notable comme Michonis impliqué avec la maîtresse d’un chevalier du Poignard… Si cela se savait ! Quel scandale !

— Sois tranquille, on acquittera la maîtresse.

— En revanche, il nous faut écraser tous ces cloportes qui nous submergent, ils mettent le régime en danger ! dit Robespierre.

— Comptes-tu y parvenir par la Terreur ?

— Je ne suis pas sûr, mon ami, que cela soit suffisant. La Terreur sans des lois appropriées ne sert à rien. Il nous faut des lois d'exception qui nous permettent de les réduire et de les abattre sans qu'ils puissent s'exprimer. S'ils dévoilent leur complicité avec de Batz, nous sautons tous !

— Il nous faut des jugements sans palabres, ajoute Saint-Just.

— Bien sûr. Toutes ces garanties juridiques nous rendent vulnérables et elles nous font perdre du temps. Je compte beaucoup sur les mesures que nous ferons voter au printemps. Elles feront réfléchir à deux fois tous ces traîtres de l'intérieur qui se vendent à de Batz et à la coalition ! Nous sommes cernés de prévaricateurs et de renégats prêts à renverser le régime pour de l'or… C'est la faiblesse des juges, mon ami, qui enhardit les comploteurs… Allez, mon ami, à demain !

Alors que Robespierre va refermer la porte, Saint-Just lui lance en souriant :

— Au fait, Maximilien, est-il vrai que les œillets portent malheur ?

Ils éclatent tous les deux de rire.

— Ce n'est pas à moi qu'il faut le demander, mais plutôt à Antoinette. Ne nous plaignons pas : les œillets de Michonis nous ont été sacrément bénéfiques. En attendant, n'oublie pas d'expédier la Capet à l'Hospice de l'Archevêché, qu'elle soit en état d'affronter son procès ! Salut, Louis. Allez, Broount, à la maison !

Dans la cage d'escalier, l'odeur de la soupe aux poireaux est toujours présente.

MERCREDI 4 SEPTEMBRE, TRENTE-QUATRIÈME JOUR DE DÉTENTION, LA CONCIERGERIE, QUATRE HEURES DE L'APRÈS-MIDI

14

La stratégie du mensonge

La Reine ne parvient pas à se concentrer sur sa lecture. Très angoissée, elle se demande ce qu'il est advenu des membres du complot. Elle rumine les idées les plus noires tandis que Rosalie, sur sa chaise en paille, la tête en arrière et les yeux fixés au plafond, semble dépassée par tous ces événements.

Les cloches de la Sainte-Chapelle égrènent des heures interminables... Quatre heures de l'après-midi tintent au carillon : brouhaha et pas précipités dans le couloir, bribes de conversations, grincement des verrous, la porte s'ouvre violemment sous les aboiements de Baps. Deux hommes font irruption. Ce sont des députés de la Convention, les chapeaux ornés des trois plumets bleu blanc rouge et la taille ceinte d'une écharpe tricolore. Ils sont accompagnés par six gendarmes, deux officiers et deux secrétaires. Aucun d'eux ne se découvre devant la Reine.

Sans même saluer, Amar, membre du terrible Comité de sûreté générale, lit à brûle-pourpoint la déclaration suivante :

— Nous, représentants du peuple, chargés par le Comité de sûreté générale et de surveillance de la Convention nationale de nous transporter à la Conciergerie pour nous renseigner sur la dénonciation faite aujourd'hui par le lieutenant-colonel de gendarmerie Botot

Du Mesnil ! Puis s'adressant à Rosalie Lamorlière : Toi, tu peux disposer ! Désignant la Reine à un des gendarmes : Fouille-la !

La Reine se dresse, hautaine.

— Mais, messieurs, je n'ai rien dissimulé !

Le gendarme plonge les mains dans ses poches, lui ôte son bonnet, l'examine, puis reprend la fouille en la tâtant brutalement de haut en bas.

— Ote-lui son médaillon !

Quand il veut s'en emparer, la Reine lui retient les mains.

— Au nom de l'humanité, monsieur, ne me privez pas de ce médaillon, dit-elle les larmes aux yeux, c'est le seul souvenir qu'il me reste de mes enfants !

Le gendarme hésite. Amar ordonne :

— Ote-le !

Le gendarme l'arrache sans ménagement.

— Fais voir ce qu'il cache, ce médaillon – il l'ouvre. Il y a des mèches de cheveux, c'est à qui ?

La Reine s'est effondrée dans son fauteuil, elle répond d'une voix cassée :

— A mes enfants vivants et morts !

Amar aperçoit la montre qui pend au mur au bout d'une très belle chaîne en or.

— Et ça, qu'est-ce que c'est ? Au gendarme : Fais voir !

Le gendarme monte sur une chaise, décroche la montre et la tend à Amar.

— Quelle est la provenance de cette montre ?

La Reine affirme d'une voix étranglée :

— C'est la montre que m'avait offerte ma mère.

Amar ouvre le boîtier en or et l'examine dans tous les sens.

— Ici, veuve Capet, vous n'avez plus besoin de montre, allez, embarque tous ces objets, et inscris-les sur le cahier d'écrou !

Le deuxième député, du nom de Sevestre, gêné par la brutalité de la fouille, intervient :

— Bon, cela suffit ! A la Reine : Veuve Capet, veuillez vous préparer, on doit vous interroger.

La Reine, titubant de fatigue, remplace ses petites mules par ses chaussures noires et enlève son déshabillé pour endosser sa robe de deuil sous le regard des visiteurs. Elle noue son fichu noir croisé sur sa poitrine et remet son bonnet. Ils sortent.

Amar dit aux deux gendarmes :

— Vous, fouillez-moi ce bouge de fond en comble, et que personne n'y entre durant notre absence !

Le petit groupe tourne à droite après le corridor noir et traverse en sens inverse le couloir des prisonniers, toujours encombré, à cette heure, de gendarmes en faction et de prisonniers en promenade. La Reine perçoit de nouveau l'odeur pestilentielle en franchissant tous les guichets et parvient enfin dans le bureau de Richard. Amédée est toujours à sa place, le sourire édenté et l'œil vitreux.

La Reine est poussée jusqu'à la chambre du greffe où l'attend Rosalie. Au moment où leurs regards se croisent, des larmes jaillissent des yeux de la petite servante qui s'enfuit en courant pour les dissimuler aux regards des conventionnels.

Il est quatre heures trente de l'après midi. La Reine va subir son premier interrogatoire[1]. Cette épreuve durera jusqu'à vingt heures et reprendra le lendemain matin à huit heures.

1. Dans ce chapitre, qui raconte l'interrogatoire de la Reine par les deux conventionnels, nous avons tenu à reproduire les réponses de Marie-Antoinette enregistrées par les greffiers de l'époque, y compris

Les deux députés Amar et Sevestre sont assistés de l'administrateur de police Cailleux et du secrétaire-greffier Bax. Ils prennent place derrière le grand bureau rectangulaire, le secrétaire-greffier occupant l'une des extrémités, avec encre et papier, tandis que l'autre extrémité est occupée par l'officier en charge de la Conciergerie : le lieutenant de gendarmerie Jean Maurice François Lebrasse, assisté de l'aide de camp Aigron de la force armée de Paris.

La Reine, qui est assise sur une simple chaise en paille, fait facc aux dcux conventionnels.

Elle s'est ressaisie et tente de surmonter son immense épuisement en se tenant droite sur son siège.

Malgré le choc de son évasion ratée, la cruelle privation de ses enfants, l'obscure solitude du cachot, les douleurs au bas-ventre et les hémorragies qui l'épuisent, elle va répondre aux enquêteurs avec une clairvoyance et une mesure dans ses propos qui demeurent inattendues. Elle puisera sans doute au fond d'elle-même la force morale qui lui reste encore pour affronter une telle épreuve, sans jamais se renier.

La Reine, installée sur un siège dur et inconfortable, est encadrée par deux gendarmes. Un rayon de soleil filtre à travers les vitres de l'unique fenêtre qui donne sur la petite cour qui accède à la Conciergerie. Habituée à la pénombre, elle se protège les yeux de la main.

— Je vous demande pardon, messieurs, comme je vis dans une quasi-obscurité, je ne suis plus accoutumée au soleil, ne pourrait-on pas fermer ce volet, s'il vous plaît !

avec les lourdeurs et fautes de syntaxe, si pathétiques et si émouvantes quand nous connaissons son degré d'épuisement physique et la torture morale dans laquelle elle baignait.

Sevestre fait un signe à un gendarme qui ferme un des battants, le soleil disparaît du visage de la Reine.

Contre le mur du fond, gardés par deux factionnaires armés, sont assis les gendarmes Gilbert et Dufresne, les époux Richard et la femme Harel. Rosalie et Larivière mis hors de cause ont été dispensés de comparaître.

Amar ouvre la séance en s'adressant à l'aide de camp Aigron :

— Mon commandant, voudriez-vous nous donner lecture de la lettre que le gendarme Gilbert a adressée cette nuit même à ses supérieurs ?

Le commandant Aigron se lève et lit à haute voix :

— Lettre du gendarme Gilbert adressée cette nuit, à trois heures du matin au lieutenant-colonel Botot Du Mesnil :

"Mon colonel, Voici, en mon âme et conscience, le rapport que j'ai adressé au Comité de sûreté générale. Je tenais à vous informer des faits suivants : l'avant-dernière fois que le citoyen Michonis est venu, il était accompagné d'un visiteur qui a fait tressaillir la femme Capet.

Cette dernière m'a informé qu'il était un ci-devant chevalier de Saint-Louis mais qu'elle tremblait qu'il ne fût découvert. Elle m'a déclaré qu'il lui avait donné un œillet contenant un message et qu'il reviendrait le vendredi suivant.

De plus la femme de chambre faisant une partie de cartes avec moi, la femme Capet en a profité pour écrire avec une épingle un billet qu'elle m'a remis afin que je le remette au chevalier. Mais, fidèle à mon devoir, je l'ai donné immédiatement à la femme Richard, concierge de la prison, le citoyen Dufresne est absolument ignorant de la chose, c'est moi qui l'ai informé.

Signé Gilbert, gendarme national auprès des tribunaux."

— Merci, mon commandant.

Pendant la lecture de la dénonciation de Gilbert, la Reine observe sur ses doigts les traces laissées par ses bagues, elle les masse pour les effacer.

Amar s'adresse alors à la Reine sur un ton d'une grande indignité. Alors que quelques instants auparavant, il venait de la martyriser dans son cachot en la privant des derniers souvenirs de ses enfants, il l'interpelle en lui demandant de décliner son identité. Cette attitude grotesque d'Amar illustre une stratégie empreinte de bassesse qui n'aura aucunc prisc sur cllc. La première question est d'une stupidité déconcertante : elle consiste à demander son identité à la femme la plus célèbre d'Europe.

— Est-ce vous qui vous nommez la veuve Capet, demande-t-il.

— Oui, répond simplement la Reine.

— Ne voyez-vous personne dans la maison où vous êtes détenue ?

— Personne, répond-elle à l'évidence, que ceux qu'on a placés auprès de moi, c'est-à-dire les administrateurs qui sont venus avec des personnes que je ne connais pas.

— N'avez-vous pas vu il y a quelques jours, un ci-devant chevalier de Saint-Louis ?

— Il est possible que j'aie vu quelques visages connus, il en vient tant.

— Ne sauriez-vous pas le nom de ceux qui sont venus avec les administrateurs ?

— Je ne me rappelle le nom d'aucun d'eux.

Amar insiste :

— Parmi ceux qui sont entrés dans votre appartement, n'en avez-vous reconnu aucun particulièrement ?

— Non.

Cette réponse négative fait sourire Sevestre et Amar. Celui-ci reprend sur un ton ironique :

— N'y a-t-il pas quelques jours que vous en avez vu un, que vous avez reconnu ?

— Je ne m'en rappelle pas.

— Ce même homme ne vous aurait-il pas donné un œillet ?

— Il y en a dans ma chambre.

Amar, vexé, réplique sèchement :

— Ah oui ? Eh bien dorénavant les fleurs vous seront interdites ! Donc ! Ne vous aurait-on point remis un billet ?

— Comment pourrais-je en recevoir avec les personnes qui sont dans ma chambre, répond simplement la Reine. La femme qui est avec moi ne quitte pas la fenêtre.

Faisant semblant de ne pas comprendre, Amar répète sur un ton narquois :

— Vraiment ? N'est-il pas possible qu'en vous présentant un œillet, il y eût quelque chose dedans, et qu'en l'acceptant un billet soit tombé et qu'on ait pu le ramasser ?

— Personne ne m'a présenté d'œillet, répond la Reine avec un sourire las, aucun billet n'est tombé par terre que j'aie vu ; il a pu tomber quelque chose, mais je n'ai rien vu, et j'en doute, parce que la femme qui est avec moi aurait pu le voir, et elle ne m'en a rien dit.

Tous les regards se tournent vers la femme Harel qui se raidit sur sa chaise.

— N'avez-vous rien écrit depuis quelques jours ? demande Amar.

— Je n'ai même pas de quoi écrire ! réplique la Reine en haussant les épaules.

— Ne vous êtes-vous pas servie d'un instrument ou d'un autre moyen pour transcrire vos idées ?

— N'étant pas seule, même un moment, je ne le pourrais pas.

Amar quitte sa place, fait le tour du bureau pour se placer face à elle. Il élève brusquement le ton :

— Il y a quelques jours, un chevalier de Saint-Louis est entré dans votre appartement, vous avez tressailli en le voyant. Nous vous demandons de répondre : le connaissiez-vous ?

La Reine ne se laisse pas démonter par le changement de ton d'Amar. Elle répond calmement :

— Il est possible que j'aie vu des visages connus, comme je l'ai dit plus haut, et que dans l'état de crispation des nerfs où je me trouve, j'ai tressailli, sans savoir ni quel jour, ni pour qui, ni pourquoi !

— Nous savons par la dénonciation du gendarme Gilbert, que vous connaissiez ce ci-devant chevalier de Saint-Louis et que vous trembliez qu'il fût reconnu.

— Il est à croire que si j'avais tremblé qu'il ne fût reconnu, répond la Reine d'un air amusé, je n'en aurais pas parlé, car j'aurais eu un intérêt à le cacher.

— Le chevalier vous a bien dit qu'il reviendrait le vendredi suivant, n'est-ce pas ?

— J'ai déclaré, au commencement, dit la Reine avec une douce impatience, que personne ne m'avait rien présenté, si je pensais que quelqu'un dût revenir, je ne l'aurais pas dit !

Amar exaspéré élève un peu plus le ton :

— Vous avez profité de l'inattention de votre gardien qui jouait aux cartes avec la femme Harel pour écrire votre message avec une épingle ! Pointant l'index vers Gilbert : Le gendarme Gilbert l'a écrit en toutes lettres !

La Reine adoptera la même stratégie au cours de ses interrogatoires : nier toutes les accusations en sauvegardant ceux qui l'ont aidée. Elle répond très calmement :

— J'ai commencé à dire et je répète que je n'ai écrit d'aucune manière : si je voulais faire quelque chose et m'en cacher, je ne le pourrais pas, parce que je suis toujours vue par les personnes qui sont avec moi, même pendant la partie de cartes. Et pour donner une réponse à ce visiteur, il faudrait le connaître, avoir reçu quelque chose de lui, et quant aux personnes qui sont avec moi, je ne les chargerais pas de la commission, parce que je crois qu'ils remplissent assez bien leur devoir pour prendre le risque de s'en charger.

On frappe à la porte, le lieutenant de Bûne passe la tête.

— Citoyen député, le citoyen Michonis vient d'arriver.

— Faites entrer ! dit Sevestre tandis qu'Amar regagne rapidement sa place derrière le bureau pour le recevoir.

Michonis entre, il est un peu pâle, la Reine l'observe avec attention.

— Salut, citoyens députés ! Bonjour, Cailleux, bonjour, Bax. A Aigron : Bonjour mon commandant ! Alors qu'est-ce qui se passe ? On a renversé la République ?

Sevestre réplique sèchement :

— Asseyez-vous au fond et attendez avant de faire de l'esprit, on vous questionnera tout à l'heure ! Michonis rejoint d'un pas traînant les prévenus au fond de la salle tandis qu'Amar s'installe derrière le bureau et poursuit : Donc vous dites ne pas avoir profité du moment où vos gardiens étaient distraits pour écrire un message avec une épingle ?

La Reine réplique sur un ton las :

— Ceci eût été impossible. Même en jouant aux cartes, mes gardiens ne me quittaient pas des yeux. Je n'aurais jamais commis une telle imprudence avec des gens qui faisaient si consciemment leur devoir !

Sevestre écrit sur une feuille de papier quelques mots à Amar, ce geste n'échappe pas à la Reine : "Elle est habile la garce, sois plus diplomate et passe maintenant aux questions politiques !"

Amar se lève aussitôt, fait le tour de la table et se place de nouveau devant la Reine en s'appuyant sur le bord du bureau. Son ton devient soudainement doucereux, presque confidentiel. Cette attitude ridicule n'échappe pas à la Reine.

— Dans la position où vous êtes, il serait naturel de profiter de tous les moyens qui vous sont offerts pour vous échapper, moi-même j'en ferais autant à votre place – une pointe d'ironie méprisante apparaît dans le regard de la Reine. Il ne serait donc pas étonnant que le chevalier de Saint-Louis fût une personne fidèle que vous ne vouliez pas dénoncer !

La Reine ironique :

— Il serait bien malheureux que les gens qui m'intéressent m'eussent frappé aussi peu. Si j'étais seule je n'hésiterais pas à tenter par tous les moyens de me réunir à ma famille, mais ayant trois personnes dans ma chambre, bien que je les aie point connues avant de venir ici, je ne les compromettrais jamais sur rien !

Amar, de plus en plus dépité par l'habileté que montre la Reine dans ses réponses, devient de plus en plus doucereux :

— N'avez-vous vraiment aucune connaissance des événements actuels et des affaires politiques ?

— Vous devez savoir qu'au Temple nous ne savions rien et que je n'en sais pas davantage ici !

Amar hypocritement navré :

— Mais vous avez sans doute eu connaissance de la malencontreuse affaire Custine, n'est-ce pas ?

La Reine sur un ton grave :

— J'ai su qu'il était dans la même prison que moi mais je n'en ai su ni les raisons ni les causes !

— N'avez-vous pas été informée, même par voie indirecte, de ce qui se passe dans votre famille ?

— Aucunement. Je sais que mes enfants se portent bien, voilà tout ce que j'en ai su.

— Par qui avez-vous eu des nouvelles de vos enfants ?

— Par les administrateurs qui me l'ont dit.

Amar d'un air détaché :

— N'avez-vous rien appris des avantages que nous avons remportés sur les Autrichiens ?

— J'ai entendu souvent au Temple les colporteurs crier grande victoire, tantôt d'un côté tantôt d'un autre, et je n'en ai pas su davantage.

— N'avez-vous pas tenté de faire connaître à votre famille votre position ? Et de profiter de complicités amicales ?

— Jamais, depuis un an. La position dans laquelle nous étions au Temple rendait la chose impossible.

— Est-il vrai que vous n'ayez conservé aucune relation en dehors, même par des moyens cachés ?

— Aucune, lance-t-elle avec véhémence, il aurait fallu le pouvoir !

— Vous intéressez-vous au succès des armes de nos ennemis ?

La Reine étonnée qu'on lui pose cette question :

— Je m'intéresse au succès des armes de la nation de mon fils ! réplique-t-elle vivement en élevant le ton. Quand on est mère, c'est la première parenté !

Amar faussement étonné, avec un regard qui se veut bienveillant, continue d'une voix douce :

— Et quelle est la nation de votre fils ?

La Reine se dresse, indignée, et réplique sur un ton très fort :

— Pouvez-vous en douter ? N'est-il pas français ?

Amar, toujours le sourire aux lèvres, sur un ton mielleux :

— Votre fils n'étant qu'un simple particulier, déclarez-vous avoir renoncé à tous les privilèges que donnait jadis le vain titre de Roi ?

— Il n'en est pas de plus beau, s'indigne la Reine en le toisant, et nous pensons de même, pour le bonheur de la France.

Amar feint de ne pas comprendre, il revient lourdement à la charge :

— Vous êtes donc bien aise qu'il n'y ait plus ni Roi ni royauté, n'est-ce pas ?

— Que la France soit grande et heureuse c'est tout ce qu'il nous faut ! dit simplement la Reine en fixant Amar de son doux regard de myope.

— Vous devez donc désirer que le peuple n'ait plus d'oppresseurs, et que tous les membres de votre famille qui ont joui d'une autorité arbitraire subissent le sort qu'ont subi les oppresseurs de la France ?

— Je réponds de mon fils, de moi : je ne suis pas chargée des autres !

Amar, sur un ton faussement étonné :

— Vous ne partagiez donc pas les opinions de votre mari ?

— J'ai rempli toujours mes devoirs.

— Vous ne pouvez pas cependant ignorer qu'à la cour, il existât des hommes dont les intérêts étaient contraires à ceux du peuple ?

— J'ai rempli mes devoirs en tout ce que j'ai fait en ce temps-là, comme à présent !

L'autre sur un ton amical :

— Comment vos devoirs étaient-ils compatibles avec la fuite que vous prémeditiez à Varennes ?

— Si on nous eut laissés achever notre course, et que nous eussions pu faire ce que nous méditions, on nous aurait rendu justice !

Amar, jouant toujours l'étonné, bat des paupières et dit :

— Dans quel but avez-vous quitté le Centre de la France ?

— Celui de nous donner une espèce de liberté que nous avions perdue en octobre 1789, répond-elle avec une certaine fierté, mais de ne jamais quitter la France !

— Alors pourquoi avez-vous promis au peuple, à votre retour à Versailles, de lui rester attachés et de vous plaire à vivre avec lui à Paris ?

— C'était pour revenir plus librement au milieu du peuple que nous nous étions enfuis.

Amar s'empare d'un document que lui tend le greffier.

— Comment cette fuite s'accordait-elle avec cette réflexion que vous fîtes à la municipalité la veille de votre fuite. Il lit : "Eh bien, dit-on toujours que nous voulons quitter Paris ?"

— Ce n'est pas à la municipalité de Paris que j'ai fait cette question c'est à un aide de camp de Lafayette ; et devant suivre ceux qui partaient, je ne devais pas en avoir l'air !

— Comment, ayant tout préparé pour votre fuite le 21, dit l'autre sur un ton compatissant, avez-vous affirmé que vous assisteriez à la cérémonie de la Fête-Dieu ?

— Je ne me rappelle pas moi personnellement avoir fait cette réponse, je devais suivre mon époux et mes enfants, je n'avais rien à dire. Je tiens beaucoup à ce que l'on ne croie pas que c'est à un corps constitué que j'ai fait cette réponse, c'est toujours nous qui avons donné l'exemple du respect aux autorités constituées.

Sevestre, qui s'impatiente devant la médiocrité des résultats obtenus par Amar, intervient sèchement :

— Comment ? Ayant proclamé que vous ne désiriez que la prospérité de la nation française – il pointe son index vers elle –, vous avez employé tous les moyens pour vous rapprocher de votre famille en guerre avec la nation française.

— Ma famille ? répond-elle étonnée, ce sont mes enfants, je ne peux être bien qu'avec eux, sans eux je ne suis bien nulle part !

Sevestre se lève, fait le tour du bureau et se tient devant la Reine :

— Si j'ai bien compris, vos ennemis sont ceux qui font la guerre à la France ?

— Je regarde comme mes ennemis ceux qui font du tort à mes enfants, répète-t-elle sur un ton las.

— Et de quelle nature sont ces torts qu'on peut faire à vos enfants ? demande Sevestre avec ironie.

— Toute espèce quelconque ! répond-elle en haussant les épaules.

— Considérez-vous l'abolition de la royauté comme un tort fait à votre fils ? demande Sevestre en ricanant.

— Si la France doit être heureuse avec un Roi, dit gravement la Reine, je désire que ce soit mon fils, si elle doit l'être sans Roi, j'en partagerai avec lui le bonheur !

— Vingt-cinq millions d'hommes ont choisi la République, dit Sevestre avec un sourire sceptique, vous acceptez donc avec votre fils de vivre en simples citoyens et de combattre les ennemis de la République ?

— Je n'ai d'autre réponse à faire que celles que j'ai faites à la question précédente.

— C'est bon ! Veuillez signer votre déclaration.

La Reine se lève et signe. Tous les membres de la commission d'enquête l'accompagnent. La Reine regagne sa place, Sevestre retourne derrière le bureau.

Amar, les mains dans le dos, prend un air détaché pour se diriger vers la femme Harel. Il se penche vers elle dans une attitude ridiculement paternelle. Mais celle-ci est bien décidée à respecter les recommandations de Fouquier-Tinville de ménager Michonis et de rester vague dans ses réponses. En fait, elle ne s'embarrassera pas de toutes ces nuances et réfutera toutes les questions qu'il lui posera. L'autre, prévenu à l'avance par Fouquier qu'elle récitera bien sa leçon, évitera toutefois de montrer trop d'obligeance dans ses questions afin d'éviter une éventuelle complaisance. D'autant que son collègue Sevestre n'est pas encore au courant de cet accord occulte. Il faut que l'interrogatoire ne soit pas trop complaisant. On lancera donc de faux sarcasmes et on aura de fausses colères. Malheureusement le rôle qu'on demande à la femme Harel de jouer est au-dessus de ses capacités. Elle tiendra les fausses colères de Sevestre et d'Amar pour authentiques. Elle en sera troublée, ne saura pas nuancer ses réponses et niera tout en bloc, rendant l'ensemble incompréhensible. Amar lui demande avec un sourire qui se veut sournois :

— Comment vous appelez-vous déjà, citoyenne ?

L'autre se sent aussitôt attaquée. Son visage émacié, ses petits yeux brillants et noirs, entourés de cernes bruns, qui encadrent un grand nez osseux, la font ressembler à un volatile pris au piège.

— Marie Devaux, femme Harel, répond-elle méfiante.

— Qui vous a placée près de la veuve Capet ?

— C'est Michonis et Jobert.

Amar lui demande d'une voix suave :

— Marie, n'avez-vous pas vu par hasard un ci-devant chevalier de Saint-Louis accompagné d'un officier municipal ?

— Je n'ai vu personne ! répond-elle sèchement.

Amar poursuit sur le même ton doucereux :

— Ne connaissez-vous pas le citoyen Michonis ?

— Oui, je le connais.

— Vous rappelez-vous le jour où le citoyen Michonis est venu ici ?

— Non.

— Enfin n'était-il pas accompagné de quelqu'un ?

— Il était seul.

— Pourtant il y a quelques jours il est bien venu accompagné de quelqu'un ? insiste Amar toujours très onctueux.

— Il était seul ! répète-t-elle brutalement.

Amar garde ce ton faussement affectueux :

— Allons, allons ! dit-il avec un sourire mielleux, le citoyen Michonis n'est-il point venu, il y a quelques jours, accompagné de quelqu'un ? Faites un effort, Marie !

— Oui, il est venu accompagné d'un jeune homme que je ne connais pas.

— Il est donc venu accompagné de quelqu'un ! Amar abandonne son ton doucereux : Ce visiteur a-t-il parlé à la veuve Capet ?

— Il est resté à côté du gendarme et il n'a pas soufflé mot.

Amar prend un ton sévère :

— Le particulier, qui était avec Michonis, a-t-il parlé à la femme Capet ?

— Non.

— N'avez-vous pas remarqué que la présence de ce particulier ait causé de l'émotion à la veuve Capet ?

Elle répond les yeux baissés :

— Tous ceux qui entraient lui faisaient de l'effroi mais je ne m'en suis pas aperçue pour la personne dont il est question !

Amar approche son visage très près de celui de la femme Harel et la fixe intensément :

— Comment était-il vêtu ?

— Je ne peux pas bien dire comment ! dit l'autre en éloignant son visage.

Amar décide de poser ses questions sans ménagement à une cadence rapide :

— Le jour où Michonis a introduit ce jeune homme, a-t-on fait parvenir un œillet à la femme Capet ?

— Je n'ai pas vu cela ! dit-elle butée, les yeux toujours baissés.

— Ne reçoit-elle pas des fleurs ?

— Oui !

— Qui les lui apporte ?

La femme Harel gênée jette un regard furtif au gendarme Dufresne qui attend avec anxiété sa réponse.

— Ce sont les gendarmes qui sont commis à sa garde ! dit-elle après une seconde d'hésitation.

Les gendarmes échangent des regards anxieux :

— Ah bon ! s'exclame Amar innocemment, n'est-ce pas plutôt elle qui aurait demandé des fleurs ?

Les deux gendarmes guettent avec appréhension sa réponse :

— Non ! dit-elle les yeux toujours baissés.

Amar et Sevestre échangent un regard évocateur.

— Notez, dit Amar en riant, notez bien, citoyen greffier que ce sont les gendarmes préposés à la garde de la veuve Capet qui, contre tous les règlements, lui ont offert des fleurs ! Un comble ! Parmi ces fleurs y avait-il des œillets par hasard ?

La femme Harel de plus en plus troublée pense trouver une porte de sortie :

— Si la plupart sont des œillets, affirme-t-elle sur un ton revendicateur en dodelinant de la tête, il y avait aussi des tubéreuses et des juliennes !

— Tant mieux ! s'exclame Amar ironique en regardant Sevestre. Tu entends, Joseph, sois rassuré, il y avait des tubéreuses et des juliennes ! Continuons ! Il reprend son ton faussement acerbe : Après le départ du jeune homme et de Michonis, la veuve Capet n'a-t-elle rien dit ?

— Non, mais les gendarmes m'ont demandé si ce n'était pas le fils de Michonis et j'ai répondu que je n'en savais rien !

— Dites-moi, Marie Harel, dit-il élevant artificiellement le ton, quand Michonis et le particulier étaient dans la cellule, je crois savoir que vous étiez occupée à faire une partie de cartes avec le gendarme Gilbert, n'est-ce pas ?

— Non ! dit-elle en levant cette fois les yeux vers lui.

La comédie se poursuit, Amar fait semblant d'être stupéfait. Sevestre qui n'est pas dans la confidence de cette trame se lève brusquement, fait le tour du bureau et par un signe de tête enjoint à l'autre de reprendre sa place. Il lance à la femme Harel :

— Non ? Vous dites non…

S'emparant d'une feuille que lui passe à nouveau le greffier Bax, il se dirige droit sur elle.

— Le gendarme Gilbert a écrit cette nuit même au lieutenant-colonel Botot Du Mesnil la lettre qu'on vous a lue et je vous rappelle un passage que vous semblez avoir oublié, écoutez : “De plus la femme de chambre faisant une partie de cartes avec moi, la femme Capet en a profité pour écrire avec une épingle un billet qu'elle m'a remis afin que je le remette au chevalier. Mais, fidèle à mon devoir, je l'ai donné immédiatement à la femme Richard…” Alors, que répondez-vous à cela ?

— Ce n'était pas ce jour-là, dit-elle avec un regard de poule terrifiée, car le jour ou Michonis est venu avec le particulier, je…

— … parce que subitement la mémoire vous revient ? Vous vous souvenez maintenant que Michonis est revenu avec un particulier tandis que le gendarme Gilbert jouait aux cartes avec vous ?

— Ce n'était pas ce jour-là, le jour où Michonis est venu avec le particulier, je ne jouais pas, j'étais à travailler !

— A travailler ? Je prends note ! Mais alors, le jour où vous avez joué aux cartes avec le gendarme Gilbert, n'est-il rentré personne ?

— Les citoyens Michonis et Jobert sont entrés.

— Michonis et Jobert ? Et le chevalier de Saint-Louis, alors, quand est-il entré ?

— Ce n'est pas le jour où je jouais aux cartes.

Sevestre regarde Amar consterné, il se tourne vers Gilbert.

— Vous avez donc menti à vos autorités supérieures ! Pourquoi ? Sevestre en conclut que, puisque Jobert n'a jamais accompagné le chevalier de Saint-Louis, elle n'a donc jamais joué aux cartes le jour où il est venu avec Michonis. Il poursuit : Depuis que vous êtes avec la veuve Capet, ne vous êtes-vous jamais aperçue qu'il y eût quelques intelligences entre le particulier et elle ?

— Non. Elle m'a parlé souvent de ses enfants et qu'on l'avait mortifiée au Temple.

— N'avez-vous jamais vu la veuve Capet se servir d'une épingle pour écrire ?

— Non, jamais !

Sevestre fait une grimace de découragement.

— Vous avez bien dit "jamais" ? Décidément, le mystère s'épaissit et nous pataugeons de plus en plus ! Il élève le ton : Si vous n'avez pas vu la veuve Capet se servir d'une épingle, vous étiez donc absente ce jour-là ? Gilbert affirme que le jour où le chevalier est venu, non seulement vous étiez là mais que vous avez joué aux cartes avec lui et que la veuve Capet en a profité pour écrire son message. Alors lequel de vous deux ment ? Vous avez dit que les gendarmes vous ont demandé après le départ du chevalier s'il était le fils de Michonis. Ce qui prouve que vous étiez bien là quand il est venu ! Bien malin celui qui comprendrait que vous étiez absente pour la partie de cartes, présente au moment du départ du chevalier, à nouveau absente quand la lettre fut écrite avec une épingle… Cela fait beaucoup de contradictions ! Citoyen Bax, avez-vous bien tout noté ?

— Parfaitement, citoyen député.

Sevestre se tourne vers le gendarme Gilbert :

— Et vous, comment vous appelez-vous ?

— Jean-Guillaume Gilbert, gendarme national auprès des tribunaux, citoyen député.

— Vous êtes bien l'auteur de la lettre au lieutenant-colonel Botot Du Mesnil ?

— Oui, citoyen député.

— Parfait ! Récitez-nous les circonstances de ces faits.

— Le citoyen Michonis est venu avec un particulier, il y a quelques jours, et c'est son avant-dernière visite auprès de la veuve Capet…

Sevestre lève aussitôt le bras en signe d'avertissement :

— Arrêtez ! Je relève déjà une première contradiction entre ce que vous venez de dire et la dénonciation que vous avez adressée à votre colonel. Vous venez de dire “il y a quelques jours”, c'était donc le 28 août ? Le confirmez-vous ?

— Euh… oui, citoyen député.

— Vous avez écrit à votre colonel que vous êtes allé aussitôt chez le concierge. Or, vous avez remis votre lettre à votre supérieur seulement hier 3 septembre. Entre hier 3 septembre et le 28 août quand le chevalier est venu, il s'est passé sept jours, gendarme Gilbert, où vous n'avez rien fait. Citoyen greffier, prenez note de ce détail, s'il vous plaît. Continuez !

— Michonis est venu avec un particulier qui a fait tressaillir la femme Capet qui m'a déclaré qu'il était un ci-devant chevalier de Saint-Louis. Elle m'a même déclaré qu'il lui avait fait tenir dans ce même jour un œillet dans lequel il y avait un billet et qu'il devait revenir le vendredi suivant…

— C'est bien le jour où vous avez fait une partie de cartes avec la citoyenne Harel, n'est-ce pas ?

— Oui, la femme de chambre étant à jouer une partie de cartes avec moi – la femme Harel se raidit sur sa chaise, elle ressemble maintenant à une poule en colère –, la femme Capet a profité de cette occasion pour écrire avec une épingle sur un papier qu'elle m'a remis pour le remettre à un certain quidam…

Sevestre insiste :

— Donc le jour où le citoyen Michonis est entré avec le chevalier de Saint-Louis, la femme Harel était là ?

— Oui, citoyen député.

— Et vous avez joué aux cartes avec elle ce jour-là ?

— Oui, citoyen député.

La femme Harel tressaille de nouveau. Elle lance à Gilbert un regard noir. Tous les prévenus se regardent, outrés de ce mensonge.

— Vous avez dit que la veuve Capet a profité que vous jouiez aux cartes avec la citoyenne Harel pour écrire avec une épingle ?

— Oui, citoyen député.

— C'est matériellement impossible qu'elle ait écrit son message tandis que vous jouiez aux cartes. La veuve Capet aurait écrit son message pendant leur visite ? Au nez de tout le monde ! De qui vous moquez-vous, gendarme Gilbert ? Vous avez mal bâti votre mensonge, mon ami.

Sevestre s'adresse à la Reine :

— Vous confirmez que la femme Harel était présente ce jour-là ?

— Il me semble qu'elle était présente, dit la Reine en réfléchissant, mais je peux me tromper. Malheureusement, je ne m'en souviens plus.

Sevestre s'adresse à nouveau à Gilbert :

— Continuez !

— Ne voulant avoir rien à me reprocher – éclats de rire des enquêteurs, l'autre poursuit mal assuré – sur la place et les devoirs que j'avais à remplir, je me suis transporté aussitôt chez le concierge à la femme duquel j'ai remis le billet et fait absolument le rapport aussi exact que j'ai l'honneur de vous le présenter. Je tiens à ajouter que mon collègue le citoyen Dufresne est ignorant de la chose sinon moi de lui !

— C'est tout ?

— Oui, citoyen député.

— Eh bien, merci, gendarme Gilbert, pour votre contribution dans notre combat pour la vérité.

Sevestre se dirige vers Michonis et lui demande sur un ton désabusé :

— Vous, l'homme d'esprit, comment vous appelez-vous ?

— Jean-Baptiste Michonis.

— Quel est votre état ?

— Limonadier, rue du Puits à la Halle. Administrateur de police chargé des prisons.

— Venez-vous souvent voir la femme Capet ?

— Tous les jours ou plutôt tous les soirs.

— N'êtes-vous pas venu avant hier avec un chevalier de Saint-Louis ?

— Je n'en connais pas.

Sevestre et Amar échangent un regard entendu.

— Parmi les particuliers que vous avez introduits, n'avez-vous pas remarqué qu'il y en avait un qui était motivé par autre chose que la simple curiosité ?

— Je ne connais aucun particulier qui soit motivé par autre chose que la curiosité, dit Michonis avec un ricanement.

— Ces particuliers n'ont-ils jamais parlé à la femme Capet ?

— Non, jamais à ma connaissance.

— Quelques-uns de ces particuliers n'ont-ils pas occasionné de l'émotion à la veuve Capet ?

— Je ne m'en suis pas aperçu.

— Tiens, tiens… Pourtant les deux gendarmes l'avaient remarqué, et pas vous ?

— Je ne m'en suis pas aperçu.

— Etrange… Bon, admettons. L'avant-dernière fois que vous êtes venu, n'étiez-vous pas accompagné d'un particulier qui vous était paraît-il inconnu ?

— En effet, il m'était inconnu.

Sevestre lance un regard à Amar.

— Vraiment ? Et bien sûr, vous ne connaissiez pas le nom de cet homme que vous avez introduit ?

— Non, il m'était inconnu.

L'autre change de ton.

— Il est tout de même surprenant, dit Sevestre sévère, que vous introduisiez des particuliers dont vous ne connaissiez même pas les noms !

— Les demandes de visite de la femme Capet sont nombreuses, dit Michonis.

— Pouvez-vous décrire l'homme que vous avez introduit ? Comment était-il vêtu ?

— Il avait un habit gris, le visage vérolé, âgé de trente à quarante ans, petit de taille.

La Reine, qui leur tourne le dos, baisse les yeux à cet instant. Elle sait que Michonis ment, puisque le chevalier était habillé de rouge.

— Ou l'avez-vous connu ?

— Chez le citoyen Fontaine, rue de l'Oseille au Marais.

— Le connaissez-vous depuis longtemps ?

— Depuis quinze jours seulement.

— Quel est son état ?

— Il vit de son bien.

— C'est inconcevable que vous ne connaissiez pas son nom et que vous connaissiez tous ces détails !

— Je me charge de vous le dire.

— Merci de votre contribution… Nous savons que vous l'avez rencontré plusieurs fois chez le citoyen Fontaine et que vous avez encore déjeuné avec lui aujourd'hui !

— J'ai été à trois heures chez le citoyen Fontaine, il était encore à table.

— Comment est-il possible que vous ignoriez son nom, alors que vous l'avez vu plusieurs fois ?

— Je vous jure que je ne le sais pas.

— N'avez-vous pas soupçonné en lui un contre-révolutionnaire ?

— Il ne parlait que de choses générales. S'il avait prononcé des paroles contraires à la Révolution, je ne l'aurais pas souffert !

— Bien sûr ! Mais tout de même, ne connaissant pas le caractère de cet homme, comment avez-vous pu le laisser entrer chez la veuve Capet où seuls des fonctionnaires publics ont la garde ?

— Ce que j'ai fait pour lui, je l'ai fait pour beaucoup d'autres, d'autant plus que la surveillance est fort bien établie.

Tous les enquêteurs rient.

— Ne saviez-vous pas que c'était un chevalier de Saint-Louis ?

— Je l'ai su quand la citoyenne Richard me l'a appris.

— Et le sachant, vous ne vous êtes pas inquiété de connaître son nom et son adresse ?

— Je n'ai pas mis d'importance à la chose et je pensais que cette affaire était finie.

— Quand la femme Richard vous a remis le billet, vous lui avez dit qu'il ne fallait pas en parler. Désavouez-vous le fait ?

— Pas du tout, puisque je n'y attachais aucune importance.

— La femme Richard ne vous a-t-elle pas prévenu que ce papier était destiné au chevalier ?

— Pas du tout.

— Mais vous saviez qu'il venait de la veuve Capet ?

— Evidemment.

L'expression du visage de Sevestre se durcit.

— Le fait qu'il soit écrit avec une épingle prouve que c'était peut-être une intrigue grave, comment se fait-il que vous n'ayez pas tenté de la dévoiler ?

— Je répète que j'ai mis si peu d'importance à la chose que j'ai cru qu'elle était finie.

— En apprenant par la femme Richard que le particulier était un chevalier, pourquoi ne l'avez-vous pas fait arrêter ?

— J'ai regardé la chose comme non avenue et même finie, je ne lui ai pas remis le billet. Et je lui ai reproché de m'avoir mis dans le plus grand embarras.

— Sans plus ? Et qu'a-t-il répondu à vos reproches ?

— Qu'il était bien fâché.

Les enquêteurs éclatent de rire à nouveau.

— Et vous ne vous êtes pas inquiété de découvrir le nom d'un homme qui vous a compromis ?

— Je ne trouvais pas qu'il fût important pour moi de l'apprendre puis que je n'attachais aucune importance à l'affaire.

— Aucune importance, aucune importance ! Décidément c'est une idée fixe ! Connaissez-vous son domicile ?

— Oui, citoyen.

Vous savez où il habite ?

— Oui, citoyen, il demeure à Vaugirard chez la citoyenne Dutilleul.

Amar et Sevestre se regardent stupéfaits. Amar en rajoute en faisant de plus en plus l'étonné.

— Ayant déjeuné plusieurs fois avec lui, vous ne connaissez toujours pas son nom, mais vous savez où il habite ? Qui pensez-vous convaincre avec de tels mensonges ?

— Je ne sais pas son nom et je ne l'ai jamais su.

— Encore ? Décidément, c'est une obsession ! Passons à autre chose... Dites-moi, citoyen Michonis – Sevestre prend un ton solennel –, le jour où vous avez introduit ce particulier, la femme Harel était-elle présente, oui ou non ?

Michonis fait semblant de réfléchir.

— Il me semble que ce jour-là elle était allée chercher de l'eau à la glace.

Sevestre surpris, puis sur un ton ironique :

— Chercher de l'eau à la glace ? Pour qui ?

— La veuve Capet avait eu un malaise…

— Mais vous venez de dire que vous n'aviez pas remarqué chez elle la moindre émotion.

— C'est absolument exact en ce qui concerne l'émotion, mais le malaise il était difficile de ne pas le constater.

— Je reviendrai vers vous dans un moment.

Sevestre s'adresse à la femme Richard :

— Et vous, citoyenne, comment vous nommez-vous ?

— Marie-Anne Barrassaint, épouse Richard, concierge de cette maison.

Sevestre sur un ton faussement confidentiel lui dit à voix basse :

— Dites-moi, Marie, la femme Harel jouait-elle aux cartes avec le gendarme Gilbert quand Michonis a amené le chevalier de Saint-Louis ?

— J'étais dans ma cuisine, elle aurait pu être là, mais comme elle devait travailler, donc je ne peux dire !

— C'est évident, répond ironiquement Sevestre. Avez-vous remarqué qu'un chevalier de Saint-Louis était entré chez la veuve Capet ?

— Je ne m'en suis pas aperçue.

— Vous a-t-on remis un papier piqué qui venait de la veuve Capet ?

— Gilbert m'a remis ce papier. Je l'ai remis le même jour et au même moment au citoyen Michonis.

Sevestre demande à ce dernier :

— Quel jour vous a-t-on remis ce papier ?

— Le lendemain ou le surlendemain du jour où je suis entré avec le particulier.

Sevestre se tourne vers Marie Richard.

— Donc vous mentez quand vous prétendez que c'était le même jour ! Citoyen greffier, quelle est l'expression exacte qu'a énoncée la citoyenne ?

— Gilbert m'a remis ce papier. Je l'ai remis le même jour et au même moment au citoyen Michonis.

— C'est bien cela : au même moment. Alors, lequel des deux est un menteur ? Je réglerai ce problème tout à l'heure.

Il se dirige vers Richard.

— Et vous, citoyen concierge, qu'avez-vous vu ?

— J'étais dans mon bureau, à l'avant-greffe, citoyen député !

— Et pardi ! Donc vous n'avez rien vu. Citoyen, vous semblez être hors de cause dans cet imbroglio – il sort une feuille d'un dossier et la promène devant le visage de Richard. Mais, car il y a un mais – Richard pâlit –, vous avez contrevenu au règlement des prisons, citoyen concierge !

— De quelle sorte, citoyen député ?

— Vous avez acheté pour la veuve Capet, avec l'argent du peuple, deux matelas, l'un de crin, l'autre de laine, un traversin, un bidet de basane rouge avec sa seringue, et une couverture neuve chez le tapissier Bertaud, voici la facture !

— Le matelas était pourri, intervient Marie Richard, et envahi par la vermine, citoyen député.

— Et alors, cela vous gênait-il ? Ne trouvez-vous pas que la veuve Capet a suffisamment dilapidé l'argent du peuple pour que vous en rajoutiez ?

Sevestre se dirige maintenant vers le gendarme Dufresne :

— Et vous, comment vous appelez-vous, citoyen ?

— Maréchal des logis François Dufresne, citoyen député.

Sevestre gardant le ton de la confidence :

— Avez-vous connaissance d'une visite rendue il y a quelques jours par le citoyen Michonis accompagné d'un inconnu à la veuve de Louis Capet ?

— Oui, citoyen député.

— Je vous écoute.

— Le citoyen Michonis est venu avec un particulier inconnu. Ils se sont approchés tous les deux de la table qui était devant elle, elle a demandé à Michonis des nouvelles de ses enfants, il lui a répondu qu'ils se portaient bien. Alors j'ai remarqué une grande agitation sur le visage et dans les membres de la veuve Capet, les larmes lui sont tombées des yeux, un grand feu lui est monté au visage. Dans cet état, elle s'est retirée un peu audedans du paravent, elle a parlé à Michonis. L'autre particulier était derrière Michonis. Je n'ai pu entendre distinctement ce qu'ils disaient. Après cette conversation Michonis s'est retiré avec le particulier.

— C'était quand ?

— Je pense que c'était au mois d'août.

Dufresne échange un regard furtif avec la femme Harel.

— Continuez.

— Mon camarade m'ayant déclaré que la veuve Capet lui avait fait un aveu relatif à l'entrevue du particulier introduit dans son appartement par Michonis…

— … m'ayant déclaré ? M'ayant déclaré ? Parce que vous ne l'auriez donc pas vu de vos propres yeux ?

— J'en ai eu moi-même la preuve, parce que je l'ai entendue faire le même aveu qu'elle avait fait à mon camarade, savoir que ce particulier était un chevalier de Saint-Louis.

— Vous dites que vous avez entendu le même aveu qu'elle avait fait à votre camarade ? J'en conclus que vous étiez donc absent quand la femme Capet a fait cet aveu au gendarme Gilbert pour la première fois… C'est bien, continuez !

— Mon camarade m'a déclaré qu'il s'agissait d'un chevalier de Saint-Louis et qu'il avait laissé tomber un œillet dans lequel était renfermé un billet et qu'elle ne s'en serait pas aperçue sans le signe qu'il lui fit de le relever, que ce billet contenait une offre en louis et qu'elle avait répondu en piquant un papier avec une épingle, ce qui formait des lettres…

— Comment savez-vous tout cela ?

— C'est mon camarade qui me l'a dit.

— Donc vous rapportez ce que votre camarade vous dit ? J'en conclus que vous ne l'avez pas constaté par vous-même. Que vous a-t-il dit d'autre, votre camarade ?

— Mon camarade m'a dit devant la veuve Capet qu'il avait mis ce billet dans sa poche au moment où la femme de chambre entrait…

— … mon camarade m'a dit ! Mon camarade m'a dit ! Parce que vous ne l'avez pas constaté non plus par vous-même ? Qu'avez-vous appris d'autre de votre camarade ?

— Qu'en sortant, la femme du concierge lui avait mis les mains dans ses poches et lui avait pris ses papiers parmi lesquels se trouvait le billet.

— Est-ce vrai, Marie Richard ?

— C'est inexact, citoyen député, le gendarme Gilbert s'est servi de cette excuse auprès de la veuve Capet qui le pressait de lui rendre son papier.

— J'en conclus, gendarme Dufresne, que vous vous êtes absenté après le départ de Michonis et du chevalier.

Vous n'avez donc pas assisté aux confidences de la veuve Capet au gendarme Gilbert, n'est-ce pas ?

— Effectivement, citoyen député.

Sevestre faussement compatissant :

— Résumons les déclarations de tous ces honnêtes gens… Se tournant vers Amar, sur un ton ironique : Ils sont les victimes d'un malheureux concours de circonstances. La veuve Capet ne se souvient de rien. Pour Gilbert, la femme Harel jouait aux cartes avec lui. Pour elle, elle ne pouvait jouer aux cartes puisqu'elle était à travailler et ensuite elle est allée chercher de l'eau. Pour d'autres elle était présente, pour d'autres, elle était absente. La femme Richard était dans sa cuisine mais a recueilli le papier de Gilbert. Richard qui était dans son bureau n'est au courant de rien, sauf de dépenser inconsidérément l'argent du peuple. Le maréchal des logis Dufresne dit qu'il était présent durant une partie de la visite, mais tout ce qu'il sait de cette journée c'est son camarade qui le lui a appris. Quant à la femme Harel, pour elle, c'est très simple : elle n'a rien vu et rien entendu. Heureusement que nous avions le gendarme Gilbert qui jouait aux cartes avec lui-même, sinon nous n'aurions eu personne pour garder la veuve Capet !

Les prévenus observent un silence total tandis que Sevestre, surmontant son impatience, se tourne de nouveau vers son collègue Amar et lui dit sur un ton ironique :

— Il n'y a rien à dire ! Tout cela est parfaitement crédible ! Bon, venons-en maintenant à ce prétendu bout de papier percé de trous d'épingle que je n'ai jamais vu – il s'adresse à la Reine –, et que vous n'avez jamais écrit, n'est-ce pas ? A Michonis : Qu'avez-vous fait de ce bout de papier que vous a donné Marie Richard ?

Michonis le sort de sa poche.

— Le voici, citoyen député.

Sevestre le saisit d'un air stupéfait.

— Quoi ! Pendant tout ce temps, vous le gardiez sur vous sans le remettre immédiatement aux autorités ? Pourquoi ?

— Parce que je considérais cette affaire comme mineure, dit Michonis d'un ton faussement détaché, et je ne voulais pas lui donner plus d'importance qu'elle n'en avait.

— Vraiment ? Le ton de Sevestre se durcit : Ou bien vous êtes un traître de ne pas avoir alerté immédiatement le Comité de sûreté générale, ou vous êtes inconscient ! Il examine le bout de papier et s'écrie : Mais tous ces trous le rendent illisible – il le donne au secrétaire-greffier. Joignez ceci au dossier, j'en aurai besoin plus tard, on a probablement maquillé le message d'origine en y ajoutant des trous[1] !

Puis il s'adresse de nouveau à Gilbert :

— Dans votre lettre au lieutenant-colonel Du Mesnil, vous avez déclaré que lorsque la veuve Capet vous avait remis ce billet, vous avez couru aussitôt, je dis bien aussitôt, le remettre à la femme Richard, est-ce exact ?

— C'est exact, citoyen député.

Sevestre se dirige vers le bureau, consulte encore un document puis revient vers lui.

— Si ce que vous dites est exact, c'était donc hier lundi 2 septembre que ce papier a été entre vos mains pour la première fois ? Vous confirmez que vous vous êtes précipité chez Marie Richard pour le lui remettre ? Nous sommes bien d'accord ? Gilbert demeurant silencieux, Sevestre élève le ton : Je renouvelle ma question : c'était donc bien hier, lundi 2 septembre, gendarme Gilbert, que vous avez remis ce papier à la femme Richard

1. Ce papier est conservé aux Archives nationales.

et que vous avez aussitôt prévenu le colonel Botot Du Mesnil ?

Le gendarme Gilbert répond d'une voix sans timbre :

— Oui, citoyen député.

— Plus fort ! hurle Sevestre, je n'ai rien entendu.

— Oui, citoyen député.

— Vous mentez ! Sevestre se tourne vers la femme Richard : Vous confirmez qu'il vous l'a bien remis hier ?

— Non, citoyen député.

Sevestre fronce les sourcils.

— Vous dites non ? s'écrie-t-il. Attention à ce que vous avancez ! Les conséquences de votre déclaration peuvent être très graves. Puis d'une voix forte empreinte d'impatience : Marie Richard, c'est bien il y a sept jours environ que le gendarme Gilbert vous a remis ce billet ?

— Oui, citoyen député, je l'ai remis immédiatement au citoyen administrateur Michonis.

— A quelle date ? insiste Sevestre.

— Le 28 août, citoyen député.

— Alors je ne comprends plus rien. A Marie Richard : Le gendarme Dufresne prétend que vous l'avez vous-même extrait de sa poche…

— Ce n'est pas exact, citoyen député, comme je vous l'ai dit précédemment, Gilbert s'est servi de cette excuse pour ne plus être harcelé par la veuve Capet qui voulait le récupérer.

— Donc vous avez repris ce papier pour le donner au citoyen Michonis, n'est-ce pas ?

— Oui, citoyen député.

Il dirige son index successivement vers Marie Richard, Gilbert et Michonis.

— Chacun de vous est peut-être un menteur. Si Marie Richard a reçu ce papier de Gilbert autour du 28 août pour le remettre seulement hier au citoyen

Michonis, c'est elle qui ment. Si Gilbert a bien remis le papier à Marie Richard le 28 août pour le donner aussitôt au citoyen Michonis, c'est Michonis qui est suspect de ne pas avoir alerté aussitôt les autorités. Si Gilbert l'a bien reçu le 28 août et a prévenu son colonel seulement hier, c'est lui qui ment. N'est-ce pas, gendarme Gilbert ?

— Je ne sais plus, maintenant j'ai un doute, citoyen député, en vérité je pense que…

— Assez ! hurle Sevestre lassé de cette comédie. Citoyens secrétaires, avez-vous bien noté la déclaration du gendarme Gilbert qui s'oppose à toutes les autres ?

Le secrétaire-greffier acquiesce.

— Car il a déposé sous serment ! Montrant le gendarme Gilbert du doigt : S'il s'avère qu'il a menti, ce parjure l'enverrait immédiatement à l'échafaud.

On note un changement de climat dans l'assemblé des prévenus, ils sont comme paralysés. Sevestre poursuit son interrogatoire :

— Nous savons maintenant que le chevalier est venu en compagnie de Michonis pour la première fois le 28 août. Cela est très, très mauvais pour vous, gendarme Gilbert, car vous avez écrit seulement hier à votre supérieur. Pourquoi avez-vous attendu plusieurs jours avant de dévoiler ce complot si vous étiez aussi rigoureux que vous le prétendez ? Et alors que le gendarme Gilbert garde le silence, il poursuit : Vous ne voulez pas me répondre ? Eh bien, moi je vais vous le dire, c'est très simple : entre le 28 août et hier soir, vous tous prépariez tranquillement l'évasion de la veuve Capet, et puis hier, brusquement, le gendarme Gilbert est pris de panique. Pourquoi ? Nul ne sait – il se rapproche de lui. Gendarme Gilbert, qu'est-ce qui a bien pu faire échouer votre complot ? Et pourquoi mettez-vous en danger tous vos compères en les dénonçant à votre colonel ?

Le gendarme Gilbert répond avec de moins en moins d'assurance :

— J'ai fait mon travail comme les autres jours, citoyen député !

Sevestre se penche sur son visage et hurle :

— Mais de quel travail parles-tu, dis donc ! Tu te fiches de moi ? Tu mens comme tu respires ! Il se redresse et pointe un doigt accusateur vers les prévenus : Vous mentez tous – il retourne derrière le bureau. Vous êtes tous des traîtres ! Vous relevez d'une accusation majeure : celle d'intelligence avec l'ennemi en temps de guerre. Il donne un violent coup de poing sur le bureau en hurlant : C'est un crime de haute trahison qui relève des affaires criminelles du Tribunal révolutionnaire.

Amar embarrassé baisse les yeux. La déclaration de Sevestre va totalement à l'encontre des instructions qu'il a reçues.

— Ah, vous vous êtes tous bien moqués de nous, n'est-ce pas ? S'adressant à Michonis : Et vous, le fonctionnaire public qui agit avec une légèreté déconcertante en laissant entrer un chevalier de Saint-Louis auprès de la veuve Capet, j'espère pour votre tête que vous avez été plus inconscient que comploteur ! Et vous tous qui mentez effrontément, vous qui êtes tous complices ! Puis, désignant la Reine de son index : Et elle qui vous a tous achetés !

Amar se lève brusquement et s'adresse au lieutenant Lebrasse :

— Lieutenant, voulez-vous, s'il vous plaît, placer tout ce beau monde dans des cellules séparées afin que je puisse les interroger à nouveau. A l'exception toutefois des époux Richard qui ont pourtant gaspillé l'argent du peuple par des dépenses inconsidérées. Nous statuerons plus tard sur leur sort… Ramenez immédiatement la veuve Capet chez elle. Mettez aux arrêts les gendarmes Gilbert et Dufresne et songez à les remplacer le plus tôt possible. Placez le citoyen Michonis en prison ici même, et au secret absolu, et libérez sous contrôle judiciaire la femme Harel. Merci !

Lebrasse se lève et demande à l'un des deux factionnaires présents :

— Toi, préviens le lieutenant de Bûne que je l'attends !

Ce dernier se présente aussitôt.

— De Bûne, veux-tu m'aider à emmener tous ces prévenus, je te suis.

Ils sortent tous accompagnés de l'aide de camp Aigron. Seuls le secrétaire-greffier Bax et l'administrateur de police Cailleux sont encore présents.

Amar s'adresse à eux :

— Merci, citoyens, vous pouvez vous retirer, mais demeurez disponibles. Nous allons poursuivre ces interrogatoires. Merci pour votre contribution !

Ils sortent.

Par la fenêtre qui donne dans la cour des femmes, une jolie frimousse aux cheveux châtains a suivi la scène. C'est Rosalie Lamorlière qui lave le même carreau depuis une heure. Elle a tout entendu en prenant soin de ne pas être repérée.

Sevestre se balance sur sa chaise, pousse un gros soupir, sort sa tabatière, prend une prise et dit à Amar en riant :

— Dis donc… Ce complot de l'œillet, quelle histoire de fous ! Si on me la racontait, je n'y croirais pas une seconde. Tu as vu avec quel aplomb ils ont tous menti !

Et ce Michonis ! Quel inconscient ! Il garde sur lui jusqu'à aujourd'hui le papier d'Antoinette sans le remettre aux autorités. Cet homme est fou ! Vois-tu, Jean-Pierre, nous avons commis une faute inexcusable !

— Laquelle ?

— C'est de les avoir interrogés tous ensemble ! Ils étaient tous solidaires et ont accordé leurs mensonges avec plus ou moins de bonheur, à une exception près, celle du plus idiot d'entre eux…

— Le gendarme Gilbert ?

— Tu as remarqué, dit Sevestre, qu'ils étaient tous contre cet imbécile ? Pourquoi a-t-il écrit à son colonel en taxant Michonis de suspect. Il ménage son collègue Dufresne en affirmant qu'il n'était pas au courant de sa démarche. Sans sa dénonciation, nous n'aurions jamais rien su de cette affaire. Je suis quand même impressionné par la médiocrité et l'amateurisme de tous ces comploteurs !

— Ils pensaient vraiment libérer la louve avec une organisation aussi boiteuse ?

— Sans aucun doute ! Hélas, ce que nous ne saurons jamais, c'est jusqu'où ils sont allés dans leur conspiration, et comment et pourquoi cette évasion a échoué. Et lequel d'entre eux l'a fait échouer. En tout cas, quelque chose d'imprévu s'est passé cette nuit, quand Gilbert a paniqué en expédiant sa lettre.

— Ce serait donc le gendarme Gilbert qui aurait tout fait échouer ? demande Amar.

— Ce ne serait pas logique. Pour quelles raisons aurait-il attendu huit jours pour envoyer sa dénonciation ? Non. S'il avait été opposé à ce complot, il l'aurait envoyé le jour même. En fait, il a eu peur du geste d'un autre… Quel autre et quel geste ? Mystère. Nous savons que le chevalier est venu le 28 août, ou à la rigueur le 29, mais sûrement pas hier. Il est donc mouillé jusqu'au cou. Qu'est-ce qui a bien pu se passer ?

— Gilbert a peut-être été pris de panique au dernier moment ? dit Amar.

— C'est très possible. Mais pourquoi une décision si tardive ? La peur soudaine du couperet ? Peut-être. Mais alors, pourquoi ne l'a-t-il pas éprouvée plus tôt ? Ce complot a certainement échoué par la faute de l'un des comploteurs.

— Pourquoi serait-ce obligatoirement l'un d'entre eux ? interroge Amar.

— Parce qu'un agent extérieur nous aurait permis de découvrir jusqu'au bout les tenants et aboutissants de cette histoire de fous, un étranger aurait exposé au grand jour les circonstances de cette intrigue, et nous aurions en outre appris le rôle exact joué par chacun. Mais comme c'est un complice qui dénonce la conspiration, Gilbert ne dévoilera que la partie de l'intrigue qui ne le met pas en cause et il n'hésite pas à mentir stupidement pour se blanchir, même au détriment de Michonis et des autres. Tu penses bien que les autres se garderont bien d'en rajouter… Ils ont une peur panique d'être encore plus impliqués ! Moralité : comme chacun a sa part de complicité, on ne connaîtra jamais le fin mot de cette histoire. Quoi qu'il en soit, notre gendarme national me paraît un sale bonhomme !

— Que penses-tu des époux Richard ? Auraient-ils pu monter cette intrigue ? demande hypocritement Amar.

— Ils n'ont vraiment pas le profil de maîtres comploteurs. Lui est un parfait intrigant et elle, une trop bonne gestionnaire pour avoir dirigé un tel complot. S'ils ont été complices, leur rôle a été très secondaire ! Quoi qu'il en soit, Fouquier a besoin d'eux comme l'air qu'il respire, avec lui ils n'auront pas grand-chose à craindre !

— Alors qui ? Dufresne ?

— Pas impossible, C'est le plus honnête. Apparemment, c'est le seul qui n'ait pas menti. Il prétend avoir été partiellement présent lors de la visite du chevalier et ensuite il déclare que c'est son camarade qui lui a fait part des propositions de la veuve Capet. De deux choses l'une : ou il était absent lors de la première visite de Rougeville et sa déposition est fausse ; ou il dit la vérité puisqu'il n'a assisté qu'à une partie de cette visite étant sorti avant la fin, ce qui semble logique et concorde avec toutes les autres dépositions.

— Sinon, qui d'autre aurait fait échouer la conspiration ?

Amar réalise aussitôt qu'il a employé ce mot malgré lui, ce qui n'a pas échappé à la sagacité de l'autre.

— Tiens, que c'est drôle, Jean-Pierre, c'est la première fois que tu emploies le terme de "conspiration", est-ce involontaire ?

— Bien sûr, j'ai dit conspiration comme si j'avais dit intrigue ou complot, que vas-tu imaginer là ?

— C'est étrange, j'ai eu le même sentiment que tu viens d'avoir involontairement ! Je pressens qu'il ne s'agit pas d'une vulgaire intrigue, mais bien de quelque chose de beaucoup plus grave.

— Joseph, je t'en prie, ne cherche pas midi à quatorze heures, continue plutôt l'analyse judicieuse de cette intrigue.

— Quand on ne trouve aucune solution à une intrigue, dit-il en riant on dit toujours : cherchez la femme ! Je pencherais pour la mère Harel. Dans toute cette histoire, elle a un comportement paradoxal !

Amar sait que la femme Harel a reçu l'ordre d'être sourde et muette à son interrogatoire, il demande innocemment :

— Tu trouves ? Mais alors quel en serait le mobile ? Le patriotisme ?

— Pas le moins du monde. Rappelle-toi : son premier réflexe a été de mentir en m'assurant qu'elle n'avait jamais vu le chevalier de Saint-Louis. Puis elle s'est rétractée en disant que les gendarmes lui avaient demandé si c'était le fils de Michonis. Elle a encore menti en affirmant qu'elle n'avait pas vu d'œillet ni de papier percé de trous. Tous ces mensonges sont incompatibles avec un quelconque sentiment patriotique !

— Tu as raison. Elle veut peut être couvrir la Reine ? poursuit Amar qui veut l'orienter vers une fausse piste.

— Couvrir la Reine ? Mais tu n'y penses pas ! Elle la déteste. Comment expliquer une attitude qui va à l'encontre de toute logique ? Voilà une femme imposée par Fouquier-Tinville, qui est le prototype de la révolutionnaire intransigeante, qui se tait et qui ment pour couvrir un complot royaliste… Etrange, non ?

— Aurait-elle été achetée par la Reine ? demande Amar.

— Peu probable. Elle semblerait plutôt couvrir soit un membre du complot, soit quelqu'un d'étranger à la maison. Son comportement est extravagant : nommée par l'accusateur, elle aurait dû dénoncer tous ces comploteurs dès la première heure.

— Tu as raison, mais peut-être n'a-t-elle pas réalisé tout de suite qu'il s'agissait de quelque chose de grave ? lance timidement Amar.

— Ce serait la seule explication logique, mais alors pour quelle raison s'entête-t-elle ensuite à tout nier ? Elle proclame qu'elle ne sait rien et n'a rien vu. Voilà une femme à l'esprit fortement révolutionnaire, qui trahit Fouquier-Tinville en ne dévoilant rien, lui qui l'avait placée là comme mouton. C'est incompréhensible !

— Peut-être a-t-elle eu une liaison avec un des deux gendarmes, dit Amar qui n'a rien trouvé d'autre.

Mais avec la tête qu'elle a, ce serait peu vraisemblable !

— Figure-toi que j'y ai pensé… Ce n'est pas impossible. Je connais des hommes qui ne couchent qu'avec des femmes laides. J'ai mené ma petite enquête : j'ai appris que son mari s'appelle François Simon, il est garçon de bureau à la mairie. J'ai découvert qu'il a trente ans de plus qu'elle, elle en a trente-six ! Je comprends aisément qu'elle soit attirée par un gendarme de vingt-cinq ans !

Amar, ravi que Sevestre s'embarque sur une fausse piste, est cependant poussé par la curiosité, il aimerait connaître les limites de son raisonnement.

— Avec lequel des deux ? dit-il.

L'autre poursuit sa déduction :

— Je pencherais pour Dufresne ! Gilbert est marié à la sœur de Louis Larivière ; coucher avec Harel sous le nez de son beau-frère, c'est scabreux. Si l'accusateur l'apprenait, sa carrière serait aussitôt terminée. Il ne commettra jamais une telle imprudence au sein de la Conciergerie. Mais ne te fais aucune illusion, ce complice, on ne le connaîtra jamais ! En se dévoilant, la femme Harel aggraverait sa propre culpabilité et celle de son amant. En outre, elle mettrait en péril tous les autres et ils pourraient se venger ! N'oublie pas qu'une simple dénonciation conduit au couperet ! Mon ami, dit Sevestre en prenant une pincée de tabac, j'ai bien peur que nous ne soyons définitivement confrontés à la loi du silence ! Quoique… Il y aurait encore une explication à tous ces mensonges…

— Je ne vois pas laquelle ! dit précipitamment Amar.

— On lui a peut-être ordonné de travestir la vérité…

Amar sursaute, Sevestre aurait-il pressenti le complot de de Batz ?

— Penses-tu !

— Tu as tout à l'heure employé inconsciemment le mot de conspiration, ton intuition était peut-être juste.

— Enfin, réfléchis, qui peut demander à une servante de travestir la vérité ?

— Robespierre, pardi !

— Tu es fou ? Vois-tu Maximilien ordonner de se taire aux servantes de la Conciergerie ? C'est grotesque !

— Pas s'il s'agit d'une affaire d'Etat ! Cet ordre a pu être transmis par l'intermédiaire de Fouquier-Tinville. N'oublie pas que la femme Harel est l'un de ses moutons.

— C'est absurde !

— Sait-on jamais ? Il existe peut-être des implications graves que nous ne connaissons pas. Mais sois rassuré, je les découvrirai – il prend une pincée de tabac. Dans tous les cas, c'est Fouquier qui sera déçu : pour l'aider à argumenter son acte d'accusation, nous ne lui apportons pas grand-chose à se mettre sous la dent. Sauf si lors de l'interrogatoire de demain, Antoinette nous livre quelque chose de nouveau. Il nous reste encore un tout petit espoir d'en savoir davantage.

Derrière le carreau de la fenêtre, Rosalie Lamorlière n'a rien perdu de leur entretien.

— La louve autrichienne les aurait tous achetés ? demande innocemment Amar. Comment aurait-elle pu s'y prendre du fond de son trou ? C'est inimaginable !

— Elle a sûrement bénéficié d'un appui extérieur.

— Lequel ?

— Ne sois pas naïf, mon ami, que veux-tu que ce soit, sinon l'or !

— L'or de qui ?

— L'or autrichien ou l'or anglais, je ne sais pas ! N'as-tu jamais entendu Robespierre parler du "complot de l'étranger" ?

— Tu exagères, il ne s'agit que d'une simple intrigue de prison !

— Je ne le crois pas. Je ne serais pas étonné qu'il y ait derrière une organisation qui nous manipule… Un agent dissimulé dans l'ombre qui nous envoie ses exécutants remplir des missions les poches pleines d'or. J'espère pour nos têtes que ce n'est pas le cas.

— Que vas-tu chercher là, Joseph !

— J'en suis presque sûr. Tu verras que nous serons étonnés de découvrir le nombre de leurs complices qui nous sont encore inconnus ! Te rends-tu compte du pouvoir exorbitant de l'or ? Ils auraient pu réussir à libérer la veuve Capet sous notre nez, en pleine Conciergerie et en plein Paris ! Pour quelles raisons ont-ils échoué ? Mystère. Je peux te garantir qu'ils ne perdent rien pour attendre – il se lève. Je vais les interroger maintenant séparément puis j'irai confondre la louve demain matin dans sa tanière ! Je te jure que j'obtiendrai d'elle les aveux que réclame Fouquier, et tu peux me faire confiance, ils auront un poids suffisant pour étayer son accusation ! Viens, allons souper, je meurs de faim et de soif !

Il est huit heures du soir. En lui servant son souper, Rosalie Lamorlière compte bien prévenir la Reine des menaces qui pèsent sur elle.

MERCREDI 4 SEPTEMBRE, TRENTE-QUATRIÈME JOUR DE DÉTENTION,
LA CONCIERGERIE, HUIT HEURES DU SOIR

15

La Reine se déjuge

Son interrogatoire sitôt achevé, la Reine est reconduite dans son cachot. Epuisée, elle s'est jetée sur son lit de sangles sans se dévêtir, dédaignant son repas au grand désespoir de Rosalie.

— Ne souperez-vous pas, Madame ? demande celle-ci angoissée.

— Non merci, ma fille, je suis dans l'impossibilité d'absorber la moindre nourriture.

Rosalie effectue alors "son petit ménage du soir" le plus doucement possible car la Reine s'est endormie aussitôt, son petit carlin à ses côtés.

Le carillon de la Sainte-Chapelle sonne neuf heures. C'est le moment pour la petite servante de se retirer. Depuis ce funeste 3 septembre, la Reine est seule. Toutefois, les deux factionnaires postés à la fenêtre grillagée ne la quittent pas des yeux. Paradoxalement, les gendarmes arrêtés n'ont pas été remplacés à l'intérieur du cachot, ce qui lui permet de jouir d'une relative tranquillité.

Comme chaque soir après le départ de Rosalie, c'est la solitude, l'obscurité et le lourd silence rompu à chaque quart par le carillon de la Sainte-Chapelle.

Bien heureusement, dans son sommeil, les souvenirs de bonheur de son enfance reviennent souvent en songe…

La Reine s'est enfin évadée de sa prison : La Reine dort… La Reine rêve ! La Reine est libre !…

Elle dort auprès de son petit carlin. Sa respiration est légère, elle revoit la chambre de sa mère à Schönbrunn, cette mère adorée qui lui parlait durant des heures de sujets graves comme la morale, la politique et la religion. Elle ressent à nouveau dans son sommeil, comme lorsqu'elle était enfant, sa bienfaisante protection. Ce soir, elle revit les appréhensions de la Dauphine. C'est son mariage qui revient en force dans son rêve. Que d'efforts et de travail pour assumer son rôle de Dauphine de France, et que d'appréhensions à l'idée de ce départ pour Versailles !

Pour l'instruire autant que pour la rassurer, sa mère avait installé, deux mois avant son départ, son petit lit tout à côté du sien. Elle revoit le ciel de lit à la polonaise, dont l'étoffe de soie était illustrée de motifs fantasmagoriques qu'elle observait durant des heures. En les fixant longtemps, elle voyait se dessiner dans l'impression des soieries, des chevaux, des singes, des hommes terribles avec de grandes barbes, des visages d'enfants pâles, des sorcières édentées, des têtes aux orbites vides. Elle se souvient des lourdes tentures murales et de ces rideaux de brocart d'un jaune d'or qui était la nuance préférée de l'Impératrice. Cette couleur dorée créait une atmosphère douillette et feutrée qui ensoleillait tout le château. C'était avant la mort de son père, l'Empereur François Etienne. Après, l'Impératrice a porté un deuil éternel, et les tentures de la chambre étaient désormais grises. Elle revoit au-dessus du grand lit de sa mère l'immense portrait en pied de l'Empereur d'Autriche, un père qu'elle a peu connu, mais dont le visage lui faisait peur. Petite, elle évitait de le regarder parce qu'il la suivait des yeux quand elle se déplaçait dans la pièce.

Elle revoit aussi, au pied du lit, posé sur un chevalet, le portrait insolite du Dauphin labourant son champ au milieu de ses paysans.

Les deux mois passés dans cette chambre l'ont marquée pour toujours.

Elle se souvient surtout de cette soirée mémorable ou elle lut à l'abbé de Vermond la lettre de sa sœur Caroline qui disait combien elle était malheureuse à Naples avec son vieil époux. Elle avait si peur d'avoir le même destin…

… La nuit est tombée sur le château de Schönbrunn. Il est neuf heures du soir. L'archiduchesse Marie-Antoinette écrit sous la dictée de l'abbé de Vermond. Il faut réviser pour la dernière fois les personnages de la cour de France. Le brave abbé s'est dépensé sans compter pour parfaire l'éducation de la princesse.

Marie-Antoinette a délaissé à son égard ce ton moqueur qui caractérisait leur rapport pour laisser place désormais à une réelle tendresse et à une amitié qui ne se démentira plus.

Elle vérifie ses notes sur l'énorme bureau à cylindre qui occupe tout un angle de la chambre à l'opposé de la porte d'entrée.

L'abbé de Vermond est debout derrière elle. La chambre est dans la pénombre, seul un candélabre à douze chandelles éclaire le plan du bureau, le reste de la pièce est plongé dans une semi-obscurité.

— M. le Dauphin a deux frères et deux sœurs, interroge l'abbé, qui sont ?

Marie-Antoinette, vivement :

— Je sais ! Le comte de Provence et le comte d'Anjou.

— Ah non ! Et le comte d'Artois. Et deux sœurs qui sont ?

— Je sais aussi, laissez-moi me les rappeler… Madame Elisabeth ?

— Très bien et…

— … Madame Adélaïde ?

— Ah, surtout pas ! Madame Clotilde. Madame Adélaïde est la fille aînée du Roi.

— Mon Dieu, tous ces noms à retenir, et cette étiquette assommante !

— Que Votre Altesse ne s'alarme pas, n'est-ce pas, je serai auprès d'elle pour les lui souffler !

— Est-il exact que M. le Dauphin possède une grande force physique ? demande Marie-Antoinette en observant tendrement son portrait.

— Très grande, Altesse ! Très grande… Comme il est l'homme le plus grand de la cour, il peut tirer à lui tout seul un coup d'arquebuse du régiment des Suisses sans chuter en arrière !

— Qu'est-ce qu'une arquebuse, monsieur l'abbé ? demande Marie-Antoinette éblouie.

— Altesse, dit gravement l'abbé, c'est un petit canon !

Marie-Antoinette regarde admirative le portrait du Dauphin :

— Est-il aussi beau que son grand-père ?

— Sa Majesté le Roi de France, répond l'abbé gêné en toussotant, demeure sans conteste, et malgré son âge, le plus bel homme du royaume. Mais M. le Dauphin, lui, a d'autres qualités !

— Qui sont ?

— Je laisserai le soin à Votre Altesse de les découvrir… Allons, il nous faut terminer cette révision des membres de la famille royale !

Marie-Antoinette l'interrompt :

— Monsieur l'abbé – elle extrait d'un pli de sa robe une feuille de papier pliée en quatre –, j'ai découvert dans les papiers de notre ancienne préceptrice une lettre de ma sœur Caroline qui date d'un an !

— Un an ! Mais, Sa Majesté la Reine de Naples ne vous a-t-elle pas écrit depuis ?

Marie-Antoinette déplie la lettre.

— Si, mais dans toutes ses lettres, elle m'assurait qu'elle était heureuse !

— Que Dieu soit loué !

— Mais ce n'était pas vrai, monsieur l'abbé ! s'écrie Marie-Antoinette avec véhémence. En fait, elle était très malheureuse !

— Ah ! Seigneur ! répond l'abbé en croisant ses dix doigts.

Au même instant, dans l'ombre de la porte entrouverte glisse silencieusement une silhouette qui s'immobilise aussitôt : c'est l'Impératrice qui a surpris cette conversation. Sans bruit, elle se réfugie dans un coin sombre de la chambre et écoute.

— J'ai appris une chose horrible, poursuit Marie-Antoinette dont les yeux commencent à se remplir de larmes. Vous rendez-vous compte, monsieur l'abbé, que dès la première semaine de son mariage, le Roi l'a totalement ignorée ! L'Impératrice me l'a bien sûr caché, de peur que cela ne m'affecte. En vérité, ma sœur se sent très isolée dans son nouveau royaume, sachez que l'Autriche est détestée des Bourbons ! Elle avait écrit cette lettre à Mme de Lerchenfeld, qui fut notre préceptrice avant vous. Je l'ai découverte par hasard après la mort de celle-ci, dans un tiroir de sa coiffeuse.

Rien n'échappe à l'Impératrice dissimulée par l'obscurité.

— Je sais aussi que ma mère avait interdit à Caroline de me parler de ses malheurs, elle ne voulait pas que je puisse en être affectée, surtout avant mon mariage. Monsieur l'abbé, je désire vous lire sa lettre !

L'abbé de Vermond, tout attendri, sent sa paupière battre et ses oreilles écarlates devenir bouillantes :

— Mais, Altesse, ne serait-il pas indiscret, n'est-ce pas, si…

Marie-Antoinette l'interrompt vivement :

— A qui d'autre que vous pourrais-je la lire ? Je veux que vous découvriez la tendresse qu'elle a pour moi. Il faut que vous sachiez, monsieur l'abbé, que cette lettre a été écrite seulement huit jours après son départ. Marie-Caroline ne voulait pas que notre mère la lise, ce qui eût été inévitable si elle me l'avait adressée personnellement. Elle l'a donc confiée à Mme de Lerchenfeld dans l'espoir qu'elle puisse me la remettre. Ecoutez, je vous prie…

Afin de mieux se concentrer, Marie-Antoinette reste quelques instants immobile et silencieuse en fixant la feuille de papier, elle avale sa salive, puis commence à lire, la gorge serrée :

— Très chère comtesse, écrivez-moi toutes les petites circonstances de ma sœur Antoinette, ce qu'elle dit, ce qu'elle fait et presque aussi ce qu'elle pense.

Je vous prie de l'aimer beaucoup car je m'inquiète terriblement pour elle…

L'Impératrice dans la pénombre suit cette scène avec émotion. Son visage est grave.

— Je vous prie de dire à ma sœur que je l'aime extraordinairement…

Marie-Antoinette ne parvient plus à lire, sa gorge est trop serrée, de grosses larmes coulent sur ses joues.

Elle avale de nouveau sa salive et tente de reprendre sa lecture avec des sanglots dans la voix :

— Rien ne me fera plus plaisir que lorsque j'apprendrai que l'on reconnaîtra combien ma sœur est aimable et que l'on chantera ses louanges. J'ai toujours eu pour elle beaucoup de tendresses particulières et quand je pense que mon sort sera peut-être le même que le sien… – le visage de l'Impératrice est figé, ses yeux larmoient. Je désire qu'elle ait quelqu'un comme moi au début car on souffre un martyre qui est d'autant plus grand que l'on ne doit rien laisser paraître…

Marie-Antoinette se jette dans les bras de l'abbé en sanglotant.

L'Impératrice est sous le choc. Elle s'est appuyée contre le mur, la tête en arrière, des larmes coulent sur ses joues. Elle reste ainsi immobile, prostrée, le regard rivé au plafond.

— Mon enfant, ne vous mettez pas dans un tel état, dit le brave abbé.

Marie-Antoinette se dégage de ses bras pour retourner s'asseoir au bureau, les coudes sur la table, sa tête entre ses mains, elle murmure entre ses dents :

— Elle me manque, elle me manque…

— Quel chagrin vous feriez à Sa Majesté si elle vous voyait plongée dans un tel désespoir !

Marie-Antoinette se redresse brusquement, farouche, les yeux pleins de larmes, elle réplique :

— Je pressens que je ne reverrai jamais plus ma sœur. Je sais que pour ma mère l'épreuve est encore plus rude que pour moi, et pourtant, ce mariage napolitain, c'est bien elle qui l'a voulu, non ?

Elle se rassoit.

Dans l'ombre, l'Impératrice n'a pas réagi. Le regard immobile, les yeux noyés de larmes et la tête toujours appuyée contre le mur, elle semble anéantie par ce qu'elle vient d'entendre.

— Mais, Altesse, poursuit le brave abbé, Sa Majesté porte l'Empire sur ses épaules comme un fardeau, n'est-ce pas, c'est en mariant ses enfants à des têtes couronnées qu'elle a consolidé sa place en Europe. Certains mariages n'ont pas toujours fait le bonheur de ses enfants et elle le sait. Mais, Altesse, les archiducs et les archiduchesses d'Autriche sont comme les rois, ils ne sont pas nés pour être heureux mais pour faire le bonheur de leur peuple !

Marie-Antoinette demeure silencieuse, la tête entre les mains, le regard vissé sur le bureau :

— Je le sais, monsieur l'abbé, je le sais !

L'Impératrice se redresse, essuie soigneusement ses yeux, sort sans bruit de la chambre, puis revient précipitamment tout en prenant soin de claquer la porte derrière elle.

Marie-Antoinette et l'abbé sursautent.

— Bonsoir, monsieur l'abbé, bonsoir, Antoinette, dit Marie-Thérèse toute souriante.

Marie-Antoinette se lève précipitamment et fait la révérence à sa mère tout en enfouissant la lettre dans un pli de sa robe : le geste n'a pas échappé à l'Impératrice, tandis que l'abbé de Vermond la salue respectueusement d'une inclinaison de la tête. Marie-Antoinette lance à son précepteur un regard inquiet.

L'Impératrice s'assoit dans une bergère près d'une petite table où est posée une coupe de chocolats. Elle en prend un et s'adresse d'emblée à l'abbé de Vermond :

— Monsieur l'abbé, êtes-vous satisfait de Son Altesse ?

— Nous serons enfin prêts dans quelques jours, Majesté, l'archiduchesse prend beaucoup de goût à l'état militaire de la France, je suis sûr que peu de temps après le mariage de Son Altesse, la Dauphine connaîtra les colonels des gardes par leur nom et distinguera les régiments par la couleur et le numéro de leur uniforme !

— Je n'en demande pas tant, mais vous avez toute notre reconnaissance pour votre enseignement. Grâce à vous, votre élève est fort capable de raisonnement et de jugement, surtout dans les choses de la conduite. Nous avons découvert que son argumentation était toujours juste. Merci, monsieur !

L'abbé s'incline en guise de remerciement.

— Maman, je connais par cœur tous les noms de la cour de France ! Savez-vous, par exemple, qui est Madame Clotilde ?

Marie-Thérèse amusée :

— Mon Dieu, je l'ai su, mais j'avoue l'avoir oublié !

— C'est la sœur de M. le Dauphin ! Et connaissez-vous Madame Adélaïde ?

— Elle oui, hélas ! C'est elle qui s'est opposée au rapprochement de la France et de l'Autriche. C'est la fille aînée du Roi, une vraie dévote ! N'est-ce pas, monsieur l'abbé ?

L'abbé qui n'apprécie pas qu'on critique la famille du Roi de France, garde les yeux baissés et opine seulement du chef, tandis que Marie-Thérèse renchérit :

— Et vous devrez, ma fille, vous en méfier !

Puis elle se lève, prend un autre chocolat et se dirige vers le bureau. Marie-Antoinette se lève aussitôt pour lui laisser la place.

— Restez assise, Antoinette, nous avons beaucoup de choses à nous dire !

Façon élégante de donner congé à l'abbé qui a bien saisi l'allusion.

— Puis-je me permettre de solliciter de Votre Majesté l'autorisation de prendre congé ?

Marie-Antoinette échange à la dérobée un regard complice avec lui. Marie-Thérèse, qui compulse les notes de sa fille par-dessus ses épaules, répond sans se retourner :

— Bien sûr, monsieur l'abbé. Surtout n'oubliez pas que nous recevons demain à dix heures monseigneur Visconti, le nonce apostolique. Il nous faut régler les derniers détails du mariage par procuration d'Antoinette.

Comme par enchantement, le grand chambellan apparaît.

— Khevenhuller, dit l'Impératrice, voulez-vous, je vous prie, raccompagner monsieur l'abbé.

Ce dernier salue à l'ecclésiastique et se retire précédé par le grand chambellan. Au moment où il franchit le seuil, Marie-Antoinette lui lance en signe de reconnaissance :

— Bonsoir et merci, monsieur l'abbé !

L'abbé de Vermond se retourne, la gratifie d'un franc sourire, puis salue à nouveau l'Impératrice et sort. Le grand chambellan ferme la porte derrière lui.

Marie-Thérèse reprend un chocolat, s'installe confortablement dans sa bergère et annonce à brûle-pourpoint à sa fille :

— J'ai l'intention de demander à votre frère Ferdinand de représenter M. le Dauphin lors du mariage par procuration. Cela vous convient-il ?

— Bien sûr, maman, Ferdinand et moi sommes très proches, mais cela me fera tout drôle d'épouser mon frère !

— Vous aurez compris que ce n'est pas un vrai mariage. C'est simplement une exigence d'étiquette. Vous ne pouvez sortir d'Autriche en simple archiduchesse puisqu'il vous faut obligatoirement franchir la frontière en Dauphine de France, enfin consacrée chrétiennement par le mariage, c'est l'usage.

Elle tend la coupe de chocolats à sa fille.

— Non merci, maman !

L'Impératrice en prend un autre, puis demande d'un ton insidieux :

— Il semblerait que vous accordiez à notre fidèle abbé un crédit qui ne se dément pas !

Marie-Antoinette, désarçonnée, se demande s'il ne s'agirait pas d'une allusion à la lettre de Caroline. Elle décide de faire front.

— Assurément, ma mère, est-ce à tort ?

— Non, mais je trouve que vous assujettissez trop l'abbé !

— Non maman, je vois bien que cela lui fait plaisir ! Ma confiance serait-elle mal placée ?

— Je n'ai point dit cela. Vermond est un allié fidèle, mais il faut toujours prendre des avis avant de décider. N'allez pas trop loin dans votre confiance, n'oubliez jamais que l'abbé est votre allié aujourd'hui parce que les circonstances s'y prêtent. Apprenez, ma fille, à ne jamais vous laisser aller à vos premières inclinations, elles sont souvent mauvaises conseillères.

— Je ne pourrai donc jamais m'assurer de l'amitié de quiconque ?

— Je vous le répète, ma fille, tant que vous servirez la faveur de vos courtisans, ils seront vos amis. Mais si le vent tourne, ils s'envoleront comme des corbeaux !

— Ne pourrais-je non plus me fier à un homme d'Eglise ?

— C'est surtout à son habit qu'il ne faudra point vous fier. Une soutane n'est pas toujours une preuve de chrétienté. Nous avons l'exemple de Louis de Rohan, ce détestable évêque coadjuteur de Strasbourg, qu'on désigne du nom inapproprié de "prince Louis" ! Un prince méprisable qui use du martyre du Christ pour servir son ambition. Je suis désespérée de savoir qu'il vous bénira lors de votre passage à Strasbourg… Hélas, nous n'y pouvons rien, le vieux cardinal Constantin de Rohan est très malade. Maintenant, faisons notre prière et dormons, car il est très tard…

Marie-Antoinette est dans le petit lit jaune que sa mère a installé à côté du sien. Elle dort paisiblement. La pluie commence à tomber et son léger tambourinage parvient dans la chambre par la fenêtre ouverte. Sur le tapis gît une feuille de papier qui est probablement tombée d'un des plis de la robe qu'elle a négligemment jetée sur le dos d'une chaise. C'est bien sûr la lettre de Marie-Caroline. La chambre est dans la pénombre, une unique chandelle brûle sur le grand bureau. Soudain, une main s'empare de la feuille pliée en quatre. C'est celle de l'Impératrice. Elle est vêtue d'une longue chemise de nuit blanche, pieds nus, ses magnifiques cheveux blanc argenté défaits descendant jusqu'à la taille. Elle va s'asseoir à son bureau et parcourt la lettre de sa fille à la lueur de la chandelle. Elle y met la plus vive attention, mais bientôt une grande émotion se lit sur son visage, sa lèvre inférieure tremble, ses yeux s'embuent de larmes. Après l'avoir lue, elle sanglote longuement en appliquant fortement ses mains sur son visage pour ne pas réveiller sa fille. Elle reste là prostrée pendant un long moment. Soudain, elle frissonne, le vent frais qui pénètre en bouffées par la fenêtre entrouverte la ramène à la réalité. Elle replace avec soin la lettre dans les plis de la robe et retourne se coucher. Elle reste un long moment immobile dans son grand lit, penchée sur le côté, la tête appuyée sur le coude droit, les yeux embués de larmes. Elle observe en contrebas sa fille. De noirs pressentiments l'assaillent, elle ne peut détacher son regard du visage confiant de son enfant qui dort en toute sérénité…

Le carillon de la Sainte-Chapelle sonne dix coups. La Reine dort depuis deux heures à peine. Elle se réveille en sursaut. Où suis-je ? Quelle est cette obscurité à peine percée par la lueur de cette fenêtre grillagée ? Et cette odeur ? Elle réalise qu'elle est sortie de son rêve. Avec angoisse elle entend le bourdon sonner le quart… Comme toutes les autres, cette nuit sera longue.

Le carillon sonne sept heures. Quelques secondes plus tard, c'est le sinistre grincement des verrous suivi des aboiements de Baps qui la font sursauter. Rosalie apparaît avec le déjeuner. Ce matin, c'est le lieutenant de Bûne lui-même qui ouvre la porte pour laisser entrer la petite servante et la referme aussitôt derrière elle. Manifestement les consignes se sont durcies.

La porte close, Rosalie dépose sur la table en bois la nappe, la serviette et le couvert, puis fait sa petite révérence habituelle.

Elle dit à voix basse :

— Madame, pardonnez-moi, il n'est que sept heures. Vous n'avez point soupé hier soir, aussi j'ai apporté votre déjeuner plus tôt que d'habitude, car j'ai entendu les deux députés parler entre eux. Ils veulent dès huit heures vous interroger de nouveau pour vous tendre un piège. Madame, si vous êtes convoquée, cette fois vous ne partirez point à jeun…

La Reine, vêtue de la robe noire qu'elle n'a pas quittée de la nuit, se lève péniblement pour s'asseoir à table devant le bol de chocolat.

— Merci, ma fille, dit-elle en buvant une cuillerée, mais de quelle sorte de piège s'agit-il ?

— Madame, ils veulent vous attribuer des fautes imaginaires et les transmettre au Tribunal.

La Reine étonnée pose sa cuillère.

— Mais, Rosalie, comment avez-vous eu connaissance de cela ?

— J'ai entendu tout ce que disaient les deux députés tandis que je faisais durer mon ménage dans la chambre du greffe, Madame. Ils vont vous questionner de nouveau.

La Reine reste songeuse durant quelques secondes, puis dit avec un léger sourire :

— Merci, Rosalie, mais c'est très dangereux ce que vous faites, je ne veux pas que vous preniez de tels risques – elle boit une deuxième cuillerée de chocolat. J'aurais abandonné ce combat depuis bien longtemps, ma fille, si je ne devais lutter pour mon fils.

Rosalie dit vivement à voix basse :

— Bien sûr, Madame, pour le Roi, n'est-ce pas…

Cliquetis des serrures et aboiements de Baps. C'est le lieutenant de Bûne qui revient. Comme à l'accoutumée, il pénètre sans se découvrir.

— Bonjour, Madame, bonjour, Rosalie. Madame, on doit vous transférer dans quelques jours dans une autre cellule. Rosalie, vous réunirez à cet effet les affaires de Madame. Quant à moi, j'ai désigné les nouveaux gendarmes qui veillent dans la cour contre votre fenêtre. Ils ont l'ordre de vous surveiller nuit et jour.

La Reine le fixe droit dans les yeux.

— Il existe des moments d'intimité, monsieur, qui n'appartiennent qu'à soi, j'espère que vous les ferez respecter ?

— Hélas non, Madame, les ordres sont formels. Ils ne devront cesser de vous observer, quelles que soient les nécessités du moment.

La Reine, qui s'était levée de table, se laisse retomber sur le bord de son lit. Elle reste silencieuse. Le lieutenant de Bûne se tourne vers Rosalie avec un petit sourire entendu.

— Mais si Rosalie, comme elle sait si bien le faire, gênait leur vue en s'interposant entre vous et eux, les consignes seraient respectées.

Rosalie réplique vivement :

— Vous pourrez compter sur moi, Madame !

— Merci, ma fille. Et quand pensez-vous, monsieur, qu'on me changera de prison ?

— Dans huit jours au plus tard, Madame.

A nouveau cliquetis des serrures et aboiements. Le lieutenant Lebrasse, qui accompagnait les députés la veille, fait irruption escorté de deux gendarmes.

— Je vous prie de me suivre, citoyenne, les députés de la Convention nationale doivent vous entendre à nouveau ce matin.

— Je suis à vous, messieurs.

La Reine met son fichu et coiffe son bonnet de veuve. Ils sortent tous. En franchissant l'avant-greffe, elle constate que Richard est derrière son bureau, le visage figé. Quand elle passe devant lui, il tourne la tête pour ne pas croiser son regard.

Ivre de fatigue, la Reine a repris sa place dans la chambre du greffe. Ce sont les mêmes qui l'interrogent, mais ce matin elle est seule. Amar et Sevestre sont bien décidés à la confondre.

Sevestre ouvre le feu :

— Après examen des pièces à conviction et des dépositions des autres prévenus, nous avons constaté que vous avez menti.

— Donnez-m'en la preuve, dit calmement la Reine.

— Quand on vous a demandé si vous aviez reconnu un ci-devant chevalier de Saint-Louis, vous avez répondu non, pourquoi ?

— C'est en me rappelant le jour de sa visite que je me suis souvenue de lui, effectivement je l'ai connu autrefois.

— Nous vous avons demandé s'il ne vous avait pas jeté un œillet, accuse Sevestre, vous avez encore répondu non, pourquoi ?

— Parce que je ne m'en étais pas aperçue sur le moment.

— Vraiment ? Vous convenez donc qu'il y avait bien un œillet ?

— Oui, affirme la Reine en renchérissant d'un battement de paupières.

— Pourtant, vous avez nié qu'il contenait un billet, pourquoi ?

— Je l'ai pris et ramassé.

— Ah, vous avouez avoir menti, et que contenait ce billet ?

— Des phrases vagues : Que prétendez-vous faire ? Que comptez-vous faire ? J'ai été en prison… Je m'en suis sorti par miracle… Je reviendrai vendredi…

— C'est tout ? ajoute Sevestre en ricanant. Ce chevalier aurait pris de tels risques pour vous écrire des phrases aussi futiles ? C'était la première fois que vous voyiez ce particulier ?

— Je ne l'ai reconnu que cette seule fois, et s'il était venu auparavant je ne l'aurais pas reconnu.

— Connaissez-vous au moins son nom ?

— Je me rappelle de l'avoir vu souvent – la Reine réfléchit quelques secondes –, mais je ne me rappelle pas de son nom.

— Etrange, s'exclame Sevestre, personne ne se souvient de son nom ! Il doit avoir un nom très difficile à retenir ! A quelle occasion l'avez-vous connu ?

— A l'époque du 20 juin 1792, il était dans la même chambre où j'étais.

— Vous recevez donc des gens dans votre chambre dont vous ne connaissez même pas les noms ? Passons !

La Reine intervient vivement :

— Il ne s'agit de ma chambre, monsieur, mais de la chambre du Conseil !

— Et d'où venaient vos craintes que votre visiteur fût reconnu ici ?

— Que tout homme qui vient ici peut se compromettre.

— A l'époque du 20 juin, cet homme vous parla-t-il des événements ?

— Je ne m'en rappelle pas, je n'étais occupée que de mes enfants et de ce qui m'était cher dans le château.

— Avez-vous répondu à son billet ?

— Non.

— Mais enfin, vous avez bien écrit avec une épingle !

— Avec une épingle j'ai essayé de marquer : Je suis gardée à vue, je ne parle ni n'écris.

— C'est tout ? Vous avez pris le risque énorme d'écrire sur ce papier ce que vous auriez pu lui dire de vive voix lors de votre entretien, c'est invraisemblable !

Amar et Sevestre échangent un regard qui signifie qu'ils ne croient pas une seule seconde à ces déclarations. Sevestre poursuit :

— Vous avez probablement écrit que vous étiez d'accord pour vous évader sans vos enfants. Mais ce papier avait une autre signification tout aussi importante : vous préveniez par votre accord que vous aviez gagné à votre cause les deux gendarmes Dufresne et

Gilbert, sinon vous n'auriez sûrement pas donné votre consentement. Est-ce que je me trompe ?

La Reine ne répond pas. Sevestre poursuit :

— Et l'administrateur Michonis vous a-t-il fait quelques propositions ?

— Jamais, répond la Reine qui défend toujours ceux qui l'ont protégée.

— Alors pourquoi témoignez-vous tant d'intérêt à le revoir ?

— Parce que son honnêteté et son humanité m'ont touchée.

Sevestre se penche vers Amar et lui dit à voix basse :

— Elle le défend trop ! C'est une gaffe, cette fois-ci elle le mouille en voulant le protéger autant…

— Avouez plutôt que Michonis avait votre sympathie pour un tout autre motif que l'honnêteté et l'humanité, dit ironiquement Sevestre, il vous amenait le chevalier de Saint-Louis !

— Il est à croire que Michonis ne le connaissait pas lui-même.

— Le ci-devant chevalier de Saint-Louis vous adressa-t-il quelques paroles ?

— Dans le moment où je parlais de sensibilité, il me dit : Le cœur vous manque-t-il ? Et je répondis : Il ne me manque jamais, mais il est profondément affligé…

Sevestre éclate de rire :

— A qui ferez-vous croire qu'un chevalier du Poignard organise un complot pour vous entendre dire des propos aussi insignifiants ? C'est grotesque ! Vous voulez le préserver, n'est-ce pas ? Puis Sevestre dit tout bas à Amar à l'oreille : On piétine, essayons de lui faire endosser les crimes de son mari.

— N'avez-vous eu, à l'époque du 10 août, quelque relation avec des membres de l'Assemblée législative ? demande Amar.

— Non.

Il insiste :

— Vous étiez pourtant instruite des affaires politiques par Capet ?

— Je ne savais que ce que me disait la personne à laquelle j'étais uniquement attachée, répond la Reine sur un ton péremptoire.

— Vous faisait-elle part de ses projets ?

— Tout ce qui pouvait tendre à la tranquillité de tous était son vœu et le mien.

Sevestre, qui manifeste depuis quelques instants son impatience, reprend lui-même l'interrogatoire :

— Comment se fait-il que voulant le bonheur du peuple, le peuple fût si malheureux par les perfidies de la cour et les trahisons du ministère ?

— Il y a eu beaucoup de trahison, je ne suis pas à même de les connaître ni de les dire, ce que je sais c'est que le cœur du Roi ne voulait que le bonheur du peuple.

Sevestre reste silencieux durant quelques secondes, puis il se tourne vers Amar et lui lance un regard qui en dit long : ils savent qu'ils n'obtiendront rien de plus d'elle.

— L'interrogatoire est terminé, commande Sevestre. Veuillez signer votre déclaration. Puis s'adressant à Lebrasse : Lieutenant, veuillez raccompagner la veuve Capet.

Tous se lèvent en même temps. La Reine, debout, lance soudain :

— J'aurai une déclaration à ajouter.

Sevestre étonné se rassoit, imité par tous les autres. Seule la Reine reste debout.

— Citoyen Bax, dit Sevestre au secrétaire-greffier, s'il vous plaît, voulez-vous transcrire la déclaration de la prévenue ? Nous vous écoutons.

— Citoyens, si je n'ai pas pu dire la vérité lors du premier interrogatoire, c'est pour des raisons morales.

— Qu'entendez-vous par-là ? demande Sevestre, espérant qu'enfin la Reine va trébucher sur sa déclaration.

— Si j'ai menti, c'est pour ne pas compromettre ce particulier et j'ai préféré me nuire à moi-même, mais voyant la chose découverte, je n'ai point balancé à déclarer ce que je savais.

— Vraiment ? dit Sevestre déçu. Vous vouliez donc préserver un ennemi de la Nation ? Et c'est tout ce que vous avez à dire ?

— C'est tout, mais je ne saurais vivre dans le mensonge.

— L'interrogatoire est terminé, dit Sevestre en haussant les épaules et en levant les yeux au ciel.

— Veuillez signer votre déposition, dit le secrétaire-greffier.

La Reine signe au bas de la page, tous les autres apposent leur signature.

Elle sort encadrée par deux gendarmes.

JEUDI 5 SEPTEMBRE, TRENTE-CINQUIÈME JOUR DE DÉTENTION,
LA CONCIERGERIE, LE BUREAU DE FOUQUIER-TINVILLE,
HUIT HEURES DU SOIR

16

Une simple intrigue de prison

L'accusateur relit le texte qu'il a rédigé dans la nuit. L'acte d'accusation de la Reine de France est difficile à instruire. Il manque des preuves à charge. Le résultat de son travail est franchement discutable et il le sait. Rien ! Rien ! Rien ! On ne me donne rien pour étayer mon accusation ! Il jette rageusement les feuilles qu'il a écrites dans la corbeille à papiers.

Il tourne en rond dans son bureau en attendant avec impatience l'un des hommes les plus importants du régime, le député Jean-Pierre Amar, membre le plus influent du Comité de sûreté générale, cette police secrète aux pouvoirs discrétionnaires.

Comme il sait que son accusation n'est pas convaincante, il espère que l'interrogatoire de la Reine lui fournira des motifs solides d'inculpation, sinon… On frappe.

— Entrez !

Le secrétaire Wolf passe la tête.

— Les citoyens députés Amar et Sevestre demandent à être reçus, citoyen accusateur.

— Fais-les entrer !

Il se précipite au-devant d'eux pour les recevoir. Amar et Sevestre se débarrassent de leurs grands chapeaux aux plumes tricolores.

— Citoyen accusateur public, salut et fraternité ! disent les deux hommes.

— Salut et fraternité, citoyens députés ! Asseyez-vous, je vous prie – il s'installe derrière son bureau –, alors, amis, quel est le résultat de votre instruction ?

Amar lui tend un volumineux dossier.

— Citoyen accusateur, il s'agit bien d'un complot avorté, d'une très grande banalité, pour libérer la veuve Capet.

— Une simple intrigue de prison en quelque sorte ? renchérit Fouquier-Tinville qui n'oublie pas le mot d'ordre des autorités de réduire à peu de chose l'affaire des œillets.

— C'est cela, une intrigue de prison, ajoute Amar.

— Chers amis citoyens, dit Fouquier avec un sourire compassé, nous le savions dès le début ! Vous pensez bien que des hommes de votre qualité n'ont pas été mandatés pour instruire un simple complot de concierges, mais afin de m'aider à étayer l'accusation de l'Autrichienne ! Amis citoyens, j'ai impérativement besoin de preuves tangibles. Avez-vous pu tirer des éléments concrets de votre interrogatoire ?

Sevestre, gêné, réplique en un seul souffle :

— Nous avons mis au jour la collusion de deux gendarmes, d'une servante, d'unc concierge mais aussi de l'administrateur des prisons, le limonadier Michonis. Ils ont probablement succombé à l'or d'un chevalier de Saint-Louis introduit dans la prison. Il a pu communiquer avec l'Autrichienne grâce à des œillets contenant des messages !

Fouquier-Tinville est de plus en plus déçu.

— J'espère, ami citoyen, que vous avez autre chose à me proposer concernant la veuve Capet… non ?

— Ah, une chose encore, dit Sevestre, nous avons aussitôt incarcéré l'administrateur Michonis à la Conciergerie !

— C'était certainement ce qu'il fallait faire, dit poliment Fouquier en se levant et en faisant les cent pas dans la pièce, mais qu'avez-vous tiré de l'Autrichienne ? Parce que vous imaginez bien, amis citoyens, que je ne peux instruire son procès avec cette simple histoire d'œillets ou avec l'arrestation d'une concierge, d'une servante et de deux gendarmes. J'ai impérativement besoin qu'elle trébuche sur Varennes, sur la trahison de Custine, sur le col-lier de diamants, sur le banquet des gardes du corps, que sais-je encore ! Il existe mille motifs pour la confondre, et à la fin du compte nous nous retrouvons avec l'arrestation d'un limonadier !

— Ce limonadier était tout de même administrateur de police, réplique sèchement Amar.

Fouquier-Tinville froissé prend l'expression du poisson carnivore. Sevestre tente de rattraper la maladresse de son collègue.

— Citoyen accusateur, il était vain de tenter de la confondre, l'Autrichienne était sur ses gardes. Nous avions l'impression qu'elle était prévenue de tous les pièges que nous lui tendions. Nous avons bien abordé Varennes et l'affaire Custine, sans succès !

— Amis citoyens, connaissons-nous au moins le nom de ce chevalier de Saint-Louis ?

— Oui, citoyen accusateur, dit Sevestre, Michonis nous a fourni l'adresse d'un certain Fontaine qui lui aurait été présenté pour la première fois dans un dîner. Il s'appellerait Alexandre de Rougeville.

Fouquier-Tinville, ne voulant pas donner l'impression d'attacher de l'importance à cette affaire, répond calmement :

— Vous avez bien dit Rougeville ? Mais nous avons un avis de recherche contre lui ! N'est-ce pas ce fanatique qui faisait partie des chevaliers du Poignard ?

— Précisément.

— Un hurluberlu qui lance des fleurs à l'Autrichienne !

Ils rient.

— A propos de Rougeville, la veuve Capet a poussé l'outrecuidance jusqu'à faire une déclaration écrite à la fin de son interrogatoire pour se justifier de ses mensonges.

— Ah, enfin ! Voilà peut-être un élément intéressant que je pourrais utiliser comme preuve à charge, pourriez-vous me lire cette déclaration, je vous prie ?

Fouquier-Tinville lui rend le volumineux dossier, Sevestre s'en empare et feuillette la liasse de papiers :

— Voilà – il lit : "La déposante déclare que si elle n'a pas de prime abord dit la vérité, c'est pour ne pas compromettre ce chevalier et qu'elle préférait se nuire à elle-même…"

Il rend le dossier à Fouquier-Tinville.

— La garce ! C'est bien peu de chose pour étayer une accusation et puis si nous en tenions compte, nous serions obligés d'étaler ce complot de comédie au grand jour – il refait les cent pas. Amis députés, je ne veux pas abuser de votre précieux temps pour cette petite intrigue de prison, je vous remercie infiniment de votre collaboration – les autres se lèvent. Je vous renouvelle ma respectueuse mise en garde, cette affaire d'œillets doit rester discrète, car si par malheur l'opinion publique s'en saisissait, nous serions couverts de ridicule !

— C'est évident, dit Sevestre, vous pouvez compter sur nous. Bonsoir, citoyen accusateur.

— Bonsoir, citoyens députés.

Ils sortent. Fouquier réfléchit quelques instants puis crie :

— Wolf !

Celui-ci apparaît aussitôt.

— A vos ordres, citoyen accusateur !

Wolf s'immobilise au milieu de la pièce et attend le bon vouloir du maître qui marche de long en large tout en réfléchissant. Au bout d'un moment, il se saisit du dossier d'instruction des deux conventionnels et le tend à son secrétaire.

— Ces deux imbéciles n'ont rien compris à leur mission. Ils ont instruit un complot de servantes !

— Parce que vous pensez qu'il cache quelque chose de plus grave, citoyen accusateur ?

Fouquier, surpris par la question insidieuse de son secrétaire, donne immédiatement le change :

— Que vas-tu chercher là, imbécile ! Que veux-tu qu'il y ait de grave dans cette petite intrigue de prison ?

— Mais vous dites, citoyen accusateur, qu'ils n'ont rien compris. Que fallait-il comprendre, citoyen accusateur ?

— Il n'y a rien de particulier à comprendre, ce que les autres n'ont pas compris, c'est qu'il fallait utiliser cette pantomime pour faire trébucher l'Autrichienne, c'est tout ! Ils ont raté une occasion inespérée.

— Dois-je tout de même en exécuter des copies, citoyen accusateur ?

— Fais-en exécuter seize par tes bougres. Afin de gagner du temps, dès qu'un des commis a recopié la première page, il la passe à son voisin qui la copie à son tour et qui la donne ensuite au commis suivant, et ainsi de suite pour toutes les pages du rapport.

— Bien sûr, citoyen accusateur, mais je procède toujours de cette façon !

— Alors au travail ! Tes bougres ont trois heures pour me les remettre, as-tu compris ?

— Oui, citoyen accusateur.

— As-tu contrôlé la rédaction des chefs d'accusation de l'Autrichienne ?

— Ils sont tous contrôlés, citoyen accusateur.

— Combien de chefs d'accusation en tout ? s'inquiète Fouquier.

— Plus de douze, citoyen accusateur.

— Foutre ! Douze chefs établis sans la moindre preuve ! Et ils s'imaginent que je vais bâtir une accusation avec ? Fais-en exécuter quand même une copie pour chaque membre des Comités de salut public et de sûreté générale et pour chaque officier du Tribunal.

— Combien en tout, citoyen accusateur ?

— Une douzaine pour les jurés, dix pour les juges, et gardes-en cinq pour nous. Attends toutefois demain matin avant de mettre tout cela en route, je dois les examiner avec Herman, je veux qu'il s'implique. Je ne veux pas être le seul à porter la responsabilité d'un tel acte d'accusation. Fais-lui-en livrer par porteur un exemplaire, je dois en discuter ce soir avec lui à la buvette !

— Soixante copies en tout, citoyen accusateur ?

— Soixante, c'est bien. Mais marche à ton pas, nous avons encore un mois pour les peaufiner. L'Autrichienne sera interrogée le 12 octobre par Herman et moi, et comparaîtra le 14 et le 15. Tout doit être prêt pour le 10 au plus tard. Au fait, as-tu découvert quelque chose de nouveau sur elle aux archives ?

— Toujours rien, citoyen accusateur. Lelièvre et moi y avons passé deux jours avec Boutron et Château, c'est impressionnant de découvrir la pagaille qui y règne. Tous les documents de l'armoire de fer ont disparu !

— Je suis au courant, on a intentionnellement détruit nos archives en les dispersant. J'y retournerai avant le procès pour m'en rendre compte. Bon ! Je serai à dix heures au Comité de salut public pour récupérer la liste des condamnés de demain, ensuite je souperai avec Herman à la buvette, tu sauras où me trouver, mais je n'y serai pas avant onze heures. N'oublie pas de lui livrer les chefs d'accusation et tenez-vous prêts vers minuit et demi, avec Boutron et Château, nous travaillerons tard cette nuit… Je dormirai ici, sur mon matelas. A tout à l'heure.

Fouquier franchit la porte. Avec son chapeau à plumes de corbeau et sa longue cape noire, il ressemble effectivement à un immense oiseau de proie. Une faux à la main, on pourrait le prendre pour l'Ange de la mort…

Il descend les marches de la tour César qui donnent sur les quais où un fiacre l'attend avec le brave Budelot, le cocher du Tribunal révolutionnaire.

— Budelot, aux Tuileries ! N'oublie pas d'arrêter la voiture devant la nouvelle entrée du Comité de salut public !

VENDREDI 6 SEPTEMBRE, TRENTE-SIXIÈME JOUR DE DÉTENTION, LA CONCIERGERIE, ONZE HEURES TRENTE DU MATIN

17

Le cousin de Marat

L'accusateur, qui a travaillé toute la nuit sur l'acte d'accusation de la Reine, sort épuisé de son bureau, toujours protégé par deux gendarmes. Il emprunte, comme chaque jour à la même heure, la galerie des Peintres. C'est un long couloir qui distribue, au premier étage, les principales salles d'audience du Tribunal révolutionnaire. Fouquier, toujours préoccupé par la rédaction de son acte d'accusation, marche absorbé dans ses pensées quand soudain un vagabond vêtu d'une tenue misérable l'interpelle. Sa saleté et son odeur sont re-poussantes. Ses cheveux sont enveloppés dans un turban poisseux et il porte à même la peau un long manteau de grosse étoffe noire constellé de taches. Il est chaussé de sabots rembourrés de paille. Il exhale de cet homme une odeur de bouc qui soulève le cœur ! Des mèches de cheveux gras émergent de son turban et encadrent un visage marqué par la petite vérole.

— Citoyen accusateur public, salut et fraternité ! dit le vagabond avec un franc sourire tout en se grattant le derrière. Je suis le cousin germain du regretté Jean-Paul Marat. Nos deux mères qui étaient sœurs nous ont transmis la même maladie de peau ! Je souffre, comme feu l'Ami du peuple, du prurigo d'Hebra, un mal incurable qui me fait me gratter férocement ! Tout en parlant, il se rapproche de plus en plus de Fouquier sans cesser de se gratter ostensiblement : Certains prétendent même que c'est contagieux !

— Je compatis à ta peine, citoyen, répond Fouquier dans un mouvement de recul, Marat était l'étoile de la Révolution ! Que puis-je faire pour toi, citoyen ? Citoyen comment déjà ?

L'autre ne répond pas et poursuit :

— Mon père ne m'a jamais reconnu. Ma mère, qui était lingère à Versailles, a été séduite par un infâme ci-devant du nom de Rougeville.

Fouquier se rapproche aussitôt de lui :

— Quel nom as-tu dit ?

L'autre continue son histoire :

— Quand ma mère se trouva enceinte, l'infâme Rougeville, ayant peur du scandale, la fit chasser de son emploi. Elle mourut dans le besoin après m'avoir mis au monde. Je porte son nom en souvenir d'elle, dit-il sans cesser de se gratter le derrière.

— Quel est le nom de ta mère ? demande Fouquier de plus en plus incommodé par l'odeur de bouc.

— Fouquier.

— Comment dis-tu ? dit l'autre en tressaillant.

— Fouquier. Je m'appelle Alexandre Fouquier. Je porte le prénom de mon père, Alexandre, et Fouquier est le nom de ma mère.

— Foutre ! Ta mère porterait donc le même nom que moi ? De quelle région de France est-elle originaire ?

— Etait ! Etait, citoyen accusateur ! Je viens de te dire qu'elle était morte !

— Oh ! pardon.

— Elle était du Berry.

— Des Fouquier originaires du Berry ?

— Pourquoi pas, citoyen accusateur, serait-ce si rare ? dit l'autre en se grattant toujours.

— Des Fouquier originaires du Berry, cela ne court pas les rues ! Je suis bien heureux de l'apprendre, nous sommes en général originaires du Vermandois, mais c'est très bien ainsi, conclut Fouquier pressé d'en finir. Au fait, tu ne m'as toujours pas dit ce que tu attendais de moi ?

— Je reviens de Libourne, c'est une ville infestée de vagabonds dont je t'apporte une liste.

— Et que veux-tu que je fasse de tes bougres de vagabonds ?

Fouquier commence à présenter des signes d'impatience.

— Comment ? Mais, citoyen accusateur, je suis sûr que ce sont des girondins déguisés en vagabonds ! Je t'apporte une liste de douze d'entre eux éminemment suspects.

— Donne-moi ta liste, je l'étudierai.

Le quidam sort une enveloppe et la lui tend, Fouquier s'en empare et la met dans sa poche.

— Merci, où loges-tu ?

— Mais toujours chez mon défunt cousin Marat, au 20, rue des Cordeliers. Tu connais certainement son gîte : l'hôtel de Cahors. Marat vivait avec Simone et sa sœur Catherine, tu as certainement rencontré mes cousines Simone et Catherine Evrard ?

— Je ne fréquentais pas Marat. Excuse-moi, citoyen, maintenant je suis en retard !

— Je demeurerai chez mes cousines pendant huit jours encore, tiens-moi informé des sanctions que tu comptes appliquer. Voilà, je te salue, citoyen accusateur, mais j'ai encore une requête avant de te quitter.

— C'est-à-dire ? demande Fouquier qui commençait à s'éloigner.

— Peux-tu envoyer à l'échafaud cette ordure de Rougeville ?

— Sans aucune difficulté ! Il est recherché par toutes les gendarmeries et les polices de France, dit l'autre en tournant le dos.

— Ah, merci, merci, citoyen accusateur ! Je sais maintenant qu'il ne peut t'échapper.

Fouquier-Tinville fuit promptement cet homme à l'odeur fétide et poursuit le cours de son inspection toujours encadré par ses gendarmes.

Comme chaque jour, l'accusateur passe en revue les figurants de sa machine de mort. Cette entreprise repose sur son greffe personnel, le haut greffe, au premier étage de la tour César. Il contrôle aussi l'ensemble de l'administration du Tribunal révolutionnaire, qui comprend le bas greffe, le parquet, et la chambre des huissiers, tous trois situés au premier étage du vieux palais.

Le parquet rédige les actes d'accusation, le greffe en établit des copies que les huissiers remettent aux condamnés qu'ils accompagnent ensuite à l'échafaud.

Il commence sa ronde par les bureaux du greffier en chef Nicolas Fabricius situés dans le bas greffe. Celui-ci vérifie les copies des actes destinées aux Comités, aux juges et aux jurés du Tribunal révolutionnaire. Les commis-greffiers sont plus de dix à gratter le papier.

Fabricius étant absent, Fouquier-Tinville s'adresse à Legris, son greffier adjoint :

— Legris, dans combien de temps Fabricius sort-il des audiences ?

Le commis-greffier regarde sa montre.

— A midi, dans cinq minutes environ, citoyen accusateur !

— C'est bon ! Les actes d'accusation de demain sont-ils tous recopiés ?

— On les termine, citoyen accusateur, ils seront prêts pour le journal du soir.

— Montre – il en examine quelques-uns. Pourquoi laisses-tu en blanc les chefs d'accusation, il va falloir y revenir, cela fait double travail, bougre d'imbécile !

— Mais, citoyen accusateur, c'est le parquet qui les laisse en blanc. Nous, au greffe, nous recopions seulement les modèles qu'ils nous donnent, quand le jugement est prononcé, les huissiers les complètent au dernier moment.

— C'est stupide. Simplifie, imbécile, ne complique pas ta tâche ! Dis à tes bougres de mettre le même motif pour tout le monde : ennemi de la Nation.

— La même accusation pour tout le monde, citoyen accusateur ?

— Bien sûr, imbécile ! Ainsi tu n'auras pas à y revenir puisqu'ils sont tous déculottés de la même manière. Surtout, que tes bougres ne perdent pas leur temps à finasser. As-tu compris qu'il faut en raccourcir deux cent cinquante par semaine ? C'est le bon pas et la bonne cadence ! Combien Egalité en a-t-elle condamné pour demain ?

— Seize, citoyen accusateur public.

— Seize ? Comment seize ? Mais c'est moins qu'aujourd'hui ! Pourquoi ?

A cet instant, Nicolas Fabricius revient des audiences du matin.

— Salut et fraternité, Fouquier ! dit-il.

— Oui, salut, salut, bougonne Fouquier. Dis donc, sais-tu pour quelles raisons Egalité ne nous fournit que seize condamnés pour demain ?

— Parce que les jurés de la deuxième section en ont acquitté six sur vingt-deux.

— Qu'est-ce que tu dis ? Mais qui sont ces bougres de jurés qui acquittent des condamnés ? Je veux leurs noms.

Fabricius se dirige vers son bureau, ouvre un dossier et lui tend une feuille.

— Voici la liste des jurés de la deuxième section, au bas de la page, les douze derniers.

— Merci. Je m'occuperai d'eux demain. On ne peut compter sur rien avec ces gens-là ! Voilà des affaires sûres qui nous pètent entre les mains !

Au même instant, un géant apparaît dans l'encadrement de la porte, accompagné de quatre hommes. C'est le bourreau Henri Sanson, exécuteur par intérim des jugements criminels de la ville de Paris, et ses assistants. Henri est le fils de Charles Henri. Le père demeure l'exécuteur en titre, mais c'est le fils qui pratique les exécutions. Il est venu prendre livraison des condamnés à mort pour les conduire à seize heures à l'échafaud.

— Ah, salut, Henri ! Demain tu vas chômer, lui dit Fouquier-Tinville, Egalité ne t'en sert que seize !

Sanson ne rit pas. Sa mine renfrognée fait présager un mauvais orage. Oui, le bourreau Henri Sanson est mécontent. Pourtant, il est la pièce maîtresse de cette machine de mort. Sans lui, cette formidable organisation criminelle s'engorgerait de condamnés non exécutés. Aussi l'accusateur a-t-il pour son précieux bourreau prévenances et attentions délicates. Seulement voilà, aujourd'hui, Sanson est décidé à obtenir ce qu'il réclame depuis un an.

Le colosse se campe devant Fouquier, les jambes écartées et les bras croisés, et le fixe avec un calme qui donne froid dans le dos.

— Je suis en train de me ruiner, j'envisage de cesser mon activité lundi prochain. Avec ces dix-sept mille livres qu'on m'alloue, je vais tout droit à la faillite.

Fouquier pâlit.

— Mais qu'est-ce qui te prend ? J'ai de bonnes nouvelles pour toi !

— Mes gens m'ont prévenu samedi dernier que si je n'augmentais pas leurs gages d'un quart, ils partaient ! Comme je suis seul, et compte tenu des circonstances, j'ai dû promettre !

— Je te dis que j'ai de très bonnes nouvelles pour toi, imbécile !

— J'ai quatorze personnes à nourrir tous les jours, trois chevaux, trois charretiers, plus les accessoires, un loyer énorme, plus les faux frais sans compter les charges de famille, comme les vieux parents et les vieux domestiques qui ont sacrifié leur vie à ce service…

— Mais calme-toi, Henri, je te dis que tout est arrangé !

— Mon père a trimé quarante-deux ans dans ce métier, et cela se termine par une faillite ! Il aurait donc travaillé toute sa vie pour rien ? Il y a un an que je réclame mon dû. Au mois de juin de l'année dernière, j'avais écrit à Roederer pour être payé, je n'ai jamais eu de réponse !

— Comment pouvais-tu être assez naïf pour croire que cette ordure de Roederer allait te payer ! Tu ne peux compter que sur moi, imbécile !

— Depuis, j'ai écrit par deux fois au Comité de salut public, je n'ai eu aucune réponse ! Tous les mêmes ! Mes commis sont en loques, je n'ai pas de quoi remplacer leurs habits. Je sais que mon métier inspire du dégoût, mais il a son utilité, bon Dieu !

Fouquier sort une feuille pliée en quatre de sa poche.

— La voilà ta réponse, ingrat. Il promène la feuille de papier bistre sous le nez du géant et dit : Sens un peu cette bonne odeur, imbécile ! Allons, sens bien, citoyen exécuteur des jugements criminels de la ville de Paris ! Ne serait-ce qu'à son parfum, tu devrais me dire ce que contient cette lettre, voyons – il reprend la feuille et la hume ostensiblement –, que cela sent bon ! Il la remet ensuite sous le nez de Sanson : Tiens, citoyen imbécile, respire cette bonne odeur !

L'autre a un mouvement d'humeur et repousse son bras.

— Alors ? N'as-tu pas encore deviné ?

— J'ai passé l'âge des devinettes. Je n'aime pas tes plaisanteries ! C'est quoi cette lettre ?

— Vingt mille livres, citoyen bourreau – Sanson pâlit. Eh oui, vingt mille livres que vient de t'allouer le Comité de salut public en remboursement de toutes tes avances depuis avril de l'année dernière !

Sanson s'empare violemment de la lettre.

— Fais voir. Il déplie la feuille et lit, son visage se détend, il esquisse un sourire, puis avec un gros soupir, il dit : Pardieu, il était temps ! J'étais au bord de la ruine ! Mais avec vingt mille livres, je ne peux que combler le trou.

— Fais-moi confiance, tu auras une rallonge ! Allez, salut, grand imbécile ! Il s'adresse à l'un des assistants de Sanson du nom de François Legris : Dis donc, Legris, je dois te complimenter !

— Merci, citoyen accusateur, dit l'autre flatté, mais je ne vois pas pourquoi.

— C'est bien toi qui as fait tomber la tête de Charlotte Corday…

— Encore cette histoire, grogne Sanson.

— … que tu as ensuite montrée au peuple, n'est-ce pas ?

— Il n'y a pas de quoi pavoiser, insiste Sanson, je n'étais pas d'accord avec ce qu'il a fait.

— Est-il vrai que tu l'aurais souffletée après lui avoir coupé la tête ?

Legris ne répond pas.

— J'aimerais, dit Sanson, qu'on nous laisse tranquilles une fois pour toutes avec cette histoire !

— Et qu'elle aurait rougi ? insiste Fouquier avec un rire narquois.

— C'est vrai, c'est vrai… Es-tu content ? dit Sanson. Où veux-tu en venir ?

Fouquier de plus en plus inquisiteur :

— Et pourquoi, Legris, as-tu fait une chose aussi ignoble ?

L'autre ne répond toujours pas.

— Parce qu'elle a tué Marat ! répond Sanson à sa place.

Fouquier donne une forte tape dans le dos de Legris.

— Mais c'est que c'est une belle ordure, hein, notre bon ami Legris !

— Fouquier, oublie cela ! dit Sanson.

— Je vais te dire, monsieur l'exécuteur des jugements criminels de la ville de Paris, je ne veux pas qu'on transgresse la loi chez moi. Ton Legris est un lâche. Quant à ton ami Marat, l'étoile de la Révolution, il commençait sérieusement à nous emmerder.

Il s'apprête à partir, met sa cape et son chapeau, mais s'arrête sur le seuil.

— Ah, j'oubliais, tu m'y fais penser à propos de Marat – il sort machinalement une enveloppe et revient sur ses pas en riant –, Lelièvre, regarde un peu cette liste de suspects que m'a donnée le cousin de Jean-Paul, un personnage très insolite, le cousin ! Figure-toi qu'il porte le même nom que moi – il rit de bon cœur. Bon Dieu, qu'est-ce qu'ils puent dans cette famille Marat, et le cousin il sent carrément le bouc !

Il se dirige à nouveau vers la sortie.

— Mais Marat n'a jamais eu de cousin ! lance Henri Sanson.

Fouquier, qui allait passer la porte, s'arrête net et revient vers lui.

— Bougre d'imbécile, je te parle du fils que la sœur de la mère de Marat a eu avec cette ordure de Rougeville !

— Quoi ? La sœur de sa mère ? Un fils de Rougeville ? Sanson éclate de rire : Mais la mère de Marat n'a jamais eu de sœur ! Elle n'avait qu'un frère qui est mort à l'âge de dix-sept ans de la variole.

— Et qu'en sais-tu, pauvre imbécile ? dit Fouquier de moins en moins assuré.

— Tu sais, mon père fréquente les Marat depuis toujours, j'ai bien connu toute la famille de Jean-Paul. Je te garantis que sa mère n'a jamais eu de sœur.

— Henri a raison, dit Fabricius, je connais bien les Marat, la mère de Jean-Paul n'a jamais eu de sœur !

Durant cette discussion, Lelièvre a ouvert l'enveloppe. Il commence à lire et blêmit. Son front se couvre de sueur. Sanson remarque le trouble du commis-greffier.

— Dis, Fabricius, regarde Lelièvre, il a la tête de quelqu'un qui monterait à l'échafaud !

— Mais c'est ma foi foutre vrai, dit Fouquier. Qu'as-tu donc, imbécile ? C'est la lettre du cousin qui te met dans cet état ?

— Citoyen accusateur, ce n'est pas le cousin de Marat qui a écrit cette lettre. Lelièvre bafouille de peur : C'est… signé… Voyez vous-même, citoyen accusateur.

— Et c'est signé par qui, crétin ? Fais voir ! Il lui arrache violemment la lettre, regarde au bas de la page et lit à haute voix : Chevalier Alexandre de Rougeville.

Il se laisse tomber sur une chaise.

— Oh ! je sens que Marat va se retourner dans sa tombe ! dit Sanson en riant.

Le visage de Fouquier se déforme, son regard devient hagard, son front se plisse et se couvre de sueur, son teint vire au gris. Les commissures des lèvres sont si attirées vers le bas qu'on a l'impression qu'il va vomir.

— C'était donc Rougeville ! Il a eu le culot de venir jusqu'ici pour me narguer. Il lit à haute voix : Les crimes des Parisiens envers leur Reine par l'auteur des œillets présentés à la Reine dans sa prison…

Sanson tourne la tête pour cacher son rire. Fouquier déconfit continue la lecture de la lettre tandis que les deux secrétaires adjoints, les dix greffiers et les quatre adjoints s'agglutinent à la porte pour en connaître la suite. Fouquier poursuit sa lecture à haute voix :

— Au dénommé ci-devant Jean Baptiste Quentin Fouquier de Tinville, grand inquisiteur de la République soi-disant une et indivisible, ancien procureur du Châtelet chassé pour malversation et prévarication, vermine en chef de la Conciergerie et grand maître d'un tribunal de sang, enfin tortionnaire de Sa Majesté très catholique la Reine de France Marie-Antoinette de Lorraine d'Autriche…

Fouquier, les yeux exorbités, finit de lire en silence. Il ôte son chapeau tout en poursuivant sa lecture. Fabricius et son équipe demeurent interdits, à l'exception de Sanson qui n'arrive pas à contenir son rire, mais l'autre est si absorbé qu'il ne le remarque même pas. La lecture achevée, Fouquier réfléchit quelques secondes, puis il se lève, remet son chapeau et dit avant de sortir :

— Ah, il se croit très fort ! En attendant, c'est la louve qui va payer pour lui. Fabricius, tu m'accompagnes au parquet !

Ils sortent précipitamment.

Henri Sanson est toujours là, planté au milieu de la pièce, entouré de Legris et des commis-greffiers. Tous en proie à un rire communicatif et ravis de la grosse farce qui vient d'être faite au maître détesté.

— Demain, mes amis, leur dit Sanson, à la buvette de la Convention on va entendre ceci – le colosse imite une voix féminine en levant le petit doigt comme s'il tenait une tasse de thé : Peut-être ne saviez-vous pas, chère amie, que le chevalier du Poignard Alexandre de Rougeville était apparenté à Jean-Paul Marat ? – Le parent de Marat ? Comment ? Que me dites-vous là, chère amie, Rougeville, son parent ? Un royaliste ! Mais quelle horreur ! Dites-moi vite, chère amie, comment une chose aussi horrible a-t-elle pu se produire ?

Les secrétaires sont hilares.

— Si je vous le disais, chère amie, vous n'en croiriez rien. Eh bien voilà : la sœur de la mère de Marat s'est fait engrosser par Rougeville. – Ah, Seigneur, quelle infamie ! – Attendez, attendez, très chère amie, ce n'est pas fini, savez-vous comment le rejeton se nomme ? Je vous le donne en mille ! – Dites, dites vite, chère amie ! – Fouquier. Hein ? – Fouquier, vous dis-je. Choquant, non ? – Fouquier ? Mais quel sacrilège ! – Ce rejeton devient ainsi le cousin germain de Jean-Paul Marat et Rougeville son grand-oncle !

Sanson se tape sur les cuisses.

— Ah, elle est impayable celle-là ! Imaginez Marat disant à la Convention – il prend maintenant une voix grave et solennelle : Citoyens députés ! Vous ai-je présenté mon grand-oncle le chevalier de Saint-Louis ?

Eclats de rire des commis-greffiers, Sanson se tape à nouveau sur les cuisses :

— Saviez-vous, chers collègues, que le père de mon cousin Fouquier était un chevalier du Poignard ? Figurez-vous que mon grand-oncle a réussi la prouesse de pénétrer dans le cachot de la Reine de France à la barbe de l'accusateur public ! Et savez-vous, chers collègues, comment on l'a appris ? C'est Fouquier qui l'a dit à Fouquier.

Parmi les rires, Sanson demande au premier secrétaire-greffier Legris :

— Legris, aujourd'hui je suis sauvé de la ruine, monte donc à la buvette et ramène une bonne bouteille d'anisette de Bordeaux ! Dis à Morisan de la mettre sur mon compte, j'offre une tournée générale, on a rarement l'occasion de rire dans cette boutique, il faut fêter cela !

Quand Legris revient avec la bouteille, le concierge Richard, accompagné du lieutenant Lebrasse et de six gendarmes, l'attend :

— Legris, j'ai reçu l'ordre de t'arrêter, dit le lieutenant Lebrasse, je dois t'enfermer jusqu'à ce que justice soit rendue !

— Tu plaisantes ? dit Legris.

— Non, ajoute Richard contrarié, on a reçu l'ordre de t'arrêter !

Les greffiers demeurent interdits.

— Qui t'a donné cet ordre ? demande Legris, d'une pâleur de cire.

— Le Comité de sûreté générale. Il vient de lancer une prise de corps contre toi, l'ordre est signé d'Amar lui-même, répond Richard.

— Allez, dit Lebrasse, suis-nous, crois-moi, c'est aussi pénible pour nous que pour toi.

— Attendez, les gars, s'exclame Sanson rouge de colère, où comptez-vous l'enfermer ?

— J'ai une chambre à la pistole, il sera seul et au calme, dit Richard.

Ils sortent. Un grand silence tombe sur les commis-greffiers atterrés.

— Nous y passerons tous, dit l'un d'eux.

Sanson, les yeux hagards, s'empare de la bouteille d'anisette de Bordeaux et la fracasse à toute volée contre le mur.

Au même instant, toutes les condamnations à mort ont été rendues dans les salles d'audiences Egalité et Liberté. Ces deux chambres dites "de justice" s'ouvrent dans cette galerie des Peintres qui est le passage obligé pour tous les officiers du Tribunal révolutionnaire.

L'accusateur public croise chaque jour, devant la salle Liberté appelée aussi Grand-Chambre, tous les protagonistes de ce tribunal de sang, qui le saluent en s'effaçant sur son passage :

— Salut et fraternité, citoyen accusateur !

— Salut, salut, répond Fouquier, agacé.

La galerie fourmille d'une multitude de secrétaires en tablier gris, d'expéditionnaires, de copistes, de commis-greffiers et de greffiers, d'huissiers, de commis du parquet, de guichetiers avec leur molosse, de juges emplumés de noir, de gendarmes emplumés de tricolore qui conduisent des files de condamnés à mort hébétés à l'arrière-greffe.

Le public, toujours friand de ce spectacle de désolation, est autorisé à déambuler dans cette ambiance délétère en abreuvant d'injures et de quolibets les pauvres hères que l'on mène à l'échafaud.

Fouquier et Fabricius se hâtent vers le parquet. L'accusateur ne décolère pas. Il veut à tout prix s'emparer de ce Rougeville qui l'a ridiculisé. Si cela se savait ! pense-t-il.

— Je dois passer d'abord au greffe, dit Fabricius, je te rejoins dans un instant.

Fouquier et ses gendarmes pénètrent dans un parquet en effervescence. Sous la direction du secrétaire Poinquarré, c'est là que l'on rédige les assignations, en laissant "en blanc" le motif de la comparution.

La liste de ceux qui doivent monter pour comparaître est établie par le Comité de salut public et motivée par Amar et le Comité de sûreté générale. C'est au tout dernier moment qu'est inscrit le motif de la condamnation, quelquefois même juste avant de pénétrer dans la salle du tribunal, voire après que le jugement a été rendu.

Fouquier, ne trouvant pas le premier secrétaire du parquet à son poste, hurle :

— Poinquarré !

Ce dernier, qui surveillait les copistes qui travaillent au fond de la salle, se précipite.

— A vos ordres, citoyen accusateur.

— Où étais-tu, imbécile ?

— Je contrôlais la transcription des convocations, citoyen accusateur, veuillez m'excuser.

— Ça va, mais je veux que tu sois là quand j'arrive au parquet.

— A vos ordres, citoyen accusateur !

— Maintenant, dis-moi, te rappelles-tu du cas Rougeville ? Comme le secrétaire réfléchit, il ajoute : Tu sais bien, celui qui a lancé des œillets à l'Autrichienne !

— Effectivement, citoyen accusateur.

— Qu'avons-nous entrepris contre lui ?

— Nous avons donné son signalement aux postes frontières, à tous les postes de gendarmerie et de police, et à toutes les mairies et sections de Paris.

— Et c'est tout ? As-tu une copie de son signalement ?

Poinquarré se précipite vers une immense armoire, en sort un dossier dont il extrait une feuille qu'il lui tend.

— Non, lis-moi, exige Fouquier.

— C'est un homme de cinq pieds deux à trois pouces, dit Poinquarré, marqué de petite vérole, ayant peu de cheveux sur la tête, portant des boucles pendantes châtain brun, fort blanc de peau, le teint clair, le visage un peu rond et vérolé, le nez moyen, la bouche petite, les yeux noirs.

— C'est bien lui, effectivement, dit Fouquier songeur.

— Parce que vous l'auriez rencontré, citoyen accusateur ?

— Mais que vas-tu chercher là, imbécile ! Bien sûr que non. Qu'as-tu d'autre sur lui ?

— Il a été enfermé le 1er juin aux Madelonnettes et en est sorti miraculeusement le 14.

— C'est bien ce que j'ai appris, mais foutre, comment a-t-il pu sortir si facilement ?

— On pense qu'il a soudoyé ses geôliers, citoyen accusateur.

— Il faut le rattraper de toute urgence !

— Il est introuvable, citoyen accusateur. Nous avons même placé des factionnaires chez sa maîtresse à Vaugirard.

— Qui est sa maîtresse ?

— Une certaine Sophie Dutilleul, elle est née à Paris. Il l'a connue chez Fontaine, un ancien négociant en bois.

— La femme Dutilleul et ce Fontaine ont-ils été interrogés par la police ?

— Bien sûr, citoyen accusateur, mais sans résultat. A mon avis, Rougeville n'est plus en France, il a émigré, citoyen accusateur !

— Par pitié, Poinquarré, cesse de dire des bêtises ! Envoie l'expéditionnaire en chef Grillier porter un ordre de mission à Baudrais, l'administrateur de police de Paris, afin qu'il se consacre exclusivement à trouver Rougeville mort ou vif.

— Dois-je passer d'abord par le ministre de l'Intérieur ?

— Oui, pour la forme. En revanche, n'oublie pas d'envoyer une copie au Comité de salut public, surtout à Billaud-Varenne et à Collot d'Herbois – il se lève et remet son chapeau. Je vais vérifier le journal du soir chez les huissiers, ensuite, si tu as besoin de moi, je serai à la buvette.

Protégé par ses gendarmes, il traverse la galerie des Peintres et pénètre comme un taureau dans le bureau des huissiers. Il réclame l'huissier en chef :

— Où est Degaignié ?

— Je suis là, citoyen accusateur, à vos ordres !

— Quoi de spécial pour l'appel de ce soir ?

— Tout va bien, citoyen accusateur.

— Combien montent demain ?

— Soixante-deux, citoyen accusateur.

— C'est bien, tu vas bon train ! Soixante par jour, c'est le bon pas, la bonne cadence !

— Citoyen accusateur, je dois vous informer qu'un gars du greffe vient d'être arrêté, nous en sommes tous très affectés.

— Un bougre de chez moi ? Que me racontes-tu là, imbécile ?

— On vient de recevoir un mandat d'arrêt signé d'Amar en personne…

— Pour qui ?

— Pour Legris, citoyen accusateur.

— Legris ? Mais je viens de le quitter !

— Nous venons de l'apprendre à l'instant, citoyen accusateur. Il a été arrêté il y a quelques minutes seulement. Voici l'ordre du Comité de sûreté générale.

Il lui tend une feuille, Fouquier la lit.

— Comment ? Legris était le neveu de Naulin, mon ancien substitut ?

Il lui rend la feuille.

— Eh oui, citoyen accusateur. L'acte d'accusation est très grave. Il lit à haute voix : Le commis-greffier Legris est inculpé d'avoir prodigué des titres de duc et de duchesse à d'infâmes conspirateurs.

— Quand ? Ce n'est pas précisé, aboie Fouquier.

— Sous l'Ancien Régime.

— Nom de Dieu ! Je ne le savais pas. Legris, mon meilleur greffier ! Quel imbécile ! Il est cuit.

Un homme fait irruption dans la pièce, hors de lui, c'est le greffier en chef :

— Tu es au courant pour Legris ?

— Je viens de lire l'acte d'accusation d'Amar.

— Nous allons le tirer de ce mauvais pas, n'est-ce pas ? dit Fabricius en élevant le ton. Il n'a que vingt-quatre ans. C'est de la pure calomnie, Legris est un patriote. J'espère que tu vas le défendre…

— Calme-toi, Nicolas, je suis de ton avis. Mais veux-tu que je dise non à Amar ? C'est ce que tu veux ?

— Sans dire non, tu peux louvoyer et gagner du temps !

— Crois-tu ? Ecoute un peu. Il lit : Le commis-greffier Legris sera traduit devant le Tribunal révolutionnaire dans l'heure qui suivra la réception de ce mandat. C'est-à-dire maintenant ! A Degaignié : Qui préside la prochaine séance de la deuxième section ?

Degaignié compulse une feuille de papier.

— Deuxième section… salle Egalité… quatorze heures : Grebeauval accusateur public, président Herman…

Fouquier-Tinville regarde Fabricius avec un sourire résigné.

— Tu as entendu ? Herman président. Veux-tu que je m'oppose à Herman, l'enfant chéri de l'Incorruptible ?

Nicolas Fabricius, effondré, regarde sa montre.

— Il est déjà midi vingt !

— Je suis obligé de faire monter Legris sur les gradins à quatorze heures.

— Et ensuite ? lance Fabricius le regard fixe et les mâchoires serrées.

— Ensuite ? Enfin, Nicolas, je ne t'apprends rien : tu sais bien que je suis enchaîné à la psychose révolutionnaire et à Robespierre… A deux heures, il est condamné ; à quatre heures, tu sais comme moi qu'il n'existe plus.

A cet instant, Wolf se précipite un papier à la main :

— Citoyen accusateur, votre attention, s'il vous plaît !

— Qu'y a-t-il ?

— Nous venons de recevoir un ordre d'action immédiate du Comité de sûreté générale !

— Montre !

L'autre lui tend un papier. Fouquier-Tinville lit et paraît de plus en plus contrarié.

— Vous devez transférer immédiatement la veuve Capet à l'Hospice national de l'Archevêché.

— La transférer après l'histoire de l'œillet ? Mais ils sont fous !

Fabricius, indifférent au sort de Marie-Antoinette, poursuit son idée :

— Donc, tu vas laisser assassiner Legris ?

L'accusateur préoccupé semble ne pas entendre ce que l'autre lui dit. Il réfléchit en silence à l'ordre qu'il vient de recevoir. Fabricius s'énerve :

— Tu entends ? Tu vas assassiner Legris ?

Fouquier émerge enfin de sa réflexion et se tourne vers lui.

— Evite-moi tes grands mots, Nicolas, et ne hurle pas ainsi. Je ne suis qu'un exécutant. C'est lui ou moi. Et surtout ne me crée pas de soucis supplémentaires, j'en ai suffisamment à assumer sans toi !

— Tu peux commencer dès aujourd'hui à chercher un nouveau greffier qui exécute tes basses œuvres. Je te préviens que je ne continuerai pas longtemps !

Fabricius sort en claquant la porte. Dès cet instant, tous les hommes du greffe voueront une haine mortelle à l'accusateur. Ils se retourneront plus tard contre lui.

— Et puis m… ! dit Fouquier. Degaignié ? Il y a un sale boulot à faire, surtout ne t'en charge pas toi-même. Envoie Simonet chercher le lieutenant Lebrasse, qu'il se saisisse de Legris et ordonne à Richard de l'installer immédiatement dans une chambre à la pistole. Veille à ce qu'il soit seul et qu'on lui fiche la paix jusqu'à deux heures.

— Richard et Lebrasse y ont pourvu, citoyen accusateur.

— Ah bon ? Alors demande à Morisan qu'on lui serve immédiatement un bon déjeuner avec deux bouteilles d'eau-de-vie, qu'il se saoule, c'est ce qu'il a de mieux à faire. Je ne peux rien faire de plus. Donne-moi un acte d'accusation, je dois rajouter à la main l'histoire des ducs et des duchesses. Il écrit quelques mots, et rend la feuille au secrétaire : Donne ceci à Grébeauval. Je tiens à ce que ce ne soit pas toi mais Simonet qui le conduise à l'échafaud, compris ?

— Oui, citoyen accusateur, dit Poinquarré les yeux rougis par les larmes.

Un homme fait irruption, c'est le peintre Prieur qui est aussi juré du Tribunal révolutionnaire. Il paraît ravi, il se frotte les mains. En le voyant, Fouquier ne peut cacher son exaspération.

— Salut et fraternité, dit Prieur. Eh bien ! Ça marche bien pour Legris… Allons, voici le greffe entamé : le premier maillon a sauté, la suite viendra.

Poinquarré lui lance un regard mauvais, Fouquier intervient :

— S'il te plaît, Prieur, n'en fais quand même pas trop, ce n'est pas vraiment le jour !

— Oh ! pardon, je constate qu'on est sensible par ici.

— Que venais-tu chercher au juste ? demande sèchement Fouquier.

— Les chefs d'accusation de l'Autrichienne.

— Ils ne sont pas même pas rédigés, alors tu repasseras.

— C'est très contrariant, je devais réunir les jurés de son procès… Eh bien tant pis, je vais remettre la réunion à plus tard

— C'est cela, c'est cela ! Remets-la à plus tard ! Allez, salut !

— Salut ! Il sort, mais revient aussitôt : Ah, j'oubliais…

— Quoi encore ? demande Fouquier en levant les yeux au ciel.

— Je peins le portrait de l'Autrichienne. On a déjà fait trois séances !

— Je me demande qui pourra bien être intéressé par son portrait ! dit Fouquier.

— Sait-on jamais ! Je pourrai peut-être le vendre à sa famille ou à un musée autrichien ?

— Avec la gueule qu'elle a, je serais bien surpris qu'elle finisse dans un musée ! Même autrichien !

— Mais elle m'a très bien accueilli ! On bavarde beaucoup…

— Eh bien, mais tant mieux pour toi, mon vieux ! Allez salut !

— Eh bien, salut !

Prieur sort. Fouquier se lève met sa cape et son chapeau.

— Si tu as besoin de moi, je suis à la buvette. N'oublie pas de contrôler le journal du soir ! Prends toutes les dispositions avec Richard et l'infirmière Guyot pour organiser le déménagement de la louve à l'Hospice de l'Archevêché, auparavant, envoie un ordre de mission écrit à Botot Du Mesnil pour qu'il inspecte de fond en comble l'infirmerie de l'Archevêché avant d'effectuer le transfert. Compris ?

— A vos ordres, citoyen accusateur.

Il sort, toujours accompagné de ses deux gendarmes.

VENDREDI 6 SEPTEMBRE, TRENTE-SIXIÈME JOUR DE DÉTENTION, LA BUVETTE DU TRIBUNAL RÉVOLUTIONNAIRE, TREIZE HEURES

18

Le complot du père Amar

— Morisan ! J'ai soif !

— Je n'ai que deux bras ! répond le buvetier.

Pierre-François Morisan ne quitte jamais son bonnet rouge assorti à son teint. Il tient la buvette du Tribunal révolutionnaire avec sa femme Anne, cinquante ans, et sa fille Madeleine, vingt ans. Il est marchand de vin et tient aussi le café des Subsistances dans la salle du palais. C'est un homme corpulent, de haute taille, à la mise négligée. Son tablier n'est jamais net et ses ongles prouvent qu'il ne se lave pas souvent les mains. D'ailleurs la tenue de la buvette est à son image : un sol sale, parsemé de débris et de vieux papiers. La couperose du visage et le bourgeonnement du nez prouvent que Morisan a un net penchant pour l'eau-de-vie.

Anne et Madeleine ne sont guère plus soignées. Les buvetiers sont des bouseux et lorsque Madeleine vous sert à table, il n'est pas rare de percevoir une odeur de transpiration. En revanche, les Morisan sont travailleurs, car le labeur est considérable. Ils doivent assumer plusieurs services par jour dans deux endroits à la fois, la buvette et leur café. Ils servent plus de cent quatre-vingts repas, de sept heures du matin à onze heures du soir. Le service est payant, sauf pour les prisonniers accompagnés de gendarmes qui sont maintenus sur place en attendant d'être jugés. Dans ce cas, c'est l'administration qui paye.

La buvette, située au deuxième étage du palais, est mitoyenne avec une salle où délibèrent habituellement les jurés. Madeleine leur sert sans interruption du café pour les tenir éveillés ainsi que les greffiers. Parfois ils délibèrent jusqu'à sept heures du matin, l'obligeant à veiller toute la nuit.

Il règne dans la buvette une chaleur étouffante. En hiver, dès six heures du matin, les deux poêles de faïence verte, toujours brûlants, situés à chaque extrémité de la salle, sont bourrés de bûches de chêne. Quelle que soit l'heure, c'est toujours une odeur de ragoût et de tabac froid qui domine. Mais si les clients sont trop nombreux, l'odeur de transpiration masque toutes les autres.

Les habitués passent outre à ces inconvénients, car Anne est une excellente cuisinière, et ses mets sont appréciés par tout le personnel de la Conciergerie et du Tribunal révolutionnaire. Les magistrats et les jurés sont les plus fidèles clients. En outre, les restrictions sont ici inconnues : on trouve du pain à volonté, car Morisan voit toutes ses demandes aussitôt satisfaites par les commissaires municipaux.

La buvette est une salle rectangulaire éclairée par des fenêtres qui donnent à droite sur le préau des hommes. On compte une trentaine de tables rondes en bois noirci pouvant recevoir plus de soixante personnes en même temps. Une seule table est carrée[1], elle est située au fond de la buvette dans un endroit appelé salle de travail. Sa surface exiguë ne permet de disposer que d'une place : c'est la table du “boucher”. Fouquier-Tinville y dîne le plus souvent seul.

1. Elle est conservée aux Archives nationales.

Une des fenêtres de droite donne dans le préau des hommes. C'est la grande attraction de la buvette. C'est dans cette cour que s'entassent dans la journée les malheureux prisonniers qui attendent le journal du soir pour "monter" au tribunal et finir à l'échafaud. C'est un observatoire très prisé des clients. La vue y est imprenable sur les malheureux qui grouillent en bas dans la cour et reçoivent d'en haut invectives, insultes et railleries. C'est le point d'observation préféré de Fouquier-Tinville. Le "boucher" se délecte à la vue de ces hommes, de ces femmes et parfois même de ces enfants terrorisés, qu'il a accusés le matin même et qui partiront à quatorze heures pour l'échafaud.

Les prisonniers se méfient de cette fenêtre d'où l'accusateur les surveille. Ils prennent garde de ne manifester le moindre mouvement d'humeur ou de sympathie qui pourrait leur coûter la vie…

— Alors, Morisan, ce vin, ça vient ?

Autour d'une table sont réunis trois hommes avinés. Ce sont des juges du Tribunal révolutionnaire, Coffinhal, Dumas et Girard, trois tristes sires qui pratiquent une justice distributive entre deux verres.

— Je n'ai plus de vin de Mâcon, je te donne un petit bourgogne ?

— Va pour le bourgogne, dit Coffinhal, mais frais. Qu'est-ce qu'on mange avec ?

— Aujourd'hui, j'ai un pâté de lièvre et une daube de mouton. Ça vous va ?

— Je n'aime pas le mouton, dit Dumas.

— Anne a aussi préparé un poulet en sauce.

Au bar, un homme éméché, à la mine inquiétante, boit tranquillement son eau-de-vie. Il est d'une saleté repoussante et doté d'un faciès patibulaire. C'est Barrassaint, le frère de Marie Richard, que l'on surnomme

Deshouilles. Ses voisins de bar, incommodés par l'odeur, s'en éloignent en l'invectivant :

— Ce que tu peux puer, Deshouilles ! Tu ne te laves donc jamais ?

— Pas le temps.

Il vide son verre et s'apprête à sortir quand Coffinhal l'interpelle :

— C'est toi Barrassaint, le forçat qu'on appelle Deshouilles ?

— Je veux, oui !

— Morisan, donne un verre d'eau-de-vie à mon ami Barrassaint. A ta santé, forçat ! Approche un peu. Dis donc, il paraît que tu es le valet de chambre de la Reine de France ?

Tout le monde rit.

— Je veux, oui !

Barrassaint ne comprend pas ce qui déclenche l'hilarité générale.

— Dis, comment la traites-tu ?

— Comme les autres.

— Comment, comme les autres ?

Barrassaint est vexé de tous ces rires.

— Oui, comme les autres. Ça ne peut surprendre que les aristocrates !

— Des aristocrates ici ? lance Coffinhal à la cantonade, c'est qu'il en a de la repartie, mon ami Barrassaint ! Tout le monde s'esclaffe, il ajoute : Dis-nous, Barrassaint, et que fait la Reine de France dans sa triste chambre ?

— La Capet ? Va, elle est bien penaude, elle raccommode ses chausses pour ne pas marcher sur la chrétienté.

— Comment est-elle couchée ?

— Sur un lit de sangles comme moi.

— Comment est-elle vêtue ?

— Elle a une robe noire qui est toute déchirée : elle a l'air d'une margot.

— Est-elle seule ?

— Non, un bleu monte la garde à sa porte.

— Ce bleu est avec elle ?

Barrassaint s'énerve de plus en plus :

— Je te dis qu'il monte la garde à sa porte, mais avant elle en était séparée par un paravent tout percé et à travers lequel ils pouvaient se voir tout à leur aise l'un et l'autre.

— Qui est-ce qui lui apporte à manger ?

— Ma sœur, la concierge Richard.

— Et que lui sert-elle ?

— Ah, de bonnes choses ! Elle lui apporte du poulet et des pêches ; quelquefois, elle lui donne des bouquets et la Capet la remercie de tout son cœur.

— Dis donc, c'est toi qui fais les chambres ?

— Oui et je vide les griaches.

— Les griaches ? C'est quoi ?

— Les seaux pleins de m… quoi, les griaches !

— Tu vides les griaches de la veuve Capet ?

— Pour sûr, oui !

— On te paye pour nettoyer les cachots ?

— J'ai une petite rétribution, quoi !

— Quand tu étais libre, tu étais un voleur, n'est-ce pas ?

— Je veux, oui !

— Et ici tu fais les poches ?

— Ici, jamais. L'intérêt n'est pas le même.

— Tu es un être immoral, Barrassaint, réplique Coffinhal, et tout le monde rit. Ta probité devrait être la même en toute occasion.

— Je n'entends rien à votre verbiage-là, mais je sais que si nous étions libres tous deux et que je vous rencontrasse au coin d'un bois, je pourrais bien vous voler, peut-être même vous assassiner. Ici non seulement je ne vous volerai pas, mais même j'empêcherai que vous le soyez par les coquins qui sont dans la Conciergerie.

— Ah, merci, Barrassaint ! s'esclaffe Coffinhal. Je savais que je pouvais compter sur un ami comme toi. Mais, dis-moi, Barrassaint, si tu me volais au coin d'un bois, tu courrais le risque d'être pris, peut-être guillotiné, tandis que dans la position où tu es ici, tu n'as pas cela à craindre !

— Il y a à parier qu'après vous avoir volé au coin d'un bois, je ne serais pas arrêté et à coup sûr je vous aurais pris une bonne somme. Ici au contraire, s'il vous manque quelque chose, je suis sûr d'être mis au cachot, les fers aux pieds et aux mains, quand même que ce ne serait pas moi qui vous aurais volé !

— Tu exagères, Barrassaint, on ne serait pas si méchant avec toi tout de même ?

— Le guichetier sait qu'il n'y a que Barrassaint qui ait la permission d'entrer dans les chambres, et il n'accusera que Barrassaint.

— Barrassaint, puis-je te dire quelque chose ? dit Coffinhal en adoptant un ton confidentiel.

— A coup sûr, citoyen.

— Barrassaint, tu es un sage !

— Merci, mais ici je mange et je bois tant que je veux, et avec ce que les contre-révolutionnaires me donnent, pourquoi irais-je ramer aux galères ? Salut !

Il sort. Deux membres du Comité de sûreté générale entrent à cet instant. Ce sont Jean-Pierre Amar et Joseph Sevestre, nos deux enquêteurs du complot des Œillets.

— Salut, citoyens députés, lance Morisan, si c'est pour déjeuner, installez-vous là !

Il désigne une table voisine de celle des trois juges.

— Salut et fraternité, leur lance Amar.

— Salut, Amar, salut, Sevestre ! Alors l'Autrichienne a-t-elle fait amende honorable ? demande Coffinhal en riant.

— Hélas, nous n'avons pas pu tirer grand-chose d'elle.

Deux hommes de grande taille pénètrent à leur tour dans la buvette. Ils sont tous deux vêtus de longues capes noires qui s'arrêtent aux genoux et portent des chapeaux à la Henri IV à plumes noires. Morisan et Anne se précipitent pour les recevoir.

— Bonsoir, citoyen accusateur, bonsoir, citoyen président, je vous ai réservé comme d'habitude deux tables côte à côte dans la salle de travail.

Des deux hommes qui viennent d'entrer, l'un est l'accusateur public Fouquier-Tinville, l'autre est Martial Herman, le président du Tribunal révolutionnaire.

— Que nous donnes-tu de bon aujourd'hui ? demande Fouquier, en enlevant sa cape et son chapeau.

— Je vous ai mis de côté deux daubes de mouton aux carottes.

— Pour moi, c'est parfait, et toi, Martial, cela te convient-il ?

— La daube, c'est très bien !

— Qu'est-ce que je vous donne à boire ?

— Donne-nous tout de suite une bouteille de bourgogne bien fraîche, dit Fouquier-Tinville.

Les deux hommes passent devant Amar et Sevestre qu'ils saluent puis rejoignent le fond de la buvette.

Un groupe turbulent vient de faire son entrée. Ce sont les douze jurés de la salle Egalité qui parlent fort et rient bruyamment. Morisan les arrête en leur désignant au fond les deux hommes qui échangent notes et papiers.

— Doucement les gars, dit Morisan à voix basse, on a de la visite, et on travaille au fond !

Le groupe devient subitement silencieux.

— On a intérêt à jouer les basses ! dit l'un d'eux.

— Plutôt ! Installez-vous à la grande table près de la porte, on vous entendra moins. Je vous envoie Madeleine pour la commande. Je vous préviens, je n'ai plus de daube, maintenant c'est le poulet en sauce.

Un prêtre entre à son tour. C'est un homme trapu qui porte une courte barbe grise. Le reste de son visage est marqué par la petite vérole. Il est voûté et s'appuie sur une canne en jonc. Sa soutane est grise avec un rabat blanc mais comme l'exige la tenue des prêtres constitutionnels, il arbore la cocarde tricolore sur le côté gauche et la croix sur le côté droit. Il porte un chapeau noir arrondi à large bord, ceinturé d'un ruban tricolore. Ces ecclésiastiques aux trois couleurs sont appelés des prêtres jureurs. Pour prêter serment à la Constitution civile du clergé, ils se sont parjurés en reniant leurs vœux.

— Bonjour, citoyen, lance Morisan, es-tu seul ?

— Oui, mon fils, je suis le père Alexandre, mais j'attends le citoyen évêque Gobel…

D'un coup d'œil avisé le visiteur a repéré la présence d'Amar. Faisant semblant de ne pas le connaître, il dit à Morisan :

— Dès son arrivée, l'évêque voudra voir le citoyen Amar, serait-il là par hasard ?

— Mais oui, c'est justement lui qui dîne là, près de la fenêtre, à côté de Coffinhal.

— Je ne sais pas qui est Coffinhal, mais peux-tu, mon fils, nous installer à la table voisine qui semble libre ?

— Tu attends l'évêque Gobel ? Alors je vous installe tous les deux au fond, vous serez bien plus tranquilles dans la salle de travail, ici c'est très bruyant.

— Non, non, mon fils. Cette table fera l'affaire, tu sais, l'évêque aime le contact humain.

Il s'assoit d'office à la table qu'il a choisie.

— Il ne me reste que du poulet en sauce avec un petit bourgogne et du pâté de lièvre.

— Mais c'est parfait, mon fils.

— Attends-tu l'évêque Gobel pour commencer ?

— Non, car il fait maigre, tu peux me servir maintenant.

A la table voisine, Amar et Sevestre, qui discutaient à bâtons rompus, s'interrompent en entendant le nom de Gobel.

Le prêtre demande au buvetier :

— Quand l'évêque Gobel arrivera, pourrais-tu lui servir uniquement un bouillon de poule ?

— Mais bien sûr.

Amar demande au prêtre :

— Tu connais Gobel, citoyen ? C'est un grand ami. Je me présente : Jean-Pierre Amar, député de l'Isère, et voici Joseph Sevestre, député d'Ile-et-Vilaine.

Le prêtre se lève pour leur serrer la main.

— Très honoré, citoyens députés, je suis le citoyen prêtre Alexandre, j'assiste l'évêque Gobel dans son secours aux condamnés. Puis s'adressant à Amar : Je ne te connaissais pas, mais j'ai entendu souvent parler de toi par l'évêque. Il te porte une grande estime, justement il me disait hier : il faut que je consulte ce grand patriote du Comité de sûreté générale. Si nous allons demain à la buvette du palais, nous aurons des chances de le rencontrer ! C'est la raison de ma présence ici, l'évêque ne va pas tarder à nous rejoindre.

— Vous ne venez tout de même pas ici spécialement pour moi ? demande ironiquement Amar.

— Mais si, mon fils, c'est précisément toi que l'évêque veut voir.

— J'en suis très honoré. Pour quel motif ?

— Figure-toi, mon fils, qu'il a découvert une conspiration de prêtres qui avaient pourtant prêté serment à la Constitution et complotent à présent contre la République ! Mais ce qui est grave, c'est que l'évêque a pu se procurer, moyennant finances, une lettre de leur chef adressée au prince de Cobourg.

— Mais qu'attendez-vous pour les faire traduire devant le Tribunal révolutionnaire ?

Morisan dépose sur la table le vin de bourgogne et le pâté de lièvre que le prêtre entame aussitôt.

— Evidemment, mon fils, poursuit ce dernier, ce sont des criminels et ils seront punis. Mais l'évêque a un cas de conscience – il parle la bouche ouverte et le pâté dégouline le long de la commissure de ses lèvres –, il hésite à transmettre aux Comités la liste des comploteurs – il vide son verre d'un trait –, en fait il temporise avant de dévoiler le nom de leur chef à Robespierre, par amitié pour toi. Oh, mais ce pâté est fameux !

— Par amitié pour moi ? Que vient faire son amitié pour moi dans cette affaire ?

Cette conversation est suivie avec beaucoup d'intérêts par les trois juges. Le prêtre poursuit :

— C'est beaucoup plus délicat que tu ne le penses, mon fils. Comme je te le disais, l'évêque Gobel et moi avions décidé de te rencontrer avant de dévoiler ce grave complot !

Les trois hommes, à la table voisine, posent leur fourchette et écoutent attentivement.

— Mais enfin, rétorque Amar, il suffisait de venir au Comité de sûreté générale si vous désiriez m'en parler, alors pourquoi ici ? Pourquoi Gobel ne m'a-t-il rien dit, je l'ai vu hier soir à la séance de nuit de la Convention ?

— Par discrétion, mon fils. Si l'évêque Gobel t'avait rendu visite au Comité, tout le monde l'aurait su. Il ne t'en a pas parlé hier parce qu'il est encore hésitant : il n'a pas encore pris la décision de transmettre la liste des comploteurs à Robespierre. Crois-moi, mon fils, c'est par pure délicatesse pour toi qu'il n'a encore rien fait, il ne voudrait pas te heurter, mais bien sûr tu n'es pas en cause.

— Pas en cause ? Me heurter ? Mais de quoi parles-tu, citoyen ?

— Mais, mon fils, dit le prêtre d'un air contrit, c'est le nom du chef des comploteurs qui pose un problème délicat pour toi.

— Un problème délicat pour moi ? Mais en quoi suis-je concerné par toute cette affaire ?

— Parce que le chef des comploteurs s'appelle aussi Amar, c'est le père André Amar !

A la table voisine, les trois acolytes éclatent de rire. Coffinhal dit à Amar :

— Dis donc, Jean-Pierre, si j'ai bonne mémoire, André c'est aussi un de tes prénoms ? Eh bien, c'est du joli, mon frère, la famille complote maintenant avec la calotte contre la République ?

Des rires éclatent à la table des jurés qui n'ont rien perdu de la conversation.

— Le père André Amar ? Je ne connais personne de ce nom – Amar se tourne vers la table voisine le teint blême. Sois assez aimable, Coffinhal, de garder tes plaisanteries pour toi !

— Ah, il t'est donc étranger ? Tu me rassures, mon fils. L'évêque et moi étions si embarrassés. Nous avions peur qu'il soit un membre de ta famille… Tant mieux, tant mieux. Parce que nous avions appris entre-temps que ce père Amar là serait né à Grenoble et qu'il aurait une formation de juriste comme toi. Il finit de dévorer son pâté et demande : Mais toi-même n'es-tu pas aussi originaire de Grenoble, mon fils ? dit-il la bouche ouverte laissant entrevoir une grande quantité de pâté.

— Si, qu'est-ce que cela prouve ? On trouve des Amar dans toute la France !

— Hélas, non, mon fils, ce n'est pas exact. L'évêque a fait faire des recherches : on ne trouve des Amar que dans la région de Grenoble, et c'est précisément la cause de son embarras, il voulait vérifier, avant de dévoiler cette fameuse lettre à Robespierre, si le père André Amar n'était pas un de tes proches parents.

— Je viens de dire que non, dit Amar excédé, qui regarde autour de lui si d'autres personnes écoutent leurs propos.

Quant aux jurés, ils sont attentifs à chaque remarque du père Alexandre et en font des gorges chaudes.

Le prêtre consulte sa montre :

— Je suis étonné que l'évêque ne soit pas encore là, j'aimerais bien qu'il règle ce problème avec toi aujourd'hui, on ne peut attendre indéfiniment pour arrêter tous ces comploteurs !

— Je le répète : qu'attendez-vous pour traduire tous ces traîtres devant le Tribunal révolutionnaire ?

— Tu as entièrement raison, mon fils… Il désosse son poulet avec ses doigts, en enfourne une bouchée et ajoute la bouche pleine : L'évêque l'aurait fait depuis longtemps – il boit un grand verre de vin –, mais nous avons un autre problème tout aussi délicat – il lâche un rot sonore –, excusez-moi, c'est ma gastrite !

— Quel autre problème délicat ? s'impatiente Amar.

— Il s'agit toujours de ce fameux père André Amar… Apprenant que l'évêque était en possession de la liste des comploteurs, il l'a menacé de dévoiler le nom d'autres complices très haut placés qui n'y figurent pas.

— Mais tant mieux ! Nous allons arrêter aussi toutes les têtes. Il faut que je voie Gobel de toute urgence !

Le prêtre essuie ses doigts pleins de sauce sur sa soutane, boit à nouveau un grand verre de vin, puis rote bruyamment avant de déclarer à haute et intelligible voix pour que tout le monde entende :

— Cet André Amar est un sacré calomniateur, mon fils, il prétend être ton cousin et dit que tu étais au courant de ce complot antirépublicain – le teint d'Amar devient terreux –, il prétend même que tu voulais l'étouffer pour protéger ta famille. Ce renégat dit vraiment n'importe quoi !

Cette fois, un silence pesant s'est installé aux tables voisines.

— Mais c'est une véritable conspiration contre moi, s'écrie Amar.

A cet instant, le lieutenant de Bûne pénètre dans la buvette. Anne Morisan lui demande :

— C'est pour dîner, François ?

— Non, je n'ai pas le temps, Anne, j'ai seulement un message à transmettre à un certain abbé Alexandre de la part de l'évêque de Paris. Où est-il ?

— Je ne connais pas d'abbé Alexandre, mais il n'y a qu'une calotte ici, c'est sûrement celle qui est à côté d'Amar. Je n'en vois pas d'autre !

— Merci, Anne.

Le lieutenant de Bûne se dirige vers la table, salue le prêtre et les administrateurs :

— Bonsoir, citoyens, je m'excuse de vous déranger, seriez-vous l'abbé Alexandre ?

— Mais oui, mon fils, c'est moi, pourquoi ?

— Un coursier de l'évêché me charge de vous dire que l'évêque Gobel ne viendra pas, il a eu une visite imprévue des citoyens Robespierre et Saint-Just au sujet d'une affaire que vous connaissez bien, paraît-il. Voilà, j'ai transmis le message mot pour mot.

— Oh ! que c'est regrettable. Merci, lieutenant, qui vous a transmis cette information ?

— Un jeune prêtre de l'évêché !

— Oh ! que c'est regrettable !… Merci merci, lieutenant !

Le lieutenant de Bûne salue et sort. Quelques instants plus tard, on entend la voix de Fouquier-Tinville qui hurle du fond de la salle :

— Morisan, nom de Dieu ! Amène donc une bouteille de bourgogne !

— Il faut que j'aille immédiatement voir Gobel, dit Amar livide en se levant. Puis à Sevestre qui n'a pas ouvert la bouche : Excuse-moi, Joseph, mais il faut que je tire au clair cette affaire. Je te verrai demain aux Jacobins.

Il se lève.

— Mais il n'est pas encore deux heures, dit Sevestre, tu vas demander une audience à l'évêque pendant son repas ?

— Robespierre et Saint-Just y sont, je veux les voir.

— Peux-tu me déposer chez moi, dit le prêtre en se levant, j'habite sur le chemin de l'évêché ?

— Pourquoi ne viendriez-vous pas voir l'évêque avec moi ?

— Je connais bien l'évêque, il veut être seul quand il reçoit des personnalités. Ce serait d'ailleurs déplacé de ma part, j'aurais l'air d'interférer dans ses prérogatives.

Le prêtre salue tout le monde, règle son dîner et sort en compagnie d'Amar.

Joseph Sevestre termine seul son repas. Coffinhal lui dit :

— Tu crois à cette histoire de complot ?

— Pas une seconde. N'as-tu rien remarqué sur la tenue du cureton ?

— Non.

— Je te parie qu'il n'est pas plus prêtre que toi et moi : il portait des bottes à éperons !

Le président du Tribunal révolutionnaire, Martial Herman, quitte la buvette au même instant. Il salue sèchement Sevestre et Coffinhal.

— Notre citoyen président est de mauvais poil ce matin, dit Sevestre.

Du fond de la buvette, on entend Fouquier crier :

— Morisan, sers-moi un double armagnac !

Quelques minutes plus tard, la berline d'Amar s'arrête devant le numéro 62 de la rue Vieille-du-Temple. Le père Alexandre en descend.

— Merci, mon fils, tu vas rencontrer chez l'évêque de hautes personnalités de l'Etat. Je te confie la liste des prêtres qui font partie du complot, je suis le seul à qui l'évêque en a fourni un exemplaire, tu en feras certainement bon usage – il lui tend une enveloppe. Tu détiens maintenant un bon moyen de te défendre si on t'attaque. Voilà, mon fils, je te souhaite une bonne journée. Mon salut républicain à l'évêque.

Amar s'empare de l'enveloppe sans remercier.

Tandis que la berline repart vers l'évêché, le père Alexandre entre précipitamment au 62 de la rue Vieille-du-Temple. Il emprunte en courant le long couloir de l'immeuble qui possède une autre issue rue Sainte-Eulalie, où attend un corbillard drapé de noir. Il s'y précipite. Jean-Baptiste Basset fait office de croque-mort.

— Bonjour, monsieur le chevalier, dit Jean-Baptiste qui lance la voiture au galop. A travers la lucarne du cocher, il demande : Tout s'est-il bien passé, monsieur ?

— Parfaitement bien, mon cher, en plus j'ai très bien dîné, mais que ces gens sont sales, dit Alexandre de Rougeville en décollant sa barbe et ses faux sourcils. Puis ôtant son déguisement et son chapeau, il revêt une redingote de croque-mort : Cet Amar est répugnant, je ne regrette qu'une chose, c'est de ne pouvoir voir la mine de Gobel quand l'autre imbécile va lui parler du complot des prêtres ! Ah, j'aurais donné mille ducats pour voir la tête de ces deux singes quand ils liront le contenu de l'enveloppe ! A propos, est-ce toi qui as donné la fausse consigne de Gobel au lieutenant de service ?

— Non, ce n'était pas moi, c'était un perruquier déguisé en petit curé jureur !

— Bien joué. Le lieutenant était persuadé que la consigne venait de l'évêché.

— Qui sera le prochain, monsieur le chevalier ?

— Le Minotaure, dit Rougeville dont le sourire se fige.

— Robespierre ?

— Oui, et j'en aurai fini avec ces monstres. Mais je dois t'avouer que je m'amuse énormément. Quelle délectation que de ridiculiser ces singes ! Je n'aurais jamais cru que ce serait si facile… Ah, que c'est bon d'assouvir sa vengeance !

La voiture mortuaire se dirige vers les carrières de plâtre de Montmartre, au milieu de passants étonnés de voir passer à une telle vitesse un corbillard malmenant son cercueil qui danse à chaque chaos.

Vendredi 6 septembre, trente-sixième jour de détention, 398, rue Saint-Honoré, six heures du soir

19

Les adieux de Rougeville

Eléonore Duplay et sa sœur Elisabeth Lebas font leurs emplettes rue Saint-Honoré. Ce sont deux des quatre filles aux yeux clairs du menuisier Maurice Duplay. Lors d'une manifestation populaire tumultueuse en juillet 1791, ce dernier proposa à Robespierre de se réfugier chez lui au 398, rue Saint-Honoré, et depuis il y a élu domicile.

Eléonore, la cadette, est la fiancée présumée de l'Incorruptible, mais à sa grande déconvenue, celui-ci ne se prononce pas. On l'a surnommée Mame Robespierre. C'est une passionnée de peinture, elle s'exerce d'ailleurs dans un atelier parisien. Quant à Elisabeth, l'aînée, elle a épousé le jeune et beau conventionnel Philippe Lebas.

Ces deux amazones aident leur mère aux rudes tâches de la maison. Elles sont avant toute chose les anges gardiens du maître de la France. Comme il a une confiance absolue en elles, toute forme d'autorisation passe obligatoirement par les filles Duplay.

Le travail domestique dans la maison est considérable. Chaque soir, douze personnes soupent à la table de l'Incorruptible, et les menus doivent être variés.

Aujourd'hui, nos jeunes laborieuses visitent l'étal d'un fruitier installé juste en face de leur demeure. Depuis quelques instants, un homme curieusement accoutré, observe attentivement les deux femmes. Il est petit de taille mais de forte corpulence. Sa constitution athlétique et sa mise insolite rappellent un magicien de foire. Il porte une grande cravate blanche qui descend jusqu'au ventre, une culotte de soie rouge avec des bas rayés rouge et jaune et des bottines de couleur fauve montant à mi-mollet. Il est enveloppé d'une grande cape aux motifs multicolores, de type arlequin, et arbore un immense tricorne noir bordé d'un liseré bleu blanc rouge. L'homme dont les cheveux tombent sur les épaules présente, sur un visage vérolé, une énorme paire de moustaches qui retombent des deux côtés de la bouche. Il tient à la main un grand carton à dessins et une boîte de peinture en bois.

— Portugal ! Portugal ! crie le vendeur d'oranges.

— Combien coûtent tes oranges aujourd'hui, Hilaire ? demande Eléonore Duplay.

— Mais comme hier, citoyenne, cent sous la livre.

— C'est encore trop cher pour nous, Hilaire, donne-moi quatre livres de pommes à cuire pour faire une compote.

L'homme à la cape d'arlequin s'approche de l'étal du marchand :

— Tes oranges sont magnifiques, citoyen, donne-m'en dix livres, plus une que tu m'envelopperas soigneusement en prenant grand soin de la bien choisir pour qu'elle soit la plus belle de toutes !

Eléonore et Elisabeth intriguées observent avec attention ce personnage excentrique aux propos insolites.

— Tu en désires vraiment dix livres, citoyen ? demande le marchand étonné. Connais-tu au moins le prix de mes oranges ?

— Je t'ai entendu l'annoncer à ces jolies citoyennes, c'est bien cent sous la livre, n'est-ce pas ?

— Effectivement, citoyen.

— Eh bien, nous sommes d'accord. Donne-m'en dix livres.

Le marchand effectue sa pesée et lui en présente une particulièrement brillante et rebondie.

— Oh ! elle est superbe. Je te félicite, mon ami.

L'homme paye sous le regard intrigué et admiratif des jeunes femmes. Eléonore ne peut s'empêcher de lui demander :

— Pardonne ma curiosité, citoyen, mais pourquoi as-tu demandé une orange qui soit la plus belle de toutes ? C'est pour un cadeau ?

— Pas du tout, citoyenne, répond courtoisement l'homme, c'est pour la peindre. Dans ma composition picturale, un homme que je vénère sera représenté cette orange à la main.

— Si tu le vénères à ce point, dit Eléonore ironique, cet homme doit être au moins un saint des Evangiles !

Les deux femmes se regardent en pouffant de rire.

— Un saint des Evangiles ? Mais je suis républicain, citoyenne, je ne peins pas les hypnotiseurs du peuple, moi, mon idole est bien vivante.

— Ah bon ? dit Eléonore toujours moqueuse, alors pourquoi mettrais-tu une orange dans la main de ton modèle ?

— Parce que je sais qu'il les adore.

Le rire des deux sœurs se fige aussitôt. L'allusion leur semble désigner Robespierre.

— Comment sais-tu que ton modèle les adore ? demande Elisabeth d'un ton suspicieux.

— Parce que je le sais. Et puis n'oublie pas que l'orange est le symbole de la prospérité. Les pommes d'or du jardin des Hespérides, dont devait s'emparer cet imbécile d'Hercule, c'étaient tout bonnement des oranges ! Mon idole tiendra dans la main le symbole de l'abondance offerte au peuple.

— Et peut-on savoir qui est ton idole ? demande Eléonore.

— Tu ne seras pas plus avancée quand tu le sauras, citoyenne, c'est un homme exceptionnel que tu ne rencontreras probablement jamais au cours de ta petite vie. Je compte faire son portrait, debout, l'orange dans la main droite et la Déclaration des droits de l'homme dans l'autre.

— La Déclaration des droits de l'homme dans l'autre ? répète Elisabeth Lebas assurée maintenant qu'il s'agit de Robespierre. Parce ton idole est un homme politique ?

— Le plus grand chef que la France ait jamais eu ! dit l'homme en se découvrant.

Les deux sœurs échangent un regard ironique. Décidément, cet homme en fait trop ! pensent-elles.

Elisabeth poursuit sur le même ton persifleur :

— Tu affirmes que la France n'a jamais eu un tel chef, ton idole gouvernerait donc la France ?

— Ne te soucie pas de cela, citoyenne, tu ne le connaîtras jamais. Il est au-dessus de toi et moi. C'est un géant, nous sommes des nains. Nous ne pouvons que l'admirer en levant les yeux vers lui, un point c'est tout.

A ces mots, les sœurs affichent un sourire désabusé. Et pourtant, Eléonore Duplay est de plus en plus fascinée par l'excentricité du personnage. Elle voudrait entendre de sa bouche même prononcer le nom de Robespierre.

— Allez, citoyen, dis-moi qui est le modèle de ton tableau ? s'exclame-t-elle sur un ton faussement détaché.

— Si tu avais par hasard l'intention de l'acquérir, surtout n'essaye pas de me soudoyer, citoyenne, je ne suis pas vendeur. Je compte l'offrir à un musée.

Les deux sœurs se regardent et éclatent de rire.

— Maintenant c'est dans un musée que tu veux placer ton idole ? Dis donc, cet homme exceptionnel, l'aurais-tu déjà rencontré par hasard ?

— Je l'aperçois de loin en loin comme tout le monde. Mais en quoi cela vous concerne-t-il, citoyennes ?

— Je te demande, citoyen, si tu aimerais le rencontrer ?

— Je n'en vois pas l'utilité, que puis-je lui apporter ?

— Et comment feras-tu pour peindre son visage s'il ne pose pas pour toi ?

— Mais je n'ai point besoin qu'il pose pour moi ! Je connais son visage par cœur, je me rends tous les soirs aux Jacobins pour l'écouter sans qu'il me remarque, j'assiste aussi aux séances de la Convention. Voilà un an que je dessine son beau visage.

Les deux femmes commencent à douter. Et si cet homme était sincère ?

— Vraiment, le trouves-tu si beau que cela ? demande Eléonore.

— Il a une tête de Romain, citoyenne. Mais mon tableau n'est rien, en comparaison du monument que je lui destine.

— Un monument ? dit Eléonore Duplay en sursautant. Tu veux aussi lui élever un monument ? Et où donc ?

— Tu commences à être indiscrète, citoyenne, dit l'homme en souriant.

A cet instant arrive en courant la mère des sœurs Duplay :

— Eléonore, Maximilien s'en va, où as-tu mis l'acte d'accusation de Vergniaud ? On ne le trouve nulle part !

L'homme à la cape multicolore feint la surprise.

— Maximilien ?… L'accusation de Vergniaud… s'écrie-t-il, vous côtoyez Maximilien de Robespierre, citoyennes ?

— Qui est-ce ? demande méfiante la mère Duplay à ses filles.

— On ne sait pas.

— Vous êtes folles de parler à des inconnus.

— Mais, maman, c'est un admirateur de Maximilien ! Il veut le peindre avec une orange à la main et lui ériger un monument.

La mère Duplay hausse les épaules.

— Dépêche-toi, Eléonore, Maximilien est très pressé.

— Pardonnez-moi, citoyennes, de ne pas m'être présenté plus tôt : Archibald Melitos, artiste peintre et sculpteur. L'homme à la cape se découvre et salue la mère Duplay en s'inclinant profondément : Que tu sois honorée, citoyenne, puisque tu veilles sur notre guide !

— Oui, salut, répond sèchement la mère Duplay. Allez, dépêche-toi, Eléonore, Maximilien attend… Quant à toi, Elisabeth, viens m'aider à ranger la livraison de bois.

Elisabeth suit sa mère qui traverse la rue. Eléonore dit à l'homme à voix basse :

— Peux-tu m'attendre ? Je reviens dans une demi-heure. J'ai quelque chose à te dire.

— Mais qu'as-tu à me dire, citoyenne ?

— Ecoute, Admirable, j'ai une proposition intéressante à te faire.

— Archibald, citoyenne. Ar-chi-bald. Je suis d'origine irlandaise, je t'écoute ?

— Robespierre va descendre dans un moment, il se rend comme chaque soir avec ses amis à la Convention pour la séance de nuit. Si tu le désires, je peux t'aider à le rencontrer.

— Mais pourquoi ferais-tu cela pour moi, tu ne me connais même pas.

— Parce que je veux offrir ton tableau à Maximilien, à condition que tu ne sois pas trop gourmand, combien en voudrais-tu ? Dépêche-toi, on m'attend… Alors combien ?

— Mon tableau serait vraiment destiné à Robespierre en personne ?

— Puisque je te le dis. Alors combien ?

— Mais rien, bien sûr. Pour lui, ce serait gratuit !

— Admirable, sois sérieux, je te prie, combien veux-tu pour ton tableau ?

— Ecoute, citoyenne…

— Et puis appelle-moi Eléonore, j'ai horreur qu'on m'appelle citoyenne.

— Ecoute, Eléonore, si tu dis la vérité, je répète que pour toi ce tableau est gratuit. C'est la moindre des choses, grâce à toi je réaliserai mon rêve, mon œuvre va aller à l'homme que je vénère. J'espère, Eléonore que tu ne te moques pas de moi, n'est-ce pas ?

Les yeux d'Eléonore brillent.

— Admirable, es-tu sincère, serait-ce vraiment gratuit ?

— Puisque je te le dis, Eléonore.

— Oh ! merci, Admirable.

Elle l'embrasse sur la joue.

Au même moment, la porte du 398, rue Saint-Honoré s'ouvre ; c'est de nouveau Mme Duplay qui crie de l'autre côté de la rue :

— Eléonore ! Mais enfin, que fais-tu ? Maximilien attend !

— J'arrive, maman. Alors nous sommes bien d'accord ? Attends-moi sans bouger d'ici, Maximilien ne va pas tarder à sortir. A tout de suite.

Elle traverse la rue en courant. Archibald Melitos lui crie :

— Eléonore, attends !

Il traverse la rue à son tour et lui tend le sac d'oranges :

— Pour lui, s'il te plaît, Eléonore !

— Eh bien… mais… merci, dit-elle confuse sous le regard méfiant de sa mère qui observe la scène les poings sur les hanches.

Au bout d'un quart d'heure, Eléonore, tout essoufflée, réapparaît sous le porche et traverse précipitamment la rue Saint-Honoré.

— Maximilien va descendre d'un moment à l'autre. Tu sais, il a été très touché par tes oranges, il veut te remercier. Je lui ai fait part de ton projet, il est intéressé par ton tableau, mais il trouve ton idée d'orange un peu ridicule. Dis, Admirable, tu pourras faire un bout de chemin à pied avec lui, cela te permettra de côtoyer ton idole. Elle ajoute dans un joli sourire : Marché conclu, Admirable ?

— Puisque tu as les plus grandes difficultés à prononcer correctement mon nom, appelle-moi Alexandre, c'est mon nom de baptême !

— Es-tu sûr que tu ne changeras pas d'avis, Alexandre ?

— Mais non, puisque je te dis que je suis d'accord.

— Dis-moi, Alexandre, où puis-je te joindre demain ?

— J'habite dans la même maison que Collot d'Herbois, au 4, rue Favart.

— Pas possible. Tu habites le même immeuble que Collot ? Mais prends garde. Maximilien le déteste, ne lui en parle surtout pas !

— Tu peux compter sur moi. En revanche, j'ai une faveur à te demander : rien ne peut me faire plus plaisir au monde que de saluer Maximilien de Robespierre.

Eléonore l'interrompt en souriant :
— Maximilien Robespierre.
— Qu'ai-je dit d'autre ?
— Tu as dit de Robespierre. On ne l'appelle plus ainsi.
— Pardonne-moi, Eléonore. Je disais donc que je dois repartir aussitôt après l'avoir salué, je ne peux l'accompagner, j'ai un fils très malade. Ne crois-tu pas qu'il soit inconvenant de partir si vite ?
— Si ton fils est malade, pas le moins du monde, Alexandre. Dès que tu auras salué Maximilien, tu te rendras au chevet de ton fils. Veux-tu que je t'accompagne ?
— Non merci, Eléonore, ma femme m'attend.
La porte cochère du numéro 398 s'ouvre brusquement, les deux factionnaires se mettent au garde-à-vous et présentent les armes.
Robespierre sort le premier, suivi de Saint-Just. Il porte un habit bleu barbeau à rayures blanches et une culotte blanche. Il tient son habituel tricorne noir de la main gauche. Un groupe d'une dizaine d'hommes s'agglutine aussitôt autour de lui. La plupart de ces hommes sont des jurés du Tribunal révolutionnaire qu'il a fait nommer pour juger Marie-Antoinette. Ils l'accompagnent matin et soir à la Convention. En fait, ce sont ses gardes du corps.
— Viens le saluer, dit gravement Eléonore, mais surtout ne le tutoie pas, Maximilien a horreur de cela.
Ils traversent tous les deux la rue Saint-Honoré à la rencontre du petit groupe.
Archibald Melitos se découvre et s'incline respectueusement. Robespierre lui sourit, mais ne tend pas la main.
— On m'a rapporté que vous étiez également un grand amateur d'oranges, dit Robespierre de sa voix

haut perchée, merci en tout cas, citoyen, pour votre délicate attention, je n'ai pu résister au désir d'en goûter une, elles sont délicieuses !

— Ce fut une grande joie et un très grand honneur pour moi, citoyen président.

— Eléonore m'a dit que vous vouliez faire mon portrait et m'élever un monument ? Toutefois, ne pensez-vous pas que ce soit un peu tôt, attendez au moins que je disparaisse !

Tout le monde rit autour de lui, à l'exception de Saint-Just qui, placé derrière Robespierre, fixe intensément Alexandre.

— Et où avez-vous exercé votre art ?

— Principalement au musée d'Apollon à Delphes, citoyen président, mais j'ai surtout participé à la restauration du temple de Poséidon, c'est précisément ce travail qui m'a inspiré pour concevoir votre monument.

Tous lui sourient sauf Saint-Just qui le dévisage.

— Eh bien, nous verrons, dit Robespierre, restez en contact avec Eléonore, votre projet de concevoir un monument à partir d'un temple grec ne me déplaît pas. Salut et merci, citoyen, pour vos oranges.

Au moment où le petit groupe s'apprête à partir, Alexandre rappelle Robespierre, une enveloppe à la main :

— Citoyen président, puis-je me permettre de vous remettre la liste de mes travaux en Grèce ?

— Mais bien sûr. Il s'empare de l'enveloppe qu'il tend à Sergent, son secrétaire : Nous les examinerons à tête reposée.

Alexandre salue encore, sourit à Eléonore et disparaît dans la première rue adjacente. Eléonore lui crie :

— Je viens te voir demain, Alexandre !

— Je suis sûr d'avoir déjà rencontré cet homme, dit Saint-Just, j'ai déjà croisé ce regard quelque part.

Dans la première rue qu'emprunte Alexandre, une berline attelée à six chevaux stationne ; il s'y précipite. Perchés au niveau du siège du cocher, Jean-Baptiste Basset, Elisabeth et Guillaume Lemille attendent, déguisés en gendarmes.

— Vite, mes amis, filez au triple galop, je suis à peu près sûr que Saint-Just m'a reconnu !

Il se précipite à l'intérieur de la voiture : un homme y est assis. Il porte un costume d'officier de gendarmerie. Rougeville a un mouvement de recul, mais l'homme sourit, laissant apparaître de grandes dents.

— Mais qui êtes-vous ? demande Rougeville au moment où la berline démarre en trombe.

— Alors on ne reconnaît plus le premier gentilhomme de la Chambre ? demande l'inconnu.

— Villequier, mon ami ! s'écrie Rougeville, et les deux hommes s'embrassent. Mais que fais-tu dans cette tenue en France, je te croyais en Autriche ?

— J'en reviens, j'ai transmis les plans de campagne de Jourdan au prince de Cobourg. Pourvu qu'il en fasse bon usage, en outre je rapporte deux millions or.

— Félicitations !

La tête de Jean-Baptiste Basset apparaît à la lucarne du cocher :

— Je ne prends pas la rue Saint-Honoré, monsieur le chevalier, c'est trop risqué, je préfère passer derrière Saint-Augustin.

Alexandre de Rougeville se débarrasse de ses habits de peintre.

— Es-tu satisfait de l'effet de tous tes déguisements ? demande Villequier en riant.

— Ravi, mon ami. Quelle journée ! En douze heures, j'ai rempli mes trois contrats, j'ai remis en main propre à Fouquier-Tinville, à Amar et à Robespierre le compte rendu du complot des Œillets. J'ai regretté de ne pas avoir pu empoisonner les oranges que j'ai offertes au Minotaure, quel dommage, c'était une occasion unique !

— Parce que en plus tu lui as offert des oranges ?

— Sais-tu que j'ai été surpris, le monstre n'est pas antipathique ! Il s'adresse à Elisabeth à travers la lucarne du cocher : Elisabeth, ma jolie, ralentis devant cette porte cochère, je vais me débarrasser de cet accoutrement et du matériel de peinture.

La berline ralentit, Rougeville jette l'ensemble sur le palier d'un porche. Au même instant, une grosse matrone qui en sortait reçoit l'attirail sur les pieds. Elle hurle :

— Voyous ! C'est-y pas malheureux de voir ça ! Qui c'est-y qui t'a appris la politesse ? Bâtard !

La jolie tête blonde d'Elisabeth apparaît railleuse à la lucarne :

— Le peuple souverain, monsieur le chevalier !

Rougeville et Villequier éclatent de rire.

La berline franchit la dernière barrière qui mène à la route de Metz. La nuit est noire. C'est Elisabeth qui mène les chevaux. Elle connaît la route par cœur, mais elle prend quand même la précaution de ralentir. Rougeville et Villequier somnolent. Sur le bord droit de la route, on distingue enfin les lumières d'un hameau.

— Monsieur, nous arrivons à Livry, crie Basset à travers la lucarne.

Villequier et Rougeville se réveillent. La voiture pénètre dans une cour entourée de bâtiments de ferme. Une femme et plusieurs soldats en tenue de la garde royale y attendent. Elle est en grand deuil et porte autour du visage un crêpe noir de veuve. La voiture s'arrête à leur hauteur. Le marquis de Villequier, suivi de Rougeville, se précipite pour la saluer.

— Avez-vous fait bonne route, monsieur le marquis ? demande la femme, tandis que Villequier lui baise la main.

— Un voyage sans encombres, madame. Permettez-moi de vous présenter le chevalier de Rougeville, l'homme le plus brave du royaume – ce dernier s'incline en lui baisant également la main. Mme de Jarjayes nous fait la grâce de nous héberger pour la nuit.

— Je ne pourrai, hélas, jouir de votre hospitalité, madame, dit Rougeville, je pars en mission cette nuit même à Bruxelles, j'en suis profondément désolé.

— Je comprends très bien, monsieur, le service du Roi prime sur tout ! Mais qu'attendez-vous pour me présenter à vos amis, dit-elle en désignant les perruquiers toujours perchés sur le siège du cocher, j'ai hâte de les connaître.

— Vous pardonnerez leurs tenues de terroristes, madame. Mes amis, dit Villequier en s'adressant à eux, joignez-vous à nous, voulez-vous – Elisabeth et ses amis descendent de leur perchoir. Madame, voici Elisabeth Lemille, c'est le meilleur fantassin que nous ayons au service de Sa Majesté.

Elisabeth ôte l'énorme chapeau de gendarme qui libère une magnifique chevelure blonde qui lui encadre le visage et descend dans le dos. Elle fait une espèce de révérence et attend en souriant.

— Seigneur, quelle fille splendide ! s'exclame Mme de Jarjayes. Quel âge portez-vous, Elisabeth ?

— J'ai vingt-quatre ans, madame, répond l'autre, le visage pourpre.

Mme de Jarjayes la serre dans ses bras.

— Laissez-moi vous embrasser, mon enfant. Que Dieu vous protège !

— Merci, madame.

— Et voici nos vaillants perruquiers, ajoute Villequier. Son époux, Guillaume Lemille, et notre jeune et incontournable ami, Jean-Baptiste Basset.

— Mes amis, je présume que vous devez être affamés, mais avant de passer à table, nous allons nous rendre dans notre salle d'armes où vous êtes conviés à une petite cérémonie, suivez-moi.

Mme de Jarjayes prend le bras d'Elisabeth, tandis que Rougeville et Villequier disparaissent par une porte dérobée. Les autres pénètrent dans une salle voûtée, dont le sol est tapissé de grandes dalles noires et blanches formant un immense damier. De grandes tentures de crêpe sombre recouvrent les murs, car la noblesse porte le deuil du Roi de France. Toutes les boiseries des meubles ont été peintes en noir.

Sur chaque dalle blanche, un garde royal entièrement vêtu de noir se tient au garde-à-vous, tandis que sur les dalles noires c'est un soldat habillé de blanc. Le noir et le blanc sont les couleurs de deuil de l'Ancien Régime. On a l'impression d'assister à la mise en place des figurines d'une gigantesque partie d'échecs.

Un autel drapé de crêpe sombre occupe le fond de la salle. Deux candélabres sont disposés à chacune de ses extrémités. Trois boîtes oblongues en argent en occupent le centre. Trois coussins de velours blanc sont disposés face à l'autel à même le sol.

Elisabeth se demande à quoi correspond tout ce cérémonial.

— Mettez-vous derrière les coussins, mes amis, dit Mme de Jarjayes. Elisabeth, mon enfant, placez-vous face au coussin central, monsieur Lemille face à celui de droite, monsieur Basset face à celui de gauche.

Mme de Jarjayes passe derrière l'autel et s'immobilise. Par une porte située derrière elle, réapparaissent

Villequier et Rougeville vêtus de velours noir. Chacun d'eux porte en sautoir le grand cordon bleu ciel de Saint-Louis et le poignard d'argent au côté. Ils prennent place à droite et à gauche des perruquiers qui se demandent toujours quelle est la signification de cette cérémonie.

Mme de Jarjayes prend alors la parole :

— Mes amis, quand nous avons fondé en 1791 les Amis du Roi, c'était pour protéger Leurs Majestés de la grossièreté des gardes nationaux qui les servaient aux Tuileries. Les révolutionnaires, qui savent parfaitement exploiter la peur du peuple, nous désignèrent alors comme de redoutables spadassins prêts à égorger les prétendus amis de la Liberté. Ils nous désignèrent sous le titre de "chevaliers du Poignard". Pourtant, notre seul crime fut notre attachement à la famille royale. Comme nous risquions d'avoir une influence contagieuse auprès du peuple, il fallait nous tuer moralement et l'expression "chevalier du Poignard" était suffisante pour que l'impopularité nous fût acquise. Depuis l'assassinat de Sa Majesté, les chevaliers sont en deuil. Mais cela n'enlève rien à notre ardeur au combat puisque nous sommes prêts maintenant à mourir pour sauver la Reine. Nous sommes unis autour d'elle comme des soldats autour du drapeau en péril. Quant à cette désignation malintentionnée de "chevaliers du Poignard", elle ne nous gêne ni ne nous offense. Bien au contraire, nous la revendiquons désormais devant l'Histoire. Nous constituons un bataillon sacré, et notre poignard est un glaive qui protège les innocents et frappe les traîtres.

Jusqu'à ce jour, seuls les nobles pouvaient faire partie de notre confrérie. C'était injuste et stupide. Nous aurions dû armer le bras du peuple pour qu'il se reconnaisse dans ce combat contre les terroristes. Aujourd'hui est un grand jour. Elisabeth et Guillaume Lemille, Jean-Baptiste Basset, vous qui représentez notre grand peuple de France, acceptez-vous de nous rejoindre dans ce combat pour le Roi et la Liberté ?

— C'est notre vœu le plus cher, s'exclame aussitôt Elisabeth.

— Et vous autres, mes amis ?

— C'est un très grand honneur que l'on nous fait, dit Basset.

— Alors, dit Villequier en se mettant face à eux, à genoux les volontaires ! Ils s'agenouillent sur les coussins et il poursuit : Elisabeth Lemille, Guillaume Lemille, Jean-Baptiste Basset, acceptez-vous de mourir pour votre Roi ?

— Oui.

— Oui.

— Oui.

— Jurez-vous de vous battre pour sauver Sa Majesté la Reine de France au péril de votre vie et de la protéger contre les terroristes en toute occasion ?

— Je le jure.

— Je le jure.

— Je le jure.

Villequier ouvre la première boîte d'argent et en extrait un poignard. Il dirige la pointe de la lame vers la paume de sa main gauche et entaille la peau ; le sang perle. Il fixe Elisabeth dans les yeux et lui dit :

— Acceptez-vous de mêler votre sang à celui de vos compagnons ?

— Oui, répond Elisabeth en offrant la paume de sa main.

Villequier l'entaille, puis plonge sa main dans la sienne, leurs sangs se mêlent. Il fait de même avec les autres.

Il ouvre solennellement les boîtes d'argent et remet à chacun d'eux un poignard étincelant.

— Prenez ce poignard qui a servi à unir nos sangs. Maintenant, debout les chevaliers !

Il les embrasse, puis s'incline devant Mme de Jarjayes qui, les larmes aux yeux, fait office de marraine.

Rougeville prend alors la place de Villequier pour s'adresser aux perruquiers :

— Mes frères, le sort m'oblige à sortir de France dès ce soir. Durant ces épreuves que nous avons vécues ensemble, et qui ont vu l'ensevelissement de Sa Majesté dans son cachot, j'ai pu apprécier votre dévouement et admirer votre abnégation et votre courage au cours du combat que nous avons mené durant trente-cinq jours pour tenter de libérer la Reine de France. Nous allons poursuivre la lutte, car le combat sans répit que nous livrons à ces assassins commence à peine. Je pars à Bruxelles rejoindre le baron de Batz, non pour m'unir à ces lâches émigrés qui ont déserté la patrie en laissant mourir le Roi, mais pour ramener à Paris l'armée du prince de Condé. Quant à vous, mes amis, vous occupez désormais la première place dans mon esprit et dans mon cœur. Toi, chère Elisabeth, comment pourrais-je oublier ta force, ton courage et ta beauté. Quel exemple tu donnes à notre jeunesse ! Dans la bataille exemplaire que tu mènes pour venger un père lâchement égorgé par des hordes de barbares – des larmes froides coulent doucement sur le visage impassible d'Elisabeth –, c'est ton absence de haine qui m'a le plus ému. Tu montres seulement cette froide détermination qui accompagne toujours l'accomplissement du devoir. Mes amis, je le répète, notre engagement contre les révolutionnaires ne fait que commencer. Sous l'égide de Jean de Batz, la lutte sera impitoyable et ne s'arrêtera qu'avec l'anéantissement des terroristes. Chevaliers du Poignard, voici venue l'heure de la vengeance. Avec vous tous, mes frères perruquiers, nous voilà investis d'une mission sacrée : libérer Sa Majesté la Reine de France – il tombe à genoux, imité aussitôt par ses compagnons. Implorons le Seigneur de la prendre sous Sa divine protection – il se signe, imité par les autres –, au nom du Père, du Fils et du Saint-Esprit, amen !

Tous se relèvent et crient trois fois : "Vive le roi !"

Les chevaliers se rendent ensuite dans la cour où attend une berline attelée à six chevaux. Le chevalier de Rougeville, qui a revêtu à nouveau son costume de gendarme, s'enveloppe dans sa cape grise. Il prend congé de Mme de Jarjayes en lui baisant la main.

— Adieu, madame, nous nous reverrons quand Sa Majesté le Roi Louis XVII montera sur le trône sous la régence de sa mère la Reine Marie-Antoinette.

— Surtout, prenez garde à vous, monsieur le chevalier ! Que Dieu vous guide !

Avant de monter dans la voiture, Rougeville embrasse ses compagnons. Il s'approche d'Elisabeth, prend son visage en larmes dans ses mains et dépose un long baiser sur son front.

— A bientôt, ma jolie sorcière, dit-il avec un sourire attendri.

— Promettez-moi, monsieur, de revenir très vite, dit Elisabeth en pleurant.

— Promis, dit-il et il l'embrasse de nouveau. Maintenant, je te confie ce que j'ai de plus cher au monde – il lui passe autour du cou son cordon bleu de Saint-Louis. Tu en as la garde, tu me le rendras à mon retour.

Il monte dans la berline qui démarre aussitôt vers la frontière où l'attendent les dragons du prince de Lambesc.

Les chevaliers regardent tristement partir la voiture de Rougeville qui s'éloigne dans un nuage de poussière. Ils restent là, silencieux et immobiles, les yeux fixés sur les lanternes de la berline qui peu à peu s'estompent et disparaissent dans la nuit…

La Convention venait de décréter, la veille, la Terreur dans toute la France.

ÉPILOGUE

Il n'est pas habituel de trouver des références bibliographiques à la fin d'un roman, même à la fin d'un roman historique. Mon but était de rapporter, sous une forme romancée, puis de poursuivre par quelques preuves, "l'histoire honteuse", comme disait Balzac, de la Terreur.

Je n'ai pas transcrit l'ensemble des références que j'ai lues et relues pendant quatre ans, elles rempliraient des dizaines et des dizaines de pages. Là n'est pas mon propos puisque j'écris un roman. En réalité, il suffit de choisir quelques exemples évocateurs de cette barbarie pour fixer les idées.

Bien sûr, je n'ai rien découvert d'inédit, mais j'ai voulu tout relire pour ressusciter les traces de toutes les falsifications commises par omission et soigneusement enfouies dans les consciences. J'ai désiré les secouer un peu pour les faire émerger. Comme l'a dit Mme Roland avant de mourir, c'est tout à l'honneur de la Liberté que de dénoncer "les crimes que l'on commet en son nom".

J'ai souhaité entre autres rapporter l'héroïsme de ceux qui combattirent, au risque de leur vie, la sauvagerie des hommes qui dirigeaient la France d'alors. J'ai illustré de façon ludique leur combat à travers la conspiration de l'Œillet, dont l'un des buts était de faire évader l'infortunée Marie-Antoinette. Nous supposons maintenant qu'elle faisait partie d'une authentique conjuration montée par de Batz, dont l'œillet n'était que la partie visible.

A l'éclairage de travaux récents de Lestapis, nous entrevoyons un peu plus de lumière dans l'histoire obscure de ce complot. Nous avons émis une hypothèse, avec toute la fragilité d'une présomption en Histoire, qu'est la *stratégie du mensonge*. Quand on examine les réponses des conjurés aux questions des enquêteurs, on constate qu'elles sont toutes entachées de mystifications. Les uns mentent pour sauver leur vie, comme Gilbert et Dufresne ; d'autres, par obéissance à la hiérarchie révolutionnaire, comme la servante Harel et probablement les Richard ; d'autres enfin, comme Sophie Dutilleul et Michonis, pour leur complicité avec de Batz. Au sommet de la pyramide du mensonge, la Reine ment non pour sauver un complot qu'elle sait définitivement ruiné, mais pour protéger ceux qui l'ont aidée. Il est évident que sans la clef de tous ces comportements qui s'opposent dans leur finalité, la conjuration de l'Œillet demeurait une affaire obscure.

Quand j'étais enfant, le programme d'histoire que l'on enseignait était imprégné d'un fort parti pris et toujours orienté dans le même sens : les méchants nobles, les méchants prêtres, les méchants bourgeois, les admirables montagnards, les courageux membres de la Commune qui combattaient pour la liberté, etc. Ainsi conditionnés, que devions-nous penser de cette inconsciente et légère Marie-Antoinette "qui voulait donner de la brioche au peuple affamé quand il n'avait plus de pain[1]" ! Qu'elle nous apparaissait alors cruelle cette Reine…

En revanche, Robespierre et Saint-Just étaient décrits comme des êtres purs, incorruptibles, dont le but ultime était de faire une France plus juste. On les disait porteurs d'un grand projet humaniste malgré les quarante mille guillotinés, noyés et fusillés sous leur Terreur. En vérité ils étaient surtout habités d'une ambition dévorante. Ils se firent entre eux une guerre impitoyable, n'hésitant pas à couper autant de têtes qu'il fallait pour garder le pouvoir. Certains aspects de leur cruauté, comme la décapitation de femmes enceintes ou d'adolescents de dix-sept ans, nous furent soigneusement occultés. Voilà pourquoi, enfants, nous étions béats d'admiration devant "ces géants de la Révolution". Nous n'arrivions pas à percevoir au sein du combat du peuple pour conquérir sa liberté, les actions criminelles de ces hommes que l'on se gardait bien de démasquer. Nous confondions la juste et belle finalité de la Révolution de 1789 avec les crimes et délits de 1793 et 1794. On nous faisait croire que c'était le même combat pour la Liberté. En réalité, ceux qui s'emparèrent du pouvoir tuèrent cette liberté naissante et leurs crimes entachèrent inexorablement l'élan de la Révolution.

Que pouvions-nous attendre d'un régime qui égorgeait des poètes comme André Chénier, des savants comme le grand chimiste Lavoisier et l'astronome Bailly, des architectes de génie comme Mique, des réformateurs éclairés comme Condorcet, Barnave, Vergniaud,

1. La Reine n'a jamais dit : "S'il n'y a plus de pain donnez-leur de la brioche." C'est la fille de Louis XV, Madame Sophie, qui a prononcé cette phrase dévastatrice, mais la calomnie a la vie dure même à travers les siècles.

Brissot, d'ardentes démocrates comme Olympe de Gouges, Manon Roland, ou même de pures républicaines comme Charlotte Corday. Et cette infortunée princesse de Lamballe déchiquetée, dont la tête et les viscères furent traînés dans tout Paris jusque sous les fenêtres de son amie Marie-Antoinette. Quels buts absurdes poursuivaient ces hommes qui gouvernaient la France en décapitant des généraux patriotes qui se battaient aux frontières pour défendre l'intégrité du territoire national ? Que recherchaient-ils en guillotinant les valeureux soldats que furent Quétineau, Brunet, Houchard, Custine, Luckner, Beauharnais, et bien d'autres encore, si ce n'est pour préserver leur pouvoir personnel ?

Des milliers d'enfants du peuple, adolescents, vieillards et femmes enceintes, qu'on appela “les petites victimes de la Terreur”, remplirent les cachots des prisons du régime pour connaître une fin atroce sur l'échafaud… Voilà l'action de ces “géants” du crime !

En outre, on vous guillotinait en fonction de votre état civil, comme pendant la Seconde Guerre mondiale où les nazis gazaient les juifs, les Gitans ou les homosexuels ; en 1793, on vous coupait la tête parce que vous étiez né noble, prêtre ou bourgeois. On n'épargnait ni les savants, ni les parlementaires, ni les académiciens, ni les artistes… Cette forme d'épuration systématique nous rappelle les heures les plus noires de notre histoire contemporaine.

Robespierre et ses affidés furent en fait des hommes ambitieux et cruels, comme le disait Olympe de Gouges. Ils détournèrent à leur profit le grand élan des Lumières en détruisant la jeune démocratie. “Ces hommes purs”, à l'appétit démesuré, avaient installé en France un régime sanguinaire qui s'appuyait sur les deux piliers des régimes totalitaires : la délation et la peine de mort.

Saint-Just faisait l'apologie de cette délation, en déclarant à la Convention : "Tout citoyen a le droit de traduire devant les magistrats les conspirateurs et les contre-révolutionnaires : il est tenu de les dénoncer dès qu'il les connaît." On imagine quels ont été les abus commis au nom de ce droit de tuer en toute impunité… On comprend que les défenseurs de cette faction liberticide se trouvent dans une situation bien inconfortable quand ils doivent justifier de tels crimes. Ils répondent le plus souvent : C'est le vent de l'histoire… Ils nous ont donné la liberté (ce qui est faux !)… Toutes les révolutions se ressemblent. C'est l'avènement de l'individualisme, etc. Des raisonnements fumeux qui cachent un mépris total de la morale au service de la vie humaine, une méconnaissance des événements, et l'indifférence devant la mort de milliers d'innocents.

Pour justifier leur engagement politique prétendument de gauche, d'aucuns crurent bon de défendre les hommes de cette période noire de notre histoire. Quelle insulte à une gauche qui se veut démocratique et humaine que de se recommander de tels bourreaux !

Que penser de ces lois criminelles, votées sous la Terreur à la Convention ou de ces décrets concoctés au sein du Comité de salut public ? Leur singularité était non seulement hautement criminelle mais surtout inapplicable. Le plus bel exemple de délire politique de ces utopistes fut ce que les historiens appelèrent les "décrets de Ventôse", édictés par Saint-Just.

Ils proposaient de redistribuer aux "sans-culottes" les biens des "suspects". Les mairies devaient établir la liste des bénéficiaires du décret. Bien entendu, leur nombre devint vite pléthorique et tout le monde se proclama sans-culotte. On trouvait parmi eux des propriétaires terriens et même de riches bourgeois.

Quant à la définition de suspects, elle était encore plus difficile à établir. Comme tout le monde devenait suspect à un moment ou à un autre, on aurait spolié de plus en plus de citoyens démunis, avec comme conséquence un retournement de l'opinion publique puisque quatre-vingt-six pour cent des suspects étaient des non-possédants. Résultat : les décrets de Ventôse, inapplicables, furent enterrés.

Il n'en fut pas de même d'autres lois imposées par Robespierre, qui elles, hélas, virent le jour. Il s'agit des meurtrières "lois de Prairial" qu'on appela les lois de sang. C'est dans l'essence de ces lois qu'on reconnaît la folie meurtrière de cet homme. Elles interdisaient à tout condamné la présence d'un témoin et supprimaient les droits sacrés de la défense ; en outre, toute instruction préalable à chaque procès était supprimée. Le jury ne pouvait prononcer qu'une seule condamnation : la mort. On appela cette disposition juridique "les lois de Prairial" parce qu'elles furent promulguées au printemps 1794[1]. Conclusion : ni avocat, ni témoin, interdiction de plaider la moindre défense, et tout témoignage était rejeté puisqu'il suffisait que les jurés soient "convaincus" de la culpabilité de l'accusé pour l'envoyer à l'échafaud. "Tu n'as plus la parole ! Assez causé !" était la phrase rituelle du président du Tribunal révolutionnaire aux victimes aussitôt remises au bourreau. Il faut savoir que les jurés du Tribunal révolutionnaire n'étaient ni élus ni récusables, mais triés sur le volet par la faction au pouvoir.

Les lois de prairial énonçaient que ces jurés ne devaient s'en remettre qu'à "leur conscience" pour

1. Dans le calendrier révolutionnaire, les trois mois du printemps étaient nommés prairial, germinal et floréal.

envoyer un condamné à la mort. La loi disait : “Les défenseurs naturels des patriotes accusés, ce sont «les jurys patriotes» ; les conspirateurs n’en doivent trouver aucun.” C’était une justice distributive, sans instruction, sans témoin, sans défense, sans appel et sans recours. Elle fut impitoyablement appliquée durant l’année du proconsulat de Robespierre. Elle donna naissance à la Grande Terreur. Qui peut, de nos jours, défendre de telles pratiques datant des heures noires de l’inquisition, pour y trouver la moindre justification ?

On ne nous a jamais appris que certains mouvements populaires des années 1793 et 1794, prétendument spontanés, étaient commandités en grand secret par la Commune de Paris et par son maire, Nicolas Pache, dont la municipalité était vendue à de Batz et à la Coalition. Ils étaient payés à coup de millions par Cambon, le grand argentier de la Terreur[1].

Comment l’avons-nous su ? Par le plus grand des hasards : un espion royaliste occupait le poste de secrétaire du Comité de salut public (incroyable mais vrai !) et envoyait chaque jour à un Anglais, du nom de Francis Drake, les bulletins du Comité[2].

C’est ainsi que nous avons été informés de cette fameuse réunion secrète qui se déroula dans la nuit du 2 au 3 septembre, au domicile du maire de Paris. Ce qui devait y être débattu était si honteux, qu’on avait évité de se réunir au siège du Comité de salut public situé aux Tuileries. Dans notre roman, au cours de cette

1. A. de Lestapis, *La Conspiration de Batz*, Paris, Société des études robespierristes, 1969, p. 240-247.

2. *Francis Drake, to Lord Grenville*, Annexe I, *Historical Manuscripts Commission. The Manuscripts of J. B. Fortescue, Esq. Preserved at. Dropmore*, vol. II, p. 457.

nuit du 3 septembre, les paroles que prononce Hébert, vendu à de Batz pour deux millions, et demandant la destruction de la France, sont historiques[1].

On frémit en songeant que ce furent de tels hommes qui gouvernèrent le pays pendant douze mois.

Nous avons appris, à cette occasion, que des tractations financières orchestrées par des membres influents du Comité de salut public s'opéraient en sous-main.

Il fallait financer certains mouvements populaires pour imposer à la Convention des votes favorables. Par la même occasion, on achetait le vote de certains députés. Les bras nous en tombent quand nous apprenons que ces "révoltes populaires" et ces "votes patriotiques" étaient achetés à coup de millions d'assignats[2].

Commentant ces pratiques, Stefan Zweig, à l'époque mal informé, avait dit avec fatalité : "La Révolution est un torrent !" Assurément, mais en 1793 et en 1794, elle fut un torrent de boue, de larmes et de sang.

Et maintenant les faits. A Paris, jusqu'au 9 thermidor qui vit la chute de Robespierre, et l'arrêt de la guillotine, le nombre des décapités fut d'environ 2 800. Dans les départements, la Grande Terreur en tua 14 807, sans compter les fusillés et les noyés de Vendée, de Nantes, d'Arras, de Strasbourg, de Lyon et d'Orange, dont le nombre fut environ de 20 000, soit au total 40 000 victimes immolées au nom de "la fraternité" !

C'est le peuple qui fut la plus grande victime de la Terreur. Une étude statistique faite par Pariset (1865-1927) montre qu'elle a frappé plus de roturiers que de

1. *Ibid.*, vol. II, p. 463.
2. *Ibid.*, vol. II, p. 287.

privilégiés : "Sur un échantillon donné on retrouve, 6 nobles, 7 militaires, 8 ecclésiastiques, 12 bourgeois ou petits rentiers, 29 ouvriers et domestiques et 38 paysans et laboureurs[1]." On peut résumer qu'il n'y a eu que 14 % de nobles guillotinés et seulement 2 % de privilégiés ; le reste, soit 84 %, furent des hommes, des femmes, des vieillards et des enfants du peuple, bien entendu innocents pour la plupart[2].

A titre d'exemple, dans les deux fosses communes des jardins de Picpus, on compte 1 109 guillotinés dont seulement 108 nobles de sexe masculin et 51 de sexe féminin ; tous les autres sont des gens du peuple et des petits bourgeois.

1. G. Pariset, *Etude d'histoire révolutionnaire et contemporaine,* Paris, Les Belles Lettres, 1929.

2. P. Sagnac, *La Révolution de 1789*, Les Editions nationales. t. 2, p. 230.

LES ACTEURS DU DRAME

De 1769, date du mariage de la Reine Marie-Antoinette, jusqu'à 1793, année de son incarcération à la Conciergerie, tous les personnages de ce roman, à l'exception d'un ou deux, ont non seulement existé mais sont tous devenus historiques.

ACTEURS PRINCIPAUX

LA REINE DE FRANCE : MARIA ANTONIA JOSEPHA JOHANNA DE LORRAINE D'AUTRICHE
Archiduchesse d'Autriche puis Dauphine de France. Agée de quatorze ans et trois mois en 1769 quand elle épouse Louis Auguste, duc de Berry, Dauphin de France. Devient Reine de France à la mort de Louis XV sous le nom de Marie-Antoinette de Lorraine d'Autriche. Elle est aussitôt surnommée l'Autrichienne par la cour de Versailles. A la mort du Roi Louis XVI, les révolutionnaires la font prisonnière sous le nom de veuve Capet. Elle n'a que trente-sept ans.

LE CHEF DE LA RÉSISTANCE ROYALISTE : LE BARON JEAN DE BATZ
Personnage central vers qui tout converge. Commandite probablement le 20 janvier 1793, l'assassinat du député Le Peletier de Saint-Fargeau, dans un restaurant du Palais-Royal. (Cet ancien noble avait eu la félonie, à ses yeux, de voter la mort du Roi.) Il tente aussitôt d'enlever Louis XVI sur le chemin de l'échafaud par une action d'une folle bravoure.

Ayant échoué, il coordonne alors tous les complots visant à libérer la famille royale de la prison du Temple. Ancien député à la Constituante, et grand financier, il sera l'initiateur, dit-on, de la détestable "loi du Maximum" qu'il proposa pour nuire aux révolutionnaires. Homme richissime et disposant de fonds illimités, il va soudoyer les députés de la Convention d'abord pour les compromettre, et ensuite pour les perdre. Homme infatigable, il affronte en pleine Terreur avec un grand courage les sicaires du régime pour libérer la Reine de France de la Conciergerie. Il ne cesse de monter une vaste conjuration pour renverser la République.

L'HOMME DE TOUS LES COURAGES : LE CHEVALIER ALEXANDRE DE ROUGEVILLE

Personnage de légende, immortalisé par Alexandre Dumas[1]. Chevalier de Saint-Louis, il fut le serviteur inconditionnel de la Reine Marie-Antoinette dont il est amoureux. Il est l'organisateur de toutes ses évasions. Doué d'une folle bravoure et "chevalier du Poignard", il est l'allié du baron de Batz et du comte de Fersen dans son combat pour libérer la Reine de la Conciergerie. Il sera la cheville ouvrière d'un complot resté fameux sous le nom de conjuration de l'Œillet. Il a trente-deux ans en 1793. Il se propose de faire sauter l'Assemblée nationale dans une gigantesque explosion.

L'ACCUSATEUR PUBLIC : JEAN BAPTISTE QUENTIN FOUQUIER-TINVILLE

Assure la tâche écrasante d'accusateur public du Tribunal révolutionnaire. C'est l'homme à tout faire de la guillotine, on le surnomme "le boucher". Cet homme aux pouvoirs discrétionnaires aurait marchandé la vie de ses jolies victimes féminines contre ses désirs sexuels[2]. Refuser ses avances équivalait à monter sur l'échafaud. Ennemi mortel de la Reine,

1. Dans *Le Chevalier de Maison-Rouge*.
2. C'est le cas notamment de Mme de Sartines, née Emilie de Sainte-Amaranthe, célèbre pour sa très grande beauté.

c'est lui qui fut chargé de rédiger son acte d'accusation qu'il eut toutes les peines du monde à bâtir. Cet individu au "cœur racorni" envoie à la guillotine des milliers d'innocents sur ordre du Comité de salut public et de Robespierre dont il est l'otage et qui le méprise. Toutefois, il n'aurait pas l'entière responsabilité des crimes de la Terreur. Il a quarante-sept ans en 1793. Il sème l'effroi au sein du personnel de la Conciergerie qui se trouve sous ses ordres.

L'ADMINISTRATEUR DE POLICE CHARGÉ DES PRISONS :
JEAN-BAPTISTE MICHONIS
C'est le chef incontesté de la police de la Conciergerie. Limonadier de son état, il est l'allié du baron de Batz, qui l'avait acheté déjà un an auparavant, pour tenter de libérer la famille royale de la prison du Temple. Il renouvelle sa tentative d'évasion de la Reine avec la conspiration de l'Œillet. Homme de cœur, mais vaniteux et intéressé. Il a soixante-trois ans en 1793.

LE PERSONNEL DE SERVICE

ROSALIE LAMORLIÈRE
Elle s'appelait en réalité Delamorlière. Servante dévouée au service de la Reine. Fille de cordonnier, née en 1768 à Breteuil en Picardie. Dotée d'une beauté légendaire et d'une très haute valeur morale, elle témoignera d'un dévouement sans faille pour la souveraine qu'elle vénère. De sensibilité royaliste, elle fait tout ce qui est humainement possible pour atténuer la rigueur de sa détention. Ne sachant ni lire ni écrire, elle sera l'ange qui soutiendra la Reine dans son martyre. Elle ira jusqu'à découper ses propres chemises pour en faire des pansements pour la prisonnière. Issue d'une famille picarde très pauvre, elle n'a que vingt-quatre ans en 1793. Elle décède en 1848 à l'âge de quatre-vingts ans à l'hospice des Incurables, rue de Sèvres. Elle y a été admise pour une sciatique, le 24 mars 1824, elle ne devait jamais plus le quitter jusqu'à sa

mort. C'est là que viendra la retrouver Mme Simon-Viennot, en 1836. Elle fit une relation bouleversante de son entretien avec elle, que nous relaterons dans le tome suivant. Elle eut une fille dont on ne connaît pas le père[1] mais dont on peut voir la tombe au cimetière du Père-Lachaise. Rosalie fut enterrée comme tous les pauvres dans la fosse commune, mais dans son linceul, elle avait pris la précaution de coudre les objets que lui avait donnés la Reine, une tige de laiton et un morceau de linon batiste qui provenaient de son ancien bonnet.

MARIE HAREL
Servante de sensibilité révolutionnaire au service de la Reine. Très laide et vindicative, elle déteste la Reine qui le lui rend bien. Elle contribua avec le concours du gendarme Gilbert à l'échec de l'œillet. Sur les instructions de Fouquier-Tinville, dont elle était un mouton, elle participa largement à la stratégie du mensonge en niant tous les faits. Elle a trente-six ans en 1793.

LES PERRUQUIERS
Hommes du peuple d'un très grand courage, ils ont comme signe de ralliement une carte ronde sur laquelle était cousu un cœur en tissu rouge, où l'on pouvait lire : "Vive Louis XVII, Roi de France".

JEAN-BAPTISTE BASSET
Originaire d'un village de l'Auvergne du nom de Murat. Héros méconnu de la Révolution. Agé seulement de vingt-deux ans, mais véritable meneur d'hommes, ce jeune perruquier montre une énergie sans faille pour combattre les révolutionnaires. Comme la plupart de ses collègues, il est un fidèle

1. On suppose que le père fut Louis Larivière avec qui elle resta en relation jusqu'à sa mort. On ne comprend pas pourquoi sa fille, qui fit un mariage bourgeois, abandonna sa mère à l'hospice des Incurables.

exécutant du chevalier de Rougeville et du baron de Batz dans son combat pour la libération de la Reine où il fera preuve d'une imagination débordante. Il montera une importante conjuration royaliste que nous traiterons dans le tome suivant : *Le Complot des Perruquiers*.

GUILLAUME LEMILLE
Beaucoup plus âgé que sa femme (quarante-trois ans). Rameute de nombreux artisans à la cause de la Reine emprisonnée. Il lève avec le concours de Basset une véritable petite armée de plus de cinq cents hommes.

ÉLISABETH LEMILLE
Sa jeune épouse, qui n'est âgée que de vingt-quatre ans. Véritable amazone et superbe créature, elle montre un courage extraordinaire dans les opérations montées contre les terroristes du régime. Elle ne sait ni lire ni écrire, mais on lui prête, dit-on, des dons de voyance. Elle est dotée d'une constitution athlétique. Elle manie toutes les armes, y compris l'arquebuse qu'elle tire à bout de bras.

LE COMITÉ DE SALUT PUBLIC

MAXIMILIEN DE ROBESPIERRE
Président de la Convention et chef incontesté pendant un an de la France. Il restera pendant cette période le maître du Comité de salut public. Grand orateur, doté d'une ambition démesurée, il se révélera un dictateur impitoyable. Homme d'une honnêteté scrupuleuse mais utopiste forcené, il veut donner à la France un régime populaire en éliminant la bourgeoisie qui risque de lui faire de l'ombre. La guillotine est pour lui une arme politique qu'il utilise sans état d'âme. Détenteur de tous les pouvoirs, il ferme les yeux ou entérine le massacre de milliers d'innocents. Il applique pour gouverner les deux stratégies totalitaires que sont la délation et la peine de mort. Ennemi juré du baron de Batz, il préviendra tous les complots royalistes

et s'opposera à l'arrestation des comploteurs pour éviter d'étaler aux yeux des sans-culottes leur honteuse collusion avec le terrible baron. Il a trente-cinq ans en 1793.

LOUIS SAINT-JUST
Le plus jeune député de la Convention. Membre très influent du Comité de salut public. C'est le collaborateur le plus dur et le plus écouté de Robespierre. On le surnommera "l'Archange de la Terreur" pour ses options sanguinaires. Cet homme aux idées inapplicables, mais au pouvoir discrétionnaire, n'a que vingt-cinq ans en 1793.

LE COMITÉ DE SÛRETÉ GÉNÉRALE

JEAN-PIERRE AMAR
Député du département de l'Isère à la Convention. Membre prépondérant du Comité de sûreté générale. Cette véritable police secrète est chargée d'enregistrer et d'exploiter la délation. Personnage fruste et sanguinaire, il se montre féroce et impitoyable envers la Reine et envers de nombreux innocents qu'il fait assassiner par une bande de spadassins à sa solde. Agnostique et violemment anticlérical, il prononça en pleine séance de la Convention, cette phrase d'un cynisme atroce en désignant l'échafaud : "Allons au pied du grand autel, voir célébrer la messe rouge !" Il a trente-huit ans en 1793.

PARTICIPENT AUSSI A L'ACTION
(Par ordre alphabétique)

AMÉDÉE
L'ivrogne qui occupe le bureau du concierge durant son absence. Il surveille les entrées et les sorties de la prison entre deux verres d'eau-de-vie.

BARÈRE

Le plus dur et le plus orthodoxe des membres du Comité de salut public. Fait fonction de ministre de l'Intérieur. Il fera voter le 5 septembre par la Convention le décret instituant la Terreur.

JEAN-PIERRE BARRASSAINT (dit Deshouilles)

Véritable assassin condamné aux bagnes, il purge sa peine à la Conciergerie. Employé aux travaux les plus sales et les plus pénibles, il est chargé de l'entretien du cachot de la Reine. Cet homme d'une saleté repoussante serait un mouton de Fouquier-Tinville.

BARTHÉLEMY DE LA ROCHE

Agé de vingt-deux ans. Soldat de l'armée de Condé. Détenu cinq mois à la conciergerie. Ecrivain et poète traduit devant le Tribunal révolutionnaire. Guillotiné le 25 février 1794. En 1872, le comte Anatole de Ségur lui a consacré un livre émouvant[1].

JEAN-LOUIS BIRET-TISSOT

Collaborateur du baron de Batz, faux monnayeur en assignats. Vingt-sept ans.

JACQUES-MARIE BOTOT DU MESNIL

Lieutenant-colonel, commande les deux compagnies de gendarmerie détachées à la sécurité de la Conciergerie et du Tribunal révolutionnaire. Républicain intransigeant. Agé de trente-cinq ans.

BUDELOT

Le cocher du Tribunal révolutionnaire.

LOUIS-FRANCOIS DE BÛNE

Lieutenant de gendarmerie. Avant la Révolution, il a porté l'uniforme du Royal-Dauphin. Homme au cœur républicain,

1. A. de Ségur, *Un épisode de la Terreur*, Bray et Retaux édit., 1872.

il assure avec humanité la discipline au sein de la Conciergerie. Il fera un geste pour la Reine en détresse qui le fera entrer dans l'histoire : il lui donnera un verre d'eau ! Il a vingt-huit ans en 1793.

CAMBON

Conventionnel modéré, il est le grand argentier de la Révolution. Il émet des assignats à la demande et finance les mouvements populaires du maire de Paris.

FRANCOIS CHABOT

Capucin défroqué, député de la Convention, il est chargé par elle d'éviter les massacres dans les prisons. Il ne défend pas les prisonniers qui sont massacrés. Il est toujours dans une tenue volontairement débraillée et est très porté sur les filles et la bonne chère. Ses besoins d'argent sont importants et il sera rapidement acheté par de Batz qui va l'entretenir princièrement. Il est entré dans la conjuration de l'Œillet, Robespierre le démasquera, il le paiera très cher.

FRANCOIS-ÉTIENNE CHAMPFLEURY (BARON DE)

Capitaine du 10e régiment de cavalerie dans l'armée de Moselle. Ex-chevalier de Saint-Louis. Il a été conduit à l'échafaud.

PIERRE GASPARD CHAUMETTE

Nommé procureur de la Commune révolutionnaire. Il est le chef des sans-culottes et c'est lui qui maintient la pression de la rue sur l'Assemblée. Comme beaucoup de membres de la municipalité Pache, il est acheté par la coalition et probablement aussi par de Batz. Il participera à la “grande infamie” concernant les rapports entre le Dauphin et la Reine.

LES CHEVALIERS DU POIGNARD

De Belbœuf, de Lillers, de Frondeville, Dubois de La Motte, Du Pecq, de La Bourdonnaye, Thevenot, de Bertier, de Mailly, de Chavigny, de Frondeville, Godard de Douville, de Becdelievre, Gentil de Fombel, La Combe, Portier, Fauget, Champin.

JEAN-BAPTISTE COFFINHAL
Ami de Fouquier-Tinville. Président du Tribunal révolutionnaire, il terrorisait les accusés par sa taille de colosse et sa voix de “basse lugubre”. C’est lui qui jugea le chimiste Lavoisier en lui disant : “La République n’a pas besoin de savants ni de chimistes.”

COLAS
Auvergnat et fidèle ami de Jean-Baptiste Basset. Le râpeur de tabac qui part à la recherche de l’abbé Emery.

DEGAIGNIÉ
Premier huissier, qui accompagne les condamnés à l’échafaud.

DUCATTOIS
Le perruquier qui cache l’abbé Emery dans la forêt.

FRANCOIS DUFRESNE
Maréchal des logis de la gendarmerie nationale. Gardien de prison de Marie-Antoinette jusqu’au 5 septembre 1793. Malin et très intéressé. A vingt-cinq ans en 1793.

RENÉ FRANÇOIS DUMAS
Nommé président du Tribunal révolutionnaire par Robespierre. Féroce, alcoolique invétéré, il terrorise les condamnés en négligeant l’instruction et les témoins, ne “se fiant qu’à son flair” et aux recommandations de l’Incorruptible. Il rend la justice avec deux pistolets chargés devant lui.

FRANÇOISE ÉLÉONORE DUPLAY
Epouse du menuisier Maurice Duplay chez qui Robespierre a élu domicile. Honnête femme qui voue un culte à l’Incorruptible. Elle a eu quatre enfants, trois filles (Eléonore,

Elisabeth et Victoire) et un garçon (Jacques Maurice). Elle connaîtra une fin tragique. A cinquante-neuf ans.

MARIE-ÉLÉONORE DUPLAY
Fille cadette de Maurice Duplay, fiancée supposée de Robespierre qui ne se prononce pas. A vingt-trois ans.

ÉLISABETH DUPLAY
Deuxième fille de Maurice Duplay, femme du beau conventionnel Philippe Lebas. Vingt et un ans.

DURFORT (MARQUIS DE)
Ambassadeur de France à Vienne. C'est lui qui organise le mariage de Marie-Antoinette en Autriche. Il a environ quarante-trois ans en 1769.

ÉGLÉ
Agée de dix-sept ans, cette pauvre fille des rues du faubourg Saint-Denis sera condamnée à mort par le Tribunal révolutionnaire. Elle tient courageusement tête à ses juges. Elle a cette repartie sublime, quand le président lui demande de quoi elle vit, elle lui répond : “De mes charmes comme toi de la guillotine !”

ÉMERY
Prêtre réfractaire. Homme d'Eglise de premier plan sous la Terreur, directeur du grand séminaire de Saint-Sulpice, ce saint homme tient tête au régime en envoyant, au péril de leur vie, ses affidés dans les prisons pour secourir chrétiennement les condamnés à mort. Il donnera l'absolution à la Reine à travers une porte.

NICOLAS FABRICIUS
Greffier en chef, c'est lui qui transcrira les paroles historiques de Marie-Antoinette lors de son procès. Il a changé son nom qui était Paris pour celui de Fabricius. Paris était le nom de l'assassin de Le Peletier et il redoutait une confusion. Il s'opposera bientôt à Fouquier-Tinville.

CHARLES FERDINAND
Archiduc d'Autriche. Compagnon de jeux de Marie-Antoinette. Ferdinand représente le Dauphin de France lors du mariage symbolique de sa sœur à Vienne.

HANS AXEL FERSEN (COMTE DE)
Grand seigneur suédois, doté d'une beauté légendaire mais imbu des principes surannés de la monarchie absolue. Il se bat pourtant pour la liberté en participant à la guerre d'indépendance d'Amérique sous les ordres de Rochambeau. De nature dépressive, c'est chez sa sœur et sa confidente, la comtesse Sophie Piper, qu'il trouve le réconfort nécessaire et une forme d'équilibre. Malgré ses aventures sentimentales, il demeurera fidèle à la Reine jusqu'à sa mort. Il participe à son évasion en organisant la fuite de la famille royale à Varennes. Il a trente-huit ans en 1793. Il aura une fin atroce.

MARIE-MARGUERITE-MADELEINE FOUCHÉ
L'infirme qui assiste la Reine chrétiennement au sein même de la Conciergerie.

FRANÇOIS II
En 1792, alors âgé de vingt-quatre ans, il devient Empereur d'Autriche et Roi de Bohême et de Hongrie. Il est le fils de Léopold II, second frère aîné de Marie-Antoinette qui a succédé à Joseph II. Après un court règne, Léopold mourra comme Joseph de la variole. François II est donc le neveu de Marie-Antoinette, une tante qu'il n'a jamais connue. Il se lance aussitôt avec une haine farouche dans les guerres contre la Révolution française. Il sera éternellement battu par Napoléon, notamment à Austerlitz et à Wagram, mais n'hésitera pas à lui accorder la main de sa fille, la future Impératrice Marie-Louise, devenant ainsi le beau-père de son pire ennemi. En 1793, ce jeune Empereur n'a que vingt-cinq ans quand sa tante, la Reine Marie-Antoinette, est emprisonnée. Autocrate borné, il ne manifeste aucune intention de voler au secours de la famille royale emprisonnée au Temple ni même

plus tard à la Conciergerie. La fille de la Reine, la future duchesse d'Angoulême, le tiendra pour responsable de la mort de sa mère. François II sera le dernier Empereur du Saint-Empire romain germanique. Napoléon l'ayant dépouillé de ses principales possessions, il sera réduit à n'être qu'Empereur d'Autriche sous le nom de François Ier.

JEAN-GUILLAUME GILBERT
Gendarme national affecté à la surveillance de la Reine. Il demeurera le gardien de prison de Marie-Antoinette jusqu'au 5 septembre. De moralité plus que douteuse et joueur invétéré. Il est marié à la sœur de Louis Larivière, qu'il rendit malheureuse. Il dénonça le complot des Œillets et n'hésita pas à faire de fausses déclarations. Il aura une fin tragique.

JEAN-BAPTISTE GOURSAULT-MERLY (COMTE DE)
Il était administrateur des domaines nationaux. Il est conduit à l'échafaud.

MARIE GRANDMAISON (DITE BABIN)
Maîtresse du baron de Batz dont elle est passionnément amoureuse. Habite avec lui à Bagnolet dans sa maison de Charonne. Orpheline, âgée de vingt-six ans en 1793, elle est jolie et talentueuse pour le chant. Elle fait une carrière d'artiste aux Italiens. Prête à tous les sacrifices pour sauver l'homme qu'elle aime, elle l'aidera dans son combat contre les révolutionnaires.

GUYOT, L'INFIRMIÈRE-CHEF DE L'HOSPICE NATIONAL DE L'ARCHEVÊCHÉ
Avec le concours de Ray, l'économe de l'Hospice et du chirurgien adjoint Giraud, elle prépare l'évasion de la Reine.

HÉBERT
Ancien vendeur de contremarques à la porte des Variétés, devenu par la Révolution un des principaux officiers de la municipalité de Paris. Rédacteur d'un journal ordurier, *Le*

Père Duchesne, où il vomit littéralement ses articles. Surnommé par Camille Desmoulins "l'Homère de l'ordure" mais aussi "un eunuque pour le crime", il manie sans limites la démagogie. Il est détesté de Robespierre et vendu au baron de Batz. Il réclame deux millions pour libérer la Reine.

HÉRAULT DE SÉCHELLES
Noble "repenti", riche, beau et intelligent. Il a négocié sans succès l'échange de la famille royale contre l'armistice. Arriviste de grand talent, il a les qualités qui manquent à Robespierre qui, bien sûr, le hait. C'est un grand ami de Danton.

MARTIAL-ARMAND HERMAN
Président du Tribunal révolutionnaire, il fut nommé à ce poste par Robespierre qui l'aimait bien. Foncièrement honnête, cet homme énigmatique et insaisissable, d'un naturel très doux, envoie à l'échafaud ses victimes sans le moindre état d'âme. Bourgeois issu de la magistrature d'Arras, il avait épousé sa bonne. Il présidera à tous les interrogatoires de la Reine et même à son procès.

CHARLOTTE WILHEM CHRISTIANE MARIE DE HESSE (PRINCESSE)
Princesse autrichienne, amie d'enfance de la Reine. Sœur de Louise de Hesse. Quatorze ans en 1769 (née le 5 novembre 1755, décédée le 12 décembre 1785).

LOUISE CAROLINE HENRIETTE de HESSE (PRINCESSE)
Princesse autrichienne, amie d'enfance de la Reine. Sœur de Charlotte de Hesse. Quinze ans en 1769 (née le 15 février 1761, décédée le 24 octobre 1829). La Reine gardera leurs cheveux jusqu'à la fin.

MME DE JARJAYES
Royaliste convaincue, elle est la fidèle des fidèles. Elle possède le château de Livry où elle attend la Reine avant sa fuite en Allemagne.

JEAN BON SAINT-ANDRÉ
Conventionnel qui s'occupe surtout d'intendance et de marine.

JOSEPH II
Empereur d'Autriche, Roi des Romains. Frère aîné de Marie-Antoinette, de quatorze ans son aîné. En 1769, au moment du mariage de sa sœur, il n'a que vingt-huit ans, mais il est déjà Empereur d'Autriche et Roi des Romains. Monarque libéral et éclairé, il entre rapidement en conflit avec sa mère pour la direction des affaires. Il entreprendra des réformes profondes de la société autrichienne. On appela Joseph II "l'Empereur du peuple". Il donnera d'excellents conseils à la Reine de France, et persuadera Louis XVI de se faire opérer d'un phimosis, alors que le couple royal est resté sans rapports pendant sept ans. Il mourra jeune de la variole. C'est son frère Léopold II qui lui succédera.

WENZEL ANTON KAUNITZ
Prince autrichien, chancelier d'Autriche, et homme d'Etat de premier plan, il dirige les affaires de l'Autriche depuis quarante ans. Il est l'allié fidèle de Marie-Antoinette et tente en 1793 de persuader l'Empereur François II de l'aider à s'évader. Ce dernier refusera et disgraciera le vieux collaborateur de son père qui mourra peu après.

JOHANN JOSEPH KHEVENHULLER (COMTE)
Grand maréchal de la cour et grand chambellan. Il coordonne la vie de la famille impériale à la cour de Vienne. Respectant à la lettre les recommandations de l'Impératrice, il applique l'étiquette et le règlement impérial avec une telle rigueur que les enfants impériaux tremblent devant lui.

CONSTANT LABUSSIÈRE
Secrétaire du Comité de salut public qu'il espionne très vraisemblablement pour le compte du baron de Batz. Il est en liaison permanente avec les Anglais et les royalistes. Il sauvera de la guillotine tous les comédiens du Théâtre-Français.

AUGUSTE RAYMOND DE LA MARCK (COMTE DE, PRINCE D'ARENBERG)
Grand seigneur et riche propriétaire terrien. Ami d'enfance de Marie-Antoinette, il a dix-sept ans en 1769 et quarante ans en 1793. Il tente d'influer auprès du chef de l'armée autrichienne, le prince de Cobourg, pour qu'il lance la cavalerie sur Paris afin de libérer la famille royale. Humaniste et homme des Lumières, il fut député à la Constituante. C'est lui qui conseilla à Marie-Antoinette de se rapprocher de Mirabeau avec qui il entretenait une correspondance suivie. Ecœuré par les mauvais jours de la Révolution de 1793, il se met alors au service de l'Autriche.

JEANNE LARIVIÈRE (dite la mère Larivière)
Grand-mère du guichetier Louis Larivière, de sensibilité royaliste, Elle a quatre-vingts ans en 1793. C'est elle qui répara la robe en lambeaux de la Reine.

LOUIS LARIVIÈRE
Guichetier du troisième guichet à la Conciergerie. Petit-fils de la mère Larivière. Pâtissier de son état, mais devenu guichetier par nécessité, ce brave garçon a vingt-deux ans en 1793. Quarante-trois ans plus tard, alors redevenu pâtissier à Saint-Mandé, il fit une relation qui rapporta de nombreux détails sur la captivité de la Reine. Il resta jusqu'à sa mort en relation constante avec Rosalie Lamorlière dont il fut l'ami fidèle. On suppose qu'il a été le père de l'enfant de la jolie servante.

CHARLOTTE LE BIHAN
La mercière royaliste qui fournit l'étamine noire nécessaire à la réfection de la robe en lambeaux de la Reine de France. A une sœur, Françoise, infirmière à l'Hospice de l'Archevêché.

MAURICE JEAN FRANCOIS LEBRASSE
Lieutenant de gendarmerie, c'est lui qui accompagna Louis XVI le 21 janvier 1793 dans la voiture qui le conduisait à l'échafaud. Gendarme intransigeant avec le service, il exécute les

ordres les plus cruels sans sourciller. Auteur dramatique, il composa quatre pièces de théâtre. Il fera un mauvais choix politique et aura une fin tragique. Il a trente et un ans en 1793.

LEFEBVRE
Le brave cocher du chevalier de Rougeville.

LEGRIS
Premier commis-greffier, homme dépourvu de cœur et de moralité, qui n'hésite pas à ajouter sur des listes de condamnés à mort des noms d'accusés jamais inculpés. Il connaîtra à vingt-quatre ans une fin tragique.

LELIÈVRE
Secrétaire personnel de Fouquier-Tinville.

CHARLES MAGNIN (ABBÉ)
Ancien professeur au petit séminaire d'Autun, figure emblématique de la chrétienté persécutée, il a été rendu célèbre pour avoir célébré la messe au sein même du cachot de la Reine, à la barbe de ses geôliers. Pendant la Terreur, il parcourt les rues déguisé en marchand d'habits. Dans son sac, il transportait ses objets liturgiques et portait les consolations de la religion de maison en maison. On l'appelait M. Charles.

MARIE-CAROLINE
Archiduchesse d'Autriche, puis Reine de Naples et de Sicile. C'est une adolescente frivole et égoïste, mais qui reste l'amie sincère et la confidente préférée de Marie-Antoinette. Aussi espiègles et dissipées l'une que l'autre, leur mère doit les séparer. Elle est sur le point d'épouser le vieux Roi de Naples Ferdinand IV qu'elle trompera très vite pour s'emparer des rênes du royaume. Après son départ pour Naples, les deux sœurs ne se sont jamais revues. Cette séparation fut perçue par les deux archiduchesses comme un déchirement. Elle a dix-sept ans en 1769 au mariage de sa sœur. Elle restera une adversaire farouche de la Révolution française et de Napoléon.

MARIE-THÉRÈSE D'AUTRICHE

Impératrice d'Autriche, Reine de Bohème et de Hongrie, veuve de François Ier dont elle a seize enfants. Elle incarne le chef incontesté du Saint-Empire romain germanique. Véritable homme d'Etat, elle sera appelée "le Roi Marie-Thérèse." Autoritaire avec ses enfants mais excellente mère, elle veillera jusqu'à sa mort à prévenir sa fille, la Reine de France, des dangers qui la menacent. Elle a quarante-deux ans en 1769 au mariage de sa fille. Elle mourra en 1780, soit neuf ans avant la Révolution.

MARIE-PIERRE THOMAS MAUVIELLE

Adjoint au maire de Meaux.

MAXIMILIEN

Archiduc d'Autriche, plus jeune frère et compagnon de jeux de Marie-Antoinette.

FLORIMOND CLAUDE MERCY-ARGENTEAU (COMTE DE)

Ancien ambassadeur d'Autriche à Versailles, il est un personnage central dans le drame que vit Marie-Antoinette. Il restera l'espion fidèle de sa mère, l'Impératrice Marie-Thérèse, à la cour du Roi de France. Il a avec elle une correspondance suivie qui l'informe au jour le jour des derniers incidents survenus à sa fille. Il est l'artisan du rapprochement de la France et de l'Autriche mais toujours au détriment de la France. Ne se dispersant jamais en sentiments inutiles, il a une attitude méprisable quand il faudra sauver sa pupille, une reine détrônée, qui ne représente plus rien sur l'échiquier européen. Il a quarante-trois ans en 1769 au mariage de la Dauphine et soixante-six ans en 1793. Il est gouverneur des Pays-Bas autrichiens[1] à l'époque où la Reine est enfermée à la Conciergerie.

JANE MERCY-ARGENTEAU (VICOMTESSE DE)

Femme du petit-fils du comte de Mercy-Argenteau, elle se passionne pour tous les événements qui ont jalonné la vie de

1. La Belgique.

la Reine de France à qui elle voue un véritable culte. Elle ignore le comportement lamentable de son grand-père envers son idole.

NICOLAS MONTJOURDAIN
Ancien commandant de la section Poissonnière, traduit devant le Tribunal révolutionnaire. Militaire profondément républicain et antiroyaliste viscéral. Il a trente-cinq ans en 1793.

PIERRE-FRANÇOIS MORISAN
Cinquante-quatre ans, buvetier. Il tient la buvette de la Conciergerie avec sa femme Anne-Marguerite et sa fille Madeleine Nicole-Sophie. Il tient surtout le café des Subsistances, salle du palais. Il est lié avec Fouquier-Tinville. Toute la famille Morisan le défendra lors de son procès. C'est à la buvette que se retrouvent tous les "officiers" du Tribunal révolutionnaire. Gillier, le mari de la fille Morisan, est secrétaire du parquet du Tribunal révolutionnaire.

NAURY
Médecin de la Conciergerie au comportement plus ou moins louche. Un médecin ignorant, "saigneur d'une avidité impitoyable", qui joue la carte de Fouquier-Tinville.

NOAILLES (COMTE DE)
Grand d'Espagne et ambassadeur extraordinaire de Louis XV auprès de la Dauphine aux cérémonies du mariage. Ce personnage médiocre et suffisant marchande bassement ses émoluments d'ambassadeur. Il a environ quarante ans en 1769.

NICOLAS PACHE
Maire de Paris, il négocie financièrement tous les mouvements populaires. Toute sa municipalité semble vendue au baron de Batz. Ancien girondin, il a rejoint le camp des extrémistes de la Montagne.

LOUISE PITOT (LA MARAÎCHÈRE)
Comme plusieurs d'entre elles, elle réserve ses plus beaux fruits à la Reine.

POINQUARRÉ
Premier secrétaire du parquet qui se retournera plus tard contre Fouquier-Tinville.

MARIE RICHARD
Née Marie-Madeleine Barrassaint, elle est probablement la sœur du forçat Jean-Pierre Barrassaint. Femme du concierge, elle est la véritable gestionnaire de la Conciergerie. Elle est humaine et compatissante avec les prisonniers. Elle a trente ans en 1793. Elle entra avec son mari dans la conspiration de l'Œillet. Elle connaîtra une fin tragique.

TOUSSAINT RICHARD
Concierge, il fait en réalité office de gouverneur de la Conciergerie. Il est acheté par Michonis et Rougeville. Bien que caractériel en diable, il manifestera une certaine compassion à l'égard de la Reine. Il a cinquante ans environ en 1793. Il entra de plain-pied dans la conspiration de l'Œillet.

ANNA FRANÇOISE ROCHECHOUART
Epouse du comte Jules de Rochechouart. Elle a connu Chabot quand il était encore capucin. Grande amie du sinistre Hébert, elle servit d'intermédiaire au baron de Batz.

LOUIS-CONSTANTIN DE ROHAN (CARDINAL-PRINCE)
Archevêque de Strasbourg, célèbre pour son avarice et ses somptueuses et funestes tapisseries des Gobelins qui jetteront un sort, dit-on, à Marie-Antoinette quand elle les observera dans la salle de Remise. La Dauphine loge chez lui durant l'étape de Strasbourg. Il a environ quatre-vingts ans en 1769.

LOUIS DE ROHAN (ÉVÊQUE PRINCE)
Louis de Rohan-Guéménée, sera surnommé “le prince Louis”. Evêque coadjuteur de Strasbourg lors de la visite de Marie-Antoinette dans la ville, personnage arriviste doté d’une folle ambition et dépourvu de moralité et de conviction religieuse, c’est lui qui “bénira” la Dauphine à l’étape de Strasbourg. La Reine déteste ce coureur de jupons. Elle ne lui adressera jamais la parole à Versailles. Il sera l’artisan de sa perte dix ans plus tard dans la fameuse affaire du collier de diamants. On l’appellera “le cardinal-collier”. Il a vingt-six ans en 1769 quand il “bénit” la Dauphine.

ROMMIGNOT
Secrétaire de la section du Muséum, il prend la défense de Louise qui doit être arrêtée.

PIERRE-BALTHAZAR ROUSSEL
Collaborateur du baron de Batz, faux monnayeur en assignats. Vingt-six ans.

ANDRÉ SABATERY
Le maire de Meaux et son épouse, terrorisés, fuient devant les gardes nationaux.

EDMOND DE SAINT-LÉGER, (MÉDECIN, COMMANDANT GÉNÉRAL)
Médecin et commissaire civil du pouvoir exécutif pour Saint-Domingue en 1791 et commandant général à Tobago. Il fait partie d’une accusation qui comprend une certaine femme Feuchère, propriétaire du journal *La Gazette de Paris* qui colporte des articles de tendance royaliste. La femme Feuchère fut condamnée à mort et guillotinée, tandis que Saint-Léger est traduit devant le Tribunal révolutionnaire le 19 nivôse an II (jeudi 8 janvier 1794). Il fut acquitté.

CHARLES HENRI SANSON (DIT LE BOURREAU)
C’est son fils Henri qui le remplace officieusement depuis l’exécution du Roi Louis XVI. On dit que la dernière victime

du père, Charles-Henri, fut le Roi lui-même qu'il guillotina le 21 janvier 1793. Bourré de chagrin et de remords, il ne pratiqua plus aucune exécution. Il abandonnera enfin officiellement et définitivement ses fonctions au profit de son fils Henri, trois ans plus tard, le 18 fructidor an III (4 septembre 1795).

FRIEDRICH SAXE-HILDBURGHAUSEN (DUC DE)
Ami d'enfance de Marie-Antoinette, amoureux de Marie-Caroline. Né le 29 avril 1753, décédé le 29 septembre 1834. Sa sœur Sophie est une amie de Marie-Antoinette.

ANTOINE FRANÇOIS SERGENT
Il participa aux massacres de Septembre. Elu à la Convention, il fit détruire tous les insignes de la royauté dans Paris. Il fut un affidé inconditionnel de Robespierre. Il épousa la sœur du général Marceau.

JOSEPH SEVESTRE
Membre du Comité de sûreté générale, député du département d'Ile-et-Vilaine à la Convention, il fut l'enquêteur dans le complot des Œillets. Homme intelligent et doué d'un grand sens politique, il a quarante ans en 1793.

STAHRENBERG
Prince autrichien chargé d'accompagner la Dauphine durant son voyage en France. Il veille aux cérémonies du mariage pour empêcher les Français d'empiéter sur les prérogatives de l'Autriche. Il a trente-six ans en 1769.

JOSEPH SOUBERBIELLE
Chirurgien et ami intime de Robespierre. Ce dernier le nommera juré du Tribunal révolutionnaire. Il soignera également la Reine, avec de "l'eau de poulet", un remède à la mode. Il est âgé de trente-neuf ans en 1793. Il envoie des femmes enceintes à la guillotine.

TANQUEREL RENÉ

L'organisateur des fêtes anniversaires du 10 août sur l'ancienne place de la Bastille.

THERY

Le médecin-chef de la Conciergerie, qui n'examine jamais ses malades, et dont l'unique traitement est la même tisane pour tout le monde. "Aussi ignorant que systématique, il visitait ses malades en vingt-cinq minutes."

THIRIÉ-GRANDPRÉ

Homme intègre, chef de division à la Commission des administrations civiles, inspecteur de toutes les administrations dont les prisons. Grand ami de Mme Rolland. Chargé d'inspecter l'état de santé de la Reine, il sera horrifié de découvrir l'état sanitaire de la Conciergerie sur lequel il fera un rapport cinglant. Se révoltera conte les conditions inhumaines imposées aux malades.

GUILLAUME TRIOULLIER (FRÈRE)

Assiste chrétiennement sur la route de Meaux le maire qui fuit devant les terroristes.

VERMOND (ABBÉ DE)

Docteur en Sorbonne, grand vicaire de l'archevêché de Toulouse, bibliothécaire au collège des Quatre-Nations, il est un précepteur dévoué et un fidèle soutien pour Marie-Antoinette. Il la prépare à son rôle de Dauphine pour affronter la cour de Versailles. Il a quarante et un ans en 1769 et restera toujours un ami fidèle pour la Reine.

VISCONTI

Nonce apostolique auprès du Saint-Empire romain germanique, il célèbre le mariage fictif de Marie-Antoinette à Vienne avec son frère l'archiduc Ferdinand Charles.

VILLEQUIER (MARQUIS DE)
Ancien premier gentilhomme de la Chambre du Roi. Chef des chevaliers du Poignard.

ROBERT WOLF
Commis-greffier. Modéré et calme, il se retournera un jour contre Fouquier-Tinville. Lors du procès de l'accusateur, son témoignage sera accablant.

MAIS AUSSI

LES DEUX PAYSANS DU VILLAGE DE CHARONNE
Ils dénoncent aux révolutionnaires la présence du chevalier de Rougeville dans le bourg.

LE SERGENT DU COULOIR DES PRISONNIERS
Obèse et négligé, il assure l'ordre dans le couloir de prisonniers.

L'INFIRMIER DU DOCTEUR THIERY
Il veille sur les agonisants de l'infirmerie de la Conciergerie et donne la même tisane à tous les malades.

LE SERGENT LÉGER
Il accompagne de Batz en Belgique.

LES MARAÎCHÈRES DU PONT SAINT-MICHEL
Elles donnent leurs meilleurs produits pour la Reine.

LE VENDEUR D'ORANGES DE LA RUE SAINT-HONORÉ

La plupart de ces personnages ont vécu ou sont morts sous la Terreur.

ANNEXES

1. PETITE COUR
Située en contrebas de la cour du Mai. S'ouvre dans la rue de la Barillerie.

2. AVANT-GREFFE
Héberge le bureau du concierge Richard. Limité par le premier et le deuxième guichet (g).

3. GREFFE
Centre administratif de la prison. On y trouve les trois registres : des entrées, des sorties et d'écrou.

4 et 5. ARRIÈRE-GREFFE
Séparé du greffe par un grillage en bois derrière lequel les condamnés attendent le bourreau.

6. CORRIDOR NOIR
Il donne accès a la boutique du bousinier (marchand d'alcool), au logement des guichetiers (7) et au premier cachot de la Reine appelé “chambre du Conseil”.

7. LOGEMENT DES GUICHETIERS

8. CORRIDOR NOIR

9. PREMIER CACHOT DE LA REINE OU CHAMBRE DU CONSEIL
Du 2 août au 13 septembre 1793.
Dont les fenêtres donnent dans la cour des femmes.

10. COULOIR DES PRISONNIERS
Où s'échelonnent les sept guichets.

11 et 12. LOGEMENT DES GUICHETIERS
Ils peuvent aussi servir de “chambre d'attente pour la toilette des condamnés”.

13. COUR DES FEMMES
Possède une fontaine et une table en pierre que l'on peut voir encore aujourd'hui.

14. LA COUR DES DOUZE
Réservée aux hommes. Elle est séparée de la cour des femmes par une grille dont les barreaux étaient assez espacés pour permettre les ébats amoureux.

15 et 16. DEUXIÈME CACHOT DE LA REINE
Du 13 septembre au 16 octobre 1793.
Dont la fenêtre donne dans la cour des femmes.

17. PARLOIR
Entièrement limité de grilles en fer.
Précédé par un vestibule gardé par deux guichetiers qui permet d'accéder au préau des hommes.

18. PRÉAU DES HOMMES
Il faut le traverser pour se rendre à la tour Bonbec et à la tour d'Argent.

19. CHAPELLE DES GIRONDINS
C'est là qu'ils passèrent leur dernière nuit.

20. L'INFIRMERIE
Un escalier attenant permet d'accéder au Tribunal révolutionnaire.

g : les huit guichets

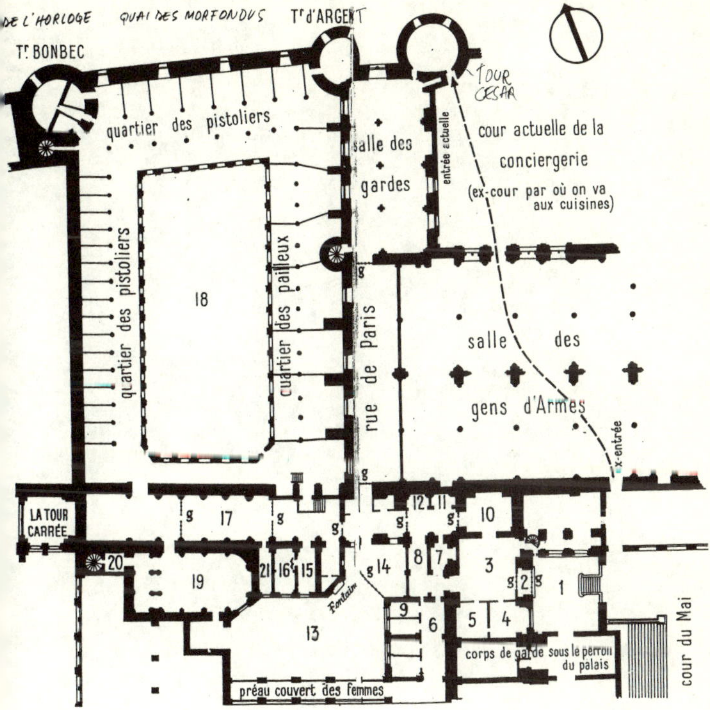

DE L'HORLOGE
QUAI DES MORFONDUS
Tr d'ARGENT
Tr BONBEC
TOUR CESAR
quartier des pistoliers
salle des gardes
entrée actuelle
cour actuelle de la conciergerie
(ex-cour par où on va aux cuisines)
quartier des pistoliers
18
quartier des pailleux
rue de Paris
salle des gens d'Armes
x-entrée
RUE DE LA BARILLERIE
LA TOUR CARRÉE
17
12
11
10
20
19
21
16
15
14
8
7
3
2
1
13
9
6
5
4
Fontaine
corps de garde sous le perron du palais
préau couvert des femmes
cour du Mai

LA LÉGENDE DE L'ŒILLET

ou la stratégie du mensonge

C'est une histoire obscure qui n'a pas été totalement élucidée. La plupart des historiens n'ont pas découvert le processus exact de son déroulement et demeurent perplexes sur le rôle déroutant joué par les différents acteurs de ce drame. Certains, comme Lenôtre, estiment même que Michonis n'était pas compromis dans le complot, tandis que Castelot pense le contraire en affirmant que sans son implication, la conspiration de l'Œillet devient avec juste raison "parfaitement incompréhensible[1]". Pourtant, Michonis nia toujours avoir connu le baron de Batz[2].

Des travaux de Lestapis datant de 1969 ont démontré qu'il était bien l'allié indéfectible du terrible baron au sein d'une immense conspiration visant à détruire la Convention et le régime, et dont l'Œillet ne représenterait que le sommet de l'iceberg[3].

Gilbert, dans sa dénonciation écrite au colonel Botot Du Mesnil, prétend qu'après avoir jeté les œillets à la veuve Capet, Rougeville est sorti en compagnie de Michonis, pour revenir *seul* un quart d'heure plus tard[4]. Comment peut-on

1. A. Castelot, *Marie-Antoinette*, Perrin, p. 479.
2. Archives nationales, W 389.
3. A. de Lestapis, *La Conspiration de Batz*, Société des études robespierristes, 1969, p. 240-247.
4. E. Campardon, "Interrogation de Gilbert, gendarme national", dans *Marie-Antoinette à la Conciergerie*, Jules Gay éd., 1863, p. 23.

concevoir qu'un administrateur de police puisse laisser pénétrer *seul* un chevalier de Saint-Louis chez une détenue de cette importance s'il n'est de connivence avec lui ? Michonis fut obligatoirement un agent actif du complot.

LES FAITS : TOUS MENTEURS !...

Rappelons sommairement les faits à travers les déclarations de chaque protagoniste pour tenter de débusquer leurs mystifications. Nous pensons que celles-ci ne sont pas fortuites, mais s'inscrivent dans une logique de combat que nous avons appelée la *stratégie du mensonge*. Chacun mentira pour des raisons diamétralement opposées à celles de l'autre. Lors de l'enquête menée par les deux membres du Comité de sûreté générale, on ne saisit pas à première vue le but de leurs tromperies. En revanche, si on les intègre dans la conjuration de de Batz, l'intention qui pousse les conjurés à dissimuler paraît évidente[1]. Ce qui rendait cette affaire obscure, c'était que tous les protagonistes mentaient de façon paradoxale. Il paraissait illogique que la femme Harel, authentique révolutionnaire, ait le même intérêt à mentir qu'un comploteur royaliste comme Michonis. En fait, ils mentaient tous les deux pour des raisons tout à fait opposées.

1. Archives parlementaires, Compagnie des Indes, LXXXVI, 553-557. Dans une lettre que Chabot, le capucin défroqué, écrit à Danton le 12 frimaire an II (2 décembre 1793), on peut lire : "Il faut que tu saches que le baron de Batz était accusé d'avoir voulu enlever la Reine et qu'il se cachait pour cette affaire. Après plusieurs conversations avec Delaunay (le factotum de Batz), j'aperçus un système de dissolution de la Convention par le moyen de la corruption et de la diffamation. La diffamation de Danton, de Lacroix, de Barère, de Basire, de Barras... et de tous les commissaires de la Convention. Je me résolus à entrer dans ce complot surtout quand Delaunay m'eut dit qu'Hébert était une puissance à sa disposition [sous-entendu : de de Batz]."

Malgré les travaux récents qui ont apporté d'indéniables éclaircissements, il demeure encore des zones d'ombre difficiles à élucider. Elles constituent des vides que nous avons tenté de combler par des hypothèses, avec toute l'incertitude qu'elles comportent.

Résumons les faits rapportés par les témoins.

Dans un réduit de trois mètres sur trois vivent *en permanence* une prisonnière (la Reine), deux gendarmes (Gilbert et Dufresne) et une servante (Marie Harel). Ces derniers ne quittent pas la souveraine des yeux.

Le 28 août surviennent deux visiteurs (Michonis et Rougeville). Ce dernier est vêtu d'un habit couleur "boue de Paris" et porte deux œillets à la boutonnière. En une fraction de seconde, Rougeville chuchote à la Reine de s'emparer des fleurs qu'il s'apprête à jeter car elles sont porteuses de messages. Son geste *a été si prompt* que les gendarmes et la servante n'ont rien vu.

La Reine reconnaît alors en Rougeville l'homme qui l'a protégée de la violence populaire le 20 juin aux Tuileries. Son émotion est telle que "le feu lui monte au visage" et "les larmes lui montent aux yeux[1]".

Les deux gendarmes ont remarqué son trouble, tandis qu'il aurait bizarrement échappé aux yeux de la servante. C'est fini. Michonis se dirige aussitôt vers la sortie, entraînant Rougeville avec lui.

La prisonnière observe alors par la fenêtre les deux visiteurs dans la cour des femmes. Elle demande au gendarme Gilbert de rappeler Michonis sous le prétexte fallacieux d'intolérance alimentaire. Le gendarme est obligé de lui tourner le dos quelques secondes pour rappeler l'administrateur. La Reine toute tremblante se précipite pour s'emparer des deux œillets et les met aussitôt dans sa poche. L'autre se retourne trop tard et ne voit que la fin de son geste, les œillets ont disparu. Gilbert

1. E. Campardon, "Déclaration du citoyen François Dufresne", dans *Marie-Antoinette à la Conciergerie*, *op. cit.*, p. 33.

"a vu la veuve Capet se baisser, mais ne prévoyant pas quelle en était la cause ni le motif, il ne vit en elle qu'une très vive émotion, son visage changer de couleur et ses membres tremblants[1]".

Elle prend connaissance des deux billets dissimulés dans le réceptacle des œillets. C'est un projet d'évasion accompagné de la promesse de rapporter une somme d'argent très importante le vendredi suivant. Elle doit accepter de s'évader évidemment *sans ses enfants*. Sa réponse est attendue. Elle déchire les billets en mille morceaux.

Au bout d'un quart d'heure, Rougeville revient *seul* dans la prison. Il confirme son retour pour le vendredi 30 août avec les fonds. Quelques minutes plus tard, Michonis revient pour récupérer son complice. Ils sortent ensemble. Gilbert et la Reine *restent seuls*. C'est le moment opportun pour la prisonnière de circonvenir le gendarme. Elle réussit à le faire entrer dans la conjuration. Nous verrons pour la compréhension de cette histoire qu'effectivement il ne pouvait en être autrement.

A partir de maintenant le mystère s'épaissit. Durant tous ces instants, n'y avait-il vraiment que le gendarme Gilbert pour garder la prisonnière ? Il paraît que la femme Harel serait *allée chercher de l'eau* et que le maréchal des logis Dufresne se serait absenté. Possible…

La Reine remet à Gilbert un message pour Rougeville, message écrit à l'aide d'une épingle. Il y est précisé : "Je me fie à vous. Je viendrai." En revanche, nous ignorons à quel moment elle le lui a remis. Est-ce le jour de la visite de Rougeville ? La *première* comme l'affirme Gilbert, ou la *seconde* qui a eu lieu un quart d'heure après ? Mystère… Mais si nous réfléchissons, nous découvrons que ce ne peut être ni l'une ni l'autre, mais bien plus tard. Nous en fournirons les preuves un peu plus loin dans la discussion.

Gilbert écrit qu'à l'instant précis où la Reine lui a remis le billet, la servante Harel était de retour. Il prétend qu'il aurait

1. E. Campardon, "Interrogation de Gilbert, gendarme national", *ibid.*, p. 23.

arraché le billet des mains de la Reine pour le porter *immédiatement* à la femme du concierge Richard. Le gendarme Dufresne affirme que c'est la femme Richard qui aurait fouillé dans les poches de Gilbert pour s'emparer du billet.

L'affaire se complique un peu plus quand la femme du concierge Richard affirme que "le même jour et au même moment" où Gilbert lui a remis le billet, elle l'a remis à Michonis. Mais l'administrateur dément : il affirme que c'était "le lendemain ou le surlendemain du jour où il était venu avec le chevalier".

Gilbert fait feu de tout bois pour se prémunir d'une accusation de complicité. En dépit de toute logique, il place tous les événements lors de la première visite, celle où il déclare avoir agi en bon patriote en dénonçant *aussitôt* le complot.

La nuit est noire autour de la Conciergerie. A onze heures, Michonis et Rougeville viennent s'emparer de la prisonnière "par ordre de la municipalité pour la transférer au Temple". Tous les guichetiers du couloir des prisonniers le croient, y compris les Richard qui, eux, jouent le jeu.

Dans la cour du Mai, une fausse patrouille de gardes nationaux attend près d'une voiture qui doit emmener la Reine à Livry, chez Mme de Jarjayes, puis de là en Allemagne.

Nous n'avons aucun indice sur la sortie de la Reine de son cachot. Heureusement Rougeville écrivit ses mémoires, écoutons-le : "Nous avions déjà dépassé tous les guichets, et n'avions plus qu'à franchir la porte de la rue, lorsqu'un des deux gardes, à qui j'avais donné 50 louis d'or, s'opposa avec menace à la sortie de la Reine[1] !"

La fille de Marie-Antoinette, la duchesse d'Angoulême, confirme que sa mère a été trahie par l'un des gendarmes. Elle écrit : "On m'a assuré que les gendarmes qui la gardaient et la femme du concierge étaient gagnés… Elle était sortie de sa chambre et avait descendu l'escalier quand un

1. G. Lenôtre, *Le Vrai Chevalier de Maison-Rouge*, Perrin, 1912, p. 88.

gendarme s'oppose à son départ, quoiqu'il fût gagné, et obligea ma mère à remonter chez elle[1]..."

Etait-ce Gilbert, était-ce Dufresne, était-ce un gendarme inconnu ? Nul ne sait ! On sait seulement par Rosalie Lamorlière et Louis Larivière que c'est la femme Harel "qui fit manquer l'évasion[2]".

La suite est connue : c'est la dénonciation de Gilbert. Le matin du 4 septembre, l'un des gendarmes écrit à son colonel, il dévoile la conspiration en traitant l'administrateur (Michonis) de *suspect*, accusation terrible. Une instruction est ouverte par les deux députés de la Convention, Amar et Sevestre. Ils commettent l'erreur d'interroger en même temps tous les acteurs du complot. Leurs mensonges respectifs s'opposent. Michonis est arrêté. Les deux gendarmes disparaissent. Quant à la servante, on perd définitivement sa trace jusqu'au procès de la Reine.

Voilà ce que l'on sait de l'Œillet par le canal des déclarations de chaque conjuré.

DISCUSSION

Si nous analysons les déclarations de chaque acteur du complot, nos voyons qu'ils usent de cette *stratégie du mensonge* avec des finalités différentes. Chez les uns, les mensonges sont télécommandés par Robespierre et le Comité de salut public (la servante Harel) ; chez d'autres, ils signent leur connivence avec de Batz (Michonis et Sophie Dutilleul) ; chez les derniers enfin, ils sont nécessaires pour sauver leur tête (les gendarmes Gilbert et Dufresne). Mais il n'est pas impossible qu'ils obéissent aussi aux ordres de leurs supérieurs. Quant à la Reine,

1. E. Campardon, "Relation de la captivité de la famille royale à la tour du Temple par la duchesse d'Angoulême", dans *Marie-Antoinette à la Conciergerie*, *op. cit.*, p. 87-88.
2. G. Lenôtre, *Captivité et mort de Marie-Antoinette*, Perrin, 1922, p. 234 (relation de Rosalie Lamorlière à Laffont d'Aussonne).

sachant que le complot est définitivement perdu pour elle, elle va s'attacher à minimiser l'implication de ceux qui l'ont aidée, dont bien entendu Michonis.

La composition du bureau qui l'a interrogée, avec Amar, Sevestre, Cailleux, Bax, Lebrasse, Aigron, est rigoureusement exacte, et tous les personnages qui l'interrogent dans le roman sont historiques[1].

DÈS LE PREMIER INTERROGATOIRE,
LA REINE PRESSENT UN TRAQUENARD

Amar et Sevestre vont utiliser la conspiration de l'Œillet pour tenter de la confondre. Ils espèrent qu'elle commettra des écarts qui seront utilisés pour son procès. C'est mal connaître Marie-Antoinette qui a tout de suite pressenti leur manœuvre.

Dans sa remarquable biographie consacrée à la Reine, l'historienne Evelyne Lever précise : "L'affaire dite de l'Œillet ramena l'attention sur elle au moment où Fouquier-Tinville, l'accusateur public, se plaignait de n'avoir toujours pas reçu les pièces la concernant pour établir son réquisitoire. L'interrogatoire s'engagea tout d'abord comme un simple interrogatoire de police, puis les questions se firent plus insidieuses. Les députés semblaient abandonner la piste de l'affaire dont ils étaient chargés pour préparer l'instruction d'un important procès[2]."

LORS DU DEUXIÈME INTERROGATOIRE, MISE DEVANT L'ÉVIDENCE,
LA REINE ADMET LES FAITS QU'ON LUI REPROCHE

Amar et Sevestre utilisent de nouveau la conspiration pour étayer l'instruction de son procès. Ils vont tenter de faire tenir à Marie-Antoinette des propos compromettants. La Reine reconnaît avoir menti lors du premier interrogatoire, mais maintient la *même* ligne de défense qui consiste à minimiser sa

1. *Procès des Bourbons*, Lerouge et Egron éditeurs, 3e édition, 1814, p. 208 et 229.
2. Evelyne Lever, *Marie-Antoinette*, Fayard, 1991, p. 645-646.

responsabilité dans les affaires qu'on lui reproche et à dissimuler les implications de ceux qui l'ont aidée.

Evelyne Lever le confirme encore : "Ce prétendu complot dont on essayait, sans grande conviction, de dénouer les fils n'était qu'un prétexte. Comme lors du premier interrogatoire, les enquêteurs ne s'en tinrent pas aux simples questions de routine[1]."

Ainsi la stratégie de défense de la Reine reste immuable : pressentant que les enquêteurs prêchent le faux pour savoir le vrai, elle niera tout d'abord les faits qu'on lui reproche ; ultérieurement, devant l'évidence, elle les reconnaîtra[2]. En revanche, elle défendra sans faille ceux qui l'ont aidée en niant leur participation.

Elle ne se départira jamais de son rôle de Reine de France ; au contraire, face à ces terribles révolutionnaires, elle ne sera jamais complaisante et soutiendra que le métier de roi reste le plus beau[3] !

Aux questions des enquêteurs elle répondra toujours selon les principes de cette monarchie qu'elle croit encore possible pour son fils. Bref, elle demeure ce qu'au fond on lui reproche : avoir été Reine de France et le rester au fond de son cachot.

Examinons à travers leurs déclarations le rôle joué par chaque acteur du complot.

1. Evelyne Lever, *Marie-Antoinette*, *op. cit.*, p. 647.
2. E. Campardon, "Second interrogatoire de Marie-Antoinette, veuve Capet", dans *Marie-Antoinette à la Conciergerie*, *op. cit.*, p. 15. "Donnez-moi la preuve", répond la Reine aux enquêteurs qui lui reprochent d'avoir menti en prétendant qu'elle n'avait pas vu Rougeville lui lancer un œillet ; elle déclare enfin lors du deuxième interrogatoire : "Je l'ai pris et ramassé."
3. *Ibid.*, p. 603. A la question des enquêteurs : "Vous déclarez donc avoir renoncé à tous les privilèges que donnaient jadis les vains titres de roi ?", elle répond : "Il n'en est pas de plus beau !"

1. Il existe tout d'abord un personnage dont on parle peu et qui pourtant fut un lien entre les conjurés, c'est la maîtresse de Rougeville, la très jolie Sophie Dutilleul.

Elle n'était pas du tout cette oie blanche que nous avons entendue témoigner lors de ses interrogatoires ou quand elle fut traduite devant le Tribunal révolutionnaire le 29 brumaire an II.

Quand on lui demanda si elle était au courant des menées contre-révolutionnaires de son amant, elle répondit habilement : "Mon seul crime fut de l'avoir aimé !" Contre toute attente, le tribunal, malgré les charges évidentes qui pesaient sur elle et qui auraient dû l'envoyer à l'échafaud, étouffa sa participation et l'acquitta[1]. Manœuvre étendue à tous les conjurés de l'Œillet, la *stratégie du mensonge* ordonnée par Robespierre lui fut appliquée. Il ne fallait surtout pas révéler que la maîtresse de Rougeville, affiliée au clan de de Batz, avait été la complice du municipal Michonis... et de bien d'autres.

Quand on l'interrogea, elle répondit négativement à toutes les questions : l'énormité de ses mensonges fut à la mesure de la complaisance surprenante des enquêteurs.

— Rougeville vous a-t-il parlé quelque fois de la ci-devant Reine ?

— Indifféremment.

— Vous a-t-il témoigné le désir de voir la ci-devant Reine dans sa prison ?

— Jamais.

— Rougeville avait-il de grandes liaisons avec Michonis ?

— Je ne lui en connais pas[2] !

En réalité, c'est Sophie Dutilleul qui présenta Michonis à son amant Rougeville lors d'un repas dans sa maison à Vaugirard. "La dame nous donna à dîner dans sa maison de campagne à Vaugirard, le brave chevalier s'y trouva[3]..."

1. Archives nationales, W 296, dossier 261.

2. E. Campardon, "Interrogatoire de Sophie Dutilleul", dans *Marie-Antoinette à la Conciergerie*, *op. cit.*, p. 51.

3. G. Lenôtre, *Captivité et mort de Marie-Antoinette*, *op. cit.*, p. 278 (relation de la femme Bault). Archives nationales, W 297.

— N'avez-vous pas eu connaissance du complot formé par Michonis et Rougeville ?

— Je n'en ai jamais entendu parler[1] !

— N'étiez-vous pas à ce dîner chez Fontaine avec Michonis et Rougeville ?

— J'y étais, c'est moi qui introduisis Rougeville, *que je ne connaissais pas*, et qui demeurait chez moi comme locataire.

— Ne fut-ce pas à ce dîner en votre présence, que Michonis promit à Rougeville de l'introduire auprès de la veuve Capet ?

— Non !

Ce n'est peut-être là qu'un demi-mensonge puisque l'évasion de la Reine avait *déjà* été arrêtée bien avant chez elle à Vaugirard[2].

Enfin toutes ses réponses furent de cette veine : "Elle ne sait pas non plus si Michonis a accompagné Rougeville à la Conciergerie." Devant l'étonnement des enquêteurs que son amant ne la tienne pas informée de ses projets, elle répond qu'il "était trop dissimulé pour cela", "qu'il n'était pas en relation avec l'étranger"[3], "qu'elle ne savait pas s'il allait souvent à la campagne" (allusion à la maison de de Batz à Charonne), "qu'elle ignorait s'il avait de l'or et des assignats et enfin qu'elle ne l'a plus revu depuis"[4].

En réalité, *dès le début*, Sophie fut une sacrée petite conspiratrice. Sa participation dans l'Œillet débuta de la façon suivante : un jour qu'elle secourait un prisonnier à la Force, elle apprit que son ami le concierge Bault était en relation avec Michonis. Elle lui demanda s'il pouvait intercéder auprès de lui afin qu'il autorise un chevalier de Saint-Louis du nom de Rougeville à s'introduire auprès de la Reine "pour lui offrir ses services". Michonis accepta. Sophie Dutilleul organisa dans

1. E. Campardon, "Interrogatoire de Sophie Dutilleul", dans *Marie-Antoinette à la Conciergerie*, *op. cit.*, p. 52.

2. *Ibid.*, p. 54.

3. *Ibid.*, p. 52.

4. *Ibid.*, p. 53.

sa maison de campagne de Vaugirard un dîner avec lui, les époux Bault et Rougeville. "Toutes les mesures furent prises pour l'exécution, raconte la femme Bault, Michonis se chargea du consentement des Richard[1]."

Quand les enquêteurs l'interrogèrent sur ces rencontres elle prétendit le contraire : "Avez-vous eu quelque fois des rassemblements chez vous à Vaugirard ?

— Jamais[2] !" répondit-elle.

2. Examinons maintenant les réponses des deux acteurs les plus importants de la conspiration, ceux-là même qui contribuèrent à la faire échouer. Le premier d'entre eux d'abord, le peu recommandable gendarme Gilbert.

Sa *participation active* demeure l'axiome sur lequel repose le complot. Sans lui, pas d'Œillet. Sans son implication, cette affaire est non seulement incompréhensible mais tout simplement irréalisable.

Castelot fait remarquer à juste titre que si toutes ces allées et venues sont possibles, "c'est que Gilbert est entré dans la conjuration[3]" et sa dénonciation ultérieure apparaîtra bien à ses anciens complices comme une félonie impardonnable qu'il paiera bientôt de sa vie.

N'oublions pas que Gilbert entra dans la famille Larivière, une famille de sensibilité royaliste, en épousant Julie, la sœur de Louis, contre l'avis de ses parents. Ce dernier fit une description bien peu élogieuse de son ex-beau-frère. Redevenu pâtissier à Saint-Mandé, il déclarera trente-neuf ans plus tard en 1834 dans sa relation à Laffont d'Aussonne : "Je ne dois pas oublier de dire que le gendarme Gilbert, ainsi que Dufresne, fut fait officier [après l'Œillet]… Gilbert malgré mes parents se fit aimer de ma sœur Julie et l'épousa. Il la

1. G. Lenôtre, *Captivité et mort de Marie-Antoinette*, *op. cit.* (relation de la femme Bault).

2. E. Campardon, "Interrogatoire de Sophie Dutilleul", dans *Marie-Antoinette à la Conciergerie*, *op. cit.*, p. 54.

3. A. Castelot, *Marie-Antoinette*, Perrin, 1962, p. 482.

rendit la plus malheureuse femme du monde étant le plus *corrompu* gendarme qui ait existé[1]."

Dans sa réponse aux attaques très nuancées des enquêteurs, Gilbert va tenter de se dédouaner en piétinant successivement la Reine, Michonis et la femme Harel ; seul le maréchal des logis Dufresne trouve grâce à ses yeux. Il doit ménager son compère qui a reçu probablement comme lui cinquante louis d'or. En revanche, dans sa lettre de dénonciation, Gilbert parle de ses anciens complices en termes peu élogieux. Il traite même Michonis de *suspect* : "des gens *suspects* qui s'introduisent chez la femme Capet..." Quelle délation quand on connaît, d'après *la loi des suspects*, la gravité d'une telle accusation[2] !

En prenant les devants contre d'éventuels reproches qu'on pouvait lui faire, notamment celui de ne pas avoir, sitôt reconnu, arrêté ce dangereux royaliste, sa veulerie se manifestera encore quand il affirme : "La femme Capet a profité de cette occasion pour écrire avec une épingle un papier qu'elle m'a remis à dessein de le remettre à un certain *quidam...*" En traitant Rougeville de simple "quidam" (avec lequel il a machiné pécuniairement), son intention n'est pas innocente : il décline ainsi sa responsabilité en insinuant qu'il ignorait qu'il fût un "chevalier de Saint-Louis". Un tel comploteur aurait dû être aussitôt arrêté, mais ne voyant en lui qu'un simple "quidam", il avait l'excuse de ne pas l'avoir dénoncé[3].

La lettre adressée à son colonel comme ses réponses aux enquêteurs sont pleines de contradictions. Dans sa dénonciation, il écrit : "L'*avant-dernière fois* que le citoyen Michonis est venu, il y est venu avec un particulier[4]..." Il le confirme

1. G. Lenôtre, *Captivité et mort de Marie-Antoinette*, *op. cit.*, p. 364 (relation de Louis Larivière à Laffont d'Aussonne).

2. Archives nationales, W 297.

3. E. Campardon, "Interrogation de Gilbert, gendarme national", dans *Marie-Antoinette à la Conciergerie*, *op. cit.*, p. 24.

4. E. Campardon, "Rapport du citoyen Gilbert au colonel de gendarmerie", dans *Marie-Antoinette à la Conciergerie*, *op. cit.*, p. 2.

oralement aux enquêteurs : "Le citoyen Michonis est venu avec un particulier, il y a quelques jours et c'est *son avant-dernière visite*..." Quand on sait que "l'avant-dernière fois" ou "l'avant-dernière visite" tombe le 28 août, on peut douter de sa sincérité puisqu'il n'a prévenu son colonel que le 3 septembre, alors pourquoi attendre sept jours avant de dénoncer le complot[1] ?

On retrouve chez lui la *stratégie du mensonge* quand il écrit à Botot Du Mesnil "en son âme et conscience" : "La femme de chambre étant *à jouer une partie de cartes avec moi*, la veuve Capet *a profité de cette occasion pour écrire* avec une épingle un papier qu'elle m'a remis pour remettre à un certain quidam. Je me suis transporté *aussitôt* chez le concierge, à la femme duquel je lui remis le billet[2]." On relève trois mensonges.

– Le premier, quand il affirme qu'il jouait aux cartes avec la femme Harel au moment où Rougeville et Michonis sont entrés le 28 août dans le cachot. C'est faux, celle-ci le contredit formellement : "Lorsque les deux visiteurs sont entrés ce n'était pas ce jour-là que j'ai joué aux cartes[3]." Il veut nous faire croire que la Reine a profité de cette occasion pour écrire son billet. C'est non seulement faux, c'est absurde ! Il était matériellement impossible, dans le quart d'heure qui lui était imparti, d'envoyer Gilbert à la fenêtre pour rappeler Michonis, d'en profiter pour ramasser les œillets, de prendre connaissance des messages, de persuader son gardien d'entrer dans la conspiration, et enfin d'écrire un billet avec une épingle, tout cela sous la menace du retour imminent de la femme Harel. En revanche, Gilbert une fois acquis à la conjuration, elle a tout le temps dans la journée du 29 de faire entrer l'autre gendarme dans le complot puis de rédiger tranquillement son billet avec une épingle quand

1. *Ibid.*
2. *Ibid.*
3. E. Campardon, "Interrogatoire de la citoyenne Harel", dans *Marie-Antoinette à la Conciergerie*, *op. cit.*, p. 14.

la femme Harel se serait retirée, pour le remettre enfin à Gilbert, pas trop tard toutefois, afin de permettre au chevalier d'organiser sa visite du lendemain vendredi 30. Avant d'intervenir, Rougeville doit connaître la décision de la Reine d'accepter de s'évader ou non et celle des gendarmes d'entrer ou pas dans la conspiration. Tout cela prouve bien que la Reine n'a pas rédigé son message à la première visite de Rougeville comme Gilbert l'affirme. Quand on y songe, il est évident qu'avant de répondre au chevalier : Je viendrai, il fallait tout d'abord s'assurer que les deux gendarmes étaient bien entrés dans la conjuration. Quant au message, il a été obligatoirement rédigé *après* les avoir circonvenus.

– Deuxième mensonge : Gilbert prétend que la Reine *a profité* que ses geôliers fassent leur partie de cartes "pour écrire avec une épingle sur un papier". Si l'on prend cette affirmation à la lettre, la Reine aurait écrit son billet pendant la partie ? C'est-à-dire au moment où Rougeville et Michonis entrent dans le cachot ? On arrive à la conclusion paradoxale qu'elle aurait écrit son billet *avant* de connaître le contenu des messages cachés dans les œillets ! Conclusion non seulement absurde, mais inconcevable ! De surcroît, elle aurait dû l'écrire à la barbe des trois geôliers présents ? Si l'on admet contre toute vraisemblance que cette partie de cartes a vraiment eu lieu, elle aurait quand même été interrompue aussitôt les visiteurs introduits. On ne conçoit pas un personnel de garde poursuivre son jeu tandis que l'administrateur de police, responsable de la discipline, pénètre dans le cachot.

En admettant encore contre toute vraisemblance que cela se soit passé ainsi, la Reine n'aurait pas eu le temps matériel de rédiger son message. A moins que cette partie ne dure tout le temps que dure la visite ? Hypothèse encore moins probable puisqu'elle conduit à une situation encore plus ubuesque : imaginerions-nous la Reine en train de rédiger le billet avec une épingle au nez des trois gardiens et le remettre ensuite aux visiteurs ? Nous sommes étonné de la mansuétude des enquêteurs qui auraient pu au moins lui demander : "Puisque vous affirmez que, lors de cette première visite des conjurés, la prisonnière a profité de votre partie de cartes pour rédiger son message, pour quelle raison, à cette occasion, n'aurait-elle pas remis le billet en main propre à Rougeville ?... Ou à son retour un quart d'heure plus tard ?"

– Troisième mensonge, quand Gilbert affirme qu'il "s'est transporté *aussitôt* chez le concierge[1]", pour remettre le message de la Reine à la femme Richard. C'est encore faux. Pour quelles raisons a-t-il attendu sept jours pour dénoncer le complot ?

On relève encore deux mensonges supplémentaires dans une autre phrase, quand il prétend que la Reine a ramassé *aussitôt* les œillets et qu'elle le lui a "avoué elle-même" : "[...] et lui dit à voix basse de ramasser l'œillet qu'il avait laissé tomber à côté du poêle derrière la femme de chambre, et elle l'a ramassé *aussitôt*. C'est la veuve Capet qui m'a *elle-même avoué* ce que je viens de dénoncer[2]."

On remarque que Gilbert n'a pas vu Rougeville lancer les œillets ni entendu ce qu'il a chuchoté à la Reine. Comment peut-il affirmer qu'elle les a ramassés *aussitôt* ? Il est impossible qu'elle ait pu formuler un tel mensonge. On se souvient qu'elle récupéra les œillets plus tard quand Gilbert *lui tourna le dos* pour appeler Michonis dans la cour des femmes. Quel intérêt a-t-il en annonçant qu'elle a ramassé *aussitôt* les œillets ? C'est qu'il a commis une faute professionnelle grave en quittant du regard la prisonnière pour rappeler Michonis qui errait dans la cour des femmes. S'il affirme que la Reine a ramassé les œillets aussitôt jetés, il supprime l'épisode où il a commis sa faute en tournant le dos à la prisonnière. Pour se couvrir, il est obligé de grouper tous les événements *en même temps* ! Ce qui l'entraîne dans des situations comiques. En outre, s'il avait réparti les principales péripéties sur les trois visites de Rougeville, on aurait pu lui demander pour quelles raisons ne l'avait-il pas dénoncé dès la première ? Selon son

1. E. Campardon, "Interrogation de Gilbert, gendarme national", dans *Marie-Antoinette à la Conciergerie*, *op. cit.*, p. 24.
2. "Rapport du citoyen Gilbert au colonel de gendarmerie", *ibid.*, p. 2.

habitude, il tire la couverture à lui, en falsifiant la chronologie des événements pour les réunir artificiellement en une seule fois. Pour agir avec une telle impunité, il est probable qu'il bénéficiait de la bienveillance des enquêteurs.

Faisons un raisonnement par l'absurde en imaginant que la Reine a effectivement ramassé ces œillets *aussitôt* que Rougeville les a jetés. Après avoir ramassé les œillets, elle l'aurait fait de nouveau au nez des trois gardiens ? Hypothèse ridicule ! D'autant plus invraisemblable qu'aucun des trois témoins ne l'a signalé. Poursuivons cet étrange raisonnement : si la Reine s'empare *aussitôt* des œillets, comme l'affirme Gilbert, Rougeville et Michonis sont donc présents à l'intérieur du cachot et la scène se passe non seulement sous leurs yeux mais aussi sous le nez des trois autres. On imagine la Reine de France ramasser les fleurs que vient de lui jeter Rougeville sous l'œil de cinq témoins ? La déclaration de Gilbert nous amène à une situation de plus en plus ubuesque quand il affirme, toujours lors de cette première visite, avoir rappelé Michonis quand il déambulait dans la cour des femmes. Si l'on s'en tient à la lettre, on aboutit à ce tableau picaresque où Michonis et Rougeville sont à la fois dans le cachot et se promènent dans la cour des femmes ! Cela est d'autant plus cocasse que Gilbert l'affirme *en son âme et conscience* ! Comme il faut asseoir ce gros mensonge, il dégage sa responsabilité en se retranchant derrière la Reine. Il proclame : "C'est la veuve Capet qui m'a elle-même avoué ce que je viens de dire", et il lui attribue ainsi la paternité de son témoignage.

Nous le répétons encore, il est impossible que toutes ces contradictions qui sautent aux yeux aient pu échapper aux enquêteurs. S'ils n'ont pas relevé de telles inepties, c'est qu'ils avaient de bonnes raisons pour le faire, et ils se sont bien gardés de s'en priver. Ils avaient probablement reçu l'ordre de ménager les deux gendarmes, et nous pensons même qu'au moment des interrogatoires, leur silence était déjà acheté. Sinon, comment expliquer une telle complaisance ? La *stratégie du mensonge* a été payante pour eux.

Comme il était matériellement impossible à la Reine de rédiger son message lors de la première visite de Rougeville, on constate que Michonis dit la vérité quand il affirme que c'est le *lendemain* ou le *surlendemain* que la femme Richard lui a remis le billet. Elle jure le lui avoir donné *aussitôt* que Gilbert le lui a apporté, et Michonis prétend que ce n'était que vingt-quatre ou quarante-huit heures plus tard. En admettant qu'elle le lui ait remis aussitôt, pour quelles raisons alors la femme Richard ne contredit-elle pas Gilbert quand il proclame qu'il lui a remis le billet à la première visite ? Et pourquoi est-elle restée silencieuse comme les autres pendant sept jours sans prévenir les autorités ? Comme Gilbert, la femme Richard ment par complicité et omission selon la même *stratégie du mensonge*. La seule explication possible, c'est que les concierges sont bien entrés eux aussi dans la conspiration.

3. Le cas de la servante Harel demeura "une grande inconnue". Elle constitua le maillon faible de cette tentative d'évasion. Il était évident qu'elle ne faisait pas partie de la conspiration, et pour cause : c'était un mouton de Fouquier-Tinville. Mais on ne comprenait pas pourquoi elle niait systématiquement toutes les accusations des enquêteurs, jouant ainsi le jeu des comploteurs dont elle était pourtant l'ennemie déclarée.

Habituellement, elle est assise près de la fenêtre et tricote en surveillant la Reine. Ce jour-là, elle affirme qu'elle n'a rien vu ni rien entendu parce qu'elle était, dit-elle, "à travailler[1]" ! Travailler à quoi ? Où ? Quand ? Mystère. Dans notre roman, nous lui faisons laver les carreaux des deux fenêtres. Nous devions prendre en compte l'épineux problème qu'elle était présente et qu'elle n'avait rien vu ! Elle était alors obligée de tourner le dos aux visiteurs. Quand nous connaîtrons la *stratégie du mensonge*, nous verrons que cette précaution était bien inutile, puisque malgré ses dénégations, elle avait effectivement tout vu.

1. E. Campardon, "Interrogatoire de la citoyenne Harel", dans *Marie-Antoinette à la Conciergerie*, *op. cit.*, p. 16.

Il semblerait d'ailleurs que cette servante soit moins sotte qu'elle nous apparut lors de son interrogatoire. N'oublions pas que deux témoins, Rosalie Lamorlière et Louis Larivière, la rendirent "responsable de l'échec de la conspiration de l'Œillet". Comment ? On ne sait.

Dans sa relation à Laffont d'Aussonne, Rosalie révèle : "La femme Harel observait le tout, elle fit son rapport à Fouquier-Tinville[1]..."

Quant à Louis Larivière, dans une autre relation au même Laffont d'Aussonne, il dit : "Le quatrième ou cinquième jour, les administrateurs dirent à ma grand-mère que son emploi était trop pénible pour son âge, et l'on installa une jeune femme nommée Harel, qui, le mois suivant, dénonça Michonis et un inconnu, porteur de l'œillet où était renfermée de l'écriture[2]..."

On va retrouver chez la servante cette attitude apparemment inexplicable. Nous savons qu'en reconnaissant le chevalier qui l'a aidée le 20 juin, la Reine s'est troublée ; "le feu lui monte au visage", a dit Gilbert. Les gendarmes sont les seuls à l'avoir remarqué tandis que la femme Harel "n'a rien vu de cela". Il est difficile d'imaginer que ce malaise qui a sauté aux yeux des deux factionnaires ait pu lui échapper. Quel était donc le motif qui la poussa à dissimuler la vérité ? Deux explications sont possibles : soit elle a *menti* sciemment, soit elle était réellement *absente*.

Si elle a menti, on conçoit mal qu'un mouton de Fouquier-Tinville puisse le faire en toute impunité lors d'une enquête diligentée par son maître. La sanction serait la décapitation immédiate. Sauf... si on lui recommande de fournir des réponses dilatoires afin de cacher à l'opinion publique le caractère subversif du complot et surtout de dégager la responsabilité des comploteurs. Une révolutionnaire comme la

1. G. Lenôtre, *Captivité et mort de Marie-Antoinette*, *op. cit.*, p. 234 (relation de Rosalie Lamorlière à Laffont d'Aussonne). p. 234.
2. G. Lenôtre, *Captivité et mort de Marie-Antoinette*, *op. cit.*, p. 359 (relation de Louis Larivière à Laffont d'Aussonne).

femme Harel *qui ment* à d'autres révolutionnaires en étouffant un complot royaliste est une situation inconcevable… Sauf si ses mensonges ont été ordonnés par son autorité supérieure, c'est-à-dire par Fouquier-Tinville lui-même. C'est en fait ce qui s'est probablement passé. Nous comprenons maintenant la signification de ses mensonges.

Si elle avait été effectivement absente lors de la visite de Rougeville, on comprendrait qu'elle n'ait rien vu ni rien entendu, mais ce ne fut pas le cas puisque sa présence effective a été signalée par les deux gendarmes.

Que faut-il en conclure ? Présente ou absente ? La seule interprétation possible qui s'accorde avec les déclarations des trois témoins pourrait s'expliquer aussi par une absence *momentanée*… "La femme de chambre qui était sortie *quelque temps* auparavant pour aller chercher de l'eau[1]…" Voilà peut-être une des clefs du mystère. Mais cette hypothèse n'est pas entièrement satisfaisante quand il s'agit d'expliquer les raisons de sa dissimulation : elle a sûrement vu Rougeville jeter ses œillets ou chuchoter aux oreilles de la Reine…

4. Quant aux réponses de Michonis aux enquêteurs, elles sont si désarmantes d'inconscience et de naïveté qu'on ne peut plus être étonné de son incarcération immédiate à la fin de son interrogatoire.

Toute sa défense repose sur un argumentaire infantile : il prétend qu'il ne connaissait pas le nom de l'homme qu'il a fait entrer chez la veuve Capet et qu'il n'a pas jugé utile de donner suite à cette affaire parce qu'il la croyait sans importance et terminée… Des arguments tout de même un peu légers pour un administrateur de police.

Qui fut Michonis ? Les avis sont très controversés. Il aurait participé aux massacres de Septembre, ce qui en ferait un terroriste peu sympathique. Et pourtant, Hyde de Neuville, qu'on ne peut taxer de complaisance pour eux, parle de

1. G. Lenôtre, *Captivité et mort de Marie-Antoinette*, *op. cit.*, p. 234 (relation de Rosalie Lamorlière à Laffont d'Aussonne). p. 234.

lui en termes élogieux : "Je vois encore ce dévoué Michonis dont l'âme généreuse et bonne se lisait sur une physionomie pleine de franchise et de bonhomie. Il cachait sous une apparence de candeur une finesse et une habileté qui le firent échapper plusieurs fois aux conséquences de son dévouement. Toutes les préventions qu'on avait semées dans l'opinion tombèrent une à une dans son esprit plein de droiture. La Reine était pour lui l'objet d'un culte enthousiaste[1]..."

Pour Campardon, il ne faut pas oublier que Michonis, comme policier, "prêtait au baron de Batz une assistance intéressée[2]".

Michonis est interrogé deux fois par les enquêteurs. Ses réponses défient le bon sens. Quand on lui demande s'il n'est pas venu chez la veuve Capet avec un chevalier de Saint-Louis, il répond : "Je n'en connais pas !"

Les visiteurs qui visitent la prisonnière ont-ils un autre motif que la curiosité ? "Je ne connais pas de visiteurs qui ne soient pas motivés par la curiosité."

Lui parlaient-ils ? "Les particuliers n'ont jamais parlé à la veuve Capet."

Avez-vous constaté de l'émotion chez elle à la vue du particulier ? "Je n'ai pas constaté d'émotion."

"Le particulier qui est venu avec moi m'était inconnu [...], il avait un plaisir infini à la voir [...], il avait fait sa demande de visite il y a seulement quinze jours [...], je ne connais pas son nom..."

L'ayant vu plusieurs fois, ayant soupé avec lui, comment se fait-il que vous ne connaissiez pas son nom ? "Je vous jure que je ne le connais pas."

Ne le connaissant pas, comment avez-vous pu l'introduire chez la veuve Capet ? "Je l'ai introduit comme tout le monde."

Etant prévenu par la citoyenne Richard que le particulier était un chevalier de Saint-Louis, comment se fait-il que

1. G. Lenôtre, *Le Baron de Batz*, 6e édition, Perrin, p. 27, n. 2.
2. E. Campardon, "Interrogation de Gilbert, gendarme national", dans *Marie-Antoinette à la Conciergerie*, *op. cit.*, p. 24.

vous n'ayez pas tenté de le reconnaître ? "Parce que je considérais l'affaire comme mineure et qui était finie."

Pourquoi avez-vous dit à la citoyenne Richard de ne pas en parler ? "Parce que je ne voulais pas donner à cette affaire plus d'importance qu'elle n'en avait et que je la considérais comme finie."

Le fait que la prisonnière adresse un billet à cet homme aurait dû vous alerter ? "J'attribuais peu d'importance à la chose."

Sachant qu'il vous avait compromis, comment n'avez-vous pas tenté de rechercher son identité ? "Je n'attribuais aucune importance à la chose[1]."

5. Quel fut le rôle du maréchal des logis François Dufresne ? Sans sa participation effective, comme celle de Gilbert, l'affaire de l'Œillet n'aurait jamais pu être montée. Etait-il présent quand la Reine fit ses confidences à ce dernier ? C'est peu probable ; après le départ de Rougeville et de Michonis, la situation reste floue. Qui demeure encore dans le cachot quand la Reine tente de corrompre Gilbert ? La réponse se trouve peut-être dans la réplique de ce dernier aux enquêteurs : "[...] la veuve Capet me dit *à moi*[2]..." Pourquoi *à lui* ? Est-ce parce que Dufresne était absent que la Reine lui a personnellement proposé d'entrer dans la conspiration ? C'est très probable puisque le maréchal des logis, lors de son interrogatoire, emploie l'expression : "Mon camarade m'ayant déclaré que la veuve Capet..." On en déduit qu'il l'a appris par Gilbert et qu'il n'a pas assisté à son entretien avec la Reine. Quand on analyse les réponses de Dufresne, on est frappé de constater que son témoignage se modifie à un moment donné. Dans la première partie de sa dénonciation, il s'exprime comme *un témoin visuel*. Il

1. Campardon, "Interrogatoire du citoyen Michonis", dans *Marie-Antoinette à la Conciergerie*, *op. cit.*, p. 17-21 et 37-43.
2. E. Campardon, "Interrogation de Gilbert, gendarme national", dans *Marie-Antoinette à la Conciergerie*, *op. cit.*, p. 23.

prétend avoir assisté à la totalité de la visite des visiteurs, puis soudain le ton change : tout ce qu'il sait, *c'est son camarade qui le lui a appris*. Sa collusion avec Gilbert est évidente, les deux compères se sont concertés pour harmoniser leur réponse. Il emploie les expressions : "Mon camarade m'ayant déclaré…", puis : "Mon camarade m'a dit…", et encore : "moyen dont il m'a avoué s'être servi", "et qu'il avait remis"… Dans la deuxième partie de sa déclaration, la concordance des temps utilisée par Dufresne illustre plus le langage d'un *observateur qui exprime* des événements non vécus qu'un témoin qui y aurait assisté. Cela prouve qu'il n'a pas été le spectateur des événements qu'il dénonce. Ce changement grammatical est très important à prendre en considération, car il prouverait que Dufresne s'est bien *absenté à un moment donné*. Quand et pourquoi ? On ne peut l'affirmer avec précision, mais une chose est certaine : c'est sûrement *avant* les aveux de la Reine à Gilbert que Dufresne est sorti du cachot. Je le répète, un indice le confirme, c'est la fameuse phrase de Gilbert : "Michonis et ce particulier étant sortis, la veuve Capet *me dit à moi*[1]…" Il semblerait que Dufresne se soit bien absenté au moment du départ de Michonis. Peut-être est-il sorti avec lui ? (Dans notre roman, nous avons imaginé qu'il est allé chercher le docteur Souberbielle.)

Quoi qu'il en soit, lorsque la Reine tente de circonvenir Gilbert, si l'on refuse de prendre en compte l'absence de Dufresne et de la femme Harel, la conjuration de l'Œillet est tout simplement irréalisable.

6. Quel rôle jouèrent les deux concierges ? C'est la femme du concierge Bault, successeur des Richard, qui nous donne la réponse trente ans plus tard. Dans sa relation, on se souvient qu'elle rapporta que Sophie Dutilleul réunit lors d'un dîner chez elle à Vaugirard, Michonis, les Bault et

1. E. Campardon, "Interrogatoire du citoyen Dufresne", dans *Marie-Antoinette à la Conciergerie*, *op. cit.*, p. 34.

Rougeville. La femme Bault précise : "Toutes les mesures furent prises pour l'exécution [du complot], Michonis se chargea *du consentement des Richard*[1]." Il est très probable qu'ils entrèrent eux aussi dans la conspiration. A notre avis, je le répète, Michonis était sincère quand il dit que c'était le *lendemain* ou le *surlendemain*, de la visite de Rougeville que Marie Richard lui a remis le billet. Comme cette fameuse visite eut lieu le 28 août, si la remise avait été effectuée le *surlendemain*, c'est-à-dire le vendredi 30, on se retrouverait dans une situation extravagante. C'est précisément le jour où Rougeville revient à la Conciergerie avec les fonds des conjurés. Quelle est l'utilité de faire parvenir un billet à un visiteur le jour même où on le rencontre quand ce qu'on a à lui dire peut l'être de vive voix ? Enfin et surtout, Rougeville ne se serait pas rendu à la Conciergerie sans avoir su à l'avance si les gendarmes étaient entrés ou non dans la conspiration. En revanche, si le billet est remis à Michonis le *lendemain* et non le surlendemain, c'est-à-dire le 29 août et non le 30, ce dernier informera le chevalier vingt-quatre heures à l'avance et pourra ainsi se déplacer le lendemain 30 août avec l'argent.

Nous savons maintenant que la femme Richard *ment* quand elle affirme avoir donné *immédiatement* le billet à Michonis. En réalité, selon ce dernier, elle l'a donné au mieux le lendemain 29 août, au pire le surlendemain (le 30). Si Gilbert ne le lui a remis qu'à ce moment-là, c'est lui qui est responsable de ce retard et non pas elle ; l'attitude de la concierge reste toutefois éminemment suspecte et confirmerait, comme tout porte à le croire, que les Richard étaient bien entrés eux aussi dans la conjuration. Rappelons que jusqu'au 3 septembre, jour de la dénonciation de Gilbert, sept jours se sont écoulés pendant lesquels aucun des conjurés n'a dénoncé le complot, y compris les Richard.

1. G. Lenôtre, *Captivité et mort de Marie-Antoinette*, *op. cit.* (relation de la femme Bault).

7. Reste le brave Louis Larivière. Compte tenu des anciennes attaches de sa grand-mère avec le duc de Penthièvre, il est très probablement entré lui aussi dans le complot.

SYNTHÈSE

Essayons maintenant d'imaginer comment s'est déroulée cette visite au cours de laquelle Rougeville lança ses œillets. Il a dû opérer si promptement qu'aucun des trois surveillants n'a remarqué son geste.

Malgré ses propos décousus, Gilbert semble lever une partie du voile quand il affirme : "Le citoyen Michonis lui a donné des nouvelles de sa famille *et pendant ce temps*, le particulier s'est approché de la femme de chambre qui était à côté de la veuve Capet [...] à laquelle il a laissé tomber un œillet *à côté du poêle* [...] *derrière* la femme de chambre [...] et lui dit à voix basse de le ramasser... Elle s'est retirée en dedans du paravent, elle a parlé à Michonis et l'autre particulier était *derrière Michonis*[1]."

Usant toujours de la même stratégie de défense, Gilbert mélange dans sa dénonciation des événements vécus avec d'autres inventés ou rapportés. On ne peut donc se fier à la chronologie qu'il donne. En revanche, il fournit une précision intéressante qui est également citée par le maréchal des logis Dufresne : les deux gendarmes affirment que Rougeville *se trouvait derrière Michonis* quand il a lancé les œillets et qu'ensemble ils sont passés *derrière le paravent* pour parler à voix basse à la Reine. Ces détails sont à retenir. Pour dire quoi ? D'abord la prévenir que deux œillets vont être jetés près du poêle et qu'elle doit s'en emparer pour prendre connaissance des messages qu'ils contiennent. La plupart des historiens inversent le cours des événements : on jette d'abord les œillets et on informe ensuite qu'ils contiennent un message.

1. E. Campardon, "Rapport du citoyen Gilbert au colonel de gendarmerie", dans *Marie-Antoinette à la Conciergerie*, *op. cit.*, p. 6.

La logique nous impose le contraire : d'abord prévenir la Reine qu'on va jeter deux œillets *afin de retenir son attention*, ensuite l'informer qu'ils contiennent un message. Sans cette précaution élémentaire elle n'aurait peut-être pas remarqué la présence de ces fleurs et le rôle qu'elles jouent. Elle devra pour s'en saisir, détourner durant quelques secondes l'attention de Gilbert et trouver une excuse quelconque pour l'envoyer à la fenêtre afin de rappeler Michonis. Pour quelles raisons Rougeville est-il revenu quinze minutes après s'entretenir avec la Reine ? D'abord, afin de lui laisser le temps de décider si elle va s'évader ou non. On se rend compte maintenant qu'il était impossible à la Reine de rédiger son message et de le remettre à Gilbert dès la première visite. Il est évident qu'elle n'a pu lui remettre son billet qu'*après* avoir circonvenu Gilbert et Dufresne, c'est-à-dire obligatoirement *après la deuxième visite de Rougeville*.

Il nous reste à imaginer comment cette scène aurait pu se dérouler le plus rationnellement possible selon les indications des comploteurs.

Nous pensons qu'elle a dû se développer en trois temps à la barbe des gendarmes et de la servante. C'est cette version qui cadre le mieux avec les déclarations de chaque témoin.

– Dans un premier temps, Rougeville et Michonis pénètrent dans le cachot. La Reine va au-devant d'eux et prononce la phrase bien connue : “Ah, c'est vous, monsieur Michonis !” Comme à l'accoutumée, la femme Harel est assise devant la fenêtre tout près du poêle… Une précision s'impose : où se situe ce poêle dans une pièce de trois mètres de côté ? Obligatoirement près des fenêtres, le seul endroit qui reste libre. Sur l'une des quatre faces du cachot, on trouve le lit de sangles ; sur l'autre, le passage qui communique avec l'espace où résident les gendarmes ; sur la troisième, on trouve la table et les deux chaises ; reste la face des deux fenêtres. Comme il n'y a pas de cheminée, il est logique de placer le poêle près de ces dernières, c'est l'emplacement idéal pour installer un tuyau d'évacuation des gaz qui sort dans la cour des femmes comme le montre une gravure de l'époque appartenant à Victorien Sardou.

– Deuxième temps : les trois passent derrière le paravent, les deux visiteurs tournant le dos aux gendarmes et à la femme Harel. Rougeville se tient *derrière* Michonis qui fait face à la Reine. Il lui donne à voix haute des nouvelles de ses enfants. Pendant qu'il la rassure, Rougeville lui fait des clins d'œil par-dessus son épaule en désignant les œillets qu'il porte à la boutonnière. La Reine d'abord ne comprend rien, puis soudain reconnaît l'homme qui l'a sauvée le 20 juin aux Tuileries. Le feu colore ses joues, et les larmes lui montent aux yeux. Cette disposition des visiteurs tournant le dos aux gendarmes, en se plaçant l'un derrière l'autre, permet de comprendre pourquoi Gilbert et Dufresne n'ont pu voir les clins d'œil de Rougeville, mais en revanche ont parfaitement remarqué le trouble de la Reine qui leur faisait face. Il reste maintenant à l'avertir à voix basse que les œillets qu'ils s'apprêtent à jeter contiennent un message et qu'elle devra les ramasser.

– C'est le troisième temps : dans ses confidences à Gilbert, la Reine précise que c'est bien Rougeville et non Michonis qui a chuchoté à son oreille : "Ramassez ces œillets..." S'ils sont l'un derrière l'autre, il est difficilement concevable qu'à cet instant, Michonis s'interpose entre Rougeville et elle. On peut donc supposer que Michonis sort le premier du paravent. Pour détourner l'attention des gardiens, il va s'adresser à eux pour un motif quelconque, et c'est à ce moment que Rougeville en une *fraction* de seconde chuchote d'abord à la Reine qu'elle fasse bien attention : il va jeter deux œillets derrière le poêle, elle devra les ramasser car ils contiennent un message, mais aussi, quand ils seront sortis, elle devra envoyer le gendarme à la fenêtre avec une excuse quelconque pour rappeler Michonis.

Rougeville, accompagné de la Reine, sort du paravent en se rapprochant de Michonis qui dialogue toujours avec les gendarmes. A cet instant, Rougeville en profite pour jeter les œillets derrière le poêle. La Reine a suivi son geste, elle est la seule à l'avoir vu. Il a dû agir avec une grande promptitude, car les gardiens et la servante n'ont rien remarqué.

On connaît la suite. Michonis et Rougeville sortent, Dufresne quitte à son tour le cachot (on ignore à quel moment), la femme Harel va chercher de l'eau, Gilbert et la Reine sont seuls. Elle détourne l'attention du gendarme qui lui tourne alors le dos pour rappeler Michonis à travers la fenêtre, elle en profite pour ramasser les œillets et en prendre connaissance, Rougeville revient au bout d'un quart d'heure pour lui demander d'acheter les deux gardiens et la prévenir de son retour le vendredi suivant avec les sommes nécessaires. Quelques minutes plus tard, Michonis revient le chercher et ils sortent ensemble. La Reine est de nouveau seule avec Gilbert, elle le persuade alors d'entrer dans la conjuration.

Dans ses mémoires[1], Rougeville raconte qu'il effectua bien sa troisième visite le vendredi 30 août, habillé cette fois de gris et non de rouge. Il apporta quatre cents louis d'or et dix mille livres en assignats. Bien entendu, les conjurés ne donnent aucun détail sur cette entrevue, et pour cause. C'est probablement le jour où ils ont touché leurs louis d'or. Ils ne vont pas s'en vanter. Ce qui nous semble encore plus irréaliste, c'est que les enquêteurs ne se soient jamais intéressés à cette troisième visite. Pour quelles raisons n'ont-ils pas questionné Gilbert à ce sujet ? Nous verrons que c'est pour respecter cette *stratégie du mensonge* que chaque acteur l'utilise à des fins opposées. Quant aux louis d'or, il est peu probable qu'ils aient été distribués par la Reine elle-même, qui était d'une faiblesse extrême, peut-être par Rougeville mais plutôt par Michonis. C'est lors de cette dernière entrevue que l'on décida que ce serait le soir du 2 septembre à onze heures qu'on libérerait la Reine de France.

CONCLUSION

L'Œillet est toujours tenu par les historiens pour une affaire obscure. Elle l'a été à plus d'un titre, d'abord par la chronologie

1. Archives nationales, F7 6413.

confuse des faits, ensuite par le rôle déroutant joué par les conjurés, enfin par l'incohérence des réponses données aux enquêteurs. Une approche nouvelle du complot permet de lever une partie du voile, et de découvrir derrière l'énoncé de chaque mensonge un projet parfaitement cohérent. Comme l'a si bien démontré Lestapis[1], tout devient limpide quand on insinue l'affaire des Œillets dans la vaste conjuration montée par le baron de Batz, conjuration que l'on sait sous-tendue par ce que nous avons appelé la *stratégie du mensonge*.

On sait aujourd'hui que cette affaire ne fut pas ce complot de servantes comme nous l'avons appelé dans notre roman, ni "une intrigue de prison" comme l'a désignée Fouquier-Tinville, mais une vaste *conjuration* destinée à renverser la République[2]. Comme nous le verrons dans le tome suivant, cette conspiration fut une affaire si grave qu'elle compromit de nombreux membres de la municipalité de Paris, dont le sinistre Hébert[3]. Si l'identité de tous ces comploteurs avait

1. A. de Lestapis, *La Conspiration de Batz*, *op. cit.*

2. A. de Lestapis, *La Conspiration de Batz*, *op. cit.* H. Wallon, *Histoire du Tribunal révolutionnaire de Paris*, t. 2, p. 206. Archives nationales, W 296.

3. *Mémoires et correspondances de Mallet Du Plan*, 1851, Miscellanées, p. 497, cité par A. de Lestapis, *La Conspiration de Batz*, *op. cit.* Un contemporain de cette époque trouble a écrit ses mémoires. On peut y lire ce texte étonnant : "Trois mois avant [l'Œillet], on avait gagné Hébert et sa clique pour la sauver [la Reine]. En conséquence il fit aux Jacobins la motion de la ramener de la Conciergerie au Temple. On renvoya la chose au Comité de salut public qui soupçonna Hébert et refusa. Alors ce dernier voulant expier ses soupçons se déchaîna avec fureur contre la Reine." Rappelons que de Batz et la coalition lui avaient déjà donné un million ; voir aussi dans "La lettre de Bâle", qui parut au *Moniteur*, la collusion de la municipalité Pache, Hébert en tête, qui s'est vendue pour deux millions aux émigrés pour libérer la Reine. *Le Moniteur universel*, XXXIV, p. 137, cité par A. de Lestapis, *La Conspiration de Batz*, *op. cit.*, p. 245. (Voir aussi le chapitre du roman intitulé "L'argent sale de la République".)

été révélée à la sans-culotterie, c'était à coup sur la fin du régime des terroristes. Robespierre, qui suivait probablement l'affaire de très près, pressentit le danger et veilla à masquer la complicité des conjurés. Quand Chabot, ce capucin défroqué, lui révélera la liste des factieux, "après l'avoir écouté il lui demandera instamment de ménager les patriotes[1]".

La *stratégie du mensonge* nous permet de comprendre maintenant le comportement apparemment incohérent de la femme Harel quand elle affirme : "Je n'ai vu personne", et qu'à la question : "Le particulier qui était avec Michonis a-t-il parlé à la femme Capet ?", elle réponde : "Non !" Pour avoir été si formelle dans ses réfutations, on a pensé qu'elle était peut-être totalement absente ce jour-là. Cette interprétation ne tient pas. Nous savons par les déclarations des gendarmes qu'elle *était présente* pour assister à toutes les gesticulations et les messes basses de Rougeville. Comment expliquer alors que les mimodrames des deux visiteurs n'aient pas déclenché chez cette espionne une dénonciation immédiate ? Au contraire, quand les enquêteurs lui demandent : "N'avez-vous point vu un chevalier de Saint-Louis, accompagné d'un officier municipal ?", elle donne cette réponse déroutante : "Je n'ai vu personne[2]!"

Nous savons maintenant qu'il existe une explication logique aux dénégations systématiques de la servante : *elle avait pour instruction de mentir*. Cela confirme l'hypothèse qu'il fallait éviter d'étaler au grand jour la honteuse collusion de Rougeville, donc de de Batz, ce chantre de la réaction nobiliaire, avec Michonis, un membre éminent de la Commune de Paris, "l'aile marchante de la Révolution". Si les

1. Voir note 1, p. 642 ; et le rapport écrit de la main de Robespierre publié dans les pièces trouvées dans les papiers de ce dernier. Affaire Chabot, n° XVIII, p. 70-71.
2. E. Campardon, "Interrogatoire de la citoyenne Harel", dans *Marie-Antoinette à la Conciergerie*, op. cit., p. 14.

noms de tous les responsables de la conspiration avaient été révélés au grand jour, la fureur des sans-culottes aurait fait vaciller le régime.

A la suite de l'enquête des deux conventionnels, Michonis fut arrêté le jour même, le 4 septembre, mais ne resta que quatre jours à la Conciergerie[1]. Le 8, il fut transféré à la prison de l'Abbaye puis mis au secret par ordre du Comité de sûreté générale. Comme nous le verrons un peu plus loin, il fallait enfermer Michonis sitôt le complot dévoilé pour l'empêcher de parler. Ce sont les raisons pour lesquelles nous pensons que les autres conjurés ne furent jamais inquiétés. Quant aux Richard, protégés par Fouquier-Tinville, ils furent mis en sursis et on ne retint contre eux qu'une stupide histoire de matelas et surtout pas leur collusion avec Rougeville. La femme Harel disparut après le procès de la Reine, tandis que Gilbert et Dufresne furent tous deux promus lieutenants malgré leur rôle évident de comploteurs qui aurait dû normalement les envoyer à l'échafaud. On comprend maintenant pour quelles raisons Gilbert ménageait son collègue quand il disait : "Le citoyen Dufresne est absolument ignorant de la chose comme moi de lui" ; en le couvrant, il se couvrait lui-même[2]. On les a gratifiés pour leur silence en leur évitant un procès qui aurait révélé leur connivence avec des royalistes. Les débats qu'il fallait éviter à tout prix eussent été dévastateurs pour Robespierre et les tenants du régime. Il est à peu près certain que Fouquier suivait l'affaire de près et en informait régulièrement l'Incorruptible. N'oublions pas que celui-ci interdisait qu'on ébruite ce complot et surtout qu'on atteste de la collusion du baron de Batz avec des "patriotes"[3]. On ne devait jamais mettre au grand jour une intelligence quelconque entre ce dangereux contre-révolutionnaire et des municipaux

1. Archives nationales, W 296, dossier 261.
2. E. Campardon, "Interrogation de Gilbert, gendarme national", dans *Marie-Antoinette à la Conciergerie*, *op. cit.*, p. 3.
3. A. de Lestapis, *La Conspiration de Batz*, *op. cit.* H. Wallon, *Histoire du Tribunal révolutionnaire de Paris*, *op. cit.*, t. 2, p. 206.

éminents comme Michonis[1], Chabot[2], Hébert[3], Chaumette[4] qui plongèrent dans la conspiration. En définitive, c'est toute la municipalité Pache, ou presque, qui y fut mêlée[5]. Il y en eut bien d'autres encore qui se vendirent au terrible baron. Nous verrons dans l'épisode suivant qu'en plus des quatre membres précédents, ils furent *sept municipaux* attachés à la Commune de Paris à être mêlés au complot.

La conspiration de l'Œillet devient dès lors la *conjuration de l'Œillet*, une affaire d'État, dont le but ultime était le renversement du régime.

Quant à ce pauvre Michonis, il fut traduit devant le Tribunal révolutionnaire le 29 brumaire an II. On se garda bien de le condamner pour intelligence avec Rougeville et de Batz, motif pour lequel il fut bien entendu *acquitté*[6]. Comme on devait cacher sa collusion avec les royalistes, il fut gardé en prison en vertu de *la loi des suspects* et tenu *au secret absolu* jusqu'à nouvel ordre. On avait peur qu'il ne diffuse des informations compromettantes. S'il avait parlé, quelle image catastrophique aux yeux des sans-culottes, soutien indéfectible du régime des terroristes, de voir le baron de Batz, le

1. Archives nationales, W 296, dossier 261.
2. "L'affaire Chabot", dans A. de Lestapis, *La Conspiration de Batz*, *op. cit.*, p. 11.
3. Archives parlementaires, Compagnie des Indes, LXXXVI, 553-557. *Mémoires et correspondances de Mallet Du Plan*, *op. cit.*
4. "Les prisonniers de la force", dans A. de Lestapis, *La Conspiration de Batz*, *op. cit.*, p. 81, note 32.
5. "Batz et Hébert", dans A. de Lestapis, *La Conspiration de Batz*, *op. cit.*, p. 245. L'auteur précise : "La coalition avait payé. Hébert avait exigé deux millions ; il en avait touché un et il devait toucher l'autre après l'exécution du projet mais la peur le prit et il se fit dénonciateur pour se sauver. Ces détails sont certains. Ils pourraient jeter une grande lumière sur les relations qui ont subsisté entre la municipalité Pache et la coalition." (*Le Moniteur*, XXIV, p. 137 ; D'Estrée, *Le Père Duchesne*, Beauchesne, *Louis XVI*, t. II, p. 170.)
6. Archives nationales, W 296, dossier 261.

pire des royalistes, s'acoquiner avec leurs chers patriotes de la Commune de Paris.

Contrairement aux allégations d'Herman énoncées au procès de Marie-Antoinette, le complot de l'Œillet fut autre chose qu'une "simple intrigue de prison". Le président du Tribunal révolutionnaire le savait bien, il ne faisait qu'obéir aux ordres du Comité de salut public, qui lui avait intimé l'ordre de proclamer haut et fort qu'il ne devait y avoir aucune collusion entre de Batz et la Montagne. Sous ce jour nouveau, l'affaire des Œillets apparaît limpide.

Pour conclure, malgré les charges énormes qui pesaient sur les comploteurs, grâce à la *stratégie du mensonge* au profit de la Montagne, aucun d'eux ne monta sur l'échafaud, mais celle-ci ne sauva pas toujours la vie des accusés. Ils furent acquittés pour leur collusion avec de Batz, mais gardés en prison comme suspects et guillotinés plus tard pour un motif imaginaire. Ce fut le cas de Michonis qui fut acquitté puis guillotiné, six mois après, pour un prétendu attentat contre Robespierre.

Les autres conjurés de l'Œillet eurent plus de chance, ils furent tous définitivement acquittés, les gendarmes Gilbert et Dufresne promus officiers, les Richard bénéficièrent d'un sursis, et la femme Harel, le mouton de Fouquier-Tinville, fut libérée et disparut après le procès de la Reine.

Seule la pauvre Reine payera très cher l'échec de la conjuration.

REMERCIEMENTS

Je remercie Hubert Nyssen, fondateur des éditions Actes Sud, qui me fit l'honneur de me lire et de me guider dans la conduite des chapitres de ce livre.

Je tiens à exprimer toute ma reconnaissance à François Nourissier et à Robert Laffont qui m'ont encouragé à publier ce roman.

Je remercie Tony Scotti, chairman de Global-Media-Television-L. A., et son épouse, ma grande amie Sylvie Vartan, qui me demandèrent d'écrire, il y a cinq ans déjà, pour la télévision américaine, quatre heures sur Marie-Antoinette. Le projet n'ayant pu se concrétiser, il est devenu un roman historique. Sans eux cette belle aventure n'aurait jamais vu le jour.

Merci à Pierre Vaneck et à Sophie Becker qui m'ont apporté une critique éclairée des dialogues.

Toute ma reconnaissance à Daniel Leconte, producteur, qui m'encouragea dès le début dans mon entreprise.

Ma gratitude à Michelle Lorin, présidente fondatrice de l'Association Marie-Antoinette. Elle mit à ma disposition son immense documentation.

Merci encore à Olga de Turckheim, écrivain, qui exécuta un travail considérable dans la première lecture du manuscrit, sans oublier René Monboisse, président de la Société savante d'Auvergne, qui exécuta un travail inédit sur "le complot des Perruquiers".

Toute ma reconnaissance à mon vieil ami Jean-Claude Bourret, journaliste, qui m'apporta une aide précieuse en me fournissant une documentation complète sur Rosalie Lamorlière.

Je remercie ma grande amie Dominique Cornwell, qui a entrepris spontanément la traduction en anglais de mon roman, et Jane Stuart, qui me fit profiter de sa grande expérience professionnelle de la littérature anglo-saxonne.

Toute ma tendresse à Michèle, ma femme, qui fut ma première lectrice tout au long de la rédaction des chapitres. Grâce à son bon sens elle me donna des avis justes et éclairés dont je tins le plus grand compte. En outre, son soutien moral me fut indispensable quand l'entreprise devenait trop difficile.

Merci aussi à Anne de Boismilon, grand journaliste-reporter et écrivain, et à Monique Roget, artiste peintre.

Un grand merci au personnel des Archives nationales qui se montra attentif à mes recherches.

Enfin, et surtout, toute ma reconnaissance à Françoise Nyssen et à Jean-Paul Capitani pour le soin qu'ils apportèrent à cette édition.

Ménerbes, août 2001-janvier 2006.

TABLE

DEUXIÈME PARTIE

LA CONJURATION DE L'ŒILLET

727. HENRY BAUCHAU
L'Enfant bleu

728. JEAN-LUC OUTERS
La Compagnie des eaux

729. JAMAL MAHJOUB
La Navigation du faiseur de pluie

730. ANNE BRAGANCE
Une valse noire

731. LYONEL TROUILLOT
Bicentenaire

732. INTERNATIONALE DE L'IMAGINAIRE N° 21
Cette langue qu'on appelle le français

733. ALAIN LORNE
Le Petit Gaulliste

734. LAURENT GAUDÉ
Le Soleil des Scorta

735. JEAN-MICHEL RIBES
Musée haut, musée bas

736. JEAN-MICHEL RIBES
Multilogues *suivi de* Dieu le veut

737. FRANÇOIS DEVENNE
Trois rêves au mont Mérou

738. MURIEL CERF
Le Verrou

739. NINA BERBEROVA
Les Derniers et les Premiers

740. ANNA ENQUIST
Les Porteurs de glace

741. ANNE-MARIE GARAT
Nous nous connaissons déjà

742. JEAN DEBERNARD
Simples soldats *précédé de* Feuille de route

743. WILLIAM T. VOLLMANN
La Famille royale

744. TIM PARKS
Cara Massimina

745. RUSSELL BANKS
Histoire de réussir

746. ALBERTO MANGUEL
Journal d'un lecteur

747. RONALD WRIGHT
La Sagaie d'Henderson

748. YU HUA
Le Vendeur de sang

749. JEAN-PIERRE GATTÉGNO
Longtemps, je me suis couché de bonne heure

750. STEFANO BENNI
Saltatempo

751. PAUL BENJAMIN
Fausse balle

752. RAYMOND JEAN
L'Attachée

753. PAUL AUSTER
Lulu on the Bridge

754. CLAIRE FOURIER
Métro Ciel *suivi de* Vague conjugale

755. ANNE BRUNSWIC
Bienvenue en Palestine

756. COLLECTIF
Brèves d'auteurs

757. CLAUDE PUJADE-RENAUD
Chers disparus

758. LAURENT SAGALOVITSCH
Loin de quoi ?

759. PHILIPPE DE LA GENARDIÈRE
Simples mortels

760. AUGUST STRINDBERG
Mariés !

761. PASCAL MORIN
Les Amants américains

762. HONORÉ DE BALZAC
Voyage de Paris à Java

763. IMRE KERTÉSZ
Le Refus

764. CHI LI
Tu es une rivière

765. ANDREÏ GUELASSIMOV
La Soif

766. JEAN BARBE
Comment devenir un monstre

767. PER OLOV ENQUIST
Le Départ des musiciens

768. JOYCE CAROL OATES
Premier amour

769. CATHERINE DAVID
La Beauté du geste

770. HELLA S. HAASSE
Un long week-end dans les Ardennes

771. NAGUIB MAHFOUZ
Les Mille et Une Nuits

772. GHASSAN KANAFANI
Retour à Haïfa
(à paraître)

773. AKIRA YOSHIMURA
La Jeune Fille suppliciée sur une étagère

774. SIRI HUSTVEDT
Yonder

775. SELMA LAGERLÖF
Le Violon du fou

776. VLADIMIR POZNER
Les Brumes de San Francisco

777. NIKOLAÏ GOGOL
Théâtre complet

778. ALAN DUFF
Les Ames brisées

779. SIA FIGIEL
La Petite Fille dans le cercle de la lune

780. RUSSELL BANKS
American Darling

781. ALBERT SÁNCHEZ PIÑOL
La Peau froide

782. CÉLINE CURIOL
Voix sans issue

783. AKI SHIMAZAKI
Hamaguri

784. ALEXANDRE GRIBOÏÉDOV
Du malheur d'avoir de l'esprit

785. PAUL AUSTER
Brooklyn Follies

786. REZVANI
L'Eclipse

787. PIERRETTE FLEUTIAUX
Les Amants imparfaits

788. CHRISTIAN GOUDINEAU
L'Enquête de Lucius Valérius Priscus

789. EDUARDO BERTI
Madame Wakefield

790. NIKOLAÏ GOGOL
Les Nouvelles de Pétersbourg

791. ANNE BRAGANCE
La Reine nue

792. FRANÇOIS POIRIÉ
Rire le cœur

793. JOSÉ CARLOS SOMOZA
La Dame n° 13

794. PERCIVAL EVERETT
Désert américain

795. HODA BARAKAT
Les Illuminés

796. PAUL NIZON
Immersion

797. GÖRAN TUNSTRÖM
Partir en hiver

798. PAVAN K. VARMA
Le Défi indien

799. NAGUIB MAHFOUZ
Passage des miracles

800. YOKO OGAWA
La Petite Pièce hexagonale

801. ROY LEWIS
La Véritable Histoire du dernier roi socialiste

802. GLENN SAVAN
White Palace

803. BJARNE REUTER
Le Menteur d'Ombrie

804. CHRISTIAN SALMON
Verbicide

805. LUIGI GUARNIERI
La Double Vie de Vermeer
(à paraître)

806. PER OLOV ENQUIST
Blanche et Marie

807. HELLA S. HAASSE
Les Initiés

808. ANDRÉ BRINK
L'Insecte missionnaire

809. CÉSAR AIRA
Les Larmes

810. EDUARDO BELGRANO RAWSON
Fuegia

811. LIEVE JORIS
La Chanteuse de Zanzibar

812. THÉODORE MONOD
Majâbat al-Koubrâ

COÉDITION ACTES SUD – LEMÉAC

Ouvrage réalisé
par l'atelier graphique Actes Sud.
Reproduit et achevé d'imprimer
en avril 2007
par Normandie Roto Impression s.a.s.
61250 Lonrai
pour le compte des éditions
Actes Sud
Le Méjan
Place Nina-Berberova
13200 Arles.

Dépôt légal
1re édition : mai 2007
N° imprimeur : 07-1054
(Imprimé en France)